KB188029

탈출

누구도 믿을 수 없 었 다

탈출

ESCAPE

휴엔스토리

프롤로그

황량한 벌판과 아주 멀리 보이는 작은 산봉우리가 끊임없이 차창 밖으로 밀려왔다가 사라지고 있다. 회색빛 사막과 하늘이 붙어 있는 듯 보인다. 기차 안의 시끄러운 웃음소리. 알아들을 수 없는 언어들. 다양한 표정들. 한 손에 빵을 들고 뛰어다니는 아이들과 앉히려는 아주머니. 모두 평범한 모습이다. 나도 그들과 같이 그들 속에 있고 싶었다.

'내가 왜 여기에 있어야 할까? 기차의 목적지는 시안이다.'
모두 살아 있다. 나도 살고 싶다. 이 객차 안에 같이 있는데 나는 다가갈 수 없는 곳에 떨어져 혼자 있는 느낌이다. 소소한 일상에 웃을 수 있고 작은 것을 나눠 가질 수 있는 이웃이 그립다.

누군가는 내 뒤를 쫓고 있고 누군가는 내 앞에서 나를 기다리고 있다. 내가 잘못한 일이라면 내 생명을 지키고자 노력한 것이 전부였다. 갇힌 작은 공간에서 내 몸의 근육 하나하나를 움직이고 단련한 것은 살고자 함이었다. 나를 제어하려는 자들에게서 벗어나고자 함이었다. 모든 사건이 나의 의지로 이루어진 것은 없었다. 부분적으로는 그럴 수 있었겠지만, 전체적으로는 동의하지 못하겠다. 삼엄한 경계를 뚫고 강을 건넌 것도, 일상의 작은 도구를 무기로 사용할 계획을 세우고 그것을 연습한 것도, 누구를 해치고자 함이 아니었다. 산속에 땅을 파고 은신처를 만들어 숨을 때에도, 눈 속에 굴을 팔 때에도 특별한 목적은 없었다. 칼을 들고 살아야 할 때는 칼을 들었다. 총을 들고 살아야 할 때는 총을 들었다. 내 생명 하나 보존하고자 순간마다 최선을 다한 것뿐이었다. 지렁이의 꿈틀거림은 신이 주신 본능이었다. 움직이지 않으면 죽음이고 삶은 곧 움직임이었다. 그것이 자연의 이치였다. 나를 해치려 하는 보이는 적들과 또는 보이지 않는 적들은 계획적으로 훈련된 자들이었다. 그들에게서 벗어나려면 그들보다는 더 훈련되어 있어야 했다. 나는 스스로 나를 보호해야 했다. 국가도 나를 버렸다. 누구도 믿을 수 없었다.

4년 전과 지금의 나는 많이 바뀌어 있었다. 모든 것은 매 순간 변화한다. 나도 변화한 것이다. 육체나 정신이 변하였다. 늘 맞고만 다니던 내가 아니었다. 피할 수도 있고 필요하다면 먼저 공격할 수도 있었다. 곤충 한 마리 만지지 못하고 바퀴벌레 한 마리에 무서워하던 내가 아니었다. 내가 달라진 것 또한 내가 원하던 바는 아니었다. 매 순간 상황이 나를 그렇게 이끌었다. 보이지 않는 위험에 적응하여 보이지 않던 내 능력이 깨어났다. 여기에서 그들의 손에 순순히 내 생을 마감하고 싶지는 않다.

앞으로도 악착같이 살아갈 것이다. 내게 주어진 생명은 그들이 준 것이 아니다. 신이 계시면 신이 주신 것이고 신이 없다 해도 직접적으로는 부모님이 주신 생명이다. 난 살 권리가 있고 그들은 나를 해할 권리가 없었다. 나는 살기 위해 무엇이든 할 계획이다.

언젠가는 내게도 평안이 올 것이다. 그들과 맞서 이겨내면…

| 목차 |

1부

금강산 관광

6월 말인데 벌써 더워지고 있었다. 독서실에서 쪽
잠자고 식당 밥 먹으며 생활한 지 넉 달이 지났다. 활동적이며 움직이
는 것을 무척 좋아하는 내가 독서실, 학원, 식당만 맴돌며 생활하였다.
참고 견딘 힘은 대학에 합격하지 못했다는 일종의 죄책감이었을 것이
다. 적당히 수능 점수에 맞춰 합격할 수도 있었다. 이름 없는 대학이라
도 즐겁게 다니는 친구들의 소식을 접하면서 한 편 부럽기도 했다. 운
동을 좋아해서 사회체육을 전공하겠다고 했을 때 아버지의 반대만 아
니었으면, 할아버지의 완고함만 아니었으면 하는 아쉬움이 불쑥불쑥
솟아나곤 했다. 특별히 운동을 잘하지는 않았지만, 남들보다 조금은
잘하는 것이 운동이었다. 건강에 대한 관심이 사회적으로 많아지면서
나름대로 전망도 있어 보였다. 어려서 맞고 다니지 말라고 아버지의 강
권으로 시작한 태권도가 운동에 관심을 두게 하는 시작이었다. 유치원
다닐 때부터 유난히 작은 체구 때문에 온 식구들이 걱정을 많이 하였
다. 그래서 태권도를 가르쳐서 적어도 맞고 다니지는 않도록 하겠다는

가족 전원의 희망이었다. 하지만 태권도 3품이 되었어도 싸움하는 데
는 별 도움이 되지 못됐다. 오히려 태권도 한다고 까불다가 힘센 아이
들을 만나면 더 맞기 일쑤였다. 인간은 새로운 환경에 적응하면서 진화
된 동물이다. 나름대로 맞고 다니지 않으려고 택한 것은 싸울만한 상
황을 만들지 않는 것이었다. 싸우려 하는 친구나 시비를 걸려고 하는
친구들의 모습이 보이기만 하면 피해 다녔다. 그들이 몰려 있으면 돌아
가거나 불러도 못 들은 척 뛰어다녔다. 하교 시간에 늘 대여섯 명의 친
구들이 학교 정문 근처에서 누군가를 기다리고 있었다. 내가 지나가면
어김없이 불렀다. 무엇을 같이 하자는 둥, PC방에 같이 가자는 둥 대
부분 같이 가면 돈은 내가 내야 했다. 같이 떡볶이 먹으러 가자고 하고
선 돈은 당연히 내가 내는 사람이었다. 한두 번도 아니고 어느 순간부
터 그들과 멀어지기 시작했다. 그래도 집요하게 꼭 불러내곤 했다. 하
교 시간에 정문 앞에서 누군가를 기다리는 것은 틀림없이 나였다. 나
는 미리 운동장에서부터 뛰기 시작했다. 뒤에서 불러도

"내일 봐!"

하고는 못 들은 척 달렸다. 다음날 학교에서 보면 집에서 아버지가
빨리 오란다고 핑계를 대었다. 그리곤 여전히 뛰어다녔다. 아버지는 태
권도 보다 달리기를 연습시켰어야 했다. 매일 뛰어다니다 보니 또래에
서 달리기를 제법 잘하는 축에 들게 되었다. 체육대회엔 늘 달리기 반
대표를 하였다. 항상 뛰는 모습을 본 친구들은 반대표로 날 추천하였
다. 그렇다고 뛰어난 정도는 아니었다. 육상 선수 아니고서야 누가 달리
기 연습을 하겠는가? 달리는 것도 운동이 되었던지, 아니면 클 때가 되
어서였는지 중학생이 되면서부터 키가 부쩍 크기 시작했다. 남들이 보

기엔 보통으로 보였겠지만 나에게는 큰 성공이었다. 다른 아이들보다 머리 하나는 늘 작았었는데 중간키가 된 것이었다. 그러면서 괴롭히는 아이들도 점점 없어졌다. 그래도 나의 달리기는 취미가 되었다. 천변의 바람을 맞으며 달리는 그 즐거움을 알게 되었다. 땀이 나게 달리고 난 뒤 샤워하면서 느끼는 상쾌함. 그것을 즐길 줄 알게 되었다. 매일 달렸다. 천변에 산책로가 만들어 지면서 산책하는 사람들이 많아졌지만, 그사이를 누비며 달렸다. 고등학교에 진학해서도 나의 취미는 계속되었다. 힘든 일이 있거나 잊고 싶은 생각이 있으면 천변을 달렸다. 땀을 흘리고 나면 모든 게 제자리를 찾았다.

키뿐 아니라 성적도 중간 이하였다. 중학교 때는 중상위는 되었었는데 고등학교 가니 더욱 떨어졌다. 대학을 결정해야 할 시기에 그 성적으로는 마땅히 갈만한 곳이 없었다. 아버지는 어디서 들으셨는지 서울에 있는 대학을 꼭 가야 한다고 하셨다. 그래야 취직을 할 수 있다는 지론을 가지고 있었다. 내 성적으로 서울에 갈만한 곳은 없었다. 요행을 바라고 서울 소재 대학에 지원하였다. 전년도 입학 성적이 낮은 대학, 점수가 낮은 학과 순으로 지원했다.

한 군데도 합격하지 못했다. 사회체육을 전공하겠다고 했다가 할아버지의 반대에 부딪혀 원서도 못 써 보았다. 내 성적에 실기가 바탕이 되면 합격할 것도 같았다. 집안 어른들은 내가 공부를 아주 잘하는 아이로 생각하였다. 성적은 턱도 없는데 어디든지 원서만 쓰면 합격할 것으로 아셨나 보았다. 막상 대학 진학에 실패하고 나자 어머니는

"애가 원하는 대로 보낼걸……"

아버지도 한 번, 딱 한 번

"그러게."

그게 전부였다. 아버지는

"올해 안 되면 내년에 가면 되지. 일이 년 재수해서 합격만 하면 긴 인생에 비해 그것은 아무것도 아니여!"

취직 못 해서 몇 년씩 노는 것보다 훨씬 낫다고 주장하였다. 하지만 막상 서울로 올라와서 재수하려니 돈도 만만치 않고 부모님께 손 벌리는 것도 미안하였다. 친척들이나 친구들이 어디 다니느냐고 은근히 물어볼 때면 자격지심이 들고 주눅이 들었다. 그런 마음에 서울 재수생활은 일종의 도피처가 되었던 것 같다. 아무도 만나지 않게 되었고 짜인 시간표대로 기계처럼 움직이고 있었다.

서울에서 첫 한 달은 어떻게 지나는지도 모르게 지나갔다. 서서히 더워지면서부터는 의욕도 없어지는 것 같았다.

'이렇게 해서 내년에도 불합격하면 어떻게 하지?'

아무 의미 없는 걱정이 생기는가 하면 학원 수업도 멍하니 있거나 졸기 일쑤였다. 답답하여 강변을 달리고 나면 살 것도 같았다. 땀을 흠뻑 내고 나면 다시 의욕도 생겼다. 하지만 이틀을 못 넘겼다. 그것도 힘들면 어머니를 보러 대전에 내려갔다. 어머니와 할아버지, 할머니는 보기만 해도 마음이 편안해졌다. 시시콜콜한 사소한 일도 대화가 되었다. 어머니를 뵙고 나면 서울로 돌아가기가 더욱 싫어졌다. 하지만 아버지만은 초등학교 고학년이 되면서부터 어려웠다. 한 방에 둘이 있으면 불편하였다. 아버지가 싫은 것은 아니었다. 아버지가 나를 미워하는 것도 아니었다. 집에 가도 인사 한 번 하면 며칠이 있어도 대화하는 일은 없었다. 다시 올 때 인사하면 끝이었다. 꼭, 꼭 필요한 말만 서로 하였다. 그래도 서울보다 집이 좋았다.

넉 달을 서울에서 버티고 있었다.

대전에 내려갔다가 서울로 올라온 다음 날 어머니께서 전화하셨다. 7월 초순에 할아버지 할머니 모시고 금강산 바람이나 쐬고 오라고 하셨다. 아버지가 모시고 가려 했는데 회사에 급한 일이 있어 못 가게 되었다고 했다. 아버지는 내가 힘들어 하는 것을 아셨던 것 같았다. 재수생이 부모님 앞에서 논다는 것이 떳떳하지는 못했다. 하지만 요즘 공부도 잘 안되고 무기력 해 지려는 시점이었다. 어머니의 제의에 자의 반타의 반 승낙을 하였다. 친구들과 같이 가는 것도 아니고 혼자 가는 것도 아니었다. 그래도 서울을 벗어나 금강산에 올라가면 마음이 뻥 뚫릴 것 같은 생각이 들었다. 은근히 기대도 되었다. 나에게 금강산이 특별한 의미가 있는 것은 아니었다. 그저 한국의 여느 산 중의 하나로만 생각되었다. 우리나라 한라산이나 지리산도 있고 설악산도 있는데 굳이 거기까지 가려고 하는 이유를 알지 못했다. 아무 곳이라도 떠나기만 하면 되었다. 그래도 여행이니 조금은 설레기도 하였다.

금강산 관광은 여행사의 지시에 따라 움직이면 되는 여행이었다. 일어나라고 하면 일어나고 밥 먹으라고 하면 밥 먹고, 이동하라고 하면 이동하는 여행이었다. 아무 생각 없이 여행하고자 하는 나에게 오히려 맞는 여행이란 생각도 들었다.

인터넷을 뒤져보며 금강산에 대해 알아보았다. 금강산 등산코스를 알아보고 입경 절차를 알아보았다. 할아버지 할머니에게 안내는 내가 해야 할 것이었다. 준비물품이라야 옷가지 정도이지만 가방을 챙기고 출발 날만 기다리고 있었다.

　관광 이틀 전날 어머니가 전화하셨다. 할아버지가 병원에 입원하셨다고 하셨다. 당연히 금강산 관광은 취소될 것으로 알고 있었다. 다소 아쉽기도 했지만, 할아버지가 걱정도 되었다. 할아버지는 해마다 종종 아프셨다. 아버지는 할아버지가 아프시면 큰일이라도 난 것처럼 입원부터 하고 보았다. 연세 드신 분은 어떤 일이 일어날지 모른다고 하셨다. 어떤 때는 아침에 입원하셨다가 저녁에 퇴원하기도 하였다. 이번에도 큰 걱정은 하지 않았었다. 크게 넘어져서 엉덩뼈가 부러지셨다고 했다. 연세가 있으셔서 입원하셔야 한다고 했다.

　아버지는 이번 금강산 관광을 지인을 통해서 신청하셨다. 안가도 너무 시일이 촉박하니 할머니만이라도 모시고 다녀오라고 하셨다. 특별히 부탁하여 약속한 일정이라 아버지는 취소하기가 힘드셨던 것 같았다. 할머니는 할아버지가 아프신데 어떻게 가냐고 완강히 거부하셨다.

　결국, 나 혼자라도 다녀오기로 결정됐다. 할머니는 할아버지 걱정은 말고 쉬었다 오라고 하셨다. 평소 같으면 친구도 없는 여행을 갈 리가 없었지만 이미 마음이 떠서 공부도 안 되고 있었다. 꼭 금강산이 아니라도 훌쩍 여행을 다녀오고 싶은 마음이었다.

　2008년 7월 10일 아침 7시 20분까지 관광회사 본관 앞으로 갔다. 하루 전에 미리 전철을 타고 답사까지 다녀왔다. 관광버스 안에는 연세가 지긋하신 분들이 대부분이고 내 나이 또래는 한 명도 보이지 않았다. 젊은 누나쯤 되어 보이는 사람이 할머니를 모시고 가는 듯 보였고 대부분 사오십 대쯤으로 보이는 아저씨 아주머니들이 많았다. 안내에 따라 버스에 앉았다. 내 옆자리에 앉은 아저씨는 일행이 많았다. 자리가 없어서 내 옆에 앉으신 분이었다. 연신 북한의 금강산에 대해 정보를 끊임없이 이야기하셨다. 아저씨는 내가 잠들만 하면 이야기를 계속하셨다. 나는 연신 고개를 끄덕였다. 나중엔 군에서 전방 철책 근무섰던 이야기와 북한군을 멀리서 처음 본 이야기 등을 자랑하였다. GP, GOP가 어쩌고저쩌고하는데 무슨 말인지 전혀 알아듣지 못하였다. 긴장하며 군 생활을 하였다는 것만은 어렴풋이 짐작되었다. 할 이야기가 없다 싶으면 내 옆구리를 찌르며,

"저기가 어디여?"

"처음이라 잘 모르겠습니다."

또 잠들만 하면,

"저기가 어디여?"

"처음이라 잘 모르겠는데요."

버스는 가는 도중에 강원도 어느 휴게소에서 쉬면서 식사를 하게 하였다. 나는 황태국밥을 먹었다. 서울에서 먹던 음식보다는 맛있게 먹었다.

버스는 남측 출입국 사무소에서 간단한 신고를 하고 북측으로 향했다. 미리 주의 사항을 들었었다. 어려서부터 북한에 대해 배운 것이 있어서 설렌다기보다 낯섦에 대한 떨림이 있었다. 출발에서는 별 느낌이 없었는데 점점 안내원의 말과 주의사항을 들으며 나도 모르게 긴장하

는 내 모습이 느껴졌다. 한 편으로 생각하면

'나 혼자 가는 것 아니고 여러 사람이 같이 가는데 무슨 일이 있겠어?'

마음속으로 대뇌이면서도

'총을 든 군인들.'

'철조망.'

작은 표지판에 쓰인

'지뢰주의.'

'출입금지.'

무엇인지 모를 불안감이 몸을 감쌌다. 그런 복잡한 마음 한편에는 미지의 땅에 대한 호기심도 머릿속을 휘젓고 있었다.

우리 군인들의 웃음 띤 얼굴에 손을 흔들며 잘 다녀오라는 말에 편안했던 마음도 잠시였다. 부동자세의 딱딱한 북한 인민군 표정 속에서 무엇인가 조심해야만 할 것 같았다. 말이라도 잘 못 붙이면 총구를 들이밀 것 같았다. 나만 그렇게 느끼는 것이 아닌 것 같았다. 옆자리의 아저씨 아주머니들도 웅성거렸다. 절대 손가락질하지 말라는 주의 사항에도 불구하고 어떤 아주머니는 손가락으로 가리키며, 저것 봐, 이것 봐, 등을 쉬지 않고 이야기하다가 옆 사람의 제재를 받기도 했다. 시골에 놀러 온 도시 청년들을 일하다 보면

"저 연놈들은 무슨 복으로 놀러만 다니나?"

괜스레 짜증이 나는 것처럼 저들도 그럴 것이라고 이해가 되었다.

누구나의 자존심일 것이고 나의 자존심이 침해받지 않으려면 타인의 자존심을 존중해야만 한다. 저들의 자존심을 건드리지 않아야겠다는, 나도 모르게 상대방의 자존심에 상처를 주지는 않을는지 조심해

야겠다고 생각했다.

　북측 출입 사무소 절차는 다소 까다로웠다. 시간이 걸리긴 했지만, 특별히 문제가 되는 사람은 없었다. 북측 출입 사무소를 나오니 오후 네 시가 넘어서고 있었다. 온정각에 도착해서 네 시 삼십 분 경에 금강산 문화회관에서 북한 예술인들의 교예를 관람하였다. 기계적인 동작들과 오랫동안 수많은 연습을 했을 것이 예상되는 공연이었다. 보면서 즐거움보다는 안타까운 마음이 앞섰다. 무슨 이유인지는 모르겠지만 기쁘지는 않았다. 대부분의 연세 드신 분들은 눈물을 훔치셨는데 젊은 사람 중에 눈물을 닦는 사람은 나밖에 없었다. 남모르게 얼굴을 훔치고 다른 곳에 정신을 집중하였다. 저녁을 먹고 나니 자유시간이 주어졌다. 대부분 여럿이 같이 와서 서로 노는데 나만 혼자서 밥도 모르는 사람과 같이 어설프게 먹었다. 자유 시간에 바닷가를 혼자 거닐었다. 이것은 혼자여서 오히려 낫다고 생각했다. 어른들은 저녁을 먹으면서 술 한 잔씩 하셨지만 나는 아직 그런 분위기에 익숙하지 않았다. 사실 대학 입시에 실패하고 2월경에 친구들과 맥주 몇 잔 먹은 것이 전부였다. 술이 맛있다는 것도 전혀 모르겠고 왜 먹는지도 이해하지 못했다. 여기저기서 웃음소리와 왁자지껄 떠드는 소리는 밤새 이어졌다.
　온정리 앞바다는 바다라기보다 호수에 가까웠다. 너무도 잔잔하였고 바닷바람이 적당하여 무척 쾌적하게 느껴졌다.
　'2박 3일 모든 걸 잊고 가자. 그러려고 온 것 아닌가?'
　바다를 보니 기운이 나는 것 같았다. 내가 서 있는 이곳이 북한 땅이라는 사실이 믿어지지 않았다. 얼마 있으면 나도 군에 입대해서 이곳 사람들을 향해 총을 겨누고 있을 생각을 하였다. 내가 본 북한 군인과 저 사람들을 향해 총을 쏠 수도 있을 것이란 생각을 하였다. 나도 모르게 가슴이 뜨거워지고 몸서리쳐졌다.

11일 새벽 일찍 잠에서 깨었다.

그렇게 잘 잔 것은 아니었다. 몇 번 잠에서 깨었다가 잠들 다를 반복했다. 나름대로 북한 땅이라고 긴장했던 것 같았다. 새벽 네 시가 지난 시각에 잠에서 깨었다. 더는 잘 수 없을 것 같아 아예 일어났다. 이른 시간이므로 간단히 세수만 하였다. 머리가 맑지 못하고 멍하였다. 트레이닝복 차림으로 운동화를 신었다. 어제 조금 달려본 백사장을 갈 수 있는 곳까지 달려봐야겠다고 생각했다. 호텔을 나오니 너무나도 상쾌한 바람이 불었다. 사람의 모습은 볼 수 없었다. 밤새 시끄럽던 소리도 없었다. 간간이 북한산 술병과 맥주병이 방파제에 뒹굴고 있었다.

바닷바람을 얼굴에 맞으며 달리는 기분은 집에서 천변을 달리는 것과는 전혀 다른 것이었다. 바람의 느낌이 조금 더 날카롭게 얼굴을 찔렀다. 뛰는 순간부터 가슴 속으로 파고드는 듯했다. 뛰다 걷다 반복하다 보니 저 앞에서 아주머니 한 분이 산책하고 계셨다. 긴 치마 차림인 것과 뒷모습을 보니 어느 정도 나이 드신 분으로 보였다. 나는 가볍게 팔을 벌려 스트레칭을 하면서 천천히 걸었다. 아주머니 앞으로 뛰어 나가기도 그렇고 모르는 분 뒤에서 바짝 걷기도 뭐해서 50여m 정도의 거리를 두고 천천히 걸었다. 아주머니도 뒤를 힐끗 보시고는 금강산의 새벽을 만끽하시는 것처럼 보였다. 호텔이 있는 분들을 전부 깨워이 기분은 나눠 갖고 싶은 마음이 일 지경이었다. 바닷가 모래는 남한의 여느 해수욕장 모래와 같았다. 오히려 더 고왔다. 평평한 모래사장을 지나자 나지막한 모래 언덕이 보였다. 아주머니는 약간 기다시피 하며 다소 힘들게 모래 언덕을 넘었다. 나는 가볍게 조깅하면서 살짝 뛰어서 모래 언덕을 넘었다. 아주머니 뒤를 따라 산책을 계속 했다. 무의식적으로 옆을 보니 마치 시골 학교 테니스장의 펜스 모양의 울타리가 보였다. 공 날아가지 못하게 쳐 놓은 펜스와 똑같은 녹색의 펜스였다. 남한에서 흔히 볼 수 있는 녹색 철망 펜스.

여전히 나는 아주머니와 50m 이상의 간격을 두고 천천히 걸었다. 온정리 바닷물은 빠져 있어 모래사장을 넓혀주고 있었다. 아주머니는 치마를 입어서인지 모래사장의 육지 쪽 끝으로 걷고 있었다. 나는 물 빠진 바다 쪽의 물가를 걸었다. 물기를 머금은 모래를 앉아서 파보았다.

'조개라도 있을까?'

아주머니와의 거리는 조금 더 멀어져 있었다. 더 뒤처져 만끽하며 걸었다.

늦은 밤 집에 가다가 내 집에 가는데도 앞서 있는 여자 분이 나를 경계할 때처럼 난처한 경우의 기억이 떠올랐다. 서로 말을 할 수도 없지만 괜한 오해를 받는 것도 그렇다. 지금은 꼭 그렇지는 않지만, 혹시 아주머니가 놀라거나 민망할 거 같아 더욱 천천히 걸었다. 나중에 호텔로 돌아갈 때 충분히 뛰어서 갈 수 있었고 달리는 즐거움은 그때 느껴도 충분했다.

희미하던 물체들이 제 모습을 서서히 드러내고 있었다. 커다랗게 튀어나온 바위 근처까지 왔을 때 앞쪽에서 누군가 무어라 하는 듯이 보였다. 허리를 굽히고 자세히 보니 아주머니 앞쪽 멀리 한 초소에서 나오는 소리였다.

'인민군 초소가 왜 여기 있지?'

'내가 어디를 온 것이야?'

"멈춰라!"

인민군이 소리를 치고 있었다. 목소리로 보아 여군임을 알 수 있었다. 초소 창문에서 이곳을 향해 총구 두 개가 희미하게 보였다. 하나의 총구가 사라지더니 인민군 한 명이 초소 밖으로 나왔다. 총구는 금방이라도 쏠 태세로 아주머니를 향하고 있었다. 곧이어 다른 인민군 한 명도 초소에서 나와 아주머니에게 다가가고 있었다. 나는 반사적으로 엎드렸다. 아주머니는 순간 뒤돌아서 호텔을 향해 달리기 시작하였다. 인민군 둘이 합세하였다. 아주머니를 향해 계속 멈추라고 소리치며 뒤따라 달리기 시작하였다. 내가 엎드린 곳에서 20m 정도 지점을 지나 호텔 쪽으로 세 명이 시차를 두고 달려갔다. 그 순간 내가 관광자유지역을 벗어 나왔다는 것을 직감으로 알았다.

'언제 벗어났을까?'

관광객이 넘어가면 안 되는 곳이라면 당연히 가시철조망이 처져 있어야 했다. 나는 철조망을 넘은 적이 없었다. 가시철조망이 아니라 가시 없는 철조망도 넘은 기억이 없었다. 그런데 아주머니는 무언가 잘못된 것처럼 호텔로 뛰어가고 있었다. 인민군 두 명은 총구를 들이대고 뒤따라 달리고 있었다. 얼마 지나지 않아 아주머니와 인민군의 거리는 좁혀 들고 있었다. 순간 인민군이 총을 한 발 발사하였다. 총소리는 새벽을 찢어 놓듯이 매우 컸으며 살면서 처음 듣는 총소리였다. 등골이 오싹하였으며 온몸이 떨려왔다.

'내가 큰 잘못을 저질렀을까? 나는 어떻게 해야 하나?'

총소리에 놀랐는지 아주머니가 멈칫하는 것 같았다. 그 순간 두 인민군이 거의 동시에 아주머니를 향해 총을 쏘았다. 아주머닌 그 자리에서 앞으로 쓰러졌다. 겁이 났다. 머릿속이 하얗다는 것을 경험하였다. 순간 아무 생각도 나지 않았고 바닥에 납작 엎드려 정신을 놓고 있었다. 잠시 후에 정신이 약간 들었다.

'내가 호텔을 가려면 저들 옆을 지나가야 하는데 저들이 나도 가만두지 않을 것이 아닌가? 어쩌지? 어쩌지? 어쩌지?'

순간 살아야 한다는 생각 밖에는 나지 않았다. 어떻게든지 살아야 한다. 인민군과 만나면 나도 아주머니처럼 총을 맞을 것이 뻔하였다. 허리를 굽히고 인민군과 조금이라도 멀어지는 쪽으로 뛰었다. 어디가 어딘지 모르겠지만, 총을 든 인민군에게서 멀리멀리 떨어질 수만 있으면 되었다. 눈에 눈물이 났다. 아무 생각도 없이 뛰고 있는데 눈물은 계속 흘렀다. 허리가 아파서 엎드린 채 뛰어가기가 힘든 때부터는 서서 전속력으로 뛰었다. 시골에서 개에게 쫓기던 것 이래로 이렇게 뛴 적은 없었다. 아무 생각 없이 뛰었다. 지쳐 쓰러질 때까지 뛰고 또 뛰었다. 입술이 바짝 타고 심장이 터져버릴 것 같았다. 다리에 힘이 빠져 더는 서 있지도 못할 때까지 뛰었다. 모래사장에 앞으로 쓰러졌다. 겨우 몸을 제 껴 뒤로 누워 노란 하늘을 보았다.

'아주머니는 어떻게 되셨을까?'

누군가 나를 건드리는 것 같아 눈을 떴다. 인민군 셋이 총구를 나로 향하고 서 있었다. 한 명은 총구로 내 가슴을 툭툭 건드리고 있었다. 그들은 나를 부축해서 막사로 데리고 들어갔다.

"와 거기서 있었니?"

"금강산 관광 왔다가 길을 잃었습니다."

"남조선 사람이야?"

"예!"

순간 막사 안에는 정적이 흐르더니 곧바로 나를 포박하였다.

'차라리 북한 사람이라고 할 걸 그랬나?'

갑자기 막사 안이 분주해지기 시작하였다. 여기저기 전화를 하고 내 앞엔 총을 멘 인민군 둘이 서서 나를 경계하였다.

'이제 어떻게 되는 것일까? 설마 죽이지는 않겠지?'

죽이려면 그 자리에서 죽였을 것이다. 애써 위안거리를 찾으며 불안과 공포에 휩싸여 있었다. 앉아있는 다리가 저절로 떨리고 있었다. 물이 먹고 싶다고 하니 컵에 물을 따라 먹여주었다. 무엇인가 큰일이 내게 다가오고 있다는 생각이었다. 어떻게 이 일을 해결해야 할는지 생각이 나지 않았다. 부모님 생각이 간절하고 내가 살아갈 수 있을는지 내 생사가 걱정되기 시작했다. 내가 살아야 부모님을 볼 것이고 고향으로 돌아갈 것이었다.

지휘관인 듯한 군인이 전화 중에 몇 가지를 묻고 다시 어디다가 전화를 하였다. 한 시간 정도 지난 것 같았다. 자동차 소리와 경계를 하는 시끄러운 소리가 났다. 깨끗한 군복을 입은 군인 여러 명이 막사 안으로 들이닥쳤다. 나만 앉혀 놓고 전부 나가게 했다.

"금강산 관광객입니까?"

"예."

"자유관광지 안에서 놀지 철망은 왜 넘었쓰네까?"

"넘은 적 없는데요."

인민군은 아무 말도 안 하고 나를 쏘아 보았다. 눈빛이 무서워 찔끔 눈을 감았다.

"이름은?"

"이승기입니다."

"주민등록번호?"

사실대로 말해야 하나 혹시 나중에라도 나에게 해가 되는 것은 아닌지 걱정이 되었다.

"주민등록번호?"

"880325-1******"

"이거 맞아?"

"예 맞습니다."

"출입증 쓸 때 다 쓴 것 같은데요."

또다시 나를 쏘아 보았다.

"관광객 아니지? 염탐하러 왔지?"

"예?"

"간첩 아냐?"

아주 직접적으로 물었다.

"아닙니다. 절대로 아닙니다."

"기럼 와 거기 있었어?"

자칫 잘못했다가는 간첩으로 몰릴 게 뻔하였다. 어떻게든 우발적이라는 사실을 인식시켜야 내가 살 것 같았다. 그자는 인적관계와 간단히 월경한 경위만 조사하고 누군가와 연락을 취하였다. 자세한 사항을 말하려고 하였으나 그자는 더는 듣지 않았다. 나는 내가 왜 거기에 있었는지, 내겐 아무 잘못이 없다고 외치고 싶었으나 묻지도 않았다. 그리곤 나를 차에 태우고 다시 두 시간 정도 간 것 같았다. 어디가 어딘지, 몇 시가 된 것인지 알 수 없었다. 밧줄로 묶인 상태에서 지프차 같이 생긴 차량에 타고 쉬지 않고 빠르게 달렸다. 승차감이 없어서인지 속도가 더욱 빠르게 느껴졌다. 누구에게 물어볼 수도 없었다. 어느 시가지를 달리는 것 같아 곁눈질해 보니 원산이 들어간 표지판이 보였다. 원산 어디쯤으로 생각되었다. 오래된 듯한 낡은 건물로 들어섰다. 경비원이 있는 것으로 보아 관공서라는 것을 짐작하였다. 화장실에 갈 때도 경비원이 옆에서 서 있었다. 점심밥을 주었는데 거의 먹지 못하고 물만 마셨다. 아침부터 아무것도 먹지 않았지만, 전혀 배고프지 않았다.

취조실인 것 같았다. 탁자와 의자 두 개가 마주 있고 다른 의자 하나는 옆에 있었다. 탁자 위에는 뜻밖에 컴퓨터가 있었다. 밥을 다 먹었다고 하자마자 장교인 듯한 군인이 들어왔다. 이자는 다소 부드럽게 보였다. 문 옆에는 총을 어깨에 멘 군인이 내 쪽을 쳐다보고 있었다. 자기가 누구인지도 밝히지 않고 앉자마자,

"주민번호?"

"880325-1******"

"이름?"

"이승기입니다."

그는 나를 몇 초 정도 쳐다보았다.

"사실대로 말하시오."

나를 가까이 오라고 손가락질하였다.

그자 옆 컴퓨터 화면엔

'불일치.'

라고 나타나 있었다. 그건 인터넷 웹사이트에 회원 가입할 때 주민등록번호와 이름이 맞지 않으면 뜨는 화면과 같았다. 깜짝 놀랐다.

'어떻게 우리나라 주민등록번호와 이름을 컴퓨터로 확인할 수 있지?'

이자는 한술 더 떠서,

"한 시간이면 당신 인적사항과 자라온 환경까지 다 알 수 있어."

정말 그럴 수도 있을 것 같았다. 우리나라 전 국민 주민등록번호가 입력되어있다면 무슨 정보이든 없겠는가? 두려웠다. 혹시 집에 있는 가족들에게 어떤 피해가 가지 않을까 걱정되었다. 그러나 거짓말한다고 변하는 것이 없을 것이란 체념이 들자 오히려 말하기가 편해졌다. 나는 처음 금강산 관광 오게 된 사유부터 잡히기까지 있는 그대로 진술하였다. 그러나 내게 왜 철조망을 넘게 되었냐고 꼬치꼬치 물었다. 처음에는 철조망을 넘지 않았다고 하였으나 가만히 생각해 보니 테니스장 안전망 같은 곳을 지나긴 한 것 같았다. 그러나 나는 그 안전망마저도 넘은 것이 아니었다. 바닷가 쪽으로 있는 약간의 모래 언덕을 넘은 것뿐이었다. 그렇게 이야기하여도 어디를 정탐하려고 왔느냐는 둥, 거짓말이라는 둥 오전 내내 같은 질문을 반복한 것 같았다. 나는 눈물을 글썽이며 사실이 아니라고 이야기하였다. 트집 중에 하나는 내가 어떻게 그 짧은 시간에 먼 거리를 달릴 수 있느냐고 고도로 훈련된 사람이 아니고서는 그럴 수 없다고 하였다. 나는 내가 얼마나 먼 거리를 어디로 달린 줄도 모르고 뛰었다고 이야기하였으나 믿지 못하겠다고 하였다.

한국 금강산 관광 주관 회사 박 과장에게 북한 측으로부터 관광객 사망 연락이 온 것은 7월 11일 9시가 조금 넘어서였다.

"박 과장님 오늘 새벽 남측 여성 관광객 한 명이 우리 측 군사 지역을 침범하였습니다. 초소 근무병이 멈추라고 제지함에도 도주하다가 초소병 사격에 실탄을 맞고 사망하였습니다."

전화 통보를 하는 북측 관계자도 다소 상기된 목소리였고, 박 과장은 머릿속이 하얘졌다. 이런 불상사를 전혀 예측 못 한 것도 아니었다. 혹시 남한 관광객이 술에 취해 관광자유지역을 벗어나면 어떻게 조치할 것인지에 대해서도 북측과 묵시적 합의는 있었다. 그럴 리가 없었다. 박 과장은 재차 물었다.

"사망하였습니까?"

"예 맞습니다. 오늘 새벽 다섯 시경에 어린 병사가 근무에 열중하다 보니 다른 생각 못 하고 사격하여 그만……"

"예 알겠습니다."

박 과장은 서둘러 전화를 끊었다. 곧바로 금강산 사업소 이 소장에게 보고하였다.

"뭐라고?"

이 소장은 한마디만 듣고 북측으로 전화를 직접 하였다. 당황한 것은 북측도 마찬가지였다. 짧은 시간 안에 모든 상황이 파악되지는 않겠지만, 이 소장은 사후 처리를 어떻게 해야 하는지 생각하고 있었다.

사오십 대 여성이 북측 군사 지역에서 피살되었다는 사실만 확인하였다. 이 소장은 본사 윤 사장에게 급히 보고하였고 박 과장에게 인적 사항을 파악도록 지시하였다. 정부 관계기관에도 통보하도록 하였다.

정부에서도 사건을 파악한 것은 오전이 거의 다 지나가서였다. 정부는 즉시 관광객을 철수하도록 명령하였다. 대통령에게 보고한 시점은 오후가 다 지나서였다. 북한과의 접촉 자체를 좋아하지 않던 청와대 주변인들은 즉각적으로 관광 주관 회사 감사를 지시하였다. 윤 사장은 아직 이익이 나지 않고 투자 단계인 사업이 정부의 기다렸다는 듯이 내려오는 조치들을 보고 큰일이 났음을 직감하였다.

이 소장은 즉시 금강산에 있는 관광객을 철수시키라는 정부 명령과 회사 본사 명령을 이중으로 받았다. 금강산에 등산하던 팀에게도 하산토록 하였다. 산에 있지 않은 관광객은 바로 철수를 시작하였다. 한꺼번에 많은 사람이 마치 전쟁이 나서 피난 가는 것처럼 긴장하면서 서둘러 온정리를 빠져나갔다. 북측 출입심사도 평소와는 다르게 하는 둥 마는 둥 하면서 신속히 남쪽으로 관광객을 내보냈다. 관광 조장은 피살된 여인 외에 젊은 청년이 없어진 것을 파악하였다. 박 과장에게 보고하였으나 박 과장은 여성 사망한 것에만 온 정신이 집중되어 있었다.

"없어지긴 어딜 없어져? 다른 팀과 합류했겠지. 잘 확인해봐."

"먼저 내려간 팀은 없어?"

"이미 많은 팀이 속초로 떠났습니다."

"거기에 합류해서 간 것 아니야?"

지금까지 단 한 번도 인원 점검에서 착오가 생긴 적은 없었다. 그러나 지금 사람이 죽고 더구나 앞으로 이 사업이 끝이 될 수도 있는 상황이었다. 정확하게 실종이 된 것인지 안 된 것인지도 모르는 일을 지금 발표 한다면 즉시 사표를 쓰라고 할 것이었다. 애써 별일 없을 것이라고 스스로 위안하였다. 피격 발표가 난 즉시 전 언론과 모든 국민의 눈은 금강산에 있었다. 그러니 당연히 실종된 사람이 있다면 어디서든 연락이 올 것이었다.

승기의 할아버지는 승기의 생각과는 달리 급격히 건강이 나빠지셨다. 연세가 있으신 분은 뼈에 이상이 있으면 매우 위험하다는 의사의 말이 있었지만, 승기 아버지는 승기에게까지 그런 이야기를 하지는 않았다. 승기 할아버지가 중환자실에 있는 동안 승기 아버지와 승기 어머니는 병원에서 돌아가면서 쪽잠을 자야 했다. 물론 금강산에서 여인이 피격되었다는 사실은 뉴스를 통해 알고 있었다. 승기 집에서는 누구도 승기에게 무슨 일이 있을 것으로 생각하지도 않았다. 걱정도 하지 않았다. 할아버지가 중환자실에 계시기 때문에 가족의 관심은 더욱 거기에 가 있었다. 승기 부모는 승기가

'공부도 잘하고 운동도 잘하는 아이. 어디다 내다 놔도 잘 살 아이.'라고 자랑만 하는 것이 아니라 이제는 그 자랑이 믿음이 되어 있었다.

북한 최고 지도자에게 보고된 것도 당일 오후 세시 경이 다 되어서였다. 북한 지도자와 그의 측근은 남한의 TV 방송을 시청하면서 보고를 받고 있었다. 당일 금강산 관련 보고는 두 건이 있었다. 처음엔 중년 여성 한 명의 사망과 그로부터 한 시간 뒤에 젊은 청년 한 명이 생포되

었다는 보고였다. 그런데 남한의 방송에서는 여성 한 명의 피격에 관해서만 이야기하고 젊은 청년에 대해서는 한마디도 하지 않고 있었다.

"이게 어케 된 일이야?"

"우리도 남측에 통보할 때에는 한 명만 사망 한 줄로 알았습네다. 한 시간 뒤에 장전 위쪽 통천군 해안가에서 기절한 젊은 청년 한 명을 우리 병사가 발견하였습네다."

"통천이면 장전에서 꽤나 먼 곳인데 어케 거기까지 갔네? 특수 임무를 띠고 북파된 자 아니야?"

"철저히 조사하고 있습네다. 기런데 남측에서는 전혀 그 젊은이 이름을 거론하지 않고 있습네다."

"출입 기록에 있디 않갔어?"

"확인한 바로 출입기록엔 있었습네다."

"분명히 있어?"

"예, 분명히 입국한 기록은 있고 출국한 기록은 없습네다."

"기런데 남측에서 아무런 요구도 없다?"

"예, 기랬습네다."

"출입기록에 기록이 되어 있으면 북파된 자는 아이 같고만."

"염탐하러 왔으면 입국하고 출국까지 기록이 완성되어 있었을꺼야. 아니면 기록 자체가 없었을 테지. 그 생포한 자 잘 처우하라우. 결정적일 때 쓸 일 있디 않갔어?"

북한에서 최고 지도자의 명은 명쾌하였다. 그리고 평양에 앉아서 보고서 내용만으로 정확한 판단을 하고 있었다. 남한에서 이승기의 이름을 놓친 것은 실무자 한 명이 아닌 여러 명의 암묵적 실수였다. 더구나 남한 당국에서는 이러한 사실을 전혀 모르고 있고 언젠가 이용 가치가 있을 때 이용하겠다는 것이었다.

승기의 말을 전혀 믿지 않던 조사관이 나타난 것은 저녁 먹기 직전이었다. 얼굴엔 웃음마저 띠고 편히 쉬라고 하였다. 못 피우는 담배까지 권하였다. 승기는 갑작스러운 변화에 더욱 신경이 쓰였다. 담배는 처음부터 피우지 못한다고 하자 혼자 담배를 빼어 물었다. 남한 같으면 간접흡연이 더욱 나쁘다는 것이 일반화되어 있지만, 아직 여긴 그렇지 않았다. 담배 냄새가 싫었지만 그런 내색을 하지 않으며 나름대로 조사관으로부터 정보를 캐내고자 하였다.

"저는 어떻게 됩니까?"

"우리 군사제한 구역을 무단으로 침범한 것 인정합니까?"

"저는 그런 사실이 없는데요?"

"장전에서 통천까지 백 리가 되는 길을 뛰어서 갔다는 걸 믿으라는 거이야? 의도적으로 침범한 것 맞디?"

20km 정도는 더 되겠지만 백 리는 아니었다.

"아닙니다. 의도적으로 침범한 것은 절대로 아닙니다."

"그럼 어떻게 침범하게 됐어?"

"사실 군사제한 구역이 있는지도 몰랐어요. 해안가 쪽으로 죽 걷다가 보니까 작은 언덕이 있었는데 지금 생각하니까 그게 담이었나 봐요."

"녹색 철조망 있디 않아?"

"해안가 쪽에는 없었고요, 그것도 우리 마을 중학교 테니스장 공 넘어가지 못하게 쳐놓은 담장과 똑같이 생겨서 가서는 안 되는 곳인 줄 몰랐어요. 거기 아주머니도 그랬던 거 같아요."

　사실 심문하기 전에 평양에서 온 지시사항은 생포된 자를 잘 대해 주
라는 것이었다. 그래서 심문도 최대한 살살 하려고 노력하고 있었다. 지
시사항 중에는 또 여성의 불법 무단 침입을 입증하고 이 자도 같이 불
법 무단 침입한 것에 대한 인정을 받으라는 것이었다. 더구나 어린 여
성 인민군 한 명이 실수로 사격하였다는 진술을 받고자 하였다. 그런데
이 자는 두 명이 동시에 한 참을 추격하여 공포탄을 쏘자 여성이 멈춰
섰는데도 사격을 하였다고 하고 있다. 조사관은 어떻게든 평양에서 의
도하는 대로 확인서를 받으려 하였다. 순진한 것인지 명청한 것인지 이
승기란 놈은 다 가르쳐 주어도 말을 못 알아들었다.
　"불법으로 침입한 것이 맞지?"
　처음에는 승기도 강력하게 부인하였으나 며칠 동안 계속 얘기를 듣
다 보니 그게 맞는 것도 같았다.
　"잘 몰라서……."
　"그러니까 불법으로 침입한 것 맞지?"
　"예……."
　"담을 넘은 것 맞지?"
　"담 같이 안 생겼어요, 정말이에요."
　"담이 있었디 않아! 당신도 녹색 담이 있었다고 했지?"
　"예……."
　"우리 인민군 젊은 여성 한 명이 경고 사격을 해도 멈추지 않으니까
사격한 거 맞지?"

"두 명이 있었는데요?"

"두 명이 총을 쐈어? 멀리서 있었다면서 어케 잘 알아? 자세힌 모르디 않아?"

"멀리서 잘 보이진 않았지만……"

"한 명이 쏘는 것처럼 보이지 않았어?"

"예 그런 것 같아요."

"우리 군사 지역을 무단으로 침입하면 안 된다는 말 들었디요?"

"예."

승기는 고등학교를 갓 졸업한 어린애였다. 몸은 자랐지만, 세상을 산 것도 아니고 재수하면서 공부를 했건 하지 않았건 독서실과 학원만을 오가며 지낸 애송이었다. 인민군 조사관은 생각보다 인격적으로 대우해 주었고 조사 과정에서도 절대로 함부로 대하지 않았다. 남한에서 어른 대하듯 이승기를 존중해 주었다. 승기는 사흘 동안 조사를 받으며 조사서에 사실 확인 사인을 하였다.

조사가 끝나고서 승기는 다시 두려워지기 시작하였다. 어려서부터 들은 북한은 너무나도 험악한 세상이었다. 더구나 승기처럼 북한 입장에서는 범죄자인 신분인데 앞으로 어떤 고난이 올 것인지 상상이 안 되었다. 밤에는 부모님만 떠올리면 눈물이 흘렀다. 이러다가 영원히 이별하는 것은 아니겠지? 혹시 모를 일이었다.

'납북 어부들도 평생 북한에 억류되어 있지 않았던가? 나도 평생 이곳에서 살아야만 하는 것일까? 그렇지 않을 거야. 나 같은 어린애를 어디다 쓸 수 있겠어? 아냐 아오지 탄광에 보내는 것은 아닐까?'

거의 매일 밤을 불면증으로 시달렸다. 한편으로 우리나라 정부가 어떤 조치를 취해 줄 것이라는 희망도 들었다.

조사가 끝나고 사인을 하면서 승기는 조사관에게 물었다.

"저는 어떻게 됩니까?"

"구류되었다가 재판을 받게 되갔지. 잘못이 있으면 벌을 받아야 하지 않갔어?"

"저는 어떤 벌을 받나요? 교도소에 가나요?"

"나는 판사가 아니라 모르갔고, 우린 교도소가 없고 교화소가 있디."

"이제 아오지 탄광 같은데 가나요? 힘드나요?"

웃으며 조사관이 말했다.

"아오지 탄광은 어케 알아? 남조선에서 유명해? 하디만 아오지 탄광은 없어졌어. 조사에 잘 협조해 주었는데 별일 있갔어? 걱정하디 말라우."

조사관은 정말 부드럽고 믿음이 가게 말을 하였지만 그게 더욱 거슬렸다. 그의 말대로 그는 판사가 아니지 않나.

"어떤 벌을 받을지 모르잖아요. 판사가 아니시라면서요?"

"기럼 와 물어봤어? 큰 걱정 안 해도 되갔으까 하는 말이디."

조사관은 더는 말없이 나갔다.

다음 날부터는 남한의 여관 같은 곳에 나를 수용하였다. 여관이라기보다 중학교 때 수련회 갔던 숙소 같았다. 절대로 밖으로 나오지 못하게 하였다. 총을 든 군인 두 명이 방문 앞에 있고 복도 양쪽 끝에도 두명씩 네 명이 지키고 있었다. 건물 입구에도 누군가 있을 것이었다. 수용 시설은 남한의 여관 같다는 느낌이 강했다. 아버지와 남해로 여행 갔다가 방이 없어 완전히 허름한 여관을 들어갔는데 그곳과 매우 흡사하게 생겼다. 수련회 숙소와 여관의 혼합된 형태로 보였다. 이런 곳이라면 북한에서는 상당히 좋은 곳일 텐데 나를 이런 곳에 억류했다는 것은 좋은 징조로 생각되었다. 아마도 이른 시일 내에 남한으로 보내려고 그럴 것으로 생각했다. 남한에 가서 북한에서 있었던 이야기를 할 때 시설이 좋은 곳에서 있었다고 하면 자연스럽게 선전이 될 것이었다. 아마도 그 이유로 내게 이런 대접을 하는 것으로 판단했다. 두 명을 제압하고 탈출할 수도 있을 것 같았다.

'그래도 나는 태권도 3품이 아닌가. 하지만 여기를 나간다 해도 여기가 정확히 어딘지도 모르며 집까지 어떻게 가겠는가. 이런 사실을 집에서는 알고 있을까?'

정부는 협상하고 있을 것이다. 이런 와중에 내가 도망이라도 가면 더욱 무거운 형벌이 내릴 것이었다. 나간다 해도 북한의 식량 사정이 뻔해 어디서 얻어먹지도 못하고 굶어 죽을 수도 있을 거 같았다. 창문을 통해 먼 곳에 바다가 보였다. 조사를 한 곳에서 그리 멀리 가지 않은 것으로 보아 원산일 것으로 생각되었다. 이곳에서 세끼 주는 밥 먹고 특별히 하는 일 없이 빈둥거리는 게 일이었다. 밥은 잡곡밥이었지만 할아버지 병원식사보다 나은 것 같았다. 고기만 없지 나머지 반찬은 먹을만했다. 내가 무료하게 보내는 것으로 보였는지 북한의 선전용 책 몇 권을 주었다. 너무 싫증 난 이야기들로 가득 차 있어 그림만 몇 장 보고 말았다. 아침부터 저녁까지 방안에만 있는 다는 것이 쉬운 일은 아니었다. TV도 처음엔 보지 않았지만 심심해서 그거라도 보면 시간이 지났다. 최근 일은 거의 나오지 않았고 대부분 포장된 이야기라는 것이 느껴졌다. 계속 보다 보니 적응되는 것 같았다. 며칠 보았다고 익숙한 말투와 내용에 물드는 것 같았다.

'내가 왜 이러지?'

문득 여기에서 어떻게 될지 모르기 때문에 체력을 길러야 한다는 생각이 들었다. 가만히 있지 못하는 성격이기도 하지만 체력이 약해지면 정신력도 약해질 것이었다. 좋아하는 달리기는 하지 못하더라도 약도 부족하다는 이곳에서 아프기라도 하면 모든 희망이 없어지는 것이었다.

'희망'

나에게 희망이 있다. 어머니를 꼭 만나야 한다는 희망. 그거면 충분했다. 이곳에서 영원히 살 수는 없을 것이다. 물론 지금 분위기로 봐서 곧 남한으로 갈 것도 같지만, 앞으로의 일을 누가 알겠는가. 방안에서 갑갑하기도 해서 제자리 뛰기, 제자리 달리기를 시작하였다. 발 앞부분으로만 달리기 때문에 무슨 효과가 있을지 모르지만 그래도 앉아 있는 것보단 나을 것으로 생각했다. 앉았다 일어났다 반복하고 팔굽혀 펴기와 스트레칭을 계속했다. 땀이 날 정도가 될 정도로 운동하였다. 다행히 샤워 물은 잘 나와서 매일 샤워할 수 있었다.

일주일이 지나면서 그들은 나를 데리고 군대 연병장 같은 곳으로 데리고 나갔다. 매일 방에만 있으면 건강에 안 좋다고 운동을 시키려 한 것이다. 높은 담장이 있어 어딘지는 모르겠으나 나에게 운동장을 걸으라고 하였다. 매일 운동 시간을 주겠다고 하였다.

'이 얼마나 고마운 일인가?'

나는 달리기를 하겠다고 감시원인지 경비원에게 말을 하고 운동장을 한 시간 동안 뛰었다. 땀을 흠뻑 내고 돌아왔다. 옷도 비교적 깨끗한 것이 지급되어 그것을 입으라 하였다. 남한에서 입고 있던 트레이닝복과 운동화는 압수되었다. 매일 매일 뛸 수 있어서인지 잠도 잘 왔다. 숙소에서는 근력 운동과 발차기, 스트레칭을 지속해서 하였다. 그런데 고대하던 남쪽 소식은 없었다. 누구에게 물어볼 수도 없었다. 경비원은 일절 말을 하지 않았다. 아마도 나와 말하지 못하게 되어 있었던 것 같다. 온종일 말을 들을 수 있는 것은 밥 왔을 때, 운동 가자고 할 때 등 몇 마디뿐이지만 그것도 일방적인 이야기만 들을 수 있었다. TV도 너무 무료할 경우에만 보았다. 혹시 나에 관한 뉴스는 없을까 했지만, 전혀 언급되지 않았다. 이 주일이 지나면서 조사관의 말 한마디가 떠올랐다.

'왜 남한에서 죽은 여성 이야기는 하지만 너에 관한 이야기는 전혀 없지? 특수임무를 띠고 북파된 것 아냐?'

자꾸 조사관의 이야기가 떠올라 곱씹어 보았다. 처음엔 나를 회유하려고 하는 말로 들었는데 시간이 갈수록 무언가 잘못된 것 같은 느낌이 들었다.

'무슨 의미가 있지 않을까? 남한에서 나를 버린 것인가? 국민 중에 나 하나쯤 버린다 해도 누구 하나 관심 가질 사람이 있을까? 부모님은 아닐 것이다. 하지만 거대한 정부가 거짓말을 한다면 부모님은 정부의 말을 철저히 믿는 분들인데……'

머리를 흔들었다.

'생각을 비우자. 최대한 생각을 비우고 몸을 움직이자. 내 몸이 오히려 건강해서 나간다면 더욱 좋은 일이지. 밖의 군인은 총을 들고 있지만, 나에겐 몸 하나뿐이다. 그렇다면 내 몸을 더 단단하게 만들면 될 것 아닌가?'

생각하면 할수록 슬퍼지고 가족들이 보고 싶어지고, 심지어 나를 물려고 쫓아다니던 마을 강아지마저도 보고 싶었다. 평소엔 좋아하지 않던 만두도 먹고 싶어지는가 하면 짜장면이나 과자도 생각이 났다. 생각을 비우자. 좁은 방에서 할 수 있는 운동을 더욱 열심히 하였다.

2 부

특별 교화소

두 달 가까이 원산에서 먹고 자고 운동하는 생활
을 하였다. 몸은 더욱 좋아진 것을 느낄 수 있었다. 한 시간에서 한 시
간 반을 달려도 지치질 않았다. 경비병들의 감시가 있어서 매우 힘이
드는 것처럼 연기하였지만, 몸이 재빠르게 움직여 주었다. 근육도 더
붙은 것 같았다. 밤마다 잊고자 해도 생각나는 가족과 앞으로의 일
때문에 걱정이 되었지만, 몸이 건강해 지면서 견딜힘도 생기는 것 같
았다.

어느 날 나이 지긋한 분이 찾아오셨다. 변호사라고 하였다. 나는 각
종 하소연을 하였으나 조사관이나 별 차이가 없었다. 듣는 둥 마는 둥
하는 모습이 역력하였다. 결국, 조사한 내용에 서명하라고 한 것이 다
인 것 같았다. 그리고 재판이 있을 것이라고 하였다. 더구나 잘못은 인
정하고 선처를 빌라는 것이 그 조언의 전부였다. 무엇을 변호하겠다는
것인지. 북한 병사를 변호하겠다는 것인지, 북한 정권을 변호하겠다는
것인지 알 수 없었다.

옷을 지급 받은 지 얼마 지나지 않았는데 새 옷을 입게 하고 차를 태워 어디론가 떠났다. 인솔자는 재판을 받는다고 하였다.

'재판이라니? 내가? 왜? 누가 나를 변호한단 말인가?'

재판은 먼 곳에서 하는 가 보다. 차를 타고 상당히 멀리 갔다.

'내가 무슨 잘못이 있어서 이곳 북한에서 재판을 받는단 말인가. 군이 치자면 군사제한구역인지 모르고 들어간 것인데 들어가지 말라는 표지도 없었고 가시철조망도 없었고 아주 작은 모래 언덕을 넘었는데 거기로 들어가면 절대고 안 되는지 누가 알았겠는가.'

그게 죄라면 죄지만 그래도 이건 부당했다.

'지키고 서 있는 사람도 없었으면서. 그래도 살아 있는 것에 감사해야 하나? 피격된 아주머니는 돌아가셨겠지. 그렇게 가까운 거리에서 서서 손들고 있는 분을 두 명이 쏘았으니.'

아직 내 목숨이 붙어 있는 것이 다행스럽기도 하지만 나도 언제 죽을지 모르는 일이었다. 조사관의 말을 종합해 보면 아주머니가 무단으로 침입하여 인민군 초소병이 멈추라는 경고를 했다. 경고 사격도 했지만 무시하고 도망가다가 멀리서 병사가 쏜 총에 우연히 맞은 것으로 정리되었다. 내게도 그렇게 서명하도록 한 것으로 보아 그게 북한의 주장인 것 같았다.

'그런데 진실은 조금 다르지 않은가? 내가 살아서 진실을 말하면 북한의 입장이 곤란 해 질 텐데, 더구나 남한에서는 나의 존재를 모른다고 하지 않은가? 사형을 합법적으로 하려고 재판을 한다는 것인가? 내 죄는?'

나도 그들이 원하는 대로 전부 서명을 하였다. 혹시 조금이라도 잘 보여 내 벌이 줄어들지는 않을는지. 생명을 보존하는 데 도움이 되겠지 하는 막연한 생각. 그러기 싫지만, 이것이 노예근성 아닌가. 확신은 없어도 권력 앞에 아부하면 무엇이라도 생기겠지. 나 자신에게 화가 났지만, 한편으로 아직 여기서 이렇게 죽을 수는 없었다. 어머니를 한 번이라도 만나고 죽어야지. 나도 인간으로 태어나 이 세상에서 누리며 살다가 갈 권리가 있지 않은가. 어떻게든 살아남겠다는 생각은 더욱 확고해 지고 있었다.

재판은 당연하지만, 비공개로 이루어졌다. 판사가 세 명이나 되었다. 판사 옆에 속기사가 고개를 숙이고 있고 나는 가운데 앉았다. 왼쪽에 검사, 오른쪽에 변호사. 변호사는 두 번 만났다. 한 번 만나도 되는 것을 별로 중요하지도 않은 것을 물어본다고 한 번 더 만났다. 조사관이 처음 조사한 내용 그대로이고 전부 인정 하느냐고 묻길래 그렇다고 대답했다. 그게 전부는 아니고 억울한 면이 있다고 해도 들어 줄 리도 없었다. 북한 군사제한구역을 침범한 것은 사실이었다. 살기 위해서 뛰어갔다 해도 도주한 것도 사실이었다. 변호사에게 혹시나 해서 그 이야기는 했다.

'철조망을 넘은 것은 아니고 바다 쪽은 자그마한 모래 턱이 있어서 모래 언덕의 연장선으로 알았다. 제한구역이라는 표지 하나 없었고 그곳을 지키는 사람도 없어서 내가 제한구역을 침범했는지도 모르고 넘어왔다.'

고 했다. 변호사는 알았다고 했으며 재판과정에서 군사제한구역인지 모르고 넘어온 사실과 바닷물이 빠져 있는 쪽으로는 철조망이 설치되어 있지 않았고 모래언덕만 있어서 그곳을 통해 왔다고 조금 부각했다. 재판은 삼십 여분 진행된 것 같았다. 내가 서명한 잘못은 그대로 인정되었다. 뭐라고 하는지도 알아듣지 못했고 내 일이지만 큰 관심도 없었다. 우선 사형만 아니면 되겠다 싶었다. 그래서 결론이 뭐냐고 다그치고 싶었다. 판사는 검사와 변호사의 이야기가 끝나고 나에게 최후 변론을 하라고 하였다. 처음에는 재판장 분위기의 위압감에 한마디도 못할 것 같았으나 나도 모르게 용기가 났다. 변호사가 지적하거나 언급하지 않은 내용을 이야기하였다.

"저는 이 자리에 있으면서 이렇게 큰 죄가 되는지 몰랐습니다. 이렇게 큰 죄가 될 정도로 중요한 곳이라면 몇 km 떨어진 곳에서 감시할 것이 아니라 철조망 옆에서 지켜야 하는 것 아닙니까? 들어가지 말라는 표지판 하나 없었습니다. 철조망도 남한에서는 공이 넘어가지 못하게 쳐놓는 흔한 울타리에 불과하고요, 바다 쪽 30여 m는 철조망이 없었습니다. 작은 모래언덕인데 그건 아주머니도 가볍게 넘을 수 있는 모래언덕이었습니다. 어디까지 넘어가서는 안 되는 곳인지 몰랐습니다. 제가 무조건 뛰어간 것은 저도 정신이 없어서 어떻게 된 건지 몰랐습니다. 아주머니가 총을 맞아 쓰러지는 것을 보고 겁이 났습니다. 조사하는 과정에서 제 불찰로 넘어서는 안 되는 곳을 넘었으니 알았건 몰랐건 죄가 되는 줄 처음 알았습니다. 죄송합니다. 집에 할머니 할아버지 부모님이 저를 기다리십니다. 선처를 바랍니다."

최후 변론을 하면서 가족 이야기를 내가 꺼내 놓고도 나도 모르게 눈물이 흘렀다. 잠시 휴정하여 판사가 다시 입장하기를 기다렸다. 그 시간에 여러 생각이 오고 갔다. 갑자기 너무 많은 일이 생겨서 어떻게

해야 할지 여기서 살아나 갈 수나 있을지……,

'설마 사형은 아니겠지. 내가 다른 의도가 없다는 것은 다 인정하잖아. 너무 길면 어쩌나. 남한에 간다 해도 대학 진학도 못 하게 될 것이고 무엇을 해서 먹고 살까? 여기서 형을 마쳐도 남한으로 갈 수는 있을까?'

잠시 후 판사가 입장하고 판결문을 낭독하였다. 내가 남한 법도 모르는데 북한 법 몇 조 몇 항이 어쩌고저쩌고하는 이야기를 어떻게 알겠는가.

"……, 이승기. 노동교화 칠 년을 선고한다."

그 말만 들렸다. 일단 사형은 아니다. 판사에게 머리를 조아리는 변호사를 뒤로 한 채 두 명의 보안원에게 양팔을 잡혀 나왔다.

'그런데 노동은 뭐지? 아오지 탄광에서 죽나?'

아무리 북한이라 하더라도 절대로 죽지는 않겠다고 다짐하면서 보위부 요원을 따라 나섰다. 차를 타고 멀리 가지 않은 것 보니 그 춥다는 개마고원이나 아오지 탄광 비슷한 곳은 아닐 거라는 생각이 들었다. 지난번 조사관도 아오지 탄광은 없어졌다고 하지 않았는가. 하지만 지금 누구 말을 믿을 수 있을까. 평양서 거기까지 가려면 꽤 걸릴 텐데 원산에서 평양 오는 것보다 가깝게 걸렸다. 여기 사람들은 나와 일절 말하지 못하도록 지시를 받은 듯했다. 누구도 필요한, 최대한 필요한 말 이외에는 한마디도 안 했다. 화장실에 가고 싶다고 해도 아무 말 없이 끌고 화장실에 데리고 가서 문 앞에서 기다렸다. 잠시도 나를 혼자 두지 않았다. 원산에서의 생활이 구류라고 하는 것을 말끝에 알게 되었다. 원산 생활은 재판을 받기 전에 대기하는 곳이고 이제부터는 벌을 받는, 우리나라 교도소에 해당한다고 했다. 보위부 소속의 장교쯤으로 보이는 이가 나름대로 안내를 해 주었다. 말투나 태도에서 아직은 잘 대해 주라는 지시가 있었던 모양이었다. 그렇지 않으면 안내하는 말이나 지시도 얼마든지 함부로 할 수 있었을 텐데 오히려 내게 조심하는 인상을 받았다.

'희망이다.'

아직 살려 주기로 한 것 같았다. 그렇다 하더라도 어떻게 상황이 변할지는 아무도 모른다. 아무도 믿을 수가 없다. 우리나라 정부도 그렇고, 책임지고 일 처리를 해야 할 관광회사도 그렇고, 북한은 더욱 믿을 수 없었다. 언제 돌변할지 모를 일이었다. 하나 이해 안 되는 것은

'부모님은 뭐하고 계실까? 내가 여기 있다는 것을 알고 계실까? 모르고 계실까?'

승기 부모님은 금강산 관광을 갔다가 변을 당해 시신으로 돌아오는 아주머니 모습을 TV로 울면서 지켜보았다. 다 귀환하였다는데 승기이놈한테선 전화 한 번 없었다. 할아버지가 아프기도 했지만 그래도 통화를 해야 마음이 놓이겠는데 전화를 걸어도 걸리지도 않고 오지도 않았다. 서울 독서실에도 오지 않았다고 했다. 그러면서 낮에 왔다가 가도 모른다는 이야기도 곁들였다.

'아마 친구들과 놀러 갔겠죠.'

승기 아버지는 혼자 금강산에 보낸 것이 마음에 걸렸다. 바람이나 쐬

라고 보냈는데 옆에서 큰일을 보았으니 아마도 친구들과 어디 여행이라고 갔을 거로 생각했다.

북한에서 특별 교화소는 원래 없었다. 북한에는 정치범 교화소, 강제 노동소, 노동 교화소 등이 있는데 선전용 교화소가 필요했었다. 내가 들어간 후에 그러한 것이 생겼다고 나중에 알게 되었다. 특별하다는 것은 더 좋다거나 아니면 더 나쁘다는 것인데 경비병들의 나를 대하는 태도가 말은 없어도 인격적인 대우였다. 내가 알고 있는 북한 식량 사정에 비추어 내가 먹을만했다는 것으로 보아 아직은 나를 특별히 대우하고 있었다.

평양에서 멀지 않은 곳에 내가 있을 교화소가 있었다. 차를 타고 비교적 양호한 포장된 거리는 넉넉히 잡아도 한 시간이 채 걸리지 않았다. 포장된 거리가 끝나고 인적이 뜸한 시골 길을 터덜거리며 한 시간 정도 지나간 뒤에 교화소가 있었다. 교화소는 급조된 듯한 모습이었다. 원래 군용막사를 개조한 듯이도 보이고, 어떻게 보더라도 어떤 기존 건물을 개조한 것임은 틀림없었다. 전체는 시골 초등학교보다 조금 더 큰 정도로 보였다. 겹겹이 철조망이 처져 있었다. 담장 위에도 철조망이 처져 있었다. 정문에는 가로막이 차를 막고 있었다. 경비병 두 명이 어깨에 총을 메고 서 있어서 마음대로 드나드는 곳이 아님을 알게 했다. 담장이 다 쳐진 것은 아니었다. 담장을 만들다 만 것인지 건물 뒤편으로는 철조망으로만 처져 있어 밖을 볼 수 있었다. 산밖에 안 보였다. 오히려 밖으로 철조망이 다섯 겹은 되어 보였다. 철조망을 자르고 통과하라고 하여도 온종일 걸릴 것 같았다. 단층 건물이 네 개가 있었다. 큰 건물 하나에 작은 건물 세 개가 붙어 있는 형태였다. 교화소 주위에 인가는 전혀 보이지 않았다. 큰 건물에는 경비병 숙소와 소장의 숙소가 별도로 배치되어 있었다. 다른 건물은 식당으로 경비병과 간부들이 이 식당에서 식사하였다. 나는 별도로 밥을 먹게 하였으나 한 달이 안 되어 식당의 작은 테이블을 주어 거의 같이 식사하였다.

큰 건물과 가깝게 떨어져 있는 내 숙소는 비좁기는 하지만 여기도 일인용 침대가 놓여 있었다. 책걸상이 있는데 아주 작아 보였다. 크기가 우리 남한의 중학교 책걸상 정도로 보였다. 앉을 일은 없을 것 같았다. 옷장도 있어 지금 받은 간단한 옷을 걸어서 정리할 수 있었다. 더구나 화장실이 딸려 있었다. 남한에서 말로만 듣던 교화소와 너무 달랐다. 잠시 탈북자들이 거짓말을 하는 것은 아니겠지 하는 생각마저 들었다. 아마도 대단히 선전하고 싶었던 모양이었다. 그러면 그럴수록 나는 조금이라도 편한 생활을 할 수 있을 것이란 생각이 들었다. 나도 모르게 얼굴에 씁쓸한 미소가 지어졌다. 감독관도 뭐가 그렇게 즐거우냐고 물은 적 있다. 그저 미소로 답했지만, 마음 한편에서는 그렇지 못한 마음을 애써 가라앉히고 있었다. 칠 년간 여기에서 자유를 억압당하고 노동을 해야 한다고 생각하면 그저 눈물밖엔 나오지 않았다. 그것도 예측할 수 없는 이 사회에서 살려줄 가치가 없다고 판단되면 바로 죽을 수도 있을 것이었다. 철저히 나를 감추고 기회를 보기로 했다. 그렇게 하려면 더욱 철저히 주도면밀하게 준비해야겠다고 생각했다. 이곳 경비병들은 대부분이 나보다 체격도 좋았다. 지나는 길에 차 밖으로 보던 중학생 같은 인민군들이 아니었다. 눈초리는 얼마나 무서운지 얼굴 쳐다보기도 무서웠다. 아마도 인민군 중에서도 뽑혀서 왔을 것으로 생각되었다. 경비하는 인원은 이십여 명 정도 되어 보였다. 나 말고 또 누가 수용되어 있는지 살펴보았지만 아무도 만나지 못한 것으로 보아 나 혼자인 듯하였다. 나 혼자 이곳에서 생활한다니 야릇한 기분마저 들었다. 아마도 대외적으로 선전할 만한 가벼운 죄인들이 올 곳이 아닌가 생각했다.

이곳 교화소에서는 하루의 일과가 있었다. 여섯 시에 기상하여 씻고 아침 식사 후에 작업 준비를 한다. 여덟 시부터 열두 시까지 오전 작업하고 오후 한 시까지 점심을 먹는다. 오후에도 여섯 시까지 작업하는데 오전 오후 중간에 십오 분 정도 휴식이 있었다. 저녁 식사 후에 첫일 주일은 저녁 여덟 시부터 사상교육을 하였다. 소장이 하고, 소대장이 하고, 내용은 식상한 내용뿐이었지만, 듣는 사람은 나 혼자였다. 잘 알아듣는 듯이 고개를 끄덕이며 들었더니 무척 좋아하였다. 듣기 싫은 수업도 선생님이 열강하실 때에는 뭔지 하나도 몰라도 고개를 끄덕이면 좋아하시던 어떤 선생님 생각이 났다. 밤마다 나 혼자 대상으로 그런 교육 하는 것이 힘들었는지 어느새 흐지부지 해 지고 나에게 자유시간이 많이 주어졌다. 완전히 없어진 것은 아니고 특별한 날, 특별한 내용은 꼭 하였으며 그 밖의 날은 자유시간으로 주어졌다. 나를 수용한 특별 교화소의 틀이 잡히지 않아 적잖이 고민하였던 것 같았다. 기존 정치범 교화소처럼 운영할 수도 없고 외부인에게 보여 주게 될 수도 있을 곳이었다. 혹 이 수감자가 나가게 되면 이곳 생활에 감사해야 할 장소이었다. 큰 틀의 운영방침은 있었지만 세세한 운영에 대해서는 그들도 고민했던 것으로 보였다.

처음엔 감자밭 김매는 작업을 나갔다. 여기서 재배하는 것은 여기 경비병들과 내가 먹게 될 것이라며 정성 들여 가꾸라고 하였다. 일을 해보지 않아 잘 모르겠다고 했더니 친절하게 시범을 보이며 괭이질과 호미질을 가르쳐 주었다. 감자밭은 곧 감자를 수확해야 할 지경이었는데 풀을 매라고 하는 것이 따로 작업을 시킬 일이 없었던 것 같았다. 그다음 주부터는 감자 캐기를 하였다. 풀을 멜 필요가 없었다. 감자케는 것도 처음 하는 것이었지만 시키는 대로 하니 금방 캘 수 있었다. 호미로 캐다가 감자를 찍기라도 하면 신경질적인 반응을 보였다. 상처가 나면 감자가 썩는다고 난리였다. 빨리 캐되 감자에 상처 나지 않도록 큰 폭으로 파고들어 가야 했다. 의외로 감자는 컸다. 힘든 것은 쉬는 시간이 될 때까지 계속 해야 한다는 것이었다. 조금씩 요령을 피우며 간간이 허리를 펴기도 하고 때로는 앉아서 캐기도 하였다. 캔 감자를 자루에 담아 놓으면 경비병들이 손수레로 운반해서 창고에 쌓았다. 나를 근접 감시하는 경비병은 한 명이고 다른 한 명은 밭 끝자락에서 서서 감시하였다. 일을 계속 하게 되면 허리가 아파왔다. 일 자체가 어설펐지만, 운동으로 생각하고 열심히 하였다. 괭이질할 때면 오른쪽 어깨 위로만 올리다가 왼쪽 어깨 위로 올리기도 하고 동작을 크게도 해 보고 빠르게 내려찍기도 해 보았다. 괭이로 땅을 거칠게 밀었다가 긁었다가 하면서 땅이 나를 해치려는 적이다 생각하고 공격과 방어를 하였다. 내 행동이 이상했는지 경비병이 와서 물끄러미 쳐다보면서 다시 작업하는 것을 가르쳐 주었다. 그래도 내 행동에 변화가 없자 어이없었는지 이내 포기하고 내버려 두었다. 그들이 보기에도 어설프고 작업 진도는 잘 안 나가지만 요령 피우지 않고 무엇인지 열심히 했다. 괭이질하는 모습에 흡족했었나 보다. 원래 휴식시간까지 계속 일을 하라고 하기는 하였지만 나는 쉬라는 말을 할 때까지 계속 작업을 하였다. 호미질할 때에도 어떻게 하면 효율적으로 땅을 팔 수 있는지 생각하면서 팠다. 처음에는 무턱대고 파다가도 하나하나 관찰하면서 요령을 터득해 나갔다. 돌이 있으면 어떻게 피해가야 하고 작은 돌은 들어내고 어떻게 하면 빨리 팔 수 있는지 작은 것 하나라도 놓치지 않고 습득하려 했다. 여기에서는 이게 생존 기술이라 생각하고 연습하였다. 요령도 빨리 터득되는 것 같았다. 다른 사람이 볼 때에도 열심히 하는 것으로 보였을 것이고 또 열심히 땅을 팠다. 오후에 물집이 조금 잡힌 것을 경비병에게 보여주었더니 바로 장갑과 낡은 모자도 가져다주었다. 감동 받을 뻔하였다. 장갑은 방에 두고 맨손으로 일하였다. 어차피 이곳에서 살아남으려면 손에 못이 박혀야 할 것으로 생각했다. 태권도에서 정권 격파도 주먹에 못이 박혀야 내가 아프지 않은 것을 알고 있었다. 쓰릴 때만 장갑을 끼고 물집 없는 쪽을 사용하며 작업을 계속했다. 사흘 정도면 물집도 나을 것이고 손바닥은 더욱 굳어질 것이었다. 북한에서는 일반인들의 물자도 귀하다는데 교화소 수감자에게 이런 물품을 준다는 것은 자체로도 매우 큰 배려임이 틀림없었다.

　노동은 육 일을 기준으로 하였고 칠 일째 하루는 쉬게 해 주었다. 쉬는 날에는 빨래나 청소를 하고 목욕도 할 수 있는 시간이 주어졌다. 여유 시간에 방에 누워서 쉴 수도 있었고 제시간에 밥만 먹으면 되었다. 특별한 일이 없는 일요일에는 쉬게 하여 주었다. 경비병들도 대부분 쉬거나 농구, 배구 등을 주로 하였다. 난방용 나무나 풀을 뜯고자 하면 교화소 밖으로 나가야 하는데 소장의 허가를 받아야 했다. 그것도 경비를 대동하고 움직여야 했다. 땔감이 없을 때는 반나절 정도 나가서 땔감을 구해 오기도 했다. 그것은 내 방에 땔 나무였기에 부엌에 쌓아 두었다. 경비병 말로는 겨울에 많이 필요할 것이라며 최대한 많이 준비해야 한다고 하였다. 그 말은 사실이었다. 밭일이 끝나자마자 땔감과 퇴비 만들기에 교화소 전 인원이 동원되었다. 나무하러 한 시간 가까이 움직이기도 하였다. 소나무 가지를 베어오기도 하고 솔잎을 긁어오기도 하였다. 나는 지게를 지지 못해 어깨에 커다란 통나무 같은 것을 메고 왔다. 수건을 어깨에 받치고 메어도 무척 아파왔다. 그렇다고 아픈 내색은 하지 않았다. 다리 힘을 기르는 운동으로 생각하고 그것도 열심히 하였다. 아침에 나무를 하러 갈 때에는 추웠지만 이동하고 나무를 하다 보면 땀이 났다. 점심은 교화소에 와서 먹고 오후에 다시 나갔다. 점심에는 뜨거운 물이라도 먹으면 추위를 버틸 만하였다. 이렇게 한 나무는 전체적으로 쌓아 놓았고 조금씩 내 부엌에도 내가 한 분량만큼 쌓을 수 있었다.

아무리 힘이 들어도 밤마다 삼십 분 정도 명상을 하였다. 명상 중에 무기가 필요하다는 생각을 하였다. 어느 순간 어떤 일이 내게 닥칠지 모를 일이었다. 기회가 될 때 준비되어 있어야 한다고 생각했다. 그렇다고 총을 만질 수도 없었다. 내 몸이 무기였다. 거기에 더 큰 무기가 필요했다.

'무엇이 가능할까?'

마음을 가라앉히고 명상을 하는 중에 문득 떠오르는 것이 있었다. 돌팔매로 곰도 잡는다는 말이 기억났다. 정확하게 무엇을 던지는 것으로도 아쉬운 대로 무기가 될 수도 있을 거란 생각이 들었다. 당장 돌을 던지며 연습할 수는 없었다. 며칠 동안 곰곰이 생각 중이었다. 밥을 먹는 순간 젓가락에 눈이 갔다.

'이것이다.'

젓가락 끝이 뾰족하면 무기가 될 수도 있을 거란 생각이 들었다.

'일단 해 보자.'

명상하며 머릿속으로 젓가락 던지는 동작을 하나씩 생각하였다. 다음엔 풀을 뭉쳐 베개 모양으로 만든 풀 인형을 만들었다. 저녁 자유 시간에 풀 인형을 향해 실제 젓가락을 던졌다. 처음엔 제대로 날아가지도 않았다. 옆으로 날아가고 목표물에 벗어나기 일쑤였다. 어깨에 힘을 빼고 던지면 조금이나마 원하는 대로는 날아가 주었다. 하지만 풀잎 인형에 박히지는 못했다. 소리가 나는 것을 방지하려고 이불을 인형 옆에 깔고 방바닥에 떨어져도 소리가 나지 않도록 하였다. 젓가락이 두 개라 두 번만 던지면 다시 가지러 가야 해서 왔다 갔다 반복했다. 두 번을 집중해서 던지고 다시 가져와서 다시 던지며 동작을 하나하나 스스로 점검 하였다. 삼십 분에서 한 시간 정도로 매일 연습하였다. 첫날은 조금 하였는데도 어깨가 아파졌다. 삼 일째는

'이것이 필요할 때 무기가 될까?'

하는 회의도 들었다.

'그래도 한 달만 해 보자. 아니면 다른 방법을 찾자.'

아프면 쉬고 안 아프면 다시 연습하기를 반복하였다. 이 주 정도 지나자 근육들이 적응하는 것 같았다. 보통 심한 근육통은 이틀 정도면 괜찮아지게 마련이었다. 식당에서 두 짝의 젓가락을 가져와서 연습하

였다. 일단 쇠젓가락으로만 연습하고 익숙하면 다른 던질 수 있는 것도 연습할 계획이었다. 매일 던지는 것이 때로는 귀찮기도 했지만, 놀이로 할 만한 것도 마땅치 않아 계속 던지며 시간을 보냈다. 어느새 젓가락이 풀잎 인형에 꽂히기 시작하면서 자신감도 생기고 또 재미도 있었다. 우선은 인형에 꽂히는 것에만 열중하였다. 정확하게 원하는 곳에 꽂히는 연습을 하였다. 욕심을 내어 세게 던지면 빗나가기 일쑤였다. 목표물은 아주 세밀하고 자세히 볼수록 잘 맞았다. 대충 맞겠지 하고 던지면 크게 빗나갔다. 인형의 어느 부위, 어느 점을 정확히 보고 던지면 신기하게도 정확히 맞았다. 던지는 순간에는 오로지 목표로 한 점을 보고만 있어야 잘 맞았다. 잡생각을 하면서는 거의 맞지 않았다. 생각이 있더라도 던지는 순간에는 목표만 바라보고 던졌고 그렇게 던지다 보면 잡생각도 없어졌다. 정확도가 증가하면서 빠르게 던지는 것을 연습하였다. 젓가락을 잡는 순간 바로 목표물을 향해 던지는 속도를 높여갔다. 어깨 위로 던지는 것이 정확도나 힘도 실리는 것 같았다. 소프트 볼 던지는 것처럼 아래에서 던지는 것은 정확도가 약하고 힘도 적게 실렸다. 근거리에서는 아래에서 바로 던지는 것이 더 빠르고 효과적이라 생각했다. 어깨 위로 던지는 것보다는 훨씬 빠르게 던질 수 있었다.

방이 비좁아 넓은 곳에서 연습하고자 했지만 드러내 놓고 할 수는 없었다. 틈만 나면 젓가락 던지는 연습을 하였다. 어깨 위로 던지기, 명치 아래에서 곧바로 물건을 건네듯이 뿌리며 던지기, 두 가지만 연습하였다. 힘을 주지 않고 정확하게만 던졌는데도 시간이 지남에 따라 깊이 박히는 것을 느꼈다. 풀잎 인형은 자주 망가졌고 망가진 인형은 불쏘시개로 사용하고 다시 풀을 뜯어 만들었다. 풀잎 외에 생소나무 가지를 속에 넣고 만들기도 하였다. 땔감이 필요했으므로 의심하는 사람은 없었다. 발각된다고 하더라도 밤에 놀이기구가 없어서 놀이로 한다고 우길 참이었다. 매일 연습한다고 항상 실력이 향상되는 것은 아니었다. 한동안 실력이 정체되었다가 다시 어느 순간에 실력이 점프하듯이 느는 것을 느끼며 묘한 쾌감을 즐겼다. 하나 아쉬운 것은 어느 정도 멀리까지 맞출 수 있는가? 하는 것이고 위력은 어느 정도인지 가늠하기가 어려울 뿐이었다. 부엌에서 문을 열면 방안 구석까지 긴 거리가 나왔다. 부엌에서 불을 피우는 것처럼 하여 방안으로 던지는 연습을 하며 거리에 대해 감을 높여 갔다. 교화소에 있는 동안 계속 하였다. 싫증이 나면 시간을 줄이고 다른 운동을 하기도 하였지만, 전혀 하지 않는 날은 거의 없었다. 오히려 젓가락 던지기를 하고 나면 땀도 약간 나고 상쾌하고 우울한 생각도 없앨 수 있었다. 내가 원하는 곳에 정확히 맞힐 수 있고 세기도 조절 가능해 짐에 따라 일종의 중독이 아닐까 하는 생각마저 들었다. 연한 돌을 주워 젓가락 끝을 갈아 날카롭게 해 보며 꽂히는 강도를 가늠하였다. 자신감도 더욱 생기고 총만 아니면 누구라도 제압할 수 있을 것 같았다. 총을 든 자라도 근거리에서는 먼저 무력화 시킬 수 있을 것 같았다. 괜한 자만심이겠지만 빗나가는 경우는 거의 없었다. 얼마나 빠르게 내 손을 떠날 것인가. 목표물에 얼마나 빠르고 힘 있게 꽂히게 할 것인지가 내 관심이었다.

근력 운동은 피로도가 심한 날은 피해서 하였고 잠자기 전 팔굽혀펴기와 발차기도 늘 하였다. 온몸의 근육은 점점 단단하면서도 유연해지고 빠르게 반응하였다. 언제부터인가, 나는 이 모든 것을 즐기고 있었다.

이 교화소에는 나 한 명을 이 십여 명이 넘는 사람이 지키는 꼴인데 나도 노동을 잘하진 못하지만, 열심히 하고 늘 웃으려 노력한 덕분에 경비병과 조금씩 소통이 되어갔다. 처음엔 서로 낯설어 말도 안 했지만 내가 먼저 말을 걸었다. 대부분 이십 대 후반이나 삼십 대로 보였는데 의외로 나보다 서너 살 많은 사람도 많았다. 나는 부러 형이라 불렀다. 물론 서로 대화를 하지 못하게 되어 있었고 내가 작업 나가면 감시 경비병 둘이 같이 나갔다. 그들도 가만히 서서 온종일 작업하는 나만 보는 것도 따분한 일일 것이었다. 어떤 경비병은 먼저 말을 걸기도 했다. 물론 개인 신상에 관한 질문이었다. 부모님 연세, 가족은 몇이나 되느냐는 둥. 나와 특히 친한 형이 생겼는데 평안남도 개천 시에서 왔다는 '김영철'이었다. 여동생이 나와 동갑이라고 정이 많이 갔나 보았다. 개천 시가 어딘지는 모르겠지만, 교화소에서 그리 멀지는 않다고 했다. 다른 경비병이 오는지 눈치를 보면서 본인 이야기를 하고 내게 묻기도 했다. 나는 경비병과 말할 때에도 남한이 북한보다 월등히 잘산다거나 자유가 많다거나 하는 북한 사람이 열등감을 느낄만한 이야기는 꺼내지 않았다. 그들도 묻지 않았다. 내가 만약 그런 말을 해서 누군가의 귀에 들어가면 오히려 생활하기 더 힘들 것이었다. 그저 신변에 관한 이야기 위주로 하였고 이야기를 한다고 해서 대놓고 할 수 없었다. 조금씩 조금씩 서로에 대해 알아갔다. 물론 나도 모르게 남한 이야기가 나오기도 하였지만 느끼는 순간 말을 거두었다. 나도 남한 이야기를 하다 보면 우울해질 수 있었다. 서로 알아가며 특별한 비밀이라도 되는 양 같이 공유하는 것 같은 동질감이 들었다. 누구도 모르는 이야기를 공유한다는 느낌만으로 더욱 친해진다는 것을 알 수 있었다. 대화하면서 영철이 형은 그래도 믿음이 갔다. 적어도 나는 그렇게 믿었다. 힘들어하면 도와주지 못해 안타까워하기도 하는 모습을 충분히 느낄 수 있었다. 대부분 경비병과는 이렇게 어느 정도 안면을 익히고 짧은 이야기도 나눌 수 있었다. 그런데 단 한 명 키가 크고 눈이 매서운 경비는 일체 말도 하지 않을뿐더러 내가 무엇만 하려면 성질을 부려 말 붙이기가 힘들었다. 처음 말을 붙이려 하자 대꾸도 하지 않고 째려보았다.

"말하지 말라우!"

그의 말엔 위압감이 있었고 더 말을 했다가는 상부에 보고라도 할 기세로 보였다. 그 경비병이 있으면 다른 경비병과도 이야기하지 않았다. 그 밖의 경비병들은 시간이 지남에 따라 조금씩 마음을 여는 것 같았다. 소장도 가끔 생활하기 어떠냐고 물어볼 때는 무슨 대답을 해야 할지 난감한 경우가 많았다. 한 달에 한 번씩 상급 기관에서 검열을 나와 직접 나와 면담을 하였다. 다 잘해 주어 편하다고 하면 꼭 한마디 '장군님의 배려로……' 하고 갔다. 누구 배려인지는 모르겠으나 고맙게는 느끼고 있었다. 심지어 식사도 경비병 식당에서 경비와 같이 먹었다. 나 한 명만 따로 주는 것도 그렇고 매일 타다 먹고 왔다 갔다 하는 것도 불편해서 소장이 내린 방법이었다. 물론 검열이 나오면 식당에서 밥을 타다 내방 책상에서 먹고 반납한다고 했으며 항상 방 정리는 깨끗해야 했다. 이불의 접혀있는 상태도 자로 잰 듯이 반듯하게 정리되어 있어야 했다. 이것이 처음에는 어려웠는데 일주일이 지나면서 익숙해져서 어지럽혀 있으면 내가 싫어졌다. 피곤한 몸에도 아침에 일어나서 이부자리를 깨끗이 정리하면 뿌듯하였다. 오늘도 하루를 알차게 보내고 즐거울 수 있겠다고 나 자신에게 매일 말을 걸었다.

시월이 되면서 날씨가 점점 쌀쌀해졌다. 늦여름에 이곳에 왔을 때는 선풍기를 잠시 주었는데 틀다가 자주 정전이 돼 아쉬웠지만, 그런대로 견딜 수 있었다. 창문 밑에는 스팀 히터가 설치되어있는 것으로 보아 겨울에는 히터를 틀어 줄 모양이었다. 직접 불을 땔 수도 있고 히터를 틀 수도 있게 이중으로 설치되어 있었다. 어느 하나가 여의치 못하면 다른 하나로 난방을 해결하려 했던 것으로 보였다. 주로 풀이나 나무를 가져다 부엌에서 태우며 난방을 하였다. 추운 한겨울에는 스팀을 줄 수도 있는 모양이었다.

밭일은 콩밭, 감자밭 가리지 않고 그날그날 지시가 내려왔다. 풀을 베어 퇴비를 만드는 것도 중요한 일이었다. 경비병들도 작업하였다. 여기에서 나오는 소출로 우리가 먹어야 한다는 말이 맞았다. 나는 그늘 밑에서 쉬고 있고 경비들이 먼 곳에서 일하고 있는 모습을 보면서 내가 수용되어있는 건지 그들이 수용되어있는 건지 헷갈려 보였다. 경비들이 일 할 때에는 눈치껏 보이지 않는 곳에 앉아 쉬기도 했다. 그렇게 일을 해도 북한의 식량 사정이 매우 안 좋은 모양이었다. 밥의 질은 고사하고 양이 적어지기 시작했다. 이것은 나만의 문제가 아니고 경비병 전체의 일로 봐서 북한 전체의 식량난이 매우 심각하다는 것을 알 수 있었다. 밥 한 톨이라도 아껴 먹으며 천천히 꼭꼭 씹어 먹었다. 위에서 내려오는 배급의 양이 적어지고 있다고 했다. 영철이 형의 말로는 십여 년 전 고난의 행군 때 많이 굶어 죽었는데 지금 그런 말이 돈다고 했다. 이 상황에 밖에 있었다면 오히려 굶을 텐데 교화소에 있어 생명을 부지하고 있다는 것을 감사해야 했다. 어느 날 소장에게 제안했다. 들어 줄지는 모르는 일이었지만 한번 부딪혀 보기로 했다.

"소장님! 드릴 말씀이 있습니다."

"말해보라."

"큰 소나무 옆 감자밭 앞쪽에 동산 있지요?"

소장은 고개를 끄덕였다.

"제가 거기를 개간하면 어떨까요?"

"기러지 않아도 하려고 하고 있었어."

그도 그 생각을 하고 있었다고 했다. 잘 되었다.

"제가 풀을 뜯고 돌 더미 골라내 밭을 만들면 내년에는 뭐라도 심을 수 있지 않겠습니까?"

"너 혼자 할 수 있갔어?"

"열심히 해 보겠습니다. 식량 사정이 안 좋다는데 조그만 땅이라도 일궈 봐야죠."

식량 사정이 안 좋다는 말은 빼고 말해야 좋았을 것이다.

"누가 식량 사정이 안 좋다고 기래?"

"아니, 누, 누가 그런 것이 아니라 식량 배급량이 적어지는 것을 보니까……"

"기런 일 없다. 쓸데없는 걱정 하지 마라."

소장도 알고는 있었다. 땔감을 구해야 하고 퇴비를 준비해야 내년을 버틸 것이기에 작업지시를 하지 않았었다. 다음 날부터 다른 경비병들도 일부가 동원되어 개간 작업에 열을 올렸다. 내가 한다고 한 장소는 잔돌이 많아 풀도 잘 나지 않는 곳이었다. 작업하기가 여간 불편한 것이 아니었다. 나는 미리 작업장에 왔다 갔다 하면서 관찰해 두었던 장소였다. 손으로 캐낼 수 있는 돌을 나르고 작은 돌은 던져서 치웠다.

땅 위로 드러난 돌을 전부 없앤 뒤에 괭이로 돌을 캐어 멀리 반대편으로 던졌다. 경비병이 돌을 가까운데 쌓아 놓으라 했지만 가까운 곳에 놓으면 물길을 막아 여름에 안 좋다고 우겼다. 북한 사람들은 이때에 홍수란 말만 들어도 민감한 반응을 보이고 있었다. 식량 사정이 안 좋아 굶어 죽는 사람이 속출한 원인이 큰물이 들어서라고 하였다. 물길을 막을 수 있다는 말에 모든 경비가 내 말에 이의를 제기하지 않았다. 사실 냇가도 아니고 평소에 도랑물이라도 흐르지 않는 곳이었는데도 물길을 막으면 안 된다는 집단 최면에라도 걸린 모양이었다. 그래서 잔돌을 캐어 반대편으로 맘대로 던질 수 있었다. 변변한 수레도 없으니 내 작업에 특별히 지시할 일도 없었을 것이다. 돌을 던지며 그냥 던지지 않았다. 아무 생각 없이 반대편으로 던지는 것으로 보였겠지만 목표를 보고 그곳을 향해 던졌다. 젓가락 던지듯이 잡생각만 안 하면 잘 맞춰졌다. 이것도 어깨 위로도 던져보고 아래로도 던져 보며 돌 던지는 연습을 마음 놓고 하였다. 한 곳을 목표로 하면 들킬 것 같아 목표 지점을 매번 마음속으로 바꿔 가며 던졌다. 옆에서 보기에는 여기저기에 함부로 던지는 것처럼 보이게 하였다. 돌을 캐어 낼 때도 빠르게 캐어 보고 소리 나지 않게도 캐어 보고 손의 감각만으로도 캐어 보았다. 돌 던지는 것도 우선은 정확도에만 초점을 맞추었다. 정확히만 맞추면 힘은 나중에 주어도 되는 것을 젓가락 던지면서 터득하고 있었다. 무엇이든 처음부터 힘을 주면 목표를 벗어나기 일쑤였다. 뒤로 돌아서 목표물을 보고 왼발을 빼면서 180° 회전하면서 던져 보았는데 이게 힘이 많이 실렸고 정확하게도 들어갔다. 내 걸음걸이로 삼십 걸음 정도의 목표가 잘 맞았다. 한 걸음이 70cm 정도로 치면 약 20m 정도까지는 어느 정도 잘 맞는다는 걸 알았다. 큰 돌을 캐면 가슴 위로 들어 올리며 팔 힘을 키웠다. 거의 쉬지도 않고 일을 했다. 내겐 일이 아니었다. 일종의 운동이었고 살기 위한 발버둥이었으며 잡생각을 잊으려는 방편이었다. 경비병이 그러다가 병난다고 쉴 때는 쉬어야지 내가 아프면 경비병이 관리를 잘못했다는 소리를 듣는다고 했다. 말이 무섭다고 너무 무리해서인지 개간 일주일 만에 몸살이 왔다.

아침마다 내가 운동장으로 나가든지 나와 같이 일하러 가는 경비가 내 숙소 앞에서 나를 부른다. 친한 사이면

'승기야 가자!'

라고 하고, 별로 친하지 않은 경비는

'101번 수감자!'

라고 부른다. 그 날엔 온몸에 열기가 나서 경비가 나를 둘러업고 의무실에 눕혔다. 평소엔 간호사 아주머니가 있었고 일주일에 한두 번 의사가 왔다. 의식은 있어서 대답은 하였으나 모든 게 귀찮고 목소리가 기어들어갔다. 내가 입원하였다는 말에 소장과 소대장이 달려오고 오후에는 의사도 왔다. 몸살감기였다. 의사는 친절하게 피검사부터 자신들이 할 수 있는 검사는 다 해 보는 것 같았다. 결과는 퇴원 후에 나왔다. 내가 아프다고 해서 경비병들이 한 마디씩 싫은 소리를 들은 모양이었다. 몇 명을 빼고는 거의 문병을 왔다. 시켰는지 자발적으로 왔는지는 모르겠지만 생각할수록 눈물이 나왔다. 사람은 부대끼며 정주고 살게 되어있는 동물이었나 보다. 전부 나보다 형들이니 동생 생각이 나서 온 사람이 많았고 그래서 알게 모르게 나를 챙겨 주려 했던 것 같았다. 특별히 주는 것은 없어도 말 한마디가 다르지 않은가. 죽을 먹고

다음날은 어디서 났는지 돼지고기 국이 한 번 나왔다. 소장이 어디서 돼지고기를 조금 구해 왔다고 했다. 살코기는 거의 없고 비계가 많은 국이었지만 비계도 아주 맛있었다. 사실 소장은 특별 명령을 받고 있었다. 나를 교화하는 것보다 나를 언젠가 필요할 때까지 상부에서 요구할 때까지 안전하게 보호해야 할 의무가 있었다. 노동을 시켜도 건강을 점검해야 했고 밥을 적량을 주어도 부족하여 영양실조라도 걸리면 모두 소장의 책임이었다. 그의 부대 전체가 나 한 명을 지킨다는 사실이 누가 봐도 이해되지 않을 일이었다. 언젠가 나를 쓰기 위한 북한 당국의 계산일 것이라 는 것은 나도 알고 있었다.

그래도 오랜만에 먹어보는 고깃국이었다. 처음엔 먹지를 못하고 간호사가 볼 것 같아 고개를 푹 숙이고 울었다. 눈물이 국그릇에 뚝뚝 떨어졌다. 부모님 생각이 간절하였다. 빨리 일을 하는 편이 나을 것 같았다.

"승기야 어서 묵으라!"

"예."

"승기 우냐?"

"너무 감사해서요."

"기래, 이런 시기에 소장님이 네 생각 많이 하지."

"전부 고마워요."

간호사 누나는 자기도 모르는 사이에 북한 형편이 어렵다는 이야기를 하였다. 이런 먹고 살기 어려운 시기에 돼지고기를 준 것이 고맙지 않으냐는 것이었다. 고맙기도 했다. 고맙다기보다 고향 생각이 많이 났다고 해야 했다. 약한 마음을 추스르고 그릇 바닥까지 핥아 먹었다.

간호사는 이야기하다 보니 삼십 대 초반 노처녀였다. 더 늙어 보였지

만 젊어 보인다고 하면

'뭐이 그래?'

하면서도 웃음으로 받아 주었다. 나는 누나라고 불렀다. 입원해 있는 동안에 경비병들은 아침저녁으로 내 상태를 검사하였다. 경비병들도 개간하는데 동원되어 일하기 바빴다. 삼 일쯤 누워있으니 거의 다 나은 것 같았다. 한 편 편하게 누워 있는 시간도 필요한 법이었나 보다. 처음엔 열이 너무 나서 간호사 누나가 걱정을 많이 했었다고 했다. 그리고 북한의 밖 사정 이야기도 조금씩 해 주었는데 식량 사정이 생각한 것 보다 심각한 것을 알 수 있었다. 나름대로 그 사람들보다는 낫다는 생각으로 위안으로 삼으며 나흘째부터는 병실 침대에서 운동하였다. 아주 천천히 누워 온몸의 스트레칭만 한 시간을 하였다. 그리고 운동이 되겠다고 생각되는 동작을 누워서 하였다. 머리와 발뒤꿈치로 온몸을 뜨게 하여 버티기, 한쪽 팔로 온몸을 쭉 펴서 버티기, 엎드려 버티기, 두 발을 살며시 들어 버티며 복근에 힘주기. 다른 사람들이 눈치채지 않을 운동을 계속 하였다. 닷새째 되던 날 소장이 운동 중에 들어왔다. 누워 버티고 있는데 힘이 뜻밖에 많이 들어갔다. 얼굴이 빨개지고 금방 땀이 나는 운동이었다. 그러는 중에 소장이 간호사 누나와 들어왔다. 소장은

"다 나았다 하더니 열이 안 내려가지 않아? 식은땀도 흘리는구만."

"예 처음보다는 많이 좋아졌지만, 며칠 약 먹고 쉬면 금방 일어납네다."

간호사 누나가 당황하며 말을 받았다.

"승기야 어때?"

"괜찮습니다. 내일이면 일어날 수 있습니다. 걱정하지 마세요."

"간호사 말대로 며칠 쉬고 일어나라."

"감사합니다."

소장의 말엔 적어도 내가 나아야 한다는 진심은 있었다. 그리고 그 말이 고맙게도 느껴졌다. 침대에 누워 생활한 지 일주일이 지나자 내가 견디지 못하고 나왔다. 핑계는 겨울 되기 전에 개간하던 것을 마무리해야 한다고 했지만, 젓가락, 돌 던지기를 계속해야 감을 잊지 않을 것 같았다. 나는 개간하는 땅을 계속 넓혀 갔다. 개간이라야 약간 경사진 산의 돌을 골라내고 잡초를 뽑는 것이었다. 잡초도 잘 자라지 않는 곳이므로 돌만 골라내면 되는 데 끝도 없이 돌이 나왔다. 다른 사람이 했으면 내가 한 일의 삼 분의 일도 못 했을 것이다. 나는 돌 던지는 운동과 재미로 하므로 힘이 든다고 생각되지 않았다. 목표가 확고하면 고통은 이미 고통이 아니고 목표를 가기 위한 수단이며 그 자체가 즐거움이 된다는 것을 알았다. 서서히 돌 던지기에도 자신감이 붙어갔다.

11월경이 되자 제법 쌀쌀해 지고 있었다. 서리가 내리는 날이 많았고 아침에 숙소를 나오기 싫을 정도로 추웠다. 낮에는 햇살을 받으면 조금 나아지기도 했지만, 곧 겨울이 올 것 같았다.

밭의 개간은 계속되었다. 소장으로서도 마땅히 내게 시킬 작업이 없었을 것이었다. 내가 생각해도 땔감 준비 아니면 마땅한 일이 없었다. 밭을 개간하는 일은 그에게나 나에게 서로 좋은 일이었다. 밭에서 일하다가 쉬는 곳은 항상 정해져 있었다. 커다란 소나무 밑이 앉거나 눕거나 하기 좋은 장소였다. 누가 마련해 준 곳이 아니지만 늘 그곳에서 쉬다 보니 나의 쉼터가 되었다.

11월 초순이었다. 쉼터에서 누워 풀숲을 아무 생각 없이 보고 있었다. 바로 눈앞에 뭔가 검은 물체가 있었다. 가만히 보니 뱀이 똬리를 틀고 나를 보고 있었다. 자갈이나 바위가 많은 곳에서 뱀이 월동을 한다는 이야기는 들어본 적이 있었다. 이 근처에 자갈이 많아 월동하러 온 모양이었다. 반사적으로 벌떡 일어나며 비명을 질렀다. 멀지 않은 곳에 있던 영철이 형이 깜짝 놀라 뛰어왔다.

"무슨 일이네?"

나는 뱀을 가리켰다. 형은 뱀을 보자마자 총의 개머리판으로 머리를 때려 한 번에 잡아 버렸다. 그 자리에서 검으로 목 부위를 베고 껍질을 벗겼다. 풀을 모으더니 가지 나무 끝에 아직 꿈틀거리는 뱀을 구웠다.

"뱀은 균이 많아서 바짝 꿔야 한다. 어떤 사람은 바로 먹는데 충이 몸에 들어가면 탈난다."

그러면서,

"뱀이 그렇게 무서워? 난 큰일 난 줄 알았다."

"징그럽잖아요?"

"뭐이가 징그러워 이게 얼마나 좋은 보약인데."

남한에서도 어떤 사람은 뱀이 몸에 좋다고 많이 찾기도 하지만 우리 또래는 남녀를 불문하고 전부 싫어할 것이다. 가끔 애완용으로 키우는 사람도 있지만 일반적이진 않다고 생각했다. 구운 뱀을 칼로 7cm 정도로 잘라 돌에 올려놓았다. 먼저 먹어보며 맛있다며 나도 먹으라고 했다. 조금도 먹기는 싫었는데 몸에 좋다는 말에 혹해 하나를 집어먹어 보았다. 오래 씹을수록 닭고기 비슷한 맛이 났고 정말 맛있었다. 몸에 얼마나 어디에 좋은지는 모르겠지만, 그동안 섭취하지 못한 단백질 때문이라는 생각도 들고 요즘 배급량이 줄어든 것도 한 이유일 것으로 생각했다. 한 도막까지 서둘러 먹으며 마지막을 나에게 양보하였으나 내가 두어 번 양보하자 영철이 형이 깨끗이 먹었다. 우리는 오랜만에 포식하였다. 돌무더기 땅이라서 그런지 뱀이 살 환경이 좋았나 보았다. 그 일 뒤부터는 혹시 숲에 뱀을 찾아다녔다. 던지기 좋은 잔돌 몇 개를 쌓아 두고 막대기로 풀숲을 헤쳤다. 내가 먹으려고 하는 것이 아니었다. 소장에게 주고 싶었다. 소장과 가까이해서 소장에게 필요한 정보를 얻을 수도 있고 도움을 받을 수도 있을 것이었다. 누구에게 특별히 잘 보이려고 무엇을 주는 행위는 내 나이에 맞지 않았지만, 마음을 주는 것에 보답해야겠다고 생각했다. 입원하고 있을 때 돼지고기를 몰래 먹는 것에 고마움을 표하지도 못했었다. 지성이면 감천이라더니 숲이 아니라 돌무더기 속으로 들어가는 뱀을 찾을 수 있었다. 뱀 몸의 중간을 잡고 잽싸게 밖으로 집어 던졌다. 그리곤 돌을 던져 뱀의 머리를 맞추었다. 한 번의 가격에 뱀은 몸을 꼬았지만, 머리는 움직이지 못하였다. 그러나 나는 나머지 이 십여 개의 돌을 던져 마치 여러 번 돌을 던져 겨우 맞혔다는 연기를 하였다. 경비가 와서 뱀 한 마리 잡는데 무슨 돌을 이렇게 많이 던졌느냐고 비웃었다. 입맛을 다시길래 나는 얼른 뱀을 들고,

"소장님이 잡아오라 하셨는데요."

이 뱀은 소장의 소유란 주장을 하였으므로 경비는 침만 삼켰다.

"소장님이 그랬어?"

"예. 보면 잡아오라 했으니 이번엔 소장님 드리고 담엔 형 하고 잡

아먹죠."

난 대부분 경비를 형이라 불렀다. 나의 말에 이의를 달지 못하였고, 경비에게 껍질을 벗겨 달래서 들고 갔다.

"소장님! 뱀 보세요."

소장은 어디서 잡았느냐고 하면서 미소를 띠었다. 소장과 같이 식당에서 독사를 구워 먹었다. 이번엔 간장에 찍어 먹어서인지 더 맛있었다.

'이러다가 뱀 맛에 빠지는 건 아니겠지.'

하면서도 무엇이라도 먹을 걱정이 없으면 좋겠다고 위안했다. 저녁시간 식당에서는 내가 뱀을 잡은 이야기로 웃음이 일었다. 나를 놀리는 것이었지만 나도 즐거웠다. 지난번, 같이 뱀을 먹은 영철이 형은 내가 뱀을 보고 비명을 지르며 뛰어오르는 동작을 흉내 내어 전 경비가 배꼽을 빼고 웃었다. 여기에서는 못 먹어서 난리인데 징그럽다고 하고 비명을 지른다고 하며 남한 애들은 그렇게 약해 빠졌느냐고 놀렸다. 그리고 이제 뱀 맛을 알아서 산의 뱀은 내가 다 잡아먹을 것이라고. 난 일부러 뱀이 무섭다는 표정과 말을 과장되게 하였다. 어디서 뱀이 나올 줄 모르니 소장에게 정강이를 두세 번 덮을만한 천을 달라고 했다. 고무신 위에 정강이가 드러나 뱀한테 물리기라도 할 것 같아 무섭다고 하였다. 여러 번 조른 뒤에 소장은 경비병에게 천을 가져다주게 하였다. 나는 밤새 그것을 내 정강이와 장딴지에 맞게 두 번 돌리고 5cm 간격으로 세로로 바늘 박음질을 하였다. 바느질해 보진 않았지만 여러 번 꿰어 메었다. 그리곤 그사이에 흙을 넣어 꿰어 흙이 나오지 못하도록 한 다음 장딴지에 차고 묶었다. 뱀이 물어도 끄떡없을 보호대를 만들어 차고 다녔다. 다들 비웃었지만 뱀 때문에 찬 것이 아니었다. 아침 저녁으로 제자리 달리기와 점프를 매일 하면서 몸이 운동에 적응하였다. 근육에 부하를 높여 운동 강도를 증가시켜야 했다. 운동이 전혀 안 되는 느낌이었다. 그래서 다리에 찰 흙 주머니가 필요했다. 다리가 빨라야 언젠가 꼭 필요한 날이 있을 것으로 생각했다.

처음에 흙 주머니를 장딴지에 차고는 걷기도 불편했다. 일주일 후부터는 흙 주머니를 찼는지 의식하지 않게 되었고 제자리 달리기나 뛰기를 한 다음 흙 주머니를 풀면 하늘을 나는 것 같았다. 제자리 점프도 20cm 이상 더 올라가는 것을 알 수 있었다. 개간한 밭에서 큰 돌을 들고 갈 때에도 뛰어서 가며 운동을 즐겼다. 운동중독이라고 남한에서 들어 보았는데 내가 그런 것 같았다. 하루라도 운동을 하지 않던지 며칠 후 조금 더 힘든 운동을 하지 않는 날은 온몸이 찌뿌둥해졌다. 던지기에는 완전하게 자신감이 생겼다. 무엇을 던지더라도 대부분의 목표물을 거의 다 맞혔다. 집안으로 기어오는 쥐를 젓가락으로 관통한 다음부터는 더욱 자신감이 붙었다. 그리고 내가 생각한 대로 젓가락도 무기가 될 수 있다는 뿌듯함도 생겼다. 젓가락을 빼고 쥐를 멀리 놓고 돌로 맞혀 잡은 뒤에 아무도 모르게 묻어주었다. 특히 아래쪽으로 젓가락을 잡자마자 던지는 것은 내가 생각해도 매우 빨랐다. 지난번에 얻은 헌 군복 바지를 잘라 젓가락이 전체 길이의 칠십 퍼센트 정도 들어갈 휴대용 젓가락 집을 만들었다. 젓가락 사오 개 들어갈 정도로 세로로 박음질하고 끈을 만들어 허리에 찰 수 있게 하였다. 집에 있는 네 개뿐인 젓가락으로 집에 넣었다가 빼면서 던지는 연습을 하였다. 젓가락 이십 개만 더 있으면 좋겠다고 생각하고 궁리를 하였다. 궁리 끝에 취사병에게 부탁하였다. 밤에 혼자 너무 심심하여서 놀다가 드리겠다고 사정하였다. 안 된다고 하였지만 계속 조르자 짝이 맞지 않는 것과 남은 것을 조금 주었다. 오히려 취사병이 비밀로 하라고 하였다. 밤마다 허리춤 젓가락 집에 십여 개의 젓가락을 꽂아 놓고 신속히 빼면서 던지는 연습을 계속 할 수 있었다. 낮에도 경비 눈을 피해 쉬는 시간에 소나무를 향해 일정한 거리에서 던져 보았는데 소나무에 박힌 젓가락이 안 빠져 누가 볼까 봐 부러뜨린 다음 돌로 박아 버렸다. 아까운 젓가락 하나만 버렸고 너무 위험하여 밖에선 연습하지 않았다.

겨울이 되면서 식량 사정이 더욱 나빠졌다. 식사량이 줄어들었다. 대신 감자는 다소 넉넉하게 먹을 수 있었다. 다른 군부대는 군인들이 굶어 죽는 경우도 있다고 영철이 형이 귀 뜸해 주었다. 먹는 양이 줄면서 밖에서 돌 캐는 작업량을 줄였다. 누가 뭐라 할 사람도 없었다. 두 달 만에 거의 이백여 평 정도를 개간하여서 소장의 마음을 흡족하게 해 주었다. 내년에는 뭐라도 심으면 소출이 날 것이 기대된다고 다들 좋아하였다. 내년에 쓰려면 거름을 미리 해야 한다고 근처 풀을 모아 태워서 뿌리면 좋겠다고 제안하였다. 야외에서 불을 피워본 경험이 없어서 어떻게 하면 나무가 잘 타는지 알고 싶었다. 풀에 붙은 불이 나무에 저절로 옮겨붙지는 않았다. 마른 나뭇가지를 잘 쌓아야 하고 불쏘시개도 적당량이 있어야 했다. 생소나무 잎도 잘 탔지만, 연기가 많이 났다. 소나무에 붙은 단단한 썩은 가지는 송진과 같이 있어 엄청난 화력을 보였다. 관솔이라고 하였는데 작은 가지 하나로도 충분히 촛불을 대신하고도 남을 것 같았다. 바람이 불어도 잘 꺼지지 않았다. 나는 교화소에 노동하러 온 것이기에 잡다한 일은 내가 해야 하는 것이었고 경비병은 경비를 서기만 하면 되었다. 내가 이리저리 불을 붙이고 나무에 불을 붙여 보는 것에 이의를 제기한 병사는 없었다. 어려서부터 불을 피워본 기억은 거의 없었다. 어떤 모양의 풀이 불이 잘 붙는지도 살펴보았다. 야외에서, 부엌에서 불을 피워보며 관찰을 지속하였다. 하지만 성냥이나 라이터가 없이 불을 피우는 방법을 배우고자 하였지만 여의치 않았다.

땔감을 하러 산으로 간 추운 날 이였다. 경비병도 추워서 덜덜 떨었다. 나무를 해도 찬바람이 강해 일할 수 없었다. 우리는 야산에서 불을 피워야 했다. 한 병사가 돌을 주워들더니 낫으로 돌을 내리쳐서 잔풀에 불을 붙이고 나무에 옮겨 붙였다. 나는 기회다 생각하고 나도 똑같이 돌에 낫으로 내리쳐도 불이 전혀 붙지 않았다. 그 경비병의 도움을 받아 차돌을 구하고 불꽃이 잔풀에 튀게 해야 한다는 걸 알았다. 불을 쬐면서 쉬는 시간 내내 불 피우는 연습을 하였다. 신기해하면서 열심히 돌을 내리쳤다. 차돌이 어떻게 생겼는지 알고 쇠붙이만 있으면 불을 붙일 수 있었다. 내게 맞는 돌을 쥐는 법과 쇠붙이로 긁는 법을 연습하였다. 교화소에 와서도 부엌에서 시끄러울 정도로 연습하였다. 혹시 누가 볼까 봐 최대한 소리를 줄여가며 한 번에 불을 붙이는 연습을 하였고 불쏘시개로 무엇이 좋은지 매일 다른 종류로 불을 붙여 보았다. 솜같이 만들 수 있는 것이면 대부분 잘 붙었지만 마른 쑥을 비벼서 써도 좋았다. 흔히 구할 수 있는 재료가 쑥이기도 했다. 처음엔 낫으로 하다가 손안에 들어갈 만한 부러진 쇠톱을 구해서 했는데 아주 만족스러웠다. 차돌도 크다고 좋은 것은 아니고 손안에 들어오며 모서리가 날카로운 것이 좋았다. 차돌만 되는 것은 아니었다. 단단하고 쪼개짐이 있는 돌도 불꽃이 잘 튀었다. 산에 가서 불을 피울 경우가 있으면 내가 피운다고 하고 피웠다. 의례 불을 피우려면 나에게 하라고 하였다.

한겨울이 되자 스팀 히터를 틀어 주는데 예상한 대로 충분하진 않았다. 석탄을 태우는데 아껴서 쓰는 모양이었다. 저녁 아홉 시 경에 식었던 쇠 파이프가 뜨거운 스팀을 받아 팽창하면서 여기저기서 탱, 탱 소리를 내었다. 겨울에 빨래도 히터 위에 걸쳐 놓으면 방안 습도도 조절되고 빨래도 잘 말랐다. 그런데 잠이 들자마자 추운 것을 보면 밤 열두 시나, 새벽 한 시까지만 트는 것 같았다. 그리고 어떤 날은 새벽에 서너 시경에 다시 틀어 주었다. 그래서 더운물을 얻으려면 쉬는 날에 나무를 해야 했는데 산에 나무가 거의 없기도 했지만 하지 못하게 하였다. 나뭇가지 떨어진 것을 줍거나 풀을 뜯었다가 물을 데워 쓰기도 했다. 미리 쌓아 놓은 나무는 너무 춥거나 땔감을 전혀 구하지 못하는 경우를 대비해 거의 사용하지 않고 쌓아만 두었다.

한겨울에는 눈 치우는 것도 일이었다. 운동장에 쌓여 있는 눈은 가만히 두어도 녹으면 될 터인데 꼭 치우게 하였다. 전 경비병이 다 달라붙어 눈을 치웠다. 나무판자로 만든 큰 삽으로 눈을 한쪽으로 모으고 손수레로 날라서 정문 밖으로 내다 버렸다. 정문 앞에서 큰길까지 도로의 눈을 치우는 것도 일이었다. 부식 차가 오려면 눈을 치워 놓아야 했다. 일주일에 한 번씩 오는데 눈이 많이 오면 열흘이나 이주에 한 번 오기도 했다. 부식차가 오지 못하면 한 시간가량을 걸어가는 길이의 눈도 치웠다. 우리가 작업한 곳엔 눈이 없지만, 우리가 작업하지 않은 곳엔 눈이 있으니 별 효과는 없어 보였다. 또 치워도 계속 눈이 와서 다시 쌓이기도 했다. 갈 때 치우고 교화소로 들어올 때에도 치웠다. 겨울에는 눈 치우는 일이 노동이었다. 온도가 낮아 눈도 어는 경우가 있었다. 이런 눈은 삽으로 사각기둥 모양으로 자르면 커다란 벽돌처럼도 만들 수 있었다. 잘 부서지지 않았다. 눈 덮인 산에 나무를 하러 갈 때엔 설피를 신고 갔는데 언 눈밭 위로 걸어 다녀도 눈 속에 빠지지 않았다. 설피는 나무를 타원형으로 말아 묶고 타원형 사이를 짚이나 끈으로 얼기설기 엮어서 발바닥을 지지할 수 있게 만들어져 있었다. 이 것을 신발 바닥에 묶으면 눈 위에서는 빠지지 않고 미끄러지지도 않게 다닐 수 있었다. 모양을 유심히 살펴보아 나뭇가지와 끈만 있으면 쉽게 만들 수 있을 것도 같았다.

평화로운 12월 말의 한겨울에 갑자기 보위부 요원들이 교화소를 들이닥쳤다. 급히 내게 준비하라는 연락을 받았다. 정리 정돈에 젓가락과 젓가락 집이나 흙 주머니는 건물 뒤에 풀을 깔고 묻어 두었다. 풀인형은 숲에 묶인 칡 끈을 풀어 숨겼고 완벽한 준비를 하였다. 그런데 나를 보러 온 것이 아니었다. 휴가 갔던 경비병 중의 한 명이 사고를 친 모양이었다. 그 경비병 동생이 아파 죽었다는 말도 있고 굶어 죽었다는 말도 있었다. 그래서 옥수수를 훔치다가 발각되어 상해를 입혔다고 했다. 제일 까다롭던 경비병이었다. 간호사 누나 말로는 동생이 지병이 있었다고 했고 부모님도 돌아가셨다고 들었다 했다. 그런 사정이 있어 늘 심기가 불편했었나 보았다. 다음날에는 특별 검열이 나왔다. 내 방 구석구석을 샅샅이 뒤지며 살펴보았다. 이불을 다 끄집어내 보고 장판도 떠들러 보았다. 어제 보위부 요원들이 온 것이 내겐 약이 되었다. 행여 책잡힐 만한 물건은 방안에 하나도 없었다. 검열관은 부엌의 나무도 밖으로 내어 놓으라 해서 경비병들이 내 나무를 전부 밖으로 내놓고 검열을 했다. 다시 쌓는데 경비병이 도와주지 않았더라면 온종일 걸렸을 만큼 뜻밖에 많은 나무였다. 특별한 이상이 없자 소장은 내가 개간한 밭을 보여주며 자랑하였다. 검열관은 보리를 심었더라면 좋았을 것이라고 안타까워했다. 보리를 심으려면 구월 말이나 시월에는 파종해야 했다. 하지만 검열관도 만족한 것으로 보아 소장이 내 이야기를 좋게 한 모양이었다.

다시 오지 않을 것만 같았던 봄이 왔다. 다음 해에도 식량 사정은 별로 나아지지 않았다. 옥수수 가루를 미음처럼 먹기도 하고 아주 작은 감자 서너 개도 아껴 먹으며 한 끼를 때우기도 했다. 나만 그렇게 준 것이 아니라 교화소 전부 그렇게 먹었다. 약간의 두려움이 있는 사람도 있는 것 같았다. 고난의 행군 때 많이 죽었는데 그때처럼 될 거 같다는 말도 심심치 않게 들렸다. 나는 경험하지 못한 내용이라 '아주 많이 힘들었겠구나!' 정도지 마음속에 닿지는 않았다. 내가 걱정되는 것은 나를 이곳에서 내보내는 것이었다. 나는 칠 년의 노동을 해야 하는데 말을 들기로는 여기가 천국이라면 정치범 교화소는 지옥이라고 했다. 영철이 형도 절대로 정치범 교화소는 가지 말라고 하였다. 친구가 정치범 교화소 근무를 하였다며 간간이 이야기해 주었다. 그곳에서는 식량 배급도 거의 없고 목숨 하나로 사는 곳이라 했다. 누가 죽어도 신경 쓰는 사람도 없고 탈출할 수 없을 정도로 경비가 삼엄한데 살기 위해 탈출하다가 전기 철선에 죽던지 맞아 죽는다고 했다. 과장된 표현이겠거니 했지만 험한 곳임에는 틀림없을 것으로 생각되었다. 거기 한번 들어가면 살아서 나온 사람이 없다고 했다.

'그러나 내가 가기 싫다고 안 가는 것도 아니지 않은가!'

봄이 되면서 그래도 파릇한 것을 보니 다 들 생기가 돌았다. 운동해서인지 영양 상태가 좋지 않을 텐데도 키가 조금 더 컸다. 경비병들의 중간 정도 크기는 되었다.

"잘 먹고 편하니까 키가 크는구나 야!"

영철이 형이 부러운 듯이 말했다. 처음으로 수첩에 여동생 사진을 보여 주었다. 나와 동갑인데 고등학교 때 사진이었다. 썩 예쁘게 생기진 않았지만 착한 마음이 들어나 보여 좋았다.

"여기 정착하면 소개해 주갔는데………."

말꼬리를 흐리는 형의 말에 많은 생각이 오갔다. 여자 동창은 많았고 그저 친구는 많았지만 누구를 사귀어 본 적은 없었다. 얼굴이 붉어졌다. 여기를 나가 누군가를 만날 수는 있을까? 서울 거리의 자유스러운 여성들의 생각만 해도 설렜다.

'나는 이곳을 꼭 살아서 나가리라! 부모님을 꼭 만날 것이다.'

그 해 8월 말까지 특별 교화소에서 생활은 수월했다. 수월했다기보다는 큰 사고 없이 지냈다는 표현이 맞을 것이다. 그때까지도 특별 교화소 수감자는 나 혼자였다. 몇 명이 제대하거나 이동을 하고 새로운 경비병이 왔다. 새로운 경비병은 내 생활이 신기한 것 같이 생각되는 모양이었다. 분명히 교화소 수감자인데 자기들하고 같이 밥 먹고 숙소도 북한의 여느 집보다 부족한 것 같지 않고 또 내가 알아서 일하고 쉬고 하는 모습이 매우 낮 설은 모양들이었으나 한 달이 안 되어 동화되었다. 오히려 살며시 이것저것 물어보기도 했다. 가장 슬픈 것은 간호사 누나가 다른 곳으로 전출을 갔다. 많이 의지가 되었는데 무척 아쉬웠다. 누나에게 가기 전에 아스피린이나 타이레놀 등 혹시 내게 필요할 만한 약을 부탁했더니 일주일 동안 조금씩 모아서 비상약으로 주었다. 비닐과 헝겊으로 칭칭 감아 처마 밑에 묻어 두었다. 8월이 되면서는 식량 사정이 안 좋을 뿐 아니라 남한 정부에서 식량 지원이 없어서 많이들 서운해한다는 말도 들렸다. 그렇다면 남과 북의 사이가 안 좋다는 뜻으로 내겐 이로 울게 하나도 없었다. 걱정하던 일이 기어이 일어나고 말았다. 영철이 형이 다급히 나를 찾았다.

"승기야 일 났다."

얼굴이 하얘져서 놀란 표정이었다. 9월 중순이었다.

"무슨 일인데?"

"오늘 소장님이 상부와 통화하고 걱정하는 소리를 들었는데 네가 사흘 후에 25호 교화소로 이송된다고 그래."

올 것이 온 것이다. 말로만 듣던 여기와는 다른 지옥. 한번 들어가면 살아서 못 나온다는 곳. 영철이 형과 경비요원들에게 들은 바로는 전기 철조망에 삼중, 사중 철조망이 처져 있다는 곳이었다. 짐승보다 못한 생활을 하는 데다가 한 번 들어가면 살아 나오지 못한다는 곳이었다. 경비병들도 악랄하여 때리는 것은 예삿일이고 매일 사람이 죽는 곳이라고 하였다.

'내가 왜 거기로 가지? 난 칠 년 형을 받은 몸인데.'

남한 정부와 사이가 좋았다면 좋게 풀릴 수도 있었겠지만 무슨 일이 있는지는 알 수 없었다. 애써 담담한 표정과 말을 하였지만 나도 떨렸다. 내가 제일 떨렸겠지. 이젠 아무도 만날 수 없는 곳이라는데…… 이십 명 정도의 우리 교화소에 소문이 나는 것은 한 시간이 채 걸리지 않았다. 여기저기서 걱정하며 나를 위로하는 소리로 가득 찼다.

"그래도 거기 사람이 살고는 있잖아! 너무 걱정하지 말라우!"

뻔한 말인 줄 서로 알면서도 이런 말밖에 위로해 줄 말이 없었음을 알고 있었다. 애써 내 눈을 피하는 이도 있었고 말없이 내 등을 토닥이는 이도 있었다. 그들도 사람이었다. 누군가의 지시에 따르고 살기 위해 명령을 받는 사람들이었다. 거기 가면 생필품이 매우 부족하다면서 줄 수 있는 물건을 챙겨주려 하는 이도 있었다.

그중 한 명은,

"야! 거 가져가 봐야 다 뺏는다고, 빨개 벗겨서 싹 가져가는데 챙기기는 뭐하려고 챙기네?"

맞는 말이었지만 왜 그렇게 얄미운지. 그래도 못 들은 척 다른 경비병 형들은 낡았지만, 내복이나 옷가지, 자기에게도 필요할 털모자, 장갑을 하나씩 챙겨 왔다. 나는 몰래 영철이 형에게,

"형! 작은 군용 삽이나 괭이를 구할 수 있어?"

"알았다. 알아보마."

더는 어디에 쓸 것인지 내게 왜 필요한 물건인지 묻지도 않았다. 식당의 취사병 형에게 젓가락을 더 구해 달라고 했다. 처음에는 빌려 간 젓가락을 줄 것으로 생각했던가 본데 어이가 없어 하더니 더 없으니 가져간 것만 가져가라 하였다. 그가 줄 수 있는 전부였을 것이다. 소장도 낮에는 아무 말을 안 하더니 저녁에 상담하자고 하면서 내가 이동이 있다고 한숨을 쉬었다. 그리고 25호 교화소로 전화해 준다고 하였다. 그 말 한마디면 충분하였다. 삼 일 후에 출발하여 평양에서 다른 부대에 나를 인계한다고 하였다. 내겐 오히려 다행이었다. 직접 데려다 주고 싶은 마음을 비치길래 펄쩍 뛰었다. 빈말이겠지만 그 마음은 알 수 있었다.

"여기에서 헤어지는 것이 나도 낫습니다."

소장에게는 배낭을 구해 달라고 부탁했다. 그리 크지 않은 군용 배낭이면 좋겠다고 했더니 줄 수 없다고 했다. 다음 날 아침 일찍 누가 문을 두드리는 소리에 깨어 나가보니 아무도 없었다. 발밑에 작은 군용 야전삽이 있었다. 끝을 돌리면 괭이도 되고 피면 삽도 되며 크기도 자그만 했다. 학교 가방만한 배낭도 있었다. 누군가는 운동화를 놓고 갔다. 젓가락도 네 개가 놓여있었다. 누구는 성냥을 놓고 가고, 누구는 목도리를 놓고 갔고 누구는 작은 칼도 놓고 갔다. 이런 게 필요 있을까 하면서도 쓸 수도 있겠지 하면서 하나하나 마음을 배낭에 담았다. 배낭에 천을 깔고 야전삽을 쌌다. 그 위에 필요한 물품을 차곡차곡 쌓았다. 처마 밑에 묻어 두었던 젓가락 집은 젓가락을 넣어 맨 위에 올려놓았다. 간호사 누나가 준 비상약도 챙겼다. 작은 칼집은 흙 주머니를 해체해 만들어 발목과 장딴지 윗부분을 묶어 찰 수 있게 하였다. 소장에게 인사를 한다고 가서 거기가 어디쯤인지 물어보았다. 소장은 지도를 펼쳐놓고 함경북도 청진에 있다고 했다. 북쪽이라 겨울이 일찍 오고 춥다고 하고 본인도 들은 이야기를 해 주었다. 식량이 부족하면 옥수수 몇 알 가지고 끼니를 때울 수도 있다고 했다. 눈가는 촉촉한 게 살짝 비쳤다. 나를 무척이나 안쓰러워했다.

"꼭 살아 있으라. 북남이 관계가 좋아지면 고향으로 갈 수 있을게야. 희망을 갖으라우."

"큰 형님 같이 보살펴 주신 은혜는 평생 잊지 않을 것입니다."

손을 잡고 소장의 손등에 뜨거운 눈물을 떨구었다. 소장실을 나오면서 평양에서 청진까지 얼마나 걸리는지 물어보았다. 기차로 제대로 가면 하루인데 지금은 사정이 안 좋아 일주일은 잡아야 한다고 했다. 내 이동수단은 기차인지 자동차인지 물어보았다. 그도 모르겠다고 했다. 교화소 전 경비병의 손이 흔들리는 것을 보며 짚 차에 올랐다.

3부

기차에서 탈출하여 청진으로

지프차는 특별 교화소를 나와 몇몇 형들의 눈물을 훔치는 모습을 뒤로하고 올 때보다는 훨씬 빠르게 평양에 도착했다. 이렇게 평양이 가까웠는지 놀랄 정도였다. 감정을 잊는 방법은 열심히 연습하였던 터라 금새 새 환경과 앞으로 할 일 등, 여러 가지로 머릿속이 채워졌다. 기회는 올 것이다. 한 번 들어가면 못 나온다는 곳에서 간혹 탈출했다는 사람도 있었다. 물론 나도 그럴 수 있을 것이다. 그러나 그러한 것은 너무 확률이 낮았다. 북한의 사회가 아프리카처럼 무질서한 곳은 아니다. 오히려 통제가 철저한 곳이다. 이곳에서 막연하게 행동하였다가는 결과를 장담하기 어렵다는 것은 지난 일 년 동안 체득한 것이었다.

'하늘이 무너져도 솟아날 구멍이 있다!'

이 말은 많은 위로가 되었고 나의 믿음이 되었다. 꼼짝없이 죽을 순간이나 힘들 상황에서도 언제나 나름대로 누군가는 나를 도와주었고 앞이 막막한 순간에도 차근차근 밝아오는 것을 느낄 수 있었다.

'악명 높은 정치범 수용소로 이동한다 하여도 나는 살아날 것이다. 나를 마음으로 걱정하는 사람들의 눈물이 가슴을 때려서 마음이 아플 뿐이다.'

꼭 살아나야 하는 이유가 있었다.

'어머니!'

속으로 불러도 눈물이 솟아나는 '어머니!'를 만나야 한다. 계속 한 생각에 골몰하고 골몰하여 그 생각에 온몸이 젖어들 때면 해결 방법이 '탁!' 떠오른다. 지금은 그 생각을 할 시기이다.

'어떻게 살아나야 할 것인가. 이동은 기차로 갈지 자동차로 갈지 모른다. 시간은 며칠이 걸릴 것이다.'

그래서 취사병 형은 배낭 안에 도시락을 여러 개 넣어 주었다. 감자도 삶아 주었다. 그 바람에 배낭을 조금 더 큰 것으로 바꿔야 했는데 조금 더 큰 배낭을 달라고 했더니 소장이 내 앞에 툭 던져 놓고 모른 척 나 보는 앞에서 뒤돌아 들어갔다. 이동 중에도 훔쳐가는 일은 일도 아니기에 자기 짐은 꼭 몸에 지니고 다녀야 한다는 소리는 서른 번도 더 돌아가며 들은 것 같았다. 평양으로 오면서 소대장이 나를 호송하였다. 소대장과는 별로 특별한 정은 없었지만, 이송 중 차 안에서 준 정보는 내 운명을 바뀌게 할 수 있었다. 평소 같으면 평양 집결소에 집결하여 노동하다가 정원이 차면 이동한다고 했다. 그러면 집결소에 도착하자마자 발가벗겨 온몸을 조사하면서 비인간적인 대접을 받는다고 했다. 가지고 있는 물건은 전부 압수당한다고 했다. 그래서 특별 교화서 어떤 경비병이 물자를 주어도 소용없다고 했었던 것 같다. 전부 이런 사실을 알고 있었을 것이다. 나에게 잠시나마 알려주고 싶지 않아서였던 것 같다. 그런데 나는 집결소로 가지 않고 평양 기차역으로 바로 간다고 했다. 이런 사실로 보아 나의 갑작스러운 이동이 아마도 최상부기관에서 매우 급하게 결정된 것으로 생각했다. 아마도 남한에서의 지원이 지지부진했다든지 뭔가 대화가 안 되었을 것이라 짐작했다. 두려운 것은 나의 이용 가치가 없어졌다는 사실이었다. 나를 계속 이용하려면 특별 교화소에서 매우 잘 지내는 모습을 보여 주던지 석방이 되더라도 자동 선전의 도구가 될 수 있었는데 그것을 포기한다는 뜻이었다. 평양 근처에도 분명 수용소가 있을 텐데 청진까지 보내는 것도 거기서 죽을 때까지 있으라는 소리로 들렸다. 북한 지도부에서 단단히 화가 났나 보다. 혹시나 몸수색에 빼앗길지 몰라 꼭꼭 숨겨둔 물건을 만지작거렸다.

"평양역으로 가면 몸수색은 하지 않나요?"

"거기서는 하지 않고 바로 인솔하여 기차를 타고 청진까지 호송 하갔디."

"청진까지 얼마나 걸리죠?"

"옛날에는 하루면 갔는데 요즘엔 사정이 좋지 않아서 일주일은 가야 되지 않갔어? 더 일수도 있고……"

"밥은 어떻게 주나요? 아니면 해 먹나요?"

"죽을 해서 주갔디."

"기차에 오르면 배낭은 항상 가지고 있으라. 화장실 갈 때에도 메고 다니라."

"예!"

내가 불안 해 보였던지 소대장은,

"내가 기다렸다가 떠나는 거 보고 가갔으니 큰 걱정마라. 호송 책임자도 만나서 잘 이야기 하갔으니 걱정 안 해도 될끼야."

그럴 필요까진 없다고 했으나 소장님의 특별지시가 있었다고 했다. 그런 작은 말 한마디에도 이 상황에서는 큰 위로가 되었다.

지프차 안에서 배낭 위에 놓았던 작은 칼을 집에 넣은 채 오른쪽 발목 장딴지에 묶었다. 칼이 작아 무게가 다소 안 나갔지만 많은 쓸모가 있을 것으로 기대되었다. 젓가락 집도 젓가락 열 개를 채워 허리에 차고 외투로 내려 가렸다. 다른 사람 보는 앞에서 착용할 수는 없었다.

평양역에는 열두 시가 거의 다 되어서 도착하였다. 한눈에 나와 같은 처지의 수감자들은 알아볼 수 있었다. 오십여 명의 사람들이 역 바닥에 줄을 맞춰 앉아 있었다. 가족 단위가 대부분 이었고 하나같이 어깨를 늘어뜨리고 있었다. 금방이라도 쓰러질 듯한 멍 한 표정들이었다. 이미 삶의 의욕이 전혀 없는 사람들로 보였다. 보위부 요원들의 지시에 느긋느긋 움직이고 있었다. 아무리 큰 소리로 빨리빨리 움직이라 하여도 잠시 움직이는 것처럼 보이다가 늙은 노인 할아버지가 지팡이를 짚고 움직이는 듯한 움직임이었다. 소대장은 나를 데리고 인솔 책임자를 찾아 인계하였다. 소장의 특별 지시가 있었다고 하면서 담배 한 갑을 건네는 것을 보았다. 인솔 책임자는 웃음을 약하게 띠고 있었지만, 눈매가 매서웠다.

수감자들은 기차 한 칸에만 다 태웠다. 각자 자기 자리가 있었는데 내 자리는 화장실이 가까운 창가 쪽이었다. 소대장은 말대로 기차가 떠날 때까지 나를 배웅하였다. 늦게까지 인솔 책임자와 놀았던 것 같다. 교화소에 돌아간다고 특별히 할 일도 없었을 것이었다. 교화소는 이제 폐쇄된다는 말도 있었고 다시 건물을 새로 지을 것이란 이야기도 있었지만 내 인생에 기억으로만 남을 장소에 불과할 것이다. 소대장의 인솔책임자에게 한 부탁은 대단한 효력이 있었다. 점심으로 옥수수 죽을 배식하는데 나는 두 번을 주었다. 밥을 한 그릇을 죽으로 만들면 서너 배는 불어났다. 옥수수죽으로 먹으려면 원래 세 그릇은 먹어야 한 끼가 되는 셈이다. 나에게 특별히 두 그릇을 주었다는 것은 정말 특별한 배려였다. 그것도 배식이 다 끝나고 솥에 건더기가 많이 남아있는 부분이었다.

'어디서 죽을 쑤었을까?'

그 날 저녁에 정차하는 역에서 쑤어 오는 것을 한 번 보았는데 미리 연락하여 준비하는 것 같았다. 내 배낭 안에는 아직도 교화소 취사병 형이 준 도시락이 있었다. 보리, 옥수수, 쌀 조금이 섞인 도시락 세 개가 나무 도시락에 있었고 감자도 여섯 개나 있었다. 절대로 다른 사람 앞에서 내놓고 먹을 수도 없었지만 그럴 마음도 없었다. 최후의 비상식량으로 간직하고 싶었다. 혹시 못 먹고 버리는 한이 있더라도 내게 먹을 수 있다는 밥이 있다는 생각만 해도 뿌듯해졌다. 교화소 경비병들이 가르쳐 준 대로 배낭은 절대로 내려놓지 않았다. 등으로 메고 있다가 앉을 때는 앞으로 메고, 내려놓을 때에도 가랑이 사이에 놓았다. 화장실을 갈 때에도 들고 갔다. 처음에는 감시하는 보위부 요원이 내려놓고 가라고 하였지만, 옷을 갈아입는다는 말도 안 되는 핑계를 대고 들고 다녔다. 그들도 내가 왜 들고 다니는지 알 것이었다. 언제 누가 무엇을 가져갈지 모르는 상황이었고 가져갔다 해도 찾을 수는 없을 것이었다. 잊어버린 사람이 잘못 간수한 것이지 가져간 사람을 탓할 수 없었다. 기차는 평양을 벗어날 때까지는 정상적으로 이동하는 것 같았지만, 평양을 벗어나서부터는 매우 느리게 갔고 어떤 작은 역에서도 삼십 분 이상씩 정차하기 일쑤였다. 기차 창문은 모두 닫혀 있어 처음엔 어두컴컴하였다. 창문이 있었는데 가린 것 같았다. 오히려 화장실에는 작은 창문이 나 있어 들에서 일하는 사람들, 자전거를 타고 가는 사람들을 볼 수 있었다. 가다 서기를 반복하면서 가니까 일주일씩 걸린다는 말이 사실로 느껴졌다. 이야기하지 못하게 하였으며 꼭 필요한 말은 작은 소리나 귓속말을 하였다. 어린아이들도 몇 명 있었지만, 내내 잠만 자는 것 같았고 호기심에 두리번거리다가도 눈이 마주치면 바로 고개를 돌려 버렸다.

'어린 그들도 분위기를 감지한 탓이리라.'

우리 기차 칸 안에 인솔하는 보위부 요원은 네 명이 있었다. 앞문 쪽에 두 명, 뒷문 쪽에 두 명 있었는데 자주 기차 안에서 자연스럽게 담배를 피웠다. 인솔 책임자는 다른 칸에 있는지 가끔 들리곤 했고 그 앞에서도 보위부 요원들이 서슴없이 담배를 피우는 것을 보니 담배에 매우 관대한 분위기인 것 같았다. 네 명 모두 나보다 나이가 여섯 살 이상 많게 보였으나 교화소 경험으로 보아 아마 서너 살 위도 있을 것으로 생각했다. 체구는 나보다 다들 작았고 우리 기차 칸에서 내가 제일 성성한 것 같았다. 보위부 요원보다 내가 더 건강한 것 같았다. 어깨엔 항상 총을 메고 있었는데 총알이 장전되지 않았을 것으로 생각했다. 지시할 때 총구로 가리키는 모습을 보았다. 잘 못 발사되면 위험할 텐데 거리낌이 없이 행동하는 것으로 보아 총알을 따로 차고 있을 것으로 생각했다. 나는 수시로 화장실을 다녀왔다. 계속 앉아서 있다 보면 온몸이 굳어지는 듯했다. 오로지 몸을 움직이며 작은 운동이라도 할 수 있는 곳은 화장실뿐이었다. 한 번 들어가면 삼십 분 정도 있다 나오니 다른 사람이 불편해하기도 하였다. 변비가 심하다는 핑계를 대고 스트레칭과 팔 휘두르기를 주기적으로 해 주었다. 자리에 앉아서는 명상을 많이 하였는데 자세를 바르게 하고 아랫배로 숨을 쉬며 나름대로 터득한 대로 내 숨소리에 집중하다 보면 많은 시간이 금방 흘렀다. 어떤 때에는 아랫배가 따뜻해져서 기분이 좋기도 하고 따뜻한 느낌이 움직이기까지 하였다. 아랫배에서 아래로 갔다가 등 뒤로 머리 위로 다시 앞으로 해서 배꼽 아래까지 따사로움이 움직여 갔다. 이런 명상의 경험을 한 번 하고 나니 그 쾌감은 말할 필요가 없었다. 어떤 환경에서도 차분함을 잃지 않을 수 있었고 필요하면 따뜻한 느낌을 발로 또는 팔로 몸의 어디로든지 보낼 수 있었다. 그렇게 하다 보면 삼십 분에서 한 시간은 금방 흘렀고 마음속 생각들도 매우 잘 정리되었다. 그게 끝나면 다시 호흡에 집중하고 마음속으로 천천히 동작 하나하나 생각하며 젓가락을 던지는 모습을 떠올렸다. 목표물에 명중시키는 모습을 상상하였다. 이젠 칼도 생겨 칼로 둥그런 목표물을 생각하고 젓가락처럼 던져 맞추는 것과 돌을 던져 맞추는 모습을 상상하며 명상을 마무리하였다. 언제부터인지 이런 생각을 즐기게 되었다. 누구도 간섭할 수 없고 누구에게도 보이지 않는 나만의 공간인 셈이었다. 명상을 따로 배운 것은 아니지만, 효과는 대단했다. 발이 찬 경우 따뜻한 느낌을 발로 보내면 어느새 정말 따뜻한 발이 되는 것을 느낄 수 있었다. 손으로 그 느낌을 보내면 몇 분이 안 되어 손이 붉어지고 열이 나기 시작하였다. 명상 후엔 앉아 있는 동안에도 다리에 힘을 꽉 주고 이 삼 분 정도 버틴다든지, 팔과 가슴에 힘을 주고 버틴다든지 하며 온 몸의 잘 사용하지 않는 부위까지 힘을 주며 지내다 보면 지루함은 전혀 없었다. 기차 안의 사람들은 거의 다 잠에 빠져 있었다. 가끔 앉아 있는 사람들도 처진 어깨에 바로 옆 사람도 들리지 않을 속삭이며 대화를 하였다. 여섯 살 정도의 어린아이가 꿈을 잘 못 꾸었는지 자다가 깨어 울어 시끄러웠는데 두세 명만 쳐다보고 다들 아무 관심도 없었다. 호송 보위부 요원이 말도 하기 전에 아주머닌 아이를 안고 밖으로 나가 울음을 그치게 하고 들어왔다. 기차는 움직이는 것보다 서는 것이 더 많았다. 가는 것도 화장실에서 보니 자전거 속도와 차이가 없을 정도로 천천히 움직이기도 하였다. 그래도 사람이 사는 곳이라 역에서는 저마다 보따리를 머리에 이고, 등에 짊어진 사람들이 내리고 타곤 했다.

　기차 이동 삼 일이 지나면서 이대로 죽을 수는 없다는 생각이 명상 중에도 계속 떠올랐다. 앞으로 육 년이 지나면 내 인생은 어떻게 되는지. 남한으로 갈 수 있을 것 같지도 않았다. 특별 교화소에서는 언젠가 남한으로 갈 수도 있을 거라는 희망이 있었지만 내가 가는 곳이 청진이라면 그런 기대는 없는 것이다. 그 정도는 나도 충분히 생각할 수 있었다. 어떻게 할 것인지 결정을 내려야 할 시점인 것 같았다. 지금까지 정보로는 수용소에 들어가기만 하면 일단 탈출은 불가능하며 어떻게든 연명하여 살아남아 육 년을 채우는 방법을 생각할 수 있었다. 가슴이 답답해 왔다. 다음 방법은 수용소 도착 전에 탈출하는 방법이다.

이것은 생명을 담보로 한다. 지금까지 들어왔던 고문을 나는 한 번도 당해보지 않았다. 내 몸의 고통에 민감한 나를 생각할 때 작은 고문도 참기 힘들 것이었다. 하지만 탈출하다가 잡히면 각종 고문과 목숨도 내어놓을 필요가 있었다. 수용소에서 육 년을 살 수 있다는 보장도 없었다. 어떻게 옥수수 몇 알이 끼니가 될 수 있단 말인가. 지금은 그래도 일 년 전보다 오히려 근육이 붙었다. 신기한 일이지만 매일 그대로인 것 같지만, 교화소에서 마지막 목욕을 하면서 본 거울에는 분명히 잔 근육과 가슴 근육, 다리 근육도 발달하였다. 아직은 쓸 만한 몸이지만 이주일 만 가만히 쉬어도 없어지는 것이 근육이라는 지식 정도는 남한에서부터 알고 있었다. 그래서 기차에 앉아 있으면서도 지속해서 근육에 힘을 주었다. 그렇다면 어차피 모험이다. 이래도 죽고 저래도 죽는다면 시도는 해 보고 죽는 편이 나을 것 같았다. 금강산 관광을 하기 전에 북한에 관한 정보를 검색하다가 탈북한 사람들 이야기를 읽은 기억이 났다. 중국과 몽골, 혹은 동남아를 통해 남한으로 넘어온다고 했다. 자세히 읽어보지는 않았지만 그렇게 성공한 사람이 상당히 된다면 나도 가능할 것이다. 오히려 내 몸의 상태는 그들보다 낫지 않은가. 그래도 태권도 삼 품이다. 교화소에서는 밤마다 발차기 연습을 하지 않았던가. 화려하지는 않지만 앞차기. 앞 돌려차기, 뒤차기의 세 개만 주로 연습하였다. 그것도 명치 아래로만 일격에 치면 상대방을 제압하는 방법만 몰두하였다. 얼굴을 정확히 치면 한 번에 상대방이 제압되겠지만, 확률이 낮았다. 상대방의 운동신경이 조금이라도 있는 사람이라면 쉽게 피할 수 있을 것이다. 그래서 생각한 것이 빠른 스피드와 결정적 한 방을 연습하였다. 명치 아래에도 단 한 번에 제압 가능한 급소는 충분하였다. 몸에는 무기도 있다. 젓가락도 그렇고 밖에 나가면 작은 돌만 있으면 다 무기가 될 수 있었다. 물론 이런 것이 사람에게 사용해 보지 않아 검증되지 않았으며 결정적으로 내가 두려움 없이 상대방에게 던질 수 있을지는 자신이 서질 않았다. 그래서 명상을 하면서 사람을 향해 젓가락을 던지는 모습은 좀처럼 상상이 되지 않았다. 그래서 생각한 것이 팔과 다리. 덜 치명적인 배 등을 던지는 모습은 비교적 잘 상상이 되었다. 돌로 던지는 것은 머리로 던지는 것을 상상했는데 이것은 오히려 잘 생각되었다. 그때부터 탈출에 필요한 정보를 수집하였다. 멈춰 서는 곳은 역이지만 역에는 보안원들이 자주 눈에 띄었다. 무슨 이유 때문인지 간혹 역이 아닌 곳에서 정차할 경우도 있었다. 그때가 좋긴 한데 언제 설지 또 기차가 서면 무조건 자리에 앉아 있으라 하니 움직이기가 힘들었다. 그렇다면 움직이는 기차에서 뛰어내리는 수밖엔 없다. 기차가 천천히 움직일 때 감시 호송 보위부 요원이 자주 앉으라고 소리쳤다. 지금은 귀찮은지 졸기도 하고 심심하면 담배만 꾸역꾸역 피워 댔다. 둘이 떠들기도 하지만 그것도 이틀이 지나면서 시들해졌는지 수감자들처럼 맥이 풀려가고 있었다. 아무리 건강한 사람이라도 가다 서다 반복하는 기차 안에서 죽 한 그릇으로 끼닐 때우다 보면 늘어지게 될 것이었다. 특별히 재미있는 일도 없고 누구와 이야기를 할 수도 없으니 중환자실에 누워있는 병원 같았다. 기차가 서 있을 때 화장실에 앉아 있으면 분명히 기차는 서 있는데 온몸이 움직이는 것처럼 앞뒤로 끄덕였다. 어디서 내려야 할 것인지도 분명치 않았다. 어디가 어딘지도 모르는데 함부로 내릴 수도 없었다. 천천히 생각해 보았다. 시기는 청진 도착 하루나 이틀 전이 좋겠다고 생각했다. 그쯤이면 호송 보위부 요원도 지쳐 피곤해 감시가 소홀해질 것이고 최대한 북쪽으로 이동하는 것이 낳을 것으로 생각했다. 나는 일반 탈북자들과는 다르다. 나는 남한 사람이다. 아무 영사관이나 대사관이라도 들어가서 사정 이야기를 하면 도움을 받을 수 있을 것이다. 북한을 탈출만 하면 곧바로 한국 대사관을 찾을 예정이었다. 그곳이 중국이든 러시아이든 몽골이던 나는 가기만 하면 되는 것이다. 탈북자들과 다른 점이었다. 그런데 굳이 중국을 통할 이유는 없었다. 청진이라면 나진 선봉 근처이고 남한에서도 자주 듣던 지역이었다. 나진을 통해 러시아로 들어갈 수 있으면 블라디보스토크에 한국 영사관이 있지 않은가. 중국으로 간다면 중국에서 대사관까지 이동 거리가 더 늘어나 차라리 러시아가 나을 것 같았다. 일단 이 열차에서 내린 다음에는 어떻게 국경까지 가는가가 문제이긴 했는데 기차에서 내려 며칠 동안 숨어있으면 나 하나만을 위해 뒤쫓아 오지는 않을 것 같았다. 그렇게 내가 대단한 사람도 아니고 중요한 사람도 아니지 않은가.

기차로 이동한 지 오 일째 되는 날 보위부 요원에게 청진이 얼마나 남았는지 물었다. 시큰둥하게 반응하며 대꾸도 귀찮아하는데 옆자리 요원이 하루면 된다고 하였다. 이제는 열차에서 내려야 한다. 화장실을 이용할 때에는 보위부 요원의 감시를 받아야 했고 그때마다 보위부 요원의 싫은 소리를 들어야 했다. 아예 대놓고 화장실에 하루에 한 번만 가라고 말하기도 하였다. 그러나 나는 자주 드나들었고 나중에는 내가 화장실에 간다면 의례 당연히 가는 걸로 보았다. 별로 감시도 없었다. 첫날부터 화장실에서 삼십 분이나 있으니 지칠 만도 할 것이었다. 그것도 하루에 몇 차례씩 들락 달락 했으니 나중에는 나보고 화장실을 지키라고도 하였다. 낮부터 명상하면서 잠을 자 두었다. 오늘 밤에 기차에서 내리면 언제 잠을 잘는지 어떤 일이 있을지 모르는 일이었기에 명상을 깊게 하면서 잠을 청하였다. 저녁 죽을 먹을 때까지 잠을 자고 저녁 후에도 밤 열한 시까지 다시 졸았다. 열한 시가 넘으면서 수감자나 감시자나 대부분 잠이 들기 시작하였다. 낮잠을 계속 자던 어린아이만 말똥거리고 있었다. 나는 평소처럼 천천히 배낭을 들고 화장실을 나왔다. 내리는 곳의 문은 닫혀 있었지만, 손잡이만 올리면 바로 열리게 되어 있었다. 기차의 속력이 다소 빨랐다. 밖에도 거친 풀숲이었다. 어쩌면 이런 곳이 좋을지도 몰랐다. 나에게 피곤한 지역이면 다른 사람, 쫓는 사람에게도 피하고 싶은 지형일 것이다. 그래 지금이다. 다시 한 번 객차 안을 살피고 손잡이를 돌렸다. 분명히 손잡이가 돌아갔는데 열리지 않았다. 당황하기 시작했다.

'이것으로 끝인가?'

자세히 문틈으로 보니 밖으로 가로막이 문을 닫고 있었다. 젓가락으로 문틈을 찔러 살며시 들어 올렸다. 힘을 가하자 올라갔다. 밖의 가로막을 올리고 손잡이를 돌려 문을 열었다.

바람이 매섭게 몰아쳐 들어왔다. 문을 열어보니 기차가 생각보다 빠르지는 않았다. 나는 명상하며 생각한 대로 기차가 달리는 반대 방향을 향해 힘껏 몸을 날렸다. 기차에서 바로 뛰어내리면 기차의 속력을 그대로 유지할 것이고 기차 진행 방향과 반대 방향으로 뛰어내리면 조금이라도 기차의 속력을 감할 수 있을 것 같았다. 떨어지자마자 뒤로 여러 바퀴를 굴렀다. 잠시 그대로 누워 기차가 사라지는 것을 지켜보았다. 잠시 정신을 차린 뒤 배낭을 메고 사방을 둘러보았다. 우선 작은 불빛을 찾았다. 가을이지만 이곳은 북쪽이었다. 모자를 눌러쓰고 사방을 보아도 온통 암흑뿐이었다. 철길을 따라 뛰다가 사방을 계속 보니 철길 옆으로 비포장 길이 보였다. 사람이건 자동차이건 아무것도 보이지 않았다. 기차가 사라지고 그야말로 검은 길을 더듬으며 주기적으로 사방을 보며 걸었다. 한 시간 정도 걸었을 때 멀리서 개 짖는 소리가 들렸다. 인가이다. 개소리를 찾아 마을로 들어섰다. 오른손에는 젓가락을 언제라도 뽑을 준비를 하며 걸었다. 희미하게 집들이 보였다. 낡은 집들이었지만 질서정연하게 배열된 마을이었다. 마을에서 300m쯤 떨어진 남쪽으로 향한 산을 찾고 싶었다. 하지만 어딘지 분간이 되지 않았다. 옥수수 추수가 끝난 밭을 지나서 햇빛이 잘 들 거 같은 곳에 자리를 잡고 땅을 팠다. 밭과 산의 경계지점을 정했다. 두어 시간 팠더니 가슴 정도 높이까지 직사각형 모양으로 파졌다. 판 흙은 천으로 날라 멀리 산속으로 조금씩 버렸다. 주변 먼 곳에서 나뭇가지를 주워 다 위를 덮고 입구도 젖혀야만 사람 하나 들어갈 정도로 만들었다. 나뭇가지 위에 낙엽을 덮어 주위와 최대한 같이 보이게 하였다. 교화소에서 처음 뱀을 보며 터득한 것이다. 주위와 같은 모습이면 보이지 않는다. 눈에 띄지 않으려면 주위가 같으면 되었다. 어느 정도 만족할만한 은신처가 마련되었다. 새벽 네 시경이 되었다. 은신처 밑에도 나무와 낙엽을 깔고 그 위에 천을 덮었다. 땅에서는 약한 한기가 올라왔다. 몸을 덮을 수 있는 것은 모두 꺼내어 덮었다. 오늘은 이렇게 참기로 하였다. 소나무에서 송진이 많이 묻어있는 관솔 몇 개를 구했지만, 밤에는 불빛이 새어 나갈까 봐 사용하지 않았다. 숨구멍이 있어 완전히 밀폐된 공간은 아니었기 때문이었다. 호송 보위부 요원들에게 내가 없어진 것이 발각되는 것은 길면 두 시간, 짧으면 삼십 분 정도로 예측해 보았다. 근처 어디 기관에 연락할 것이고 이 밤에 찾는 것도 모두에게 무리일 것이다.

'이건 내게 행운인데, 내일 낮부터 며칠 동안은 낮에 계속 찾을 것이고 검문소마다 검문을 강화하겠지. 그렇다면 계속 산을 타고 이동해야 한단 말인가?'

우선 여기가 어딘지 알아야 하고 무조건 북쪽 국경으로 향하기로 했다. 북한에 많은 사람이 밥을 굶고 식량을 찾아 떠돌며 힘든 생활을 하는데 나 하나 잡자고 전부 나서지는 않으리라고 생각했다. 애써 스스로 위안하며 잠을 청하였다. 평소처럼 아침 일찍 낯설게 눈을 떴다. 밖의 상태가 궁금하였지만, 앞으로 사나흘은 이 속에서 꼼짝도 하지 않을 계획이었다. 비상식량도 있다. 낮에는 관솔을 살살 피우며 온도를 조절할 수 있고 한겨울은 아니어서 이 정도는 견딜 수 있었다. 옥수수대를 가져다가 태우고 싶었지만, 발각이 두려워 온종일 누워서 내가 고안한 버티기 운동을 계속했다. 도시락을 처음으로 열어 보았다. 약간 시큼한 냄새가 나는 것 같았지만 먹을 만했다. 하나의 도시락으로 하루를 버티기로 하였다. 목이 마르며 물이 얼마나 필요한지 깨달았지만 그래도 낮에는 움직이지 않았다. 마을은 큰 비포장도로에서 500m 정도 떨어져 있고 비교적 도롯가에 있는 마을이었다. 낮에 자동차 소리가 계속 들리는 것으로 보아 차량운행이 많은 큰 도로임을 알 수 있었다. 마을에도 차가 여러 번 왔다 가는 소리가 들렸다. 그럴 때면 나를 찾아 나왔을 것이라 떨리기도 했지만 절대로 찾을 수 없을 것으로 생각했다. 발자국도 은신처를 만들고 마지막에 풀로 지웠다. 추수가 다 끝난 밭을 누가 올 리도 없었다. 이렇게 찾다가 스스로 지치게 하자. 누가 인내를 갖고 끝까지 참느냐가 승리의 요건일 것이었다. 나는 나름대로 일 년을 준비하였다. 나를 쫓는 자들은 기계적으로 움직일 뿐이다. 꼭 찾아야만 하는 것이 아니다. 나는 아니다. 나는 꼭 여기를 떠나야 하고 그럴 이유도 확고하였으며 그만큼 나는 간절하였다. 하나님이 계신다면 누구를 지원하겠는가. 어디선가 자신감이 생겼다. 무식이 용감이란 이야기를 자주 들었었는데 내가 지금 상황도 모르고 용감한 것이었다. 밤 열 시가 되자 사람 소리도 들리지 않았다. 멀리서 여전히 개 짖는 소리가 들렸다. 나는 보위부 요원들이 영화에서처럼 개를 몰고 나를 찾지 않을까 걱정했지만 그런 일은 일어나지 않았다. 아마 키우던 개도 잡아먹었을 것으로 생각했다. 서서히 은신처를 나와 산속으로 들어갔다. 아무도 없는 것을 확인하고 몸을 풀었다. 돌도 던져 보았다. 여전히 두세 번만 던져 보니 쓸만하였다. 누구든 내 돌에 맞으면 쓰러질 것 같았다. 발차기로 몸을 풀고 계곡 물을 충분히 마셨다. 빈 도시락에도 최대한 담아왔다. 그리곤 관솔을 피우고 덮개를 덮어 보았다. 밖에서 불빛이 보이는지 확인하여 보았지만 작은 관솔 불빛은 새어나오지 않았다. 은신처에서 관솔을 두 시간 정도 환기를 해 가며 태우고 불기운이 남은 관솔을 땅에 살짝 묻었다. 그 위에 나뭇가지와 천을 덮었더니 한결 온기가 있었다. 전날과 비교하면 방에 온 기분이었다. 어제보다 훨씬 따뜻한 밤을 보냈으며 다음 날 몸 상태도 상쾌하였다. 하지만 나갈 수는 없었다. 이튿날 차들과 오토바이들이 연신 드나들었고 가까운 곳까지 사람들의 목소리가 들렸기 때문이었다. 칼도 빼 옆에 놓았다. 내가 상대방을 해하지는 않겠지만 나를 해치려는 사람에게 당하지는 않을 것이라고 대뇌였다. 낮에는 온종일 시끄러웠다. 분명히 어제보다 소란스러웠다. 나를 잡으려는 자들이 움직이고 있다고 생각하고 더욱 꼼짝하지 않았다. 은신처 덮개를 열어젖힌다고 해도 누워 있을 각오였다. 어차피 이래도 죽을 것이고 저래도 죽을 것이라면 살 확률이 높은 곳에 전력을 다하자고 생각했다. 내 생각이 옳다고 확신하고 있었기 때문에 두려움도 없어졌다. 이따금 언뜻언뜻 불길한 생각이 나는 것은 금방 잊어버려 졌다. 사흘 동안 있다가 새벽 세시 경에 은신처를 나왔다. 온몸을 움직이며 몸을 풀고 마을로 들어갔다. 부엌을 뒤졌지만, 이 시기에 부엌에 식량을 놔둘 사람도 없었다. 식량을 구하는 데는 실패했지만, 어느 집안에 세워져 있는 자전거가 보였다. 쇠사슬로 묶여 있었다. 마을을 돌며 약한 쇠사슬로 묶여있는 자전거를 찾았다. 집마다 철저히 묶어놓고 있었다. 제일 만만한 자전거를 찾았다. 배낭에서 부러진 쇠사슬로 십 여분을 잘랐다. 살며시 자전거를 가지고 나왔다. 이미 나에게 도덕의 기준은 달라져 있었다. 지금 나의 생존에 필요한 것이 선이고 나를 해하는 것이 악이었다. 그래도 마음 한편에서 양심의 가책을 받았지만 무시하고 자전거에 올라탔다. 그 마을은 비교적 잘사는 곳이었다. 조금 가다 보니 어스름한 달빛에 옥수수 대에 옥수수가 달린 것이 보였다. 자전거를 옥수수 사이에 숨기고 밭으로 들어가니 수확한 부분과 수확 중인 부분이 차이가 났다. 소리를 죽이고 옥수수를 꺾어 배낭에 넣을 수 있을 만큼 채워 넣었다. 배낭을 자전거 뒤에 싣고 큰길로 나왔다. 어딘지도 모르고 북쪽으로, 북쪽으로만 달렸다. 어두운 길에 넘어지고 자빠지기 일쑤였지만 계속 달렸다. 밤새 갈 것인지 다시 은신처를 만들어야 하는지를 결정해야 했다. 밥도 없다. 감자는 하나씩 먹다 보니 어느새 다 없어졌고 내겐 수확한 옥수수가 전부였다. 딱딱한 옥수수를 그냥 먹을 수도 없었다. 삶아야 하는데 불을 함부로 피울 수도 솥도 없었다. 부잣집 상 밑에 먹을 것이 있는 법이다. 산속으로 이동하는 것보다 사람이 사는 곳 주변이 차라리 무엇인지 얻을 게 있는 법이다. 잡힐 위험이 많으나 안전하게 다니다가 굶어 죽느냐 불안전하게 다니다가 잡혀 죽느냐 그 경계를 잘 파악해야 했다. 그래서 인가를 찾았다. 한 시간 정도 달리자 몇 집 있는 작은 마을이 보였다. 우선 살며시 부엌으로 들어갔다. 아무것도 없었다. 방 안을 살펴보니 인기척이 없다. 신발을 보았다. 여자와 아이들 신발이 보였다. 나는 부엌으로 가서 빈 솥에 물소리 나지 않게 붇고 여덟 개를 꺼내어 푹 담갔다. 그리고 조심스럽게 불을 때어 옥수수를 삶았다. 끓어 넘치거나 김 소리가 나는 것을 조심하면서 부엌문을 닫고 삼십 분가량 삶았다. 완전히 삶아 뜨거운 것을 두 개만 놔두고 여섯 개는 배낭에 넣었다. 부엌에 먹을 것이라고는 하나도 없는 것 같았다. 작은 항아리를 열자 소금에 절인 흰 배추가 있었다. 반포기를 비상약 쌌던 비닐에 물기가 새지 않도록 넣고 비상약은 배낭 바닥에 깔았다. 혹시 불이 날까, 잔불은 아궁이 깊숙이 밀어 넣고 그 집을 나왔다. 삶은 옥수수 두 개를 천천히 먹으며 새벽 다섯 시까지 이동하였다. 북두칠성을 보고 방향을 대략 가늠하였다. 아직은 낮에 이동하는 것은 무리라 생각하여 은신할 곳을 찾았다. 자전거를 숨기고 남쪽 산기슭 나무 사이를 팠다. 두 나무가 서 있는 곳에서 조금 큰 나무쪽으로 붙여 땅을 팠다. 지난번처럼 깊게 파지는 않았고 허리 높이로만 파서 겨우 누울 정도로 팠다. 남쪽 흙이 아직 얼지 않아 잘 파였으며 교화서에서 연습한 대로 땅 파는 것은 일도 아니었다. 나무뿌리 밑을 파게 되면 위를 적게 덮어도 되어 뿌리 밑을 파고들었다. 하지만 판 땅을 처리하는 것이 일이었다. 근처에 버리면 나 여기 있다고 광고하는 것이므로 배낭으로 흙을 최소한 50m 이상 떨어진 곳에 뿌려 흔적을 지우고 마지막으로 덮개를 덮었다. 은신처에 들어가기 전에는 나뭇가지로 근처 10여 m 발자국을 주변 모습과 같이 마무리하였다. 빈 나무 도시락통은 물이 새어 옥수수 삶은 집에서 대접하나를 가져왔다. 페트병이 있으면 딱 좋은 데 차츰 찾아보기로 하고 지금 할 수 있는 것, 지금 이용 가능한 것을 이용하기로 했다. 차츰 대담해 지면서 은신처 안에서 불을 피워 따뜻하게 온도를 높이고 불씨가 있는 타다 남은 나뭇가지를 바닥에 묻고 살며시 흙을 덮었다. 그리고 혹시 일산화탄소가 나올까 봐 발로 밟아 땅속 불씨를 끄고 머리를 높게 하여 누웠다. 환기구는 꼭 점검하였다. 이렇게 이틀을 밤에만 이동하였다. 무슨 일이든지 익숙해지기 시작하면 무덤덤해지는 거 같았다. 자전거 바퀴는 이미 펑크났고 밤에만 움직이다 보니 돌들을 피하기 어려워 더 일찍 망가진 것 같았다. 마지막 은신처에 자전거를 숨겨서 버리고 그다음부터는 낮에 다녔다. 세수도 하지 않아 금방이라도 쓰러질 환자처럼 보이게 하였으며 가슴 정도 오는 지팡이를 만들어 짚고 다녔다. 사람이 보면 다리를 절면서 지팡이를 짚고 가고 사람이 없다 싶으면 바르게 걸었다. 그렇게 하루를 가다 보니 경성, 청진 표지판이 보였다. 경성에서 15km 떨어진 곳이 청진이었다. 청진에서 기차를 타고 나진을 거쳐 러시아로 가는 길을 알아보아야겠다고 생각했다. 경성에서 먹을 게 다 떨어져 다시 경성 시내에서 먹을 것을 구하려 하였다. 시골 장터처럼 할머니들이 앉아서 조금씩 무엇을 팔고 있었다. 경성에 와서야 도시처럼 보였다. 경성역 근처를 돌며 밥을 얻어먹으려 했지만 누가 거저 줄 사람도 없을뿐더러 말이 떨어지질 않았다. 만두를 파는 아주머니에게

‘터진 만두 하나 얻어먹을 수 있을까요?’

하고 말하고 싶었지만, 그 아주머니도 몇 개 아닌 것을 팔고 있었다. 경성 시외로 나와 농촌 지역이 나을 것 같았다. 하지만 나를 보는 순간 이미 여러 번 꽃제비 경험이 있어서인지 보는 사람마다 경계하였다. 여러 마을을 계속 돌며 눈여겨보다가 아이들에게 물어보기로 했다.

"여기 농장 간부 집이 어디네? 고모부가 여기서 농장 간부라 하는데 몰라서 그래."

간부 집이라면 무어라도 나올 것이란 기대를 하고 위치를 확인하였다. 그리곤 바고 사람 눈을 피해 야산으로 올라갔다. 반드시 먹을 것이 나와야 했다. 아니면 강제로라도 뺏어 먹을 것이었다. 야산에 은신처를 만들고 땅속으로 기어들어갔다. 이른 새벽에 은신처를 나와 간부 집을 살펴보았다. 낮에 본 대로 먹을 만한 것을 저장한 곳을 찾아보았지만 쉽게 찾아지지 않았다. 잠가져 있는 부엌문을 칼로 나사못을 열고 들어갔다. 감자 네 개가 나왔는데 바로 배낭에 넣었다. 부엌 항아리를 일일이 열어보니 가루가 나왔다. 옥수수 가루였다. 배낭에 채울 수 있는 만큼 최대로 채웠다. 양은 솥 하나를 가지고 오려다 페인트 통만한 깡통 두 개가 보여 그 통에 물을 담고 살며시 나왔다. 이젠 대담해져서 인기척이 나도 뛰지 않았다. 좋은 일인지 나쁜 일인지 구분도 없

어지는 것 같았다. 지극히 나만 아는 이기적인 본능만 남게 되는 것 같았다. 은신처에 오자마자 깡통에 옥수수 가루를 두 줌을 넣고 죽을 끓여 먹었다. 죽이지만 배 불리만 먹을 수 있으면 견딜 만하였다. 견딜 수 있을 것도 같았다. 다음날에는 경성 시내에서 플라스틱병 하나를 구해 씻어 음료수통으로 사용했고 가벼운 자루에 배낭 속 옥수수 가루를 담아 깡통에 넣었다. 운동화가 필요했지만 파는 곳은 한군데밖에 없는 것 같았고 나는 돈이 없었다. 이곳에서도 돈이 필요했다. 어떻게 돈을 벌 수도 없었다. 장마당을 돌면서 제일 웃음소리가 큰 곳을 보았다. 쌀 파는 곳이었다. 얼굴이 통통한 아저씨가 쌀자루를 깔고 앉아 일부는 펼쳐놓고 쌀과 옥수수 가루를 팔고 있었다. 자루에 씌어있는 글씨로 보아 구호물자를 빼돌린 모양이었다. 배에는 전대를 차고 돈을 넣고 있었다. 나를 힐끔 보더니 못마땅해 하며 쳐다보았다. 나는 거지 모습 그대로였다. 일주일가량 세수도 안 했으며 불을 지피면서 얼굴이 검어지는 것도 씻지 않았다. 그래서 꽃제비 모양으로 보였을 것이다. 거지가 나였으며 몸에서 냄새도 났을 것이었다. 그런 내가 장사하는 곳에 얼쩡거리면 좋을 리 없었다. 나는 기어들어가는 목소리로,

"옥수수가루 한 줌만 줄 수 없어요? 사흘을 굶었어요."

"이 자가 어디서 장사를 방해하네? 어서 가라우. 쌀이 필요하면 돈을 가져와야지."

아주 기분 나쁜 표정에 금방이라도 나를 때릴 듯이 주먹을 들어 보였다. 나는 아저씨 바지를 잡으며,

"한 번만 도와주시라요."

'성동격서란 말이 있다. 동쪽에서 소리를 내고 서쪽에서 적을 친다는 말이다.'

어려서 태권도 배울 때 도장 관장님이 아시는 아마도 유일한 숙어일 것이다. 적을 공격할 때에는 공격하고자 하는 반대쪽을 건드리고 정말 공격하는 곳은 반대편을 해야 한다고 매일 들었던 말이다. 쌀 파는 아저씨 앞으로 엎어지며 옥수수자루 세 개를 엎었다. 아저씨가 소리를 지르는 순간 한 손은 아저씨 전대에서 돈을 꺼내어 내 주머니에 넣었다. 그리고는 태연하게,

"제가 주워담겠습니다."

"저리 가라. 쌍!"

나를 때리려 하며 쫓아내었다. 못 이기는 척 장마당을 나왔다. 이젠 남의 돈도 훔치는 놈이 되었다. 나중에 갚기로 했다. 언젠가 될지 모르지만. 그 돈을 들고 신발가게에 가서 운동화 두 켤레를 샀다. 등산화를 사고 싶었으나 없어서 트레킹용 운동화와 달리기 편한 운동화 두 켤레를 사고 중국산 시계 하나도 샀다. 만두를 사서 허기를 채우고 저녁은 은신처에서 옥수수 가루를 끓여 먹고 잤다. 다음 날 바로 청진으로 떠났다.

경성에 청진은 걸어서도 반나절이면 갈 수 있는 곳이었다. 청진 역에서 사람들에게 러시아 가는 열차를 물어보았지만 다 들 이상하게 쳐다보았다. 냄새나고 거지같이 생긴 놈이 러시아 가는 열차를 물어보니 정신 이상자로 보였을 터였다. 어떤 아주머니가 왜 그러냐고 하길래 정신이 없는 척 아버지가 러시아에 벌목하러 가서 아버지를 만나야 한다

고 하였다. 아주머니는 여기서 러시아 가는 열차는 없다고 했다. 있어도 갈 수 없다고 친절히 가르쳐 주었다. 부정기적으로는 화물차가 출발하는 모양이었다. 나진까지는 갈 수 있지만 거기서 러시아를 가려면 언제 갈지 모르는 열차를 하염없이 기다려야 할 판이었다. 그래서 탈북자들이 러시아를 탈북 경로로 삼지 않았나 보았다. 두만강 하류는 폭이 넓어 헤엄쳐 넘기엔 부칠 것이고 상류 쪽으로 갈 바에야 중국이 넘기 쉬운 모양이었다. 아주머니는 내가 정신이 오락가락하는 것으로 알면서도 친절하게 가르쳐 주었다.

"기러면 러시아를 가려면 어케 가야 된답니까?"

"회령으로 가서 투먼, 옌지로 가야디. 중국으로 가서 러시아로 가야한다. 너 혼자 못 가니 집으로 가라."

내 뒤에서 혀를 차는 아주머니의 한숨이 들려 왔다. 아주머니의 말은 어딘지 모르겠지만, 회령만 알아들었다. 회령으로 가서 중국으로 넘어가야 한다는 것이었다. 허탈한 마음이 들었지만 그래도 회령으로 목표가 설정되었으니 회령까지 가면 되는 것이고 거기서 고민하면 될 일이었다. 일단 청진 시 외곽으로 나왔다. 내가 제일 잘하는 것은 땅을 파는 것 아닌가? 시내를 잘 알면 시내에서 은신처를 구할 수 있었을 텐데 내일부터 청진 시내를 돌아보기로 하고 은신처를 만들었다. 나무가 부족하여 시내에서 땔 나무를 한 다발 들고 왔다. 욕심은 끝이 없다. 돈이 생기니 침낭을 사고 싶었다. 그러나 침낭 파는 데도 없어서 내피를 하나 사서 잘 때 입기로 했다. 옥수수가루는 이런 식이면 이십 일도 먹을 수 있을 것 같았다. 깡통에 옥수수 죽을 만들고 소금으로 간을 해서 먹었다.

평양 근교 특별 수용소에 보위부 요원 여덟 명이 들이닥친 것은 내가 기차에서 탈출한 다음 날이었다. 내가 무엇을 가지고 갔는지 무슨 말을 했는지 전 경비병이 조사를 받았다. 그래서 교화서 사람들은 내가 탈출 한 것을 알게 되었다. 무슨 물건을 가지고 갔는지 질문들 받고 한결같이 지급 받은 물건만 가지고 갔을 거라고 다 들 이야기 하였다. 건강 상태는 어떠냐는 보위부 요원들의 질문에도 남조선의 전형적인 허약한 놈이었다고 진술하였다. 내가 생활하던 생활관 숙소도 조사하였지만, 이상한 것은 나온 것이 없었다. 풀로 만든 인형이 하나 나와 이것이 무엇이냐고 할 때에도 밤에 외로워 말동무 인형이라고 대답들 하였다. 소장에게 어떻게 관리했길래 탈출하느냐고 따지자 오히려 인계가 끝났는데 여기 와서 그러냐고 소장이 언성을 높였다. 그러면서 소장은 탈출한 것이 맞느냐고 질문하고, 허약하여 기차에서 떨어져 죽은 것일 거라고 자기 의견을 말하였다. 보위부 요원이 시신을 아직 못 찾았다고 하자

'달리는 기차에서 떨어져 얼마 있으면 들짐승들이 시신을 해치기 때문에……'

소장은 떨어져 죽지 않으면 굶어 죽을 것이라고 언질을 주었다. 보안원이 조사를 마치고 떠나자 경비병들은 미소를 짓고 있었다.

청진역 주변에는 꽃제비들이 제법 많이 있었다. 기찻길에서 무언가를 열심히 줍는 사람들이 있어 살펴보니 떨어진 석탄을 줍는 사람들이었다. 직접 물어보면 가르쳐 주지 않을 것 같아 주변 사람들에게 물어보았다. 가끔 석탄 기차가 가면서 떨어진 석탄을 주워 판다는 것이었다. 나는 다시 은신처 구덩이에 또 다른 구덩이를 파고 짐을 묻었다.

은신처가 발견되더라도 물건은 찾지 못하게 만들어 놓고 나도 석탄을 주웠다. 처음에는 마대 자루에 맨손으로 주웠지만 나무 집게를 만들어 사용하고 양 철판을 접어 삽처럼 사용하여 주워담았다. 내가 나타나자 수근 거리기 시작했다. 그러나 내 키가 북한에서는 큰 키에 속했으며 거기에 있는 애들은 전부 동생쯤으로 보였으며 나이 드신 분들도 힘이 없어 보였다. 나는 반 자루 정도 담아 그들 뒤를 따라가 가게에 팔았다. 석탄 2kg을 가져다주면 쌀 1kg 정도를 살 수 있는 돈을 주었다. 정신없이 다시 샅샅이 주워 쌀을 샀다. 오랜만에 아주 오랜만에 쌀밥을 여기서 먹을 수 있게 되었다. 그 날은 깡통에 쌀을 넣고 나무 뚜껑을 닫아 밥을 지었다. 물을 조절할 줄을 몰라 부족하다 싶으면 물을 넣어가며 밥을 했다. 밥 냄새가 이렇게 좋을 수도 있었다. 맨밥에 절인 배추를 조금씩 뜯어 먹었다. 남은 밥과 탄 누룽지에 물을 끓여 놓고 아침까지 먹었다. 여기에서 돈을 벌어야겠다고 생각했다. 움직이려면 돈이 필요했다. 이미 북한은 시장경제가 들어와 있어 돈이 있어야 의식주가 해결되었다. 청진역을 다시 돌아보니 석탄 줍는 사람들이 없었다. 석탄을 운반하는 기차가 움직여야 떨어진 석탄을 주울 수 있던 것이다.

'어제 좀 더 주울 것을······'

역을 빠져나오려는데 조금 덩치 있는 녀석이 나를 불렀다. 어디서 왔는지 물어보는 것이 시비를 거는 것이었다. 어려서 무조건 도망 다니던 기억이 났다. 하지만 그렇게 해서 여기에서 살아남을 수는 없을 것이었다. 여기에서 맞서지 않으면 다음 석탄 기차가 갈 때에도 나는 떨어진 석탄을 줍지 못할 것이었다. 뒤에 몇 명이 인상을 찌푸리고 쳐다보고 있었다. 오른손이 반사적으로 허리춤의 젓가락으로 가 있었다. 하지만 자세히 보니 맨몸으로도 충분히 쓰러뜨릴 만하였다. 배낭을 내려놓고 다가갔다.

"여기서 놀지 말고 다른 데로 가라."

우두머리인 모양이었다. 나는 아무 말도 안 하고 다가가 명치를 앞차기로 차 버렸다. 배를 움켜쥐고 주저앉은 녀석의 관자놀이를 앞돌려차기로 찼더니 기절하여 버렸다. 더는 달려드는 놈도 없었고 나를 똑바로 보는 놈도 없었다. 뒤에 서 있는 녀석들에게 오라고 손짓하니 다 도망가 버렸다. 우두머리는 잠시 후에 깨어났다. 머리를 흔들더니 잘못했다고 싹싹 빌었다. 옆에 앉히고 석탄 차가 언제쯤 갈 건지 물어보았다. 처음에는 모른다고 하더니 내일 밤에 지나간다고 했다. 일부는 석탄 차에 올라 밖으로 버리면 밑에서 줍기로 약속하였던 모양이었다. 어제 떨어진 석탄도 사실 그들의 작업 결과였다. 조금 미안한 마음이 들었다.

"형님 죄송합니다."

연거푸 반복했다. 그 패거리는 그저 먹고살려다 보니 모인 집단이었다. 그자도 나이가 많아 두목처럼 된 것이지 싸움을 하는 집단도 아니었다. 하지만 먹을 것 앞에서는 악으로 버티니 다른 사람들이 무서워하곤 했다.

"나는 여기서 오래 있을 생각이 없고 솔직히 회령을 가려는데 돈이 조금 필요해서 있는 것이야."

라고 했더니 그러냐고 회령을 자주 다닌다면서 안내를 자처하였다.

"난…… 승철이라고 한다. 이승철."

이승기라고 할 뻔하였다.

"형님 나는 신민호입네다."

"민호야 미안하고 좀 도와다오."

그래서 민호도 내일 밤 석탄을 훔치고 신의주로 넘어가겠다고 했다. 나 때문에 같이 가겠다는 것이 아니었다. 신의주나 청진처럼 사람이 많이 모이고 밥이 있는 곳을 찾아 떠도는 아이들이었다. 회령이나 신의주는 기차 지붕 위에서 지내며 갈 수 있다고 했다. 전문 꽃제비인 모양이었다. 내일 나도 석탄 줍는데 참여하기로 하였다. 일이 끝나면 청진에서 회령까지 동행하여 준다고도 하였다. 오는 길에 민호를 시켜 절인 배추를 조금 사다 달라 했더니 민호는 김치를 사왔다. 붉은 김치를 본 지도 오래되어 민호에게 연거푸 감사하다고 했다. 민호는 은신처로 따라오려 하였다. 내가 안 된다고 하니 서운한 모양이었다. 지금 같이 가면 너도 위험해져서 안 된다고 겨우 설득을 하고 내일부터 같이 가자고 하였다. 은신처 옆을 파서 숨겨둔 쌀과 옥수수 가루를 섞어 밥인지 죽인지를 끓여 먹었다. 김치가 있어서인지 포식하였다. 김치 하나만으로도 기운이 났다. 돌 던지기 연습도 저절로 되었다. 나무에 돌이 부딪혀 딱, 딱 소리가 날 때면 상쾌해지기도 하였다. 젓가락도 던져 보았는데 힘을 주지는 않았다. 나무에 박혀 빠지지 않으면 젓가락 하나만 없어지는 것이었다. 그렇게 조심스럽게 던졌는데 기어이 젓가락 하나는 못쓰게 되었다. 아래쪽으로 던졌는데 힘 조절이 안 되어 나무에 박혀버렸다. 겨우 빼냈지만 던질만한 젓가락은 되지 못하였다. 나무를 상대로 발차기하며 몸도 풀었다. 언제나 기회가 되면 항상 준비하였다. 몸을 만들고 젓가락을 던지고 돌을 던지며 감을 몸이 기억하도록 노력하였다. 일 년 동안 매일 수련한 젓가락 던지기는 어느 순간 언제든지 든든한 무기가 되었다.

 저녁을 일찍 먹고 배낭을 챙겨 민호와 약속한 장소로 갔다. 열 명 정도가 있었다. 작전은 단순하였다. 몸이 가벼운 세 명이 청진 역으로 들어오는 석탄 차에 올라타서 석탄을 옆으로 떨어뜨리고 밑에서는 열심히 주우면 되었다. 어두워 안 보이면 다음날 일찍 나머지를 주워 팔면 되었다. 석탄을 사는 사람도 이런 사실을 알고 있다고 했다. 그는 싸게 석탄을 사서 팔아 많은 이익을 남기고 있었다. 하지만 그가 있어 이들도 먹고살고 있었다. 나는 역 근처에 배낭을 숨기고 빈 자루를 들고 기찻길 옆으로 갔다. 민호 패거리와 같이 기다리며 한 자루씩 가득 담았다. 기차에 오르고 내리는 일은 위험했으며 역으로 들어오기 전에 마무리되어야 했다. 석탄이 없어지는 것이 알려지게 되면서 경비가 강화되었다고 했다. 경비를 두려워할 아이들이 아닐 것이다. 그러나 잡히면 호되게 맞는 것이 힘든 일이었을 것이다.
 그날 밤에 석탄을 가져다가 팔았다. 석탄을 전문적으로 사는 자가 있었다. 석탄을 사는 사람이 나를 유심히 보더니 처음 본다며 돈을 적게 주겠다고 했다. 그건 석탄을 싸게 사려는 핑계였다. 민호가 펄쩍 뛰며 우리 형이라고 하였지만, 반값도 안쳐 주려 하였다. 실랑이하다가 그자는 별로 화를 낼 상황도 아닌데 우리가 모두 가져온 석탄 값을 전부 절반만 쳐 주었다. 민호가 나를 빤히 보고 있었다. 마치 나에게 무슨 행동을 해야 한다는 듯이 느껴졌다. 어리석게도 잠시 내가 정신이 나갔다. 마치 내가 이들의 두목이라도 된 듯한 기분이었고, 이 상황을 내가 해결해야 한다는 생각도 들었다. 나는 민호에게 다른 아이들을 데리고 가라 하였다. 민호는 오히려 내 팔을 잡았다.

"형님. 저자는 보위부에 아는 사람이 많아요. 잡혀가지도 않고 정기적으로 돈을 건넨단 말입네다."

귓속에 속삭였다.

"그래도 그렇지 말도 안 되는 핑계로 돈을 떼먹으려 해?"

씩씩대는 나를 민호는 골목으로 끌고 나왔다. 그자는 석탄을 보안원과 짜고 빼 먹고 있었다. 꽃제비나 나이 든 분들의 석탄을 헐값에 사서 비싸게 팔아먹고 있었다. 다른 사람은 이 일을 하지 못하도록 보안원의 비호를 받고 있었다. 불법 석탄 판매 독점을 하고 있었다. 그 일대에서 아무도 건드리지 못한다고 하였다. 석탄 장사를 해서 부자가 되었다고 했다. 하지만 민호 말이 맞았다. 앞차기 한 번이면 정리될 텐데 신고라도 하게 되면 일이 더 꼬이게 될 것이었다. 민호는 숙이는 법을 생존으로 터득하고 있었다.

오늘 번 돈으로 회령으로 출발하려 하였는데 가기가 힘들게 되었다. 더는 청진에서 지체할 시간은 없었다. 날씨가 추워지면 활동 범위가 작아져 지금처럼 은신처 마련하기도 힘들 것이었다. 겨울이 되기 전에 하루빨리 북한을 탈출해야겠다고 생각했다.

'보통 사람들의 인생은 자기 생각과는 항상 다르게 움직이지 않는가?'

그날 밤에 출발하려 하였는데 물거품이 되었다. 출발할 수도 있었다.

하지만 이제는 돈이 필요했다. 산으로만 이동한다 하여도 맨몸보다 몇 가지를 산에서 사용할 도구가 필요했다. 회령에서도 돈이 필요할 일이 있을 것이었다. 침낭이 있으면 좋겠다고 생각했다. 이곳에서 그런 것이 있을 리 없겠지만, 은신처를 아무리 잘 만들어도 변변치 못한 물품으로 편한 잠을 자기는 힘들었다.

무엇인가를 같이 했다는 사실만으로도 금방 동질감이 형성된 것 같았다. 같이 석탄을 줍고 같이 분노하는 것만으로도 충분한 동료의식이 싹 텄다. 민호 패거리들과 같이 이동하며 그들과 같이 불을 쬐며 쉬었다. 한 겹의 옷마저 해져 뱃살이 나오는 아이부터 얼굴은 아궁이 속에 넣었다가 나온 것처럼 검은 얼굴들이었다. 얼굴에는 웃음기가 하나도 없는 모양들이었다. 내 행색도 그들과 별반 차이가 없을 것이었다. 그들은 저마다 사연을 품은 얼굴로 찌푸린 인상을 늘 하고 있었다. 웃어도 메마른 웃음들로만 보였다. 며칠 동안은 이들과 함께 어울리는 것이 안전할 것으로 생각하였다.

"형님! 공민증 좀 보자요"
민호가 나보고 공민증을 보자고 했다. 공민증은 들어 본 적도 없었다. 얼떨결에 없어졌다고 했다. 북한에서는 열일곱 살이 되면 주민등록증과 같은 공민증이 발급되었다. 처음 듣는 말이다. 잃어버려 없다고 하니 어이없어했다. 누가 내 짐을 훔쳐가서 없어졌다고 하니 조금은 믿는 눈치였다. 분실은 늘 있는 일이었다. 특히 공민증의 분실은 종종 있었고 그게 암시장에서 거래되고 있었다.

"공민증도 없이 어케 회령까지 가려 했습네까?"

"그 생각을 못 했네?"

국경이라 검열이 다른 곳보다 철저한 것은 당연할 것인데 나는 그런 기본적인 생각도 하지 못하고 있었다.

"화차(화물열차)를 타고 갑시다. 화차는 느리게 가니까니 회령 근처에서 뛰어내리면 됩니다. 기런데 회령은 왜 가십니까? 우리랑 신의주로 가자요."

열차를 타고 가면 공민증 검사를 했고 탈북자들이 증가함에 따라 국경 근처로 갈수록 검문검색이 강화되어 있었다. 민호는 공민증이 없으니 화물 열차를 몰래 타고 가자고 하고 있었다.

나는 사실대로 탈북하려 한다고 말을 하였다. 민호는 놀라지도 않았다. 이미 눈치채고 있었다고 했다. 아마도 내가 중국으로 건너가 돈을 벌려 하는 것으로 알았을 것이다. 이제 탈북하여 중국으로 가는 것은 흔한 일이었다. 꽃제비 중에도 중국을 다녀온 아이들이 있었다. 불러서 물어봐도 그다지 도움은 되지 못했다. 겨울에 언 강을 건넜다느니, 수영하다가 건너가게 되었다는 것으로 신뢰가 가지 않았다. 회령에 가서 직접 부딪혀야 했다. 민호의 말도 전부 믿지는 않았다. 만난 지 얼마 되지도 않았지만 그다지 썩 믿음이 가는 것은 아니었다. 말도 어떤 때는 앞뒤가 안 맞아 사고력이 떨어지는 것도 같았다. 화물열차를 타면 잘 된다는 말도 너무 근거가 없었다. 그에게는 '왜?'가 없었다. '그냥 그렇게 하면 된다.'였다. 내가 한 번 더 이유를 물어보면 모른다거나 그냥 된다고 했다. 화물열차를 탄다고 해도 부정기적인 기차 시간을 알아야 했고, 각각 역마다 보안원들의 경비가 있을 텐데 민호는 그냥 타면 된다고 했다. 잠시 민호와 이야기를 나누며 같이 회령까지는 절대로 못 가겠다는 생각이 들었다. 아마도 학교에 다니지 못한 탓일 것이었다. 어떤 때는 대화를 나누기 힘들 정도로 사고가 안 되는 아이였다. 나도 반성을 하였다. 어쩌면 여기까지 너무 쉽게 왔다. 내 생각대로 다 되는 것처럼도 보였다. 준비도 없이 무턱대고 오늘 가겠다고 한 것이 자만과 오만에 빠져 있었다. 처음부터 다시 생각하기로 하고 일단 늦추며 생각하기로 하였다. 민호에게 청진과 회령의 지리를 물어보았다. 무슨 말인지 횡설수설하였지만, 인내심을 가지고 나름 정보를 얻었다. 청진에서 고무산까지 백 리 길이고 고무산에서 청진까지 백 리 길이라 했다. 걸어서 이 삼일 걸린다 했다. 그리고 회령에서도 검열이 심해 공민증도 있어야 하고 거기에다 통행증이 없으면 갈 수 없다고 했다. 기차 속에서도 검열이 심하지만, 의자 밑에 숨거나 기차 지붕 위로 올라가 검열을 피해야 한다고 했다.

청진을 떠나려 하던 날 다시 은신처로 걸어왔다. 명상하며 마음을 정리하고 곰곰이 생각에 들어갔다. 처음부터 다시 생각했다. 아무리 생각해도 돈이 필요했다. 하지만 돈을 벌 수도 없었다. 그렇게 쉽게 벌리면 여기 사람들도 잘살 텐데 어디나 돈 벌기가 쉬운 일은 아니지 않은가. 한 가지 방법에 자꾸 생각이 드는 것은 석탄 매입하는 아저씨였다. 거기라면 돈이 있을 것이다. 하지만 돈을 누구나 가져가라고 함부로 놔 둘리도 없었다.

'몰래 훔쳐 나온다?'

그럴 수만 있으면 다른 사람의 것을 훔치는 것보다 덜 양심의 가책을 받을 것도 같았다. 하지만 그게 안 되어 위협을 하게 되면 강도가 되는 것이고. 머리를 흔들었지만 뾰족한 방법이 없었다.

새벽 세 시경에 그림자를 따라 석탄 매입 집으로 향하고 있었다. 집 안을 살펴보고 안으로 들어갔다. 방문은 잠겨 있었다. 마당에서 방안 까지만 가는 데에도 침 넘어가는 소리, 가슴의 심장 소리가 들려왔다. 애써 저 사람은 나쁜 사람이라고, 저 사람 돈은 내가 가져다 써도 괜찮다고 내 양심을 합리화하였다. 잠겨진 방문 틈새에 칼을 집어넣어 조심스럽게 올려 보았다. 문고리에 무엇을 꽂아 놓은 것 같았다. 꽂아 놓은 것을 칼로 올리는 순간 탁 떨어졌다. 수저를 꽂아 방문을 잠그고 있었다. 깰까 봐 놀랐지만, 다행히 아무도 일어나지 않았다. 방안에는 다섯 식구가 제멋대로 자고 있었다. 우리 시골에서나 볼 수 있는 조그마한 미닫이 장롱이 있었다. 집에 TV도 있었다.

'잘 살긴 하는구나!'

장롱문을 하나하나씩 열어 속까지 다 뒤져 보았지만, 돈은 나오지 않았다.

'집에 말고 다른 곳에 숨기진 않았을 텐데.'

한 시간 가까이 지체된 것 같았다. 더는 머무를 수가 없었다. 그냥 집을 나가려는데 아저씨 배에 전대를 차고 자는 모습이 보였다. 돈을 배에 차고 자고 있었다. 천천히 다가가 전대를 열고 돈에 손을 대었다. 순간 아저씨가 내 손을 잡았다. 모자를 쓰고 얼굴을 목도리로 감아 누군지는 모를 것이었다. 오른쪽 손목을 잡히고 말았다.

"도둑이야!"

소리치는 아저씨의 얼굴을 왼 주먹으로 치고 손을 빼어냈다. 아저씨가 벌떡 일어났다. 내 오른손은 젓가락을 빼고 있었다. 조용히 하라고 입에 손을 대었지만, 막무가내로 달려들 태세였다. 남은 가족이 깨거나 인근 사람들이 알기 전에 신속히 일을 마쳐야 했다. 자다 일어나 아저씨도 정신은 없는 모양이었다.

'다 틀어져 버렸어!'

그냥 나오려는데 따라 아저씨가 따라 나오며 어깨를 잡았다. 나는 뒷발로 사타구니를 찼다. 아저씨는 가랑이를 잡고 뒹굴었다. 나는 누워 있는 아저씨 목에 젓가락을 찔렀다. 조금 아프긴 하겠지만 찔려 상처가 나지는 않았을 것이다. 아마도 그는 목에 있는 것이 칼이라고 생각했을 것이다. 그리고는 왼손으로 아저씨 배에 있는 전대를 풀었다. 전대 속에서 절반의 돈을 방바닥에 뿌리고 나머지만 들고 나왔다.

"어디든지 알려지면 다시 와서 목에 칼을 박아 주갔어. 앞으로 석탄 값도 잘 쳐주라. 애들 것 뺏어 먹으면 다시 오갔어!"

배에 힘을 주며 협박하였다. 연신 고개를 끄덕이며 알았다고 했다. 자기 돈의 전부가 아니고 일부만 들고 나가는 것을 보고 다소 안심한 모양이었다. 집을 나오자마자 정신없이 뛰었다. 뒤에서 뭐라고 떠드는 소리가 들렸다. 신속히 빠져나와 은신처를 향해 뛰었다. 어디서 나타났는지 보위부 두 명이 나를 뒤쫓아 왔다. 그들보다는 더 잘 뛸 자신은 있었지만, 그것 가지고는 시간적 여유가 부족했다. 나는 은신처에 있는 배낭을 메고 다시 뛰어야 했기에 그럴 시간까지는 부족했다. 뛰어가면서도 제발 따라오지 말기를 간절히 바랐다. 그들은 끈질기게 따라왔다. 은신처가 가까워지는데 그들과 싸우고 싶지는 않았다. 누군가에게 상처를 입히는 것도 내가 상처를 입는 것도 내 가치관으로는 맞지 않는 일이었다. 하지만 지금은 그들에게 큰 피해를 주지 않으면서도 내가 살아야 하는 방법을 찾아야 했다. 은신처에 거의 다가와 왔을 때 나는 뒤로 돌아섰다. 가쁜 숨을 몰아쉬며 지친 몸짓으로 허리를 굽혔다가 일어났다. 그들도 많이 지쳐 있었다. 내가 더는 도망가지 못할 것으로 알고 천천히 다가오고 있었다. 내 오른손은 허리춤으로 가 있었다. 둘 다 오른쪽 어깨에 총을 메고 다가왔다. 10m 이내에 왔다고 생각되는 순간 젓가락을 그들 중 한 명의 오른쪽 어깨를 향해 던졌다. 한 명이 어깨를 잡고 주저앉는 순간 다른 한 명은 총으로 손이 갔다. 두 번째 젓가락을 오른쪽 어깨 바깥 부분의 팔에 꽂았다. 그도 고통에 팔을 잡고 주저앉았다. 나는 또 다른 젓가락을 손에 들고 가까이 갔다. 갑작스러운 충격과 예상치 못한 쇠붙이의 가격에 당황하고 있었다. 앞에 있는 자의 총을 뺏어 멀리 던졌다. 다른 한 명은 아픈 팔을 잡고 총을 다시 어깨에서 풀려 하였다. 얼른 그자의 총도 뺏어 던졌다. 내가 총으로 공격하고자 함이 아님을 알렸다. 그들의 몸에 박힌 젓가락도 빼주었다.

"꼭 누르고 있어야 지혈이 될 겁니다. 해칠 생각은 없으니 여기서 돌아들 가라요. 오늘 일은 못 본 것으로 하기요?"

그들은 잠시 나를 보더니 고개를 끄덕였다. 천천히 뒷걸음으로 총을 집어 들고 오던 길을 되돌아갔다. 누군가에게 보고할 수도 있고 안 할 수도 있었다. 그들 집단이 다시 온다고 하여도 나는 여기에 없을 것이었다.

서둘러 꾸려놓은 배낭을 찾아 메고 청진을 떠났다. 뺏어온 전대를 배에 차고 서둘러 고무산을 향해 출발하였다. 운동화 끈은 단단히 매었고 등에 배낭을 정리하여 고무산을 향해 구보하였다. 한 시간에 걸어서 보통 십 리(4㎞)를 간다면 구보로 가면 두 배는 갈 수 있을 것이었다. 그러면 일곱 시간이면 도착 가능 할 텐데 밥 해먹고 검열 초소를 피해 가야 하므로 넉넉잡고 열 시간이면 고무산에 도착할 수 있을 것으로 생각되었다. 고무산에서 회령까지도 하루해서 이틀이면 도착 가능할 것으로 생각되었다. 천천히 가도 되었겠지만, 석탄 아저씨가 보위부에 아는 사람이 많다고 하였으므로 지금쯤 보위부에 연락하였을 것이 틀림없다고 생각했다. 그러면서도 막연히

'쉽게 연락을 하지는 못하지 않을까?'

하는 생각도 들었다. 협박을 받았으니…… 그래도 우선 달리고 보았다. 뛰다가 힘들면 걷고 다시 뛰면서 고무산을 향했다. 돈은 생겼지만, 차량을 이용할 수는 없었다. 공민증도 없고 통행증도 없었다. 통행증은 발급이 매우 까다로운 것 같았다. 멀리서 초소 비슷한 건물이라도 보이면 산길로 돌아서 걸었다. 아침도 걸렀으므로 배가 무척 고파 왔다. 그래도 배낭에 쌀과 옥수수 가루가 있어 언제나 먹을 수 있다는 사실은 생각만으로 행복한 일이었다. 쉬기도 할 겸 산속으로 깊이 들어갔다. 길옆에서 보이는 곳에서 불을 피다가 적발될 우려가 있어 한 시간 가까이 산속을 들어가 밥을 해 먹었다. 연기가 나지 않게 하고 옷으로 연기를 흩뿌리며 밥을 했다. 발이 따끔거려 보았더니 물집이 잡혀 있었다. 은신처를 그 근처에 마련하고 내일 출발하기로 했다. 아무도 없었고 인적도 보이지 않았지만, 은신처는 내가 보기에도 완벽하게 만들

었다. 바로 옆에서 보아도 발견하지 못하도록 하는 것이 최고의 위장이라 생각했다. 그리고 은신처에서 낮잠을 청하였다. 이젠 끼니때마다 밥을 하지 않고 아침에 한 것을 저녁까지 먹던지 점심에 한 것을 저녁까지 먹었다. 물이 먹고 싶으면 깡통에 물을 부어 숭늉을 만들어 먹었다. 아침에 먹은 밥에 물만 부어 먹을 수도 있었다. 그러다 보니 아예 전부 밥을 해서 가지고 다니면 될 것 같았다. 그곳에서부터는 쌀을 전부 밥으로 만들었다. 또다시 불을 피우지 못할 상황도 있을 것이었다. 그래서 전부 밥을 해서 그늘에 말렸다. 말린 밥을 비닐에 쌓아 배낭에 넣었다. 차면 비닐로 쌓아 체온으로 데워 먹어도 먹을 만했다. 언제라도 더운물만 있으면 말아 먹을 수도 있고 찬물에 먹을 수도 있었다. 체온으로 덥혀서 먹어도 되었다. 옥수수 가루는 비상식량으로 지니고 있었다. 서두르지도 않았다. 서둘러 이틀 걸려 회령에 가느니 천천히 안전하게 삼일 걸려 도착하는 것이 나을 것으로 판단했다.

4
부

두 만 강 을 건 너 서

청진에서 출발하여 이틀 만에 고무산에 도착하였
다. 고무산이라 하여 무슨 산 이름인지 알았더니 우리 남한의 면 소재
지 정도 되는 지명이었다. 고무산에서 왼쪽으로 가면 무산으로 갈 수
있고 오른쪽으로 가면 회령으로 갈 수 있었다. 현지에 아는 사람이라
도 있어 물어볼 수만 있다면 좋으련만 길을 묻는 것도 조심스러웠다.

'회령으로 가야 하나? 무산으로 가야 하나?'

들은 것은 회령 하나이니 그것도 정보라고 그리로 정하였다. 산 중턱
을 돌아 회령으로 방향을 잡았다. 고무산 시내는 들어가지 않고 우회
하여 회령으로 향하였다. 회령 쪽이 러시아와 가까워 다음 국경을 넘기
쉬울 것이라는 생각도 했다. 정보가 없으면 단순히 생각하게 되기 마
련이다. 회령 가는 길은 비포장이었지만 차량 통행이 비교적 빈번했다.
도로 상태도 양호한 편이었다. 국방색 트럭에 짐과 사람이 대여섯 명씩
타고 가는 차가 일반적이었다. 하늘색 트럭도 간간이 보였다. 트럭 짐
칸에 탄 사람들은 한결같이 목도리를 칭칭 둘러메고 앉아 있었다. 터

덜거리는 대로 몸을 맡기고 무표정하게 짐처럼 이동했다.

나는 차만 오면 긴장하였으나 이제는 차를 만나면 한쪽 다리를 절면서 장애인 행세를 하였다. 고맙게도 버스가 한 번 태워 준다고 했으나 거절했다. 버스가 무료로 태워 준다고는 하지 않을 것이고 검문소를 통과할 만한 신분증도 없어서였다. 실제 검문소는 세 개 정도 있었는데 내가 검문소가 있을 만하다고 판단하여 우회 한 곳은 열 군데도 넘었다. 500m쯤에 검문소가 보이면 큰길을 벗어나든지 길이 없으면 되돌아와 산길을 걸었다. 어느 곳이든지 산길은 있었다. 인적이 전혀 없는 오솔길이었다. 사람도 없는 것 같은데 산 중턱까지 길이 나 있는 것이 신기했다. 풀이 난 곳과 나지 않은 오솔길은 누가 만들었는지 달빛 정도만 있으면 밤에도 이동할 수 있었다. 그래서 은신처 마련하기가 더 어려웠다. 혹시 사람이 지날 수 있을 것 같았기 때문이었다. 밥을 하지 않으면 길에서 그리 멀지 않은 곳에 은신처를 마련해도 되겠지만, 연기가 나기 때문에 산 하나를 넘다시피 해야 했다. 청진에서부터는 산의 경사가 가파르고 높았다. 큰 산들로 에워싸여 있는 곳의 계곡 부위에 길이 난 것 같은 착각이 들 정도였다. 힘은 들지만 한적한 산속으로 들어가서 내가 흡족할 만한 은신처를 만들어 쉬었다. 잘 만들어 놓으면 집 한 채를 지은 것 같은 기쁨이 있었다. 돌을 던지는 연습도 할 수 있고 몸도 풀며 쉬기도 할 수 있었다. 젓가락 몇 개는 돌에 갈아 끝을 뾰족하게 만들었다. 아무래도 끝이 뾰족해야 작은 힘으로도 나무에 잘 박혔다. 은신처는 지형을 잘 선택하여 만들면 춥지도 않았고 따뜻한 훈기마저 나오는 것 같았다. 계곡 부분은 물이 있지만, 계곡 가까이 만든 은신처는 새벽에 무척 추웠다. 그래서 산 중턱 남쪽을 보고 바람이 안부는 아늑한 곳이 좋았다. 낮에 이동하면서는 오후 늦게까지 이동하지 않았고 새벽부터 오전을 위주로 이동하였다. 새벽 이동이 오히려 좋았다. 위험하겠다고 판단되면 새벽 두 시부터 밤을 이용하여 움직였고 낮에는 휴식을 취했다. 밤에 이동할 때에는 멀리서 회령 가는 길을 가늠하며 산길을 이용하여 이동하였다. 큰 비포장도로보다 산길이 더 좋았고 트래킹용 운동화가 큰 힘이 되었다.

산속이라 하여도 사람이 전혀 없는 것은 아니었다. 칡을 캐러 온 아이들도 가끔 만났고 약초를 캐러 온 어른도 만났다. 나도 약초를 캐러 온 것으로 위장하였고 보면 많이 캐시라고 먼저 인사를 건넸다. 말린 고사리 1kg이면 밀가루 2kg을 바꿀 수 있다고 했다. 북한 돈으로 오천 원 정도 한다고 했다. 어른들에게 물어보면 이상하게 생각 할까 봐 어린아이들에게 조금씩 물어보며 들은 이야기였다. 회령 가는 길만 특정하여 물어본 것이 아니고 이곳 지리에 대해 전반적으로 물어보는 듯이 하여 회령 가는 길을 알아냈다. 어린아이들을 따라 칡도 캐어 먹었다. 칡넝쿨을 몰랐지만, 눈치로 같이 칡을 캐어 주면서 배웠다. 장딴지만 한 칡을 어깨에 메고 이동하며 먹었다. 칡을 너무 먹어서인지 그날 밤 배탈이 났다. 그다음부터는 평소엔 잘 먹지 않고 비상식량으로만 사용하기로 했다. 마음에 여유가 생기면서 매시간 쉬었다가 다시 걸었다. 쉴 때에는 신발을 벗고 쉬고 물이 있으면 발을 씻고 말려서 새 양말을 갈아 신었다. 발만 씻어도 피로가 훨씬 덜하였다.

배낭에는 식량도 충분하였고 회령에 가서 필요한 물품만 구매하면 될 것이었다. 민호가 생각났다. 그들은 불량배 패거리들이 아니었고 그저 먹고 살려고 모여든 또래였다. 민호는 두목도 아니고 또래에서 나이가 많은 그들의 형이었다. 어눌하고 사고력이 부족하지만 본능적으로 살려고 하였다. 조금이라도 밥이 나올 만한 곳을 찾아 떠도는 아이들이었다. 인사도 못 한 것이 아쉬웠다. 나와 같이 가겠다고 기다릴 텐데……

청진에서 출발한 지 만 닷새 만에 회령에 도착하였다. 충분히 쉬면서 서두르지 않았음에도 빨리 왔다고 생각했다. 회령 시내로 들어가지 못하고 산 위에서 아래로 보며
'여기가 회령이구나!'
하고 생각했다. 이제 국경 근처까지 온 것이다. 저기만 넘으면 집으로 갈 수 있을 것 같은 막연한 생각에 감격의 눈물이 나왔다. 나 자신이 대견하다고 생각했다. 시가지가 북한에서는 보기 드물게 발달하였다. 집은 오래된 것 같았으나 질서 정연하게 계획적으로 지어진 것을 알 수 있었다. 산은 험하고 높아서 산 위에서 보는 회령은 작아 보였다. 그것을 고려하면 제법 큰 도시였다. 남한으로 보면 큰 읍 정도는 되어 보였다. 저 멀리 보이는 강이 두만강임을 직감할 수 있었다. 산 중턱의 바위에 몸을 숨기고 관찰을 했다. 산에 나무가 적어 노출되기 쉬웠기 때문이다. 지금부터 더 신중을 기하며 움직여야겠다고 생각했다. 저녁에는 높은 산을 넘어 회령이 보이지 않는 곳에 은신처를 마련했다. 내일 회령시 장마당에서 필요한 물품을 구매할 계획을 세웠다. 도강하는 데 필요한 비닐, 양말, 수건, 비누, 라이터, 칼, 펜치, 플래시, 검은 보자기,

침낭을 생각하며 잠이 들었다. 물건이 많이는 없을 것이다. 장마당에서 있는 대로 사야겠다고 생각했다. 쌀이나 옥수수는 꼭 사고 나머지 물품은 현장에서 구매하기로 했다. 새벽 다섯 시 경에 산에서 내려왔다. 너무 일찍 온 것 아닌가 했지만, 시내에 들어설 때에는 일곱 시 가까이 되었다. 이미 많은 사람이 돌아다니고 있었다. 나를 특별히 쳐다보는 사람도 없었다. 내가 봐도 내 모습이 북한 사람이나 다름없었기 때문이었다. 남한의 기준이 아니라 이제까지 보아 온 북한의 기준으로 봤을 때 사람들의 이동에 비해 길은 무척 넓었고 깨끗했다. 인상이 제일 좋게 보이는 혼자 걷는 아주머니에게 장마당이 어디에 서는지 물어보았다. 여러 곳을 가르쳐 주었으나 역 근처가 찾기 쉬워 역으로 갔다. 장마당이 하나가 아니었다.

회령 시내는 직접 보니 산에서 보기보다 더 큰 편의 도시였다. 항상 역 근처에는 보안원이 있지만, 또 장마당이 잘 생기는 특징이 있었다. 장이 서려면 사람이 있어야 하니까. 나는 길을 물을 때면 항상 나이 드신 할머니나 할아버지에게 묻는 것을 원칙으로 했다. 혼자 지나가는 사람, 적어도 자식이 있을 것 같은 사람에게만 물어보았다. 적어도 손자나 자식 같은 애한테 해는 끼치지 않을 것이란 생각에서였다. 회령 역 근처 장마당을 여러 바퀴 둘러보았다. 웬만한 남한 시골 장터 같은 분위기에 많은 물건이 있었다. 깜짝 놀랐다. 각종 없는 게 없는 것 같았다. 보안원 두 명이 검문을 나왔는지 나에게 다가왔다. 잔뜩 긴장하였는데 그들도 장마당에 물건을 사러 온 모양이었다. 나를 본체만체 지나갔다. 소리 내지 않고 한숨을 쉬었다. 먹음직한 만두도 있고 국숫집도 있었다. 음식점도 있었지만 내겐 어림없는 장소였다. 돈도 문제지만 검열이 두려워서였다. 먼저 제일 중요한 쌀 500g하고 옥수수 300g을 샀다. 작은 펜치를 사고 쌍안경 한 개가 눈에 띠었다.

"이거 잘 보여요?"

하면서 물건을 보니 군용의 일련번호가 있는 중고 제품이었다. 누가 군용을 주웠던지 얻었을 것이었다. 녹슨 펜치와 쌍안경을 사서 얼른 배낭에 넣었다. 비닐도 넉넉하게 샀고, 무엇보다 제일 좋은 것은 침낭을 산 거였다. 아마 이 장마당에서 하나뿐일 거로 생각했다. 새것이 아니라 중고 제품이었지만 부피가 큰 새것보다 배낭에 쑤셔 넣기 편해 아주 만족하였다. 만두를 사 먹으며 그 자리에서 점심 요기를 하고 나니 돈을 많이 쓴 것을 알았다. 양말과 라이터와 보자기를 샀지만 다른 것은 거의 사지 못하였다. 검은색 보자기를 사려 했는데 없어서 회색 보자기를 샀다. 대부분은 물건이 없어서 못사는 것이 아니라 돈이 없어서 못 살 형편이었다. 장마당을 막 벗어나려는데 누가 내 팔을 잡았다. 보안원인지 군인인지는 모르겠지만, 제복을 입고 있는 두 명이 내 배낭을 보자고 했다.

"공민증 보자!"

등에서 식은땀이 흘렀다. 가슴이 마구 뛰었다.

"집이 여기라 공민증은 집에 있습니다."

"집이 어딘데?"

"바로 여기 모퉁이만 돌아서면 집입니다."

"배낭 좀 제끼라."

"예?"

무슨 말인지는 모르겠지만 내 배낭을 보겠다는 눈치였다. 여러 사람이 지나다니고 있고 많은 관심을 보이지는 않지만 한 번씩은 보고 지나갔다.

"우리 집에 같이 가자요."

여기를 벗어나 한적한 곳으로 유인해야 했다. 그들은 역시 소총을 메고 있었다. 총알이 장전되지는 않았지만, 허리춤에 지니고 있었다. 골목을 계속 지나쳐 가자 그들은 내 배낭을 잡았다. 대로변에서 벗어난 골목으로 들어가 배낭을 내려놓았다. 쌍안경을 보고 내 얼굴을 쳐다보았다.

"장마당에 팔려고 가져왔습네다. 사시라요."

배낭 속의 물건을 보면서 고개를 갸우뚱거리더니,

"같이 좀 가자!"

나를 연행하려 했다. 더는 지체할 수 없었다. 약하게 생긴 보안원 사타구니를 세게 찼다. 보안원이 나뒹굴자 옆에 있는 보안원은 어깨의 총을 두 손을 들었다. 쏘겠다는 것이 아니라 창으로 사용하려 했다. 개머리판으로 나를 치려 하고 옆을 돌리며 공격했다. 만만치가 않았다. 다행히 한 명은 허리를 굽히고 땅에 나뒹굴고 있어서 한 명만 상대하면 되었지만 이길 자신이 없었다. 뛰기 시작했다.

"서라! 서라! 쏜다!"

총을 쏠 수도 있었다. 대로를 따라 뛰다가 골목으로 들어섰다. 막다른 골목이었다. 북한의 담은 그렇게 높지 않았다. 내 눈높이 정도의 담으로 되어 있었다. 막다른 골목에서 설 줄 알았겠지만 담을 손으로 짚고 뛰어넘었다. 교화소에서 모래주머니를 차고 연습한 결과인지 쉽게 넘을 수 있었다. 남의 집 마당을 가로질러 다시 담을 뛰어넘고 골목길을 가로질러 두세 발자국 뛰다가 다시 담을 뛰어넘었다. 나는 배낭이 없는 맨 몸이었고 보안원은 총을 들고 따라왔기에 담을 나처럼 넘지는 못하였다. 나는 살려고 뛰는 것이었다. 지칠 때까지 뒤를 보지 않고 뛰었다. 회령 시내에는 국경도시여서인지 보안원이 많았다. 그들의 눈을 피해 뛰다가 걷다가를 반복하여 산으로 올라왔다. 은신처에 도착하자마자 입구를 정리하고 한 참을 멍하니 앉아 있었다. 물건을 다 빼앗겼고 애써 목숨이 붙어 있으니 다행이라 해도 안타까웠다. 식량도 얼마 남지 않았다. 지금은 비상이 걸렸을 것이고 당분간은 시내를 나가지 말아야겠다고 생각했다.

이틀을 꼼짝 않고 숨어 있었다. 산속까지 수색하지는 않은 것으로 보아 단순 강도나 절도범으로 보는 것 같았다. 쌀과 쌍안경, 펜치, 침낭을 빼앗긴 것이 너무 아쉬웠다. 이젠 배낭도 없다. 위험 부담이 있어 시내는 다시 들어갈 용기가 나지 않았다. 시 외곽의 한적한 마을에서 식량을 구하려 새벽에 산에서 내려왔다. 집마다 식량은 방에 두고 있었다. 부엌에 음식이 있는 집은 없었다. 그대로 산으로 올라갔다. 차라리 일하러 간 사이 낮에 내려오는 편이 낳을 것도 같았다. 오전이면 아이들이 있는 집도 학교에 갈 터이니 오전에 몇 집을 돌며 조금씩 훔쳐야겠다고 생각했다. 내 예상은 맞았다. 마을을 배회하다가 인적이 없으면 담을 넘어들어갔다. 방문은 열쇠로 잠가져 있었지만, 나뭇가지로 지레를 만들어 부쉈다. 대부분 옥수수나 보리가 전부였는데 미안해서 차마 가져올 수가 없었다.

삼 일 후에 다시 장마당으로 나갔다. 이제는 보안원이 멀리서 보이기만 해도 피해 다니며 항상 주위를 관찰했다. 배낭을 먼저 사고 식량과 옷가지, 덮을 만한 이불 등을 사고 신속히 장마당을 빠져나왔다. 쇠젓가락도 이 십여 개를 샀다. 보안원이 없다 싶으면 거의 뛰는 것처럼 걸었다. 쌍안경을 사지 못한 것은 두고두고 안타까웠다.

은신처에서 덮을 만한 천이나 옷가지를 정리하였다. 나뭇가지 위에 낙엽을 덮고 그 위에 비닐을 깔고 천을 이불 삼아 자면 아직 겨울이 아니라 잘만 하였다. 성냥이 다 떨어지고 라이터 연료도 떨어졌다. 차돌을 구해 부싯돌 삼아 부서진 쇠톱으로 불을 지폈다. 음식은 조금씩 아껴 먹었고 도강할 때는 전부 익힌 다음 말려서 가져갈 것이었다. 지금 당장 도강하기는 힘들게 보였다. 용기가 나지 않았다. 며칠 더 있다가 도강하기로 마음먹었다. 한 곳에 너무 오래 있기도 해서 산 능선을 따라 동쪽으로 이동하였다. 회령보다 인적이 드물고 강폭이 작은 곳이 필요했다. 강폭이 넓어도 건너는 것은 상관없지만, 경비원에게 들키는 시간이 많아질 것이었다. 수영을 잘하진 못 하지만 고향에서 냇가에서 배운 개헤엄이나 개구리헤엄은 자신 있었다. 한 시간이라도 물 위에 떠 있을 수 있었다. 그러나 지금은 속도도 필요했다. 신속히 강을 건너는 것이 안전한 것이지 물에 빠지지 않는 것이 중요한 것은 아니었다. 산 능선에서 관찰하며 반나절을 동쪽으로 계속 걸어 올라갔다. 해가 뉘엿뉘엿 넘어갈 즈음 중턱으로 조심스럽게 내려와 은신처를 마련하였다. 이곳은 바위 뒤편이고 밥은 말려서 비닐로 쌓아 두었다. 배가 부르니 잠만 자는 것이었다. 경사가 가파르고 바위산이어서 땅을 파기도 어려웠다. 은폐에만 신경을 썼다. 밖에서 보이지 않은 것에만 관심을 가졌다. 바위 뒤에 바위를 바람막이 삼아 노출된 은신처를 만들었다. 산이 경사가 급해 산정상이나 아래에서 잘 보이지 않는 곳이었다. 오후부터 북한 쪽 강변을 관찰했다. 흰 염소와 소가 풀을 뜯는 모습이 남한인 것 같은 착각을 일으켰다. 인민군의 모습은 보이지 않았다. '국경경비가 삼엄하다는데 그럴 리가 없을 것이다.' 한 참을 관찰하여 이십여 명의 군인이 강가에서 씻는 것인지 노는 것인지 강변을 거니는 모습을 찾았다. 그렇다면 인근에 군인 막사가 있어야 하는데 막사도 보이지 않았다. 초소도 보이지 않았다. 많이 당황하였지만, 차근차근 다시 관찰하였다. 군인 한 명에 시선을 고정하고 계속 따라가자 어느 강가 집으로 들어갔다. 자세히 보니 작은 배구장도 있어 이곳이 군인 막사인 것을 알았다. 집과 학교와 군인 막사, 또는 공공건물을 본 적이 없어 구분하기가 쉽지 않았다. 그래서 보고도 그게 군인 막사인지 알 수 없었다. 커다란 접시형 안테나가 설치되어 있었다. 막사가 있다면 초소가 있어야 하는데 초소도 찾기 힘들었다. 저녁이 되면서 막사에서 두 명씩 움직이는 모습이 포착되었다. 분명히 막사에선 나왔는데 강변으로 가면 사라지는 것이었다. 너무 멀리서 관찰하여 그런 것으로 생각되었지만 가까이 가기가 두려웠다. 혹시 발각될까 두려워 가까이 가지 못하였다. 짐만 놓고 이동하려다가 생각하니 내가 너무 강에서 멀리 떨어져 있었다. 강과 산 사이에 들이 있을 정도였으니 무의식적으로 무서워 강에서 멀리만 자리를 잡은 것 같았다. 그날은 땅을 파지 않고 처음으로 잠을 자 보았다. 맨땅에 자는 것이 무리라는 것도 그 날 알았다. 다음부터는 잘 때에도 바닥에 나뭇가지나 낙엽을 충분히 깔고 잠을 잤다. 다음날 새벽에 짐을 싸서 동쪽으로 더 올라가니 인가가 적고 산 바로 아래쪽에 강이 보이는 곳이 있었다. 강에서 400m 정도 거리에 은신처를 잡았다. 산을 넘어 옥수수 죽을 끓여 먹고 계곡 물을 퍼서 다시 은신처로 넘어왔다. 배부르게는 먹지 않았다. 배가 부르면 갑자기 이동하는 데 지장이 있어서였다.

한 곳을 계속 정밀하게 관찰하니 조금씩 숨어있는 곳이 보이기 시작했다. 초소는 여러 형태가 있었다. 포탄을 맞아도 끄떡없을 것 같은 벙커도 있었고, 학교 경비실 같이 솟아있는 초소도 있었다. 초소와 초소의 간격은 사십에서 50m 정도로 보였다. 초소 간격은 거의 일정하였다. 두 명의 병사가 강가로 사라져 나오지 않는 모습이 자주 관찰되어 살펴보니 초소가 옆으로만 있는 것이 아니었다. 강둑 위에도 있고 강아래에도 있었다. 아마도 홍수 때는 위에 있고 강물이 적으면 아래쪽초소를 이용하는 모양이었다. 그런데 지금은 두 개 초소 모두를 이용하고 있었다. 저런 곳은 도강하기 힘들겠다는 생각이 들었다. 그곳에서 계속 관찰을 해도 만만한 곳은 하나도 없었다. 국경 경비는 총을 소지하고 아마 발견되면 사격을 할 것이었다. 사람이 총에 맞아 쓰러지는 모습을 보았던 나다. 그 기억이 요즘 자주 떠오르는 것이 아마 깊이 각인되어 있었나 보았다. 그래서 더욱 총이 무서웠다. 무엇인지 꽉 막힌 기분이었는데 그 원인을 명상 중에 깨달았다. 나는 공포를 뼛속부터 느끼고 있었다. 무서움, 두려움이 나를 감싸고 있었던 것이었다. 처음 강을 관찰하면서 손이 덜덜 떨었었다. 나의 의지와 전혀 관계없이 내 몸의 반응이 그랬다. 처음엔 감격하여 그러는 것으로 대수롭지 않

게 생각했지만 지금도 보면 볼수록 자신감은 하나도 없고 산에서 내려
가기만 하면 잡힐 것 같은 두려움이 있었다. 그래서 나도 모르게 처음
관찰지점을 선정할 때 도저히 관찰되지 않는 먼 거리를 정한 것이다.
내 의식은 그렇지 않았지만, 나의 무의식이 나를 그렇게 이끌었다. 지
금 이 공포를 극복하지 못하면 나는 절대로 강을 건널 수 없을 것이다.
그래서 누군가 아는 사람의 도움이 필요한지도 모르겠다. 이때 누군가
조금의 도움만 있으면 다 할 수 있을 것도 같았지만, 자꾸 움츠러들었
다. 명상을 하며 이 마음을 떨쳐 보려 해도 잘되지 않았다. 자신감이
생기지 않았다. 초소를 지나다가 발각되는 생각과 꿈을 자주 꾸었다.

'과일은 익어야 떨어진다.'
목에 뾰루지가 나서 아프면 할아버지는 놔두라고 하셨다. 그러면서
꼭 이렇게 하시는 말씀이셨다.
"그것도 익어야 떨어져."
처음 뾰루지가 날 때 짜면 너무 아파서 눈물이 많이 나온다. 노랗게
곪을 때까지 기다렸다가 짜면 하나도 아프지 않았고 다음 날 말끔히
나아있었다. 과일은 익어야 떨어지는 법이다. 나는 아직 도강하기에 익
지 않았나 보았다. 무서운 생각과 부정적인 생각만 들고 자신감도 없
었다. 나는 아직 덜 익었다고 생각했다. 강과 지형과 지나다니는 사람
들 심지어 국경 경비병마저도 익숙해 져야 했다. 머리로 생각뿐 아니라
마음으로 편안 해 져야 했다.
'개도 자기 마을에서 싸우면 이긴다.'
고 하지 않은가. 자기 동네에 익숙하기 때문이다. 자기 마을에 익었

기 때문이다. 나도 이곳이 내 마을이 되어야 했다. 이 마을이 편해지고
자신감이 생길 때까지 기다려야 했다. 그래서

'모든 것은 때가 있는 법이다.'

는 말이 이해가 되었다.

 가장 쉬운 것은 시내와 마을을 며칠이고 계속 걸어 다니며 익히는
방법이 있었다. 그렇게 하고 싶었다. 하지만 마을로 지금 직접 내려가
기는 위험 부담이 컸다. 가자마자 떨다가 잡힐 것도 같았다. 강가에는
국경 수비대원만 있었지만, 회령 시내에서는 여러 형태의 제복을 입은
사람들이 있었다. 보안원 말고도 또 다른 준 군사 조직이 있었다. 탈북
하려는 사람이 많아짐에 따라 검열을 강화하려는 것으로 보였다. 모
르고 한 번은 가지만 알고는 함부로 움직일 수 없었다. 도강하기 쉽게
생긴 후보지를 선정하고 관찰하기 쉬운 곳에 은신처를 다시 만들었다.
철저히 보이지 않도록 만들었다. 밤에 산 넘어가서 옥수수 죽과 말린
밥을 끓는 물에 타서 먹고 왔다. 그리고는 잠이 너무 쏟아질 때까지 밤
낮으로 관찰을 계속했다. 처음엔 아무 신경도 쓰지 않고 주변부터 관
찰이 아닌 관람을 했다. 관광지에서 쌍안경으로 풍경을 감상하는 것
처럼 멍하니 보았다. 소가 풀을 뜯고 농부가 들에서 일하고 낮에는 경
비대원들이 막사에서 배구를 하는 모습을 계속 바라보았다. 흰색 러닝
셔츠만 입은 병사가 강에서 낚시하고, 어떤 아저씨는 자전거를 타고 가
고. 그저 농촌의 일상적인 모습을 계속 바라보았다. 온종일 그들의 일
상을 드라마 보듯이 바라보았다. 배가 고프면 뭉쳐놓은 밥을 베어 먹
으며 그 자리에 앉아 용변을 보았다. 눈은 계속 강가를 주시하였다. 밤

에도 처음에는 몇 명이 어디로 몇 시간마다 움직이는지 동선을 파악하려 했지만, 지금은 그저 보기만 하였다. 이틀 동안 계속 보다 보니 낯익은 병사의 모습도 보였다. 어제 들에 일하던 아저씨도 다시 보이고 오후에 군인 막사에서 배구를 하는 모습도 다시 보였다. 그저 일상이었다. 밤이 되자 두 명씩 근무를 서는데 두 시간 만에 교대를 하는 모습도 보였다. 경비원 둘이 장난을 치는 모습도 보이고 어제 말다툼하던 조도 보였다. 오늘도 삿대질하는 것을 보니 상급자가 혼은 내는 것처럼도 보였다. 이제 주위의 상황에 내가 젖어들기 시작했다. 때가 된 것이다. 강폭은 길어야 50m쯤 되어 보이고 좁은 곳은 20m 정도로 보였다. 좁은 곳은 당연히 물살이 셀 것이었다. 물이 전체적으로 많지 않은 것으로 보아 좁은 곳이 낫겠다고 생각했다. 초소와 초소의 간격이 긴 곳은 50m. 중간지점을 선택한다면 25m 거리에서 나를 느끼지 못하여야 한다. 초소 교대를 하고 이동하자마자 졸지는 않을 것이다. 두 시간마다 교대하므로 교대 후 한 시간 정도 지나 초소 사이를 통과하는 것이 좋을 것이다. 시간은 새벽 세 시경을 잡았다. 산 뒤로 돌아가 꼭 필요한 물품만을 챙겼다. 처음엔 천을 버리려다가 중국에서 어떻게 될지 몰라 가져가기로 했다. 보리, 쌀, 깡통 하나, 익숙한 야전삽, 교화소 간호사 누나가 챙겨 준 비상약을 비닐로 쌌다. 강을 건널 때 방수뿐만 아니라 부력을 주어 배낭을 물에 뜨게 하기 위해서였다. 다시 그 위에 원래는 검은 천으로 위장을 하려 하였는데 회색 천으로 비닐을 쌌다. 천에 나뭇가지와 풀을 잔뜩 꽂아 언뜻 보기에 나뭇더미로 보이도록 하였다. 말린 보리밥을 배낭에 넣고 숯을 물에 개서 얼굴에 꼼꼼히 발랐다. 물이 부족하여 침을 묻혀 발랐다. 살이 보이는 모든 곳은 숯을 발라 검게 하였다. 천천히 명상하며 호흡에 집중하였다. 내가 걸어서 강을 건너는 모습을 상상하며 시간을 기다렸다.

　은신처에서 출발은 새벽 두 시였다. 허리를 숙이고 느리게, 느리게 이동하여 산에서 내려왔다. 산 밑은 내가 진행하는 방향의 가로로 길이 있었다. 이곳은 신속히 뛰어 건너고 밭둑 옆에 엎드려, 일 이 분 정도 움직이지 않고 상황을 살폈다. 이상 징후가 없으면 다시 전진하고 무슨 소리가 작게라도 들리거나 멀리서 자동차 불빛이라도 보이면 그 자리에 꼼짝도 하지 않고 엎드렸다. 배낭 위에 마른 풀을 많이 꽂은 게 다행이다 싶었다. 계속 지켜보았던 장소를 찾아 일차 이동장소, 이차 이동장소, 삼차 이동장소……, 빠르게 전진하고 목표로 한 지점에서 꼼짝하지 않고 잠시 기다리며 상황을 관찰하고 다시 전진하기를 반복했다. 중간 목표 지점은 밭 뚝 옆이나 풀 더미같이 몸을 조금이라도 숨길 수 있는 지점을 잡았다. 세시가 조금 안되었다. 지금이다. 초소 사이를 최대한 몸을 낮춰 기다시피 갔다. 초소 옆을 지날 때는 천천히 엎드려 기어가며 이동했다. 무릎이 까지는지 팔에서 피가 나는지도 모르고 기어갔다. 내가 가는 소리에 내가 놀라기도 하고 풀에 스치는 소리도 줄여가며 강으로 조심스럽게 다가갔다. 강물은 예상외로 차가웠다. 추워서 떨리는 것인지 무서워서 떨리는 것인지 온몸이 떨려왔다. 시간이 없다. 강물에 발을 담가 보니 강가는 무릎 정도 높이다. 차라리 깊으면 온몸을 물속에 숨길 수 있을 것이란 생각을 했다. 5m 정도를 지나가니 물이 허리 정도까지 찼다. 보따리는 물 위에 띄우고 몸을 물속에 담갔다. 목만 내놓고 떠 있는 보따리를 밀면서 강을 건넜다. 이젠 발각이 되어도 앞으로 밖에 갈 길이 없었다. 신속히 이동하였다. 강 가운데는 물살이 거세어 조금 떠내려갔지만, 수영하면서 건너는 데는 문제가 되지 않았다. 이제 조금만 가면 되었다. 5m만 가면 되겠다 싶은데 갑자기 뒤에서 뭐라 고함을 치는 소리가 들렸다. 뛰었다. 물속에 잠겼던 몸을 일으키니 허벅지까지 물이 차 있었다. 마음처럼 몸이 나가지는 않았다. 금방이라도 총알이 날아올 것 같아 진저리를 치며 뛰었다. 작은 모래밭을 지나 계속 달렸다. 강가 풀들이 얼굴을 스쳤다. 총소리는 들리지 않았다. 강둑으로 올라서는데 철조망이 쳐져 있었다. 철조망을 넘어야 중국일 것이다. 아직 북한이다. 옆으로 달렸다.

'철조망이 없는 곳이 있을 텐데.'

이러다가 날 샐 것 같았고 어느 쪽으로 달려야 할지도 몰라 당황이되고 생각이 없어졌다. 그 자리에 주저앉았다.

'침착하자. 침착하자. 살아날 구멍이 있을 것이다. 천천히 생각하자.'

아직 시간은 있다. 그제 서야 순간 보따리의 천이 생각났다. 천을 철조망에 걸치기 시작했다. 기둥이 있는 근처에 있는 대로 전부 다 철조망 위로 던졌다. 기둥과 천을 잡고 넘기 시작했다. 철조망은 최근 설치되었는지 팽팽하여 오히려 넘는 데 도움을 주었다. 손에서 피가 나고 몸 여기저기에 난 상처는 다음 날 인식할 수 있었다. 시멘트 길이 철조망 바로 옆에 있었다. 아직은 새벽이었다. 젖은 천과 비닐에 남은 식량과 수거 할 수 있는 대로 천을 회수하고 걸었다. 이제 북한을 벗어난 것이다.

중국 생활

중국이다. 풀숲에서 덜 젖은 바지로 갈아입고 운동화를 갈아 신었다. 보따리를 단단히 어깨에 메고 이젠 살았다고 생각했다. 천천히 몸을 일으켰다. 새벽 네 시가 되었다. 강을 건너기 위해 준비하고 북한 지역을 마음 졸이며 이동하는 것이 힘들었고 마지막 강에 들어가기까지가 가장 힘들었다. 강을 건너는 순간은 사실 금방 지나간 것이다. 새벽 공기를 가슴 깊이 들이마셨다. 중국과 북한은 너무 가까웠다. 누가 지키지만 않는다면 강 이편과 저편이 한 마을이라 해도 될 듯했다.

중국 쪽 철조망은 강둑길 강 쪽에 설치되어 있었다. 논 사이를 흐르는 도랑에 얼굴을 씻었다. 차가운 물이었지만 차갑게 느껴지지 않았다. 씻고 또 씻었다. 길은 시멘트로 포장이 잘 되어 있었고 깨끗하였다. 이제 어디로 가야 하는지는 알 수 없었다. 북쪽으로 걸었다. 그쪽이 여기서 가장 가까운 한국 영사관, 러시아 블라디보스토크가 있는 곳이라 생각했다. 사람들 눈에 띄지 않으려면 신속히 이동하여 은신처를 마련해야 했다. 속보로 걷다가 자동차 불빛이 비치면 숲에 몸을 숨기면서 계속 이동하였다. 삼십 여분 지나자 강이 멀어지는 것으로 보아 내륙으로 들어서는 것임을 알았다. 그때 누가 내게 소리를 질렀다. 순간 놀라 자빠지는 줄 알았다. 군복을 입은 군인 두 명이 있었다. 그 순간에 북한 경비대 인민군인 줄 생각하고 온몸이 얼어붙었다. 그들의 입에서 중국말이 나오는 것을 보고 정신을 차렸다.

'여긴 중국이지.'

하지만 중국 인민군도 나에겐 경계 대상이었다. 지금의 내 신분은 아무것도 아니었다. 나를 증명해 줄 것이 하나도 없었다. 한국 사람이라 해도 믿지 않을 것이었다. 탈북자로 알고 북한으로 보낸다 해도 누구 한 명 탓할 사람도 없었다. 지금 여기서 죽는다 해도 나의 존재를 알아줄 사람은 한 명도 없었다. 나는 내 발로 한국 대사관이나 영사관에 가서 사실을 확인받아야 했다. 그러기 전엔 오히려 탈북자보다도 신분이 더 불확실한 사람이 되어 버렸다.

보따리 끈을 더욱 조이고 뛰기 시작했다. 뒤에서 호루라기 소리가 들리며 소리치는 소리가 들렸다. 뒤쫓아 오는 소리도 들렸지만 절대로 뒤를 돌아보지 않으리라 생각하고 달렸다. 달리기는 자신이 있었는데 북한에서 있으면서 체력이 많이 약해졌는지 시간이 지날수록 힘들어졌다. 중국 인민군은 그만 좀 따라왔으면 좋겠는데 끈질기게 쫓아 왔다. 예전 같으면 이미 따돌리고 포기하게 하였겠지만, 일정 거리가 좁혀졌다 넓혀졌다 반복했다. 중국 인민군 입장에서 곧 잡을 수 있을 것으로 생각될 만도 하였다. 좋은 길로 가면 내게 승산이 없었다. 산으로 가야 한다. 샛길로 접어들었다. 샛길로 뛰다 보니 마을이 보였다. 군인을 만나지 않았다면 저 마을에서 도움을 받을 수도 있었을 것으로 생각하였다. 마을을 지나치자 산 쪽으로 작은 길이 보였다. 여전히 군인이 추격해 왔다. 산엔 나무가 북한보다 훨씬 많이 있었다. 산의 경사로 들어섰는데도 계속 쫓아 왔다. 산속으로 들어서며 뒤를 돌아보는 순간 넘어지고 말았다. 30m 쯤 중국 인민군이 뛰어오고 있었다. 손에 돌이 잡혔다. 얼른 보따리를 풀었다. 이제 제압당하지 않으려면 제압해야 한다. 손을 더듬거려 자갈 세 개를 잡았다. 몸을 세웠다. 숨을 몰아쉬며 왼발을 인민군 쪽으로 하고 조약돌 하나를 오른손에 들었다. 대여섯 번 심호흡하자 15m쯤으로 거리가 좁혀졌다. 인민군은 내가 포기하고 선 줄 알았나 보았다. 작은 길이어서 한 명은 앞에 다른 한 명은 5m 뒤에 따라오고 있었다. 앞에 오는 인민군의 얼굴을 향해 돌을 던졌다. 빗나갔다. 고개를 숙여서 빗나갔는지 내가 잘못 던진 것인지는 모르겠지만 앞선 인민군은 주춤하였다. 빗나간 돌이 나무에 부딪혀 '딱!'하는 소리가 무척 컸다. 그 때문인지 뒤따르던 인민군도 주춤했다. 앞의 인민군이 고개를 들자 바로 얼굴을 향해 돌을 던졌다. '퍽!' 소리가 나며 인민군이 얼굴을 감싸고 주저앉았다. 뒤따르던 인민군이 당황해 하였다. 나도 숨이 가빴지만, 그들도 가쁜 숨을 내쉬고 있었다. 게다가 앞선 인민군이 일격을 당하니 적잖이 당황한 기색이 느껴졌다. 세 번째 돌을 뒤에 있는 인민군에게 던졌다. 사정없이 얼굴에 맞았다. 앞선 인민군보다 더 세게 맞았다. 앞의 인민군은 주저앉아 있었지만, 뒤의 인민군은 땅에 뒹굴었다. 뛰면서 다시 보따리를 어깨에 메었다. 그리고 전보다 더 빨리 뛰었다. 잠시 쉬었다고 힘이 나는 것도 같았다. 인민군이 주저앉아 있어 통쾌하기도 했다. 하지만 인민군이 혹시 총이라도 쏠까 봐 산속을 계속 달렸다. 한 참을 달리다 보니 길도 없었다. 내가 지쳐 쓰러질 때까지 달릴 각오가 되어있었다. 다리가 움직이는 한 갈 것이었다. 높은 산으로 깊은 산으로 달려갔다. 날이 밝아 올 때까지 가고 있었다. 걸으면서 인기척이 없는 것 같아 뒤를 보니 쫓아오는 사람이 없었다. 더는 따라올 수 없을 것이라는 생각이 들면서도 금방 어디서 인민군이 튀어나올 것만 같았다. 지쳐서 뛸 수 없었고 경사가 가팔라서도 뛸 수 없었다. 하지만 쉬지 않았다. 걷고, 네 발로 기어 올라갔다. 내 힘이 완전히 빠질 때까지 갈 생각이었다. 그렇게 날이 밝아 올 때니 두 시간 이상을 산속으로 이동한 셈이었다. 힘이 빠져 움직이기 힘들 때쯤 숲에 몸을 숨기고 앉아 숨소리를 죽이며 쉬었다. 작은 소리에 집중하며 내 호흡을 가라앉혔다. 다시 일어나 산속으로 들어갔다.

조금 더 들어가자 내 눈엔 누군가 숨어있는 은신처가 보였다. 분명히 자신을 드러내놓지 않고 숨어있는 모습이었다. 내가 매일 파던 것이었고 내가 위장하던 것이어서인지 내 눈에는 감춰진 모습 속에 입구마저도 보였다.

'설마 군인은 아니겠지.'

군인이라면 벙커를 만들지 저렇게 땅을 파서 숨어있지는 않을 것이었다. 오른손을 허리에 대고 조금 가까이 다가가 보니 빛바랜 파란색 비닐 쪼가리와 투명 비닐로 지붕을 낮게 쳐 놓았다. 그 위에 낙엽과 나뭇가지를 덮어 놓았다. 사람이 있다면 이미 나의 발걸음 소리를 들었을 것이고 나를 감시하고 있었을 것이었다. 그 순간 중국에 숨어있다면 혹시 탈북자일 수도 있을 것이라는 생각이 들었다.

"계십니까? 누구 없어요?"

분명히 사람이 있을 것이다. 입구에 최근 사람이 지나간 흔적이 보였다.

"저는 위험한 사람이 아닙니다. 아무도 없어요?"

나 혼자 있는 것을 확인했는지 나보다 더 남루하게 차려입은 시커먼 아저씨가 굴에서 나왔다. 내가 보기엔 그도 방금 북한을 나온 사람처럼 보였다.

얼굴엔 두려움이 서려 있었고 내 뒤를 계속 보면서 정말 혼자 왔느냐고 물었다.

"도강하셨소?"

"오늘 도강했습니다."

내가 북한에서 온 것이 미덥지 않았는지 어디서 왔는지, 이름이 무엇인지, 어디를 가려는지 등 꼬치꼬치 캐물었다. 그는 국경의 무산에서 온 '김영학'이라고 했다. 북한에 부인과 자식이 둘이 있다고 했다. 나는 북한에 억류되었다가 탈북한 이야기는 하지 않았다. 평양 근교에서 살다가 수용소로 가는 도중에 탈북하였다고 하였다. 그동안 내가 청진에서 여기까지 오게 된 경우만 이야기했다. 이야기를 듣더니 어처구니없다는 듯이 바라보았다. 믿지도 않는 것 같았다.

"하늘이 도왔소."

그 말이 맞았다. 누구의 도움도 없이 강을 건넌다는 것은 무모한 일이었다. 그전엔 쉬운 일이었지만 최근에 국경 경비가 매우 강화되어 있었다. 북한 국경경비원의 비호를 받지 않으면 도강하기 어려운 모양이었다. 중국 쪽으로도 철조망이 없었는데 최근 철조망을 치고 있다고 했다. 한 시간 거리에 마을이 있다는 것도 알았다. 내가 온 쪽으로는 산이 험해 큰길까지 두 시간이 넘게 걸리기 때문에 사람이 다니지 않는다고 했다. 그런 곳을 내가오니 처음부터 탈북자로 의심했었다고 했다. 그는 마을 양계장에서 일하고 있었다. 마을은 조선족들이 주로 살아 거기서 물을 떠다 먹고 산다고 했다. 북한을 떠난 지는 이 년째인데 주기적으로 중국 공안을 피해 옮겨 다닌다고 했다. 일 할 곳이 마땅치 않고 재수가 좋아야 일자리를 얻을 수 있고 굶지 않는다고도 했다. 그제 서야 그의 은신처를 보니 장기적으로 생활하려고 토굴을 만들어 놓고 있었다. 땅만 판 것이 아니라 말뚝을 박고 가로로 나무를 대어 무너지지 않도록 하였으며 바닥은 장판을 구해서 깔고 이불이 있었다. 나름대로 비가 새지 않도록 비닐을 덮어 위장했지만 내 눈엔 출입구부터 지붕이 훤히 보였다. 일자리를 구해도 중국 공안을 피해 다녀야 하고 임금도 중국 한족보다 싸지만, 그 일자리마저도 없다고 했다. 그래서 그 돈으로 겨우 먹고살고 산 뒤편에는 감자를 심어 수확을 조금 했다며 보여주었다. 옷은 누가 버린 것을 주어다 입었다고 했다. 곧 추워지는데 겨울을 나려면 식량을 구해야 하고 이불도 더 구해야 한다고 한숨을 쉬었다. 고향에 있는 처자식을 못 데리고 나와서 남한을 못 간다고 했다. 식량을 구해서 오겠다고 집을 나온 것이 벌써 이 년이 되었다고 눈가가 촉촉해 지려 했다. 이제 북한으로 다시 들어가야 할 것 같다고 했다. 살려고 북한을 나왔다가 다시 북한으로 들어가겠다는 것은 이곳이 살만한 곳은 아니라는 이야기였다. 하지만 내겐 가야 할 목적지가 있었다. 최종 목적지 어머니 품으로 가야 한다. 남한 영사관 위치와 러시아에 관해 물어보았다. 물론 러시아 블라디보스토크가 가까운데 러시아 국경을 또 넘어야 하고 러시아는 국경 경비가 세다고 했다. 그에게서 지금까지보다 더 많은 정보를 얻었다.

'그래서 러시아보다 먼 동남아 등으로 우회해서 탈북하나 보구나!'

그는 일하러 가야 한다고 나간다고 했다. 나더러 오늘은 여기서 쉬고 다른 곳으로 이동하는 게 좋겠다고 하였다. 내일은 떠나라는 이야기였다. 하지만 나는 이곳 사정을 전혀 모른다. 탈북하면서 현지인의 도움이 얼마나 중요한지 알았는데 여기서 자존심 따위는 필요 없었다. 무릎을 꿇고 기라면 그리도 할 수 있을 것 같았다. 나는 알았다고 했다. 무슨 수를 써서라도 그에게 알아내야 할 것들이 더 있었다. 그는 일하러 내가 온 곳과는 다른 쪽으로 산에서 내려갔다. 나는 그의 은신처에서 20여m 정도 떨어진 곳에 나의 은신처를 마련하였다. 그처럼 나무를 대지는 않았지만, 허리 깊이로 해서 파고 나뭇가지를 꺾어 위를 덮었다. 흙과 나뭇잎을 덮어 위장하였다. 입구는 나무 뒤쪽에 내어 출입구가 열려 있어도 잘 보이지 않게 만들었다. 하지만 나는 늘 입구 덮개까지 만들어 덮었다. 마지막으로 주위 환경과 똑같은지 확인하면 옆에서 보아도 파보기 전엔 모를 은신처가 마련되었다. 무엇이든 경험이 중요한 것은 사실이었다. 이제 은신처 만드는 일은 빠르고 쉬운 일이었다. 그의 은신처에서 물을 가져다가 쌀을 씻지 않고 밥을 했다. 같은 하늘 아래이지만 북한에 있는 것보다 살 것 같았다. 마음이 편안해서인지 긴장이 싹 풀려 버렸다. 맨밥을 잔뜩 먹고 은신처 속으로 들어가 잤다. 저녁이 되어 잠에서 깼다. 배가 출출해서 남은 밥을 먹으려니 딱딱하게 굳어 있었다. 누룽지 먹듯이 입에서 오물오물 침과 섞어 먹었다. 영학이 아저씨는 아직 오지 않았다. 아저씨 집을 뒤져 물을 먹고 다시 내 은신처에서 아저씨를 기다렸다. 밤 아홉 시가 다 되어서 담뱃불만 한 것이 멀리 보였다. 영학이 아저씨임이 틀림없다고 생각되었지만 그래도 몸을 숨기고 확인하였다. 아저씨는 플래시 불빛도 새어나가지 않게 플래시 앞쪽을 신문으로 말아 발밑만 보며 걸어오고 있었다.

"아저씨!"

목소리를 낮추어 속삭이듯이 불렀다.

"누구요?"

아저씨는 그 자리에 주저앉아 기어들어가는 목소리로 물었다.

"저에요. 승철이."

"아직도 여기 있었어?"

나는 하루는 묵어도 좋다고 하고선 가지 않았느냐고 하는 그의 말이 의아했다.

"어제 안 갔어?"

그제 서야 내가 꼬빡 하루 반을 잔 사실을 알았다. 아저씨는 내가 없어져서 간 줄 알았다고 했다. 내 말을 못 믿는 것 같아 내 은신처를 보여 주었는데 발밑의 은신처도 찾지 못하였다. 내가 입구를 들추자 입을 벌리고 연신 대단하다고 하였다. 아저씨는 양계장에서 깨진 달걀 삶아 온 것을 나누어 주었다. 그리고 자신은 며칠 있으면 목재 공장으로 갈 것이라고 하였다. 거기가 훨씬 많은 돈을 준다고 했다. 그래서 나보고 자신이 일하던 양계장에서 일할 것이냐고 물었다. 양계장 주인의 도움을 많이 받는데 일할 사람도 없이 양계장을 떠나야 해서 마음이 걸렸는데 내가 가면 좋겠다고 했다. 내겐 선택의 여지가 없었다.

'뱀이 숲에서 보이지 않는 것은 수풀과 같은 색을 띠기 때문이다.'

교화소에서 배운 교훈이다. 내가 이곳에서 눈에 띄지 않으려면 이곳 주변 환경과 같아지는 것이었다. 옷을 여기 사람처럼 입어야 하고 여기 사람처럼 말하고 여기 사람처럼 웃어야 한다. 여기 사람이 사용하는 비누를 사용하고 여기 사람 냄새와 같아져야 한다. 그래야 발각되지 않을 것이었다. 영학이 아저씨의 제의에 아무리 위험부담이 된다 해도 거부할 처지가 아니었다. 아저씨는 밤새 중국 생활에서 주의사항을 일러 주었다. 제일 무서운 것이 중국 공안이고 일단 잡히면 집결소에 있다가 북한으로 추방된다고 했다. 그러면 거기서 매 맞고 고문이 잔인하게 이루어지며 정치범 수용소로 끌려간다는 것도 알았다. 아저씨는 내가 너무 모르니 정말 탈북자 맞느냐고 묻기도 하고 평양 고위층 아들이냐고 묻기도 하였다. 우리는 산속에 둘만 있으면서도 목소리를 죽여 가며 밤새 이야기를 하였다. 중국에서 조선족 도움을 받은 이야기와 서운하게 쫓겨났던 일. 이곳에 토굴을 마련하여 살게 된 이야기 등 그는 할 이야기가 무척 많았다. 그는 내게 외로움을 이야기하고 있었다. 나는 작은 것 하나라고 놓치지 않고 들어 두었다. 모든 정보가 필요한 시기였다.

며칠 후 영학이 아저씨는 나를 데리고 자신이 일하던 양계장으로 데리고 갔다. 조선족 마을에서 양계장을 하는 집은 지역 공산당 부서기의 집이었다. 남한의 부면장 정도 되는 모양이었다. 영학이 아저씨는 부부가 아주 좋은 사람이라고 입이 마르도록 칭찬하였다. 여기에서 일자리를 주고 밥도 주고 공안에 신고도 하지 않고 숨겨 주는 것만으로 좋은 사람이라 생각되었고 그의 말에 동의하였다. 주인아주머니는 전형적인 시골 아주머니의 푸근한 인상이었다. 아주머니는 우리를 보자 마자 깜짝 놀랐다.

"어서 숨으시오. 지금 공안이 마을 마다, 다 샅샅이 뒤지고 있단 말입니다."

아주머니가 장에 나갔다가 들은 바로는 이렇게 악질로 뒤지는 것은 다 들 처음이라고 무섭다고 했다. 탈북자도 몇 명이 잡혔는데도 계속 마을마다 쑤시고 다닌다고 했다. 그중에 이마에 흰 반창고를 붙인 공안 두 명이 있는데 그게 최고 악질이라고 했다. 탈북자를 숨겨 준 집으로 의심만 되어도 장독을 발로 깨고 행패를 부렸다고 했다. 곧 여기도 올 것이라고 얼른 숨으라고 하며 쌓아 놓은 반찬과 음식을 쥐여 주었다.

"잠잠해질 때까지 숨어 있으시오."

가끔 탈북자 수색을 하기는 하였지만, 공안이 행패를 부리지는 않았다고 했다. 영학이 아저씨는 여린 사람이었다. 금 새 긴장하는 빛이 역력하였다. 그와 산으로 돌아오는 길에 쓰레기장을 뒤져 스티로폼 조각이나 천, 가마니 같은 것을 잔뜩 주워왔다. 쓸모없는 것을 줍는다고 했지만 아랑곳하지 않고 가져왔다. 산 쪽으로 조금만 들어와도 나무가 많아 밖에선 잘 보이지 않았다. 북한의 산과는 확연히 달랐다. 북한엔 큰 나무들이 거의 없어 몸 숨기기도 힘들었다. 은신처인 토굴로 오는 길에 계곡도 있었다. 그런데 아저씨는 먹는 물을 마을에서 페트병에 받아다 먹었다. 계곡 물을 먹고 심하게 탈이 난 적이 있었다고 했다. 산 생활에서 중요한 것은 물이었다. 북한에서도 물이 없어 고생한 적이 많았다. 두 시간이나 산속을 헤매도 물을 구하기 힘들 때가 있었다. 나무가 없으니 물도 잘 나오지 않았다. 도랑에 물이 조금이라도 고여 있으면 둥글게 파 놓고 흙이 가라앉기를 기다렸다가 천에 걸러 마셨다. 지금은 그에 비하면 너무 깨끗한 물이 있었다. 사는 데는 밥보다 물이 우선이었다.

12월이 되었다. 제법 날씨가 추워지고 있었다. 겨울을 나는 준비하기에 이른 시간은 아니었다. 나는 올겨울은 여기에서 나야겠다고 했다. 선택의 여지가 없었다. 은신처에서 오 일 있었다. 영학이 아저씨와 나의 계획은 결정되었다. 양계장 일을 내가 맡고 영학이 아저씨는 일주일 후에 이곳을 아예 떠난다고 했다. 목재 공장까지는 너무 멀어 그곳에 새로운 토굴을 만들기로 했다. 난 내 은신처를 오랫동안 기거하는 곳으로 만들기로 했다. 공안의 대대적인 단속이 나에게는 월동 은신처를 준비하는 시간이 되었다. 우선 'ㄴ' 자 형태로 땅을 확장해서 다시 팠다. 가슴 높이로 해서 파고 흙은 배낭에 담아 먼 곳에다 흩뿌렸다. 겨울을 나려면 보온이 필요했다. 겨울엔 굶어 죽기도 하지만 여기에선 얼어 죽는 사람이 더 많다고 한 사람이 영학이 아저씨였다. 그런데 내가 토굴을 파니 그렇게까지 할 필요 없다고 하고, 자기 토굴을 쓰면 된다고 하였다. 나는 내가 살 집이니 내가 만들겠다고 하였다. 처음 입구에서 들어간 곳을 거실이라고 하였다. 그곳에서는 앉아서 밥을 먹을 수 있었고 불을 땔 수 있게 만들었다. 꺾어진 부분에는 구들을 놓았다. 땅을 30cm 정도로 파고 아궁이를 만들었다. 잔돌을 깔아 바닥과 옆을 다지자 폭이 20cm 정도로 좁아졌다. 그 위에 얇고 넓적한 돌을 얹어 놓았다. 직접 열기가 올라오지 않고 연기가 새지 않도록 사이

사이를 흙으로 메웠다. 그곳을 침실로 불렀다. 거실에서 아궁이에서 불을 때면 열기가 꺾어진 침실 바닥을 돌아 다시 아궁이 옆으로 나오게 하였다. 밥을 할 때도 남은 열기가 침실 바닥을 데울 것이고 더 추우면 불만 피워 난방을 해결할 수도 있었다. 열이 침실을 지나 바로 빠져나가지 못하도록 하였다. 벽면을 지름이 20cm 이하의 나뭇가지를 잘라 가마니를 댔다. 그 안쪽에 촘촘히 박아 벽면이 무너지지 않도록 했다. 아저씨처럼 비닐 형태를 쓰면 습기가 차서 얼었다 녹으며 무너질 우려가 있다고 생각되었다. 사실 그래서 아저씨 토굴을 사용하지 않기로 한 것이었다. 아궁이 바로 위도 벽처럼 생긴 문을 만들어 거실과 침실을 구분하였다. 벽과 문을 구분하기 힘들게 문에 흙을 발라 자세히 보지 않으면 문으로 보이지 않게 하였다. 이것도 침실과 거실, 밖으로 이어지는 공간에서 보온효과를 높이기도 했지만, 최후의 위장용이기도 했다. 거실 쪽이 발각되더라도 거실 벽을 일일이 밀어보지 않으면 침실이 있는지도 모르게 하였다. 장기 은신처를 만드는데 꼬박 삼일이 걸렸다. 늘 파던 땅이었고 영학이 아저씨가 투덜거리면서도 도와 주워서 가능했다. 밤에 불을 피워 불빛이 새어 나가지 않으려면 어느 정도 화력이어야 하는지도 확인하였다. 문제는 연기였는데 밤에 불을 피우면 보이지는 않겠지만 내가 연기를 마셔야 했다. 그래서 임시 환풍기를 만들었다. PVC관 끝에 원뿔대 모양으로 페트병을 잘라붙이고 아궁이 위에 세웠다. 그러자 신속히 거실의 연기가 빠져나갔다. 바람이라도 살살 불어주면 순식간에 연기가 빠져나갔다. 연기가 나가면 다시 거둬들여 안에 놓아두고 구멍을 막았다. 구들 돌 위에 천을 깔고 이불을 놓았지만, 나중에 아저씨 토굴에 있던 장판을 뜯어다 깔았다. 이불을 깔고 다시 그 위에 이불을 덮었더니 온몸에 땀이 날 지경이었다. 한 번 불을 때면 하루 정도는 온기가 지속되었다. 영학이 아저씨의 투덜거리는 이유 중 하나는 먹을 것도 충분하지 않은데 많이 움직이면 몸이 상한다는 것이었다. 일부는 맞는 말이다. 지나치게 몸이 아플 정도로 힘을 쓰면 약해진다. 하지만 적당히 움직이지 않으면 더 약해지는 것이 몸이었다. 닷새 동안 숲 속에 앉아만 있었다면 내 몸의 근육도 사라질 것이고 더욱 약해질 것이었다. 일주일에 하루 정도는 쉬지만 그래도 그냥 온종일 멍하니 있지는 않았다. 가볍게 몸을 풀고 돌을 던지며 깊은 숲으로 가서 젓가락을 던지고 발차기를 했다. 내 몸은 언제라도 튀어 나갈 준비가 되어 있었다. 달리기가 이제는 산악 달리기가 되었다. 길이 없는 산속을 신속히 뛰어다니고 높이뛰기를 하며 다리 근육을 단련했다. 내가 중국 인민군인 줄 알았던 중국 공안을 따돌리고 살 수 있었던 것도 달리기 덕분이라 생각되었다. 돌이나 젓가락 던지는 것도 여러 상황을 만들며 몸에 익도록 하였다. 앞뿐 아니라 뒤나 옆에 적이 있는 경우, 혹은 포위되었을 경우 신속히 몸을 돌리거나 그르며 돌이나 젓가락을 던져 맞추는 연습도 하였다. 젓가락이나 돌 던지는 것은 움직이는 표적도 거의 맞힐 수 있었다. 젓가락으로 참새 여러 마리를 잡아 구워 먹기도 했다. 참새는 사람이 어느 정도 가까이 있어도 잘 도망가지 않았다. 공안의 검열이 잠잠해 지면서는 개울가에 가서 오리도 잡아먹을 수 있었다. 북한 쪽에서는 새도 거의 보지 못하였는데 이곳에는 많은 새를 볼 수 있었다. 오리는 닭의 두 배는 되는 것 같았다. 돌로도 잡아 보고 젓가락으로도 잡아 보았다. 오리도 젓가락을 던질 만한 거리까지 다가가도 잘 도망가지 않을뿐더러 몸집이 커서 맞추기도 쉬웠다. 맞추는 것이 중요한 것이 아니라 어느 부위를 보고 던졌는데 의도한 대로 맞느냐가 관심사였다. 천천히 움직였기 때문에 잡기는 매우 쉬웠다. 잡은 오리는 털을 뽑고 내장을 전부 제거하여 끓여 먹었다. 한 마리면 삼일 이상 먹었다. 부족한 지방도 충분히 보충되었고 고기 맛도 좋았다. 끓여 먹는데 질리면 불에 소금을 쳐서 구워 먹기도 하였다. 먹는 것이 충분하니 몸 상태도 더욱 좋아졌다. 보는 사람도 얼굴이 좋아진다고 하였지만 얼굴보다 전체 근육이 커지는 것을 몸으로 느낄 수 있었다. 힘이 세어졌다. 젓가락이나 조약돌의 파괴력도 증가하였다.

돌 던지기와 젓가락 던지는 기술은 나를 보호해 주기도 하고 음식도 제공해 주었다. 연습하기를 백번 잘했다는 생각이 들었다. 매일 아침 일찍 던지기 연습하고 시간이 없으면 늦은 저녁에라도 꼭 연습하였다. 정지된 목표물은 거의 완벽하게 원하는 곳을 맞출 수 있었다. 움직이는 물체는 연습할 수 없어서 일부러 새를 찾아다니며 연습하였다. 움직이는 표적도 시선만 표적에 고정되면 얼마든지 맞힐 수 있었다.

일주일이 다 되어 영학이 아저씨와 나는 아침 일찍 산에서 내려왔다. 이틀 전에 목재 공장이 있는 곳에 다녀온 영학이 아저씨가 아직 불안하다고 하여 일주일 만에 산에서 내려온 것이었다. 양계장 주인아저씨는 '조민철.'이라고 했다.

"이철승이라고 합니다."

주인아저씨는 눈이 작고 매서운 데가 있었다.

"이승철이라고 들었는데?"

아차 싶었지만, 시치미를 떼고 이철승이라고 하였다. 이 집에서는 이철승이 되었다. 아저씨는 아주머니보다 정이 덜 가는 외모였지만 말투에서는 자상함도 느낄 수 있었고 단호한 면도 느낄 수 있었다.

"공안에 발각되면 우리는 절대로 모르는 것이고 탈북한 사람인지 모르고 일을 시켰다고 할 것이다."

그들이 탈북자를 고용하는 것은 싼값을 지급하고 일을 시킬 수 있어서였다. 공안들도 다 아는 사실이었다. 공안 계통에 아는 사람이라도 있으면 큰 탈 없이 탈북자를 고용할 수 있었다. 모르고 탈북자를 고용했다는 것이 말이 되겠는가? 눈 가리고 아웅 하는 격이지만 서로 알면서도 모른 척 넘어가는 상황이었다.

양계장은 비닐하우스 모양으로 되어 있었는데 들어서자마자 역겨운 냄새가 코를 찔렀다. 지금은 날씨가 추워 덜하다고 했는데 양계장 안은 더우나 추우나 별 차이가 없을 듯싶었다. 영학이 아저씨는 닭똥 치우는 것부터 사료 주는 것에 이르기까지 오전 내내 일러주고 떠났다. 일주일 치 일이 밀려서 그렇다고는 하지만 할 일이 무척 많았다. 땅을 파던 삽질과 비슷하기는 했지만 쉬운 일은 아니었다. 아주머니는 영학이 아저씨보다 일을 더 잘한다고 치켜세웠다. 점심은 아주머니 집에서 주는 밥을 먹었다. 음식이 맛있어서 눈물이 난다면 믿을 사람이 있으려나? 누가 생각나서도 아니고 그저 음식이 맛있어서 눈물이 났다. 집 밥이었다. 김치에 국과 달걀찜이 전부인 집 밥이었다. 주인아주머니는 안쓰러웠는지 밥을 더 퍼주었다. 쌀과 보리에 옥수수까지 섞여 있는 잡곡밥이었지만 태어나서 처음 맛보는 맛있는 맛이었다. 김치도 적당히 익은 맛있는 상태였다. 그날 저녁에 아주머니는 새우젓과 김치를 싸 주셨다. 양계장도 처음에는 냄새가 심하였지만 조금 일하다 보면 잊어버리는 것인지 안 나는 것인지 느끼지 못하였다. 아주머니는 혹시 공안이 순찰을 오면 숨으라고 창고에 있는 음식 저장고를 가르쳐 주었다. 내가 쭈그리고 앉아 숨을 만한 공간이었다. 영학이 아저씨도 여기에 숨은 적이 있다고 했다. 내가 보기에 그곳은 은신처가 되지 못할 것 같았다. 아마도 당 부서기 집이라 대충 보고 간 것으로 생각했다. 이 마을엔 집집 마다 저런 공간이 있을 터인데 공안이 그것을 모를 리 없었다. 양계장의 닭집은 철망으로 되어있어 닭이 똥을 누면 밑으로 빠져나오게 되어있었다. 나는 쌓인 똥을 치우는 게 일이었다. 닭 한 마리씩 직육면체 철망에 갇혀 있는데 앞으로 머리만 나올 수 있는 구멍이 있었다. 닭 머리가 나오면 그곳에 양철판으로 만든 홈통에 먹이가 있었다. 알을 낳으면 알이 굴러 앞쪽으로 먹이 양철판 밑에 있게 되어 있었다. 매일 홈통에 먹이를 주고 달걀을 주워담는 것도 나의 일이었다. 나는 양계장 닭장 밑에 은신처를 마련하였다. 쭈그리고 앉을 수 있는 공간 위에 나무판을 덮어 놓았다. 평소엔 나무판 위에 닭똥이 쌓여 있게 했다. 닭똥을 다 치우지 않고 조금 남겨 놓아 맨땅과 구분되지 않게 하였다. 이곳을 몇 번 사용하였는데 만든 지 삼일 뒤에 처음 사용하였다. 이 마을에 공안 이십여 명이 들이닥쳤다. 어디서 무슨 정보를 듣고 왔는지 양계장 집을 먼저 찾았다고 했다. 나는 닭장 밑 은신처로 숨었다. 아주머니가 사람이 어디 있느냐고 큰 목소리로 소리치는 것을 은신처에 앉아서 듣고 있었다. 공안은 샅샅이 뒤졌지만 냄새나는 닭똥 더미를 자세히 보진 않았다. 미리 준비한 덕분에 살아났다. 아주머니는 창고 음식 토굴까지 뒤지는 것은 처음이라고 치를 떨었다. 반창고를 붙인 악덕 공안이 왔었다고 했다. 그 일대에서 반창고는 유명한 인사가 되었다.

2009년 11월 말에 북한은 화폐개혁을 하였다. 100원이 1원이 되었다고 난리가 났다고 했다. 내 배에 고이 간직해오던 오천 원은 오십 원이 된 것이었다. 다행히도 많은 돈은 없었다. 그리고 여기에서는 위안화만 사용하고 북한 돈은 거들떠보지도 않았다. 양계장에서의 일은 고되었지만, 밥은 해결되었고 은신처가 있어서 숙소도 해결되었다. 반창고는 양계장에 두세 번 왔었고 다른 공안도 검열을 왔었지만, 주인아저씨가 정보를 주어서 피할 수 있었다.

이곳이 중국이지만 두만강에서 많이 벗어난 곳은 아니었다. 회령에서 마주 보이는 연변 자치주 천불지산 자락에 있었다. 간간이 눈발이 날리는 날이 많아지고 있었다. 양계장 일을 마치고 어스름한 저녁이면 사람들이 있는지 없는지 확인하며 산속으로 들어왔다. 아침 일찍 해 뜨기 전에 양계장에 도착하여 일하였다. 주인은 간혹 깨어진 달걀을 주기도 하였다. 나는 최선을 다해서 일하였다. 주인이 없을 때에는 깨어진 달걀이라 할지라도 손대지 않았다. 그 정도로 다급한 환경이 아니었다. 아주머니와 아저씨는 나를 마음에 들어 하셔서 먹을 것이나 입을만한 옷가지라도 나오면 챙겨 주었다. 대학교에 다니는 딸과 자식이 있다는데 방학이라 하더라도 일체 양계장 근처에는 오지도 않았다. 집에 있는지 없는지 알 수도 없었다. 국경 경비는 날로 강화되고 있었지만, 강을 건너는 사람들은 늘 있었다. 이 마을에도 내가 아는 것만 해도 여러 명이 거쳐 갔다. 어디선가는 강을 건너다가 얼어 죽은 사람이 있다는 소문도 돌았다.

북한 최고 지도자는 화폐개혁이 시행된 지 한 달이 되면서 실패한 것을 감지하였다. 그는 북한의 세세한 것까지 알고 있었다. 물론 너무 많이 알아서 기억하지 못할 뿐이었지만 간혹 문득 기억이 나면 측근에게 확인하곤 하였다. 그의 통치 스타일은 전부 다 알아야 했고 전부 자신보다 못하는 사람들뿐이었다. 그는 자기의 부하들이 왜 그렇게 생각이 없는지 이해되지 않는 것이 너무 많았다.

2008년에 금강산 총격 사건으로 금강산 관광이 중단되면서 달러가 덜 들어오게 되었다. 지도자는 심기가 불편하였다. 그렇다고 총격한 사병을 징계할 수도 없었다. 2008년과 2009년에 다시 식량 사정이 급속도로 나빠졌다. 남한의 도움이 필요한 시점이었는데 속 모르는 군부는 자존심만 세우고 있었다. 남한도 완강하여 북한의 자존심을 굽히도록 요구하고 있었다. 남한이나 북한이나 자존심이 센 민족이니 서로 자존심 싸움을 하고 있었다. 그러면서도 상대방을 어떻게 이용할 것인지 협상 카드는 항상 서로 준비하고 있었다. 지도자는 남한에 내놓을 카드를 꺼내 들었다. 남한의 지원을 당당하게 받을 수 있는 아무도 모르는 카드가 있었다. 지도자는 국가안전보위부장을 불렀다.

"금강산에서 잡은 남조선 청년 하나 있디?"

국가안전보위부장은 잠시 눈을 깜짝이다가,

"예! 아주머니 피격될 때 우리 군사 지역 침범하여 생포된 아이 말입네까?"

"기래, 가 어딨어?"

"특별 교화소에서 관리하고 있을 겁네다. 확인 하갔습네다. 기런데……"

"알았어. 그 아이 우리가 관리하고 있다고 남조선에 정보를 흘리자요."

최고 지도자는 그 자리에서 당 대남 비서를 들어오라고 지시했다.

국가안전보위부장은 자기 사무실에 오자마자 즉시 특별 교화소에 있는 이승기를 수배하였다. 특별 교화소에 있어야 할 수감자가 없다는 연락은 십 분이 안 되어서 알 수 있었다.

"없어? 어디 갔어?"

"청진 정치범 수용소로 이동하다가 실종되었답니다."

보위부장 비서가 전화기를 들고 대답했다.

"뭐야? 누가 거기로 보내랬어?"

"한 달 전에 경제 사정이 좋지 않으니 효율이 떨어지는 기관을 정리하면서, 수감자가 한 명뿐인 교화소를 폐쇄하라고 했답 네다."

"누가 기딴 소릴 했어? 누구야? 그자가."

"평안남도 보위부장이 그랬답네다."

최고 지도자를 면담한 지 한 시간이 안 되어 국가안전보위부장은 다시 지도자를 면담하였다. 수감자를 이동하다가 실종된 사실을 알게 된 최고지도자는 입술을 떨며 진노하였다. 안전보위부장도 안절부절못하였다.

"찾을 수 있갔어?"

냉정을 찾은 지도자가 말했다.

"꼭 찾갔습네다."

즉시 안전보위부의 특별 수사대가 꾸려졌다. 그리고 각 마을의 리 단위까지 조직되어 있는 안전보위부 전 요원들에게 '이승기.'를 찾으라는 명령이 하달되었다. 특별 수사대는 최고의 베테랑 전문가 '김성철'을 대장으로 여섯 명이 즉시 헬기를 타고 청진으로 떠났다. 그와 동시에 폐쇄하려던 특별 교화소는 다시 존속하게 되었다.

평안남도 보위부장은 그 다음 날부터 출근하지 않았고 다시 그를 본 사람은 없었다. 청진에 도착한 김성철은 각종 정보를 모으기 시작했다. 수사요원을 대상으로 내가 이승기라면 어디로 갈 것인지 늘 생각하라고 하였다. 그도 골똘히 생각했다. 갈 곳은 하나밖에 없었다. 중국으로 갈 것이다. 역을 중심으로 장마당 상인과 꽃제비들을 대상으로 탐문을 했다. 청진 지역 보위부 요원들도 총동원되어 사진을 들고 찾았다. 승기의 흔적은 의외로 쉽게 찾을 수 있었다. 청진 보위부 요원 친구 중에 돈을 빼앗긴 친구가 있다는 것을 알았다. 사진을 보여주니 바로 확인되었다. 이승기였다. 꽃제비들에게 물어본 결과도 같았다. 회령으로 간다는 정보를 얻는데 이틀이면 충분하였다. 두만강 국경에는 이미 최고의 경비태세가 하달되었고 화폐개혁으로 어수선하던 차에 전쟁이 날 것 같다는 소문마저 돌았다. 김성철의 생각은 이랬다. 돈이 필요한 것은 쓰려고 있는 것이다. 그렇다면 돈을 썼을 것이고 그곳에 이승기가 있을 것이다. 부하들에게 이승기가 돈을 쓴 곳을 찾으라고 지시하였다. 보위부 요원들은 장마당을 사진을 들고 상인들 한 명 한 명에게 물어보고 다녔다. 김성철은 역 근처 장마당으로 갔다. 이승기는 여기 사람이 아니다. 그렇다면 찾기 편한 장마당을 이용할 것이다. 거기가 역 근처 장마당이라 생각했다. 그리고 우선 제일 중요한 것이 먹을 것일 테니 쌀 파는 곳과 음식점 주인을 집중적으로 조사했다. 보았다는 사람을 찾았다.

'이승기는 회령까지 살아서 돌아다녔다. 지금은? 지금은?'

김성철은 부하들을 데리고 회령시 세관 옆 국경 다리를 건넜다. 중국에서는 북한에서 나와 합법적으로 활동하던 보위부 요원이 안내하였다. 여권도 통행증 확인도 없이 국경을 통과했다. 그리고 가용한 전보위부 요원을 두 명씩 한 개조로 편성하였다. 연변 자치주 전체를 샅샅이 수색하도록 하였다. 다른 탈북자에는 신경 쓰지 말고 오로지 한 명, '이승기'를 잡으라고 지시하였다. 최고 지도자의 특별 명령임을 강조하였다. 적어도 그들의 최고 지도자에 대한 충성심은 일반 인민과는 달랐다. 최고로 훈련받은 요원들의 눈에는 빛이 번득였다.

양계장 주인아저씨가 저녁에 퇴근하면서 나를 불렀다.

"오늘 사무실에 북조선 보위부 요원들이 다녀갔는데 사진을 보여주며 이승기라고 찾고 다니더구만…… 북조선 사람들이 여기까지 와서 사람을 찾는 경우는 드문 일인데, 아마 중요한 사람이라고 하더구만. 몸조심하기요."

머리카락이 곤두서고 몸서리가 쳐져 왔다.

'여긴 중국인데 여기까지 나를 찾아오다니. 왜? 왜?'

아저씨는 아마 여기도 곧 올 거라고 했다. 그날은 산속에서 나오지 않았다.

'중국까지 쫓아 온 이유가 무엇일까? 잡히면 다시 북한으로 가야 할 것인가?'

그것은 죽음보다 싫은 일이었다. 온종일 누워 있다가 젓가락 열 개를 날카롭게 갈고 바지에는 속으로 꿰매 밖에서는 보이지 않게 하였다. 주머니는 뚜껑이 덮은 것처럼 보이게 만들었다. 뚜껑을 올리면 젓가락 열 개가 거꾸로 꽂아있어 언제든지 뽑을 수 있게 만들었다. 오후 내내 젓가락을 나무에 꽂으며 속으로 울부짖었다.

　'나를 내버려 두어라! 나를 건드리지 마라!'

　절대로 가만히 있다가 끌려가지는 않을 것이라고 다짐하였다. 그리고 밤마다 달빛에 돌 던지기와 발차기도 매일 연습하였다. 저녁을 많이 먹고 발차기를 하면 둔하여 제대로 몸이 말을 안 들었다. 저녁을 두 번에 나누어 먹었다. 운동하기 전에 조금 먹고, 끝나고 자기 전에 먹었다. 양계장까지 오고 가는 길에도 전속력으로 달리다가 천천히 달리는 것을 반복하였다. 항상 뛰어다니며 민첩성을 길렀다. 누가 볼 사람도 없었고 본다 해도 살아나는 것에 창피함 따위는 거칠 게 없었다. 털 모자를 푹 쓰고 목도리로 얼굴을 가리고 다녔다. 눈밭에서도 춥지 않았다. 양계장 일도 일이라 생각하지 않았다. 언젠가는 여길 떠나야 하겠지만 있는 동안 내 몸을 단련시키는 곳으로 생각했다. 또 그렇게 생각하면서 모든 일이 쉽고 즐겁기까지 하였다. 주인아주머니는 내가 이곳에 정착하기를 바라는 눈치셨다. 밥을 먹을 때면 나이를 묻곤 하였다. 어디에 처녀가 있다는 이야기를 흘리며 떠도느니 결혼하면 우리의 주민등록증에 해당하는 신분증도 아저씨가 해 줄 수 있다고 했다. 신분증을 만들어 줄 수 있다는 것에는 정신이 번쩍 들었다. 내가 신분증이 있으면 중국 내 이동이 자유로울 것이었다. 이것은 한동안 내 머릿속에서 떠나지 않았다.

점심과 먹을거리를 챙겨 주시는 아주머니와 아저씨는 한없이 고맙긴 한데 한 달이 지나고 두 달이 지나고 월급을 줄 생각을 안 하셨다. 내가 먼저 말을 해야 하는지 아니면 원래 월급이 없이 나를 쓰려고 했던 것인지 알 수 없었다. 석 달이 지나면서 마음이 조급해졌다. 하지만 묻지는 못하였다. 그동안 북한에서 온 보위부 요원들은 두 번이나 양계장을 방문하였다. 중국 공안도 무섭지만, 북한 보위부 요원들은 직접적인 두려움이었다. 반창고와 같이 다닌다는 소문도 있었다.

양력 2010년 2월 14일은 우리 명절 설날이었다. 일요일이었다. 12일까지 일을 하고 삼일 정도 쉬게 해 주겠다고 해서 12일은 밤늦게까지 일을 하였다. 저녁도 먹고 전에 떡도 얻어서 밤 아홉 시가 넘어서 산으로 올라가고 있었다. 마을 입구에 멀리서 주인아저씨가 걸어오고 있었다. 인사를 하려고 하였는데 이상한 분위기가 느껴졌다. 항상 경계하는 습관이 생겨 한 번에 알 수 있었다. 그때 담장 밑에 두 명의 그림자가 아저씨를 노리는 모습이 보였다. 뭔가 이상한 기운이 이것이었다. 돌을 세 개 주워들었다. 두 개는 주머니에 넣고 하나는 손에 들었다. 물론 항상 젓가락은 오른쪽 허벅지 위에서 기다리고 있었지만, 이것은 매우 위험하였다. 내 생명이 위험한 경우에만 쓸 치명적인 무기였다. 나도 건물 그림자 속으로 몸을 숨겨 지켜보았다. 탈북자인 듯했다. 조선족의 모습은 북한사람이나 큰 차이가 없었다. 처음 보는 사람들은 구분하기 어려울 정도로 비슷하였다. 주인아저씨는 달랐다. 중국에서는 그래도 도시에서 온 듯한 말끔한 차림새였다. 그래도 한눈에 돈 좀 있게 생긴 복장과 모습이었다. 탈북자들 눈에도 그런 듯이 보였을 것이다. 아저씨가 다가오자 탈북자들이 아저씨 앞을 가로막았다. 처음엔 사정하는 듯하더니 무엇을 빼앗으려 하고 있었다. 그들은 그다지 힘 있게 보이지도 않았다. 돌도 필요 없었다. 뛰어가면서 칼을 손에 든 한 명은 이단 옆차기로 차버리고 나머지 한 명도 앞차기로 명치를 찼다. 갑자기 뛰어든 나에게 일격을 당한 두 명은 도망가지도 못하고 뒹굴고만 있었다. 특히 명치를 맞은 한 명은 몸을 웅크리고 비명도 제대로 못 지르고 있었다. 아저씨는 잠시 놀랬다가 상황을 이해하셨다. 그들에게는 얼른 가라고 하셨다. 다른 사람 같으면 공안에 신고라도 하였겠지만, 아저씨는 오히려 그들을 보내기만 하였다. 떠나자 돈이라도 줄 것인데 그냥 보냈다고 하셨다. 그들은 아저씨에게 처음부터 돈을 요구하였다고 했다. 없다고 하자 칼을 들이대었고 내가 나타나는 바람에 그들의 계획은 실패로 끝이 났다. 아마도 탈북한 꽃제비 같다고 하셨다. 아저씨는 내게 매우 고마워하셨다. 아주머니도 큰 빚을 졌다고 고마워하셨다. 음식을 더 주시겠다는 것을 되었다고 사양하고 산으로 들어왔다. 이 일로 아저씨와 아주머니는 내게 더욱 살갑게 대해 주셨다. 하지만 나는 이제 이곳을 떠나야 했다. 설을 쇠면서 어머니와 고향이 그리워 미치는 줄 알았다.

2월 말경에 아저씨에게 할 말이 있다고 하여 양계장 안에서 속마음을 이야기하였다.

"탈북자들은 다 힘들고 생사를 오가는데 아저씨가 도움을 주셔서 많은 생명을 구해 주신 것은 복 받을 겁니다. 아마 자식들에게도 복이 갈 겁니다."

내 나이에 걸맞지 않은 말이었지만 마음은 진심이었다.

"하지만 아저씨! 저는 여기에서 계속 머무를 수 없습니다. 가야 할 데가 있습니다. 만나야 할 사람이 있습니다. 그런데 여기에 없습니다. 마지막으로 도와주십시오. 내가 갈 수 있게 도와주십시오."

아저씨는 나를 빤히 쳐다보았다. 내가 흘리는 눈물은 내 마음이었다.

"어떻게 도와주면 되겠어?"

돈이 필요할 것 같은데 도대체 얼마나 필요한지 돈의 가치가 얼마나 되는지 몰랐다. 그래서 나는 돈이 아니라 계획을 이야기했다.

"한국 대사관이나 한국 영사관까지 가야 합니다."

아저씨는 어이없다는 듯이 웃으며 남한으로 가겠다는 것이 무슨 특별한 일이냐는 것이었다. 탈북자 대부분은 남한으로 가려 하는 것 아니냐고 하였다. 그러고 보니 그게 맞는 말이었다. 내가 남한사람이라고 말할 수는 없었다. 중국에 있는 대사관이나 영사관까지는 멀기도 하거니와 가는 도중에 공안 검문에 걸리기 쉬워 어렵다고 하면서 손사래를 쳤다. 최근엔 북한 보위부까지 나타나 탈북자를 잡아가는 바람에 나 혼자 가는 것은 거의 불가능하다고 하였다. 대사관이나 영사관 앞에 북한 보위부 요원과 공안이 지키고 있을 것이라고 했다. 그래서 부탁을 했다. 제게 중국 여권을 만들어 달라고 했다. 아저씨는 더욱 어이없다는 표정으로 나를 쳐다보았다. 지난번에 아주머니가 신분증도 만들어 줄 수 있다는 것을 똑똑히 기억하고 있었다. 아저씨에게는 상당한 위험 부담이 될 것이었다.

"여권이 어떻게 만들어지는 줄은 아니?"

고개를 흔들었다.

"여권을 만들려면 호구(호적)가 있어야 한다. 너는 여기에 호구가 없지 않니?"

"호구만 있으면 되나요? 그러면 호구를 만들어 주세요."

일주일을 졸랐다. 하라면 무엇이든지 하겠다고 하였다.

"니가 어떻게 되면 난 모르는 일이다."

"예! 제발 호구를 만들어 주세요."

오랜 고민 끝에 아저씨는 나를 자기 호구(호적)에 아들로 입적시켰다. 지방이지만 당 부서기였기에 가능하였을 것으로 생각된다. 법원에 아저씨와 같이 가서 판사의 확인도 거쳤다. 아저씨는 3월 초에 나를 데리고 연변으로 나갔다. 휘둥그레졌다. 북한과 중국에서 이렇게 번화한 도시를 본 적이 없어서였다. 아저씨는 의기양양하게 이것저것을 설명하였다. 내가 서울에서 살았다는 것을 아저씨는 모른다. 이곳에서 그래도 매우 번화한 모습에 또 한글로 된 간판을 보며 마치 한국인 것 같은 착각이 들 정도여서 놀란 거였는데 아저씨는 촌놈이라서 놀란 것으로 생각했을 것이다. 우리는 목욕탕에 가서 두 시간을 씻었다. 아저씨는 일찍 나왔지만 나는 만끽하고 나왔다. 머리도 산뜻하게 깎았다. 깨끗한 옷을 사 입혀 주었다. 내게 원하는 스타일을 물어 내가 원하는 스타일을 사도록 하였다. 나는 여행객 복장의 옷을 골랐다. 아저씨는 춥다며 털이 달린 외투와 장갑 등을 사 주셨다. 여행용 배낭 하나는 내가 골랐다. 컴퓨터 사진을 찍고 나머지는 아저씨가 알아서 하겠다고 혼자 여유국(관광국)에 가서 여권 신청을 하였다. 오는 길에 아저씨는 술을 한잔 하자며 나를 음식점으로 데리고 가 술을 건넸다.

"이제 너는 내 아들이다. 절하라."

나는 음식점 바닥에 엎드려 큰절하였다. 다른 사람이 있건 없건 아랑곳하지 않고 양아버지가 일으켜 세워 줄 때까지 엎드려 있었다. 양계장 집에 와서는 어머니에게도 절을 하였다. 내 이름은 '조철승'이 되었고 신분증도 나왔다. 18자리 신분증 번호도 외웠다. 우리나라 주민등록증 번호 같은 것이었다. 혹시 신분증을 잃어버리거나 급하면 꼭 번호를 외우고 있어야 한다고 당부하였다. 중국에 양부모가 생겼다.

3월 13일 여권이 나왔다. 양아버지에게 15일 떠나겠다고 했다. 양어머니는 안된다고 하여 18일이 돼서야 떠날 수 있었다. 아무 말들이 없었다. 나도 어색하고 눈물만 나왔다. 산에 가겠다는 것을 하루만 집에서 자고 가라고 하였다. 끝내 나는 정리할 것이 있다고 산속에서 자고 15일 아침 양어머니에게 절을 하고 아버지를 따라 나섰다. 아버지는 아무것도 묻지 않았다. 내가 어디로 갈 것인지 무엇을 할 것인지 한마디도 묻지 않았다. 훈춘 버스 정류장에서 내려서 가겠다고 했더니 눈가가 붉어진 아버지는 손에 1,000위안을 쥐여주고 떠났다. 그동안 모아둔 월급이라고 했다. 그리곤 뒤도 돌아보지 않고 갔다. 나도 아무 말도 하지 않고 걸었다. 그것은 아버지에게 나를 보이기 싫어서였고 목적지는 아니었다.

마음이 진정되고 블라디보스토크 가는 버스 정류장을 물어보았다. 조금 멀지만 걸어서 갔다. 삼합에서 훈춘까지 버스를 갈아타고 가느라고 세 시간 삼십 분 정도가 걸렸다. 곧바로 훈춘 국제버스터미널로 향했다. 원래 열 한시면 떠나는 버스가 아직 기다리고 있었다. 출발 시간이 있지만 잘 지켜지지 않는다고 들었다. 버스값으로 이 백 위안을 더 주었다. 버스는 열 두 시가 조금 넘어서 출발하였다. 짐 검문소로 들어가 짐을 검사하였다. 나는 젓가락을 뾰족한 부분이 안으로 들어가게 하여 젓가락 집에 꽂아 배낭에 넣었다. 배낭에는 작은 칼, 북한 간호사 누나가 준 비상약, 배낭, 홑이불, 반 팔 티셔츠와 반바지, 내복, 어머니가 싸주신 삶은 달걀 열 개, 주먹밥 도시락 등 여행객 가방치고는 작은 가방이었다. 출국세를 내는 데는 얼마 안 되었다. 표를 발권하는 여자 분은 조선족 중국인이라며 한국말로 아는 체를 하였다. 나도 반갑게 한국말로 인사를 하자 친절하게 서류정리부터 주의사항을 일러주었다. 반절이 넘게 러시아 사람들이고 나머지는 중국 사람들이었다. 버스는 다시 러시아 입국 검문소로 들어갔다. 러시아 서류를 작성하는데, 처음 쓰는 사람은 당황하게 생겼다. 누가 자세히 설명해 주지도 않았다. 그중에 제일 수더분하게 생긴 심사관에게 가니 친절하게 자기가 적어 주었다. 다시 버스를 타고 러시아로 입국하였다. 이제 조금만 가면 블라디보스토크 한국 영사관에 있을 것이었다. 가슴이 벅차올랐다.

6부

블라디보스토크 한국 영사관

러시아 영토를 들어서면서 영어와 비슷하면서도 이상한 문자를 접해야 했다. 러시아 간판을 최소한 읽을 줄은 알아야겠다고 생각했다. 중국에서는 조선족 마을이었기에 언어에 큰 불편은 없었다. 여기는 중국과는 전혀 새로운 분위기를 느낄 수 있었다. 훈춘에서 블라디보스토크까지 여섯 시간 정도 걸렸다. 중간중간에 휴게실 같지 않은 슈퍼마켓 등에서 쉬며 화장실도 가고 물건도 살 수 있게 되어 있었다. 러시아로 들어서면서는 버스 기사에게 백 위안을 주어야 했다. 버스표가 있는데 무슨 돈인지 몰랐지만 그렇게 주의를 받았고 다들 그렇게 하고 있었다. 내겐 육백 위안이 조금 넘은 돈이 있었다. 영사관까지 갈 수만 있으면 모든 것이 해결될 것이기에 큰돈은 필요 없었다. 이제 영사관에 가서 자초지종을 이야기하면 한국으로 보내 줄 것이었다. 내가 돈이 없으니 부모님이 주실 것이고 곧 한국으로 갈 것이었다. 생각만 하여도 뿌듯하고 미소가 나왔다.

블라디보스토크에 도착하니 저녁이었다. 어딘지 몰라 택시를 탔다. 혹시 북한 대사관으로 갈 것 같아 한국 영사관임을 여러 번 강조하고 흥정을 하였다. 기사는 이백 루블을 달라고 하였는데 그게 중요하지도 않았다. 가자고 해서 도착하니 영사관문이 닫혀 있었다.

'신은 사람의 바람과는 다르게 이루어 준다.'

내일 영사관으로 들어가기로 마음먹고 숙소를 찾았다. 아는 사람이 없어 기사에게 불쌍한 표정을 지으며 돈이 없다고 호텔로 가자고 하니 허름한 호텔로 데려다 주었다. 하지만 숙박비로 천 루블을 요구했다. 싼 곳이 그러한가 보았다. 러시아로 오는 중간 ATM에서 위안화를 루블로 바꾸어 지니고 있었는데 이천 루블이 채 안 남았다. 그래도 내일이면 한국영사관에 들어갈 수 있을 것이었다. 호텔에서 양어머니가 싸아 주신 주먹밥과 삶은 달걀을 소금에 찍어 먹었다.

'한국에 돌아가면 한국인 신분으로 찾아뵈어야지'

오고 싶지는 않은 곳들이 많지만, 양부모님들은 초청이라도 해서 빼야겠다고 생각했다.

3월 19일, 아침 일찍 일어났다. 어제는 잠도 설쳤다. 택시를 잡았다. 또 기사와 흥정을 해야 했다. 이번엔 삼백 루블을 요구했다. 나는 기사에게 그림을 그려 가며 설명을 하였다. 한국 대사관 정문에 빠르게 정차시켜 달라는 것을 몸으로 표현하였다. 그림을 그려 여러 번 설명하니 고개를 끄덕였다. 그도 내가 망명자로 보였을 것이었다. 내가 걱정하는 것은 북한 보위부 요원들이 혹시 한국 대사관 앞에 있지 않을까 하는 것이었다. 나를 북한 주민이라고 납치할 것 같은 걱정 때문이었다. 택시는 내가 말한 대로 한국 대사관을 한 바퀴 돌았다. 차량이 뜸하자 빠르게 이동하여 한국영사관 정문 앞에 급정거하였다. 나는 택시가 멈추자마자 배낭을 미리 메고 있다가 전력 질주로 영사관 안으로 들어갔다. 정문에 러시아 경비가 나를 제지하려 하였으나 워낙 내가 빨리 들어갔기 때문에 잡을 수 없었다. 영사관 문을 넘자마자 주저앉았다. 경비는 내가 무슨 테러라도 하러 진입한 줄 알았는지 곧바로 뒤따라 들어왔다. 내 팔을 잡았다. 그 정도는 충분히 무시할 수 있었다. 나는 거세게 뿌리치고 한국말로 외쳤다.

"도와주세요! 도와주세요! 한국 사람입니다! 나는 한국 사람입니다!"
눈물이 날 정도로 외쳤다. 영사관 안의 모든 사람이 쳐다보았지만 창피하지 않았다. 여직원이 나와 어떻게 왔느냐고 물어보았다. 어디서부터 말해야 할지 몰랐다. 잠시 넋을 놓고 있다가,
"상담해야 합니다. 누가 상담을 해 주세요."
남자직원 한 명이 나를 맞았다.
"한국인입니까?"
"예! 한국인입니다."
"따라오세요."
나를 작은 사무실로 데리고 들어갔다. 앉힌 뒤에 물 한잔을 따라 주었다.
"무슨 일인지 말씀해 보세요."
"나는 2008년 7월 10일 금강산에 관광 갔다가 북한에 억류되어 탈출한 한국인 이승기입니다."

직원은 나를 잠시 쳐다보았다.

"예? 그때 아주머니 한 분이 피격당하셨는데요."

"그때 거기 제가 있었습니다."

"거기엔 한 명뿐이었는데요? 탈북하셨습니까?"

"예! 탈북했습니다."

"그러면 그렇다고 말씀하시지. 러시아 벌목공이십니까?"

"대한민국 국민이라니까요."

"지금 무슨 말씀을 하십니까? 언론에 전부 공개되어 대한민국 국민이 다 아는 사실인데 나보고 지금 당신 말을 믿으란 말입니까?"

"정말이에요. 제가 거기 있다가 북한에 억류되었던 사람입니다."

"그냥 사실대로 말씀하세요. 괜찮습니다. 도와 드리겠습니다."

"사실이라니까요?"

어이없는 것은 나였지만 그도 어이없어하였다. 한참 동안 말다툼 후에 마지못한 직원은 내 인적사항을 작성하게 하였다. 그리고 지문을 찍고 본국으로 신원조회를 신청하였다. 나는 한 참을 기다렸다. 그러면서 잘 될 것으로 생각했다. 직원 말대로 내가 탈북자이면 남한으로 보내주면 될 것이고 내가 한국인이 증명되면 모든 것이 풀릴 것이었다. 때문에, 편안히 기다리고 있었다.

한 참 있다가 직원이 왔다.

"당신이 말한 이승기 씨는 지금 대한민국에 있어요. 그 사람 인적사항을 어떻게 알았어요?"

아주 불쾌한 듯이 퉁명스럽게 이야기하였다.

"내가 여기 있는데 어디에 있어요?"

내 목소리가 커지고 직원의 목소리도 점점 짜증 난다는 목소리로 커져서 서로 소리를 치게 되었다.

누가 문을 열고 들어왔다.

"무슨 일이야?"

직원은 그 사람에게 자초지종을 이야기하였다.

"저는 부영사 최진국입니다. 저에게 사실대로 말씀해 보세요."

그리고는 직원을 내보내었다. 나는 다시 한 번 직원에게 한 말을 대뇌이었다. 부영사는 알았다고 하고 잠시 나를 혼자 사무실에 기다리게 하였다.

최진국 부영사는 국가안전기획부 소속 화이트 요원이었다. 대한민국 국가안전기획부 일부 관계자들은 이미 이승기의 존재를 알고 있었다. 아주머니가 피격된 장소의 발자국을 북한 군인들이 지울 때 바닷가 쪽의 또 다른 발자국을 지우는 모습이 관측되었다. 이 사실은 실시간으로 보고되었고 우리 측 전문요원들이 분석에 들어갔다. 그 결과 또 다른 남자가 있었다는 사실을 밝혀내었다. 하지만 처음에 스스로 월북한 것인지 납북된 것인지 혹은 피격되어 사망한 것인지 파악되진 않았었다. 언론에는 이미 아주머니 혼자 피격된 것으로 보도되었고 검찰의 수사도 한 명만 있었다고 발표되었다. 추가로 발표하기엔 시기와 정확한 정보가 부족하였다. 그래서 안기부 대북 팀에서는 정밀 추적만 하고 있었다. 관광 회사의 명부를 일일이 확인하여 한 명씩 대조한 결과 이승기가 실종되었다는 사실도 알고 있었다. 하지만 대통령에게까지 보고되지는 않았다. 북한에서도 이 자에 대해 아무런 언급이 없었다. 상황파악을 하느라 시간이 흘러 버렸다. 안기부에서는 북한에서 이승기를 억류하고 있는 것으로 확신하고 북한 내부 움직임에 촉각을 세우고 있었다. 언젠가는 북한에서 협상 카드로 내놓을 것이라는 내부 의견도 있었지만 확실한 것은 아무것도 없었다. 상황은 미온적이되 차후 북한의 반응을 보며 역이용 카드로 활용할 계획이었다. 그런데 이 자의 신원조회가 러시아 블라디보스토크에서 온 것이다. 지문까지 일치하였다. 이자는 지금 북한에 있어야 했다.

국가 안전기획부 국제 파트와 대북 파트는 분주히 움직였다. 이게 무슨 일인지 확인하느라 바빴다. 대북 팀장은 최 부영사와 통화를 통해 이런 사실을 서로 교환하였고 블라디보스토크에 있는 자가 이승기가 확실하다는 결론을 내렸다. 국제 파트와 대북 파트가 신속히 회의하였다. 이런 사실을 대통령에게 보고하느냐 마느냐부터 어떻게 처리하느냐 까지 난상 토론을 벌였다. 이승기가 한국에 오면 금강산 피격 당시의 진실은 밝혀질 것이었다. 하지만 우리 국민 한 명이 북한에 억류되어있는 것도 모르고 안기부는 무엇을 하고 있었느냐는 질책을 국회와 국민으로부터 받을 것이었다. 알고 있었다면 여태까지 왜 숨겼느냐고 야당과 언론이 물고 늘어지면 마땅히 대응할 만한 방법이 없었다. 더구나 대북 관계가 교착상태에 있었다. 이러한 사실이 낱낱이 밝혀지면 여러 사람이 옷을 벗어야 하는 상황이 올 수도 있었다. 그자는 부모도 찾지 않는 상태였다. 정보기관만 숨기면 아무도 모를 수 있다는 것이 큰 매력이었다. 가뜩이나 대북 파트가 위축되어 있었는데 일이 꼬이게 되면 조직의 대대적인 축소도 감수해야 했다. 대통령에게 이런 사실을 지금까지 보고하지 않은 것에 대한 책임도 면하기 어려웠다. 좋게 볼 수도 있었지만 나쁘게 보면 수장까지 교체될 수 있는 상황도 고려해야 했다. 해서 안기부 차장들은 그자가 한국에 들어오지 않아야 한다고 최종결정했다. 국가안전기획부 제1차장은 잠시 눈을 감고 생각의 생각을 하였다.

"입국시키지 말도록 하세요. 지금은 시기가 아닌 듯합니다."
대북담당 차장에게 이야기하였다.
"완벽하게 정리하겠습니다."
대북담당 차장은 다시 대북팀장에게 이승기를 입국하지 못하도록 하라고 지시하였다. 팀장은 베테랑이었다.
"중국 러시아 국경 근처에서 도강하다가 신원미상 사망으로 처리하겠습니다. 차후에 신원이 밝혀지면 자유를 찾아 탈북하다 순국한 것으로 국가영웅이 될 것입니다. 그때 신원확인을 하여 보상을 하면 됩니다. 상황에 묻혀 나머지는 깨끗이 없어지게 될 것입니다. 돈 주면 싫다는 사람 없죠. 그 집에서도 보상을 충분히 하면 고맙다고 할 겁니다."
팀장의 머리는 빠르게 회전하였다.

블라디보스토크에 나와 있던 북한의 국가안전보위부 파견 요원들은 남한 영사관 최진국 부영사의 전화를 수시로 도청하고 있었다. 최 부영사가 남한 국가안전기획부 요원인 것은 비밀도 아니었다. 도청하는 과정에 이승기가 대한민국 영사관에 있다는 정보를 알게 된 북한 요원은 즉시 평양으로 이런 사실을 보고했다. 김성철 북한 국가안전보위부장은 깜짝 놀랐다. 중국으로 갔을 것이란 보고가 얼마 전인데 러시아에 그것도 한국 영사관 안에 있다니 이젠 그 자신의 신변을 걱정해야 했다.

'최고 지도자에게 무어라 보고를 한단 말인가?'

그는 즉시 참모를 소집하였다. 거기서도 난상 토론이 벌어졌다. 이승기는 지금 평양 근교의 특별 교화소에 있어야 했다. 그런데 평안남도 보위부장, 그도 보위부 소속이다. 이자가 아무것도 모르고 교화소 경비를 줄인다고, 교화소를 없애겠다고 상관인 보위부장에게 보고도 하지 않은 채 일을 저질렀다. 이승기를 청진으로 보낸 것도 평안남도 보위부장이 했지만 따지고 보면 자신의 책임도 있었다. 특별 교화소에만 있어도 협상 카드로 쓴 뒤 북한에 대한 긍정적인 선전용으로 사용 가능했다. 그가 탈출하여 러시아까지 갔다면 그의 머릿속에는 북한에 대한 부정적인 생각이 꽉 차 있을 것이었다. 이미 북한 선전용으로는 사용 불가능하다. 남한 정부의 식량 지원이 필요한 시점이었다. 남한정부는 금강산 피격사건에 대해 굴욕적인 사과까지 요구하는 상황이었다. 여기에 이승기가 나타나 군인 한 명이 아니고 두 명이, 서 있는 여자를 근거리 조준 사격하였다면 남한은 국제적으로 이 문제를 끌고 갈 것이었다. 대북 지원을 기대하기는 더욱 어려워질 것이었다. 가뜩이나 고립인 상태에서 국가적 고통은 계속될 것이었다. 남한 당국이 북한을 지원하고자 해도 국민 여론은 극도로 나빠질 것이었다. 그 여론을 무시하고 북한 지원에 나설 정부는 없을 것이었다. 앞으로도 상당 기간 남북 관계는 냉랭해질 것이었다. 그건 국가적인 문제이고 국가안전보위부장은 지금 진노할 최고 지도자에게 온 신경이 집중되어 있었다.

'최고 지도자는 이승기를 사용하겠다고 하는데 그자는 러시아에 있고……'

이승기가 탈북하여 러시아 한국영사관에 가있는 사실이 최고 지도자에게 보고되면 정치범 수용소로 갈 사람이 자신을 포함해서 한둘이 아니었다.

'탈북하다가 사망한 것으로 하자. 그것밖엔 방법이 없다.'

속으로 결심하고 있었다. 구체적으로 어떻게 실천하는지가 문제일 뿐이었다.

"지금 이자는 존재하지 않아야 합네다."

보위부장이 아끼는 부부장이 부장의 마음을 아는 것처럼 말했다. 그런데 한국 영사관에 있었으니 손을 쓸 수가 없었다. 그때 다급한 노크 소리가 들리며 부부장에게 쪽지가 전달되었다.

"부장님! 이상한 일이 일어나고 있습네다."

"뭐야?"

"블라디보스토크 우리 요원들의 도청 내용을 보면 남조선 국가 안기부에서 이자를 처리하려 한답니다."

"처리를 해? 왜?"

"쪽지 내용이 짧아서…… 더 확인 하갔습네다."

보위부장은 결론을 내렸다. 우리가 아니면 남조선에서 이자를 제거할 것이고 남조선의 위장 전술이라 하여도 기필코 이자를 제거하리라 마음먹었다. 그의 마음속에서 이승기는 이미 제거된 상태였다.

마음이 급한 북한 최고 지도자는 회의 중이던 보위부장을 다시 불렀다. 최고 지도자의 부름을 받고 지도자를 대면하였다.

"이승기 어디 갔지?"

"그게……"

"문제 있어?"

"예! 이승기 그자가 탈북하다가 강에서 사망했다고 합네다."

"뭐야? 어케 관리했는데 그런 일이 있어?"

지도자는 진노하였다. 그가 노하면 아무도 막을 사람이 없었다. 죽으라고 하면 죽는시늉이 아니라 즉시 죽어야 했다. 그래야 남은 가족의 목숨이라고 건질 수 있었다. 지도자는 아까운 협상 카드 한 장을 버린 것이 무척 아쉬웠다.

"관련자를 엄벌해 처해 조심하도록 하시오. 아깝고만……"

이 정도에서 마무리된 것은 보위부장으로서는 최고의 해결이고 행운이었다.

'이승기가 죽었다는 보고에도 이렇게 역정을 내는데 러시아에 있다고 보고했더라면……' 생각만 해도 끔찍했고 사망 보고를 한 것이 잘했다고 생각되었다. 한편으로 후련하였다. 다시는 그자에 관해 물어보지 않을 것이었다.

대한민국 영사관에서 나는 오전 내내 사무실에서 앉아 있었다. 이야기하고 기다리기를 반복했다. 따분하고 온몸이 굳는 것 같았다. 몸도 풀고 화장실을 가려고 사무실을 나왔다. 영사 건물 내에만 있으면 누구도 건드리지 못하는 안전지대라는 것쯤은 알고 있었다. 영사관 내의 벽에 걸려있는 그림도 보며 허리를 돌리기도 하며 몸을 풀고 있었다. 한 사무실에서 최 부영사의 긴장한 전화통화 목소리가 들렸다. 다급하면서도 소리를 죽이려 애쓰는 목소리였다. 사무실 문이 조금 열어진 곳에서 분명히 최 부영사 목소리였다. 몸을 숨겨 열린 문 옆으로 바짝 다가섰다.

블라디보스토크 남한 영사관의 최진국 부영사는 본국 국가안전기획부로부터 온 전화를 받고 있었다.

"예? 남한 이승기가 맞습니까?…… 아! 이자는 입국하면 안 된단 말입니까?…… 어떻게 …… 제거돼야 합니까?…… 알겠습니다. 방법이 있습니다. 제가 처리하겠습니다."

수화기를 천천히 내려놓았다. 최진국 부영사는 해외에서 북한 관련 업무를 주로 하여 북한을 비롯하여 각국 요원과도 안면이 있는 이 분야 전문가였다. 그는 이승기가 러시아까지 탈북했다면 북한 요원들도 그를 찾고 있을 것이라는 것쯤은 알고 있었다. 그때 대북 통신 감청팀 요원의 인터폰이 울렸다.

"부영사님! 긴급 비밀 내용입니다. 평양에서 이승기를 제거하라는 지령이 북한 보위부 요원들에게 하달되었습니다."

"그래? 지령자는?"

"북한 국가안전보위부장입니다."

"수고했어."

최 부영사는 뜻밖에 처리하기가 쉬워질 것임에 흐뭇해 하고 있었다.

나는 가슴이 철렁 내려앉았다.

'그래 뭔가가 있었어. 그래서 내가 북한에 억류되어있어도 아무도 찾지 않았어.'

살아야겠다는 생각에 앞서 국가가 나를 버렸다는 배신감에 눈물이 났다. 아무도 믿을 데가 없어졌다. 남과 북이 힘을 합쳐서 나를 죽이겠다고 하고 있었다.

'나의 잘못이 무엇이지?'

나라에 해가 되는 행동을 한 기억은 없었다. 나는 반역자도 아니고 죄인도 아니었다.

최 부영사는 곧바로 북한의 러시아 보위부 파견 책임자에게 전화를 걸었다.

"남한 최진국입니다."

"반갑습네다. 어쩐 일이십네까?"

"이승기가 여기에 와 있습니다."

"알고 있습네다."

서로서로 도청하고 도청당하고 있어 웬만한 정보는 서로, 공유 아닌 공유를 하고 있었다.

"그자는 지금 깨끗이 정리되어야만 남한과 북한 모두에게 도움이 될 겁니다. 동의하십니까?"

"전적으로 동의합네다. 기런데 지금 그자가 남한 영사관에 있는데 그쪽에서 정리해야 하지 않갔습네까?"

"이승기는 곧 여기를 나갈 겁니다. 그쪽에서 남한이나 북한이나 어느 곳으로도 입국되지 않도록 정리하시는 게 좋을 듯합니다.”

“언제 나옵네까?”

“우리 영사관을 나가면 즉시 전화 하겠습니다.”

“알겠습니다. 걱정 마시라요. 정리 지역은?”

“중국 러시아 국경 지역 근처로 하면 다음은 우리가 처리하겠습니다.”

북한 정보요원과 한국 요원 사이에 합작 사업이 이루어졌다.

최 부영사가 수화기를 내려놓기 전에 나는 화장실로 달려갔다. 화장실 변기에 앉아서 뛰는 가슴을 진정시키며,

‘침착하자. 침착하자.’

주문처럼 외웠다.

‘어떻게 한다?’

여기에서 안 나가겠다고 버틴다 해도 최 부영사는 어떤 방법이라도 동원하여 나를 제거할 것이었다. 지금 나가면 북한 요원들이 대사관 밖에서 나를 잡으려고 기다리고 있을 것이었다. 부르르 몸이 떨렸다. 심호흡만 오 분을 한 것 같았다. 천천히 화장실을 나가 얼굴에 물을 끼얹고 사무실로 들어갔다. 최 부영사가 혼자 앉아있었다.

“화장실 다녀왔어요?”

다정하고 부드러운 목소리다. 하나도 떨림이 없다.

“화장실이 깨끗하네요.”

화장실이 다 그렇지 특별히 깨끗한 것은 아니었다.

“이승기 씨 본국 조회를 해 보니 본인이 맞다고 연락이 왔습니다.

죄송합니다. 그동안 얼마나 고생이 많으셨습니까? 이제 안심하십시오."

그는 일어서서 손을 잡았다.

"그래요? 맞죠?"

나는 반가운 듯 연기를 하였다.

"예! 이승기 씨 고생하신 자세한 내용은 한국에 가서 이야기 주세요. 하루빨리 귀국할 수 있도록 비행기를 알아보고 있습니다."

"예! 고맙습니다."

맘에 없는 소리를 하려니 얼굴이 간지러웠다.

"빨리 가고 싶지 않습니까?"

"하루라도 빨리 한국에 가고 싶습니다."

"우선 제가 임시 통행증과 확인서를 발급해 드릴 테니 그것으로 비행기를 타고 한국으로 가세요. 한국에 도착하면 인천공항에서 우리 직원이 기다리고 있을 것입니다."

새빨간 거짓말이다. 통상적이라면 최 부영사가 공항까지 인솔하여 탑승까지 완료해야 할 것이었다. 하지만 최 부영사가 인솔하다가 북한 요원에게 이승기를 인계한다든지, 이승기를 빼앗기는 것처럼 북한 요원에게 넘긴다면 인솔 책임까지 져야 하는 상황이었다. 더욱 복잡해질 것이었다. 해서 공식적으로 이승기는 한국행 비행기를 타려다 실종 처리되어야 했다. 최 부영사는 콜택시로 이승기를 공항까지 보낼 계획이었다. 그러면 거기서 북한 요원이 알아서 처리할 것이었다. 최 부영사는 이렇게 완벽한 상황 전개에 흡족하였다. "오늘 여기서 쉬시고 비행기가 잡히는 대로 알려 드리겠습니다. 그러면 즉시 떠날 수 있도록 준비해 주세요."

"이렇게 많은 편의를 봐 주시니 정말 고맙습니다."

"당연히 우리가 해야 할 일인데요. 다시 한 번 조국의 품에 오게 된 것을 축하합니다."

2010년 3월 20일은 토요일이었다. 영사관 내에서 하루를 묵었다. 영사관 영내는 깨끗했고 쉬는 데는 부족함이 없었다. 하지만 하나도 머릿속에 들어오지 않았다. 한국 가는 비행기가 있다고 비행기 타러 가라는 이야기는 나보고 죽으러 가라는 말일 것이었다.

'지금 탈출을 해야 하나?'

하지만 지금 영사관 밖을 나간다고 해도 더 뾰족한 방법이 없었다. 지금 나가게 되면 남북한 전 요원이 나를 찾을 것이고 지리에 생소한 이곳에서 잡히는 것은 시간문제일 것이었다. 한 가지 방법이 있었다.

21일 일요일에는 영사관 직원이 출근하지 않아 경비원들과 나만 있었다. 내가 있어서인지 나를 감시하려고 하려는 것이었는지 평소보다 경비가 많다고 하였다. 또 다른 직원도 출근하여 내 편의를 봐준다며 내 주위에서 얼쩡거리는 것을 보니 최 부영사의 지시를 받은 듯했다. 오전 열 한시 경이 되어 최 부영사가 영사관으로 왔다. 오후에 비행기가 있다며 안내를 하겠다고 했다.

"벌써요? 벌써 출발할 수 있나요?"

나는 월요일쯤 출발할 것으로 생각하고 있었다.

"벌써라니요? 오늘 오후 비행기가 준비되어 있습니다. 전부 조치해 놓았습니다. 비행기장에 가면 안내하는 직원도 준비되어 있습니다. 아마 출입구에서 기다리고 있을 겁니다. 제가 같이 가면 좋겠지만 할 일이 많아서 콜택시를 불러 드리겠습니다."

"정말 감사합니다."

"이게 우리 일인데요 감사하긴요?"

가증스러운 최진국 부영사의 얼굴에 미소가 흘렀다.

"부 영사님! 돈이 조금 필요한데요. 혹시 마련해 주실 수 있을까요?"

"아 그러시겠죠. 걱정 마십시오. 얼마 정도면 되겠습니까? 정부에서 일부 지원도 됩니다. 그렇게 고생해서 자유를 찾아오셨는데요."

최 부영사에게는 업무 추진비가 있었다. 판공비도 있어서 이런 상황에 임의로 쓸 수 있는 돈은 충분하였다. 최 부영사는 임시 통행증을 비롯한 서류를 봉투에 담긴 채 주었다. 마치 내게 엄청난 친절과 협조를 하는 것처럼.

"여행증명서, 신분증명서, 그리고 오백 달러……"

부영사는 봉투 안에 있는 것을 일일이 보여 주며 보란 듯이 확인하였다.

"천 달러 정도 주시면 안 되겠습니까? 없으면 빌려 주세요. 한국에 가서 갚을 테니, 뭐 좀 살 것도 있고……"

잠시 망설이던 최 부영사는 양복 안쪽 주머니에서 오백 달러를 더 주었다. 나는 백 달러 아홉 장과 십 달러로 열 장을 깨끗한 돈으로 주라고 하였다. 살짝 못마땅한 표정을 짓던 최 부영사는 내색하지 않으려 애쓰며 내가 원하는 대로 준비해 주었다. 그는 친절하게도 공항에 내려 비행기 표 끊는 장소와 방법을 알려주었다. 공항건물 내부 구조까지 세세하게 설명하였다. 처음에는 본인이 모셔다 드릴 걸 그랬다고 해서 내가 혼자 가겠다고 했다. 한번 대답하니 그러면 그렇게 하시라고 하며 바로 택시를 불러주겠다고 했다. 부영사는 어디에 전화하여 콜택시를 불러 주었다. 나를 공항까지 잘 태워주라고 하였다고 했다. 택시비에 팁까지 얹어 주었다. 택시 기사에게 무엇이라고 하였지만 나는 알아들을 수 없었다. 최 부영사의 배웅을 받으며 택시가 움직였다. 택시가 안 보일 때까지 최진국 부영사는 영사관 앞에 서 있었다.

택시가 영사관을 떠나 건물 모퉁이를 돌아가자마자 택시를 세웠다. 택시 기사에게 돈을 보여주며 물건을 사야 한다고 손짓 발짓을 하였다. 안된다고 하는 표정과 태도이었다. 물건을 사겠다고 그림을 그려가며 백화점을 가자고 하였다. 막무가내로 내가 내릴 자세를 보였더니 택시 기사는 마지못해 백화점 앞에 택시를 세웠다. 내리면서 나는 팁으로 십 달러를 주었다. 그냥 가도 된다고 하고는 나는 태연하게 백화점 안으로 들어갔다. 그리곤 후문으로 나와 다른 택시를 탔다. 역시 그림을 그려가며 기차역으로 가자고 하였다. 블라디보스토크 기차역으로 갔다. 기차역 시간표를 어떻게 보는지 어떻게 표를 끊는지 당황하기만 하였다. 대기실을 계속 돌아다녀 동양인을 찾았다. 한국인을 어렵사리 찾을 수 있었다. 부산에서 온 젊은 연인에게 차표 끊는 것을 부탁했다. 모스크바까지 가는 것을 끊어 달라 했다. 표 끊는 것은 복잡했다. 여권도 주어야 했다. 나는 중국 여권을 주었다. 내 여권을 보더니 놀란 표정이다. 한국인이 아닌 것에 다소 놀랐나 보다.

"조선족입니다."

"예."

그는 다소 떨떠름해 하면서도 친절을 잃지 않았다.

"어떤 종류를 끊을까요?"

"싼 걸로……"

'쁠라츠까르따'라고 하는 6인실을 구했다. 2인실, 4인실은 6인실에 비해 비싸고 6인실은 개방되어 있을 뿐이었다. 다 침대칸이었다.

열차는 블라디보스토크에서 모스크바까지 시베리아를 횡단한다. 거대한 기차가 먼 거리를 간다. 열차 시설은 좋은 편이었다. 이것저것 따질 형편도 되지 않았지만 따뜻한 식수도 있고 씻을 물도 있었다. 산속에 땅굴을 파고도 살았던 나다. 그에 비하면 모든 것의 환경은 완벽할 만큼 좋았다. 육 인실은 네 명은 한쪽으로 이층 침대 두 개를 사용하고 두 명은 창가 쪽으로 떨어져 탁자를 접으면 침대 두 개가 만들어졌다. 밤에는 창가 쪽의 탁자를 접고 침대를 내려서 침대로 사용하고 낮에는 침대를 접고 탁자를 펼쳐 탁자로 사용했다. 나의 자리는 안쪽 이층 침대의 이 층이 내 자리였다. 개방이라고 해도 전 객차가 완전 개방은 아니었다. 여섯이 개방된 칸막이에 있는 정도가 맞을 것이다. 사 인실이 문이 있는데 육 인실은 문이 없고 칸막이만 있었다. 주위에 마음 좋은 사람들이 오기를 간절히 바라는 순간 기차가 출발하였다. 검문은 종종 있는데 중국과 러시아 사이가 좋아서인지 무비자인 데다가 특별하지 않으면 무사통과였다. 하지만 한국 대사관에서 만들어준 임시 여행증과 신분증은 따로 배낭에 보관하고 있었다.

천천히 기차가 움직인다.

'나는 지금 한국행 비행기에 있어야 맞다. 이것은 내 계획이 아니다. 신의 계획이다. 한국영사관만 가면 다 될 줄 알았는데 어떻게 해야 하나? 고향은 언제 갈 수 있을까? 어머니는 언제 만날까?'

블라디보스토크의 북한 보위부 요원들은 이승기가 택시에서 내리길 기다리고 있었다. 약속된 비행기가 이륙할 때까지 이승기는 나타나지 않았다. 북한 요원들은 남한 최 부영사에게 속았다고 생각했다. 최 부영사는 북한 요원의 항의 전화를 받았다. 부랴부랴 콜택시 기사와 통화를 하면서 이승기가 공항 가는 중간에 사라진 것을 알았다. 북한 요원에게 애써 설명을 해도 듣지 않으려 하였다. 험악한 말들이 오고 갔다. 북한 요원들은 이승기가 비행기나 배로 한국으로 갈 것으로 생각하고 공항과 항만에서 사 일을 잠복하였지만, 이승기는 나타나지 않았다.

7부

시베리아 횡단 열차

블라디보스토크를 떠나는 기차 안은 차를 타기 전부터 시끄러웠다. 즐거운 웃음소리도 간간이 들리고 어린아이들의 맑은 목소리도 들렸다. 나는 창밖을 보고 있었다. 모든 게 허탈했다.

'우리나라 정부를 못 믿으면 누구를 믿을 것인가? 나는 철저히 버림받았다. 버려져도 좋지만 나를 해치려 하고 있다. 혹시 이 기차에 누군가 나를 쫓아 타고 있지는 않을까?'

충분히 가능한 사람들이다. 북한 요원도 나를 잡으려 하고 나를 누구보다 보호해야 할 남한 정부도 나를 잡으려 한다. 차라리 중국에서 살았더라면 살기 위해 도망 다니는 일은 없었을 것이었다. 그렇게 하지 않은 것은 내가 선택한 것이었다.

'보고 싶은 어머니! 이젠 어떻게 만나나?'

3월 말경이지만 밖은 완전히 겨울이었다. 눈이 쌓인 벌판에 또 눈이 오고 작은 집들이 보인다. 누군가 살 것이다. 저마다 이런저런 이야기

를 간직하고 살아갈 것이다. 나도 그런 사람처럼 하나의 이야기가 있는
것이다. 내가 지금 특별한 경험을 하는 것은 아니다. 나보다 더 큰 사
연을 품고 사는 사람도 있을 것이고 나보다 더 큰 아픔과 위험에 노출
되어 사는 사람도 많을 것이다. 눈을 감고 호흡에 집중한다. 천천히 하
나씩 떠올리며 점검했다. 방법이 있을 것이다.

'나는 지금 무엇을 해야 할 것인가?'

할 일이 생기면 그것을 매 순간 하나하나씩 해 나가면 된다. 아직 그
게 무엇인지 몰라서 일 뿐이다. 지금 여기에서 시작하면 된다.

'슬픔은 다음으로 미루자. 누군가 그리운 마음도 다음에 하자. 지금
은 살기 위한 시간이다.'

주위를 보니 하나둘씩 자기 자리를 찾아 짐을 놓고 앉아 있었다. 창
가 쪽은 낮에 침대를 접고 앉아 있어야 하는 것처럼 안쪽도 낮에는 일
층 침대에 앉아 서로 방해하지 않으려 하며 생활하였다. 침대 위쪽으
로 짐을 놓을 수 있는 선반이 마련되어 있었다. 나도 단 하나인 배낭
을 선반에 올려놓았다. 내 자리 밑에 일 층엔 아줌마, 맞은 편 일 층은
아저씨, 그 위에 이 층엔 젊은 여성이 자리 잡았다. 창가 쪽은 두 자리
인데 일 층만 청년 한 명이 있었다. 어느 역에선가 누가 앉을 수도 있
을 것이고 어느 역에서 누군가 내릴 수 있을 것이다. 나와 내 앞자리
이층 처녀는 아저씨 아주머니와 함께 일층 침대에 앉았다. 다른 자리
에는 동양 사람이 여럿 있었는데 우리 자리에는 전부 러시아 사람들
이었다. 아저씨와 아주머니는 특유의 러시아 말투로 웃고 떠들고 있었
다. 아저씨는 오십 대 중반으로 보였고 아주머니도 그 정도 이거나 오

십 대 초반 정도로 보였다. 서로 이름을 말하며 소개부터 하였다. 어디나 서로를 아는데 기본인 것 같았다. 아저씨는 예고르, 아주머니 이름은 이리나라고 했다. 젊은 처녀는 안나라고 하였는데 창가 쪽 젊은 청년도 자기소개하였다. 보리스였다. 활발한 성격인 것 같았다. 우리 칸엔 동양인이 없다고 하자 동시에 나를 가리키며 네가 있지 않으냐고 하였다. 맞았다. 나는 다른 얼굴을 하고 있었다. 지금 나는 누군가가 찾으러 올지도 모를 상황이었다. 보이지 않는 사람이 되어야 했다. 이 사람들과 이 환경에 동화되어 똑같은 모습을 해야 한다. 숲 속의 뱀처럼 보이지 않도록 나의 색깔을 주위 색깔과 같게 만들어야 한다. 그래야 나를 숨길 수 있었다.

나는 나를 '조철승'이라고 소개하였다. 중국 조선족이며 중국에서도 오지에 살아서 중국말은 잘못하고 조선말을 쓴다고 얼버무렸다. 그것이 가능한 일인지는 나도 몰랐지만, 그것을 따지는 사람은 한 명도 없었다. 영어로 대화하려고 시도하려고 조금씩 사용하면 거의 할 줄 몰랐고 안나와 보리스만 조금씩 알아듣는 눈치였다. 차장이 두 명 있었는데 아줌마와 처녀인 듯했는데 친절은 하지만 그들도 영어는 하지 못했다. 내가 있는 사람들과 인사를 하고 기차 구조와 우리 칸 전체 탐색에 나섰다. 화장실을 가겠다고 일어섰다. 그리고 화장실을 앞, 뒤로 확인하고 그 안에 구조도 살펴보았다. 물은 잘 나오는데 물 나오는 관 아래에 꼭지가 있어 이 꼭지를 누르고 있어야 물이 나왔다. 세면대는 그냥 물이 빠져나가게 되어있었다. 물을 아끼려 그러는 것으로 생각했다. 이런 상태로 다른 사람들은 세수를 어떻게 할지 궁금했다. 나는 과자 봉지 두 개로 해결하였다. 하나는 세면대 구멍을 막고 하나는 꼭지를 계속 누르고 있도록 묶어 머리 따로 감고 세수 따로 하고 마지막으로 물을 받아 샤워까지 했다. 다른 사람들은 불편할지 몰랐지만 나는 전혀 불편을 느끼지 못하였다. 화장실 옆으로 객실 바깥 부분 객차 연결 부위에 기차 타고 내리는 승강문은 닫혀있었지만, 공간이 있었다. 이곳에서 담배 냄새가 많이 나는 것으로 보아 사람들이 객실 바깥인 이곳이 흡연공간으로 이용되고 있음을 알았다. 이곳을 나는 제자리 달리기와 몸 전체 스트레칭 할 수 있는 나의 체력 단련실이라고 이름 붙였다. 객실 자리는 쉰 네 자리가 있었는데 아직 빈자리가 열다섯 개 정도 있었다. 유치원생 정도 아이는 두 명이었고 사춘기 소녀가 한 명이며 나를 빼고 열한 명의 동양인이 있었다. 혹시나 해서 한국말을 건네 봤더니 외모는 동양인이지만 대부분 러시아 사람이었다. 중국인이 네 명이었다. 우선 안심이다. 이 사람들의 인상착의부터 익혀 외웠다. 중간에 오르고 내리는 낯선 동양인이 있다면 먼저 내가 알아차릴 것이었다. 우선 러시아 문자를 배워야겠다고 생각했다. 러시아 말도 할 줄 알아야 했다. 이것은 회화가 아니라 나의 생존의 문제였다. 안나는 나보다 나이가 많게 보였지만 젊은 여자라고 어색하였다. 보리스에게 러시아 키릴 문자를 배웠다. 영어에서 조금 다른 것과 읽는 법을 배웠는데 생긴 것이 처음에만 이상했지 금방 배울 수 있었다. 보리스는 빨리 배운다고 감탄이지만 영어를 배운 덕이었다. 회화는 유치원생 아이와 우리 방 사람들에게 배우기로 했다. 옆 방 작은 남자아이가 눈에 들어왔다. 글렙이고 일곱 살이었는데 개구쟁이였다. 어머니와 같이 가는데 뛰어다닌다고 은근히 다른 사람들의 눈총을 받고 있었다. 나는 아침부터 글렙과 같이 놀다시피 하였다. 글렙의 말을 똑같이 따라 하면 글렙은

깔깔대고 웃었다. 나는 언어를 배우기 위한 것이었다. 조금 더 알고 싶은 것은 안나나 보리스에게 물어보면 친절하게 가르쳐 주었다. 내가 러시아 말을 배우려 하는 것이 기특했는지 너무 가르쳐 주려 애썼다. 나는 거의 쉬는 시간이 없었다. 앉아서 쉴 새 없이 러시아어로 이야기하고 아이와 놀면서 회화 배우고 운동을 하다 보니 하루가 금방 지나갔다. 기차는 역마다 정차하는 것 같았다. 어떤 역은 서자마자 출발하고 어떤 역은 삼십 분 정도 정차하였다. 나는 주로 컵라면과 정차하는 역에서 파는 빵을 사 먹었다. 예고르 아저씨는 술을 가져오셔서 마셨다. 원래 안 된다는데 조금씩 먹는 사람이 있었다. 나에게 술을 권하여 아주 조금 한 모금 마셔보고 사레가 들려 한참 힘들었다. 그 한 모금에 온몸에 열이 나서 옷을 거의 벗어야 했다. 밖은 겨울이었지만 기차 난방은 아주 잘 되어서 대부분 반발에 반바지를 입고 생활하였다. 안나와 보리스는 무척 친해진 것 같았다. 계속 붙어 있으며 뭐가 좋은지 온종일 같이 웃는 모습만 본 것 같았다. 나와 이리나 아주머니와는 모스크바까지 같이 갈 것이고 다른 사람들은 나보다는 일찍 내릴 계획이었다. 잠자리는 너무 편하였다. 내게는 모든 것이 깨끗하고 안락했다. 편하다는 것은 상대적인 것 같다. 이런 잠자리라면 계속도 잘 수 있을 것이었다. 예고르 아저씨가 코를 골고 안나의 짧은 복장이 신경 쓰였지만 나만 그렇지 아무도 서로 신경 쓰는 사람은 없었다. 객실에 몇 명은 심하게 코를 골았는데 그거에 대해 불평하는 사람도 없었다. 누워 자기 전에 온종일 암기하였던 러시아 말을 상기시키며 잠자리에 들었다. 전부 떠올리고 자려 했는데 너무 잠자리가 편해서 러시아 말을 생각하다가 잠이 들었다. 평소 습관대로 아침에는 다섯 시면 눈이 떠졌다.

남들이 화장실을 이용하기 전에 화장실을 이용하고 샤워까지 끝냈다. 아침 운동을 하고 있으면 담배를 피우려는 사람들이 한둘씩 모여들었다. 내가 자리를 비켜주면 그들이 거기서 흡연을 하였다. 객실에 제공되는 뜨거운 물을 컵라면에 부어 놓고 다시 침대에 누워 버티기를 하며 근력을 길렀다. 너무 일찍 일어나 다른 사람들이 다 자고 있어서였다.

운동하고 명상하는 것에 즐거움을 넘어 중독된 나였다. 몸이 나날이 달라져 왔고 예전의 내 몸이 아니었다. 건강만 생각한다면 한국에 있을 때보다 월등히 건강해졌다고 할 수 있었다. 불린 컵라면으로 식사했지만, 그것도 맛있는 음식이었다. 한국 상표가 붙어 있는 라면과 과자는 많았다. 하지만 애써 보지 않으려 했다. 역마다 다양한 라면이 있고 쏘시지나 닭, 간간이 역에서 구운 생선 등 먹을 것은 풍족했지만, 돈을 최대한 아껴 썼다. 일어나서 잠이 들 때까지 러시아 말만 사용하던지 손짓으로만 대화를 나누다 보니 이른 시일 안에 간단한 러시아 회화가 되는 듯했다. 보리스와 안나는 연신 나를 치켜세우며 대단하다고 하였다.

평양의 국가안전보위부장은 블라디보스토크에서 이승기를 제거하는데 실패했다는 사실을 보고받고 몸을 부들부들 떨었다. 이미 최고 지도자에게 사망하였다고 보고 하였는데 아직 살아 있다는 사실은 그의 생명이 달린 문제였다. 그는 중국에 있던 체포조 팀장 김성철 요원에게 이승기의 흔적을 찾으라고 지시하였다. 러시아에서 오래 생활한 최정예 요원에게 이승기를 찾아 신속히 제거하라고 명령하였다. 이에 반해 한국 영사관의 최진국 부영사는 느긋하였다. 그가 받은 명령은 이승기가 입국하지 말라는 것이었는데 지금 실종상태이지 입국한 것은 아니었다. 더구나 북한 쪽에서 더 열을 올려 제거하려 하고 있기 때문에 가만히 있으면 저절로 해결될 일이었다. 남한에서 공식적으로 이승기는 국내 거주하고 있었고 국내에 입국하여 노출만 되지 않는 한 큰 위험이 되지는 않았다. 그때 처리해도 늦지 않았다. 그러나 그 전에 북한 요원들이 이승기를 찾아서 제거해 줄 것이라 믿었다. 오래전부터 러시아와 북한은 동맹국이었고 지금도 그 전통은 이어져 있어 정보 분야의 협력은 남한과 러시아보다는 북한과 러시아의 관계가 훨씬 밀접하였기 때문이었다.

중국의 김성철은 조선족 마을을 샅샅이 뒤져 기어이 이승기의 흔적을 찾아내었다. 이승기의 양아버지를 고문하여 그가 여권을 만들어 준 사실도 밝혀내었다. 아무리 북한과 중국이 혈맹이라지만 이것은 엄연히 불법이었다. 하지만 김성철이 중국에 입국한 자체가 불법이었고 중국에서도 은근히 골치를 앓고는 있지만, 아직 이의를 제기하지는 않고 있었다. 김성철이 얻은 정보는 러시아에 있는 북한 보위부 파견 요원들에게 급속히 전파되었다. 남한에서 발급한 이승기의 흔적만 찾던 요원들은 블라디보스크역에서 조철승이 여권을 이용해 발권한 사실도 알아냈다. 시간만 남았다. 북한 보위부 요원 최정예 암살조 두 명은 자동차를 빌려 기차를 따라잡기 위해 모스크바를 향해 전속력으로 달렸다. 그들에게는 기차가 역마다 도착하는 시간이 적혀있는 시간표가 있었다. 삼 일이나 사 일이면 따라잡을 수 있을 것이었다.

블라디보스토크를 떠난 지, 만 사흘이 지났다. 열차는 울란우데에서 이십오 분 정차하고 아침 일찍 출발하였다. 바이칼 호수를 끼고 점심때쯤 이르쿠츠크에 도착해서 삼십 여분을 정차하였다. 이렇게 오 분 이상 정차 하는 역에서는 기차에서 내려 좌판에서 먹을거리를 사 먹을 수 있고 스트레칭을 할 수도 있었다. 그래서 정차 시간이 길면 무조건 내렸다. 기차 안의 승객 모두가 내렸다. 서로 스트레칭을 도와주고 일광욕을 즐겼다. 임시 장에서는 먹을 것을 사기도 했다. 스카프나 모자 같은 간단한 옷을 팔기도 하였다. 우리 칸에서는 예고르 아저씨가 내리고, 바실리사 아줌마가 새로 탔다. 무척 뚱뚱한 편이라고 생각했는데 많은 러시아 아주머니나 아저씨 몸매는 대부분 뚱뚱한 편이었다. 아저씨들은 햇빛만 보이면 웃통을 벗고 다녔다. 배가 나오던 살이 접히든 상관하지 않았다.

이르쿠츠크에서 많은 사람이 내리고 탔다. 관광하기에 좋은 도시인 듯싶었다. 기차가 출발하기 직전에 올라탔다. 그리곤 항상 우리 객차 인원변동을 살폈다. 열다섯 명 이상의 승객이 바뀌었다. 그중에 동양인 모습을 한 인원은 특별히 살폈다. 이상한 행동이나 지나치게 다른 사람에게 특히 나에게 관심이 있는 사람은 없는지 큰 역마다 확인하였다. 매일 러시아 말을 배우기 위해 글렙과 놀고 있었다. 가끔 우리 칸에 있는 승객이 아닌데도 우리 칸을 지나갈 수 있었다. 나도 다른 칸을 가보고 이 인실과 사 인실 내부는 아니더라도 곁에서 구경하러 일부러 지나가 보았었다. 낯선 사람들에게는 항상 의심의 눈초리를 숨기고 동태를 살폈다. 이상이 없다고 판단되어야만 안심하였다.

열차가 이르쿠츠크에서 출발한 뒤 삼십 분쯤 뒤에 낯선 남자 한 명이 우리 칸으로 들어왔다. 흔한 러시아 사람들의 복장이었지만 얼굴은 황색의 동양인이었다. 객실로 들어오면서도 연신 두리번거리며 각 객실을 훑어보고 있었다. 나는 직감적으로 이상하다는 생각이 들었다. 그자가 다 지나갈 때까지 글렙과 고개를 숙이고 얼굴을 가리며 인형 놀이를 하였다. 그자가 지나가자 글렙을 자리로 보냈다. 낮에는 잘 오르지 않던 이 층 내 침대 위로 올라갔다. 침대 위의 배낭에서 긴 바지를 꺼내었다. 긴 바지 오른쪽 주머니 안쪽에는 젓가락 집이 붙어있었다. 열 개의 끝이 갈아져 날카로운 젓가락이 바르게 꽂혀 있었다. 그 순간 그자가 다시 간 곳의 반대편에서 오더니 나의 자리를 확인하듯이 나를 쳐다보았다. 잠시 눈이 마주쳤다. 나는 고개를 들고 그를 똑바로 바라보았다. 십 여분 뒤에 다시 지나가며 나를 쳐다보았고 반대편에서 다시 한 번 내 자리를 확인하였다. 그가 가자 나는 바로 긴 바지를 들고 화장실로 들어갔다. 반바지를 벗고 긴 바지로 갈아입었다. 바르게 꽂혀있던 젓가락을 거꾸로 꽂았다. 젓가락 집은 바지 안쪽에 붙어있고 젓가락도 바지 안쪽에 꽂혀 있었다. 젓가락의 삼 분의 일 부분은 바깥으로 나와 있어 언제든지 빼 들 수 있게 바지에 구멍을 뚫어 놓았다. 긴 바지에 긴 팔 티셔츠를 입었다. 다른 칸 승객이 두 번씩이나 지나가는 경우는 드물었다. 다시 자리로 와서 침대에 엎드려 복도를 보고 있으려니 다시 그가 오고 있었다. 내가 이렇게 아무렇지도 않은척할 수 있는 것은 지금은 낮이고 이 객실은 개방되어 있었다. 우리 육 인실에는 나 말고 네 명의 눈이 있었다. 그자는 아직 누구에게도 함부로 행동하지 않으리라고 생각했다. 그리고 이번엔 내가 그를 파악하였다. 전형적인 러시아 사람의 복장이지만 객실 안에서 지퍼를 올린 점퍼를 입고 있었다. 객실 안의 난방은 매우 양호하여 반소매나 반바지를 입고 있었고 정차 시에 기차에 내릴 때에만 두꺼운 외투를 입었다. 밖은 겨울 날씨였다. 하지만 이 자는 겨울 외투를 입고 지퍼까지 올리고 있었다. 손에는 검은 장갑을 끼고 있었다. 더구나 지금 세 번째 왔다 갔다 하고 있었다. 충분히 의심이 가는 자였다. 내가 기차에서 내려야 할 것도 같았다. 하지만 나는 여기 러시아에서 기차표도 끊지 못한다. 해보지 않았다. 나는 내 자리에서 내려와 창가 쪽 빈자리의 일 층에 앉았다. 어깨를 풀고 당황하지 않으려 했다. 긴장하지 않으려 했다.

'침착하자. 침착하자.'

주문을 외우듯이 나에게 타일렀다. 내가 창가 쪽에 계속 앉아있자 보리스가 나와 자리를 바꾸면 어떻겠냐고 하였다. 그가 안나와 마주보며 가고 싶어 한다는 사실을 우리 모두 알고 있었다. 그래서 나는 창가 쪽 일 층으로 가고 보리스가 안나 맞은편 안쪽 이 층 내침대로 올라갔다. 보리스는 무척 고마워하였다. 자리를 바꾼 것은 안나와 같이 있게 하려고 배려한 것이 아니고 일층 침대이어야 내가 움직이기 쉬워서였다. 밤이 되어도 그는 다시 오지 않았다. 내가 틀린 것일 수도 있었다. 하지만 오늘 밤은 숙면을 취하기 어려울 듯하였다. 눈을 감고 있어도 조그만 발걸음 소리라도 나면 오른손은 허리의 젓가락을 잡고 동태를 살폈다. 밤 열두 시가 지났는데도 별 이상 징후는 없었다. 발걸음 소리에 눈을 뜨니 차장 누나였다. 이제 잠을 자도 되겠다 싶었다. 괜한 걱정만 한 것 같았다.

그때 객실 문이 열리며 기차 바퀴 소리가 커졌다가 작아졌다. 나는 젓가락을 빼 오른손에 쥐고 있었다. 연습한 대로 뾰족한 부분을 손바닥 한가운데 오게 하여 엄지로 움켜쥐었다. 젓가락은 가운뎃손가락을 타고 무거운 부분이 바깥으로 나와 있었다. 이렇게 던지는 것이 제일 잘 맞았고 속도도 빨랐다. 그대로 던질 수도 있고 힘을 실리려면 어깨 위로 올렸다가 몸을 틀면서 던지면 힘이 세졌다. 누군가 나를 해하려 한다면, 내가 상대방을 해쳐야 내가 살 수 있다면 그렇게 할 것이었다. 앉으려 하다가 나에게 가까이 오면 일어나 앉음과 동시에 젓가락을 던질 계획이었다.

남자는 조금도 망설이지 않고 뚜걱뚜걱 걸어왔다. 바로 내 앞에서 등을 보이고 섰다. 일어나야 하는지 계속 누워있어야 하는지 잠시 망설이고 있었다. 누워있는 나는 그의 다리를 볼 수 있었다. 낮에 세 번이나 왔다 갔다 한 자였다. 우리 육 인실 안쪽에 이층 침대엔 지금 아무것도 모르는 네 명이 자고 있었다. 오른쪽 주머니에서 소음기가 붙은 총을 들더니 홑이불을 덮고 있는 보리스의 가슴과 배를 향해 세 발의 소음 총을 쏘았다.

"슉! 슉! 슉!"

그리곤 아무 일도 없다는 듯이 온 곳으로 돌아갔다. 그다지 빠른 행동도 아니었고 차분하게 기계적인 행동이었다. 나는 비겁하게 꼼짝도 하지 않고 누워있었다. 거기는 내 자리였다. 보리스와 자리를 바꾸지 않았다면 내가 죽어야 했다. 적어도 확인은 하고 총을 쏠 것으로 생각했었다. 내가 아니면 갈 것으로 생각했는데 그는 낮에 확인한 자리에 나일 것으로 생각하고 얼굴도 확인하지 않고 총을 쏘았다.

'보리스가 나 때문에 죽었구나!'

자리를 바꿔주었다고 연신 고마워하던 보리스가 생각났다.

'바꾸지 말 것을……'

난 죄책감에 몸서리쳤다. 그러면서도 이 일을 어떻게 처리해야 하는
지 걱정하고 있었다. 내가 지금 신고하게 되면 내가 의심받을 수도 있
고 내 신분이 탄로 날 위험도 있을 것 같았다. 그렇게 되면 남북한 요
원들이 동시에 나를 암살하려 좇아 올 것이었다. 상황이 나에게 복잡
해질 것이 우려됐다. 다른 사람이 발견하고 다른 사람이 신고하도록 기
다리기로 하였다. 손이 떨려오고 이불 속에서 누구도 듣지 않게 흐느
꼈다. 무섭기보다는 나 대신 보리스가 죽었다는 죄책감이 더 컸다. 그
자를 용서하지 않을 것이다. 지금이라도 뒤따라가 젓가락을 던지고 싶
었다. 그런데 내 발이 떨어지지 않았다. 어금니를 깨물었다. 나 자신이
한심하기도 하고 화가 났다. 그렇게 연습하였지만, 총을 든 사람이 눈
앞에 있지만 움직일 수 없었다. 온몸이 굳어버렸다. 그자가 나를 쏜다
해도 가만히 있을 것이었다. 총은 상상외로 무서웠다.

 기차가 어둠 속에 다음 역에 정차하였다. 작은 역이었다. 옆 객차에
서 검은 그림자가 내리는 것이 보였다. 점퍼를 입은 모습이 그자였다.
손을 점퍼 주머니에 찔러 넣고 걷는 것이 그 자임이 틀림없었다. 나는
반사적으로 열차에서 내렸다. 어디서 이런 용기가 났는지 몰랐지만, 보
리스에 대한 죄책감 때문일 것으로 생각했다. 나는 분노하고 있었다.
역은 작았고 내리는 사람의 거의 없는 데 어둠 속으로 사라지려 하는
한 남자가 보였다.
 '그자이다!'
 그는 여행객이 가는 일반적인 출구로 가지 않고 반대편으로 움직였
다. 뒤를 한 번 보더니 정차되어있는 화물차 밑으로 몸을 굴려 통과하

고 있었다. 그자가 총을 쏜 자인지 완벽하게 알 수 없었다. 나는 빠르
게 뒤따라 화물차 밑을 기어 통과 하였다. 그자가 십여m 앞에 걸어가
고 있었다.

"아저씨!"

내가 한국말로 소리치자 그가 반사적으로 뒤돌아보았다. 분명 그자
였다. 나를 보는 순간 흠칫 놀라는 모습이 순간적으로 감지되었다. 그
순간 나는 빼 쥐고 있던 젓가락을 소프트볼 던지듯이 아래에서 바로
그의 얼굴을 향해 던졌다. 이 자는 총을 들고 있기에 속도가 필요했
다. 얼굴을 향해 던졌는데 그는 목의 오른쪽 윗부위를 두 손으로 잡았
다. 젓가락이 목의 오른쪽 부위에 꽂혔다. 또 다른 젓가락을 다시 던
지려 하였는데 그의 목에서 검은 피가 솟구치는 것이 보였다. 그는 목
을 잡고 주저앉았다. 그자가 주저앉자마자 뒤로 돌아 뛰었다. 막 출발
하여 조금씩 움직이는 열차에 헐떡이며 올랐다. 다부진 체격에 차분한
것처럼 보이지만 번뜩이는 눈매가 사진처럼 생생하게 머릿속에서 떠
나질 않았다. 솟구치는 검은 피를 흘리며 목을 잡고 주저앉는 모습이
계속 떠올랐다. 아마 평생 남을 것 같았다. 하지만 그자는 나를 죽이
려 하는 자이다. 내가 죽이지 않으면 내가 죽어야 한다. 나 스스로 다
독였다. 그는 나를 죽이려 하였고 나 대신 보리스가 죽었지만 내가 죽
은 것이나 다름없었다.

'누굴까? 남한 사람일까, 북한 사람일까?'

왜 도망가는 나를 여기까지 쫓아와서 죽이려 하는지 알 수 없었다.
내가 그렇게 큰 잘못을 저질렀단 말인가. 앞으로 나를 해치려 하면 절
대로 가만있지 않겠다고 다짐했다. 오지 않는 잠을 눈물을 흘리며 명

상을 하다가 잠이 든 듯 만 듯 밤을 새웠다.

'그자는 죽었을까?'

아마도 죽었을 것으로 생각했다. 더욱 잠이 오지 않았다. 떨리기도 하고 계속 눈물만 났다. 그자의 마지막 모습이 계속 떠올라 몸서리치며 밤을 새웠다. 울지 않겠다던 다짐은 다시 연기했다. 오늘 이후로 울지 않을 것이라고 다짐했다.

온 밤을 하얗게 새워 선잠이 막 드는 순간, 이리나 아주머니의 비명이 들려왔다. 이어 안나의 통곡 소리가 우리 객실에 퍼졌다. 곧이어 차장 누나가 오더니 곧이어 녹색 유니폼에 노란 견장을 찬 경찰이 왔다. 보리스는 가슴에만 세 발의 총을 맞고 사망했다. 그의 피가 이리나 아주머니 이불로 떨어져 있었다. 피를 본 이리나 아주머니가 보리스를 깨웠던 모양이었다. 이불은 붉게 물들어 있었다. 기차는 다음 역에서 정차되었고 정복과 사복을 입은 공안들이 들이닥쳤다. 객실 안의 모든 사람의 전 소지품을 검사하였다. 내 배낭에서는 위험한 물건이라면 삽과 젓가락이 나왔다. 그들은 총을 찾고 있었고 그들에게 내 물건은 위험한 무기가 아니었다. 전 객실에서 총은 나오지 않았다. 목격자가 나왔다. 낯선 동양인이 왔다가 간 것을 본 목격자가 있었다. 유력한 목격자였다. 나는 전혀 모른다고 했다. 객실 전원의 여권과 통행증을 검사하며 일일이 대조하였다. 괜찮을 것으로 생각하면서도 은근히 떨렸다. 내 러시아 말이 서투르자 고려인 형사가 왔다. 한국말로 물었다. 왜 중국말을 모르는지 여행목적이 무엇인지 자세히 물었다. 나는 여권에 있는 대로 조선족 중국인으로만 행세하였다. 특별한 것이 나오지 않아 출발할 것 같은 열차는 계속 역에 멈춰있었다. 그리곤 우리 객차의 승객 전원을 내리게 하였다.

노보시비르스크 역에서 약 오십여 명의 사람이 내렸다. 여기저기서 불평의 소리가 들렸지만, 공안은 들은 체도 않고 우리 전부를 어느 건물로 데리고 갔다. 공안은 막무가내였고 험상궂어 보여 함부로 말을 하기 힘들었다. 다행히도 고려인 공안은 친절하였다. 러시아 공안이 제공하는 버스를 두 대에 나누어 타고 노보시비르스크 경찰서 체육관에 전부 감금되었다. 가지고 있던 소지품은 전부 쏟아 냈다. 정밀 분석을 하며 일일이 질문하였고 물건 하나하나를 점검하였다. 내 젓가락을 보고 무엇인지 질문하였다. 젓가락이라고 하니 왜 젓가락 끝이 뾰족한지 물었다. 서양 고기를 먹을 때 포크처럼 찍어 먹으려 하는 모습을 보여주었다. 서양 사람들이 젓가락에 서투르기 때문에 찍어 먹도록 만들었다고 했다. 선물용으로 나누어 주려고 여러 개를 준비했다고 했다. 야전삽 출처와 어디에 쓸 것인지 물었다. 중국의 시장에서 샀으며 등산을 가게 되면 편리하게 사용할 것 같아 사들였다고 대답했다. 내게 특별한 물건은 없었다. 여행 목적과 어디를 가는지 보리스를 어떻게 알게 되었으며 언제부터 알게 되었는지 등에 대해 세세하게 물었다. 왜 나와 자리를 바꾸었는지 물었다. 내가 바꾼 것이 아니고 보리스가 원한 일이었다고 하였다. 눈초리가 매서운 사람이 계속 질문 하였는데 안나의 증언으로 넘길 수 있었다.

일련의 조사 과정은 너무 느리게 진행되었다. 검사가 늦게 이루어지자 일부 여행객의 항의가 있었지만 나는 참고 있었다. 나에게만 특별히 의심하지 않는다면 괜찮았다. 하지만 하나 걱정되는 것은 지난 역에서 주저앉은 암살자에 대해 조사 할 것 같아 걱정했는데 그 이야기는 전혀 없었다. 아마도 그가 살았거나 아니면 죽었다 하더라도 발견되지 않았을 것으로 생각했다. 그 일에 대해 생각이 나자 빨리 이곳을 벗어 나야겠다고 생각했다. 갑자기 두려움이 밀려왔다. 그의 몸에 젓가락이 있을 것이었다. 그가 발견된다면 큰일이었다. 공안도 범인이 승객 중에 는 없을 것으로 생각하면서도 혹시나 해서 조사하는 것이라고, 고려인 공안이 귀뜸해 주었다. 하지만 거의 하루를 기다려 다음 날 열차에 우리를 태웠다. 차장이 다른 것으로 보아 새 열차였다.

북한의 정예 암살 요원은 이승기가 탄 열차의 도착역과 출발 시각을 알고 있었다. 그들은 이승기가 탄 열차가 도착하기 전에 미리 역에 도착하여 준비하고 있었다. 일반인이 이용하는 승차장을 정식으로 이용하면 흔적이 남을 것을 우려해 담을 넘어 역으로 잠입하였다. 다른 한 명은 다음 역 울타리 밖에서 기다리고 있었다. 열차에 탑승한 요원은 차장이 가지고 있는 승객 배치표를 확인하고 이승기 자리를 직접 세 번이나 확인하였다. 밖에서 접선하기로 한 요원은 열차에 오른 요원이 이승기를 제거하고 돌아오기만 기다리고 있었다. 하지만 이승기를 태운 열차가 출발하고도 한 참이 지나고 접선하기로 한 요원은 돌아오지 않았다. 그는 담을 넘어 접선할 요원의 동선을 거꾸로 따라가고 있었다. 어둠 속에 쓰러져있는 동료의 옷을 보았다. 엎드려 있는 동료를 바로 눕히자 목에는 쇠꼬챙이가 꽂혀있고 목엔 피가 흥건하였다. 그가 볼 때는 쇠꼬챙이였다. 누가 볼까 봐 그를 엎고 겨우 차에 앉혔다. 하지만 그의 숨은 이미 거두어져 있었다. 그의 목에 꽂힌 쇠를 빼어내었다.

그는 즉시 상관에게 보고하였다. 이것은 전문가의 솜씨였다. 상관은 그에게 나머지 일을 정리하라고 하였다. 동료의 시신은 시베리아 벌판 야산에 돌을 쌓아 겨우 덮어주었다. 땅에 돌이 얼어붙어 땅 위로 드러난 돌들만 발로 차서 모았다.

아마도 이승기 옆에는 최고의 전문가가 그를 보호하고 있다고 생각했다. 그의 죽은 동료는 북한에서도 최고의 정예 요원이었기 때문이었다. 그를 일격에 쇠꼬챙이 하나로 사망에 이르게 할 수 있는 사람은 매우 드물 것으로 생각했다. 그의 상관의 생각도 일치하였다. 하지만 임무는 완수되어야 했다. 그는 다시 차를 몰고 역을 따라잡으려 출발하였다. 그가 차를 움직여 가는 중에 연락이 왔다. 러시아 공안이 열차 안에서 총으로 피격된 사건을 조사하고 있다는 상관의 목소리였다. 상관은 그 자가 누군지 확인하라고 지시하였다. 노보시비르스크 경찰서에서 조사 중이고 그 객실 여행객은 전부 거기 있다고 했다. 그는 노보시비르스크로 급히 차를 몰았다. 러시아 공안으로부터 사망한 자가 러시아 남성이라는 사실을 알고 망연자실하였다. 그의 동료가 임무에 실패하고 역으로 당한 것이었다. 그는 차를 역에 세우고 열차표를 사서 노보시비르스크 역에서 기다리고 있었다.

눈밭 끝에 자작나무 숲이 끝없이 밀려왔다가 밀려갔다. 열차 안의 자리는 그대로였다. 처음엔 다들 침묵으로 애도하는 분위기였다. 대부분 웃음을 잃고 무표정으로 앉아 기차의 흔들림에 따라 움직이고 있었다. 술을 먹고 큰 소리로 말을 하는 아저씨는 주위 사람들의 눈치를 받아야 했다. 특히 안나는 막 사랑을 시작하려는 남자를 잃어서인지 너무

서러워하였다. 나는 남모르는 죄책감에 그 자리를 떠나 있었다. 글렙과 러시아 말 배우기에만 열중하였다. 그러면서도 젓가락이 무서운 무기가 될 수 있다는 사실을 실감하고 있었다. 이기적인 생각이었지만 내가 먼저 살아야 하겠다는 생각이 앞섰다. 운동도 틈만 나면 계속 하였다. 저녁 먹을 때가 되어서 내 자리에 와서 앉아있었다. 이리나 아줌마가 먹으라며 빵을 건넸는데 밥 생각이 없었다. 하지만 먹어야 할 것 같아 꾸역꾸역 밀어 넣었다. 그리고 주위를 경계하는 것을 더욱 강화하였다. 우리 통로를 지나가는 사람은 항상 관찰하고 동정을 살폈다. 그자 혼자 오지는 않았을 수도 있었다. 아니면 살아서 다시 올 수도 있었다. 러시아에 한국이든 북한이든 요원이 한 명은 아닐 것이었다. 그자가 누군지 알고 싶었다. 어디 소속인지 왜 나를 죽이려 하는지. 쓰러지던 자의 신분증을 확인해 보면 알 수도 있을 것이었다. 그때는 무서웠지만, 시간이 지남에 따라 둔해 지고 있었다. 밤이 무서웠다. 또다시 누가 내 몸에 총을 쏠 것 같았다. 늦게까지 앉아서 우리 칸의 사람들과 이야기를 나누었다. 평소 같으면 열 한시도 되기 전에 다들 잠자리에 들었지만 열두 시가 넘어서 하나둘씩 잠자리에 들었다.

나는 젓가락에 손을 얹어놓고 누워만 있었다. 잠시 눈을 붙이려는데 아저씨 한 분이 지나갔다. 동양인이었다. 아무 생각 없이 있다가 순간 등골이 오싹해졌다. 점퍼가 같았다. 지난번 암살자의 점퍼와 같았다.

'저자는 누구일까?'

이 자도 나를 찾는 것 같았다. 역시 점퍼 주머니에 손을 넣고 좌우를 가볍게 살피며 돌아다녔다. 배낭을 조용히 꺼내어 옆에 내려놓았다. 그자가 다시 한 번 내 앞을 지나갔을 때 열차가 서기만 기다렸다.

열차의 속도가 느려지고 있었다. 역이 가까워져 오고 있음을 알았다. 배낭을 조용히 메었다.

'그자는 나를 알고 있을까?'

그자가 나간 문의 반대쪽으로 나가 문밖에 섰다. 열차가 섰다. 하지만 내리지 않고 계속 서서 객실 안쪽을 관찰하고 있었다. 그자가 왔다. 내가 내린 것을 당황해 하며 서둘러 열차에서 내렸다. 숨어서 그자가 역사 안으로 가는 것을 보았다. 서서히 열차가 출발하였다. 객실로 들어가려 하는데 그자가 열차에 급히 뛰어 타는 것이 보였다. 나는 서서히 빨라지는 열차에서 뛰어내렸다. 내가 타고 온 열차는 출발하였다. 기차에서 내려 서둘러 역을 빠져나왔다. 역은 나왔지만 갈 곳은 없었다. 시내로 들어 허름한 호텔을 잡았다. 호텔 직원이 하루만 머물다 갈 것이라 하는데도 거주지 등록을 해야 한다고 했다. 고민하다가 영사관에서 발급해 준 이승기 이름의 임시 통행증으로 거주지 등록을 하였다. 오랜 기차 덕에 앉아 있어도 온몸이 흔들리는 것 같았다. 열차 안 우리 이웃들에게 인사도 없이 내려 아쉬움이 남았다. 안나는 많이 슬퍼하고 있을 텐데 위로도 못 해주고 내린 것이 아쉬웠다. 하지만 안나를 볼 때마다 죄책감이 들어 고개를 들 수 없었다. 차라리 홀연 듯 떠난 것이 잘된 일일 것으로 생각했다.

러시아와 북한은 오랜 동맹국이다. 최근 소원해지긴 했지만, 정보 분야의 협조는 밀접한 관계를 유지하고 있었다. 이승기가 거주지 등록을 하여 컴퓨터에 입력되어 조회되는 순간 북한의 정보원들은 옴스크에서 이승기가 내린 사실과 호텔에 묵고 있다는 사실을 알고 있었다. 하지만 그들이 있는 곳에서 이승기가 머무르는 곳까지 상당한 시간이 걸려 즉시 갈 수 없었다. 그래서 열차에 있던 요원에게 신속히 연락을 취해 옴스크로 가게 하였다. 조직은 일사불란하게 움직였지만, 차편은 그렇지 못하였다. 그가 옴스크에 도착하여 이승기가 머물고 있는 호텔에 도착한 것은 여덟 시가 조금 지나서였다. 그들은 이승기가 북한에 억류되었을 때부터 새벽 다섯 시경에는 일어나는 습관이 있다는 사실을 몰랐다. 이승기는 이미 호텔을 떠난 뒤였다.

나는 호텔을 나와 옴스크 역으로 갔다. 거기서 모스크바까지 가는 열차표를 끊었다. 그리고 새로운 열차에 올랐다. 이번엔 될 수 있는 한 열차 사람들과 정을 주지 않을 것으로 생각했다. 여승무원은 매우 젊었는데 누가 내 자리를 알려달라고 해도 알려주지 말아 달라고 부탁을 하였다. 고개를 갸우뚱하면서도 알았다고 했다. 차표를 끊을 때 창가 객실 문 바로 앞쪽에 자리를 잡았다. 문을 여닫을 때마다 시끄럽고 담배 냄새도 들어왔지만, 비상시 신속히 내릴 수 있어서였다. 될 수 있는 한낮에 잠을 자고 밤에는 깨어 있으려 하였다. 북한에서 은신처를 파고 이동할 때 했던 것처럼 몸을 다시 적응시켰다.

조심스럽게 열차 이동을 하면서 다시 그자를 보게 된 것은 모스크바에 거의 도착해서였다. 모스크바의 야로슬라브스키 역에 도착한 것은 3월 29일 아침 7시 20분 경이었다. 그자가 멀리서 나를 본 것이었다. 나도 그를 보았다. 나는 사람들 속으로 숨어 같이 이동하였다. 그자가 사람들이 보건 말건 내게 총질을 할 것도 같았다. 하지만 그는 느긋하게 일정한 거리를 두고 쫓아오고 있었다. 나도 수많은 사람 앞에서 젓가락을 던질 수는 없었다. 그가 총을 쏜다면 나는 주저 없이 젓가락을 던질 것이었다. 30여m는 더 되게 뒤에서 나를 쫓아 왔다. 다행히도 월요일 아침이라 출근하는 사람들이 많이 있었다. 사람들이 많은 곳만 찾아 걸었다. 사람들의 흐름대로 걸어갔다. 대부분 사람은 지하철을 탔고 나도 러시아 사람들의 출근 행렬에 몸을 맡겨 지하철을 탔다. 그자도 내가 탄 객실의 끝에 서 있었다. 나와 눈만 마주치지 않았지 계속 나를 주시하고 있었다. 나도 그를 주시하면서 이동하였다.

그가 주저한 것은 사실 이승기를 보호하고 있는 정예 킬러를 찾으려 했기 때문이었다. 자기 베테랑 동료를 단숨에 제압한 그자가 이승기 옆에 있을 것으로 생각했는데 지금 이승기 혼자만 보였다. 그래서 섣불리 공격하지 못하고 이승기를 멀찌감치서 감시만 하고 있었다. 이승기는 전차가 이동하는 중에 적당한 곳에서 그를 따돌릴 궁리만 하고 있었다. 여덟 시가 채 못 되어서 루비얀카역에 도착하였다. 매 지하철역에서 기차가 출발하기 전까지 문 앞에서 대기하고 있었다. 그자는 기차에 남기고 나만 내리려 하고 있었다. 루비얀카역에서 기회가 왔다. 그자가 잠시 한눈판 사이에 기차가 출발하려는 순간 내릴 수 있었다. 하지만 내 판단이 잘못된 것이었다. 그도 고도의 훈련을 받은 전문가였다. 내가 내리는 순간 곧바로 뒤따라 내렸다. 이제 그와 내가 25m 거리 정도로 좁혀들어 있었다. 빠르게 걷고 빠르게 따라왔다.

그 순간 지하철 앞부분에서 엄청난 폭발이 있었다. 땅이 지진이 난 것같이 흔들렸다. 형광등이 꺼지고 전기의 스파크가 여기저기에서 일어났다. 순식간에 아비규환이 되었다. 수많은 사람이 쓰러지는 것을 보았다. 나도 소리에 놀라 주저앉았다가 정신을 차리고 그곳을 빠져나오고 있었다. 그 순간 그자가 나를 향해 뛰어오는 것이 보였다. 나도 뛰었다. 사람들이 너무 많이 몰려 그리로 가면 순식간에 잡혀 죽을 것 같았다. 사람들이 없는 곳으로 뛰었다. 철로로 뛰어들었다. 그자가 뛰어오고 있었다. 속력을 높여 뛰었다. 뒤에 쫓아오는 자에게만 신경을 쓰며 달리고 있었다. 몇 분을 이렇게 뛰었다. 언제 저자가 내게 총을 쏠 것인지 모를 일이었다. 그때 어디서 나타났는지 여자 둘도 내 옆에서 철로를 같이 뛰고 있었다. 곧이어 호루라기 소리가 터널 안에 메아리쳤다. 그자와 공안이 같이 쫓아오고 있었다. 공안이 총을 겨누는 것이 보였다. 공안은 나를 겨누는 것인지 그 여자들을 겨누는 것인지 알수 없었다. 총소리가 요란하게 올리자 그자도 나를 향해 총을 쏘았다. 공안은 여자들을 향해 그자는 나를 향해 총을 쏘고 있었다. 조금 더 달리자 시멘트 구조물이 있어 몸을 숨길만 한 곳이 있었다. 여자 둘이 쓰러지듯이 시멘트 구조물 뒤로 몸을 숨기는 것이 보였다. 나도 힘껏 달려 시멘트 구조물로 뛰어들었다. 히잡을 쓴 그녀들은 나를 보고 놀랐지만 적이 아닌 것을 서로 직감적으로 파악하였다. 그녀들은 권총이 있었다. 서로 총격전이 벌어졌다. 나는 머리를 숙이고 있었다.

권총의 총알이 다 떨어졌나 보았다. 총알이 떨어진 것을 공안도 알아챘다. 그녀들은 서로를 향해 총을 겨눴다. 자살하려 하고 있었다. 나는 즉시 그녀들을 제지하였다. 젓가락을 빼 들었다. 나를 죽이러 오는 자의 얼굴을 향해 던졌다. 순간 멈추며 고개를 숙였고 젓가락은 빗나간 것 같았다. 하지만 그가 다시 고개를 드는 순간 젓가락은 그의 목에 꽂혔다. 그가 쓰러지자 공안 두 명도 멈칫하였다. 내가 총은 아니지만, 저항하자 그녀들도 나를 믿는 것 같았다.

공안은 곧 우리를 향해 사격해 왔다. 나는 조약돌 세 개를 주었다. 그들이 가까이 오기만을 기다렸다. 약간 어두워 15m 정도면 될 듯싶었다. 총알이 머리 위로 날아가고 시멘트에 부딪히며 화약 냄새를 풍겼다. 그들이 가까이 왔을 때 머리를 옆으로 내밀고 돌을 던졌다. 머리에 맞았다. 내가 목표로 한 곳이 아니었다. 하지만 효과는 있었다. 무엇이 날아와 머리에 부딪히자 그 자리에 순간 멈추었다. 그것을 기회로 다시 이마를 향해 조약돌을 던졌다. 앞선 공안이 머리가 제쳐질 정도로 충격을 받았다. 이젠 일어서서 두 번째 공안에게 조약돌을 던졌다. 정확히 맞았는지는 모르겠지만, 얼굴을 감싸고 앉았다. 나는 두 여인에게 뛰자고 하였는데 한 명이 다리에 총을 맞았나 보았다. 시간이 없었다. 생각할 겨를도 없이 그녀를 부축하여 뛰었다. 우리가 뛰어가자 먼 곳에서 수많은 공안이 몰려오고 있었다. 둘이서 한 명을 부축하였고 그 한 명도 다리를 절면서도 잘 뛰어 주었다. 터널을 뛰다가 터널 옆 벽에 나 있는 문으로 빠져나왔다. 그녀는 길을 알고 있는 듯했다. 터널을 빠져나오니 길이었다. 우리의 모습을 본 두 명의 건장한 남성이 다친 여성을 부축하여 서 있던 승합차에 태웠다. 나도 누가 타라고 하지 않았지만, 당연히 같이 타는 줄 알았다. 그들과 함께 승합차에 올랐다. 한참을 가는데 나보고 누구냐고 하였다. 두 여자가 설명하는 것 같았다. 그 남자는 표정이 없었다. 그렇게 하루를 달렸다. 어느 한적한 시골집에 우리를 내렸다. 총상을 입은 여성을 치료하고 휴식을 취하였다. TV를 켜자 러시아 모스크바 지하철 자살 폭탄 테러가 있어서 많은 사상자가 났다는 뉴스가 계속 나오고 있었다. 러시아 TV에는 여자 혼자 자살 폭탄 테러라고 나오고 있었다. 하지만 사실 혼자 한 것은 아니었다. 여기 같이 참가한 동료가 버젓이 살아 있었다. 아마 러시아 당국도 알고 있었지만, 국민들의 동요를 막기 위해 혼자 한 것이라고 발표했을 수도 있었다. 이들과 이야기하다 보니 자살한 한 명은 직접 행동하고 두 명이 보조로 나머지 지원을 했다고 했다. 졸지에 테러 가담자가 되었다. 내가 한 일은 아니었지만 지금 테러리스트와 함께 도망가고 있는 것이었다. 지하철에서 공안을 돌로 눕히지 않았으면 그들은 나에게도 총을 겨누었을 것이었다. 해서 내 행동은 정당했다고 스스로 생각했다. 나만 옳다고 생각하는 것과 스스로 옳다고 믿는 것은 매우 위험성이 있는 사고방식이다. 하지만 나는 옳고 그른 것을 떠나 스스로 위안이 필요했다. 일주일을 이들과 머문 뒤에 어디론가 다시 이동하였다. 이동 중에 나에게 복면을 쓰라고 하고 이동하는 것으로 보아 들키고 싶지 않은 장소로 이동하는 모양이다 생각했다. 조금 두려워지기 시작했다. 혹시 나를 인질로 이용하지는 않을는지.

8
부

체첸 반군 생활

모스크바 지하철 테러가 있었던 후 그들과 우연히 합류하게 되었다. 나는 그들의 지시에 따라 잠적하였다. 한적한 시골의 잠적 생활이 끝나고 그들은 나를 어떻게 할 것인지 회의를 했다. 그리곤 나에게 어떻게 할 것인지 물어보았다. 그들과 같이 갈 것인지 아니면 혼자 가겠다면 적당한 곳에 데려다 주겠다고 했다. 하지만 나는 사실 갈 곳이 없었다. 밖에는 나를 죽이려는 자들이 쫓아오고 있었다. 이들과 같이 갈 수밖에 없었다. 적어도 이자들과 같이 있으면 암살자들의 손은 벗어날 수 있을 것으로 생각했다. 그래서 같이 합류하겠다고 하니 충분히 생각하라며 하루 시간을 주었다. 그리고 힘든 생활이 될 것이라고 하였다. 내게 힘들지 않은 곳이란 내가 살 수 있는 곳이었다. 그래서 그들과 합류하기로 하였다. 여자 두 명과도 헤어졌다. 다들 나보다는 나이가 많은 아주머니로만 알았는데 결혼하였었다고 하였다. 하지만 열아홉 살 먹은 아줌마도 있었다. 그들은 여자들로만 이루어진 단체가 있는 것 같았다. 그리고 남자들로 이루어진 단체와 협력을 하는 모양이었다. 거의 일주일을 같이 은신하였다. 누구라도 찾지 않을 것 같은 오두막 시골집이었다. 일주일을 꼬박 집안에서만 있었다. 누군가 외부에서 알려오는 상황을 살피고만 있었다. 일주일 후에 승용차로 거의 하루를 이동한 것 같았다. 나와 다른 남성 두 명과 승용차를 몰고 온 운전사 넷은 식사도 차 안에서 빵으로 때우며 이동하였다. 이동 중 마지막 한 시간 정도는 두건으로 내 얼굴을 가려 보이지 않은 상태로 갔다. 멀미가 나려 하였다. 비포장도로를 따라 한 참을 간 후에 내리라 하였다. 내려서도 복면은 벗겨지지 않았다. 산속 어느 건물 내부에서 복면을 벗을 수 있었다. 얼마 후 간부인 듯한 자가 나와 대화를 하려 하였다. 아직은 떠듬거리며 생활 회화 정도의 러시아 말만 할 수 있어 대화하기가 힘들었다. 하지만 누가 왜 나를 쫓는지 왜 그들을 도우려 하는지를 묻는 것 같았다. 나에게 고려인인지 탈북자인지 등을 물었지만, 전혀 못 알아듣는 척하였다. 몸으로 어설픈 대화를 한 끝에 그들과 같이 생활하기로 허락되었다. 적어도 공안을 쓰러뜨리고 그녀들을 구했다는 것이 위장은 아니라는 결론을 내린 것 같았다. 그날 밤에 입단 파티가 자그마하게 이루어졌다. 그 다음 날부터 바로 그들과 군사 훈련을 하였다. 체첸의 독립을 위해 조직한 반군이었다. 테러도 하고 러시아 정부군과 정규전도 하였다. 러시아 경찰서나 군부대 습격도 하며 오로지 독립을 위해 활동하는 단체였다.

체첸 반군과의 생활은 다음날 군사훈련으로 시작되었다. 내겐 전부 생소한 것뿐이었다. 우리나라에 있었다면 군에 입대하여 배워야 할 것을 난 그들에게 배우고 있었다. 군 생활이 매우 힘들다고 하지만 이들과 함께하면서 그런 생각을 별로 들지 않았다. 훈련이라 하더라도 내가 말을 못 알아들어서 실수하는 것이었지 가르치는 교관은 매우 충실히 설명하였다. 한 명 한 명에 대해 인격적인 대우를 해 주었다. 안내하는 것처럼 가르쳐 주었다. 시간이 있으면 서로 부족한 부분은 자발적으로 연습하곤 했다. 내가 제일 적응하기 편한 것은 검을 던지는 것이었다. 그들은 내가 젓가락과 돌로 공안을 한 번에 제압했다고 알고 있었다. 그들이 알고 있는 내용은 다소 과장되어 있었으며 나에게 한 번 던져보라는 시늉을 하곤 했었다. 검을 던지는 시간에 교관은 내게 돌 던지는 것과 젓가락 던지는 것을 보여 달라고 하였다. 평소 하던 대로 던져 목표물을 맞히는 것은 일도 아니었다. 기꺼이 보여주자 감탄을 하며 환호성을 질렀다. 교관은 검을 던지는 요령을 가르쳐 주었는데 내가 젓가락을 던지는 것과 매우 흡사하였다. 나는 검을 몇 번 던지지 않아 바로 적응하였다. 한 번 교육과 실습으로 난 우리 부대 내에서 최고의 칼잡이로 등극하였다. 대장은 잘하는 것을 더욱 잘하는 것이 좋다고 하였다. 내게 다양한 칼을 주고 던지는 연습을 충분히 하도록 하였다. 나는 칼뿐만 아니라 젓가락, 돌 던지는 연습을 매일 매일 하며 능력을 증가시켰다. 칼도 젓가락처럼 어깨 위에서 던지기도 하였고 허리 부분에서 앞으로 던지기도 하며 나만의 적당한 방법을 찾았다. 손잡이를 잡고 던지기도 하고 칼끝을 잡고 손잡이를 목표 쪽으로 하고 던지기도 했다. 칼이 진행하며 반 바퀴를 돌아 꽂히기도 하고 여러 바퀴를 돌아 꽂히기도 하였다. 그것은 던지는 사람의 경험만으로 이루어질 것이었다. 거리와 던지는 스타일에 따라 달라지기 때문이었다. 나는 던지는 것이 재미있었다. 모든 것을 던지며 나무판에 '딱!' 하고 꽂히는 소리가 경쾌하였다. 칼이나 젓가락을 던지는 순간에는 모든 것을 잊는다. 잡생각을 하면 절대로 목표를 맞추기 힘들었다. 목표를 아무 생각 없이 바라보고 평소 연습 한 대로 움직일 내 근육을 믿으면 목표물에 이미 꽂혀 있는 칼이나 젓가락을 보게 되는 것이었다. 잘 맞추어야지, 잘 던져야지 하는 생각마저도 잊어야 했다. 이 때문에 아무리 복잡한 생각에 사로잡히더라도 연속해서 칼이나 젓가락을 던지고 나면 그런 생각에서 완전히 벗어날 수 있었다. 생각이 없어지고 곧 평정심을 찾을 수 있었다. 던지고 나면 스트레스가 없어지고 기분도 상쾌하여 졌다. 처음 던지는 사람은 모르겠지만, 열심히 던지고 나면 땀이 날 정도가 되었는데 그 정도 훈련이 나에게 알맞은 훈련 양임을 알았다. 나에게 칼이나 젓가락은 일종의 놀이며 수양의 도구가 되었다. 무슨 일이든지 재미가 있으면 능력이 급격히 증대되는 것 같았다. 특히 돌을 던질 때는 한국에서 투수로 성공하였을 것이라는 생각이 들기도 하였다. 어느새 나는 검을 던지는 교관이 되어있었다. 교관보다 더 잘 던졌고 내 실력은 매일매일 증대되고 있었다. 누구도 이의를 제기하지 않았다. 하지만 칼을 잡고 싸우는 것은 여전히 전 교관이 지도하였고, 그 부분에서는 나도 초보자였다. 무엇이든 던지는 것에 자신이 붙으며 목표를 빗나가는 경우는 거의 없었다. 목표를 벗어나는 경우는 1%도 되지 않았다. 10여m 밖의 나무에 앉은 새도 충분히 잡을 수 있었다. 움직이는 목표물을 맞히는 것도 나 스스로 만족할만하였다. 대장은 내게 칼 다섯 자루를 선물하였다. 던지기 전용의 칼로 칼날이 있어 칼의 모양이었지만 사실 표창과 칼의 중간 형태였다. 칼집이 있어 다섯 개를 차고 있다가 하나씩 뽑아 던질 수 있었다. 일반 칼보다 던지기에 편하게 만들어져 매우 편리하였다. 손에도 착착 달라붙는 느낌이었다. 20m 이내의 거리에서는 겨누고 있다가 쏘는 총이 아니라면 총보다 빠르게 목표물을 맞힐 수 있었다. 선물을 받은 것도 오랜만이지만 흡족했다. 젓가락은 여전히 내 허리춤 바지 안쪽에 붙어 있었으며 대장이 선물한 투검용 검 다섯 자루는 검집에 꽂혀 내 오른쪽 허리 바깥쪽에 붙어 있었다. 대장이 권총을 허리에 찼다면 나는 칼을 차고 있었다. 칼집은 허리에 붙이고 아랫부분도 다리에 묶어 허벅지에 붙어있었다. 덮개도 있어 처음 보는 사람들은 그것이 칼인지 알아채지 못할 정도였다. 급하면 덮개를 위로 올리고 칼을 언제라도 던질 수 있게 개방한 상태로 만들 수 있었다. 손바닥도 칼이나 젓가락을 던지기에 적응하는 것 같았다. 다른 사람과는 달리 필요에 맞게 나만의 독특한 굳은살이 생겼다. 두꺼운 군복을 겹쳐 놓고 얼마만큼 치명적인지 얼마만큼 힘을 주어야 적절한 깊이가 되는지도 내가 연구하였다. 일반적으로 배운 군인들에게 투검을 시키면 군복을 뚫지도 못하였고 치명적이지도 못하였다. 군복을 뚫고 원하는 만큼의 효과를 내기 위해서는 오랜 시간과 노력이 필요하였다. 하지만 검을 던지는 재미를 아는 사람은 없었다. 검을 던지기보다 총을 쏘아 맞히는 것이 부대에서 보거나 개인이 보거나 더 효율적이었다. 만약을 위해 훈련하는 것뿐이었고 부대에서 검을 무기로 사용할 만한 사람은 나밖에 없었다.

하지만 나는 총을 단 한 번도 만져 본 적이 없었다. 반군은 러시아에서 오랫동안 군 생활을 한 베테랑들이 많았다. 그들은 내게 AK 소총의 분해 결합과 청소하는 법을 가르치고 사격 훈련을 시켰다. 먼저 적이 사격을 하면 작은 바위나 나무에 몸을 사리는 것과 나무 그루터기에 몸을 숨기고 총을 쏘는 것을 가르쳐 주었다. 앞으로 기어가는 것이나 뒤로 기어가는 것 등을 가르쳐 주었고 훈련해 주었다. 숙달될 때까지 하도록 하였다. 나는 이것이 내 생명을 지킬 것이란 생각으로 기꺼이 훈련에 임했다. 부대원은 오십여 명 정도로 화목한 분위기였다. 특별한 날이 아니면 나는 시키지 않아도 훈련을 하였다. 총을 들고 뛰고 숨고 사격 자세를 취하며 언젠가 적이 총을 쏘면 스스로 살아갈 훈련을 하였다. 내가 맨손으로 싸우는 연습에서는 어느 정도 자신 있었다. 그래도 태권도 삼 품이었고 계속 기본 발차기를 연습하였으므로 웬만한 정도의 상대는 가볍게 이길 수 있었다. 하지만 나보다 훨씬 뛰어난 기술을 보유한 군인도 많이 있었다. 맨손으로 적의 힘을 역이용하여 적을 제압하는 기술로 우리나라 합기도 같기도 하였다. 그 기술 앞에서 나는 낙엽처럼 쓰러졌다. 그런 것도 배워야겠다고 했지만, 많이 하지는 않았다. 주로 총을 쏘는 연습을 많이 하였다. 여럿이 함께 지휘관의 명령에 따라 일사불란하게 적을 제압하는 전술훈련도 많이 하였다. 그들은 이미 훈련되어 있었고 나는 처음이어서 내가 제일 혼이 났다. 친한 친구도 사귀었다. 빅토르가 나보다 두 살이 많았지만 그래도 비슷한 또래라고 말이 통하였다. 헬스 운동을 한 것처럼 근육이 많이 발달하여 무거운 물품 운반에는 누구나 빅토르를 불렀다. 빅토르가 한 번도 거절하는 것을 보지 못했다. 순박하였고 우직하였다. 나도 믿음이 많이 가는 친구였다. 대장은 알렉세이인데 오랜 시간 동안 러시아에서 군 생활을 했다고 알려졌다. 그는 단호하면서도 평소에는 온화하여 군인이라기보다 교장 선생님의 이미지가 더 어울리는 것 같았다.

부대의 보급은 원활할 땐 매우 풍족한데 그게 잘 전달이 되지 않을 때도 있었던 것 같았다. 그때에는 빵과 물로 때울 때도 있었지만, 대부분은 만족할 만했다. 4월이라 하더라도 눈이 내리는 겨울이나 마찬가지였다. 네 명씩 눈 속에 구덩이를 파고 생존하는 훈련도 하였는데 너무 추웠다. 눈 속에서 나뭇가지로 바람막이를 막고 불을 피워 추위를 피하기도 하였다. 아예 눈 속에 숨구멍만 내고 숨어서 생존하는 연습도 하였다. 눈을 덩이로 떼다가 쌓아 이글루처럼 만들어 며칠씩 생활하기도 하였다. 텐트를 이용하여 생존하는 법이라든가 침낭을 이용하여 추운 곳에서 살아남는 방법 등에 대해 하나하나 놓치지 않고 배웠다. 아직은 산속의 생활은 겨울이었다. 눈보라가 거세게 치기도 하였고 밤엔 춥기도 하였다. 나는 이들보다 추위를 많이 타는 편이었다. 그래서 겨울 눈 속에서 살아남는 것에 더욱 관심이 많았다. 배우는 것 하나하나를 기억하려 노력하였다. 밤에는 잡담하면서도 총기 분해를 해서 눈을 감고도 결합을 할 정도로 훈련하였다. 빅토르가 놀자고 하지 않는 이상은 거의 쉬지 않고 모든 훈련을 돌아가며 하였다. 혼자 산악을 한 시간 정도 달리며 다리 힘을 늘 키웠다. 대장은 나날이 발전하는 나의 모습에 대해 전우들 앞에서 칭찬하였고 전우들도 진심으로 나를 칭찬하였다. 부대원들은 모두 자발적으로 참여한 인원들로 서로 싸우는 것을 거의 보지 못했다. 말다툼도 없을 정도였고 총만 안 들었으면 온화한 성직자 집단 같은 느낌을 받았다. 나는 내가 살자고 있는 것이었지만 그들은 조국의 독립, 자신의 신념에 따라 참여한 사람들이었다. 한편에서 보면 테러리스트였고 없어져야 할 집단이었지만 그들은 스스로 애국자라 생각했다. 나는 뼛속부터 이방인이었다. 그들은 나를 이용하기 위해 훈련을 시키는 것일 것이고 나는 살기 위해 훈련을 받는 것이었다. 언젠가는 나도 여기를 떠날 것이었다. 나는 신념도 없었고 이들의 애국심도 알지 못하였다. 오로지 살기 위해 여기 있는 것이었고 살기 위해 훈련받는 것이었다. 적어도 군인이 아닌 시민을 해치는 것은 절대로 안 된다고 생각하고 있었다. 혹시나 비무장 시민을 공격하게 된다면 나는 공격에 가담하지 않을 생각이었다. 지난번 지하철 같은 경우도 절대로 참여하지 않을 것이었다. 못할 것이었다. 은근히 걱정되는 것이 그것이었다. 무고한 시민을 이들은 자신의 신념에 따라 해칠 수 있을 테지만 아직 내 양심은 그런 것을 허락하지 않았다.

여기에서 생활하면서 지난번 지하철 테러가 '검은 과부단(블랙 위도우 Black Widows)'의 행위이며 다른 조직과 협력으로 이루어진 것임을 알았다. 언론의 발표보다 더욱 많은 사람이 참가한 작전이었다. 남편을 적에게 빼앗기고 복수를 하려는 마음은 충분히 이해할 수 있었다. 하지만 무고한 시민이라면 대상이 잘 못된 것 아닌가 하는 생각이었다. 나라면 군부대를 목표로 했을 것이었다. 우리 부대원이나 검은 과부단의 생각은 달랐다. 검은 과부단과 연합 훈련을 할 경우도 있었지만, 그들은 히잡을 쓰고 복면으로 얼굴을 가리고 있어 누가 누군지 알 수 없었다. 서로 간섭하지도 않고 존중하며 별도로 활동하면서 정보를 공유하는 것 같았다. 다른 부대원들도 가끔 들려 서로 훈련정보를 교환하고 서로 훈련을 시켜 주기도 했다. 전부 군복을 입었는데 통일된 군복이 아니었다. 우리 부대 내에서도 군복색이 조금씩 달랐다. 아마도 다양한 지역에서 와서 그런 것일 거라고 생각되었다. 그들의 전력이 다

다를 것이었다. 특수부대에서 근무한 사람도 있었고 공안 출신도 있었다. 민간인 신분으로 있다가 자원한 사람도 있었다. 나 같은 이방인도 받아 주는 곳이었으니. 그래도 군대라 군기는 있었다. 특히 근무를 소홀히 해서는 안 되었다. 밤에 경비를 잘 못 서면 엄격한 벌을 받았다. 하지만 거의 그런 일은 일어나지 않았다. 서로를 챙겨 주었고 자기 근무로 다른 동료의 생명이 달려있다는 책임감은 전부 강하였다. 제일 큰 고역은 밤에 근무를 서는 것이었다. 두 시간 정도 근무 서는데 누가 언제 공격할지 모를 일이기에 어떻게 보면 더욱 긴장되는 일이었다.

내 전투복 바지는 내가 개조하였다. 오른쪽 바지 주머니 안쪽에 천을 덧대어 젓가락을 꽂을 수 있게 만들었으며 밖으로 젓가락 일부분이 드러나게도 할 수 있었다. 곁에서 보기엔 같은 바지 같지만, 끝이 뾰족한 젓가락 열 개가 다섯 개씩 나뉘어 꽂혀 있도록 하였다. 훈련과 충분한 식사를 통해 적절한 근육이 만들어져 갔다. 이런 생활이라면 고생이랄 것도 없었다. 가끔 신속히 산을 이동해야 하는 경우도 있었다. 아직 무슨 일인지는 몰랐지만, 그들을 따라 이동하여 새로운 곳에 천막을 치고 오랫동안 머물기도 하고 어떤 날은 밤에 이동하기도 하였지만 큰 어려움은 없었다. 사람과 마주하는 싸움을 한 것도 없었다.

이들과 합류한 지 3개월이 지날 때였다. 호루라기 소리가 들리며 대피하라는 소리가 나자마자 숙영지 여기저기에 포탄이 떨어졌다. 드디어 올 것이 온 것 같았다. 연속적인 기관총 사격 소리가 산속을 울리고 우리 숙영지에 떨어졌다. 적이 보이지 않은 것으로 보아 조금 멀리 떨어진 곳에서 공격한 것 같았다. 하지만 전부 고개를 숙이고 신속히 일사불란하게 숙영지를 벗어났다. 아무도 다친 사람은 없었다. 하지만 이게 전쟁이라는 생각과 내가 언제 다칠 수도 있다는 생각을 하게 되었다. 포탄의 폭발음과 진동이 땅으로 느껴지며 무서움이 엄습하였다. '여기에서 어떻게 살아남아야 할까?'

러시아 대테러 연합 기관들은 2010년 3월 29일에 있었던 두 건의 테러에 대해 정밀 조사를 하였다. 관련 지역 전체의 CCTV를 분석하며 용의자들을 찾아내었다. 현장에서 자살폭탄 테러를 한 사람의 DNA도 채취하여 신원을 확인하였다. 각 테러에 한 명이 아니라 많은 협조자가 있다는 사실도 밝혀내었다. 그리고 루비얀카 지하철에서 있었던 이상한 일에 대해 의견이 분분하였다. 러시아 공안은 돌에 맞아 머리와 얼굴이 찢어지는 상처만 입었는데 러시아 요원이 아닌 자가 현장에서 사망한 일이었다. 동양인으로 결국 북한 요원임이 밝혀진 것이었다. 러시아에서는 북한 측 설명을 들어야만 했다. 스물네 명이 사망하고 이십여 명이 다친 테러현장에 왜 북한 요원이 있었느냐는 매우 중요하였다. 북한의 설명과 러시아 자체 정보를 종합하여 결론을 내렸다. 북한이 남한 남성을 억류했다가 그자가 탈출하였고 살아있으면 안 되는 자로 암살단계에서 실패했다는 사실을 인지하였다. 그런데 루비얀카 지하철의 CCTV를 분석하던 분석가는 이상한 장면을 찾아내었다. 지하철 선로가 어두워 처음에는 어떻게 된 일인지 몰랐지만, 화면 보정기술을 동원하여 당시 촬영 장면을 확인하였다. 테러와는 관계없는 자가 도망을 가고 그자를 쫓던 자가 쇠꼬챙이에 맞는 장면이 복원되었던 것이었다. 더구나 도망가던 자는 돌을 러시아 공안에게 던져 상처를 입히고 테러리스트와 함께 사라진 것이었다. 북한 정보당국으로부터 사망한 북한 요원의 상태를 합동 조사하며 쇠꼬챙이가 한국의 젓가락임도 밝혀졌다. 러시아 대테러 간부들도 놀랄 수밖에 없었다. 그저 평범한 한국인이 어쩌다가 젓가락을 무기로 사용할 만한 기술을 습득한 것인지에 대한 분석에 들어갔다. 결론은 남한의 이 남성은 테러와는 관계가 없이 북한 요원에 쫓기다가 테러리스트와 합류했다는 사실도 확인되었다. 돌을 던져 러시아 공안 두 명을 제압한 것을 가지고도 어이없어했지만, 한편으로 우려된다는 의견도 제시되었다. 그자가 테러리스트로 키워질 것에 대한 걱정이었다. 이때 누가 돌로 사람을 쓰러뜨렸다고 '다윗'이라는 별명을 붙였다. 이후로 러시아 기관에서는 이승기를 '다윗'이란 애칭으로 불렀다.

북한의 현장 요원도 이젠 건드릴 수 없는 곳으로 가버린 사실을 본국에 보고하였다. 평양에서도 아쉽지만, 그자가 체첸 반군에 합류한 것으로 임무를 사실상 종료했다. 이 사실은 블라디보스토크의 최 부영사관을 통해 남한으로도 보고되었다. 남한에서도 이 사건을 반영구 미결 과제로 남기기로 하였다. 이승기 북한 억류와 탈북 사건은 마무리되었다.

체첸의 산속에서 생활한 지 4개월이 지났다. 한 번의 러시아군의 공격을 받은 적은 있었지만, 전투는 없었다. 정확히 어딘지 나는 알 수 없었다. 지도를 보았다 해도 지명을 모르니 내가 어느 위치에 있는지 몰랐을 것이었다. 그저 가라고 하면 가고 숙영하라고 하면 그 자리에서 숙영하였다.

4개월이 지난 어느 날 밤에 지령이 내려왔다. 이십 명이 차출되어 경찰서를 공격한다는 것이었다. 참여하고 싶은 사람들의 지원을 받았는데 나는 지원이 아니고 반 지시로 참여하게 되었다. 다게스탄의 지역 경찰서를 공격한다고 직전에 작전 설명을 들었다. 체첸과 다게스탄은 붙어 있었는데 우리는 국경이 없는 것처럼 드나들었다. 그리고 정확히 어느 나라가 어느 나라인지도 모르고 있었다. 아마도 다게스탄 지역의 반군과 서로 연계하여 작전도 하고 지원도 하는 관계로 보였다. 나의 임무는 최대한 근접하여 칼로 정문의 경비원을 제압하는 것이었다. 칼을 던지는 것은 아무것도 아니었다. 하지만 나는 그자를 모른다. 나에게 해를 끼치는 것도 아니었다. 하지만 지금 경비원을 제압하라고 한다. 먹고 자고 훈련받으며 이런 날이 있을 것으로 생각은 했지만 망설여지는 것은 사실이었다. 총으로 쏘기는 쉬웠지만 그러면 즉시 노출되어 강력한 경찰의 저항이 예상되었다. 경찰서 안으로 진입이 힘들어질 것으로 최대한 소리 없이 경찰서 안까지 진입해야 했다. 그러려면 누군가 소리 없이 정문 경비원을 제거해야 했다. 내가 적격이라는 것이었다. 담을 넘으면 되지 않겠느냐고 했더니 일부는 담을 넘을 것이고 일부는 정문으로 간다고 했다.

열한 시가 넘어 사복을 입고 작은 승합차 두 대를 이용해 시내로 잠입하였다. 도착 시간이 밤 열두 시 삼십 분경이 되었다. 부대원들은 경찰서 담 쪽으로 흩어져 전투 준비를 하고 나는 경찰서 정문을 향해 걸어갔다. 한 명은 서서 경비를 보고 한 명은 의자에 앉아 있었다. 내가 그들을 제압하면 뒤쪽의 엄호를 받으며 병력이 경찰서 안으로 진입하여 수감자를 구출하는 것이었다. 떨리는 마음이었지만 자신은 있었다. 경찰서 정문에 다다르자 나에게 서라고 하면서도 총은 그의 어깨에 걸려 있었다. 손에 총을 들고 있어도 나의 칼이 더 빠를 텐데 어깨에 걸린 총으로 나를 공격할 수는 없었다. 나는 오른쪽 바지 칼집에서 하나를 뽑자마자 경비를 서는 공안의 오른쪽 어깨를 향해 던졌다. 비명과 함께 오른쪽 어깨부위를 부여잡자 앉아있던 경비가 일어섰다. 서는 순간 그자도 오른쪽 어깨에 칼이 박혔다. 나는 그들에게 다가갔다. 그리고 총을 빼앗고 눈을 마주치며 칼을 빼 주었고 뒤에서 보이지 않게 입에 손을 대었다. 총의 개머리판으로 머리를 때려 기절시켰다. 두 번째 경비원에게도 똑같은 동작을 취했지만 이자는 애국심이 많았는지 눈치가 없는지 계속 반항하려 하였다. 그래서 칼로 목에 갔다 대어 약간의 상처가 나자 잠잠했다. 그의 총을 뺏어 얼굴을 내리쳐 기절시켜 버렸다. 내가 정문의 경비 두 명을 제압하는 순간 전 병력이 경찰서 안으로 뛰어들어갔다. 나도 총을 들고 뒤따라 들어갔다. 건물 안에서는 여기저기서 서로 총을 쏘았다. 나는 경찰의 다리를 조준하여 쏘았다. 적어도 죽지는 않을 것이란 생각에서였다. 그래서 총이 많이 빗나갔지만, 최대한 내 몸을 숨기고 총을 쏘아야만 할 경우에는 다리나 팔을 겨누고 쏘았다. 다리를 절면서도 총을 계속 쏘면 팔을 쏘았다. 그 정도만 해도 충분한 제압이 되었다. 우리는 구출하려는 수감자를 확보하고 다른 수감자들도 풀어주었다. 경찰서의 반격은 예상외로 강하였다. 이미 반군의 총격에 준비한 듯하였다. 빠르게 경찰서를 나오며 일부 병사는 경찰서 안에 수류탄을 던지고 일부는 박격포를 쏘았다. 경찰서 안에서 쏘는 총소리를 들으며 경찰서를 떠났다. 작전은 성공적이었다.

우리 측 사상자는 없었다. 한 명이 다리에 상처를 입어 부축을 받아야 했다. 경찰서를 빠져나오자 트럭이 대기하고 있었다. 날이 밝기 전에 임무는 완수되었다. 특히 나의 전공에 대해 많은 칭찬이 있었다. 대장에게 실전에서는 손이 떨려 제대로 던질 수 없었다고 하자 오히려 나를 위로하였다. 앞으로는 꼭 칼을 던져야 하는 상황이라면 어깨를 못쓰게 하면 되겠다는 생각도 들었다. 그리고 총 쏘는 연습도 더 해야겠다고 생각했다. 정확하게 팔이나 다리를 맞추려면 지금보다 더 잘 맞추어야 했다. 전 부대원이 무사히 마친 임무에 대해 서로 격려해 주었다. 나의 무공담은 덧붙여져서 회자 되었고 누군가는 존경한다는 말도 하였다. 내가 칼을 던지고 다시 쓰러진 사람의 몸에서 칼을 뽑는 대담함에 대해 부대 간부들의 이야기도 많았다. 다리에 부상을 당한 병사는 집으로 귀가 조처를 하였다. 응급치료를 받았지만, 상처가 더 심해질 우려가 있었다. 그는 나아서 다시 복귀하겠다고 하며 은밀히 부대를 떠났다.

그날 부대에 복귀하자마자 쉴 수 없었다. 즉시 숙영지를 떠났다. 정규군이 들이닥칠 것이라며 떠나야 한다고 했다. 우리는 졸리는 상태에서 다른 산속을 향해 행진하였다. 너무 졸려 넘어지기 일쑤였지만 누구 하나 불평하는 사람은 없었다.

다게스탄의 테러 현장을 조사하러 러시아 대테러 간부 세르게이가 도착하였다. 그는 러시아의 뛰어난 분석가였다. 오자마자 그는 확보된 영상 자료를 보며 체첸 반군의 소행임을 바로 알았다. 또 그가 본 것은 '다윗'이었다. 그는 그날 밤에 정문에 근무하던 경비를 심문하였다. 두 명의 경비는 병원에 입원 치료 중이었다. 세르게이의 심문에 거짓말하던 경비는 사실을 털어놓을 수밖에 없었다. 테러리스트에게 칼을 맞았고 테러리스트가 그 칼을 뽑아가면서 접근했는데도 어떻게 멀쩡히 살아있는지 설명할 수 없었다. 서 있던 경비는 어깨에 칼을 맞고 반격하려 했으나 그가 누워있으라고 위협해서 눕는 순간 맞아서 기절했다고 진술했다. 두 번째 경비는 총을 쏘려 하였는데 그 총을 빼앗겨 가격당하여 기절했다고 진술하였다. 세르게이는 다소 안심의 미소를 짓고 있었다. '다윗'이 반군에게 포섭된 것이 아니라 그 속에서 살생하지 않으려 노력하고 있다는 것을 전문가적인 감으로 느낄 수 있었다. 그는 동양인이며 이들 반군과는 처지가 다르다는 것을 누구보다 잘 알았다. 만약에 반군에 포섭이라도 되어 그들과 공동의 가치관을 형성하게 되면 무엇보다 위험한 인물이 될 것이었다. 젓가락이나 돌멩이 하나로 살인이 가능한 자가 테러를 일삼는다면 엄청난 위협이 될 존재였기 때문이었다. 그의 보고에 러시아 상부에서도 다소 안심은 하였지만, 그가 언제 그들과 정신적 유대를 갖게 될지 몰라 한편 걱정의 의견도 있었다.

　요즘에는 훈련하기 힘들 정도로 이동이 잦았다. 그만큼 정규군의 추적과 반군에 대한 공격이 강화된 듯했다. 대장은 어떻게 그런 정보를 입수하는지 정규군이 오기 직전에 이동하였다. 어떤 날은 자다가도 이동하였다. 그중에서도 나는 나의 몸을 항상 최상으로 만들려고 노력하였다. 여기에서 도망가는 것도 생각했지만 어디로 가야 할지도 모르고 간다 한들 살 수 있다는 보장도 없었다. 항상 불안하게 모든 사람을 의심하고 바라보아야 할 것이었다. 하지만 지금은 적어도 동료들이었고 그런 불안은 없었다. 내 몸을 지구 어디다 떨어뜨려도 살아갈 수 있는 존재로 만들어야 했다. 지금은 아직 때가 아니리라 생각하고 기다리기로 했다. 이들과 다니면서 지형을 익히고 준비하면 언젠가 떠날 날이 올 것으로 생각했다. 현명하게 이들의 인정은 받되 적어도 나 자신의 존엄은 지키고 싶었다. 침해받지 않으며 함부로 타인의 존엄을 침해하지 않을 정도의 활동을 하고 싶었다. 아직은 버티고 있었다.

경찰서 공격 이후 정규군의 공격을 받기도 했다. 정규군은 화력이 강했다. 하지만 그것이 단점이기도 했다. 그들은 좀 더 멀리 떨어진 곳에서 우리를 공격하였다. 기관총과 전차를 세워 먼 거리에서 포격하였다. 그들의 피해를 최소화하려 했다. 하지만 더러운 것을 치우려면 내 손을 버려야 했다. 나는 체첸 정규군인지 러시아 군인인지도 모르고 공격을 받았다. 다른 사람은 알 것이었다. 그저 누군가가 나를 쏘려 하고 나는 피하여 살려고 하는 것뿐이었다. 이번 정규군의 습격은 달랐다. 중대병력 이상이 우리를 포위하였다. 갑작스러운 공격이었다. 공격이 시작되자마자 우리는 자기의 자리를 지키며 대응 사격을 하였다. 나는 몸부터 숨기고 보았다. 적의 앞에 총을 쏘아 흙이 튀게 한다든가 적의 머리 위로 총을 쏘아 사격을 멈칫하게 하였다. 계속 방어만 하고 있을 수는 없었다. 시간이 지나면 우리가 불리해질 것이다. 대장은 대응 사격을 하도록 하면서 한편으로 병력을 절벽 쪽으로 이동하여 탈출하도록 하였다. 포위하더라도 절벽은 할 수 없었을 것이었다. 알렉세이 부대장은 러시아 특수부대 근무했던 것이 맞는 것 같았다. 절벽에 밧줄을 내려뜨리고 부대원을 먼저 탈출시키고 본인은 나중에 탈출하였다. 이번 습격으로 인해 밧줄을 타는 훈련이 추가되었다. 특히, 나는 밧줄을 타 본 적이 없었고 겨우 20m밖에 안 되는 절벽을 내려오는 데에도 많은 시간이 걸렸다. 부대장은 밧줄을 허리에 감는 것처럼 보이더니 절벽을 뛰어 내려오듯이 내려왔다. 감탄이 절로 나왔다. 이 습격에서 두 명의 손실도 있었다. 그래도 그 공격을 받고 그 정도 피해로 탈출한 것은 대장 덕이었다.

부대원의 임무 중에는 적은 인원이 필요한 경우 스스로 지원하여 수행하기도 하였다. 지원이 없으면 대장이 지적하여 임무를 맡기도 하였으나 대부분은 서로 가겠다고 지원하였다. 나는 잘 지원하지 않았지만, 칼을 던질 수 있었기 때문에 은근히 같이 가기를 바라는 눈치였다. 특히 시내 작전에는 나를 데려가려 하였다. 여러 번 몸이 아픈 핑계를 대기도 했지만 계속 거부 할 수는 없었다. 이번 임무에도 어쩔 수 없었지만, 기꺼이 응하는 표정을 지으며 함께 하였다. 이번에도 지원을 받았다. 아마도 누군가 심각한 테러를 준비하는 모양이었다. 그러면 우리 부대원 중 일부가 지원을 나갔다. 군복을 입고 가기도 하지만 시내를 갈 때에는 사복을 입고 무기를 숨기고 활동하였다. 대체로 접선 장소에 가면 협력자들이 차를 대기하고 기다렸다. 차를 탑승하여 이동은 운전기사나 함께 탄 협력자의 안내를 따르면 되었다.

네 명의 인원이 차출되었다. 완벽한 민간인 복장으로 체첸 수도 그로즈니를 향했다. 그로즈니 시 외곽의 농촌의 한 오두막에서 하룻밤을 자고 다음날 세 명과 합류하였다. 우리의 임무는 그들을 안전하게 그들이 원하는 공공기관에 들어갈 수 있게 하는 것이었다. 그들은 우리보다 훨씬 위험하고 때로는 자살을 할 사람들이었기 때문에 항상 그들을 우선시해 주었고 존중해 주었다. 그들의 임무는 직전까지 그들이 말하기 전에는 비밀이었다. 그들의 요구를 들어주어 그들의 임무를 보조하는 것이었지만 탈출로가 막히거나 검문에 걸리면 매우 위험하였다. 하루 전날 그들은 그로즈니의 종합청사를 가자고 하였다. 우리는 차를 타고 종합청사 건물을 두 차례 돌았다. 침투 요원은 우리에게 종합청사 건물 진입이 가능한 방법을 알아보라고 하였다. 그것은 우리에게 종합청사 침투 경로를 파악하여 보고해 달라는 말이었다. 우리는 체첸 종합천사 건물에서 멀리 떨어진 곳에 주차하였다. 망원경으로 경비 상태와 경비원 수, 진입로, 건물 구조 등을 조사하였다. 한 명이 할 수도 있겠지만 한 명은 목표지점을 관찰하고 다른 한 명은 공안이나 군인의 검문에 대비해 경계를 섰다. 또 다른 한 명은 관찰하는 인원 보조를 하였고 나머지 한 명은 침투조 옆에 있어 그들의 요구를 파악하고 도움이 필요한 것을 원활하게 도와주는 역할을 하였다. 나는 망원경으로 관찰하는 요원 옆에 붙어 받아쓰기도 하며 그를 보조하였다. 아무래도 현지 사정을 그들이 나보다 훨씬 잘 알았기 때문이었다. 이틀을 관찰하였다. 하지만 뾰족한 수가 나오지 않고 있었다. 경비가 상상외로 강화되어 있었다. 정문을 통과하는 것은 가능할 것이었지만 건물 진입이 힘들어 보였다. 정문을 통과했다 해도 내무부 건물과 정부건물, 의회건물이 있는데 의회건물에는 경비가 거의 없고 정부건물과 내무부 건물은 부대원 전체가 출동해도 점령하기 어려워 보였다. 해서 첫 번째 날 염탐 후에 구체적으로 어느 건물을 진입할 것인지 알아야 자세한 작전을 세울 수 있다고 하자 정부 건물로 들어가겠다고 하였다. 나는 불가능하다고 하였다. 우리 부대원 전부 작전에 투입하여 야밤에 공격한다고 하여도 불가능할 것이라고 하였다. 하지만 그들은 막무가내였다. 꼭 침투해야 한다고 하였다. 다음날 다시 염탐하러 갔다. 아무리 해도 정문 통과는 가능하겠지만, 건물까지 진입은 힘들어 보였다. 침투조의 계획을 정확히 물어보았다. 그들은 내가 계속 불가능 하다고 하자 그들의 계획을 설명하였다. 그들은 정부 건물을 장악하지 못하더라도 그들이 지니고 있는 폭탄으로 위협하여 건물 내 잔류 인원을 인질로 삼아 언론에 많이 노출되고자 했다. 러시아의 체첸 정책에 세계적인 관심과 호응을 얻고자 한다고 하였다. 탈출은 인질과 함께할 것이며 혹시 탈출하지 못할 경우에는 자살도 생각하고 있다고 했다.

'진작에 그렇게 말할 것이지.'

나는 그래도 이번 임무가 비효율적인 것 같다고 하였다. 적에게 심각한 타격을 입히지는 못할 것이라고 주장하였다. 더구나 건물 안에는 경비 태세가 비교적 아주 잘 되어있었고 인원도 많았다. 내가 완강하게 불가능하다는 것을 이야기하자 그들끼리 따로 심각한 논의를 하였다. 그리고는 우리에게 정문 통과를 시켜 주면 알아서 하겠다고 했다. 사실 그것도 대낮에 하기에는 힘든 일이었다. 밤이라면 내가 제압할 수 있겠지만, 대낮에 경비를 제거했다고 해도 즉시 공격이 전파될 것이었다. 드나드는 사람도 많았다. 결국, 우리는 정문을 통과하는 정부 고위 인사를 곧바로 뒤따라 들어가기로 하였다. 적어도 정문 통과는 가능할 것이라고 하였더니 그 정도면 되었다고 만족해하였다.

'무엇이 되었단 말인가?'

그들 목표대로 인질극을 벌인다 하여도 건물을 장악하여야 할 텐데 건물에 들어가지도 못하고 잡힐 것이었다. 차후 계획이 없는 것도 이해되지 않았다. 완전히 무모한 짓으로만 보였다. 인질극을 한다고 해도 무고한 시민이 죽을 수도 있었다. 나에게 말할 기회가 오면 끝까지 불가능하다고 주장하였다. 차라리 밤에 침입하여 있다가 낮에 인질을 잡으면 가능할 것이라 했지만, 그들은 굳이 아침에라도 들어가야겠다고 했다. 차라리 낮보다는 그게 나아 보였다.

원래 그들에게는 말을 자주 걸어도 안 되었고 질문은 더구나 하면 안되었다. 그들의 말 한마디나 표정 등으로 알아채는 것이 전부였다. 그들이 완벽하게 임무를 완수하는 것까지 보기도 하지만 그들이 원하는 대로 해 주면 우리의 임무는 완료되어 곧바로 복귀하였다. 그들은 무표정하여 마치 기계를 보는 것 같았다. 나 같으면 끝까지 살아서 더 많은 일을 할 것이지 자살은 너무나도 허무해 보였다. 본인은 비장한 각오를 하였는지는 모르지만 나는 어리석게 보였다. 살아갈 수 없다면 모를까 살 수 있는 상황이라면 꼭 살아서 다음 복수를 하면 될 일일 텐데 이해가 되지 않았다. 그들의 신념이나 각 개인이 무슨 경험을 했는지 나는 모르니 함부로 말 할 수는 없었다. 하지만 나 같으면 복수를 한다하여도 살아서 지속해서 할 것 같았다. 뻔히 죽을 줄 알면서도 죽는다는 것은 비효율적으로 보였다.

그들은 10월 19일 8시 30분경에 정부종합청사 앞에서 멀지 않은 곳에 주차하였다. 정문을 무사통과 할만한 고위직 차량을 찾고 있었다. 고위직 차량 번호는 경비들이 외우고 있어 검문 없이 통과시켜 주었다. 그 차량을 바짝 붙어가면 정문 정도는 통과할 수 있어 보였다. 종합청

사로 들어가는 비교적 비싼 차량을 물색하던 중에 적당한 차량이 천
천히 우리를 향해 오고 있었다. 우리는 '저것이다.'라고 손가락을 창문
밖으로 내어 침투조가 탄 차량을 향해 손짓하였다. 침투조는 알았다
고 하며 곧바로 차량의 뒤를 따라 들어갔다. 삼십 분 전부터 적당한 차
량을 살펴보고 있었기 때문에 아홉 시가 채 되지 않았을 것이었다. 그
들이 정문을 통과하는 순간 발각될 게 뻔하였다. 그렇게 되면 들어가
지도 못하고 잡히거나 총격으로 사망할 상황이었다. 하지만 우리가 예
견한 대로 경비는 앞의 차량을 바짝 뒤따르는 차에 대해 어정쩡한 태
도를 보였다. 잡고 확인하면 될 터인데 앞차를 바짝 뒤쫓아 가는 차량
을 향해 멈추라고 하였다. 차량 진입 금지 가로막이 올라가는 순간 바
짝 붙어 들어가는 바람에 정지시키지 못하였다. 경비는 뒤쫓아 가면서
서라고 하였다. 침투조가 어쨌든 정문을 통과하는 것을 우리는 그다지
멀지 않은 곳에서 지켜보고 있었다. 잠시 후 그들이 정부 건물로 들어
서려는 순간에 총격전이 벌어졌다. 침투조는 군사훈련을 전혀 받지 않
은 모양이었다. 차를 주차하고 한 명씩 들어가든지 아니면 이미 정문
은 통과하였으니 신속히 정부 건물로 들어가면 될 일이었다. 한 명 정
도 검문받는 순간에 나머지 두 명이 경비원을 제압하던지, 아니면 그
냥 들어가든지 하면 될 텐데 그들은 너무 어설펐다. 경비원이 이것저
것 물어보는 것은 당연한 일일 텐데 그에 대한 준비도 없었던 것 같았
다. 누구라도 아침 일찍 오는 사람들에게 어떻게 오셨냐고 물어볼 수
도 있으리라는 것은 당연한 일이었다. 그에 대한 준비조차도 없었던 것
같았다. 당황했다면 더욱 이해하기 힘들었다. 죽음을 각오한 그들 아
니었던가. 누가 보더라도,

'나 총을 든 테러리스트요! 지금 건물로 진입하려 합니다!'

하고 외치는 것처럼 보였다. 소위 테러리스트라는 자들이 너무 어리석었다. 그들은 즉시 건물 안 경비원의 제재를 받았다. 망원경으로 보니 경비원이 아마 무엇을 물어보는 모양이었다. 대답하면 될 텐데 갑자기 총을 꺼내 쏘기 시작했다. 그들의 말대로 건물에 들어갈 계획이라면 거기서 총을 뭐하러 쏘았는지 정말 이해되지 않았다. 경비는 그 자리에서 쓰러지고 건물 안과 정문의 경비가 총을 쏘기 시작하였다. 다른 건물로 들어가려 뛰는 모습이 보였다. 당황해 하기는 경비나 테러리스트라 하는 사람들이나 마찬가지였다. 앞에서 총을 쏘면서도 서로 맞추지를 못하였다. 그중에 경비 한 명이 뒤처진 침투조를 쏘아 몸에 맞추었다. 그 순간 몸에 지니고 있던 폭탄이 엄청난 소리와 함께 터졌다. 나머지 두 명의 침투조는 협공을 받아 의회 건물로 진입하는 것을 확인하였다. 나는 복귀를 재촉하였다. 더는 답답해서 볼 수도 없을뿐더러 상황이 진행되면 검문이 강화될 것이었기 때문이었다. 우리는 거기까지 보고 현장을 빠져나왔다. 부대 복귀 후에 경비원 두 명과 민간인 한 명이 사망한 사실을 언론을 통해 알게 되었다. 부상이 경비원 여섯 명에 민간인 열한 명이라는데 아마도 뛰어가다가 넘어져 무릎까진 인원까지 합해서일 것이었다. 언론에는 자살폭탄 테러로 나왔으며 세계 각국의 호응은 고사하고 비판만 받고 있었다. 처음 폭탄이 터진 것은 자폭한 것이 아니고 경비원의 총에 맞아 터진 것이었다. 언론이 오히려 영웅을 만드는 것처럼 보였다. 아마 나머지 두 명도 총에 몸을 맞고 몸에 감싸고 있는 폭탄이 터져 사망했을 것으로 생각했다. 부대장에게 너무 준비되지 않은 인원이 무슨 일을 꾸민다고 하여 임무도 성공하지 못한 것을 비판하였다. 국민과 세계 각국의 비판만 받는다면 이런 일을 왜 하느냐고 따졌다. 그들의 무모함에 대해서도 나는 비판을 이어갔다. 부대장은 그래도 그들은 목숨을 내놓고 전사하는 것이라며 나를 다독였다. 그다음부터 나는 테러 지원에는 잘 나가지 않았다. 우리 부대가 직접 공격한다면 내가 움직일 필요가 있겠지만 이런 지원이라면 내가 아니어도 되었다.

날씨는 점점 추워지고 있었다. 여름이 없었던 것 같았다. 행군이라도 하면 더웠다가 멈추면 다시 추워지는 날씨밖에 기억이 없다. 12월이니 더욱 추워지고 있었다. 그동안 여러 명이 부상으로 부대를 떠나기도 했고 새로운 사람이 들어오기도 했다. 나가는 수가 더 많아 삼십여 명이 채 안 되었다. 어디서 보급을 잘 해오는 것을 보면 마을이나 시내에 협조자들이 아직은 많은 모양이었다. 언제부터인지 러시아 정규군은 화염 방사기를 공격에 동원하기 시작하였다.

12월 우리 부대는 다게스탄 지역으로 이동하였다. 명령에 따라 수시로 국경을 넘나들었다. 아마도 보급품을 공급받으려 했던 모양이었다. 어떤 지역으로 가면 그 지역 출신들은 일종의 휴가를 얻는 셈이었다. 특별한 작전이 없으면 자기 집에 가서 며칠 쉬기도 하고 먹을 것을 가져오기도 하였다. 다게스탄 부이나크스크 지역 근처에 숙영하였다. 인근에 집이 있는 부대원이 열 명 정도가 있었다. 그들을 모두 집에 보내고 우리는 여전히 산에 있었다.

12일 12시경에 경계강화 지시가 내렸다. 곧이어 이동 준비 태세가 내려졌다. 부대원 복귀 즉시 떠날 태세를 갖추고 있었다. 부이나크스크

지역에 갔던 부대원을 그 마을 주민이 밀고한 모양이었다. 근처에 주둔하던 러시아 특수부대원이 방탄 장갑차의 화염 방사기로 우리 부대원 집을 태워 버렸다고 했다. 세 명이 즉사하였다. 부대원들은 이를 갈았다. 부대원 말고 집안에 가족도 있었는데 전부 화염에 희생되었다. 언론에서는 반군 세 명이 사망한 것으로만 나왔다. 내가 보기에는 누구하나 잘하는 것은 없어 보였지만 내가 소속되어 있고 밥을 얻어먹고 있는 곳이 내 편이었으므로 은근히 화도 났다. 더욱이 죽은 병사와 아는 사람이라면 더욱 그러할 것이었다. 줄었지만 인원 삼십 명이 같이 추위에 떨고 같이 잠 못 자는 사이라면 마음이 가는 것은 당연할 것이었다. 따지고 보면 우리 부대도 11월 말에 러시아 정규군과 전투 중에 러시아 특수부대 요원 두 명을 사살하였다. 아마도 그들은 그에 대해 복수를 한 것이 아닌가 생각되었다. 그래서 복수의 악순환이 계속 이어지는 것처럼 보였다. 만약 다음에 정규군을 만나고 우리에게 화염방사기가 있다면 우리도 똑같이 그럴 것이었다. 적어도 내게는 누구를 탓할 만한 상황은 아닌 듯 보였다.

2011년 1월 13일경에 이 부대의 유일한 내 친구 빅토르가 나무에 앉아 넋을 놓고 울고 있었다. 무슨 일이 일어났음을 짐작할 수 있었다. 온종일 아무 말도 하지 않았고 먹지도 않았다. 근무도 배제되었다. 여기에선 스스로 말하기 전에 누구에게 무엇을 물어보지 않는 불문율이 있었다. 한 번 물어도 대답하지 않아 마음은 아프지만 멀리서 지켜보고만 있었다. 빅토르의 저녁을 따로 가지고 있다가 늦게 다시 가져다주었다. 밥은 먹지 않았지만 나에게 오른 신문을 보여 주었다. 그것은

12일 자 신문이었는데 1월 10일에 체첸 마카츠카라 지역에 살던 반군 부부의 집을 급습한 러시아 특수부대원들 이야기였다. 주택단지를 포위하여 두 부부를 살해 한 기사였다. 거기엔 부인이 두 자녀를 죽이고 총격전을 벌이다가 일가족 전원이 사망하였다고 기록되어 있었다. 빅토르는 자기 형이라고 하였다. 그리고 언론이 거짓말을 하는 것이라고 본 듯이 외쳤다. 형수는 절대로 아이들을 죽일 사람이 아니라고 하였다. 러시아 특수부대원들이 어린 자녀까지 사살하고 형수에게 덮어씌웠다고 하였다. 그에게 형이 그렇게 큰 존재였었나 보았다. 일찍 부모를 여의고 형에게 의지하여 살았었다고 했다. 그의 형의 영향으로 반군에 가담하게 되었다고 했다. 이제 그에게 남은 것은 아무것도 없다고 푸념하였다. 무슨 일이라도 저지를 것 같아 보고 하였고 빅토르를 돌아가며 감시하였다. 그를 위한 조처였다. 다음 날부터 그는 자살폭탄테러를 하겠다고 부대장을 졸랐던 것 같다. 폭탄과 현장 협조요원의 지원을 바란다는 내용이었다. 15일 결정이 되었다. 빅토르는 비장하였다. 나는 그 낌새를 눈치채고 죽는 것보다 살아 있으며 오래도록 복수하는 것이 낫지 않겠느냐고 설득하고자 하였다. 그의 머리에는 아무것도 들어오지 않는듯했다. 우직하다는 말이 이럴 땐 참으로 답답한 말이었다. 아무리 이야기를 해도 듣지 않았고 나중에는 나를 피하였다. 아마도 목표 지점은 부대장과 빅토르가 정할 것이었다. 나는 빅토르가 훈련받은 사람이었기에 더욱 걱정되었다. 당장 빅토르도 문제지만 어설픈 자살 폭탄테러보다 엄청난 테러가 될 터였다. 테러 목표가 군사시설이라면 양심의 가책이 덜하겠지만, 민간 시설이라면 수많은 민간인이 이유도 모르고 죽을 것이었다. 내가 할 수 있는 일은 없었다. 빅토르가 하는 임무에 내가 지원하는 수밖에 없었다. 20일 빅토르는 내 어깨를 잡고 꼭 고향에 가라고 하면서 떠났다. 나는 대장에게 같이 가겠다고 하였지만 허락되지 않았다. 꼭 가게 해 달라고 조르자 빅토르가 나를 거부했다고 했다. 대장도 나를 함께 보내려 했었다고 했다. 빅토르는 내가 함께하면 감정이 앞서 일을 못 할 것이라며 나를 제외해 달라고 부탁했다고 했다. 이제 그는 어떤 형태로든지 이 세상 사람이 아니었다. 그의 목표가 무엇이든지 실패를 하면 잡히던지 죽을 것이었다. 성공한다고 해도 자살로 마감할 것이었다. 힘들 때 정을 나눈 친구였다. 말도 그에게 배웠다. 내가 육체적으로 힘들면 아무 말도 없이 도와주곤 했다. 다른 부대원들의 힘든 일도 도맡아 하면서도 나타내지 않았다. 나에겐 든든한 버팀목이었다. 절벽을 내려가며 탈출할 때에도 그는 나를 밑에서 받다시피 하여 내렸다. 그가 아니었으면 큰 부상을 당할 수도 있었다. 일일이 열거하기도 많은 일이 그와 함께 있었다. 그가 떠났다. 나는 차라리 중간에 임무가 종결되던지 마음을 바꾸었으면 하고 바랐다. 하지만 그의 소식은 들리지 않았다.

1월 24일 밤에 환호성이 울렸다. 러시아를 떨게 하였다고 축제라도 벌인 것 같은 분위기였다. 모스크바 도모데도모 국제공항에서 자살 폭탄 테러가 있었다고 했다. 서른다섯 명 이상이 사망하고 백팔십여 명이 다친 큰 사건이었다. TNT 7kg 이상이 사용되었을 것이라고 보도되었다. 대장은 10kg을 썼다고 했다. 언론에서는 테러리스트가 마중 나온 사람들 틈에 숨어 있다가 자살 폭탄테러를 한 것 같다고 했다. 하지만 그 큰 덩치가 사람들 틈에 숨어 있기나 한지 의문이었다. 하지만 나에게 이 모든 것들이 충격이었다.

빅토르가 떠난 것에 대해 슬픔으로 밥도 먹을 수 없었다. 또 하나는, '수많은 민간인이 죽었는데 이렇게 좋아해야 할까?'

'내가 이들과 계속 같이해야만 하는 것일까?'

그들은 자신들의 신념이 있겠지만 나는 이번 일로 그들과 전혀 다른 생각을 하고 있다는 것을 알았다. 다시는 총을 들 자신이 없었다. 더구나 상대방이 나를 향해 총을 들지 않는다면, 나를 해칠 의도가 없다면 절대로 그들을 먼저 해치진 못할 것 같았다. 사실 그랬다. 칼을 적에게 던질 때에도 나는 항상 적의 어깨를 향해 던졌다. 순간적으로 제압할 수 있는 상처만 입혔지 사망에 이르도록 검이나 젓가락을 던지진 않았다. 어찌 보면 그것은 방어용 무기였다. 그래서 공항테러에 대해 하나도 즐겁지 않았다. 빅토르가 목표를 공항으로 정하였다고 하면 극구 말렸을 것이었다. 차라리 군부대를 공격하라고 할 것이었다. 하지만 군부대는 경비가 삼엄하여 성공하기 힘들었다. 손쉬운 목표를 그도 정한 것이었다.

빅토르가 떠난 뒤로 모든 일에 손을 놓고 있었다. 훈련은 고사하고 근무시간에도 생각하느라 옆에서 보면 멍하니 있는 것처럼 보였을 것이었다. 대장이 면담을 요구했다. 나는 사실대로 말하였다. 며칠 동안 기다려 보자고 했다. 이틀이 지나고 삼 일이 지났지만 내 생각에는 변함이 없었다. 슬픔은 시간이 지남에 따라 없어지기도 했지만, 생각은 그렇지 않았다. 더욱 명확해지는 것 같았다. 내가 있어야 할 곳이 여기는 아니었다.

빅토르가 떠나고 사 일째 되던 날 대장은 나를 또다시 불렀다. 몸은 어떠하냐고 물은 뒤에 나에게 꼭 떠날 것이냐고 물었다. 나는 고개를 숙이고 그렇다고 대답했다. 나 혼자 떠나는 것이 큰 죄책감처럼 다가 왔다. 대장은 내게 어디로 갈 것이냐고 물었다. 내가 갈 곳은 없었다. 하지만 여기가 있을 곳은 아니었다. 그들의 가치관과 신념을 존중했다. 마찬가지로 내 가치관과 신념도 존중받고 싶었다. 갈 곳이 없었고 살 고 싶어 여기 있었던 것이었다. 내가 이기적이긴 하겠지만, 신념도 없이 타인의 생명을 해치고 싶진 않았다. 대장은 온화한 사람이었으며 순간 냉철함도 지니고 있는 사람이었다. 그는 내 생각을 충분히 이해하였다.

그리고 갈 곳이 정해지지 않았으면 자기가 함께 지낼 사람을 소개 해 주겠다고 했다. 그루지아(조지아) 산에 혼자 사는 친구가 있다고 했 다. 거기 가서 같이 생활하면서 겨울을 나고 그다음에 어디든 가는 게 어떻겠냐고 하였다. 자신의 친구에게 소개장을 써주겠다고 하였다. 형 제 같은 친구로 반갑게 맞아 줄 것이라 권하였다. 그는 진심으로 나의 거처를 생각해 주고 있었다. 그의 친구가 있는 곳까지 안내해 주겠다 고 했다. 부대 이동 중에 그가 사는 곳이 가까워지면 데려다 주겠다 고 했다.

9부

조지아 (그루지아) 은둔

우리 부대는 주로 산악에서 생활하고 산맥을 따라 이동하였다. 산의 이동은 평지처럼 빠르거나 정확하기가 힘들었다. 처음에 대장은 부대가 이동하는 중에 그의 친구가 사는 곳에 가까워지면 나를 소개해 주겠다고 여러 번 반복했다. 마땅히 갈 곳도 없고 이미 이 생활을 빨리 떠나고 싶어 대장의 제안에 동의하였다. 하지만 부대의 일정이란 게 명령에 따라 움직이는 것이라 생각대로 되지 않았다. 그래서 대장은 이미 마음이 떠난 내게 떠날 때가 되었다고 하였다. 대장은 지도를 보여주며 찾아갈 곳을 가르쳐 주었다. 지도는 그의 주머니에 도로 접어 넣었다.

부대를 떠날 날은 느닷없이 왔다. 아주 어두운 밤이었다. 달빛도 거의 없어 숲 속에 누가 있어도 알 수 없는 어둠이었다. 갑자기 하늘에서 포탄 날아가는 소리가 나더니 우리 근처에 떨어졌다. 우리는 반사적으로 즉시 일어났다. 아직 잠은 자지 않은 상태였다.

"즉시 흩어져라!"

"RPG! RPG!(휴대용 로켓)"

부대장의 다급한 목소리가 들려왔다. 휴대용 로켓을 든 대원은 로켓탄을 장착하였다. 하지만 밤이라 어디에 무엇이 있는지 알기 힘든 상황이었다. 더구나 그가 발사하기 위해 어깨에 견착하는 순간 그가 먼저 화염에 휩싸였다. 부대원은 소총을 들고 전부 사방으로 흩어졌다. 나는 어디로 가야 할지 몰라 어정쩡하게 주위만 살피고 있었다. 하늘에서 총알이 아니라 포탄이 정확하게 한 사람 한 사람씩 머리 위로 떨어지고 있었다. 어두워 보이지도 않는 병사 머리 위로 포탄이 떨어져 밝게 빛나면 거기에 있던 사람은 흔적도 없이 소멸하였다. 총상을 입어 피를 흘리고 고통스러워하는 병사를 보면 마음이 아플 텐데 이것은 아무것도 없었다. 사람의 흔적 자체가 없어졌다. 여기저기로 뛰어가고 있는 병사를 이 한밤중에 정확하게 타격한다는 것은 그들은 우리를 보고 있다는 생각이 들었다.

'적외선이다. 그들은 열적외선으로 우리를 보고 있구나?'

그렇다면 현재 몸을 숨길 장소는 없었다.

'어떻게 하지? 어떻게 하지? 방법이, 방법이……'

뛰기만 한다고 다 해결될 상황은 아니었다. 대장은 알고 있었던 모양이었다. 그래서 사방으로 흩어지게 했다고 생각했다.

앞에 염소 두 마리가 보였다. 부대는 가끔 염소를 어디선가 가져와 염소 젖을 짜 먹기도 하고 때론 염소 고기를 먹기도 했다. 그 염소였다. 염소는 옆에 포탄이 떨어졌음에도 멀쩡히 계속 살아 있었다. 적은 염소와 사람을 구별하여 공격하고 있었다. 병사만 흔적 없이 사라졌다.

묶여있는 염소는 포탄 소리에 따라 움찔할 뿐 그대로 서 있었다. 나는 염소에게 달려갔다. 한 마리는 젖을 짜는 큰 염소였고 다른 한 마리는 조금 작았다. 나는 큰 염소의 목을 칼로 찌르고 즉시 염소 배를 갈랐다. 배 속의 내장을 칼로 급히 꺼내었다. 내 상체를 염소 배 속으로 넣었다. 엉덩이와 다리가 밖으로 나와 있고 허리 위 상체와 머리는 염소 몸으로 겨우 들어갔다. 잘 안 들어가면 염소 배 쪽을 더 갈라 내 몸을 염소 몸 안에 쑤셔 넣었다. 그리곤 상체를 'ㄱ' 자로 굽혔다. 처진 염소 머리는 바위 위에 올려놓아 최대한 살아 있는 것처럼 보이게 하였다. 죽을 운명이라면 어떻게든 죽을 것이고 살 운명이면 어떻게든 살 것이다. 다만 살기 위해 최선을 다할 뿐이었다. 염소 몸속은 역한 비린내가 진동하여 토할 것만 같았다. 조금 있으면 괜찮아지려니 했지만 그렇지 않았다. 염소가 움직이지 않도록 하며 가슴 부위를 갈라 얼굴을 바닥으로 내놓고 숨을 쉬었다. 한결 나았다.

포탄은 연거푸 떨어지지 않았다. 이십 초나 삼십 초 정도 있다가 떨어졌다. 조준하여 떨어뜨리는 것으로 생각했다. 포탄은 나로부터 먼 쪽으로 떨어져 갔다. 아마도 내 주위에 있는 목표물은 다 제거했던 모양이었다. 거의 이십 분 정도 지나자 포탄의 공격은 멈추었다. 나는 염소를 뒤집어쓴 채로 계속해서 몸을 굽히고 있었다. 힘이 들어 두 팔로 머리를 얹어 놓은 바위를 짚고 완전히 잠잠해질 때까지 기다렸다. 잠시 후에 헬리콥터 소리가 낮게 들려왔다. 꼼짝을 않고 있었다. 포탄을 퍼부은 것이 저놈일 것으로 생각했다. 헬기는 두세 차례 밤하늘을 선회하더니 사라졌다. 그래도 그대로 있었다. 적막한 밤이 계속되었다. 이제 조용한 것 같아 염소를 벗었다. 총을 던져 버리고 나무 막대기 하나를 집어 들었다. 어두운 산을 헤집고 가기에는 총보다 긴 나무 막대기가 효율적이었다. 그리곤 동료를 하나하나 찾아보았다. 어딘가에 살아 있을 동료를 찾아보았지만, 포탄에 불붙은 풀잎 타는 소리만 들려왔다. 소리를 지를 수도 없었다. 시신도 없었다. 흔적도 없이 사라졌다. 밤이어서 더 안 보이는 것일 수도 있었다. 조금 전까지 같이 대화를 나누던 사람들이 다 없어져 버렸다. 그래도 대장은 어딘가에 살아 있지 않을까 하는 생각이 들었다. 혹시나 해서 산을 수색하였다. 잠시 멈춰 서서 작은 소리라도 들리는지 확인하며 샅샅이 뒤졌다. 거의 한 시간 가까이 산을 헤매었다. 허탈한 마음과 온몸에 힘이 쭉 빠졌다. 멍하니 앉아 있는데 어디선가 끙끙대는 소리가 희미하게 들려왔다. 반사적으로 소리 나는 쪽으로 달려갔다. 두 다리가 없고 어두운 밤에서도 검게 그을린 얼굴이 알아볼 수 없는 형체가 누워 있었다. 그의 옷을 보고, 그의 체격을 보고 바로 알아차렸다. 대장이었다. 그는 죽어가고 있었다. 가까이 얼굴을 다가가자 남아 있는 한쪽 눈을 가늘게 뜨고 나를 보며 말을 하려고 애를 쓰고 있었다. 왈칵 울음이 쏟아졌다. 소리를 죽이며 귀를 그의 입에 가까이 가져갔다.

"그로즈니, 그로즈니로 가서 접선자를 만나 조지아로 가라. 조지아 블라디미르, 블라디미르……"

마지막 유언을 그렇게 하였다. 잠시 울음을 그치고 정신을 차리자 서둘러야겠다고 생각했다. 언제 지상으로 군인들이 올지 모를 일이었다. 대장의 몸을 뒤졌다. 상의 주머니에서 휴대폰과 수첩, 지도를 빼어냈다. 그를 엉성하지만, 돌로 덮어 무덤을 만들어 주었다. 알렉세이 부대는 완전히 흔적도 없이 소멸하였다.

걷다가 뛰다가를 반복하였다. 겨울바람에 눈물이 저절로 흘러내렸다. 눈에 빠지고 넘어지며 어딘지 모를 산을 넘고 계속 달렸다. 지칠 때까지 달렸으니 꽤 먼 거리를 이동했을 것으로 생각했다. 날이 밝아 오고 있었다. 아침이 되어도 배가 고프지 않았다. 옷에서 비린내가 잊을 만하면 다시 기어올랐다. 계곡 아래로 내려가 불을 피우고 외투를 벗어 옷을 빨았다. 얼음을 깨고 상의만 빨아서 말렸다. 불의 연기를 내복 안으로 쐬어 몸을 덥혔다. 불 옆에 앉아 잠깐 졸았다가 깨어보니 옷이 거의 말라 있었다.

대장의 주머니에서 꺼낸 지도와 수첩을 보았다. 지도는 어딘지 도무지 알 수 없었다. 현재 위치가 어딘지 모르니 무용지물이었다. 산 정상에서 보면 알 것 같았지만, 다시 산 위로 올라가고 싶지 않았다. 조지아의 어느 한 곳에 점같이 표시된 곳이 보였다.

'내게 가라고 하던 조지아가 여기구나.'

아닐 수도 있었다. 그러나 조지아까지 우리의 작전 지역은 아니었다. 그리고 내게 조지아로 가라고 생전에 몇 번 이야기하였었고 돌아가시면서도 조지아로 가라고 하지 않았던가.

수첩엔 여러 전화번호가 있었는데 비밀을 여기에 적어놓진 않았을 거고 그의 머릿속에나 있을 터였다. 혹시 내가 아는 사람의 이름이나 번호가 없을까 하고 샅샅이 뒤져보았다. 한 명도 없었다. 휴대폰을 켰다. 신호가 잘 잡히지 않아 산 위쪽으로 올라가며 신호를 잡았다. 어쩔 수 없이 산 위로 올라가게 되었다. 지도를 펼쳐 지형을 보며 내 위치를 확인하였다. 그로즈니 시에서 그리 멀지 않은 곳에 있었다. 휴대폰은 무조건 재발신 하여보았다. 누군가 받았다. 말이 없다. 내가 말을 했다.

이 휴대폰은 알렉세이 휴대폰이고 나는 부대원이라고 하였다. 잠시 머뭇거리더니 알렉세이는 어떻게 되었냐고 하였다. 부대원이 전멸하였다고 하였더니 흐느끼는 소리가 들려왔다.

"생존자는 얼마나 됩니까?"

"저 혼자만 살았습니다."

계속되는 울음소리가 그쳤다.

"도와주세요."

울음이 그치는 순간을 기다려 도움을 요청했다.

"어떻게 도와주면 되겠습니까?"

그가 보기에 나는 그들의 동지였고 공동 운명체였다. 나는 혹시나 하고 도움을 요청했지만, 흔쾌히 도와주겠다고 하였다. 그러면서도 약간은 나의 정체를 의심하는 듯하였다. 그래서 현재의 위치를 알려주고 그가 원하는 곳으로 가겠다고 하였다. 은밀한 곳으로 오라고 할 줄 알았는데 그는 오히려 넓은 밭 한가운데로 오라고 하였다. 넓은 밭 가운데 포장도로가 나 있는 평지였다. 그가 원하는 곳에서 삼십 분 정도 서성거리자 유리가 거의 없는 승합차가 와서 내 옆에 섰다.

'저 차를 어디서 봤더라?'

우리 부대 부식을 날라주던 차였다. 낡은 차인데 고기나 빵을 가져다주면 산길에서 인계받곤 했던 차량이었다. 나이가 오십은 되어 보이는 털이 깎다 만 듯한 아저씨였다. 그도 내 얼굴을 보더니 낯이 익었는지 얼른 타게 하였다. 그는 내 몸에서 아직 역겨운 냄새가 날 터인데도 얼굴 한 번 찡그리지 않았다.

나를 어느 외딴 시골집으로 데리고 갔다. 젊은 청년이 있었는데 서로 묻지도 않고 간단한 목례만 하였다. 거기서 옷을 갈아입고 오랜만에 목욕하였다. 두 시간 몸을 불려 피부가 빨개지도록 때를 밀었다. 약간 거칠거칠한 돌을 주워 온몸을 구석구석 밀었다. 남자만 셋이 식탁에 앉았다. 그들은 우리 부대에 무슨 일이 있었는지 물었다. 나는 있는 그대로 자세히 설명하였다. 간간이 서로 눈물을 보였지만 그대로 받아들이는 것 같았다. 그 이상 무슨 관계인지 이름이 누군지 등에 대해 서로 묻지 않았다. 청년은 말없이 큰 양푼의 수프를 큰 대접에 따라 주었다. 갑자기 어디서 식욕이 돌았는지 거의 나 혼자 다 먹었다. 스테이크와 빵도 거침없이 배부르게 먹었다. 식사가 거의 끝날 무렵 따라준 포도주를 두 모금 마셨는데 잠이 쏟아졌다. 침대를 안내받아, 거의 이십사 시간 잠을 잤다. 푹신한 침대에서 자본 것도 오랜만이고 이렇게 맛있는 음식을 포식한 것도 참으로 오랜만이었다. 누군가 나를 지켜 줄 것이므로 경계를 하지 않아도 되었고 목욕 후라 구름 위에 앉은 기분이었다.

깊은 잠에서 깨어나자 몇 년 동안 쌓여있던 피로가 다 풀려 있었다. 그들은 나에게 맞는 평범한 옷을 주었다. 그리고 나의 계획을 물었다. 대장의 유언이 있었다고 하자 그들의 눈에서 빛이 났다.

"나를 조지아로 데려다 주세요."

무엇인가를 물으려 하다가 더는 아무 말도 하지 않았다. 우리는 그렇게 일을 하였다. 서로 아는 것은 거기까지만 이었다. 그들은 접선자를 안내할 것이고 그들은 나를 조지아의 누군가에게 인계할 것이었다. 조지아에서도 나는 최소한의 말만 하면 그들은 거기까지 협조할 것이었다. 그래야 누군가 발각되어도 다른 조직은 피해를 줄이거나 대피할 시간을 벌 수 있어서 조직 자체의 위험을 피할 수 있었다. 접선자들과 접촉을 하면 그들의 요구사항이 있고 요구사항을 맞추고 기다리면서 접선자의 안내에 따라 행동하면 되었다. 아마도 접촉이 끝난 듯 보였다. 그리고 접선자에게 국경을 정식으로 통과할 수 없다고 말했다. 그들은 더는 묻지도 않고 배낭과 침낭, 겨울 산악 등반에 필요한 물품을 구해 내게 전해 주었다. 어떤 것은 새것이지만 중고 제품도 많이 있었다. 이것 모두가 꼭 있어야 하나 싶기도 했지만, 이것을 준비는 데만도 많은 시간과 돈이 들었을 것이고 고맙게 작은 것 하나라도 소중히 여겼다.

"이렇게 친절을 베풀어 주셔서 감사합니다."

그들은 내가 그동안 적과 싸워 준 것만으로도 고맙다고 했다. 그리고 내게 또 다른 임무가 있는지도 모르는 일이기에 적극적으로 협조했을 것이라는 생각도 들었다.

일주일을 거기서 머물렀다. 일주일 후에 아침을 일찍 먹고 썩음 썩음한 흰색 승합차를 타고 나섰다.

그로즈니 시 외곽에서 접선자를 만났다. 그들 두 명은 접선자를 만날 때까지 나를 호위하였다. 접선자에게 인계하고 내게 축복한 다음 되돌아갔다. 또 다른 승합차를 갈아타고 새로운 접선자 셋과 같이 국경을 향해 갔다. 생전에 대장은 최대한 나의 기존 신분증을 사용하지 말라고 하였다. 내가 체포라도 된다면 체첸 부대에 대해 전부 불 것이었고 그것 자체가 부대에 큰 위험이 될 것이었기 때문이었다. 내 신분증을 사용하면 러시아 대테러 기관에 노출될 우려가 있었다. 아직도 그

가르침을 따르고 있었다. 접선자는 나를 승합차에 태워 국경 근처까지 데려다 주었다. 아침에 출발하였는데 점심때가 지난 것 같았다. 우리는 차 안에서 빵과 우유로 점심을 하고 차에서 내렸다. 그들 중에 기사 한 명은 되돌아가고 두 명과 나만 차에서 내렸다. 산 하나를 지나면 국경 검문소가 있는 곳이었다. 내가 신분증만 있으면 그곳으로 가는 것이 모두에게 편할 일이었겠지만 내 신분이 불확실하여 모험할 수 없었다.

우리는 걸어서 코카서스 산맥을 넘어 국경을 통과하기로 하였다. 다시 조지아 내에서 다른 접선자와 접선하기로 되어있었다. 산은 매우 험하였다. 일반 산이 아니라 얼음 지역을 지나자 눈으로만 이루어진 곳을 닦여진 길도 없이 가야 했다. 혼자 왔더라면 절대로 갈 수 없었을 것이었다. 신발에 설피 겸 아이젠을 차고 올랐다. 여름에도 만년설이 있는 곳인데 지금은 훨씬 더 많은 눈으로 덮여있었다. 동행한 친구는 여러 번 왔었다고 했지만, 그도 대충만 아는 것 같았다. 안전한 곳으로만 이동할 것으로 생각하면서도 어느 장소부터는 셋이 허리에 밧줄을 묶고 이동하였다. 10m 정도 거리를 두고 밧줄로 허리를 묶고 이동하였다. 산이 험준하여 빨리 갈 수가 없었다. 눈이 많이 쌓여있지 않았다면 그날 오후에 조지아에 도착했을 것이지만 두 배 이상 느렸다. 우리는 산맥을 넘어서 조금 더 전진한 다음 눈밭에 야영지를 만들어야 했다. 이미 어두워져 더는 전진하는 것은 위험하였다. 그래서 침낭을 준비한 것 같았다. 이들의 배려가 새삼 고마웠다. 우리는 눈을 파고 들어가 숙영지를 만들었다. 사람 키 높이의 눈이 쌓인 곳을 골랐다. 입구는 한 명 정도 기어들어갈 정도로 팠고, 안쪽에는 셋이 누울 정도로 팠다.

가운데는 깊게 골을 파고 선반처럼 옆으로 사람이 누울 수 있게 공간을 만들었다. 찬 공기는 깊게 파 놓은 곳으로 모일 것이고 따뜻한 공기가 위로 올라가 누워있는 사람에게 조금이라도 열기를 전해주게 하였다. 입구는 막아 버리고 공기구멍을 스틱으로 뚫었다. 그리고는 휴대하고 있던 고체 연료를 태워 수프를 끓였다. 식은 빵에 열기를 주어 조금 따뜻하게 한 다음 수프에 찍어 먹었다. 약간의 열기는 지붕의 눈을 살짝 녹이며, 녹은 눈은 다시 얼음이 되며 숙영지는 더욱 단단하게 되었다. 한쪽엔 촛불을 켜 놓았다. 작은 촛불로도 공기를 데우는데 상당한 효과가 있었다. 체첸에서도 이미 많은 경험을 해 온 터라 모든 상황이 익숙하였다. 각자 배낭에서 침낭을 꺼내어 침낭으로 들어갔다. 늦도록 농담을 하며 웃었다. 처음 만난 두 사람은 내게 침낭과 옷가지, 권총 한 자루를 손에 쥐여 주었다. 나에게 필요 없다고 하였지만, 막무가내로 쥐여주며 필요할 때 사용하라고 했다. 그 권총은 배낭 깊숙이 옷으로 싸여 있었다. 젓가락과 투검용 칼은 오른쪽 허벅지에 늘 채워져 있었다. 이제는 이게 없으면 오히려 불편하여 걷는 것이 이상할 정도였다. 내 몸의 일부로 느껴질 정도였다. 먹을 것과 산에서 필요한 생존 도구들이 있었다. 그동안 함께했던 얼굴들이 하나하나 지나갔다.

'살아있는 사람이라 해도 언젠가 다시 만날 수나 있을까? 시간이 흐른 뒤에 살아 있을까?'

보고 싶을 사람들이었다. 내 옆의 동료를 포함해서. 침낭 속은 전혀 추위를 느끼지 못할 정도로 따뜻하였다.

다음 날 일찍 산에서 내려왔다. 산 정상 부위는 밑과 달랐다. 거센 바람이 눈을 못 뜰 정도로 얼굴을 때렸다. 고글에 스키를 타고 내려가면 빠를 것이라는 생각도 들었다. 우리는 넘어지며 빠지며 국경을 넘어 조지아 쪽으로 산에서 내려와 접선 장소에 도착하였다. 한 시간가량을 지나 겨우 접선이 되었다. 전날 보기로 했었는데 만일에 대비해 이차접선 시간약속이 있었다. 두 명의 동료는 나를 접선자의 차에 태우고 그 자리에서 다시 산으로 올라갔다. 여기까지 온 것이 얼마나 힘든 일인데 그들은 다시 되돌아가야만 했다. 뜨거운 포옹으로 인사를 했다. 낡은 지프차에는 나를 태우고 가는 접선자와 나 둘만 남았다. 떠나가는 두 명의 동료를 뒤돌아보며 나도 모르게 눈물이 나왔다. 보지 않고 가는 두 사람을 향해 손을 흔들었다. 하지만 다시 그곳에 가고 싶은 마음은 없었다. 그곳이 아닌 다른 곳에서 만난다거나 평화가 오면 만날 수는 있을 것이었다.

우리는 협조자와 특별한 경우 아니면 서로에 대해 질문하지 않는 것이 원칙이었다. 운전하는 자도 나에게 별다른 질문은 하지 않았고 꼭 필요한 말만 서로 하였다. 나는 시가지를 통과할 수도 있을 것 같아 차고 있던 칼은 배낭에 넣었다. 하지만 깊이 넣지는 않았다. 언제나 손을 넣으면 잡을 수 있는 곳에 넣었다. 우리는 서로의 행동에 대해서도 모른 척했다. 차는 평지를 달렸다. 논이 아니라 밭이나 잔풀이 나 있을 만한 야산 같은 곳이었다. 논이 없었다. 양이나 소를 키우면 좋겠다는 생각을 하였다. 얼마 지나지 않아 수많은 양과 소를 만났다. 사람의 마음은 똑같은 것 같았다. 높은 산맥을 벗어나자 아늑한 들이 있어 아주 아름다웠다. 사진으로 보던 스위스 같은 풍경이었다. 이렇게 아름다운 곳도 있나 싶었다.

　차가 이동하는 중에 그자가 빵을 사와 따뜻한 빵과 요거트로 점심을 하고 더 달렸다. 다시 산속으로 속으로 달렸다. 비교적 길은 양호하였다. 포장도로를 달리다가 어느 시점부터 비포장도로를 달리기 시작하였다. 비포장도로는 달리는 것이 아니라 기어갔다. 승용차는 절대로 갈 수 없을 것 같았다. 크지 않은 강가와 산속 길을 왔다 갔다 하며 나아갔다. 눈길에 우리가 처음 가는 듯했다. 이런 곳에 사람이 살 수 있다는 것이 신기하기도 하였다. 체첸에도 이런 곳은 있었을 것이다. 상황이 허락하지 않아 보이지 않은 것이었을 뿐이고 보아도 느낄 수 있는 시간이 없었을 것이었다.

　오후 일찍 우쉬굴리라는 마을에 도착하였다. 생각보다는 마을이 조금 컸다. 오두막 대 여섯 채가 있는 산골을 생각했는데 수십 채가 있는 마을이었다. 여름엔 관광객도 많이 온다고 했다. 그곳에서 내려 접선자를 되돌려 보냈다. 대장의 친구가 사는 곳은 이곳이 아니었다. 접선자도 모르게 하려고 이곳에서 내린 것이었다. 다음은 걸어갈 계획이었다. 지도를 보고 정확하게 위치를 알기는 힘들었다. 지도 보다 현지인의 안내가 더 정확하고 요긴할 때가 있다. 지금 대장의 친구가 사는 곳을 아무에게나 물어보고 싶은 마음이 강하였지만 그럴 수 없다. 이 사람에게 지도를 보여 줄 수도 없었다. 우쉬굴리 정보를 알아야 했다. 이곳은 오지인데 관광객들이 여기까지 종종 찾아온다고 했다. 자전거를 타고 오기도 하고 트레킹을 하거나 캠핑을 하기도 한다고 했다. 아래쪽 마을은 지진으로 많이 떠나고 윗마을에 대부분 사람이 양이나 밭을 일구며 살고 있었다.

우쉬굴리의 어떤 경작지는 매우 잘 관리되고 있었으며 가축이 많았다. 접선자가 떠나고 숙소를 찾았다. 오늘 출발하기엔 늦었고 준비를 더 해야 했다. 관광 오는 사람이 많다면 숙소도 있을 것이었다. 영어로 게스트 하우스라고 쓰여 있는 곳도 있었다. 여기에서 산속으로 들어가 은신처를 만들고 숙영하다가 발각이라도 된다면 더 위험한 일이었다. 어설픈 영어와 러시아 말과 체첸 말을 섞어 민박을 얻었다. 집집마다 손님을 받기 위한 민박이 있는 모양이었다. 나는 여기에서 독특한 동양인 이방인 관광객이었다. 아마 이 마을에서 여행객은 나밖에 없는 듯했다. 후덕하게 생긴 민박 아주머니가 해 주는 저녁 식사를 맛있게 먹고 욕조에 몸을 담갔다. 모든 긴장이 풀렸다. 욕조에서 나도 모르게 졸았다. 욕조에서 자다가 일어나서 침대로 가 다시 잠을 잤다. 늦게까지 잤다. 이제 사람 사는 것 같았다. 아주머니가 주시는 아침까지 맛있게 먹었다. 내 방에서 대장이 준 지도를 정확하게 보았다. 여기에서 한참 떨어진 곳이었다. 다시 온 길을 되돌아가다가 산속으로 한 참을 가야 했다. 지형의 사정이 좋아도 삼일은 걸릴 거리였다. 지금은 눈이 많아 두 배 이상 걸릴 것이었다. 겨울에 바람 불지 않는 산은 갈만하다. 하지만 눈보라가 불면 추위와 함께 길을 찾을 수 없고 앞을 볼 수 없어 낭떠러지나 크레바스에 빠질 위험이 있었다.

'아! 얼마나 더 가야 할까?'

어제 민박을 잡을 때만 해도 잠시 내가 관광객이 된 것 같은 착각에 빠졌던 것 같았다. 나는 관광객이 아니었다. 일단 대장의 친구를 만나 겨울을 나면서 앞으로 가야 할 길을 찾아야 했다. 지도를 다시 한 번 정밀하게 거리 측정과 이동 가능한 동선을 그려 보았다. 눈이 있어 일주일은 가야 할 것 같았다. 누구에게 물어볼 수도 없었다. 나는 하루를 민박집에서 더 머물며 마을 관광을 한다고 하고 가야 할 길을 답사하며 떠날 준비를 했다. 보름치 분량의 먹을 것을 준비했다. 빵을 구워 잔뜩 배낭에 넣고 치즈는 무거워 조금만 따로 쌌다. 여기 음식은 한국과 비슷하여 입맛에 아주 잘 맞았다. 절인 장아찌도 한국과 비슷하여 그것을 준비했다. 훈제된 소고기 육포를 만들어 쌌다. 설피를 배낭 밖에 매달았다. 고체 연료가 없어서 양초를 준비했다. 겨울 산행에 필요한 물품이라기보다는 겨울 등반에 필요한 물품이었다. 나는 겨울 등반을 하려는 것이었다. 여기까지도 깊은 산 속인데 여기서 또 들어간다는 것이 나는 한편으로 좋았다. 준비물이 뜻밖에 많기도 했고 날씨가 나빠 우쉬굴리에서 삼일을 쉬었다. 심리적으로 편해서 떠나기 싫었을 것이었다. 하지만 나에겐 돈도 부족하고 사 일째는 날씨도 좋아 떠나기로 하였다. 주인아주머니는 내가 다시 시낼 가면서 걸어가려 하는 줄 알았나 보았다. 자꾸 말리는 것을 여기서 시내 쪽에 조금 큰 마을인 메스티아에서 차를 타고 가겠다고 하였다. 그 말에 마음이 놓였는지 배웅을 해 주었다.

아직 날씨는 맑았다. 아주머니에게 말 한대로 시내 쪽으로 걸었다. 그러다가 발자국을 지워가며 산으로 올라갔다. 조그마한 산을 넘어 강가를 따라 지도를 보며 걸었다. 눈이 있어 물이 없어도 되었지만, 강가 낮은 지역이 바람이 적게 불었다. 바람이 세차게 불기도 했지만 산 능선이 보다는 나았다. 추위가 덜하기도 했지만, 지도의 지역을 찾기도 편했다. 아무리 철저한 차림을 해도 바람이 불면 춥게 마련이었다. 추위에 가장 위험한 것이 체온 저하였다. 러시아에서는 항상 모자를 썼다. 현지인이 털모자를 쓰고 다니는 것이 멋을 내기 위함이 아님은 한시간도 못되어 깨닫게 된다. 체온 때문이었다. 아마 머리가 얼어붙을 것이다. 강가를 따라가도 숙영지는 강가에서 조금 올라간 곳에 마련해야 한다. 계곡 얕은 곳은 찬 공기가 밑으로 내려와 매우 위험한 곳이 된다. 눈이 이렇게 많을 때는 아예 눈 속을 파고 숙영지를 만들던지 언 눈을 쌓아 숙영지를 만드는 것이 따뜻했다. 나는 눈 속을 파고 들어가는 것을 좋아했다. 눈 속에서는 단열도 되어 바깥 기온보다 매우 따뜻했다. 또 바람 소리조차 차단하여 편안하게 잘 수 있었다. 그 속에서 다시 침낭으로 들어가면 침대 못지않게 숙면을 취할 수 있었다. 이런 숙영지는 숨구멍이 중요하고 혹시 눈이 더 내리거나 산사태가 나더라도 이상 없을 자리를 찾는 것이 중요했다. 일단 완벽한 자리만 결정되면 어느 은신처보다 빠르게 만들 수 있었다. 나뭇가지를 조금씩 태워가며 물을 끓이면 식사는 충분히 해결되었다. 튼튼한 눈 집이 완성되고 내부는 더 따뜻해졌다. 나뭇가지를 태우기 힘들면 촛불 하나만 태워도 내부 온도가 충분히 올라갔다. 작고 마른 나뭇가지를 구하지 못하면 촛불로 물을 끓일 수도 있었다. 빵에다 치즈를 조금씩 발라먹기도 하고 오이장아찌를 빵과 함께 먹었다. 거기에 뜨거운 물 한잔이면 어떤 추위에도 편안한 잠자리가 보장되었다. 이동 중에 점심 먹기가 제일 불편하였다. 아침과 저녁은 눈 속 은신처에서 해결하는데 점심을 바람을 막을 수 있는 곳을 찾기가 여의치 않았다. 때에 따라 바람막이를 만들어야 해서 시간이 아까웠다. 자연적으로 바람이 적은 곳을 찾아 따뜻한 먹을 물을 끓이고 잠시 불을 쬔 다음 바로 이동하였다. 쇠고기 육포를 씹으며 점심을 대신하기도 했다.

조지아는 강이 많았다. 만년설이 내려 물이 풍부했다. 그러다 보니 강을 건너는 것도 일이었다. 한 참 돌아서 가야 하는 경우도 생기고 예상했던 대로 눈길이라 이동 속도는 느렸다. 이동 중에 독수리가 떠 있는 것으로 보아 사냥할 만한 짐승도 있을 것으로 생각하였다. 며칠 전부터 밤에 늑대 소리도 멀리서 들려 배낭에 있던 칼도 다리에 찼다. 젓가락은 항상 차고 있었다. 바쁘거나 목적하는 바가 강할 때에는 딴 생각이 안 난다. 조금이라도 편하거나 그렇게 느낄 때면 이상한 생각이 들곤 한다.

'혹시 도착했는데 대장 친구가 없으면 어떻게 하지? 이사 갔으면 다시 되돌아 나와야 하나? 내가 산속에서 못 찾으면?'

고개를 저으면서도 잡생각이 났다. 만약 되돌아간다면 식량이 빠듯할 것이었다. 그래서 보름치 식량을 준비했다. 가는데 일주일, 오는데 일주일. 여유 부리며 갈 시간이 없었다. 그럴 리가 없을 것으로 생각하면서도 발길을 재촉하였다.

우쉬굴리를 출발한 지 팔 일째 되던 날이었다. 지도상에서는 거의 다 왔는데 아직 아무것도 보이지 않았다. 멀리서 연기라도 있으면 쉽게 찾을 텐데 전혀 보이질 않았다. 수시로 손의 지도와 지형을 맞춰가며 이동하였다.

그때 어디선가 작은 소리가 들려왔다. 나는 거의 본능에 따라 몸을 낮추고 숨을 죽였다. 소리 나는 곳을 향해 달려갔다. 가까이 갈수록 개 짖는 소리 같기도 하고 사람의 비명 같기도 했다. 이젠 소리 나는 곳을 향해 천천히 발을 옮겼다. 점점 소리가 커졌다. 더욱 자세를 낮추고 조심스럽게 다가갔다. 눈 밟는 소리도 나지 않도록 조심하며 이동했다. 나무들이 울창하여 몸을 숨기기엔 충분하였다. 그러나 나는 오감을 열어놓고 작은 소리 느낌 하나라도 놓치지 않으려 했다. 내가 몸으로 터득한 것이 있다면 포식자는 자기의 먹이가 다른 곳에 집중할 때 덮친다는 사실이었다. 내게 위협이 되는 그 무엇이 나에게 집중해서는 안 되었다.

나는 소리에 집중하며 가는 것 같아도 사실은 소리 나는 주변의 상황을 더욱 살피며 상황 파악을 하려 하고 있었다. 그것도 실전으로 익혔다. 나에게는 그것이 사느냐 죽느냐의 문제였으며 어머니와 아버지를 꼭 만나야겠다는 일념이 나의 생존 욕구를 일깨우고 있었다. 허리춤에서 단도를 뺐다. 분명히 사람 소리가 들려왔다. 소리치는 소리와 짐승의 으르렁거리는 소리가 늑대일 것으로 생각했다. 개라면 짖어 대었을 테지만 그렇지 않았고 곰이라면 사람이 오래도록 맞설만한 상대는 아닐 것이다. 소리 나는 곳을 향해 더 가까이 발길을 옮겼다. 오른손에 단도를 움켜쥐었다.

다섯 마리 늑대가 한 남자를 공격하려고 으르렁거리고 있었다. 남자는 나무 막대기로 저항하고 있었다. 남자의 다리에서 피가 나고 있었는데 자세히 보니 커다란 덫에 걸린 모양이었다. 작은 덫이라면 성인 남자로서 충분히 제거할 수 있었을 것이고 발에 달려있다 해도 저렇게 못 움직이지는 않았을 것이다. 큰 덫을 놓을 때는 멧돼지나 순록이 달아나지 못하도록 덫을 묶어 놓는데 그 남자가 눈 속에 파묻혔던 덫을 밟은 모양이었다. 늑대 무리는 소규모였는데 나는 여전히 나무 뒤에서 주변을 살펴보았다. 역시나 우두머리 늑대가 조금 뒤에서 지켜보고 있었고 여섯 마리가 금방이라도 물을 듯이 사람을 에워싸고 있었다. 사내는 커다란 나무에 등을 대고 나무막대기 하나로 늑대가 다가오지 못하도록 이따금 휘두르고 있었다. 덫에 걸린 발을 자주 보는 것으로 보아 어떻게든 발을 빼 보려 하는 것 같았다. 늑대를 쫓아 주는 것은 할 수 있겠는데 저 사람이 누군지 알지 못하였다.

'혹시 구해준 다음 밀고라도 할 사람이라면…… 어떻든 사람은 살리고 보자.'

이 깊은 산 속까지 온 것으로 보아 사냥꾼이려니 생각되었다.

'그래도 한겨울에 혼자 산행을 한단 말인가?'

내가 늑대를 공격하게 되면 늑대가 나를 공격할 수도 있었다. 그래서 늑대가 공격하더라도 피할 만한 나무를 봐 두었다. 10m 정도 떨어져 있는 나무가 적당하였다. 다른 나무는 너무 커서 올라가지 못할 것이고 적당한 나무는 올라갈 수 있을 것 같았다. 늑대가 나를 공격하면 나무 위로 올라갈 준비는 되었다. 배낭을 풀고 몸의 젓가락과 칼을 만지며 확인하였다. 나는 몸을 숨기고 발소리를 내지 않으며 최대한 접근하였다. 눈밭을 발로 헤집었다. 우두머리 늑대로 보이는 듯한, 그중에 제일 큰 늑대를 노렸다. 늑대의 목을 향해 뿌리듯이 힘껏 던졌다. 살아 있는 생물과 고정된 목표와는 달랐다. 하지만 투검을 연습한 것이 하루 이틀은 아니지 않은가. 우두머리 늑대의 목의 아랫부분으로 목과 어깨 사이에 맞았다. 큰 늑대가 캐 갱 거리며 눈밭에 머리를 파묻자 다른 늑대도 공격을 멈추고 움칫하며 상황을 파악하려 하였다. 적을 공격하기로 했다면 적이 생각하거나 준비할 겨를이 없이 순식간에 제압하여야 한다. 다른 칼을 빼 들어 사나이 앞에서 으르렁거리던 늑대를 향해 두 번째 칼을 던졌다. 칼은 머리에 꽂혔고 그 자리에 소리도 지르지 못하고 쓰러졌다. 그제 서야 늑대는 낯선 상대가 강하다고 판단한 듯하였다. 이미 나는 나의 모습이 노출되어 있었다. 늑대가 내게 달려들면 나머지 칼과 젓가락을 계속 던질 것이었고 너무 가까우면 나무 위로 달아날 계획이었다. 늑대는 나를 보자 함부로 덤비지 못하고 눈치를 보았다. 내겐 세 번째 칼이 들려있었다. 나와 눈이 마주치자 늑대가 슬금슬금 도망가기 시작했다. 내가 전혀 두려워하지 않는 데다가 칼이 날아가 다른 늑대가 쓰러지는 것을 보았기 때문일 것이었다. 나는 다시 나를 보고 으르렁거리는 늑대의 등을 향해 칼을 던졌다. 늑대는 그대로 주저앉았다. 척추에 맞아 하반신에 마비가 온 듯했다. 그제야 다른 늑대들은 앞다투어 달아났다.

덫에 걸려있던 사내는 어디서 구원자가 나타나 구해 주려 하는 것이 무척 고마웠을 것이다. 나는 사내 곁으로 다가갔다. 나이가 지긋한 할아버지로 보였다. 할아버지의 나무 막대를 받아 덫을 열려고 하였다. 그러자 할아버지는 못하게 말렸다. 그리고는 그가 주먹만 한 돌을 주워 덫의 날카로운 이빨 사이에 끼우고 덫을 열게 하였다. 그래야 덫이 열리다가 다시 오므려 들어도 그의 발목을 깊게 파고들지는 못할 것이었다. 나는 겨우 알아차렸다. 오른발로 덫의 한쪽 이빨을 밟고 나무 막대기를 지레로 이용하여 덫을 벌렸다. 쉬운 일이 아니었다. 한 번에 덫을 열어야만 했다. 덫의 이빨이 내 발에 박히도록 온 힘을 쏟아 덫을 열

었다. 할아버지도 인내심이 대단하였다. 보통 사람 같으면 비명을 질러
도 여러 번 질렀을 터인데 끙 소리 한 번밖에 못 들은 것 같았다. 발이
덫에서 빠졌다. 왼쪽 발목부위에 상처가 깊었다. 천으로 일단 단단히
묶어 피가 나오지 않게 하였다. 혼자 걸을 수 없을 것이었다. 나는 늑
대에 꽂힌 칼을 뽑았다. 살아있던 늑대는 다시 칼을 목에 던져 목숨을
끊었다. 살아 있어도 고통스럽게 죽어갈 것이었다. 두 개는 잘 뽑혔는
데 나머지 하나는 깊이 박혀 뽑는 데 애를 먹었다. 피 묻은 칼을 눈에
닦아 칼집에 꽂았다. 그리곤 할아버지를 부축하였다. 할아버지는 집이
가깝다고 하였다. 어떻게 여기를 왔느냐고 하였다. 이 근처에는 자기밖
에 사는 사람이 없다고 하였다. 재차 물어도 근처엔 자신만 산다고 했
다. 그래서 혹시 알렉세이를 아느냐고 물었다. 순간 얼굴이 일그러지면
서 모른다고 하였다. 이 근처에 사시는 분이 혼자뿐이시냐고 다시 물었
다. 그렇다고 하였다. 그의 얼굴에서 분명한 표정 변화가 있었다. 무언
가를 안다는 확신이 섰다. 혹시 블라디미르를 아느냐고 물어보았다. 자
신은 블라디미르 친구라고 하였다. 이제 블라디미르를 만날 수 있을 것
이었다. 일단 이분만 모셔다 드리고 이분의 안내에 따라 블라디미르를
보러 가면 될 것으로 생각했다. 지도에 나타난 곳이 거의 다 와 있었다.

　할아버지는 이동하면서도 이것저것 물어보았다. 깊은 산 속에 왜 혼
자 왔느냐는 둥. 왜 그러냐는 둥. 나는 미소만 지었다. 알렉세이가 잘
있느냐고도 물었다. 나는 블라디미르를 만나야만 이야기할 수 있다고
죄송하다고 하였다.

　나를 힐끔 쳐다보더니 자신이 알렉세이 친구라 하였다. 혹시 만나기
싫은 사람이 찾아왔을 것 같아 모른다고 하였다고 하였다. 나를 반갑

게 안아 주었다. 어떻게 여기까지 왔느냐고 대단하다고 하였다. 이 겨
울에 거의 열흘 동안 눈밭을 헤매며 지도 한 장으로 여기까지 온다는
것은 누구에게나 힘든 일일 것이었다.

그런데 그를 부축하면서 조금 이상한 생각이 들었다. 부대장 알렉세
이는 수염은 있지만 오십 대 초반 정도였는데 친구라는 이 분은 육십은
되어 보였다. 적어도 열 살 차이는 되어 보였다. 집에 가서 천천히 물어
보기로 하고 그를 부축하여 그의 오두막집에 도착하였다.

블라디미르의 집은 돌로 벽을 쌓았고 지붕도 얇은 돌을 얹은 집이었
다. 벽은 매우 두꺼워 벽두께만 50cm는 되어 보였다. 집 전체는 큰 바
위 옆에 붙어 있어 잘 보이지도 않았다. 처음부터 그것을 의식하고 지
은 집처럼 보였다. 창문도 거의 없으며 아주 작은 창문이 몇 개 나 있
었다. 조금 떨어진 곳에 있는 건물은 가축우리로 보였다. 그곳도 돌로
지어져 있었고 잘 눈에 띄지 않았다. 집에 도착하자마자 그의 발목을
보았다. 자신이 치료하겠다는 것을 내가 하였다. 물로 상처를 씻어 내
고 그가 보관 중인 비상약통을 열어 소독하였다. 항생제는 흰 알약 형
태로 먹는 약만 있었다. 그것을 가루로 만들어 바른 뒤에 거즈를 붙이
고 상처를 싸매었다. 당분간 걷기는 불편할 거였다. 블라디미르는 나에
게 체첸에서 왔느냐고 물었다. 그래서 협력자의 도움으로 우쉬굴리까
지 와서 걸어왔다고 했다. 수고했다고 웃어 주었는데 장작 난로에 비친
얼굴엔 많은 주름이 보였다.

"알렉세이는 잘 있소?"

"돌아가셨습니다."

그동안 있었던 일에 대해 있는 그대로 담담하게 이야기하였다. 블라디미르의 눈엔 약간의 물기만 비쳐 졌다. 내겐 알렉세이가 왜 보냈느냐고 물었다. 블라디미르는 내게 동양인이고 러시아 고려인은 아닌 것 같은데 어디서 왔느냐고 물어보았다. 한 참을 망설이다가 전부 말하였다. 당분간 갈 곳이 없으며 한국에 돌아가야 하는데 거쳐 할 곳이 필요하다고 하였다. 내 이야기를 듣고 물끄러미 나를 쳐다보았다.

　"눈 속을 헤치고 여기까지 온 것이나 칼을 던지는 것으로 보아 어디든지 가도 잘 살 텐데?"

　지나온 이야기를 다 듣고 나서도 묵묵히 있더니 그저 고개만 끄덕였다. 한 참 침묵이 흐른 뒤에 블라디미르는 당분간 이곳에서 편히 지내라고 하였다.

　오두막 내부는 주방과 침대, 난로가 있는 일종의 원룸이었다. 촛불로 집 안을 밝히고 있었다. 그의 발이 불편하여 그가 시키는 대로 침대 하나를 내었다. 침대라야 나무로 만든 틀이었고 거기에 두꺼운 이불을 깔면 되었다. 저녁도 그가 일러준 대로 식 재료를 음식창고에서 내어 요리하였다. 음식 창고는 땅을 파고 만들었는데 중국에서 보던 음식창고와 비슷하다는 생각이 들었다. 커다란 항아리만 한 땅을 파고 그 속에 신선한 채소나 감자 등이 있었다. 특이한 것은 음식 창고가 실내에 있다는 것이었다. 그의 지시대로 만든 저녁을 먹었다. 어머니가 만들어 주시던 만두 비슷한 모양도 만들었다. 빵과 치즈에 토마토를 곁들인 채소 등 제법 많은 만찬이 되었다. 그는 잼에 빵을 발라 먹었다. 맛이 없었을 텐데도 요리 솜씨가 좋다고 하였고 나는 만족했다.

집안 한쪽에는 주방이 있고 옆에 식탁이 있었다. 중앙 부분에 벽난로와 커다란 의자 하나, 그리고 바로 반대편엔 침대가 있었다. 침대 옆에 작은 공간에 각종 기구인지 무기인지 걸려 있었다. 활도 보였다. 그는 나의 칼 던지는 솜씨가 훌륭하다고 연신 칭찬하였다. 어디서 배웠느냐고 해서 스스로 터득했다고 했더니 더욱 놀라워했다. 그는 자신이 설치한 덫을 눈에 묻혀있어 보지 못하고 밟았다고 했다. 늑대가 거의 없는데 오늘 갑자기 나타나 위험했었다고 하며 고맙다고 했다. 나이는 들어 보이지만 그의 장딴지에도 근육이 발달해 있었고 어깨도 다부졌다. 그는 체첸의 상황을 많이 물어보았다. 떠올리고 싶지 않은 생각들이지만 성의껏 답해주었다. 내 집이라 생각하고 편하게 지내라고 하였다. 인자한 눈 속에 날카로움이 있는 블라디미르를 보며 예전에 무엇을 했는지 궁금했다. 시간은 많으니 천천히 알아가기로 했다.

블라디미르 침대에서 조금 떨어진 곳에 내 침대가 있었다. 민박 못지 않은 따뜻한 안락함을 느끼며 첫날 깊은 잠을 잤다. 블라디미르는 가끔 앓는 소리를 내기도 하였는데 잠꼬대 같기도 하였다.

이바노프 블라디미르. 그는 러시아 최정예 특수부대에서 대장 알렉세이를 가르친 분이셨다. 알렉세이는 체첸으로 가서 반군을 이끌었고 그는 고향 조지아에서 은둔하며 생활하고 있었다. 러시아에서도 그를 많이 찾았던 것 같았다. 모든 것을 피해 산속으로 와 혼자 생활하고 있었다. 내가 보기에는 그저 평범한 조지아의 늙은 농부로 보였다. 아마도 알렉세이를 동생처럼 아꼈던 것 같고 알렉세이도 블라디미르를 존경했었던가 보았다. 처음엔 알렉세이에게 조지아에서 같이 살자고 제안했었다고 했다. 그가 할 일이 있다고 체첸으로 떠났고 언제든지 조지아로 오라고 하였으며, 블라디미르의 사는 곳은 알렉세이만 안다고 했다. 그런데 알렉세이가 그 대신 나를 보낸 것이었다. 생각 할수록 알렉세이가 나를 많이 생각하고 있었다는 것이 고마웠다. 나도 그가 여기에 있다는 사실을 아는 두 명 중의 한 명이고 대장의 신뢰와 더불어 이분에게도 깊은 신뢰가 생겼다. 한국에 돌아갈 것인지 물었다. 나는 꼭 그래야만 한다고 하였다. '어머니'가 그곳에서 나를 기다리고 계신다고 했다. 내 눈에 눈물이 고였다. 최근엔 '어머니'란 단어도 잘 쓰지 않았다. 생각만 해도, 한마디만 해도 눈물이 나서 아예 하지 않았다. 오늘 오래간만에 이야기 중에 어머니를 말하며 스스로 울컥하였다. 잠시 서로 침묵하였다. 그는 이해한다고 하며 고개를 끄덕였다. 내 눈을 가만히 보더니 자신이 한국으로 보내 주겠다고 했다. 한국으로 가는 데 큰 어려움이 없도록 해 주겠다고 했다. 말이라도 얼마나 고마운 말이었는지 몰랐다. 그는 대신 자신이 시키는 것을 꼭 해야만 한다고 하였다. 지금까지 많은 고생을 해 왔는데 무슨 일이든 못할 일은 없을 것 같았다. 하겠다고 했다. 가르쳐 주시는 것은 최선을 다해서 하겠다고 했다. 굳게 마음속까지 약속하였다.

처음 조지아 산속에서의 생활은 농부의 일상이었다. 블라디미르는 다리를 다쳤기에 내게 하나씩 지시하였다. 나는 모르는 것을 배워가며 열심히 일하였다. 먼저 가축 밥 먹이는 것부터 하였다. 가축우리에는 암소가 세 마리나 있었다. 우유를 얻으려고 그럴 것이란 생각이 들었다. 송아지도 한 마리. 돼지도 네 마리, 말 한 마리, 닭도 여러 마리. 완전 농부의 생활이었다. 나 같으면 개를 키울 텐데 개가 안 보였다. 최근 늑대와 싸우다가 죽었다고 했다. 봄에는 다시 키울 것이란다. 이건 밥 주는 것도 엄두가 나지 않았다. 소의 젖도 내가 짜야 했다. 먹고 남은 것은 커다란 통에 담아 치즈를 만들기도 하고 요구르트도 만들었다. 다행히 돼지는 온순하여 가끔 눈밭에 내어 놓으면 눈을 헤집고 연한 풀을 뜯어 먹었다. 봄이 되면 산에 풀어놓고 키운다고 했다.

'먹여주고 재워주는데 그 값으로라도 일해야겠지.'

그곳에서 일주일은 가축 돌보는 것만 시켰다. 그게 큰 기술이 필요한 것은 아니라 금방 손에 익었다. 다음 날은 나를 데리고 산으로 갔다. 불편한 발이 걱정되었지만, 그는 지팡이를 짚고 같이 산등성이를 따라 이동했다. 집에서 보이는 자그마한 산 정상까지 올랐다. 발을 절면서도 잘도 따라왔다. 빤히 보이는 곳이라 아무 생각 없이 갔는데 가는 데에만 두 시간이 걸렸다. 그리고는 커다란 나무에 빨간 천을 매달았다. 잠시 쉬면서 보이는 골짜기와 큰 나무가 많이 있는 숲과 강을 나름대로 설명을 하였다. 그리곤 곧바로 내려왔다. 집에 오는 중에 본인은 산등성이에 서 있고 나보고 계곡 아래에 내려가서 쓰러진 통나무를 베어 오라고 하였다. 땔감을 구한다고 했다. 넘어지며 엎어지며 눈밭을 내려가서 제법 큰 쓰러진 나무를 톱으로 베었다. 통나무를 어깨에 메고 산을 오르기가 쉬운 일이 아니었다. 작은 통나무를 벨 걸 그랬다고 후회하였다. 낑낑대고 올라가자 마음에 들지 않는다고 구시렁거렸다. 속으론 깐깐한 노인네라는 생각이 들었다. 오른쪽 어깨가 아프면 왼쪽 어깨로 옮겨가며 산에서 내려오니 점심 먹을 때가 한 참 지난 뒤였다.

당분간은 땔감을 계속 준비해야 한다고 했다. 나무를 하러 갈 땐 같이 다녔다. 절뚝거리면서도 블라디미르는 산등성이에 앉아 나를 계곡 밑으로 내려보내고 나무가 작네, 크네, 너무 가벼워 땔감이 아니라는 둥 잔소리를 해대었다. 처음엔 내가 익숙하지 못하여 가르쳐 주려는 줄 생각했으나 갈수록 잔소리가 심해지는 것 같았다.

'나 없으면 누구에게 잔소리했을까?'

그래도 밥값이라 생각하고 군말 없이 그의 말에 따랐다. 그가 원하는 크기의 통나무를 알았고 원하는 시간대에 빨리 마무리해야 하였다. 산속이라 제시간 안에 마치지 못하면 위험할 수도 있었다. 통나무 작업 일주일은 아침에 일어나기가 너무 힘들었다. 온몸이 쑤셔서 잠도 제대로 못 잤다. 일어나는 데에도 몸을 옆으로 굴려서 일어나야 했다. 통나무 나르는 일은 오전과 오후에 두 번씩 했다. 하나를 가서 베어 나르면 오전이 지나갔다. 그는 그것이 불만이었다. 내가 느리다고 했다. 그러다가 춥게 겨울을 나겠다는 둥 봄이 되어야 나무가 준비되겠다는 둥. 이젠 그의 잔소리도 대충 흘려버렸다. 나이 먹으면 잔소리가 심해진다더니 나는 저렇게 늙지는 않겠다고 다짐했다. 통나무 운반 하는 일이 몸에 익으니까 이번엔 적당한 크기로 톱질을 하라고 했다. 그래야 장작을 만들 수 있다고 했다. 톱질도 이십 분만 하면 온몸에 땀이 밸 정도로 힘들었다. 하루에 하던 통나무 운반을 오전에 끝내고 오후에는 톱질하라고 했다. 나 없이 지금까지 어떻게 살았나 싶었다. 시간에 맞추려면 통나무를 메고 뛰어다니다시피 해야 했다. 아니 뛰어다녔다. 톱질도 처음에 할 때면 몸이 여기저기서 쑤시고 아팠다. 팔만 아픈 것이 아니었다. 전신이 아팠다. 톱질하여 배게 만하게 자른 통나무를 도끼로 패서 장작을 만들게 하였다. 그렇게 힘을 쓰다 보면 추운 줄을 모르고 몸에서는 땀이 수증기가 되어 뿜어져 나왔다. 처음에는 무슨 일이든지 힘들지만, 적응하면 근육이 적당하게 생긴다. 그들이 적절히 작용하여 더는 힘들지 않게 되었다.

언제부턴가 내가 일을 하면 블라디미르가 식사를 준비해 놓았다. 이제 그는 요리하고 나는 힘쓰는 일을 하였다.

그렇게 한 달 반이 지나갔다. 이번엔 나를 부르더니 앞으로 앞산 정상에 파란 천을 달고 오라 하였다. 예전에 빨간 천을 달아 놓았던 자리에 바꿔 달라고 했다. 빨리 갔다 와야 일을 마무리할 수 있다고 하였다. 나는 가볍게 몸을 풀고 정신없이 뛰어갔다 왔다. 시간에 마무리가 안 되면 밤에라도 마쳐야 했다. 블라디미르에게 내일은 없었다. 오늘 할 일은 오늘 마쳐야 했다. 인자한 할아버지 얼굴을 하면서도 그의 말과 눈빛엔 강렬한 카리스마가 있었다. 누구도 거부하기 힘든 눈빛이었다. 정상에 올라 지난번에 달아 놓았던 빨간 천을 파란 천으로 바꿔 달았다. 내려오니 망원경으로 보고 확인하였다. 매일 눈보라가 치는 날에도, 밤새 눈이 내려 허벅지까지 눈이 쌓여도 정상을 올라야 했다. 이 일을 왜 해야 하느냐고 했더니 누가 멀리서 오나 살피고 오라는 것이란다. 그러면 처음부터 그렇게 이야기를 하지 나는 뛰어다니기만 바쁘게 뛰어다녔다. 그렇지만 다음 날도 평소처럼 뛰어다녔다.

'이 깊은 산골에 찾아올 사람이 있을까?'

아침에는 일찍 일어나야 했다. 그가 시킨 것이 아니라 그래야 하루 일을 마무리할 수 있었다. 이제는 아침 일찍 앞산 정상에 올라 천을 매다는 것으로 하루를 시작했다. 처음에는 가는 데에만 두 시간이 걸렸지만 계속 단축되어 갔다 오는 데 두 시간, 한 시간, 사십 분 정도로 줄어들었다. 통나무 나르기는 계속되었다. 통나무를 계곡 아래에서 적당한 크기로 자른 뒤에 산등성이까지 뛰어 올라왔고 집으로 오는 길에도 통나무를 메고 뛰어다녔다. 장작을 패기도 쉽지 않았다. 젓가락을 던질 때처럼 목표에 집중하는 것을 응용하면서 장작도 잘 팰 수 있었다. 그는 발이 다 낳은 것 같은데도 발을 절면서 특히 내가 통나무를 하러 갈 때는 꼭 같이 갔다. 내가 집 근처에서 하려 하면 절대로 안 된다고 집에서 걸어서 한 시간 거리 이상 떨어진 곳에서 해 와야 했다. 그 말에도 일리는 있었다. 멀리 있지만 쓰러진 나무를 해야 자연도 보호되고 집도 은폐가 될 것이었다. 집 근처의 나무를 베다 보면 집이 쉽게 노출될 우려가 있었다.

조지아의 맑은 날은 온 풍경이 그림이었다. 석 달이 지난 오후에 따스한 햇볕이 비추고 있었다. 우리가 사는 곳보다 낮은 쪽에는 눈이 녹고 있었다. 나무가 없는 산에는 잔풀들이 뒤덮이고 이름 모를 꽃들이 땅에 붙어 아름다운 융단의 모습을 보이고 있었다. 하지만 우리가 사는 곳은 워낙 산속이라 아직은 겨울이었다.

블라디미르는 마당으로 나를 나오라고 하였다. 마당 가운데에 서서 나에게 자신을 공격해 보라고 하였다. 웃음이 나왔다. 지금 그를 석 달간 보아왔다. 시골 할아버지였다. 그에게 내가 주먹으로만 공격한다 해도 큰 상처를 입을 것이었다. 못한다고 하자 기어이 해보란다. 아마도 옛날을 기억하고 싶어서일 것으로 생각하고 가볍게 대련하듯이 주먹을 날렸다. 순간 나는 그의 앞에서 한 바퀴를 돌아 나가떨어졌다. 다시 가볍게 발로 맞지 않도록 차는 순간 어느새 내가 넘어져 있었다.

'이게 뭐지?'

할아버지가 아니라 이젠 대련 상대라 생각했다. 힘을 집중하여 제대로 주먹과 발을 찼으나 한 번도 그를 맞출 수 없었다. 그는 힘을 쓰지 않았다. 보통 사람이라면 나의 앞차기 한 번에 나가떨어져야 했다. 나도 느린 발은 아니었다. 하지만 그는 더욱 빨랐고 전혀 힘을 쓰지 않았다. 이렇게 싸우면 온종일 싸워도 그의 힘은 남아돌 것이었다. 주먹으로 때려 맞았다 싶으면 나는 한 바퀴를 옆으로 돌든지 앞으로 돌든지 저만치 나가떨어져 있었다. 우리나라 합기도 같기도 한데 나로서는 도저히 제압할 수 없었다. 실력차이였다. 그는 할아버지가 아니었다. 여전히 한 손엔 지팡이를 들고 서 있고 한 손으로 나를 상대하고 있었다. 제풀에 내가 나가떨어졌다. 그는 마당에 원을 여러 개 그려 넣고 손과 발동작을 하나씩 가르쳐 주었다. 처음 내 발차는 모습은 되었다고 하며 조금만 요령을 터득하면 될 것이라 하였다. 기본이 어느 정도 되어 있다고 하였다. 자신감을 심어주려고 한 빈말일 것으로 생각하였다. 그래도 그의 가르침은 충실히 따랐다. 기본은 상대방의 힘을 역이용하는 것이었다. 마당에 그려놓은 원 위로 발을 옮기며 몸동작 손동작을 가르쳐 주었다. 태권도에서는 잘 쓰지 않는 어깨를 이용한다든가 한군데를 가격 하면서도 빠르게 다른 곳 대여섯 군데를 가격 하여 치명타를 가하는 모습도 보여 주었다. 나무를 마당 끝에 세우고 풀로 나무를 감쌌다. 그리고 그것에 타격 연습을 시켰다. 칼을 들고 상대방을 제압하는 기술 등 하루에도 쉴 새 없이 배웠다. 어떤 날은 무엇을 배웠는지 정신없이 지나갔다. 다음날 어제 배운 것을 시켜서 모르면 더 고된 일이 기다리고 있었다. 잠자리에 들기 전에 그날 배운 것을 하나하나씩 기억하고 머릿속에서 동작을 해보아야 다음날 잊어버리지 않았다. 침대에 앉아 명상하였는데 그도 좋은 습관이라 하였다. 자신도 가끔 한다고 하였다. 여기 와서 명상하면서 호흡도 매우 길어졌다.

명상 중에 아랫배에 뜨거운 불이 있는 느낌이 들 때가 있었다. 처음엔 이게 뭘까 하고 생각하다가 그 느낌을 즐겼다… 마치 뜨거운 불이 아랫배에 있는 것 같다가 서서히 내 몸을 움직여 갔다. 의도대로 움직일 수도 있었다. 등줄기를 타고 위로 올라갔다가 머리를 타고 앞을 움직이기도 하고 가슴을 타고 내 몸을 한 바퀴 돌게도 하였다. 그리곤 팔과 다리로 갔다가 다시 오기도 하고 가슴에서 옆으로 한 바퀴 돌게도 하였다. 이마에 머무르기도 하면서 이상한 느낌을 계속 느꼈다. 발바닥을 지나 몸 밖으로 나갔다가 다시 온몸을 휘감았다. 내 의지대로 느낌을 충분히 움직일 수 있었다. 블라디미르에게 말은 하지 않았다. 하지만 이런 명상을 하고 나면 다음날 아프지가 않았다. 몸의 상태가 더욱 좋아졌다. 실제로 손과 발이 찰 때 하면 전혀 춥지 않았다. 맨발로 눈밭에 있어도 눈이 녹아내리고 발은 따뜻했다. 얼마나 지속하는지는 알 수 없었지만, 북한을 탈출하면서 조금씩 잠자기 전 이용하고 있었다. 자기 전에 이 느낌을 느끼고 자면 아무리 힘이 들어도 거뜬하였다. 나는 이것을 명상이라 하였는데 무엇인지 모르겠지만 묘한 쾌감이 있었다. 많은 시간이 들지 않고 낮에도 잠시 아랫배에 집중하고 호흡만 조절하면 그 느낌을 느낄 수 있었다. 무슨 일을 하든지 몸을 움직이는 것에 그것을 적용해 보면 신기하게도 힘이 들지 않으며 더 큰 힘을 낼 수 있었다.

아침 일찍 앞산에 오르는 것에도 요령이 생기기 시작하였다. 눈밭에 매일 빠지고 뛰기만 하였다가 하루는 눈 위로 걸어보려 시도하였다. 왼발이 빠지려 하는 순간 무릎을 본능에 따라 살짝 구부리며 다음 발을 진행하였다. 몇 발짝이지만 빠지지 않고 눈 위를 뛸 수 있었다. 그게 빨랐다. 눈 속에 발이 일단 빠지면 속도는 현저히 줄어들었다. 어떻게든 빨리 산에 갔다 와야 나머지를 배우고 일을 할 수 있었다. 웬만한 눈밭을 위로 뛰는 법을 터득하였다. 눈이 약간 얼어있는 곳을 빠르게 디디면서 뛰면 잘 빠지지 않고 뛸 수 있다. 눈 위로 달리기 전에 잠시 명상을 하면 더욱 빨리 달릴 수 있었다. 뜨거운 느낌을 발바닥을 통해 밖으로 내 보낸다고 생각하고 달리면 마치 밑에서 같은 극의 자석이 미는 힘같이 힘을 받는 것 같았다. 사람은 믿음이 중요했다. 실제로 그런 일이 일어나지 않을 것이었지만 그렇게 생각하면 정말 눈 위를 달릴 수 있었다. 속도도 매우 빨라졌다. 블라디미르는 처음에 내가 앞산에 갔다 왔다고 하여도 믿지 않았다. 쌍안경으로 매단 천을 확인하고서야 인정하였다. 산에 오르는 자신이 생기고 나면서 블라디미르가 갔다 오라고 한 지점을 지나 더 높은 곳까지 갔다 왔지만, 시간은 단축되었다. 계곡 아래에서 통나무를 베어 메고 산등성이로 올라갈 때에도 잠시 뜨거운 느낌이 발밑으로 나가서 나를 민다고 생각하고 오르면 손쉽게 산을 오를 수 있었다. 이게 무엇인지 모든 일에 하나씩 응용해 보며 얼마나 효과가 있는지 스스로 관찰해보았다. 칼이나 젓가락을 던질 때 파괴력이 엄청나게 향상되었다. 추운 곳에서 얼마나 나를 따뜻하게 만들어 주는지 웃옷을 벗고 실험해 보았는데 일정 시간 이상은 효과가 있지만 오랜 시간은 아직 무리인 것 같았다.

장작은 내가 보기에 남아도는 것 같은데도 계속 패라고 하였다. 많지 않으냐고 하면 언제나 부족하다고 하였다. 내 생각엔 많은 것이 틀림없었다.

'나 있는 동안 몇 년 치 장작을 만들려고 그러나?'

하지만 그걸로 사우나도 하고 목욕물도 자주 덥힐 수 있었다. 그는 물을 강물에서 길어오라 시켰는데 양동이 두 개로 길어 와야 했다. 강물은 만년설이 녹아내리는 물로 회색빛이었지만 오염되지 않은 물이라 했다. 결국, 나도 사용하는 물이므로 불평 없이 매일 길어왔다. 가득 양손에 물을 길어오며 흘리지 않으려면 그것도 요령이 필요하였다. 길이 얼어붙어 있어 균형 잡기가 쉽지 않았다. 무슨 일이든지 하면 되는 것이 인간의 몸이라 생각했다. 내 몸은 모든 환경에 너무 쉽게 적응하는 것 같았다.

오후에는 마당에서 그에게 상대방을 이용하여 제압하는 기술을 배웠다. 할아버지이지만 녹슬지 않은 기술을 보유하고 있었다. 훈련된 사람이라도 대여섯 명쯤은 순식간에 제압할 수 있을 것으로 생각했다. 그는 내 기본기는 훌륭하다고 계속 자주 칭찬하였다. 아마도 격려하기 위한 것으로 생각했다. 하지만 내겐 강하기만 하고 부드러운 것이 없다고 했다. 그의 손과 발놀림은 마치 춤을 추는 듯했다. 팔을 무작위로 휘젓는 듯도 하고 언제 공격할지 알 수 없을 때 공격하였다. 어떻게 보면 우리나라 택견 같은 느낌도 나고 중국의 태극권 같기도 하였다. 세계의 무술의 장점을 모아 러시아 특수부대 요원 양성용으로 개발된 무술이라 하였다. 그게 무엇이든 중요한 것은 매우 치명적이고 위협적이어서 수련하면 적어도 나를 보호하는데 매우 쉬울 것으로 생각했다.

그는 내가 알게 모르게 나를 훈련하고 있었다. 칼을 던지는 것도 그는 나와 달랐다. 나는 칼을 던지는 것에는 자신이 있었다. 힘든 상황에서도 연습하고 터득한 것이었다. 젓가락을 응용해 던지는 것에서 매우 흡족해하였다. 하지만 그는 모든 물건을 던질 수 있었다. 그가 던지는 것은 모두 위협적으로 나무에 박혔다. 심지어 접시마저 나무에 박힐 정도였다. 그는 생활 주변의 모든 것이 무기였다. 세상 어디에 내어 놓아도 혼자 살아갈 능력이 있는 분이었다. 존경심마저 들었다. 매일 오후에는 거의 일을 시키지 않고 훈련을 시켰다. 내 몸의 근육은 새롭게 생겨나고 새로운 움직임에 적응하였다. 필요한 근육이 생겼다. 블라디미르는 커다란 살코기 덩어리와 채소를 먹여 주었다. 항상 집안에는 어떤 고기든지 천장에 매달아 있었고 매 식사때마다 고기를 먹었다. 그래야 체력이 생긴다고 하였다. 산속에서 가끔 사슴 사냥도 하였다. 그때에 그는 활로 사냥을 하였다. 겨울에 총을 쏘게 되면 산골짜기에 눈사태가 일어날 수 있고 나를 노출 시킨다며 활을 사용하라 하였다. 활도 매력이 있었다. 20m를 벗어나 100여m까지는 활이 매우 효과적임을 알았다. 사냥한 짐승의 가죽을 벗기고 고기를 발라내는 것을 꼭 내게 시켰다. 집에서 양을 잡았을 때에도 그는 내게 빨리 죽이고 고기를 해체하는 법을 설명한 뒤에 바로 내가 하라고 하였다. 짐승이 고통 없이 죽게 하는 것뿐 아니라 소리 없이 죽여야 노출의 위험이 없다고 했다. 올가미나 덫을 놓는 방법부터 사냥하는 법도 가르쳤다. 굶어 본 사람은 배고픔의 고통을 안다. 하루가 아니라 며칠씩 굶으며 몸을 움직여야만 한다면 말할 것도 없을 것이었다. 나는 그 고통을 알고 있었다. 그래서 그의 가르침에 혹시나 빠뜨리지는 않을까 머릿속에 꼭꼭 집어

넣으려 했다. 블라디미르는 가르친 다음엔 꼭 직접 내가 하게 하였다. 배웠다 하면 이것은 그 날 아니면 다음날이라도 해야 했다.

내가 제일 힘들어 하는 것은 밧줄 하나에 허리를 묶고 절벽을 내려오는 것이었다. 올라가는 것은 앞만 보고 가면 되었는데 내려오는 것은 다리가 떨렸다. 정신을 집중해도 되지 않았다. 그는 나를 30m 절벽 중간에 온종일 묶어 두었다. 아침부터 저녁까지 허공에 떨면서 붙어 있었다.

'조금 있다가 내려 주겠지.'

저녁에야 내려 주었다. 하루면 충분했다. 신기하게도 무서움이 없어졌다. 밧줄만 튼튼하다면 어디라도 내려갈 수 있었다. 땅을 보며 달려가기도 하고 점프하여 서너 번 만에 땅에 도착하기도 하였다. 그는 누군가를 훈련하는 천부적인 재능이 있었다. 그리고 상대방에게 깊은 신뢰감을 주는 능력이 있었다. 적어도 나는 그에게 무한한 믿음을 가졌다. 그러면서도 함부로 사람을 해치면 안 된다고 당부하였다. 그것은 나도 동감하는 바였다. 사람에게 치명적인 급소 부분도 가르쳐 주었다. 그는 인체 구조에 대해서도 잘 알고 있었다. 어디로 동맥이 지나가는지, 어디를 어떻게 손상을 주면 치명적인지 내게 가르쳐 주었다. 나는 내 몸을 더듬으며 익혀나갔다. 내가 익히고자 하는 것은 치명적인 곳을 피해 적을 제압하는 것을 배우고자 해서였다. 손이나 발은 급소를 타격하여도 힘을 적게 주면 상대방이 생명을 잃을 정도로 위험하지는 않았다. 하지만 칼이나 젓가락은 상상외로 치명적인 무기가 될 수 있었다. 지금까지 살이 많은 허벅지 정도는 괜찮을 것이란 막연한 생각도 깨어졌다. 허벅지도 동맥을 파열하여 곧 지혈되지 않으면 치명적

일 수 있었다. 해서 급소를 피해 공격하는 것을 명심하며 배웠다. 어깨
는 괜찮을 것으로 생각했는데 그곳에도 동맥을 건드리면 치명적인 상
처가 될 수도 있었다. 지금까지 비교적 덜 치명적인 곳이라 생각했던
부문이 아닐 수도 있다고 생각하니 아찔하였다. 더 열심히 인체의 구
조에 대해서도 배웠다.

블라디미르는 내가 여기에 온 지 처음으로 시내를 가겠다고 하였다.
물론 나는 가축을 돌보아야 했다.
  '내가 없었으면 평생 여기에서만 살았을까?'
  소 한 마리를 끌고 갔다. 일주일 이상 걸릴 거라고 했다. 그가 없는
동안에도 나는 평소 하던 일을 계속 하였다. 아침 달리기부터 잠자리
명상까지 계속하였다. 그가 없는 하루는 의외로 외로웠다.
  '혼자 어떻게 살았을까?'
  나는 혼자서는 못살 것 같았다. 집에도 가야 했다. 어떻게 갈 것인
지 엄두도 나지 않았다. 지금 나가서 러시아 공안이나 남한, 북한 요원
들에게 잡히면 그날로 끝이었다. 모든 희망과 내 삶이 멈추게 될 것이
었다. 블라디보스토크의 최진국 부영사는 절대로 잊지 못할 인간이었
다. 북한은 원래 그런 집단이었겠지만 믿었다가 배신당하는 것이 더욱
극복하기 힘든 일이었다. 나를 죽을 곳으로 보내면서 짓던 미소는 잊
히지 않았다. 지금은 누구를 미워할 시간도 없었다. 내가 살아가야 할
방법과 어머니를 만나고 고향을 가는 것이 최고의 목적이었다. 어머니
에게 늦게 일어난다고 혼도 나고 밤늦게 돌아다닌다는 잔소리도 듣고
싶었다. 여기는 한국에서 너무 먼 곳이었다. 블라디미르에게 상의해야

겠다고 생각했다.

블라디미르가 시내를 다녀왔다. 소를 팔러 간 줄 알았더니 소 등에 물건을 잔뜩 실어 왔다. 생필품과 눈에 띄는 것은 내게 줄 선물이었다. 생존 기구들이었다. 침낭도 사계절용으로 방수되는 것으로 내가 가지고 있던 침낭보다 훨씬 가볍고 따뜻했다. 내 옷가지와 불을 피우는 부싯돌, 밧줄과 소형 버너까지 나보고 더 깊은 산 속에 들어가라고 할 것 같은 물건들이었다. 땅을 팔 수 있는 모종삽만 한 작은 삽과 톱날이 있는 칼이라든지 내 것은 등반용 물품이었다. 옷도 겨울용 점퍼는 안쪽은 흰색이고 다른 면은 얼룩이 있어 뒤집어 입을 수 있고 따뜻했다. 여름용 옷가지 속옷과 등산용 두꺼운 양말까지 세세하게 사왔다. 나침반이 붙어있는 시계에서 마치 작전 나가는 특수부대 군인의 준비물이 이럴 거라는 생각이 들었다. 그 날 포도주를 같이 마시며 웃기지도 않은 일에 웃으며 늦게까지 이야기하였다. 마지막으로 내가 집에 언제 가면 되겠느냐고 물었다. 그는 아직 때가 안 되었다고 했다. 그때가 되면 일러 주겠다고 했다. 일과 훈련은 계속되었다. 시키는 일을 하면서도 한 편 이런 훈련이 내게 필요한 것인지 의심되었다. 이건 군인이 되게 할 훈련이었다. 그런 생각이 들다가도 다르게 생각하면 언제 어떤 상황에 부닥쳐 극복할 수 있는 능력을 지니고 있으면 살 것이고 능력이 없으면 죽을 수도 있음을 보아왔다. 그래서 하라는 대로 하고 있었다.

2011년 9월. 블라디미르는 바위 절벽에서 떨어졌다. 밧줄을 타고 내려오다가 밧줄을 놓친 것 같았다. 일반 사람 같으면 즉사했을 것이었다. 그의 응급조치로 팔과 골반 부위, 허리를 심하게 다쳤다. 원숭이도 나무에서 떨어질 수 있다는 말이 실감 났다.

'그렇게 훈련된 사람도 떨어질 수 있단 말인가?'

새삼 겸손한 마음을 갖게 하였다. 내가 익힌 기술이라 하더라도 어느 한순간에 실패할 수 있고 자만할 만한 일은 이 세상에 없는 것을 생각하게 하였다.

처음에는 블라디미르의 부상을 대수롭지 않게 생각하였다. 본인이 그렇게 말했거니와 설마 그렇게 고도로 훈련된 자가 자기의 부상 정도를 판단하지 못할까 싶었다. 잘 다치지도 않지만 다쳤다 하더라도 회복 조치는 쉽게 할 수 있을 것으로 생각했다. 그게 진정으로 훈련된 전문가였다. 그러나 그는 일어나지 못하고 계속 누워 있었다. 나는 그의 말을 믿었었다. 대수롭지 않게 며칠 있으면 일어날 것으로 보았다. 그에 대해 믿음은 상상 이상이었다. 나는 그를 마음으로부터 신뢰하고 있었다. 하지만 그는 점점 약해져 가고 있었다. 나의 믿음에도 회의가 들어가기 시작했다. 어떻게든 조처를 해야 할 것 같은 생각이 들었다. 병원에 가는 것이 어떻겠냐고 하면 완강히 거부하였다.

'이 정도쯤이야! 블라디미르가 누군데.'

나날이 그의 상태는 악화하는 것으로 보였다. 나는 병원에 한 번만 가자고 졸랐다. 하지만 그는 끝내 거부하였다. 소 등에 안장을 얹으면 갈 수 있다고 계속 졸랐지만, 곧 일어설 수 있다고 자신했다. 또 그런 일이 자주 있어서 잘 안다고도 했다. 하지만 일주일, 이 주일이 지나면서 얼굴이 완전히 말라 버렸다. 한 달이 지나가자 안 하던 기침도 심해졌다. 장작을 태워 목욕을 시켜 주었다. 한 달 사이에 근육이 많이 없어졌다. 우선 걷지를 못하였다. 허리가 무척 아픈 모양이었다. 따뜻한 목욕이나 뜨거운 수건을 허리에 얹어 주면 좋아했다. 금방 일어날 것처럼 말하였다. 그러길 바랐다. 나 혼자 가축을 돌보고 일을 하였다. 평소 그가 시키던 대로 그가 없어도 그대로 하였다. 그리고 그의 식사를 돌보았다.

10월 3일 저녁. 일하고 방에 들어가자 블라디미르는 허공에 손을 내젓고 있었다. 그는 무엇인가를 소리 내려 하고 있었다. 나는 귀를 그의 입에 대었다.

'어머니! 어머니……'

평소에 단 한마디도 없었던 어머니를 부르고 갔다. 그는 자기 과거에 대해 한마디도 하지 않았다. 가족관계는 물론 그 자신의 경력에 대해서도 말하지 않았다. 블라디미르는 그의 어머니를 두 번 부르고 숨을 거두었다. 슬픔에 복 바쳐 아무것도 할 수 없었다. 삼일을 아무 일도 하지 않고 먹지도 않았다. 그는 여기서 내 아버지였고 어머니였고 스승이었으며 친구였다. 낯선 동양인을 두말없이 거두어 주었고 자신을 나눠 주었다. 자신이 가진 재능을 나누어 부어 주었다. 그의 과거는 모른다. 하지만 그가 나와 같이 있었던 시간과 지금까지의 블라디미르는 내가 보았다.

그를 집에서 가까운 곳에 땅을 파고 흙과 돌로 무덤을 만들었다.

'나의 스승, 아버지, 친구 블라디미르 여기에서 영원히 잠들다.'

나무에 새겨 세웠다.

10부

러시아를 지나

카자흐스탄

2011년 10월 10일. 조지아 우쉬굴리에서 동쪽으로 수십 ㎞ 떨어진 블라디미르가 있던 산속에서 나는 조지아의 평범한 농부 차림으로 길을 나섰다. 블라디미르를 집 앞산에 모시고 나서 집안을 샅샅이 뒤져보았다. 집에 있던 소고기는 얇게 잘라 펴서 훈제 육포로 만들었다. 여행 중에 요긴하게 쓸 물건을 챙겨 배낭에 넣었다. 선반을 뒤져 3,200달러와 1,700라리를 찾았다. 돼지와 닭은 문을 열어 놓았고 소 세 마리는 끌어내었다. 돼지는 산으로 들어가 멧돼지가 될 것이었다. 닭도 야산에서 스스로 먹이를 찾아 먹을 것이었다. 나도 스스로 세상을 헤치고 집으로 갈 것이었다. 짐승과 산과 집에 작별인사하였다.

소위에 짐을 싣고 나도 다른 소위에 올라탔다. 소 세 마리를 이끌고 강을 따라 내려왔다. 눈 속에 있을지도 모르는 사람을 찾아가던 그 길을 다시 나오고 있었다. 소는 중간에 풀을 뜯도록 하였다. 송아지 한 마리도 따라다녔다. 나는 이제 산에 들어가 숨지도 않았다. 누가 나를 찾을 리도 없었다. 바람을 피할 수 있는 곳이면 번듯하게 텐트를 치고 야영을 하였다. 오랜만에 하는 야영이었다. 땅을 판다거나 눈을 파서 만드는 것이 아니고 텐트만 치고 잤다. 땅을 파는 것으로도 많은 시간이 걸리고 눈으로 은신처를 만드는 것도 시간이 걸리는 일이었다. 이제 평지를 다지고 텐트 하나만 치면 되니 시간도 절약되고 힘도 들지 않았다. 편한 캠핑을 가는 기분이었다. 앞으로도 계속 편한 생활이 지속하기를 빌었다. 지금까지는 눈에 띄지 않게 은신처를 만들어야 했다. 내 발자국마저도 철저히 지웠다. 밤에 불을 피우는 것도 불빛이 새어나가지 않게 조심해서 피웠다. 지금은 전혀 신경 쓰지 않았다. 누가 볼 사람도 없을 것이고 본다 한들 이곳 조지아 산속에서 소를 키우다 소를 팔러 간다고 할 계획이었다. 낮에는 소를 타고 이동하였기에 전혀 힘들지 않았다. 운동이 부족할 것 같아 일부러 걷기도 하였다.

사흘 만에 메스티아에 도착하였다. 메스티아에서 내가 살던 곳과는 다른 쪽 산속으로 4㎞ 정도 더 들어가면 우쉬굴리가 있었다. 시내로 가야 해서 이곳에서 잠시 머물렀다. 하루 정도 머무르기로 하였다. 우쉬굴리 보다 조금 큰 마을이었다. 지나는 사람들 누구도 나에게 관심 두는 이는 없었다. 메스티아의 큰 도로에서 산 쪽으로 더 올라갔다. 소를 키울만한 집을 찾았다. 대부분 소를 키우고 있지만, 굳이 나를 드러내놓고 싶지가 않았다. 조금은 은밀하게 소를 처리하고 싶었다. 내가 지은 죄는 없지만, 소를 훔쳤다는 오해를 받을 소지는 충분하였다. 소를 팔지 않고 버리고 가면 경찰에 신고가 들어갈 터였다. 소를 적당한 가격에 파는 것이 나았다. 가격은 중요하지 않았다.

소를 몰고 한 농가를 찾았다. 가축이 있을만한 집으로 보였다. 집주인은 다소 당황해 하였다. 산속에서 삼촌과 같이 키우던 소인데 팔고자 한다고 하였다. 시내로 직업을 구해 나가야 한다고 했다. 동양인이 조지아 농부 행색으로 소를 몰고 와서는 무턱대고 사라고 하니 어이없었을 것이었다. 맡길 데도 없어서 파려 한다고 하였다. 그는 가진 돈이 없다고 했다. 그냥 가지시라고 하고 싶었지만 조금만 주시면 된다고 하였다. 송아지 가격은 받지 않고 세 마리 가격은 주는 대로 받겠다고 했다. 잠시 기다리라고 하더니 정말 키우던 소 맞느냐고 물었다. 소를 보면 모르겠느냐고 반문하였다. 소는 내가 밥을 주어 나를 잘 따랐다. 강아지처럼 내 손길을 좋아하는 모습을 보면서 고개를 끄덕였다. 조지아에는 소가 많다. 조지아 사람이라면 한 번에 저 소를 키운 사람인지 아닌지는 알 수 있었다. 잠시 뒤에 옆집 아저씨하고 같이 사겠다고 하였다. 전부 합쳐서 3,000라리를 주겠다고 하였다. 너무나 큰돈이었지만 그들에게는 싼 가격이었을 것이었다.

메스티아에서 35리라에 잠자리와 두 끼 식사까지 하였으니 얼마나 큰 돈이었는지 알 수 있을 것 같았다. 새벽에 트빌리시까지 가는 버스가 있었다. 메스티아에서 두 시간 정도 가면 주그디디라는 조금 큰 도시가 나오는데 거기에서 갈아타야 한다고 했다.

메스티아는 거대한 굴뚝이 여기저기에 솟아 있는 전원도시였다. 사각형 모양의 굴뚝처럼 보였지만 가까이 가면 굴뚝이 아니었다. 외적의 침입에 대비하던 가족 피난처이고 대피소였다. 누구나 보면 마을 전체가 오래된 곳임을 알 수 있는 조용하고 아름다운 마을이었다.

메스티아에서 민박집은 수월하게 구할 수 있었다. 민박집 아주머니도 몸이 퉁퉁하고 얼굴에 미소가 끊이지 않았다. 나이 들어 보이는 아저씨도 주름 속에 착한 마음과 삶의 경험이 쌓여 있는 것처럼 보였다. 이렇게 아름다운 곳에 아름다운 사람들이 있는 곳에서 살면 나도 착해질 것 같은 마을이었다. 산에는 단풍이 막 들기 시작하였고 조지아 여느 마을처럼 풀밭이 마을 주위에 감싸고 있었다. 분명히 이국적인 곳이란 생각이 들면서도 전혀 낯설지 않은 고향 같은 마을이었다. 아주 오래전 우리 민족이 코카서스 지방에서 왔다고 하는 이야기를 들은 적이 있었다. 아마도 내 오래된 조상은 이곳에서 살았던 것이 틀림없다고 생각했다.

민박집에서 따뜻한 목욕을 하고 아저씨와 이야기를 나누다 잠이 들었다. 주로 나는 듣기만 하였다. 내 이야기를 물으면 얼버무렸다. 아저씨도 캐묻지 않았다.

다음날 완벽한 여행객 복장으로 나섰다. 아주머니는 새벽에 일찍 일어나서 내 아침을 준비하여 주셨다. 차 시간을 맞춰 주려고 일찍 주무신 것을 이제야 알았다. 가진 게 없어서 줄 것이 마땅치 않다고 하시는 분들이었다. 고마워서 안 받으시려고 함에도 10라리를 더 드리고 트빌리시로 출발하였다. 조지아 수도 트빌리시까지 쉬지 않고 간다면 여섯 시간이면 충분하였다. 하지만 주그디디에서 갈아타려는 차에 문제가 있어서 출발시각이 자꾸 지연되었다. 예상보다 아주 늦게 출발하였다. 택시를 타고 갈 걸 후회가 되기도 했다. 트빌리시에서 숙소를 정하고 바로 주인에게 스키 파는 곳을 물어보았다. 트빌리시는 그래도 조지아 수도였다. 깨끗하고 아름다운 도시였다. 눈이 많은 곳이어서인지 스키 파는 곳은 많았다. 내가 원하는 대로 스키를 개조할 만한 상점은 적었다. 상점 주인들은 친절하게 다른 곳을 가보라고 안내를 해 주었다. 한 상점에서 숏 스키의 부츠를 떼어 내고 보드처럼 내 등산화를 신고도 바로 착용 가능 하도록 개조를 해 주라고 했다. 보드는 컸고 숏 스키는 작았지만, 부츠가 휴대하기 불편하였다. 그래서 숏 스키에 보드의 신발 고정 부위를 붙였다. 두 개 운동화를 가지고 있었다. 하나는 트레킹용 운동화였고 하나는 눈밭에서 신는 보드 신발 비슷한 부츠였다. 배낭의 기본은 간편이라고 생각했다. 최소 꼭 필요한 물품을 지니고 무게를 가볍게 해야 했다. 상점 주인은 어렵지 않지만 두 배의 돈을 내어야 한다고 했다. 시간이 걸렸다. 조금 기다리는 것은 문제가 아니었다. 꼭 필요한 것이었다. 조지아로 산을 넘어오면서 늘 생각하던 것이었다. 개조한 스키를 배낭에 붙였다. 자꾸만 짐이 많아지는 것 같았다. 하지만 통나무를 들며 어깨에 굳은살이 박였고 이 정도는 아프거나 힘든 것이 아니었다. 돈은 전부 달러로 바꿨다. 거의 6,000달러에 달하는 큰돈이 있었다. 이 정도면 어머니가 계시는 집에 가기에 충분할 것이었다.

트빌리시부터는 택시를 흥정하여 국경 근처 스텝언츠민다까지 갔다. 그곳에서 다시 하루를 묵었고 일찍 국경 근처까지 택시로 다시 이동하였다. 그리곤 국경 초소를 비켜 험준한 산맥으로 들어섰다. 이곳은 넘어왔던 곳이었다. 보는 위치가 달라서인지 지금은 달라져 보였다. 장비와 음식도 충분하였고 무엇보다 체력이 달라져 있었다. 무거운 배낭을 메고도 빈 몸으로 평지를 달리는 것처럼 뛰어 올라갔다. 올라갈수록 눈이 얼어 있어서 오히려 뛰어가기엔 편하였다. 산을 넘어서 바로 야영을 하였다. 여기서부터는 노출을 삼가야 해서 눈을 파고 은신처를 만들었다. 계속 내려가다 보면 산을 거의 다 내려가서 야영해야 할 것이었지만 눈사태라도 만날 수 있고 깊은 산에서 자고 가는 것이 노출을 줄일 수 있었다. 오랜만에 눈에서 촛불을 켜고 자는 것이었지만 장비들이 충분해서 안락하게 잘 수 있었다. 눈 속 은신처에 들어가서 입구까지 막아 버리면 세상의 소리가 하나도 들리지 않는 것 같은 고요가 찾아온다. 숨구멍을 뚫으면 바람 소리라도 약하게 들을 수 있었다. 따뜻한 방한 옷에 신발과 장갑도 있어 그대로 자도 따뜻할 지경인데 침낭도 있었다. 세상을 사는데 이 정도면 충분할 것 같은 생각이 들었다. 이 산에서 내려가면 돈이 필요할 것이고 또 다른 욕심이 생기겠지만, 그 순간은 행복했다. 차를 끓여 마실 사치도 생겼다.

산 정상부터는 숏 스키를 타고 내려왔다. 한 참 아래까지는 눈밭이었다. 나무가 있는 숲에서도 스키를 타고 가는 편이 빨랐다. 올 때와는 비교도 할 수 없을 정도로 빨리 왔다. 스키 때문이었다. 이후로 스키가 없어도 산에서 내려올 때에는 앉아서 미끄러져 내려왔다. 걷는 것과는 비교되지 않았다.

산을 넘는 순간, 여기서부터는 러시아였다. 다시는 오고 싶지 않은 곳이었다. 하지만 이곳을 통과해서 카스피 해를 끼고 카자흐스탄을 거쳐 중국으로 들어갈 계획이었다. 지도를 보니 그게 제일 가까운 길인 것으로 보였다. 국경을 넘는 것은 일도 아니고 이제 특별히 무서운 것도 없었다. 한국으로 갈 것이었다.

택시를 타고 러시아 블라디카프카스 시내로 들어갔다. 블라디카프카스는 오세티야 공화국 수도라는데 전원도시의 느낌이었다. 가로수도 많고 도로변에도 풀이 있는 곳이 많았다. 중심 시가지인 듯한 곳의 건물들도 나지막하였다. 건물색은 노란색, 붉은색, 흰색 등 다양하였지만 화려하지 않았다. 수수한 아름다움의 도시였다. 도시 중간에 무장한 경찰과 군인들이 자주 보여 택시기사에게 물었더니 지난해에 자살 테러가 발생했다고 했다. 내가 괜스레 죄책감이 들었다. 작년에 계속 체첸 반군 틈에 있었다면 내가 지금쯤 테러에 대해 직, 간접적으로 돕고 있을 수도 있었다. 이유 없이 테러하는 사람은 없을 것이다. 하지만 무고한 시민의 생명을 해치는 것은 동의할 수 없었다.

'행복할 것만 같은 아름다운 곳에서도 인간이 만든 테러가 있구나!'

다시는 내가 살자고 나와 관계없는 내 양심에 반하는 행위에 동참하지 않으리라 다짐했다.

나는 자신감도 넘쳤다. 무엇이든지 다 할 수 있을 것 같았다. 누구 눈치를 볼 필요가 없었다. 아직은 그랬다. 이제는 집으로 금방이라도 도착할 것 같았다. 어느 정도 러시아 말도 가능했고 불모지에 떨어져도 살아날 것 같았다. 누구도 나를 찾지 않을 것이었다. 지도를 보아가며 일정을 짜고 있었다. 역으로 갔다. 여기서 기차를 타고 카자흐스탄 근처까지 간 다음 국경을 넘을 계획이었다. 국경 근처 아스트라한까지 기차를 타고 거기서 카자흐스탄을 통과해서 다시 중국을 경유할 것이었다.

하지만 아무리 노선을 보아도 아스트라한까지 가기에는 무리가 있었다. 너무 돌아가는 것이었고 러시아에서 빨리 벗어나야 했다. 그러려면 그로즈니까지 가서 기차를 타는 편이 나았다. 다시 역사를 나와 그로즈니까지 택시를 탔다. 택시로 2시간이나 걸리는 거리였다. 다시 그로즈니로 오고 싶지는 않았다. 마치 내 부끄러운 과거를 보는 느낌이었다. 여러 사람의 얼굴도 떠올랐다. 가슴 아픈 사람들이었고 이 세상에서 고통 없이 흔적도 없이 사라져 간 사람들이었다.

　그로즈니에 도착하자마자 기차표를 끊으려 했다. 잠은 기차에서 자면 되었다. 먹을 것도 기차에서 해결하면 되었다. 빨리 떠나기만 바랐다. 그것도 마음대로 되지 않았다. 아침 일찍 여섯 시 경에 출발하는 열차만 있었다. 아스트라한까지 열네 시간을 가야 했다. 러시아에서는 기차표를 끊을 때 여권 번호가 필요했다. 기차표에 여권 번호가 찍혀서 나왔다. 나를 나타낼 신분증은 블라디보스토크 영사관에서 준 남한의 '이승기' 임시 통행증과 임시 신분증, 중국의 양아버지가 만들어 준 '조철승'의 중국 인민증과 여권이 있었다. 남한 것은 그야말로 임시인데 지금은 많은 시간이 흘러 사용할 수 없었다. 그래도 혹시 날짜를 위조하여 쓸 수 있을 것 같아 지니고 있었다. 미리 예매 하려다가 내일 아침 일찍 표를 끊어야겠다고 생각했다. 누군가에게 내 여권을 보이는 것은 나를 나타내는 것이었다.

　그로즈니 호텔은 매우 저렴하였다. 편히 쉴 만했고 빨래도 서비스가 되었다. 새벽 네 시에 그로즈니 역에서 표를 끊고 열차에 올랐다. 열차 내에서도 내 집에 온 것처럼 편안했다. 사자 굴속의 사슴처럼 두리번거리지도 않았고 알 수 없는 두려움에 떨지도 않았다. 새로운 위험에 부딪혀도 극복할 자신도 있었다. 그래서 경험이야말로 소중한 교육임이 틀림없었다.

열차표는 값이 싼 육 인승을 끊었다. 개방된 곳에서는 오히려 위험에 노출될 수도 있지만 피하기도 쉬울 거란 생각이 들었다. 시베리아 횡단 열차처럼 많은 사람이 있는 것은 아니었다. 기차 안에서는 졸다가 창밖을 보다가 사람들 얼굴을 구경하면서 시간을 보냈다. 오후 여덟 시 경에 도착할 것이었다. 모든 사람이 아름답게만 보였다. 우는 아이도 사랑스러웠다. 어머니와 가족이 겹쳐 보였다.

러시아 대테러 합동 기관은 긴장하고 있었다. 앞으로 삼 년 후 올림픽도 있었다. 러시아에서 테러를 진압하는 것은 문제가 없었지만, 테러 자체가 일어나지 말아야 했다. 해외의 여론이 나빠지면 대통령이 적극적으로 추진하고 있는 올림픽에 심각한 타격이 있을 것이었다. 적어도 러시아 내에서는 절대로 테러가 있어서는 안 되었다. 모스크바 지하철 테러 같은 일이 일어나면 관련 기관장의 자리는 하루아침에 없어질 것이었다. 모든 위험 정보를 통합하고 분석하여 미리 방지하는 것이 무엇보다 중요하였다. 테러가 있다 하여도 서방 언론에 노출되지 않고 은밀히 처리하는 것도 이들의 임무였다.

중국 국적의 '조철승'이 열차를 이용한 사실이 실시간으로 모스크바로 전송되고 있었다. 이 자를 인지하고 있는 사람은 중간 책임자 세르게이뿐이었다. 그는 '다윗'이 재미있는 인물이라고 생각하고 있었다. 그의 정보와 판단에 따르면 그는 남한 국적이지만 북한에 납치되었다가 탈출한 인물이었다. 이자는 보통 이상의 무력을 지닌 자였다. 젓가락 하나로 사람을 살상할 능력을 보유한 인물이었다. 더구나 체첸 반군에 가담한 사실이 확인되었다. 그런데 이자를 추적하면 할수록 흥미로운 사실이 있었다. 반군에 가담하며 테러를 일으키는 중에도 이자는 살생을 하지 않으려 노력하고 있었다. 그는 있는 그대로 그의 상관에게 보고했다. 하지만 그의 직속상관은

"그래도 테러에 관여했으니 범죄자이고 주의할 인물로 지속적 관리가 필요한 인물이다!"

그의 상관 말이 옳다. 하지만 이 자의 행적을 보면 볼수록 테러하고는 거리가 있어 보였다. 그가 판단하기에 '이승기' 이 자는 테러에 가담하고 싶지 않은 자였다. 그는 그렇게 생각하고 있었다. 물론 그렇다고 해도 러시아 기관의 관심을 벗어난 것은 아니었다. 여전히 이승기는 테러리스트 명단에 있었다. 언제라도 러시아에 적대적인 행동을 할지 모르는 인물이었다. 반군에 합류했다는 사실로도 그는 러시아에 충분히 적대적이었다. 세르게이는 상관의 지적에 전적으로 공감하고 있었다. 만약 그가 나타난다면 여지없이 체포하거나 사살해야 할 존재였다. 다만 지극히 개인적으로 그가 조사한 바로는 마음이 쓰이는 인물이었다. 그런 그가 갑자기 사라졌다. 어디에도 그의 흔적은 없었다. 북한과 남한도 그를 추적하지 않았다. 그런데 그로즈니 역에서 중국 여권을 사용하여 기차를 탄 사실이 전송되었다. 갑자기 세상에 나타난 것이었다. 이승기를 아는 사람은 없었고 그에게까지 이런 정보가 온 것은 열 시간 가까이 지나서였다. '조철승'과 '이승기'는 컴퓨터에 저장되었기에 나타난 것이었고 세르게이만 유심히 보고 있었던 인물이었다. 직접적으로 위협이 되는 테러리스트는 많았다. 이승기 같은 자에게 정밀한 추적을 한다는 것은 비효율적이었다. 그렇다고 그자가 갑자기 나타난 것에

신경이 쓰이는 것은 사실이었다. 그로즈니는 작년에도 자살테러가 있었던 지역이었다. 남부는 언제 테러가 있을지 모르는 지역이었다. 다른 곳도 아니고 그 지역에 나타난 것이 우연인지 필연인지 확인이 필요했다. 만에 하나 그자가 새로운 테러를 꾸밀 수도 있는 일이었다. 세르게이는 그가 어떤 이유에서든 그로즈니 테러에 관여된 것을 알고 있었다.

'큰 사고는 희박한 확률에서 시작되는 것이다.'

세르게이는 팀원 세 명을 대동하고 헬기에 탑승하였다. 아직 이자는 열차에 있었다. 열차에서 내리는 순간 공식적으로 어떤 테러를 할지도 모르는 위험인물이었다. 세르게이는 헬기를 타고 가면서 급히 간다고 해도 다윗을 만나지 못할 시간임을 알았다. 그래서 연방 국경수비국 요원들에게 긴급 지령을 내렸다. 다윗을 체포하되, 생포해야 한다고 하였다. 그러면서도 그는 다윗이 위험인물이므로 생명의 위해를 가한다고 다윗이 생각하게 되면 치명적인 반항을 할 것임을 주지시켰다. 여의치 못하면 위치 확인만 하도록 지시하였다.

아스트라한에 가까워졌다. 저녁 늦게 카자흐스탄 국경 근처에 있는 도시 아스트라한이 가까워져 오기 시작하였다. 오후 여덟 시 삼십 분이 되어갔다. 열차가 아스트라한 역에 정차하려고 천천히 이동하고 있었다. 어둠이 짙게 깔리고 있었다. 검은 양복의 남자 세 명이 어둠 속에서 열차에 오르려 두리번거리는 것이 보였다. 열차는 그들을 조금 지나쳐가며 속도를 줄이고 있었다. 그런데 그들이 뛰어오는 것이 보였다. 보통은 열차가 출발하려는 순간에 타려고 뛰는 사람은 있어도 열차가 서는 순간에 타기 위해 뛰는 사람은 없는 것이 상식이다.

'무언가 이상하다!'

배낭은 열차에서 막 내리려고 손에 있었다. 순식간에 어깨에 메고 앞을 조였다. 오른쪽 다리에는 젓가락이 항상 꽂혀 있었다. 손으로 오른쪽 허벅지를 더듬어 확인하고 급히 열차 앞쪽으로 나갔다. 객차에서 사람들을 밀치고 밖으로 나갔다. 순간 낯선 남자 셋이 동시에 우리 객실로 들어오는 것을 곁눈으로 보았다. 나는 얼른 모자를 쓰고 반대편으로 내렸다. 정류장의 반대편은 철로가 여러 개 있었다. 철로를 가로질러 뛰어가기엔 곧바로 노출될 것이었다. 철로에서 열차까지는 높이가 꽤 있었다. 등을 굽히고 열차 앞쪽으로 뛰어갔다. 열차 밑으로 들어가다시피 하여 열차에 바짝 붙어서 뛰었다. 그들이 나를 찾을 것이란 확증도 없었다. 오로지 낯선 상황이었다. 나를 찾지 않으면 다행히고 나를 해치러 온 것이면 미리 대비하는 것이므로 손해 볼일은 없었다. 열차 앞쪽에서 상황을 지켜보았다. 승객의 내리는 방향과 반대 방향으로 선 세 명의 남자는 분명히 누군가를 찾고 있었다. 정류장으로 나가다가는 그들과 마주치게 될 것이었다. 반대쪽 네 번째 선로 위에 유류 수송용 화물 객차가 서 있었다. 허리를 굽히고 화물 객차 밑으로 통과하여 정차된 화물차 바퀴를 등지고 살폈다. 앞쪽에 자그마한 창고 같은 건물 두 채가 보였다. 건물 뒤로 갔다. 이젠 담으로 쳐져 있었다. 넘기엔 힘들어 보였다. 담 어딘가에 쪽문이 있을 것으로 생각했다. 이런 곳엔 직원이 드나드는 작은 쪽문이 있게 마련이었다. 어렵지 않게 찾을 수는 있었다. 열쇠는 튼튼한 것이 달려 있었다. 부수기엔 소리가 날 것이었다. 자물쇠 부분의 나사를 돌리기 시작했다. 네 개 중에 두 개는 쉽게 돌아갔다. 나머지 두 개의 나사는 잘 돌아가지 않았다. 막대기로 그 사이에 집어넣고 지레를 만들었다. 한 번에 힘을 주어 뜯어냈다. 나오면서 문을 다시 닫아 놓았다.

밖은 관리되지 않은 화단이 있었다. 화단을 지나 조금 가자 포장도로가 나타났다. 아직 뒤에서 쫓아오는 사람은 보이지 않았다. 하지만 오늘 일로 해서 앞으로 계속 주위를 살피며 다녀야 했다.

'그들이 누구일까? 왜 나를 쫓을까?'

아마 아닐 수도 있었지만 거의 나를 찾는 것이 틀림없었다.

'어떻게 나를 찾았을까?'

이제야 생각이 났다. 여권이었다. 기차표를 사며 여권을 제시한 것이 나의 유일한 노출이었다.

'러시아에서는 여권을 사용하면 안 되겠구나!'

어차피 빨리 러시아를 벗어날 계획이었다. 그리고 어둠 속 아스트라한 시내로 스며들었다.

세르게이는 이번에는 이승기를 놓칠 이유가 없었다. 이승기는 당당하게 자신의 중국 여권을 사용하여 기차표를 끊었다. 두려워하는 것이 없었다. 숨지도 않았다. 곰곰이 생각한 끝에 그가 내린 결론은 적어도 이승기는 러시아 테러를 하려고 온 것은 아니었다. 카자흐스탄으로 가기 위해 온 것이었다. 체첸에서 활동하다가 어떤 이유에선지 고향 대한민국으로 가려 하는 것이 그의 눈에는 보였다. 다음 중국으로 갈 것이었다. 하지만 러시아를 떠나지 않은 이상 그래도 100%는 없었다. 아주 작은 확률의 위험을 제거하는 것이 그의 임무였다. 그의 직감과 판단이 맞는다고 해도 직접 대면해서 생각을 알기 전까지는 확신할 수 없었다. 그래서 이번에는 이승기를 잡아야 했다. 그런데 감쪽같이 사라졌다. 그는 우리가 쫓는 것을 모를 터인데 요원의 실수가 있을 것으로 생각했다.

아스트라한 주 전체에 이승기의 특별 검문과 경비 강화가 하달되었다. 국경수비대와 러시아 전체도 테러 준비태세와 경비 강화가 은밀히 전달되었다.

아스트라한에 잠입한 나는 우선 아주 허름한 호텔을 잡았다. 쓰러져가는 호텔이었다. 복도에서 냄새도 났고 시설도 형편없었다. 그래도 방값은 비싼 호텔이었다. 이틀만 묵는다고 했다. 러시아에서는 관할경찰서에 거주지 등록을 해야만 하는 곳이었다. 호텔은 숙박자의 거주지 등록을 대신하여 준다. 내가 이곳을 택한 것은 안내데스크에 표독스럽게 생긴 할아버지가 앉아 있어서였다. 이틀만 관광하겠다고 하였지만, 그는 그래도 거주지 등록을 해야 한다고 우겼다. 방값의 두 배를 테이블 위에 올려놓았다. 할아버지는 못 이기는 척 받아 주었다. 시설과 비교하면 방값이 비싼 이유가 있었다. 문을 잠그고 확인을 철저히 했다. 혹시나 해서 문 앞에 테이블을 이동하여 막아놓은 다음 침대에 들었다. 이제부터 노출될 만한 장소나 행동은 철저히 피해야 한다.

다음 날부터 모자를 눌러쓴 채 시내를 상점들을 살피고 다녔다. 오토바이 상점을 찾았다. 스스로 오토바이를 이용하여 이동할 계획이었다. 아직 오토바이를 타보진 못했다. 하지만 기동성은 있어 보였다. 자전거를 탈 수 있다면 쉽게 배울 수 있다고 했는데 확인이 필요했다. 오토바이 수리 센터 앞에 오토바이 수리하는 것을 한참 관찰하였다. 주인이 미소를 보였다. 내게 무엇이 필요하냐고 물었다. 나는 오토바이로 여행하고 싶은데 오토바이를 타지 못한다고 하였다. 걱정할 것 없다고 손을 휘저었다. 얼마나 다루기 쉬우며 편리한지 나에게 역설을 하였다. 자신이 가르쳐 주겠다고 하였다. 한 시간만 배우면 충분하다고 하였다. 오토바이를 팔 욕심이었겠지만 주인아저씨가 마음에 들었다. 나는 장거리 여행을 해야 하므로 단순히 타는 것뿐 아니라 수리도 할 줄 알아야 한다고 하였다. 그러자 잔고장이 나지 않는다고 각종 오토바이를 설명하였다. 그곳에선 오토바이 수리와 판매를 겸하고 있었다. 오토바이를 팔고자 하는 의욕이 넘치는 아저씨였다. 나는 수리하는 기술을 배우고 타는 법을 알면 오토바이를 사겠다고 했다. 사장은 흔쾌히 동의하였다. 나는 단순히 이동 중에 발생할 수 있는 정비를 배우겠다고 했다. 그러면 오토바이를 사겠다고 했다. 사장의 믿음을 얻고자 천 달러를 미리 지급하였다. 여기서는 상당히 큰 금액이었다. 그제서야 사장은 내 말에 확신이 서는 듯했다. 그날부터 오토바이 센터에서 오토바이 수리를 배웠다. 하루 만에 배우기는 벅찼다. 아는 것과 내가 직접 해보는 것은 달랐다. 하루아침에 숙달되는 기술은 없었다. 어디서 묵고 있느냐고 해서 호텔에 있다고 하자 혹시 가게 뒤편에 딸린 방을 사용하면 어떻겠냐고 했다. 침대가 마련되어 있는 방이었다. 해서 즉시 이동하였다. 거주지 등록을 하지 않아도 되었고 주위 사람을 늘 살펴보지 않아도 되었다.

한동안은 배낭 안의 비상식량으로만 식사했다. 비상식량을 서서히 새것으로 교체하였다. 아무리 상하지 않게 한다고 하여도 시간이 흐르면 맛도 떨어지고 상하기 마련이었다. 아저씨가 고기와 채소를 가져다 주기도 했다. 하루만 있으려 했는데 3주일을 더 묵게 되었다. 오토바이 수리도 자처하여 내가 하겠다고 하였다. 기름 묻히는 것도 개의치 않고 수리 보조를 하며 배웠다. 그렇게 어려운 것은 없었다. 일주일이면 웬만한 수리 정도는 가능할 정도가 되었다. 평소에 봐 두었던 오토바이를 종종 타고 다니며 기술을 습득하였다. 자전거만 탈 줄 아는 정도였지만 뜻밖에 쉽게 누구나 배울 수 있었다. 아저씨와 함께 골목길에서 연습하다가 어느 정도 탈 만하자 포장도로에서 연습하였다. 고급 기술이야 하루아침에 터득할 수는 없었지만, 어느 정도 타는 데 자신감이 붙었다. 불안할 것 같고 위험할 것 같은 오토바이도 막상 타보면 안정감이 있었다. 멀리까지 다녀오며 감각을 익혔다. 좋은 오토바이일수록 고속에서도 안전하게 조종할 수 있고 묵직하여 편안한 느낌을 주었다. 알면 보인다고 삼 주일을 계속 오토바이와 생활하다 보니 무엇이 좋은 것인지 조금씩 보이기 시작했다. 그런데 가격이 천차만별이었고 성능도 제각각이었다. 사장은 내게 중고 오토바이를 권했다. 나는 연비도 좋아야 하고 안전한 성능을 요구했다. 사장은 오백 달러를 더 받고 중고 오토바이를 내 주었다. 새것과 다름없었고 성능도 만족하였다. 헬멧과 점퍼도 있어야 했다. 사장은 오토바이 타는 데 필요한 물품을 챙겨 주었다. 국경을 통과하여 여행하려면 필요할 것이라고 오토바이에 관한 등록증 같은 서류도 챙겨 주셨다. 나도 중고지만 오토바이가 마음에 들었다. 엔진 소리에서부터 편안한 느낌을 주었다.

떠나겠다고 한 날보다 하루 더 머물며 필요한 물품을 보충하고 배낭을 오토바이 뒤에 묶었다. 양옆에 작은 가방으로 짐을 나눠 싣고 남은 것은 뒤에 배낭에 넣고 실어 안정감을 주도록 했다. 연료통을 사서 옆에 두 개씩 가득 담아 달고 국경으로 달렸다.

국경 통과 방법을 연구해야 했다.

'하늘이 무너져도 솟아날 구멍은 있다.'

언제나 위로와 위안이 되는 말이었다. 고민하면 해결책이 보였다. 모든 문제는 해결 방법이 있다. 다만 아직 내가 그 해결 방법을 찾아내지 못해서 해결이 안 되는 것이었다. 나는 그런 믿음이 있었다. 오토바이로 군인이나 러시아 경찰이 지키고 있는 곳이 어딘지 검문소가 어딘지 확인하였다. 국경도시라 그런지 다른 지역에 비해 경찰과 군인이 많다고 생각되었다. 카스피 해 바닷가부터 관광객으로 위장하며 살펴보았다. 상상하던 것과는 비교가 안 되었다. 경비가 삼엄하였다. 러시아 군인들은 셰퍼드 경비견을 데리고 다니며 순찰을 하였다. 또 강이 있어 건너기도 힘들어 보였다. 두 가지 방법이 있었다. 첫 번째는 여권을 들고 당당하게 국경을 통과하는 것이고 두 번째는 북쪽으로 계속 올라가 산속 오지를 통과하여 넘는 방법이 있었다. 러시아 요원들이 기차까지 쫓아 왔으니 국경에는 이미 나의 신상이 통보되었을 것이었다. 세상은 나 혼자 사는 곳이 아니란 생각이 들었다. 무엇이든지 할 수 있을 것이란 생각이 자신감이 아니고 자만인 것을 이제야 깨달았다. 지금 내가 할 수 있는 것이 별로 없었다. 여권만 갖추어져 있다면 국경은 쉽게 통과할 수 있었다.

'기차표를 끊을 때에도 여권을 보여 주었는데 무사통과 하였다. 혹시

국경에서도 그럴 수 있지 않을까?'

막연한 기대였다. 이럴수록 냉철하게 판단하고 행동해야 했다. 다시 처음부터 살펴보았다. 국경 통관 심사 하는 것을 멀리서 온종일 관찰했다. 여권을 받고 간단한 질문을 하고 물건을 검사하고 다른 한 명은 여권을 검사했다. 이상이 있는 사람은 한 명도 보지 못하였다. 반가운 일이었다. 항상 이상이 없는 것을 기계적으로 반복하다 보면 심리적으로 나태하기 마련이고 집중력이 떨어진다. 습관적으로 이상 없을 것이란 생각이 머릿속에 자리 잡을 것이고 그것은 내가 통과하게 된다면 조금이라도 내게 유리한 상황이었다. 건물도 크지 않았다. 우리나라 교회 건물보다 작았다. 문도 허술하기 짝이 없었다. 고향에 고철을 거둬들여 쌓아 놓은 재활용이라고 쓴, 지붕이 없는 건물이 있었다. 엉성한 철망으로 만들어진 커다란 문이 있었다. 국경 통관 지역을 보면서 그 문이 떠올랐다. 아마도 아직은 이곳으로 많은 사람이 지나다니지 않아서일 거로 생각했다. 그날 아스트라한으로 돌아와 시내와 문방구점을 돌아다니며 아이들이 갖고 노는 폭죽과 화약을 모두 사 모았다. 폭죽과 화약을 세 상자에 담았다. 화약이 부족하여 성냥을 살 수 있는 대로 돌아다니며 샀다. 가스레인지 네 개를 샀다. 불을 켤 때 불꽃을 일으키는 점화기 네 개를 사고 싶었다. 점화기만 따로 팔지 않아 가정용 가스레인지를 사들여 점화기 부분만 떼어 내었다. 건전지와 기계식 시계도 사들였다. 허름한 새로운 호텔을 찾아 들어갔다. 하루만 묵을 것이라고 하여 거주지 등록을 피했다.

방문을 잠그고 탁자를 문 앞에 놓아 문이 잘 열리지 않게 하였다. 그래야 마음이 놓였다. 누가 침입한다 해도 시간을 벌 계획이었다. 그리고 사온 물건을 조립하기 시작했다. 가스레인지 점화기를 뜯어냈다. 그 점화기에 기계식 타이머를 붙였다. 시계가 알람을 울리려고 움직이는 동력으로 고정된 가스레인지 점화기를 돌리게 되면 계속 딱, 딱 거리며 불꽃을 일으키게 하였다. 그거면 충분하였다. 처음에는 먼 거리에서 원격 조절기로 스위치를 누르면 불꽃이 일게 하고 싶었지만, 부품을 구하기도 힘들고 내 능력 밖이었다. 아쉬운 대로 만든 것의 단점은 일정한 시간이 되면 작동이 되었지만 먼 거리에서 원격 조절이 불가능하다는 데 있었다. 화약과 폭죽의 점화선에 불꽃이 닿으면 타면서 터지게 하였다. 세 상자에 각각의 점화기를 설치하였다. 성냥에 붙어 있는 화약을 떼어 내어 폭죽 사이사이에 부었다. 라면 상자보다 큰 폭약 상자가 세 개가 만들어졌다. 밤을 꼬박 새웠다.

다음날 오후에 국경으로 나갔다. 많은 사람이 기다리고 있었다.
'이러면 안 되는데……'
원격 조절기라면 상관없지만, 이것은 일정한 시간만 맞추어 놓으면 그 시각에 터지게 될 것이었다. 이것을 이용하려면 화약 상자의 시각에 내 행동 시간을 정확히 맞추어야 했다. 통관을 위해 러시아 쪽의 줄을 선 사람들 맨 뒤로 갔다. 현지인에게 물어보았다. 이렇게 많은 사람이 항상 오는지, 언제 사람들이 적게 오는지, 일자와 시각에 관해 물어보았다. 일요일 아침이 제일 한가하다는 것을 알아냈다. 일요일 오후 3~4시경도 붐비지 않고 바로바로 통관 가능하다고 했다.
국경 통과계획은 내가 검문소를 지나는 순간에 폭발물이 터지게 하려는 것이었다. 주의를 폭발물로 끈 다음 그 순간을 이용해 국경을 통과하려 하였다. 하지만 위험 부담이 너무 컸다. 멀리 떨어져 있는 두 곳의 검문소를 통과해야 했다. 러시아 쪽 하나를 통과한다고 하더라도 카자흐스탄 검문을 통과할 보장은 없었다. 다리를 하나 건너야만 카자흐스탄 검문소가 있었다. 더 좋은 방법을 찾아보기로 했다. 현지인의 말에 따르면 최근 경비가 무척 삼엄해졌다고 했다. 계획의 수정이 필요하였다.

국경을 전체적으로 가까이에 가서 더 살펴보기로 했다. 국경 근처 크라스나야르로 이동하였다. 국경에는 굴곡이 있었다. 이곳에서 국경 검문소까지 35㎞는 되었다. 하지만 가까운 곳은 15㎞만 가도 국경이 있었다. 이곳에 임시 숙소를 정하고 검문소와 국경을 탐사하였다. 북쪽과 남쪽 국경을 이틀 동안 탐색하였다. 군인들이 국경선에만 경비를 서는 줄 알았는데 국경에서 상당히 떨어진 내륙에도 군부대가 주둔하고 있었다. 남쪽으로 내려가면 강이 있고 습지가 많아 오토바이를 타고 가기는 힘들게 보였다. 남쪽으로 통과하려면 걸어가는 것이 나았다. 북쪽으로는 두 시간 이상 올라가면 산악지형이었다. 산길이 나오는데 인적이 뜸하였다. 군인만 없거나 있다 해도 피할 수 있는 장소가 필요했다. 북쪽 산악지역을 탐색하기로 하였다. 오토바이에 비상식량과 준비물을 점검하고 출발하였다. 캠핑으로 위장하고 산악지형의 오솔길을 찾았다. 자동차가 갈 만한 길이라 하여도 차량이 빈번하게 다닌 흔적이 있는 곳은 피하였다. 최대한 은밀하게 이동하였다. 지도에 나타나지 않는 길을 기록하고 밤에는 암기하였다. 우선 오솔길을 찾아 국경 끝까지 가 보기로 하였다. 지도상에는 국경인 것 같은데 국경이 보이지 않앉다. 검문소도 없었다. 국경을 넘은 것인지 안 넘은 것인지 분간이 되지 않았다. 사람이 있는 곳까지 계속 가려다가 위험한 생각으로 판단했다. 지도상에서 국경 근처라고 생각되는 곳에서부터는 정찰하여 전진하였다. 사전 정찰은 시간이 오래 걸렸다. 오토바이를 타고 가다가 숲에 오토바이를 숨겼다. 숲 속을 걸어서 정찰하고 이상이 없으면 다시 오토바이를 타고 전진하였다. 오토바이 소리가 작은 것으로 샀는데도 내가 생각하는 것보다 소리가 컸다. 그래서 머플러를 두 개 연결해 소리를 작게 하였지만, 밤에는 엄청 크게 들렸다. 산속에서는 멀리까지 소리가 들릴 것 같았다. 소리를 최대한 줄이며 이동하고 숨기고 걸어서 정찰하는 것을 반복하였다. 정찰을 마치고 오토바이로 되돌아와서 숙영하였다. 완벽히는 아니지만 그래도 오솔길에서 벗어나 눈에 잘 띄지 않은 곳에 텐트를 치고 야영을 하였다. 그래도 빠른 시간 안에 좁은 길을 이동하는 데는 오토바이만 한 것도 없었다. 차량이 이동할만한 길은 피하고 오솔길만은 찾아 카자흐스탄을 향해 전진했다. 주위의 높은 산 정상에 올라가 지도와 지형을 맞춰 보며 정찰을 계속하였다. 조금이라도 이상한 점이 있다고 생각되면 자리를 떴다. 국경을 따라 북쪽으로 가장 적절하다는 느낌이 들 때까지 이동하였다. 산에서 생활하는 것도 추워지기 시작하였다. 일찍 겨울이 오는 곳이었다.

정찰 삼 일째였다. 준비한 비상식량은 적어지고 있었다. 오토바이와 배낭을 숨기고 최소한의 장비만 착용한 채 정찰 중이었다. 동물 소리를 감지하였다. 최근 밤마다 늑대의 울음소리를 듣고 있었다. 경계는 하고 있었지만, 낮에 동물의 소리를 듣는 것은 처음이었다. 몸을 숨기고 가까이 다가갔다. 늑대 두 마리가 보통 사슴보다는 조금 더 큰 것 같고 소보다는 작은 커다란 사슴을 사냥하고 있었다. 한 마리는 목을 물고 다른 한 마리는 뒷다리를 물고 늘어졌다. 시간이 갈수록 늑대의 힘에 굴복하며 애처로운 소리를 내고 있었다. 어떤 동물은 살기 위해 도망가고, 어떤 동물은 살기 위해 잡으려 하는 것이 야생의 일상이다. 제법 커다란 사슴을 잡자마자 늑대는 뜯어 먹기 시작했다. 늑대는 사슴의 배 부분을 먼저 파먹었다. 늑대는 대부분 대여섯 마리가 같이 다니는데 두 마리뿐이었다. 그들이 최대한 먹기를 기다렸다. 어느 정도 배가 부를 텐데도 자리를 떠날 생각을 하지 않았다.

'두고두고 먹을 계획인가?'

나는 사슴 일부분을 원하고 있었다. 다리에 찬칼은 확인하였지만, 돌을 들었다. 첫 번째 늑대의 코를 향해 던졌다.

"케 갱!"

일반적으로 동물들의 가장 약한 곳이 코라는 것을 본 적이 있었다. 두 번째 늑대는 내가 몸을 숨기고 있어서인지 당황하였다. 두리번거리고 있었다. 두 번째 늑대의 코를 향해 돌을 던졌다. 서 있는 목표물은 거의 빗나가지 않았다. 코와 눈 사이가 맞았다. 두 마리가 주춤거리며 뒤로 물러서고 있었다. 나뭇가지를 들고 일어섰다. 천천히 늑대들에게 걸어갔다. 처음에는 짖는 듯이 보이더니 내가 가까이 갈수록 뒷걸음질 쳤다. 더 가까이 가자 멀리 멀어졌다. 나는 사슴의 뒷다리 하나를 커다랗게 칼로 잘랐다. 어깨에 메자 뻐근할 정도로 무거웠다. 늑대는 내가 하는 짓을 다 지켜보고 있었다. 나는 뒷다리 하나만 들고 왔다. 내가 멀어지자 늑대는 다시 사슴에게 다가왔다. 남겨진 것만으로도 일주일

이상은 충분한 식량이 될 것이었다. 나는 일부분만 나눠 갖는 것뿐이었다. 모닥불을 피우고 뒷다리를 통째로 구웠다. 세 시간 이상을 구웠다. 구워진 부분을 칼로 얇게 벗겨 먹었다. 오랜만에 신선한 고기를 먹었다. 남은 고기도 얇지만 대패 삼겹살보다 조금 두껍게 저몄다. 숯불의 모닥불 위에 솔가지를 얹고 그 위에 30cm 정도의 간격을 두고 다시 소나무 가지를 설치했다. 그 위에 고기를 얹었다. 소나무 가지의 연기를 고기에 쏘여 훈제를 만들었다. 고기가 꼬들꼬들 해 질 때까지 이미 익은 고기지만 연기를 쐬고 다시 말렸다. 소나무 향이 고기에서 나면서 잡냄새를 잡아 주었다. 이것을 다시 모으니 이것만으로도 나흘 정도의 식량은 충분히 되었다.

일주일 정찰하면서 산 깊은 곳에는 러시아와 카자흐스탄이 국경을 지키지 않는다는 것을 알았다. 우리나라와 북한의 철망 같이 지키는 것이 아니었다. 사람이 빈번한 곳은 여권을 확인하고 국경 통과를 하였다. 러시아와 카자흐스탄이 정치적으로 밀접한 관계에 있음을 알게 했다. 다음날 준비를 하고 국경을 통과하기로 하였다.

아침 일찍 카자흐스탄 코티야예브카 방면의 국경 검문소 근처로 이동하였다. 첫 번째 상자의 타이머를 오후 세시 삼십 분으로, 두 번째 상자는 세시 삼십오 분, 네 번째 상자는 일요일 세시 사십 분에 맞추었다. 그리고 오토바이를 타고 국경 통관 검문소에서 가장 곳까지 접근하였다. 상자를 국경 경비대 군인을 피해 가며 통관 지점에서부터 50m 지점에 10m 간격으로 세 개를 숨겨 놓았다. 즉시 다시 북쪽으로 되돌아

왔다. 오토바이를 타고 오후에 국경을 통과할 예정이었다. 오솔길을 따라 최대한 카자흐스탄 내부로 진입할 예정이었다. 안전하다고 판단되는 시간부터는 카자흐스탄의 포장도로를 따라 이동할 계획이었다. 배낭을 점검하고 점심을 든든하게 먹었다. 출발 시각은 오후 3시 30분으로 결정했다. 남쪽의 국경 검문소 근처에서는 엄청난 폭발이 있을 것이었다. 그것이 무엇인지 정확한 조사가 나오기까지는 시간이 다소 걸릴 것이었고 주의는 온통 그곳으로 향할 것이었다.

코티야예브카 방면의 러시아 국경 검문소는 테러 용의자들에 대해 철저히 검문하라는 지시를 받고 있었다. 국경 수비대 역시 그러한 지시는 계속되었는데 아무 일도 일어나지 않았다. 일주일이 지나고 2주일이 지나도 아무 일도 일어나지 않았다. 현장 요원들은 비상이 걸리면 거의 잠을 설치면서 근무해야 했다. 평소 경찰이 담당하는 작은 사건에도 테러 용의점이 있는지 일일이 확인해야 했다. 업무는 폭증하고 신체적 긴장에 따르는 피로는 점차 누적되었다. 그래서 일반적으로 계속 비상상태로 근무하기는 어려웠다. 아스트라한의 대테러 기관들의 피로도는 극도로 증가하였다. 어떻게든 테러는 일어났다. 예방이 최선이지만 전 요원이 긴장한다고 해서 다 잡을 수 있는 것은 아니었다. 모스크바에서 지시가 있었던 후로 아무런 이상 조짐이 없음에 따라 관련 기관원의 불평은 계속되었다.

오후 세시 삼십 분경에 국경 검문소 근처에서 엄청난 폭발이 있었다. 검문소는 즉시 폐쇄되었다. 군인들은 호로 들어가 경비를 강화하였다.

검문소 직원도 평소 연습한 대로 대피소로 즉시 이동하였다. 오 분 간격으로 엄청난 폭발이 세 번 있었다. 국경 수비대는 두 번째 폭발부터 육안으로도 관찰 가능한 폭발이었다. 세 번의 폭발만 있었다. 한 명의 희생자도 없었다. 이상한 것은 엄청난 소리와 불꽃이 일어나긴 했는데 불꽃이 아름답다는 것이었다. 즉시 모스크바에서 세르게이와 대테러 감식반이 감식에 들어갔다. 감식 결과는 바로 나왔다. 기계식 자명종 시계에 점화기를 장착한 발화 장치였음이 바로 밝혀졌다. 폭발물도 시중의 폭죽과 약간의 화약이었음이 현장에서 밝혀졌다. 더구나 폭발물 자체가 사람이 다니는 길과는 떨어져 있었다. 일부러 사람을 다치지 않게 하려는 의도가 역력하였다. 세르게이는 바로 알아챘다. 그는 미소를 지었다. 국경 검문소 CCTV를 확인하여 '이승기'가 왔다 가며 정찰을 한 것을 보았다. 다른 사람은 모르겠지만, 검문소 통과하려는 줄의 맨 끝에서 몇몇 사람과 이야기를 나누고는 사라진 것을 보았다. 승기가 국경을 통과하려고 꾸민 짓임을 직감으로 알았다. 아마도 이미 카자흐스탄을 걷고 있을 것으로 생각했다. 그가 위험인물이 아님에 확신이 섰고 그의 행방도 예상되었다.

국경 근처의 폭발은 청소년들의 장난으로 정리되었다. 그날 이후 아스트라한 주 전체 초, 중, 고에서는 폭발물의 위험성에 대해 특별교육이 진행되었다. 불꽃놀이용 화약의 판매도 일인당 일정량 이상을 팔지 못하도록 하였고 다량으로 구매하는 자에게는 신분증을 요구하도록 하였다.

오후 세시 삼십 분에 승기는 오토바이를 타고 카자흐스탄 산속을 헤매고 있었다. 오솔길로만 이동하였으며 최대한 어둡기 전에 이동하려 하였다. 포장된 도로라면 불을 켜고 이동하면 되겠지만, 밤에 오토바이를 타고 산속을 이동하는 사람은 누가 봐도 수상한 일이었다. 이제는 오솔길에서 나와 큰 길이 있으면 큰길로 이동하였다. 차량이 빈번히 이동한 곳을 따라 이동하였다. 포장된 도로가 나왔다. 어딘지는 모르지만, 분명히 러시아는 아니었다. 카자흐스탄어로 쓰인 간판을 보며 안도의 한숨을 쉬었다. 차량의 이동은 거의 없었다.

11
부

카자흐스탄을 지나서

러시아에서 국경을 겨우 통과하자마자 빠르게 카
자흐스탄 내륙으로 달렸다. 뒤에서 누가 금방이라도 쫓아 올 것 같았
다. 길은 곧게 포장되어 있었다. 야트막한 산과 들이 있었다. 중간중간
황량한 모습의 사막도 보였다. 오후 늦게 국경을 통과했다. 날은 빠르
게 어두워지고 있었다. 이러다가 길에서 노숙이라도 해야 할 판이었다.
길옆의 형체들이 검게 보이기 시작하고 있었다. 앞쪽에 공사하는지 차
량 두 대가 나를 향해 전조등을 비추고 있었다.

'검문하는 것일까? 샛길도 없었다. 사고라도 났을까?'

차량이 뜸한 곳이어서 사고라도 나면 뒤처리가 힘들 것이었다. 오토
바이를 천천히 몰아 접근하였다. 두 대의 차량이 길을 막고 있었다. 상
향의 전조등으로 인해 눈이 부셔 앞의 상황을 파악하기 힘들었다. 내
가 멈추는 순간 양쪽 길옆에서 두 명의 괴한이 나타나 소총을 내게 겨
누었다.

"손들어!"

오토바이를 길옆에 세우게 했다. 젓가락을 본능에 따라 찾으려 하여 오른손이 내려오려는 순간 총 한 발이 발사되었다. 허공에 공포탄을 쏘았다. 앞의 자동차에도 네 명이 더 있었다. 그들 중 두 명은 권총을 들고 있었다. 카자흐스탄 들어온 지 몇 시간도 안 되어 총을 든 강도를 만났다는 것이 믿어지질 않았다.

'이들은 정말 강도들일까?'

하는 생각마저 들었다.

'총기 사용이 이렇게 자유로울 수 있는 나라도 있나?'

너무 방심하고 이동한 나에 대해 화가 났다. 국경을 통과했다는 기분에 빠져서 긴장을 너무 풀었던 것이 후회되었다. 지금은 이 상황에 집중해야 했다. 그들은 오토바이에서 나를 내리게 하더니 한 명이 내 오토바이에 앉았다. 여전히 다른 한 명은 소총을 내게 겨누고 있었고 앞의 두 명은 내게 총을 겨누지는 않았지만, 여전히 권총을 들고 있었다. 나에게는 손을 계속 들고 있게 하였다. 한 명이 다가와 내 몸을 뒤져 지갑을 가져갔다.

'오토바이에 앉은 한 명에게 빠르게 접근하여 그를 방패 삼아 소총을 든 자에게 젓가락을 던지고 나머지 두 명에게도 젓가락을 던진다.'

상황이 종료될 것도 같았다. 하지만 이런 상황에서 젓가락을 던지게 된다면 치명적인 타격을 주게 될 것이었고 적어도 이들 중 반 이상이 사망할 것이었다. 총을 든 자를 제압하려면 목 부위를 맞혀야 할 것이고 그는 자리에서 쓰러질 것이었다. 그렇게 하기는 싫었다. 누군가의 생명을 빼앗는 것만은 피하고 싶었다. 나는 오토바이에 내리는 순간 오토바이 키를 빼 바지 주머니에 넣고 있었다. 오토바이를 탄 자에게 키를 주는 척하면서 한 번에 제압할 수 있었다.

'저들도 사람인데 다 빼앗아 가지는 않겠지. 여행객인데 차비는 주겠지'

나는 배낭만이라도 달라고 했다. 그들은 들은 체도 하지 않았다. 오토바이에 앉은 자가 키를 찾았다. 나는 소총을 든 자에게 키를 찾아 주겠다는 손짓을 하며 오토바이로 다가갔다. 그리고 오토바이 뒤쪽 자리를 뒤지는 척하며 오토바이에서 배낭을 묶고 있는 끈을 풀었다. 순간 소총을 든 자가 안 된다고 소리를 지르며 총구로 내 몸을 찔렀다. 얼른 뒤로 물러서자 그자가 한 손으로 풀어진 배낭을 오토바이에 다시 묶었다. 차량 옆에 있던 네 명은 소리를 지르며 두 대의 차량에 올랐다. 총기를 든 자도 차에 올라탔고 오토바이는 한 명이 타고 출발하려 하였다. 배낭을 비롯해 통째로 오토바이를 가져가려 하였다. 안타까운 표정을 지으며 사정을 하였지만 통하지 않았다. 조금만이라도 돈을 돌려달라고 하였지만 못 들은 척하였다. 그들은 내 오토바이를 통째로 끌고 갔다. 차라리 젓가락이라도 던져버릴 것이란 후회도 되었다. 다음엔 절대로 용서하지 않고 젓가락을 던질 것이라고 이를 악물었다. 두 대의 차량과 오토바이가 출발하였다. 그들은 속력을 급격히 올리며 멀어져 갔다. 앞쪽에서 다가오는 차량 불빛이 비치는 것으로 보아 그 때문에 차량의 속력을 높였다는 것을 알 수 있었다. 오토바이도 덩달아 속력을 높였다. 그 순간 오토바이에서 내 배낭이 길로 떨어지는 것이 보였다. 내가 푼 끈을 서두르다가 제대로 묶지 않았던 듯싶었다. 잠시 멈칫하더니 그냥 가던 길을 계속 갔다. 가까이 다가오던 차량은 내가 손을 들어 세우려 하는데도 그냥 지나쳤다. 밤에 이렇게 외진 곳에서 차를 세우려 하는 사람을 보고 차를 세우긴 쉽지 않았을 것이었다. 뛰어가 배낭을 주웠다. 이거라도 건진 게 다행이란 생각이 들었지만, 돈도 없고 여권도 없어졌다. 밤이 깊을수록 지나가는 차량은 줄어들 것이었고 나를 위해 세워 줄 자동차를 만난다는 것도 희박해 보였다. 마을이 있는 곳까지 밤새 걸어도 도착하지 못할 것 같았다. 그나마 다행스러운 것은 배낭 안에 야영할 수 있는 도구가 있었다. 낯선 곳에서 살려준 것도 고마운 일이긴 했다.

길에서 50m쯤 떨어진 곳에 잘 보이지 않는 장소를 찾아 텐트를 쳤다. 비상식량이 있었지만 물은 구할 수 없었다. 식량보다 중요한 것이 물이었다. 텐트 주위는 사막과 비슷하여 흐르는 물이 보이지 않았다. 땅을 파고 우의를 덮어 증발되는 물을 조금 얻을 수도 있을 것이지만 참았다. 내일 날 밝을 때 지나가는 차량의 도움을 받는 것이 훨씬 나을 것이란 생각이 들었다. 배고픔을 참고 잠을 청했다. 침낭에서는 약하지만 퀴퀴한 냄새가 났다. 하지만 따뜻함이 곧 내 몸을 감쌌다.

'나는 왜 이렇게 멍청할까? 어떻게 여권을 찾지? 돈을 어떻게 마련할까?'

여러 가지 생각이 혼합되어 정리되지 않았다. 침낭에서 나와 침낭을 깔고 앉았다. 그리곤 호흡에 집중하며 명상을 하였다. 내일이면 생각들이 정리될 것이었다.

밝은 낮에 보니 어제 강도당한 자리가 강도들이 빼앗고자 하는 차를 세우기 가장 알맞은 장소였다는 것이 보였다. 길이 계속 곧게 뻗어 있다가 여기서 약간 휘어져 운전자들은 속도를 줄여야만 하는 곳이었다. 밤에 불을 끈 차가 길옆에 주차하고 있다면 주행 중에 잘 발견되지 않을 만한 곳이었다. 길 양쪽 옆에는 50cm 정도 깊이로 사람 키만큼 길게 직사각형의 땅이 파여 있었다. 한 명이 엎드려 숨기에 적당한 모양이었다. 땅에는 풀도 깔아 놓았다. 주저앉아 멍하니 그곳을 바라보았다. 그들의 치밀함이 보이는 것 같았다.

순간 머릿속에 번뜩이는 것이 있었다. 주위를 자세히 살펴보았다. 이 땅은 어제 판 것이 아니었다. 차 두 대가 서 있던 주위에 담배꽁초가 너무 많았다. 담배꽁초에 흙이 묻어있는 것도 많았다. 오래된 것이었다. 아스팔트 옆의 차바퀴 발자국도 어제 것뿐 아니라 시간이 꽤 흐른 자국도 매우 많았다. 확신이 들었다. 그들은 여기서 오랫동안 강도질을 하고 있었다. 어제뿐만 아니라 적어도 여러 차례 이곳에 머물렀다는 것이 보였다. 오래된 바퀴 발자국과 어제 것이 일치하는 것으로 보아 이자들은 동일 인물이었다. 오랫동안 그것도 자주 이곳에 머물렀음이 확인되었다. 희망이 보였다.

'이들은 다시 이곳에 올 것이다!'

언제가 될지 모르지만, 이들은 다시 이곳에 올 것이었다.

다음 날 길에서 지나가는 차량을 향해 손을 들었다. 지난밤과는 다르게 차량 대부분이 멈추어 도움을 주려 하였다. 나는 물과 음식만 조금씩 모았다. 빵을 주는 사람도 있었고 치즈나 요구르트, 술을 주려는 사람도 있었다. 태워 주겠다는 차도 많았다. 가축을 싣고 가는 작은 트럭도 부부가 타고 가던 승용차도 나를 위해 기꺼이 음식과 물을 나눠 주었다. 이렇게 착한 사람들이 사는 곳에서 강도를 당했다는 것이 믿어지질 않았다.

'어디나 선과 악은 공존하는 것이다. 어떤 때는 그것의 구분이 애매한 경우도 있고 구분할 수 없는 것이 더 많다.'

길에서 보았을 때 낮에도 보이지 않도록 위장에 신경 쓰며 낮은 텐트를 쳤다. 음식과 물은 충분하였다. 오전에는 몸을 풀고 운동을 하고 오후에는 잠을 자 두었다. 배낭 안에서 투검용 칼을 빼 허리에 찼다. 그들이 어제 공포탄을 쏘았다는 것은 이 근처에 총소리를 듣고 놀랄만한 사람이 없다는 것을 의미했다. 배낭 깊숙이 있던 천을 풀었다. 여러 개의 천과 배낭 안쪽, 버너 속 등에 여기저기에 흩어져 숨겨온 쇳조각들을 하나하나씩 가지런히 펼쳐 놓았다. 분해된 권총이었다. 국경을 통과하면서 버릴까도 생각했지만, 혹시나 하는 마음에 완전히 분해하여 이곳저곳에 부품을 숨겨 놓았었다. 블라디미르에게 배운 방법이었다. 체첸에 있는 동안 기초적인 분해 조립을 배웠지만 정밀한 분해 조립은 블라디미르에게 배웠다. 조립하는 데는 일 분도 안 걸렸다. 각 부품을 손질하고 탄창의 총알까지 끼웠다. 일곱 발이었다. 칼을 던지는 것은 적을 소리 없이 해칠 수는 있었지만, 대부분 사람은 칼보다 총의 위협에 더 효과적이었다. 위협엔 총 한번 쏘는 것이 칼 열 번 흔드는 것보다 나았다. 조립된 총을 보며 다시 총을 만지게 된다는 것이 서글펐다. 준비는 되었다. 이제부터 인내심 싸움이었다. 누가 많이 기다리는가의 문제였다.

그 날 저녁부터 강도질하던 장소에서 5m 정도 거리에 땅을 팠다. 그 위에 위장한 다음 땅속에 숨어 있었다. 새벽 한 시가 되어도 그들은 나타나지 않았다. 텐트로 철수하고 잠은 텐트 안에서 잤다. 다음날도 낮에는 텐트에 있고 저녁부터 새벽까지 매복 장소에서 권총을 들고 기다렸다. 나흘째 되던 날 오후 다섯 시경 매복지점으로 가는 도중에 차량한 대가 천천히 오는 것이 보였다. 자세를 낮추고 매복용 땅속으로 숨어 들어갔다. 오늘은 차 한 대뿐이었다. 차가 내 옆을 지나치는가 싶더니 유턴하여 되돌아와 주차하였다. 차 안에서 떠드는 소리가 들리고 오줌을 누는 자를 보니 그들이 틀림없었다. 내 오토바이를 몰고 간 자였다. 연신 담배를 피워 대었다. 날이 어두워지자 소총을 든 자 두 명은 길 양쪽으로 갔다. 차량은 길옆에 떨어져 있다가 적당한 목표가 나타나면 길을 막을 모양이었다. 차 안에 두 명이 있고 차 밖에 두 명이 길옆에 앉아 있었다. 그들은 굳이 숨을 필요가 없었다. 밤엔 멀리서 자동차 불빛이 보이는 순간 길옆에 엎드렸다. 그들이 강도질하는 순간에 공격하여야 차 안에 있는 자들이 차 밖으로 나올 것이었다. 지금 공격하면 차 밖에 있는 자와 총싸움을 하게 되고 그들이 불리하다고 생각하면 차가 도망 할 수도 있었다. 또 차 안의 사람과 밖의 사람 공격을 고스란히 받게 될 수도 있었다. 그들이 강도질에 몰두하는 동안 초기에 나를 인지하지 못한 상태에서 습격해야 효과적일 것이었다. 기다렸다. 오래지 않아 그들은 행동하기 시작했다. 멀리서 불빛이 보였다. 그들의 차를 도로 한복판에 세우고 전조등을 비추었다. 상대편 차가 서서히 오다가 멈추어 섰다. 그 순간 양쪽 길옆에 엎드려 있던 두 명이 소총을 들고 거의 동시에 일어났다. 한 명은 운전자를 위협하고 다른 한명은 반대편에서 위협하며 차 안에 있던 승객을 차에서 내리게 하였다. 손을 들고 있는 것을 보니 노부부로 보였다. 앞에서 도로를 막고 있던 차에서 한 명만 내렸다. 손에는 권총이 들려 있었다. 행동할 때에는 생각하지 않아야 했다. 생각은 전에 하던지 나중에 하고 지금은 행동의 시간이었다. 매복지에서 살며시 나왔다. 그들 모두 노부부에게 관심이 집중되어 있었다. 한 명은 차의 트렁크를 보러 가고 한 명은 그들을 위협하고 있었다. 앞쪽으로 권총을 든 자도 다가오고 있었다. 차 안에는 한 명이 내리지 않고 운전대를 잡고 있었다. 내 앞에 제일 가까운 자가 노부부를 위협하는 자였다. 그자는 처음엔 부부를 직접 겨냥하고 있었지만, 나이 든 부부가 약해 보였던지 총구를 하늘을 향해 들고 부부와 이야기하고 있었다. 나는 그의 뒤에서 접근하였다. 바로 5m 정도에 그가 있었다. 먼저 그의 다리를 향해 권총을 쏘았다. 빗나갔다. 다시 한 번 그의 다리를 향해 총을 쏘면서 다가오는 다른 자를 향해 뛰면서 총을 쏘았다. 첫 번째 소총을 든 자가 주저앉는 거로 보아 맞은 것이었다. 권총을 들고 다가오던 자도 다리를 향해 총을 쏘았다. 세 발의 총을 쏘았다. 잘 맞지 않았다. 차라리 칼이나 젓가락이라면 정확히 맞았을 것이다. 총의 정확도가 더 떨어졌다. 그리고 그들이 가로막고 있는 차를 향해 뛰어갔다. 운전석 반대편 문을 열면서 운전석에 앉은 자에게 총을 겨누었다. 그를 내리게 하였다. 소총을 든 자는 넘어져서도 나에게 총을 쏘았다. 순간 내 허리에 꽂혀있던 칼이 그의 오른쪽 어깨에 박혔다. 그는 더는 총을 쏠 수 없었다. 두 번째 권총을 든 자는 오른쪽 팔에 칼이 꽂혔다. 운전석에 있던 자는 손을 머리에 얹고 무릎을 꿇은 상태로 앉아 있게 하였다. 차 뒤편에 있던 자가 총을 내게 겨누었다. 나는 권총으로 운전사의 머리에 대고 총을 버리라고 하였다. 왼손으로 권총을 잡아 여전히 머리에 겨누고 오른손으로 칼을 쥐었다. 총보다 칼이 더 정확하였다. 그자가 잠시 머뭇거리는 순간 오른쪽 어깨를 향해 칼을 던졌다. 그는 총구를 위로 하여 한 발을 발사하며 총을 놓쳤다. 왼손으로 총을 추슬러 쏘려 하는 순간 왼쪽 어깨에도 칼을 던졌다. 노부부에게 총을 거두어 오라고 하였다. 전부 무릎을 꿇려 머리에 손을 얹고 앉게 했다. 소총 두 자루는 땅에 내리쳐 부수었다. 권총은 총알을 빼내고 멀리 산으로 던져 버렸다. 부부의 도움을 받아 전부 손을 묶었다. 그들 몸에 박힌 칼은 빼어내어 그들 옷에 닦아 칼집에 넣었다. 차를 한쪽으로 치우고 부부를 가게 하였다. 고맙다는 그에게 아무에게도 말하지 말도록 일러두었다.

강도들에게 내 오토바이와 지갑을 달라고 하였다. 없다고 하여 주먹으로 얼굴을 세게 내리쳤다. 다시 오토바이와 지갑을 달라고 하자 아티라우에 있다고 하였다. 셋은 트렁크에 태웠다. 비좁은 줄 알았지만 겹쳐 있든지 말든지 하고 발까지 묶었다. 그리고 한 명에게 총을 겨누고 운전을 시켜 아티라우로 가자고 했다.

그의 동료가 지갑을 가지고 있고 오토바이도 그들이 가지고 있다고 했다. 그들의 일당이 있는 곳에 대해 상세히 물었다. 아티라우는 국경에서 차로 다섯 시간 정도의 거리에 있었다. 여기에는 두 시간 정도면 되는 거리지만 카자흐스탄이라 해도 가까운 거리는 아니었다. 운전하는 자에게 상세한 정보를 얻기엔 충분한 거리였다.

"너희 일당이 몇 명이나 있지?"

"오십 명이 조금 넘을 겁니다."

'아! 이런.'

차를 길가에 세웠다. 자세히 물어보았다. 그들 일당이 오십 명이 넘는다고 했다. 혼자서 상대할 인원이 아니었다. 그들이 어디에 있느냐고 물어보니 전부 모여 있는 것은 아니었고 부르면 오는 인원이 그렇다고 했다. 아마도 그들 조직의 인원이 그렇다는 말이었다. 항상 모여 있는 사람은 열 명 정도 된다고 하였다. 아티라우 시내에 두목의 빌딩에 있다고 했다. 시내로 들어서자마자 등산용 칼을 파는 곳에 들렀다. 차 안에 있는 자들의 주머니를 뒤져, 있는 돈을 다 긁어모았다. 일반 칼이지만 손에 쥐어보아 던지기 좋은 짐이 있는 칼을 있는 대로 샀다. 양 발목에 세 개씩 찼고 허리에 다섯 개를 추가했다. 젓가락은 길이가 맞지 않아 사지 못했다. 여전히 끝이 뾰족한 열 개가 바지 안쪽에 있었다.

열 시가 넘어서 도착했다. 빌딩은 사무용 건물이 아니었다. 5층짜리 건물이 통째로 술집이었다. 1층부터 4층까지 술집이고 두목은 5층에 있다고 했다. 지하실에 오토바이가 있다는 것으로 보아 창고가 아닌가 생각되었다. 여권만 있다면 오토바이만 가지고 가고도 싶었다. 위험부담이 컸다. 1층에 경비 두 명이 서 있었고 각 층은 엘리베이터를 타고 간다고 했다. 5층에는 경비가 4명 이상이 있을 것이라 했다. 자신도 잘 모르겠다고 했다. 생각하던 것과는 많이 달랐다. 세 명은 여전히 자동차 트렁크에 남겨 두었다. 운전사를 데리고 같이 들어갔다. 미리 주의 주었다. 만약 소리를 지르거나 이상한 행동을 하면 너부터 총으로 쏘겠다고 했다. 이미 일당들이 칼을 맞는 모습을 본 터라 내 말이 허튼소리가 아님을 알 것으로 생각했다. 1층엔 저렴한 서민들의 주점이고 위층으로 올라갈수록 고급 술집이었다. 현관에서 운전사를 본 경비가 반갑게 맞았다. 나는 고려인 행세를 하며 둘이 3층을 간다고 하고 엘리베이터를 탔다. 3층을 눌렀다가 바로 5층을 눌렀다. 엘리베이터는 5층으로 올라갔다. 엘리베이터에서 내리자 건장한 체격의 남자 두 명이 나를 가로막았다. 운전사가 같이 온 사람이라고 했다. 두목을 만나러 왔다고 하였다. 약속이 있느냐고 하였으나 운전사가 꼭 만나서 할 이야기가 있다고 전해 달라고 하였다. 운전사는 시키지도 않은 말로 경비를 따돌렸다. 운전사를 데려오기 잘했다는 생각이 들었다. 경비가 인상을 쓰고 문안으로 들어갔다. 커다란 문이 있고 그 안에 두목의 사무실과 방 들이 있다고 했다. 얼마 후에 들어오라고 했다. 들어가려고 하는 순간 몸수색을 하겠다고 손을 들어 올리라 했다. 손을 드는 척하며 경비의 사타구니를 발로 찼다. 공격은 항상 상대방이 방어하기 전에 해야 효과가 컸다. 양다리 사이를 잡고 주저앉았다. 주저앉는 자의 얼굴을 다시 앞차기로 더 차서 쓰러뜨렸다. 옆의 경비가 나를 공격하려는 순간 권총을 겨누었다. 순간 멈칫하는 경비를 앞차기로 명치를 차고 다시 뒤차기로 명치를 다시 때렸다. 화려한 발차기는 아니지만 빠르고 정확하게 타격하여 한 방에 제압하는 것이 실전에는 필요했다. 나머지 경비도 명치를 잡고 쓰러졌다. 총으로 그자의 머리를 때려 기절시켰다. 이단옆차기나 360° 회전 발차기 같은 보기에 멋져 보이는 발차기는 실전에는 느린 편이었고 정확도가 떨어졌다. 실패한 공격은 역습의 기회를 제공했다. 그래서 아주 기본적이고 단순하면서도 치명적인 발차기 위주로 연습하였다. 조지아의 블라디미르에게 배운 것은 주로 손으로 상대방을 때리는 것으로 빠르고 여러 명도 제압 가능한 무술이었다. 태권도 발차기와 손기술을 함께 사용하면 대여섯 명도 자신 있었다. 이미 일

정수준 이상의 실력을 갖추고 있었다. 하지만 이자들은 무기를 소지한 자들이었다. 나도 그들과 맞서려면 무기가 필요했다. 운전사에게 가라고 하였다. 운전사가 엘리베이터를 타고 내려갔다.

짧은 시간에 경비를 제압하고 두목의 사무실 문을 열었다. 건장한 체격의 두목은 큰 책상 뒤에 앉아있었다. 얼굴에는 커다란 땀구멍이 볼펜으로 마구 찍어놓은 듯이 살이 굴껍질처럼 보였다. 순간 허리에 꽂혀있던 칼을 의자에 앉아있던 두목의 오른쪽 팔에 칼을 꽂았다. 그 옆에는 반드시 총이 있을 것으로 확신했다. 부하들이 총기를 사용한다면 그도 총을 소지하였을 터였다. 역시 두목이었다. 왼손으로 이를 악물고 박힌 칼을 빼어냈다. 아래도 던져 정확도는 높지만, 강도는 위로 던지는 것보다 약할 것이었다. 이번에는 칼을 어깨 위로 들었다가 몸을 틀면서 그의 왼쪽 어깨에 꽂았다. 양손을 쓸 수 없게 만들었다. 그 자는 눈을 부릅뜨고 소리를 질렀다. 그의 소리에 여러 명이 뛰어오는 소리가 들렸다. 얼른 문을 잠갔다. 그리고 두목에게 다가가 권총을 들고 두목을 겨누었다.

"내가 누군지 아느냐? 왜 이러냐?"

고 물었다. 나는 자초지종을 이야기하였다. 당신의 부하가 내 오토바이를 강탈하고 여권과 돈마저 빼앗아가서 그것을 찾으려 한다고 했다. 나를 보더니 누구냐고 했다. 알 필요 없고 여권과 돈을 돌려 달라고 하였다. 그는 부하가 한 일이라 모르고 자기 부하는 그런 일을 하지 않는다고 하였다. 밖에서 문을 두드리는 소리가 요란하였다.

"여기에서 살아 나갈 수 있을 거 같아?"

"당신이 나를 살려 보내 줄 것 같은데?"

그리고 여권과 돈을 빨리 내어 놓으라고 하였다. 고개를 절레절레 흔들며 없다고 하였다. 이자는 끝까지 시치미를 뗄 모양이었다. 그 순간 문이 부서지며 총을 든 자들 다섯 명이 우르르 커다란 사무실로 몰려들어왔다. 나는 두목의 뒤로 돌아가 왼손으로 권총을 두목의 머리에 대고 오른손으로 칼을 들었다. 총을 내게 겨누고 조금씩 다가오고 있었다. 나는 멈추라고 소리를 지르고 총구로 두목의 머리를 툭 치며 쏠 듯한 행동을 취하였다. 다섯 명이 한꺼번에 총을 쏜다면 내가 할 수 있는 일은 없었다. 총을 내려놓지 않으면 두목을 쏘겠다고 했다. 두목이 총을 내려놓으라고 하였다. 그제 서야 마지못해 총을 바닥에 내려놓았다. 그자 중에 어젯밤에 왔던 자의 얼굴이 한 명 보였다. 두목의 거짓말을 다시 한 번 확인하였다. 두목에게 내게서 가져간 것만 주면 조용히 나가겠다고 하였다. 두목은 부하를 밖으로 내보내었다. 그리고는 책상 밑에 있던 금고를 가리켰다. 내게 금고를 열라고 하였으나 나는 밖에 있던 한 명을 들여보내 그자가 열게 하였다. 금고 안에 있던 돈과 여권이 책상에 수북이 쌓였다. 얼마나 많은 사람을 강도질했으면 이렇게 많은 여권이 있을까 생각했다. 부하 한 명도 나가게 하고 문을 닫았다. 수많은 돈 중에 백 달러짜리 한 다발과 십 달러짜리 한 다발을 집었다. 이것 가져가도 되겠느냐고 물었다. 내가 돈을 노리고 온 강도로 알았다가 두 다발만 넣자 다소 안심하는 표정이 역력했다. 한 다발 더 가져가라고 하였다. 진심인지 아니면 여기서 나갈 수 없을 것으로 보고 하는 소리인지 알 수 없었다. 집은 것만 외투 속에 넣고 단추를 잠갔다. 나머지 돈은 옆을 밀었다. 여권을 보며 이것 다 빼앗은 것 아니냐고 하자 그는 아니라고 하였다. 자신의 공장에 외국인 노동자가 있는데 자기에게 맡

긴 것으로고 하였다. 믿을 사람은 절대로 아니었다. 그가 가진 여권을
살펴보다가 깨끗한 새 여권 수십 개가 고무줄에 묶여있는 것이 보였다.
새 여권인데 사진이 없는 것이었다. 두목의 얼굴을 쳐다보았다. 자기가
위급하면 사용하려던 위조 여권이라고 하였다. 내 여권과 그의 위조된
중국 여권 하나를 집어 주머니에 넣었다. 그 순간 두목의 왼손이 책상
밑으로 들어갔다. 책상 위로 두목의 손을 올려놓고 책상 밑을 보니 총
이 보였다. 책상 위에 총을 올려놓았다. 그리고 나는 당신을 해치고 싶
지 않다고 했다. 다시 여권을 살펴보려는데 책상 위의 총으로 두목의
손이 다가갔다. 순간 책상 위의 볼펜을 집어 그의 손등을 찍었다. 블라
디미르에게 배운 것이었다. 그는 비명을 참으며 이를 악물었다. 두목을
일으켜 세웠다. 책상에 있던 피 묻은 칼을 집었다. 그리고 왼손으로 총
을 그의 머리에 대고 문을 열었다.

　조금 전보다 더 많은 부하가 칼을 들고 공격하려는 자세였다. 일부
는 총을 들고 새롭게 합류한 것으로 보였다. 총을 내려놓으라고 다시
한 번 소리를 질렀다. 두목도 내 말을 따르라는 눈치를 주자 총을 바닥
에 내려놓았다. 앞으로 한 번만 내게 총구를 겨누면 두목을 쏘겠다고
하며 소리를 질렀다. 다들 주춤거리며 총을 바닥에 놓는데 엘리베이터
옆의 한 명만 총을 내리지 않으려 했다. 총의 방아쇠에서 그자의 손가
락이 나오는 순간 칼이 그의 오른쪽 어깨에 박혔다. 그가 어깨를 잡고
주저앉자 다른 일당이 빠르게 총을 바닥에 내려놓았다. 두목은 진정하
라고 하고 부하를 다독였다. 엘리베이터를 타려니 오른쪽 어깨를 잡고
있던 자와 가까워졌다. 나는 발로 그자의 무릎을 참과 동시에 손으로
얼굴을 때려 그 자리에서 뒤로 자빠졌다. 블라디미르에게 배운 기술이

었다. 다른 자들은 순식간에 일어난 일에 꼼짝 못하고 서 있었다. 두목과 나는 엘리베이터에 같이 탔다. 지하층을 눌렀다. 층층이 엘리베이터가 섰고 두목을 방패로 위협해야 했다. 지하에 주차장이 있었다. 오토바이는 한 대뿐이었다. 거기에서 두목의 어깨에 박혀있던 칼을 빼 주었다. 오토바이의 가방은 없어지고 기름통은 아직 붙어있었다. 두목의 손을 묶어 걷게 하고 나는 오토바이를 타고 지하 주차장을 천천히 빠져나왔다. 밖에는 예상대로 부하들이 총을 들고 서 있었다. 비켜 주면 큰 도로에서 두목을 보내 주겠다고 했고 두목도 그렇게 하라고 지시하였다. 따라오면 두목의 목숨을 약속 못 한다고 하고 건물을 떠나지 말라고 주의 주었다. 두목을 뛰게 하여 주차된 차량에서 배낭을 꺼내 오토바이에 묶었다. 트렁크에는 세 명의 일당이 묶여 있었다. 내가 출발하면 이자들을 풀어 주고 절대로 쫓아오지 말아 달라고 했다. 그러면 다시 돌아오겠다고만 하였다. 큰길을 따라 동북쪽으로 속도를 높였다.

아티라우를 떠나 속력을 높인다 해도 밤이었다. 오토바이를 배운지도 얼마 되지 않았고 오토바이 특성상 커브를 돌 때에는 속력을 낮추어야 했다. 좀 빠르다 싶으면 무섭기도 했다. 마음이 조급하였다. 얼마 지나지 않아 멀리서 자동차 불빛이 백미러에 보였다. 여러 대의 차량이 함께 움직이는 것이 나를 따라오는 것으로 보였다. 이 밤에 한 대씩 움직이는 차량도 드문데 여러 대가 같이 움직인다는 것은 나를 쫓는 차량이라 생각되었다. 이대로 가다가는 얼마 안 있어 따라잡힐 것이었다. 숲이 있으면 몸을 숨기거나 싸울 만했다. 체첸에서도 산속의 전투를 많이 해서 숲 자체의 안정감과 적을 피할 곳이 많았다. 샛길이 없으면 길 없는 산이라도 올라가야 할 판이었다. 여기에서는 숲이 안 보였다. 사막밖엔 안보였다. 다행히도 길이 곧게 뻗어있어 속력을 낼 수 있었는데 그들도 속력을 낼 수 있을 것이었다. 따라 잡힐 것 같은데도 산은 보이지 않았다. 사막과 잔풀이 듬성듬성 나 있는 황무지라고 해야 하겠다. 더는 머뭇거릴 시간이 없었다. 오토바이를 세우고 오토바이 뒤의 브레이크 등을 돌로 깨뜨렸다. 뒤에서 브레이크를 잡을 때마다 붉은빛이 보이는 것을 방지하기 위해서였다. 그리고는 전조등도 끄고 사막으로 들어갔다. 길이 아니어서 조심스럽게 어둠 속에 전진했다. 평지뿐인 이곳에서 총을 쏜다면 살길이 없을 것이었다. 고압선 철탑이 보였다. 조금이라도 몸을 숨길 수만 있으면 그거라도 이용해야 할 것이었다. 오토바이를 눕히고 도로를 보니 네 대가 붙어 가는 것이 그들로 보였다. 한 대에 다섯 명씩 탔다면 최대 이십 명은 될 것이었다. 최대한 근접 전 아니면 내게 승산이 없었다. 권총은 잘 맞지도 않았고 그들은 소총을 가지고 있었다. 절대적으로 불리한 상황이었다. 사막을 가로질러 동쪽으로 이동하였다. 이제는 내가 적의 동태를 파악하며 이동하는 꼴이 되었다. 완전히 사막으로 들어가면 길을 잃을 수도 있었다. 지금은 밤이었다. 도로에서 너무 멀리 떨어지지 않은 상태로 네 대의 차량을 관찰해 가며 따라갔다. 얼마 있다가 차량이 서는 모습이 보였다. 조금 더 가까이 가 보았다. 검문소였다. 31일에 아티라우에서 이슬람 테러가 있었다고 했다. 강도 네 명을 잡아 아티라우로 오는 길에 강도들이 전한 말이었다. 검문소를 피해 샛길로 그들이 안내하였었다. 그들 말이 테러로 인해 경비가 강화되어 검문소가 많이 설치되었다고 했다.

'그래서 저들이 빌딩에서도 총을 쏘지 않았던 건 아닐까?'

건물이 없는 것으로 보아 임시검문소에서 네 대의 차량이 불시 점검을 받는 모양이었다. 바로 그때 군인들과 강도들이 총싸움을 시작하였다. 좀 더 가까이 다가갔다. 뒤편에 있던 차 두 대는 되돌아 도망가기 시작했다. 도로에 몇 명이 스러져 있었다. 군인들은 훈련을 받은 사람들이었다. 그들은 자신을 노출하고 총을 쏘지 않는다. 강도들은 마치 자기를 과시하기라도 하는 듯이 서서 총을 쏘다가 쓰러져갔다. 검문소를 피해 사막으로 돌아가 아스팔트 도로로 진입하였다. 더는 그들이 쫓아오지는 않으리라고 생각했다. 하지만 내가 임시 검문에 걸릴 수 있었다. 해서 앞을 주시하고 속력을 줄여가며 달려야 했다. 강도들이 더는 나를 쫓아오지 않을 것이란 생각은 또다시 어리석은 생각이었다. 항상 경계하리라 다짐했었는데 이런 실수를 또 하게 되었다. 내가 검문을 피해 돌아올 수 있었다면 저들도 그럴 수 있다는 생각을 왜 하지 않았는지 몰랐다. 새벽이 깊어지고 있는 시각이었다. 오가는 차량이 한 대도 없는 새벽에 차량 두 대가 사막을 가로질러 포장도로로 진입해서 오고 있었다. 속력을 내며 어떻게든 저자들을 처리해야 했다. 두 대의 차량은 군인들에게 피해를 많이 입은 모양이었다. 두 대만 나를 쫓는다면 약 열 명 정도일 것이었다. 이젠 피할 곳도 없었다. 정면 승부를 해야 했다. 언제나 적을 공격할 때엔 적이 생각하지 않을 때에 적이 생각지 못한 방법으로 공격해야 승리 확률이 높은 법이었다. 나는 오토바이를 되돌렸다. 전조등을 끄고 아주 천천히 그들이 다가오는 곳을 향해 마주 보며 다가갔다. 내가 뛰어내릴 만한 속력으로 두 대의 차량이 오고 있는 곳을 향해 마주 보고 반대편 차선에서 천천히 가고 있었다. 그들이 나를 보게 되는 거리는 약 100m 정도였다. 그들이 시속

100㎞로 달리고 나의 속력이 시속 30㎞라면 약 3초면 나와 마주칠 것이었다. 그들의 속력이 빠르면 빠를수록 마주치는 시간은 단축될 것이고 나를 발견하고 미처 조처하기 전에 나를 지나칠 것이었다. 나는 그들의 차량 전조등이 비치면 그때부터 3초 이내에 행동을 개시해야 했다. 점점 그들이 다가왔다. 나도 그들을 향해 가고 있었다. 그들은 빠르게 오고 나는 느리게 가고 있었다. 그들은 전조등을 켜고 나는 전조등을 끄고 서로 다가가고 있었다. 이미 내 오토바이에서 배낭은 풀어놓았다. 오토바이 옆에 달아놓은 기름통의 뚜껑을 열어놓고 달리고 있었다. 시간이 되었다. 앞차의 운전자가 보였다. 지체할 시간이 없었다. 바로 오토바이를 차선 가운데로 눕혀 그들의 차량에 충돌시켰다. 충돌되지 않아도 오토바이에 고속 차량의 바퀴만 부딪혀도 전복될 것이었다. 앞차는 오토바이 보고 당황해 하는 운전자의 모습이 보이는 순간 충돌하여 전복되었다. 차는 바로 폭발을 일으켰다. 오토바이의 기름이 한몫했을 것으로 생각되었다. 나는 오토바이를 충돌시키고 길옆으로 뛰어 엎드렸다. 뒤차는 급히 방향을 사막으로 틀었고 다행히도 전복은 되지 않았지만, 구렁에 빠졌다. 바퀴를 너무 틀어 나오지 못하고 있었다. 나는 얼른 차량으로 접근하였다. 불길에 휩싸인 전복된 차량은 놔두고 빠진 차량으로 접근했다. 운전석 쪽이었으니 적어도 운전자와 운전석 뒤의 두 명은 내 쪽으로 내릴 것이었다. 운전사 뒤쪽에 앉은 자가 먼저 차에서 내렸다. 순간 오른쪽 팔에 내가 던진 칼이 꽂혔다. 더는 총을 쏘진 못할 것이었다. 연이어 내리는 운전사의 오른팔에도 칼을 꽂았다. 뒤 자석의 열린 문으로 반대쪽으로 내리는 자의 뒷모습이 보였다. 그의 허벅지에도 칼을 던졌다. 팔에 칼을 맞은 자들이 소리를

질러댔다. 가만히 있으면 그냥 지나치려 했는데 왜 그렇게 소리를 지르는지……. 해서 소리를 지르는 자들의 반대편 팔에도 젓가락 한 개씩 꽂아 주었다. 차 뒤편으로 돌아갔다. 한 명이 다리에 칼을 맞고 주저앉아있고 한 명은 총을 들고 쓰러진 자를 살펴보고 있었다. 다른 한 명이 나와 눈이 마주쳤다. 어두워 얼굴이 마주쳤다고 해야겠다. 그 순간 허리에서 바로 칼이 날아갔다. 그는 오른팔에 칼을 맞고 그가 쏜 총알 한 방이 차에 뒤편에 부딪혀 불꽃을 내었다. 다른 칼을 서 있는 나머지 한 명의 오른팔에 던지고 다시 앉아 있는 자에게도 칼을 꽂았다. 운전석 옆에서 내린 자는 왼손으로 나를 향해 총을 쏘려 하여 젓가락을 어깨 위에서 던져 왼팔에 깊이 꽂았다. 양팔을 쓰지 못하는 자들은 애처롭게 서서 나의 처분을 바라고 있었다. 그렇게 가만히 있는 자에게는 더는 손대지 않았다. 한쪽 팔에 칼을 맞고도 나름대로 다른 팔을 쓰려는 자는 나머지 팔마저 못 쓰게 만들었다. 적어도 상처가 낫기까지는 사용하지 못할 것이었다. 다섯 명을 한쪽으로 몰면서 그들의 소총을 빼앗았다. 총 한 자루는 내가 들고 나머지는 최대한 멀리 던졌다. 그들은 전부 머리에 손을 얹게 하고 무릎을 꿇려 사막을 보고 있게 하였다. 그리곤 전복되어 불이 난 차량으로 향했다. 불이 붙었지만, 운전석에서 한 명이 기어 나오고 뒤에서도 기어 나왔다. 운전석에 있는 자를 끌어내었다. 불길이 뜨거워져 뒤에 앉은 자들과 나머지 인원을 구하기 어려워지고 있었다. 겨우 세 명을 끄집어내었다. 두 명은 살피는 중에 차가 폭발하였다. 전복된 차량에서 나온 세 명은 신체적으로 큰 상처는 입지 않은 듯 보였다. 세 명과 나머지 다섯 명을 사막으로 걸어가라고 보냈다. 날이 곧 밝아 오면 차를 얻어 타고 집으로 갈 수 있을 것이었다. 일곱 명에게 두목에게 전할 말을 하였다. 지금은 팔만 못 쓰게 하여 보내지만 두 번째는 전신을 못 쓰게 하겠다고 하였다. 그들의 몸에 박힌 칼을 일부러 빼지 않고 보냈다. 의사보고 빼게 하라고 시켰다. 잘못 건드리면 평생 불구로 살아야 할 것이라고 엄포도 놓았다. 그들은 목숨만이라도 건지게 된 것에 대해 내게 감사하다고 했다. 진심인지는 모르겠지만, 그 순간만큼 살려 주어서 감사할 것이었다.

배낭을 메고 그들이 간 반대 방향의 사막으로 이동하였다. 가다가 너무 졸려 땅을 팠다. 우의를 깔고 그 위에 침낭만 놓고 잠을 잤다. 텐트는 커서 사막에서는 발각되기 너무 쉬웠다. 땅을 팠기 때문에 침낭에 누워 있으면 사막의 평지와 같은 높이가 되어 잘 보이지 않았다. 다시는 그들이 쫓아오지 않으리라고 생각하면서도 경계는 게을리하지 않아야겠다고 다짐했다. 새벽이 거의 밝아오고 있었다.

잠에서 깬 것은 낮 열한 시가 거의 다 되어서였다. 그것도 빗방울이 떨어져 깬 것이었다. 도로로 나가 지나가는 차를 세웠다. 생각외로 낮의 카자흐스탄 사람들은 아직 순박하였다. 낯선 사람에게 잘 대해 주는 풍습이 있는 모양이었다. 손쉽게 차를 탈 수 있었다. 할아버지가 모는 낡은 트럭이었다. 가축을 실었었는지 짐칸에서는 냄새가 났다. 할아버지 덕분에 아랄까지 갈 수 있었다. 아랄 해가 있는 곳이었다. 목화를 너무 많이 재배하기 위해 러시아 쪽에서 관개시설을 확충하며 물이 고갈되고 있다고 하였다. 옛날에는 큰 도시였는데 지금은 많은 사람이 떠나는 작은 시로 변했다고 했다. 나는 무전 여행자로 소개하였다. 조지아에서 러시아를 거쳐 지금 카자흐스탄 여행 중이라고 했다. 할아버지는 대단하다고 엄지를 올려세웠다. 그리고 나를 자기 집에 초대까지 하였다. 굳이 못 갈 이유도 없었다. 카자흐스탄에 있는 동안에는 이 사람들과 같아져야 노출이 잘 안될 것이고 그러려면 이 사람들을 많이 알아야 했다.

할아버지 댁에는 할머니와 아들 부부, 십 대 손자 한 명, 손녀 둘, 어떻게 보면 삼 대가 있는 대가족 같으면서도 그리 크지 않은 가족이었다. 서로 화목한 분위기가 느껴졌다. 나도 고향에 돌아가셨을지도 모르는 할아버지와 할머니도 계시고 아버지와 어머니가 계신다. 잊고 있다가 이런 상황에 떠오르는 그리움은 참기 힘들었다. 할아버지 가족은 낯선 나를 마치 자주 보던 친구나 이웃으로 대하였다. 저녁 식사도 소박하면서도 정성이 있는 음식이었다. 빵에 만두, 샐러드, 양고기 등이 특별히 준비되지 않았으면서도 푸짐하고 입에 맞는 음식들이었다. 포도주와 견과류의 후식까지 넘치는 대접을 받았다. 이들은 나의 여행에 관심이 많았다. 단순히 구경하고 야영하는 것만의 이야기에 신기해하였다. 기차 여행을 한다든지 자기들이 아는 지명이 나오면 반가워서 자기들이 가본 곳의 이야기를 계속 하였다. 화목한 가정이었고 좋은 분들이었다. 고향에 가면 나도 이런 가정을 꾸리고 싶다는 생각이 들게 하였다.

이 나라의 분위기를 알려고 이것저것 생각나는 대로 물어보았다. 여행할 때의 주의사항 정도로 가볍게 물어보았다. 최근 이슬람 테러로 시내의 경찰과 군인의 경비와 검문이 강화되었다는 것은 알고 있는 내용이었다. 시내에서는 소지품 검사를 철저히 한다고 했다. 여행객의 신분증 검사도 철저히 하므로 잘 챙기고 다니라고 하였다. 간혹 밤에는 강도들이 있으니 늦은 시간에는 다니지 않으면 좋겠다고 했다. 그들의 진심 어린 나에 대한 걱정과 조언이었다. 포도주 한 잔만 마셨는데 얼굴이 화끈거리고 빨개졌다. 할아버지와 가족들은 술을 못 마신다고 나를 놀렸다. 그러면서도 여기서도 이슬람교도들은 술을 마시지 않는다고 했다. 카자흐스탄은 다양한 종교를 가진 사람과 다양한 인종이 섞여서 화목하게 사는 나라라는 이미지가 굳어졌다. 서양 사람의 피부와 얼굴에 노란 머리를 한 사람도 있고 머리가 검고 피부가 황색인 동양사람 모양의 사람이 스스럼없이 섞여 있는 나라였다. 알마티까지는 빠르면 삼일이고 늦으면 오 일 정도 걸릴 것이라고 했다. 작은 도시이지만 이곳에서 다시 귀국 준비를 해야겠다고 생각했다. 검문에 걸릴만한 물건은 없어야 하겠고 다시 필요한 물품을 보충하거나 버릴 것은 버려야 했다.

하루를 할아버지 댁에서 묵었다. 너무 편해 잠이 안 올 정도였으며 식사도 한국사람 입맛에 잘 맞았다. 다음날 아랄시내를 샅샅이 뒤졌다. 고려인이 주로 사용하는 젓가락도 구할 수 있었다. 젓가락 열 개, 쇠톱, 숫돌을 샀다. 기존의 것은 버렸다. 칼도 다시 정리하여 던지기에 좋은 것으로 손에 잡히는 열 개를 구했다. 등산복과 옷들을 준비하여 완벽한 여행객으로 보이도록 하였다. 들에 가서 텐트를 치고 젓가락을 날카롭게 만들었다. 겉보기엔 일반 젓가락이지만 던지면 치명적인 무기가 될 수 있도록 쇠톱으로 자르고 숫돌에 갈아 만들었다. 무게도 적당한 것으로 했다. 기존 것보다 묵직하게 잘 박혔다. 칼도 가지고 있던 것들을 다듬고 손잡이 있는 것과 없는 것으로 나누어 다듬은 다음에 배낭에 넣었다. 권총은 사막에 버렸다. 이제 쓸 일도 없을 것으로 생각하기도 했지만, 검문에 걸릴 위험이 있었다. 낱낱이 분해해서 가져갈 수도 있었지만 사용하기 싫었다. 침낭은 낮에 햇빛에 뒤집어 말리니 다시 좋아진 느낌이었다. 더 쓰기로 하였다. 이날은 온종일 아랄근처 황무지 사막에서 지내며 젓가락과 칼을 다듬고 다음 행선지와 귀국 행로를 점검하며 쉬었다. 나 혼자 힘으로 한국을 가야만 했다. 누구를 믿을 수도 없었다. 특히 우리 정부를 믿을 수 없었다. 중국을 탈출하여 블라디보스토크 영사관에서 나를 북한 요원에 내 주려 한 '최진국' 그 자의 음흉한 미소가 언뜻언뜻 떠올라 괴로웠다. 복수도 하고 싶었다.

'최 부영사는 왜 나를 북한에 넘겨주려 했을까? 내가 무엇을 잘못했나?'

내가 이해할 수 있는 것은 없었다. 여기에서 주저앉아 있을 수는 없었다.

'내 인생을 찾아야 한다. 꼭 한국으로 돌아가 그리운 부모님을 만나고 나는 나의 인생을 살 것이다.'

어쩔 수 없이 떠밀려 사는 삶이 아니고 내가 선택한 삶을 살고 싶었다. 이곳도 내가 오고 싶어서 와서 즐기는 여행을 하고 싶었다. 너무 편해서 잡생각이 많이 나나 보았다.

다음날 일찍 길을 나섰지만 나를 태워주는 사람들을 만나기 어려웠다. 점심때가 다 되어서 겨우 중년 부부의 승용차를 얻어 탈 수 있었다. 기차나 버스를 탈 만한 돈은 충분히 있었다. 검문이 두려웠다. 경찰 두 명 정도는 충분히 힘으로 제압할 수 있었지만, 도망 다니기가 더욱 힘들어질 것이었고 누군가는 상처를 입을 것이었다. 경찰이나 군인의 접촉을 피해가며 다니는 것이 최선이었다. 어쩔 수 없을 때에 내가 해를 당할 경우에만 힘을 쓰기로 다짐하고 있었다.

중년 부부는 저녁 여덟 시가 넘어 키질로르다 시에 내려 주었다. 자기 집에 가자고 하였지만 사양하였다. 어제와는 다른 분이었지만 나에게는 같은 사람처럼 느껴졌다. 마치 한사람에게 신세를 너무 지는 것 같았다. 곧 후회하였다. 잠자리 마련하기가 쉽지 않았다. 어두워져서 배낭을 메고 긴장하며 다니기가 쉽지 않았다. 텐트를 치려 하면 불량스런 사람들이 모여들었다. 그러면 얼른 텐트를 걷고 이동하였다. 힘을 쓰는 일체의 접촉을 피하고 싶었다. 시 외곽으로 벗어났다. 사막에 텐트를 치고 자는 것이 나을 것 같았다. 길을 따라 걷고 있는데 낯선 사람 두 명이 뒤에서 걸어오고 있었다. 밤이었고 이미 주의를 받은 터라 긴장하며 걷고 있었다. 뒤에 온 신경을 집중하며 걸었다. 곁눈질을 계속하며 빨리 나를 지나쳐 가기를 바랐다. 빨리 걷다가 천천히 걸어보았는데 저들이 나와 보조를 맞추고 있었다. 밝은 곳으로 가야겠다고 생각했지만, 시에서 너무 벗어 난 것 같았다. 오히려 더 어두워졌다. 배낭을 벗어 버리면 몸이 더 자유스러워질 것이었는데 이자들은 그럴 시간을 주지 않았다. 한 명이 곧바로 검은 막대기로 내 머리를 내려쳤다. 내가 긴장하지 않았다면 그 자리에서 맞아떨어졌을 것이었다. 하지만 그가 나를 향해 몽둥이를 드는 것을 곁눈으로 볼 수 있었다. 비키면서 팔로 빗겨 막았다. 팔을 타고 지나가도록 빗겨 맞았음에도 엄청난 고통이 전해졌다. 나무가 아니었다. 쇠파이프였다. 배낭을 풀려는 순간 다시 쇠파이프 공격이 가해졌다. 뛰어 도망가며 배낭을 풀었다. 배낭이 떨어지는 순간 쇠파이프가 뒤통수에 바람을 일으키며 배낭을 내리쳤다. 배낭이 땅에 떨어졌다. 안도의 한숨이 쉬어졌다. 이 정도 두 명은 내게 아무런 문제도 되지 않았다. 물론 덩치는 나보다 훨씬 컸지만 내겐 젓가락이 있었다. 시내에 다닐 때에는 칼은 싸서 배낭에 넣어 두었다. 혹시 검문하는 경찰이 물어보면 기념품으로 산 것이라고 말할 계획이었다. 혹시 압수하겠다면 그렇게 하라고 하면 그만이었다. 총이라면 문제가 되겠지만 작은 칼이 테러에 쓰였다는 말은 아직 없었고 고향에 지인들에게 선물로 줄 것이라는데 문제를 제기하진 않을 것으로 생각하였다.

한 명만 쇠파이프를 들고 있어 다행이라고 생각했는데 다른 한 명은 칼을 손에 쥐고 있었다. 여행객을 턴다는 놈들이 이놈들임이 틀림없었다. 쇠파이프와 칼 한 자루에 겁을 먹을 내가 아니었다. 마음은 담담하기만 하였다. 어떻게 하면 이들에게 큰 상처를 주지 않고 벗어날 수 있을 것인가만 생각했다. 순간 다시 쇠파이프를 든 자가 휘두르기 시작했다. 속으로 멍청한 놈이란 생각이 들었다. 이런 공격이라면 따로따로 한 명씩 공격하는 것과 다름없었다. 나로서는 한 명을 제압하고 또다시 한 명을 제압하는 상황이 되었다. 그의 쇠파이프 때문에 다른 한 명은 뒤에 있어야 했다. 빨리 끝내고 가야겠다고 생각했다. 해서 앞에 있는 자의 오른팔을 향해 젓가락을 날렸다. 어두워서 잘 보이지 않아서 대충 던져서인지 빗나갔다. 쇠파이프를 든 자는 내가 젓가락을 던진 줄도 몰랐을 것이다. 밑에서 앞으로 손을 내밀 듯이 던졌기 때문에 몸에 박히기 전까진 내가 무엇을 했는지 모를 것이었다. 항상 던질 때에는 목표를 정확히 보고 던지는 것이 기본이다. 목표를 똑바로 보고 던지면 정확하게 그 목표에 꽂혀있는 것이 정상이었다. 그런데 지금은 목표를 잘 보지 못하는 것이 빗나간 원인이었다. 쇠파이프를 드는 순간 다시 한 번 오른팔 윗부분의 안쪽을 향해 던졌다. 비명을 지르며 팔을 잡고 쓰러지는 것이 심한 상처를 입은 모양이었다. 낮이었다면 뼈를 다치지 않게 던졌을 테지만 지금은 잘 보이지 않아 팔 한가운데를 던질 수밖에 없었다. 다음 뒤에 있던 자는 칼을 왼손과 오른손으로 번갈아 잡으며 상체를 숙이고 나에게 다가왔다. 나는 그것이 문제였다. 그가 오른손잡이라면 오른팔을 왼손잡이라면 왼팔을 향해 젓가락을 던졌을 터인데 이자는 양손잡이라서 어디를 먼저 맞춰야 하는지 내가 고민되었다. 칼을 휘두르는 것이 밤이라 위험하기도 했지만, 연습해 본 모양이었다. 거리를 급격히 좁혀왔다. 오히려 내가 급한 모양이 되었다. 젓가락을 배를 향해 던졌다. 분명히 오른쪽 갈비 아랫부분의 배를 향해 던졌다. 맞았다. 비록 힘을 적게 쓰기는 했지만 맞았다. 그런데 젓가락이 튕겨 나왔다. 일단 그자는 자기 몸에 무엇이 맞은 것을 알고 잠시 주저하였다. 다시 젓가락을 조금 더 힘을 주어 같은 자리를 향해 던졌다. 하지만 다시 튕겨 나왔다.

'이게 뭐지?'

힘을 세게 주지 않은 것은 혹시 배라도 깊이 박혀 장을 건드리기라도 한다면 치명적일 수 있어서였다. 그런데 연거푸 튕겨 나오자 내가 당황이 되었다. 이번엔 어깨 위로 젓가락을 들어 올렸다가 내리꽂았다. 하지만 이번에도 분명히 맞았는데 박히지 않았다. 그자는 의미심장한 미소를 띠고 내게 칼을 휘둘렀다. 이번엔 오른팔의 윗부분을 향해 빠르게 던졌다. 꽂혔다. 다시 젓가락을 어깨 위에서 왼팔의 알통 있는 곳을 힘껏 내리꽂았다. 오른쪽은 조금 아팠겠지만, 왼팔에 비명을 지르며 주저앉았다. 다른 한 명도 팔에 꽂힌 젓가락을 어찌하지도 못하고 고통스러워하고 있었다. 땅바닥에 있던 칼을 발로 차 버리고 쇠파이프도 던져 버렸다. 칼을 든 자가 왜 젓가락이 안 꽂혔는지 궁금했다. 그의 상의를 벗겨보았더니 검은 방탄복을 입고 있었다. 이것 어디서 났느냐고 하자 중고 시장에서 구매했다고 했다. 나는 이자가 경찰이 아닌가 하는 생각마저 들었다. 방탄복이 흔한 물건은 아니었다.

'특수부대 요원들이나 입는 옷을 이자가 어떻게 구매했단 말인가?'

하기야 자동 소총을 소지한 자도 있으니 그럴 수도 있겠단 생각이 들었다. 내가 구매할 수 있느냐고 묻자 간혹 나오는 물건을 자기가 구매해서 힘들 것이라고 했다. 내가 방탄복에 관심을 보이자 주겠다고 했다. 목숨을 살려달라는 뜻으로 보였다. 애당초 그럴 마음은 없는데. 그는 방탄복을 벗겨 달라고 했다. 그리곤 나에게 가져가라고 했다. 왜 나를 주느냐고 하자 자기는 이제 필요 없다고 했다. 다시는 강도질을 하지 않을 것이고 칼을 쓰지 않을 것이라고 했다. 값을 치러 주겠다고 하였다. 얼마에 샀는지 말하라고 하자 그냥 가지라고 했다. 지갑의 돈도 필요하면 가져가라 했다.

'이놈이 나를 강도로 아나?'

웃음이 나왔다. 방탄복 가격으로 해서 오십 달러를 주었다. 그는 계속 고맙다고 하였다. 왜 나를 쫓아 왔느냐고 하자 여행객 차림에 배낭을 메고 있어 손쉽게 강탈할 수 있을 것 같아서 따라왔다고 했다. 그러고 보니 내가 여행객으로 보이는 모양이었다. 은근히 다행이다 싶었다. 내가 바라던 것이었다. 그들의 팔에 박힌 젓가락을 빼 주고 떨어진 젓가락도 회수하였다. 내 눈에서 빨리 사라지라 하였다. 지금 화가 나서 너희 목에 젓가락을 박을 수 있을 것 같다고 하였다. 고맙다고 하면서 두 명 다 양팔을 들지 못하고 축 늘어뜨린 체 털레털레 흔들며 뛰어 갔다. 신속히 이곳을 벗어나야 했다. 그들에겐 여기가 고향이고 이곳의 강아지도 저들 편이기 때문이었다. 나무가 드물고 사막이 많아 몸을 숨기기도 쉽지는 않았다. 배낭을 메고 사막을 달렸다. 길은 차량을 이용하면 쉽게 따라올 수 있을 것 같았다. 내가 불편하면 저들에게도 불편할 것이었다. 두 시간가량을 뛰었다. 온몸에 땀이 비 오듯 쏟아졌다. 모르는 적이 무서운 법이다. 알면 무섭지도 않다. 대처할 수 있기 때문이다. 혹시 모르는 적을 가정하고 대처하는 것이 더욱 힘든 법이었다. 그들은 나를 쫓아오지 않을 수도 있을 것이고 일당들을 몰고 쫓아 올 수도 있을 것이었다. 약간의 확률도 경계를 늦추다 당하느니 미리 대비하는 것이 나았다.

지금은 밤이 깊어 아무것도 보이지 않았다. 오늘은 우선 여기에서 은신처를 마련하기로 했다. 황량한 사막에서 땅을 파고 겨우 은폐할 만한 공간을 마련하였다. 그자에게서 얻은 방탄복을 입어 보았다. 조끼이지만 따뜻하게 몸을 감싸주는 느낌이었다. 불편할 것 같은데 뜻밖에 괜찮았다. 그 위에 외투를 입으면 조금 껴입은 듯한 모양으로 보였다. 만족스러웠다. 이것이 내가 던진 젓가락을 막을 수 있다면 정말 총알도 막을 수 있을 것이었다. 내가 방탄복을 입게 해준 이에게 감사하며 침낭에 누었다. 혹시 무슨 소리라도 들리지 않을까 귀를 세우고 경계하다가 잠이 들었다.

키질로르다 시를 벗어나서부터는 길을 따라 걷다가 차가오면 손을 들어 태워달라고 하면서 세 번이나 차를 바꿔 탔다. 알마티를 간다고 하여 방향만 맞으면 태워 달라 하였다. 저녁 여덟 시경에 타라즈에 도착하였다. 차를 얻어 타고 다니는 것이 보통 노력이 드는 것이 아니었다. 타라즈에서 알마티까지는 버스를 타고 가야겠다고 생각했다. 마음씨 좋은 분들이 많아서 여기까지 왔지만 걷다가 발목도 삐끗하여 많이는 아니지만 계속 아파졌다. 쉬지 않으면 앞으로 한 참을 가야 하는데, 걸림돌이 될 것이었다. 지금 나는 생존을 다투는 전쟁이었다. 자만에 빠져 출발 전에 스트레칭을 게으르게 하고 배낭을 메고도 힘이 안 든다고 뛰어다니질 않았는가.

'지나친 긴장은 스트레스가 되지만 지나친 자만은 탈을 부른다.'

타라즈는 키르기즈스탄 국경 도시였다. 아주 조금만 가면 키르기즈스탄이 있었다. 많은 사람이 왕래하고 있었다.

'난 대한민국으로 가야 했다. 그러려면 중국으로 가야 한다. 그리고 한국을 갈 방법을 생각하고 찾아야 한다.'

여기에서 버스를 한 번만 타면 알마티로 간다고 했다. 알마티에서 머물며 국경 통과 방법을 연구해야 했다. 하늘이 무너져도 솟아날 구멍이 있는 것처럼 방법이 생길 거였다. 그렇게 믿었다.

타라즈에는 고려인들이 키질로드다 못지않게 많았다. 키르기지스탄으로 가고 싶은 유혹도 많이 느꼈다. 국경 통과가 매우 간소하여 많은 사람이 애용한다는 말을 듣고 차라리 그리고 가고 싶었다. 하지만 그 나라로 가면 한국에서 점점 멀어진다. 원래 계획대로 중국으로 가서 한국에 입국하는 것이 최선이란 생각이 들었다. 한국 영사관에서 나를 버리려 한다는 것은 우리 정부가 나를 버리는 것이고 우리나라가 나를 버리는 것이었다. 내가 한국에 가서 국가는 내게 뭐라고 하는지 듣고 싶었다. 그때에도 국가가 나를 버리려 한다면 그 관료들을 가만히 두지 않을 것이었다. 그리고 최 부영사에게 왜 나를 버리려 했는지 알고 싶었다. 누가 그렇게 하라고 했는지도 알고 싶었다. 적어도 우리나라 정부가 국민을 배신하진 않을 것이란 막연한 생각을 하면서도 알고 싶었다.

지금은 카자흐스탄을 떠나 중국으로 가서 그다음 귀국을 어떻게 할 것인지에 생각을 집중할 때였다. 지금까지 돌아본 나라들은 어느 나라도 아름답지 않은 나라가 없었다. 한국도 아름답지만, 이곳 카자흐스탄도 아름다웠고 조지아도 아름다웠다. 러시아도 눈 덮인 끝없는 들판이 아름다웠다. 체첸에서도 다시 가고 싶지 않았지만, 추억이 많았다. 카자흐스탄에는 수많은 좋은 사람들이 있었다. 다음에는 이런 아름다움을 만끽하려 다시 와야겠다고 생각했다. 이렇게 쫓기며 지나치는 것이 아니고 대한민국 여권을 가지고 다니며 즐기고 싶었다. 중국에서 한국으로 들어갈 방법은 있을 것이었다. 수많은 중국인이 한국에 있는 것을 보면 나도 갈 방법은 있을 것이었다.

타라즈에서 알마티까지 가는 버스 편을 알아보았다. 아침 일찍 여섯 시에 알마티 가는 버스가 있었다. 오늘은 타라즈에서 자야 했다. 시장에 들러 저녁도 해결하고 잠자리도 해결하고자 했다. 고려인이 많아 마음씨 좋을 듯한 분에게 잠자리를 부탁해 보려는 생각이었다. 최소한 숙소를 안내받을 수는 있을 것이었다. 맨땅의 침낭 속에서 자는 것도 이젠 익숙하지만 침대만은 못하였다. 시장에는 많은 고려인이 있었다.

특히 음식을 파는 가게에는 더욱 많았다. 반찬도 한국과 다름없이 팔고 있었다. 그들에게 물어 고려인 음식점을 소개받고 식사를 했다. 오랜만에 먹는 한국 음식이었다. 다소 매웠지만 맛있게 먹었다. 주인에게 숙소를 안내해 달라고 했다. 주인은 어딘가에 전화하더니 고려인 집을 소개해 주었다. 나이 드신 고려인 부부가 사시는데 자녀들은 타지로 떠나고 두 분만 사신다고 하셨다. 방이 많이 비어있어 재워 줄 수 있다고 했다. 아침 일찍 버스를 탈 것이라고 잠만 재워달라고 하니 아침잠이 없으시다며 기어이 아침을 해 주시겠다고 했다. 아들이 쓰던 방을 내어 주셨다. 과일도 내어 주시며 마치 손자를 대하듯이 푸짐한 마음의 대접을 받았다. 다음날 일찍 일어났는데 부부는 더 일찍 일어나셔서 아침을 준비해 주셨다. 소박한 음식이었지만 두 분의 정이 담긴 아침을 먹었다. 침대에 오십 달러를 메모와 함께 놓고 왔다. 할아버지는 버스 정류장까지 태워다 주셨다.

여섯 시에 출발한다던 버스는 삼십 분이 지나도 떠날 생각을 하지 않았다. 일곱 시가 넘으니까 출발을 하였다. 나야 가기만 하면 되는 것이었고 시간을 맞출 필요는 없었지만 불평하는 사람들이 없는 것으로 보아 늘 있는 일인 모양이었다. 중간중간에 작은 슈퍼마켓 같은 휴게소에서 쉬어가며 이동하였다. 이러한 상황은 익숙해져 있었다. 기사가 미리 이야기해 놓은 곳인 모양이었다. 음식도 사 먹을 수 있고 몸도 풀면서 그렇게 이동했다. 오히려 정감 있는 버스란 생각도 들었다.

알마티 가는 길은 황량하기 그지없었다. 사막이라기보다는 척박한 땅으로 보였다. 일부러 이런 쪽에 길을 낸 것인 것 같은 착각이 들 정도였다. 멀리 산이 보이고 나무가 있는 것으로 보아 분명 비옥한 땅도 있을 것이었다. 버스 안은 처음 본 사람들과 시끄럽게 이야기도 하는 사람도 있고 졸고 가는 사람들, 슈퍼에서 술 한잔 하시고 코를 고는 분도 계시고 나처럼 낯선 사람도 있었다. 알마티에 가까워지자 멀리 거대한 산맥이 병풍 같은 느낌이었다. 톈산산맥(천산산맥) 이다.

버스는 여덟 시간이 걸려 알마티에 도착하였다.

12
부

알마티에서

알마티에서 국경을 넘을 준비를 하나씩 하나씩 하였다. 알마티는 카자흐스탄의 수도였으며 지금도 큰 도시였다. 내가 필요한 물품은 충분히 있었다. 한 번의 국경을 지나고 다음 국경을 넘으면 그리운 한국일 것이다. 낮에는 시내를 돌며 필요한 물품을 구매하였고 밤에는 매일 지도를 보며 경로를 탐색하였다. 어느 경로를 택하더라도 아직 국경까지는 하루 정도 더 가야 했다. 톈산산맥 줄기를 따라 넘을 것인지 좀 더 북쪽을 통해 넘을 것인지가 문제였다. 조지아에서 카자흐스탄을 넘은 것은 생각할수록 무모한 계획이었다. 천운이 아니고서는 그렇게 통과할 상황이 아니었다. 여기에서도 출입국 사무소를 거쳐 국경을 통과하기는 사실상 불가능 하였다. 서류가 없었다. 밤을 이용해 월경해야 했다. 최대한 국경 근처 마을까지 간 다음 그곳 상황을 살피고 밤을 이용해 국경을 넘을 계획이었다. 날씨는 점점 추워지고 있었다. 한국에 비교하면 이미 한겨울이었다. 눈이 오기 시작하였다. 너무 많은 눈이 오면 톈산산맥 쪽으로는 가기 힘들 것이었다. 높이 솟아있는 알라마산은 만년설이니 그렇다 하여도 산 중턱까지 눈이 많이 쌓인다면 이동하는 데 큰 어려움이 예상됐다. 필요한 식량을 전부 짊어지고 가야 하므로 짐도 많아지고 눈사태나 크레바스도 위험이 될 것이었다. 하루 정도 오고 그치겠지 했지만, 사흘 연속해서 눈이 왔다. 눈이 녹지 않고 계속 쌓여 도시에서도 무릎이 빠질 정도였다.

'어떻게 하지?'

다행인 것은 카자흐스탄에는 아주 다양한 민족이 섞여서 살고 있었다. 말을 하지 않으면 내가 특별히 튀어 보이지 않는다는 것이었다. 나같은 동양인 모습을 한 사람인데 러시아말밖에 하지 못하는 사람들도 많았다. 고려인도 한국말을 못하는 사람도 많았고 중국인도 많이 들어와 있었다. 외모로 보면 흑인만 없는 다양한 인종이 개방적으로 사는 곳이었다. 문화도 다양하여 먹는 음식도 가지가지였다. 하지만 서로 섞여서 그렇게 인간으로 살아가는 곳이었다. 이렇게 열린 마음으로 사는 나라도 있나 싶을 정도였다. 해서 알마티에도 많은 불법체류자나 밀입국자들이 많았다. 이것 또한 내게는 좋은 상황이었다. 추운 겨울에 중국으로 이동하는 것보다 이곳에서 겨울을 나는 것이 나을 것으로 생각되었다. 예상치 못한 상황을 맞는다 하더라도 너무 추운 것보다 따뜻한 것이 대처하기 쉬울 것으로 판단했다. 산속에서 지내야 할 경우가 그렇다. 그렇다면 잠자리와 일자리를 구해야 했다. 언제까지 텐트 속 침낭에서 살 수는 없었다. 아픈 발목은 일주일 정도 쉬니 괜찮은 것 같았다. 생각이 정리되었으니 움직일 때가 되었다.

다음날 알마티 재래시장에 들렀다. 가장 크다는 '초록시장' 혹은 '파란시장'이라고 불리는 곳이었다. 우리나라 재래시장과 별 차이가 없어 보였다. 각종 반찬과 과일, 먹을거리가 넘쳐났다. 특이한 것은 정육점에서 고기를 커다란 다리나 갈비를 한 짝씩 매달아 놓고 판다는 것이었다. 냉장고가 없어서가 아니라 빨리 고기가 소비됨으로 상할 염려가 없어서라고 들었다. 내 생각에는 덥지 않은 날씨도 이유 중 하나일 거로 생각했다. 반갑게도 김밥을 팔고 있었다. 얼마나 반가웠는지 몰랐다. 고려인들이 운영하는 반찬 가게엔 한국의 모든 음식이 있는 것 같았다. 김치도 한국 것과 똑같았다. 알곡을 수북이 쌓아놓고 파는 것이나 건어물 상점에서 파는 마른 생선도 한국과 다를 게 없었다. 고려인들은 말도 어느 정도 통하였으니 생활에 불편이 없었다. 이곳에 정착하여도 불편하지 않을 듯하였다. 말이 통하는 동족이 있다는 것 자체가 힘이 되었다.

난 시장에서 제일 큰 정육점을 찾았다. 다짜고짜 고기를 공급하는 곳은 어딘지, 누가 하는지 물었다. 이상하게 쳐다보면서도 친절한 카자흐스탄 사람들이었다. 찾아가야 할 일이 있다고 무턱대고 물었음에도 가르쳐 주었다.

내가 낯선 이곳에서 직업을 구하는 것은 어려운 일일 것이었다. 하지만 한 가지 생각되는 직업이 있었다. 누구나 하기 싫어하는 것, 냄새나고 힘든 것을 찾았다. 남들이 싫어하는 것이라면 나는 쉽게 일자리를 구할 수 있을 것이란 생각이 들었다. 바닷가라면 생선 파는 곳을 찾았을 것이었다. 이곳은 내륙이고 고기를 많이 먹는다. 양고기, 소고기, 말고기도 많이 팔았다. 이슬람교도가 많아서인지 돼지고기는 보지 못했다.

'고기 천국이라고나 할까?'

고기가 너무 많았고 질도 좋았다. 카자흐스탄 사람들은 특히 소나 말고기를 많이 먹었다.

정육점에서 가르쳐 준 대로 무턱대고 도축장을 찾아갔다. 사람이 십여 명이 채 안 되는 작은 곳이었다. 사장님을 찾아뵈었다. 배가 퉁퉁하고 건장한 신체의 아저씨였다.

"사장님! 여기서 일을 하고 싶습니다."

사장님은 멋쩍어하면서,

"이미 다른 사람이 일하고 있어 자리가 없네."

현지인보다 적은 월급을 주어도 되고 밤새 경비도 설 수 있다고 했다. 경비는 무료로 해 주겠다고 하였다.

"왜 일자리가 필요한가?"

그도 내가 불법체류자나 밀입국자인 줄 눈치채었을 것이었다.

"이번 겨울을 알마티에서 보내야 하는데 굶어 죽을 수는 없지 않겠습니까?"

밤에 무료로 경비를 서겠다는데 사장님의 눈동자가 흔들리는 것을 보았다. 사장님은 현지인보다 적은 월급을 주어도 되는지와 밤새 무료로 경비를 설 수 있는지 다시 물어보았다. 월급은 사장님이 주시는 대로 받겠다고 하였다.

내게 처음 맡겨진 일은 차량으로 고기를 정육점에 배달하는 것이었다. 기사와 함께 정육점에 도착하면 내가 고기를 어깨에 메고 정육점

에서 필요한 만큼 차에서 배달하는 것이 일이었다. 힘들지 않겠냐고
했지만, 이것은 일도 아니었다. 통나무를 어깨에 메고 훈련하였던 나
였다. 현지 직원보다 내가 힘을 더 잘 썼다. 고기 한 짝씩을 메고도 뛰
어다니며 일을 하였다. 기존 직원의 하는 일보다 두 배는 더 빨리하였
다. 처음에는 내가 탈이 날 것이라고 하였으나 아무렇지 않게 계속 일
을 하였다. 빨리 끝내고 회사로 들어와서도 남의 허드렛일을 도와 주웠
다. 할 일이 없으면 청소라도 하였다. 특히 바닥 물청소는 빗자루를 이
용하여 깨끗이 닦아 놓았다. 시간이 지날수록 직원과 사장도 나를 인
정하기 시작하였다. 있는 동안은 최선을 다했다. 사장은 고기 파티를
종종 하였고 실컷 먹을 수 있었다. 사장도 직원도 마음에 들어 했다.

경비실에는 저녁에 이바노프 바실리 아저씨가 와서 경비를 섰다. 밤
에 잠을 자고 아침에 퇴근하였다. 그는 러시아 시절에 연금을 받는 분
인데 연금이 적어 경비 일을 하시는 분이셨다. 내가 경비를 같이 서겠
다는 것으로 잠자리는 해결이 되었다. 경비실은 컨테이너 막사로 이불
과 책상 하나가 있었다. 작은 싱크대가 있고 가스 불이 있어 간단한 조
리를 할 수 있는 부엌이 있었다. 밥은 이곳에서 해결할 수 있었다. 안에
서는 밖을 볼 수 있는 작은 유리창이 있었다. 순찰을 한 번 하고 나서
소리가 날 때나 이상하다 싶으면 나가서 확인하면 되었다. 난 경비실 한
쪽을 합판으로 막아 달라고 했다. 나 혼자 겨우 누울 정도의 공간을 마
련하였다. 벽으로 위장하여 문 없이 통째로 조금 이동하였다가 안에서
손잡이를 당겨 닫았다. 나올 때에는 밀고 나온 뒤에 합판을 통째로 밀
어 닫았다. 낮에는 이불을 놓는 곳으로 이용하였다. 밤에는 내가 거기

서 잠을 잤다. 혹시 경찰이나 기관에서 검문하면 숨을 장소로 이용할 수 있고 밤에는 바실리 아저씨의 담배 냄새도 꺼려서 피하기 좋았다.

일요일에는 쉬었기 때문에 시내 구경을 다닐 수 있었다. 그런 날은 시내에서 한식으로 밥을 먹었다. 한국에서 먹는 음식과 똑같은 밥과 김치에 국이 나오는 고려인 식당에서 먹었다. 고려인 식당은 많이 있었다. 한국과 차이라면 어머니가 안 계시다는 것뿐이었다.

일 자체는 쉬운 편이었다. 눈이 많이 쌓여 차가 움직이기 힘들면 간혹 내려서 밀어야 할 때도 있었다. 내 파트너인 이고르는 좋은 사람이었다. 몽골인처럼 생겼는데 우직하고 등치가 있었다. 약삭빠른 사람이 아니었다. 내가 힘들 것 같으면 조금이라도 자신이 거들어 주려 하였다. 나는 일 자체를 운동으로 생각했다. 겨울에 운동도 되고 먹을 것과 잠자리를 얻었으니 내겐 충분한 보상이었다. 밤 열두 시가 넘으면 바실리 아저씨는 순찰하고 잠시 눈을 붙였다. 어떤 날은 일찍 잠이 드는 경우도 있었는데 그러면 내가 순찰하였다. 그럴 때는 어김없이 일찍 일어나 순찰하고 나서 나보고 고맙다고 했다. 이분도 좋으신 분이었다.

눈이 조금씩 내리는 밤이었다. 그런 날은 잠이 잘 왔다. 막 잠이 들려는 순간에 경비실 문이 갑자기 열리는 소리가 들렸다. 바실리 아저씨는 내가 깰까 봐 소리 없이 문을 여닫으셨다. 순찰하고 오신 모양이었다. 막 방으로 들어오는 순간 급하게 문은 여는 소리가 나더니 '퍽' 소리가 났다. 아저씨는 아무 소리도 내지 않았다. 낯선 남자들의 목소리가 들렸다. 칸막이 문틈으로 보니 몽둥이를 든 자 둘이 서 있고 바실리 아저씨는 피를 흘리며 쓰러져 있었다.

'아! 뭔 일이래. 이놈들은 몽둥이를 줄기차게 들고 다니는구나!'

두 명이 있었다. 바닥에 바실리 아저씨가 쓰러져 있었다. 기절하신 것 같았다. 나도 모르게 내복 차림으로 튀어 나갔다. 그들의 얼굴을 발과 손으로 때려 쓰러뜨렸다. 좁은 경비실 내에서 두 명 정도는 내 상대가 되지 않았다. 쓰러진 두 명이 일어나려 하는 것을 발로 얼굴을 차서 기절시켜 버렸다. 얼른 옷을 입고 배낭에서 젓가락과 칼을 찾아 허리에 찼다. 경비실 밖을 보니 세 명의 남자들이 고기 저장고 자물쇠를 뜯고 고기를 트럭에 싣고 있었다. 문밖으로 뛰어 나갔다. 쇠갈비 한 짝을 메고 창고를 나오는 놈을 이단옆차기로 얼굴을 때렸다. 옆의 한 놈은 뒤차기로 명치를 찼다. 다시 일어나려 하는 놈의 명치와 얼굴을 차서 꼼짝 못 하게 하였다. 창고에서 나오는 놈은 그제야 상황 판단이 된 듯했다. 몽둥이를 들고 나에게 다가왔다. 순간 젓가락을 그의 오른팔에 꽂았다. 몽둥이를 떨어뜨리며 고통스러워하셨다. 앞차기로 명치를 차서 쓰러뜨리고 바로 경비실 안으로 들어갔다. 사장에게 전화하고 바실리 아저씨를 깨웠다. 바실리 아저씨는 조금씩 정신이 나는가 보았다. 사장이 올 때까지 그놈들을 한군데에 모아 놓았다. 팔에 꽂혀있던 젓가락은 빼 넣었다. 사장은 오자마자 경찰에게 신고한다고 난리였다. 나는 바실리 아저씨를 먼저 병원으로 옮기자고 하였다. 아저씨가 위독하면 신고하고 그렇지 않으면 하지 않는 것이 좋겠다고 했다. 경찰이 오면 이 상황을 설명해야 할 것이고 나는 신분을 노출해야만 할 것이었다. 사장은 즉시 바실리 아저씨를 병원으로 옮겼다. 다섯 명은 손발을 묶어 경비실에 앉혀 놓았다. 젓가락을 맞은 놈의 팔은 천으로 싸매어 피가 나지 않도록 조치하였다. 사장은 다시 와서 바실리 아저씨가 약간의 뇌

진탕을 일으킨 것뿐이라고 하였다. 곧 퇴원 가능하다고 전하였다. 사장은 내 말대로 경찰에 신고하지 않았다. 그리고 그들에게 한 번만 용서하겠다고 했다. 또 오면 용서하지 않을 것이라 하고 또 오지 않겠다는 다짐을 하여 보내 주었다. 내가 그냥 보내주자고 해서 보내준다는 말도 하였다. 그들은 사장과 나에게 고맙다고 하고 떠났다.

이 일을 계기로 해서 사장은 나를 무척 신임하게 되었다. 바실리 아저씨는 다음날 퇴원하였다. 일찍 정신을 잃어 무슨 일이 있었는지 알지 못했다. 사장은 어떻게 다섯 명을 꼼짝 못 하게 했는지 궁금해했다. 나는 경비실 안에서는 방심한 틈을 타서 그들이 가지고 온 몽둥이로 때렸다고 했다. 밖에 있는 자들도 몽둥이를 들고 갑작스럽게 뛰어가 미쳐 피할 틈도 없이 공격하여 쓰러뜨렸다고 했다. 젓가락을 던진 이야기는 하지 않았다. 그 정도만 이야기하여도 대단하다고 난리였다. 바실리 아저씨 퇴원 후 출근하는 날은 나를 위한 파티도 해 주었다. 여기서는 파티에 돌아가며 칭찬을 하게 하는 것이 풍습인 것 같았다. 내 파티에도 내가 얼마나 회사를 위하고 동료를 위하는지 돌아가며 칭찬을 하였다. 나와 몇 번 보지 못한 아주머니도 자신을 희생하여 회사를 구했다고 낯간지러운 칭찬들을 늘어놓았다. 이번 일로 다른 동료들도 나를 대하는 태도가 달라졌고 더욱 가까워졌다. 원래 착한 사람들이었으며 무슨 계기만 있으면 다른 사람들을 더 배려하려는 사람들이었다. 돌아가며 자기 집에 초대하며 저녁을 같이 했다. 나도 빈손으로 가기가 그래서 매번 꽃과 케이크나 과자를 사가기도 하였다. 내 파트너 이고르는 신혼이어서 전자레인지를 사다 주었다. 초대 선물로 이런 것을 받기는 처음이라며 무척 좋아하였다. 특히 이고르 부인인 예쁜 형수가 그렇게 좋아하였다. 형수도 일하고 있었다. 둘이 너무 보기 좋아 보이는 착한 부부였다. 멀리 한국에 있는 친구들과 친척보다 이들 이웃이 더 가깝게 느껴졌다. 물론 부모님을 보아야 하겠지만, 꼭 다시 와야 할 곳이었다. 꼭 다시 봐야 할 사람들이었다. 경제적으로 부자는 아니지만, 마음은 아름답고 풍요로운 사람들이었다.

바실리 아저씨는 퇴원 후에 나를 자신의 집에 초대하였다. 노부부만 있는 줄 알았는데 아들 내외와 손녀 둘이 있었다. 한 명은 고등학생이고 한 명은 나보다 두 살 어린데 알마티 키메프 대학교에 다닌다고 했다.

'나도 한국에 있었으면 대학에 다니고 있었을 텐데……'

우리는 고등학교까지 12 학년제인데 카자흐스탄은 11 학년제였다. 대학교 3학년이었다. 너무나 아름다워 눈을 못 뗐다는 말은 거짓말이었다. 아주 아름다우면 눈이 부셔 볼 수가 없었다. 눈을 마주칠 수 없었다.

'이바노프 예브게니야!'

그녀 이름이었다. 나와 나이 차이가 적어, 너무나 자연스럽고 스스럼없이 대하여 주었지만 내가 불편했다. 신경은 온통 예브게니야에게 가 있고 쳐다볼 수도 없었다. 어색하여 빨리 벗어나고 싶은 마음뿐 이었다. 바실리 아저씨의 아들 내외분이 어찌나 고맙다고 하는지 몸 둘 바를 모르게 하였다. 예브게니야도 할아버지를 돌봐 주어서 고맙다고 여러 번 반복하여 말했다. 후식을 먹으며 바실리 아저씨 아들이 내 고향이 어딘지 물었다. 온 식구가 내 입을 보고 있었다.

'어떻게 이야기하지?'

무슨 말을 해야 할지 몰랐다. 다른 사람들이었다면 그저 사연이 많아서 다음에 이야기하겠다고 할 터인데 예브게니야의 커다란 눈이 말똥말똥 나를 보고 있었다. 무슨 말이라도 해야 했다.

'대한민국이 고향입니다.'

바실리 아저씨가 더 놀라는 눈치였다. 나를 중국인으로 생각했었다고 했다. 예브게니야 동생 올가가 북한인지 남한인지 물어보았다. 내가 남한이라고 말하자 더 놀라는 눈치였다. 이야기가 길어졌다.

'여기에 여행을 온 것이냐?'

'언제 돌아갈 것이냐?'

'부모님은 계시냐?'

숨을 쉬기 어렵게 질문들이 쏟아냈다. 특히 올가는 한국 연예인에 대해 관심이 많았다. 끊임없이 연예인에 관해 물었다. 내가 아는 연예인은 적어도 3년 전 사람들뿐이었다. 나보다 올가가 한국 연예인을 더 잘 알았다. 물론 예브게니야도 그런 것 같았다. 아직 전부를 말할 수는 없었다. 간략하게 여행하는 것만 이야기하였다. 엘가와 예브게니야는 부러워하였다. 한국에도 가보고 싶다고 하였다. 내가 한국에 가면 꼭 오기로 약속하였다. 북한에 억류되어 탈출하고 여기까지 오게 된 것을 이야기하기엔 너무 빨랐다. 물론 잔인한 경험이나 너무 험한 경험도 이야기하지 않았다.

어떻게 저녁을 먹었는지 무슨 말을 했는지 통 기억이 나지 않았다. 경비실에 돌아와서도 조금 전에 본 예브게니야가 떠올라 잠을 뒤척이었다.

바실리 아저씨가 퇴원하고 나서 삼 일 후 저녁 무렵이었다. 트럭과 승용차 두 대가 회사로 들이닥쳤다. 고기를 훔치러 왔던 자의 얼굴이 보였다. 여덟 명 남짓한 사람들이 차에서 내렸다. 사장에게 나를 넘기라는 것이었다. 사장은 완강히 거부하였다. 어디서 그런 배짱이 났는지 전혀 떨지도 않고 사장님 혼자 고기 발골하는 칼을 들고 떡 버티었다. 나는 상황이 악화하지 않기를 마음속으로 바랐다. 숨겨진 오른쪽 허벅지에는 젓가락이 늘 꽂혀는 있었다. 아직 경찰의 도움을 받을 형편이 되지 않아 조용히 마무리되기만을 바랐다. 그들도 만만치 않았다. 나보다 훨씬 큰 몸집의 사내도 세 명은 되었다. 나머지 사내들도 전부 작은 것은 아니었다. 나는 사장에게 내가 따라가겠다고 하였다. 사장의 만류에도 불구하고 내가 그들의 차량에 스스로 올라탔다. 그들은 사장에게 경찰에 연락하면 내 목숨을 장담하지 못하겠다고 했다. 그리고 사장에게 다시는 오지 않겠다고 했다.

나를 태운 승용차와 트럭은 사막 지역으로 달리고 있었다.

'아마 사막 가운데서 죽기 직전까지 손을 보려는 거겠지.'

앞자리에 앉은 자는 가슴에서 권총을 보여 주며 위협을 하였다. 무척이나 놀라는 표정과 떨고 있는 모습을 보였다. 옆자리에 앉은 자는 내 머리 뒤통수를 때리며 화풀이를 하였다. 너무 시끄러우니 오히려 그들 패거리가 조용히 하라고 하였다. 내가 타고 있는 승용차에 네 명, 뒤따르는 승용차에 세 명, 트럭에 두 명. 총 아홉 명이었다. 어떻게 대항할지 떠오르질 않았다. 알마티에서 출발할 때는 저녁이었는데 이미 깜깜한 밤이 되고 있었다. 가까이에서 총을 든 자가 여전히 무서웠다. 조지아에서 블라디미르에게 훈련은 받았지만, 실전 경험은 부족 하였다. 칼을 지닌 자는 얼마든지 제압할 자신이 있었다. 총은 달랐다. 작은 실수로도 치명적인 상처를 입을 수 있었다.

'아홉 명이나 되니 차 문을 열고 뛰어내려야 하나?'

'차분하자! 차분하자! 침착하자!'

어느새 포장도로를 벗어나 사막을 달리고 있었다. 가끔 덜컹거리거나 차가 살짝 뜨는 기분이 드는 것으로 보아 사막임을 알 수 있었다. 아직 총을 지닌 자는 세 명만을 보았다. 앞자리 운전하는 자와 그 옆에 앉은 자, 다른 차에 타고 있는 자. 최소한 뒤차에도 두 명이 총을 가졌다고 생각하면 네 명이 총을 가지고 있다. 나의 단점은 권총 사격을 많이 해보지 않아 권총의 명중률이 떨어진다는 데 있었다. 내 양옆에 앉아 있는 자는 총이 없었다. 있었다면 총으로 위협했을 텐데 칼로 위협을 하였다. 두 시간 이상을 이동한 것 같았다. 나를 내리게 하였다. 지금이 아니면 시간이 없다. 내 어깨를 양쪽에서 잡고 두 명이 칼을 목에 대고 이끌었다. 운전사가 내리고 그 옆을 지나치고 있었다. 뒤 따라 오는 차량이 거의 서기 직전이었다. 운전사가 허리춤에서 총을 빼려 하고 있었다. 내 왼쪽 어깨를 잡고 있는 자의 칼을 잡은 손을 잡았다. 그자의 사타구니를 사정없이 발로 찼다. 순간 오른쪽의 칼을 쥔 사내는 발로 밀어서 떨어지게 하였다. 빼앗은 칼을 운전사 옆자리에서 내리는 자의 오른쪽 어깨를 향해 깊이 박히도록 던졌다. 그리곤 운전사의 머리카락을 움켜쥐고 뒤로 제쳤다. 동시에 오른발로 오금을 차서 주저앉게 하고 그의 총을 뺏었다. 목을 왼손으로 감싸고 총을 그의 머리에 대었다. 뒤차에서 사내들이 막 내리려 하고 있었다. 뒤차의 앞자리에서 내리는 자를 유심히 보았다. 그자가 총을 들고 겨누려 하는 순간 그를 향해 총을 발사했다. 두 발을 쏘았다. 쓰러지는 것을 보고 권총 손잡이로 내가 타고 온 차의 운전사의 머리를 사정없이 내리쳤다. 이자도 그 자리에서 쓰러졌다. 나는 승용차의 앞 보닛을 방패 삼아 뒤 트럭의 운전사를 향해 총을 쏘았다. 뒤차의 운전사와 내가 둘이 총싸움을 하고 있었다. 옆에서는 앞자리에 앉았던 오른쪽 어깨에 칼을 맞은 자가 고통스럽게 어깨를 왼손으로 감싸고 한쪽 무릎을 꿇은 채 있었다. 내 오른쪽이 있던 자는 총을 서로 쏘는 사이에 뒤 트럭 짐칸 뒤로 숨었다. 세 명의 칼을 든 자는 트럭 뒤에 있었고 총을 든 운전사만 나와 대치하고 있었다. 땅에 주저앉거나 쓰러진 자는 내가 타고 온 차의 앞자리 두 명, 내 왼쪽 사내 한명, 뒤차에서 내리다가 내 총을 맞은 자, 총 네 명이었다. 뒤 트럭 뒤에 네 명, 나와 총 쏘는 자 한 명. 아직 다섯 명을 제압해야 했다. 총알이 얼마나 있는지 알 수 없었다. 총을 든 자를 향해 모든 총알을 다 사용하였다. 그 운전사도 알 것이었다. 나는 젓가락을 꺼내었다. 총보다 젓가락이 훨씬 정확하였다. 내가 총알이 다 떨어진 것을 안 그는 자신만만하게 총을 들고 내게 다가오고 있었다. 나는 승용차 뒤쪽으로 기어갔다. 밑으로 그의 발 움직임을 통해 그가 승용차 앞을 향해 오고 있음을 알았다. 거리가 가까워지는 순간 일어났다. 내 오른손에 들려 있던 젓가락을 그의 오른쪽 팔 상부를 향해 던졌다. 정통으로 맞았다. 총을 떨어뜨리고 나를 보았다. 이미 내 손에는 다른 젓가락이 들려 있었다. 그는 허둥대면서 왼손으로 총을 주우려 하고 있었다. 왼손의 안쪽 손목부위에 젓가락이 박혀 팔을 관통하였다. 나는 가만히 있으라고 소리를 질렀다. 이번에도 반항하면 어쩔 수 없이 치명적인 부분을 향해 젓가락을 던져야 할 상황이었다. 나는 얼른 다가가 총을 발로 찼다.

땅바닥에는 두 명이 완전히 누워 있고 세 명은 반쯤 주저앉아있었다. 빈손으로 뒤에 있는 자들을 전부 나오라 하였다. 덩치가 큰 자가 칼을 쥐고 쭈뼛쭈뼛 걸어 나왔다. 나머지 인원도 칼을 들고 천천히 나왔다. 나는 빈손이었다. 젓가락은 다리에 꽂혀 있었다. 한 명이 칼로 나를 공격하였다. 다른 사람은 자의 반 타의 반 우리를 구경하였다. 칼끝이 내 눈앞을 스쳤다. 한걸음 뒤로 물러나며 피했다. 그러면서 내 몸이 뒤로 휘어지며 내 배가 공격으로부터 노출되었다. 그는 내 배를 향해 칼을 찔렀다. 노리고 있었다. 칼이 들어오는 그의 오른손을 내 왼손과 오른손으로 막음과 동시에 내 몸은 그에게 바짝 다가갔다. 오른쪽 팔꿈치로 그의 명치를 찌르고 바로 오른손을 세워 주먹으로 얼굴을 때렸다. 그리고 바로 뒤로 물러섰다. 일격에 당황하였으나 내가 바로 뒤로 빠져 순간적인 여유가 생기게 하였다. 그리고 왼발을 그의 아랫배에 차듯이 찔렀다. 그는 내 왼발을 잡았다. 그것을 계산하고 있었다. 왼발을 잡히면서 그 발을 지지대로 하여 허공에서 오른발로 그의 오른쪽 뺨 아래 턱을 찼다. 다른 자들이 보고 있어 일부러 큰 동작을 하였다. 작은 동작으로 치명적인 발차기가 위력적이나 사람들은 화려한 동작에 겁을 먹었다. 그가 정신을 잃고 쓰러졌다. 다른 사내들은 다가올 엄두를 내지 못하고 있었다. 두 번째로 큰 덩치를 가진 자가 칼을 들고 달려들었다. 덩치가 크면 힘은 강하겠지만, 속도는 매우 느렸다. 이자도 내 속도에 비할 정도는 아니었다. 오른손으로 칼을 내게 휘두르는 것을 막으면서 그의 가슴으로 파고들었다. 칼을 피하면 뒤로 물러나는 것이 보통이다. 하지만 나는 그의 가슴으로 달려들어 내 어깨로 그의 명치를 그대로 박았다. 나보다 훨씬 큰 자가 뒤로 나가떨어졌다.

남은 자들에게 칼을 버리라 하였으나 아직 머뭇거리고 있었다.

'무엇을 더 보여 주어야 한단 말인가?'

총을 맞고 쓰러져 있던 자가 깨어났다. 심각한 부상은 아닌 듯싶었다. 내가 보지 못하는 줄 알았는지 자기의 총이 있는 곳으로 살며시 손을 뻗고 있었다. 나는 젓가락으로 그의 펼쳐진 손을 향해 힘껏 던졌다. 그는 비명을 지르며 손을 들었다. 그의 손등에서 손바닥으로 관통한 젓가락이 생생히 꽂혀 있었다. 다시 다른 자들에게 칼을 버리라고 하자 즉시 칼을 던져 버렸다. 남은 자들을 트럭의 짐칸에 전부 태우도록 하였다. 그리고 두목이 누구인지 물어보았다. 칼을 들고 설치다 쓰러진 자였다. 아무런 감정이 없으니 이쯤 해서 서로 마무리 하자고 하였다. 그도 사건이 더는 확대되는 것을 바라진 않았다. 더구나 내가 그렇게 만만치 않음을 알았을 것이었다. 그의 부하도 전부 보았으므로 나를 제압하려면 목숨을 걸고 서로 싸우는 수밖에 없었다. 그도 그 정도는 알고 있었다. 더구나 내가 그의 이익을 특별히 침해하는 것도 아니었다. 우리는 악수로 마무리하였다. 그뿐이었다. 다친 자들을 포함해서 나머지는 전부 트럭에 싣고 두목과 나는 승용차를 탔다. 다친 운전사 대신 다른 자가 운전하였다. 나를 알마티에 내려놓고 떠났다. 나도 두목의 눈빛에서 최소한의 약속은 지키리라는 것을 보았다. 그것은 서로의 최소한의 경계선이었다. 서로 침범할 때에는 그만한 각오가 있어야 할 것이었고 그만한 이익이 기대되어야 할 것이었다. 이 상황에서 그럴 만한 이유는 전혀 없었다. 나는 겨울이 지나면 이곳을 떠날 것임을 이야기하였다. 그들의 조직을 위협할 인물도 아니었다. 그들을 공격할 이유가 하나도 없는 사람이었다.

내가 낯선 자들에게 끌려간 이후 사장은 신고해야 할지 고민하고 있었다. 직원들은 신고해야 한다고 난리였다. 사장은 신고하여 경찰이 개입하게 되면 오히려 내게 불리할 것을 걱정하고 있었다. 전 직원이 일손을 놓았다. 그날은 더는 일을 진행하기 힘들었다. 불법체류자나 밀입국자였을 텐데 신고 즉시 잡혀갈 사람은 그자들이 아님을 알았다. 그자들이 설마 생명을 해치지는 않으리라고 막연히 생각했다. 기대했다.

밤 열두 시가 넘어서 회사 경비실에 도착하였다. 경비실에 있던 바실리 아저씨가 깜짝 놀라 뛰어 나왔다. 즉시 사장에게도 연락하여 사장도 집에서 달려왔다. 다행히 다친 곳이 없는 것을 보고 두 분은 안심하였다. 그러면서 나의 정체에 대해 의심을 품는 표정이 역력하였다. 그들이 가만히 보내주려 데리고 갔을 리는 없었다. 여덟 명의 건장한 청년들과 같이 갔는데 멀쩡하게 돌아왔으니 어떻게 된 영문인지 궁금해하였다. 더는 나의 정체를 숨기기 힘들어졌다고 생각했다. 여기서 사라질 수도 있었지만 새로운 곳에 정착하여 겨울을 나기엔 많은 경우의 수를 따져야 했다. 그동안 내게 어떤 일이 있었는지 간략히 이야기하였다. 잔인한 이야기는 제외하고 현재 불법체류자임을 밝혔다. 봄이 오면 중국으로 갈 것이라고 이야기하였다. 사장은 내가 무술을 원래 배웠는지 궁금해하였다. 한국에서 태권도를 하여 약간의 무술 실력이 있음을 이야기하였다. 더는 그들의 상상에 맡기기로 하고 도움을 요청하였다. 사장과 바실리 아저씨는 펄쩍 뛰었다. 오히려 도움을 받고 있다고 그런 생각하지 말라고 하였다. 도움이 될 만한 일이 있으면 언제든지 도와주겠다고 하였다. 털어놓고 이야기하니 차라리 속이 편하였다. 죄짓는 느낌으로 생활을 하고 눈치를 보며 생활하였는데 그러지 않아도 되었다. 바실리 아저씨가 준비해준 저녁을 한 시가 넘어서 먹고 잠을 청했다.

바실리 아저씨는 경비실에서 국경을 어떻게 통과할 것인지 둘만 있을 때 물어보았다. 국경 근처에 가서 적당한 지점을 살펴보고 밤을 이용하여 넘을 것이라고 했다. 주말에 자신과 같이 국경에 가보지 않겠느냐고 했다. 고맙게도 안내를 자처하는 바실리 아저씨가 매우 고마웠다.

그 주 일요일에 국경의 출입국 관리소부터 같이 가 보았다. 경비가 허술한 것 같지만 그래도 군인과 직원들이 있는 곳이었다. 서류를 갖추지 않으면 통과가 안 되는 것은 당연한 일이었다. 그것이 문제가 아니라 추방이라도 된다면 한국 정부에 통보될 것이고 아직 누가 적인지 확인되지 않아 어정쩡한 상황에 닥칠 것이었다. 혹시 북한 기관에라도 알려지게 된다면 더욱 힘들어지게 될 것이었다.

역시 국경은 국경이었다. 통과하는 데에도 많은 시간이 걸리는 것으로 보아 엄격한 심사를 하고 있었다. 남쪽과 북쪽의 국경을 살펴보았다. 남한과 북한처럼 살벌한 휴전선은 아니었다. 북한과 중국의 두만강보다도 허술한 경비로 보였다. 철조망도 마음만 먹으면 쉽게 넘을 수 있을 정도로 낮았다. 하지만 주위가 너무 노출되어 있어 낮에는 물론이고 밤에도 훤히 보였다. 적당한 곳은 아니었다. 바실리도 내 의견에 동의하였다. 다음 주에는 톈산산맥 쪽의 나린콜 지역을 살펴보기로 하였다. 생소한 지역을 지도로 찾아 확인하여 보았다. 도시에서 국경까지 2km 정도로 중국과 매우 가까운 도시였다. 그렇게 가까운 도시라면 국경 수비대들의 주둔 수도 많을 것이었다. 겨울이 지나며 중국으로 가

자면 틈틈이 답사해야만 할 것이었다.

　다음 주까지는 금방 시간이 지나갔다. 국경 조사를 한다는 사실만으로 설렘 마저 들었다. 바실리 아저씨를 회사 경비실에서 기다리는데 예브게니야가 왔다.

　"할아버지가 편찮으셔서 나와 같이 안내하고 갔다 오라고 하셨어요."

　같이 가야 하는지 말아야 하는지 판단이 서질 않았다. 예브게니야는 내 맘을 아는지 모르는지 앞장서서 걸었다. 바실리 할아버지가 나린콜을 다녀오라고 하셨다고 했다. 둘이 버스를 타면서도 나는 왜 그렇게 어색한지 나 자신이 싫어졌다. 버스에서도 창가에 앉아 혹시 그녀와 다리라도 닿을까 봐 창에 바짝 붙어 갔다. 그녀는 나보다 어리면서도 전혀 나를 신경 쓰지 않는 것 같았다. 이야기를 걸고 팔을 건드리고 때리고 웃고. 예브게니야는 가지런한 이를 살짝 드러내고 웃는 모습도 예뻤다. 웃음소리도 예뻤지만, 몸매는 더욱 예뻤다. 내가 한국에라도 있었다면, 여기에 여행이라도 온 것이라면 그녀에게 사귀어 보자고 했을 것이었다. 지금 나의 처지는 그럴 형편이 안 되었다. 그런데도 자꾸 신경이 쓰이고 생각이 나는 것은 어쩔 수가 없었다. 거기까지는 내 맘대로 되질 않았다.

　오늘 그녀와 둘이 다섯 시간이나 걸리는 먼 지역을 가고 있었다. 갔다 오는 데만 열 시간이 걸리는 거리이다. 나린콜은 국경에 거의 붙어 있는 도시였다. 나린콜 시내에서 2㎞ 정도만 가면 국경이 있었다. 버스가 중간중간에 쉬면서 간식도 먹고 쉬면서 나린콜에 도착했을 때는 오후 세시가 다 되어서였다.

국경은 너무 평화로웠다. 초원으로 보이는 눈밭 가운데로 사람 키보다 작은 철조망이 지나가고 있어 국경이라고 알리고 있었다. 사람의 통행을 저지하기 위한 것이 아니라 양 같은 가축의 통행을 막으려 쳐 놓은 것으로 했다. 나는 예브게니야를 사진 찍는 것처럼 국경에 세워두고 예브게니야도 찍고 국경의 모습을 최대한 가까이 찍었다. 특히 중국 쪽의 모습을 카메라에 담으려 애를 썼다. 그녀도 포즈를 취해가며 사진 찍었다. 전혀 그녀를 찍지 않을 수는 없었다. 군인 누구라도 보여달라고 하면 그녀를 찍은 사진을 보여 주어야 했다. 우리 둘만 찍은 사진도 필요하다며 지나가는 사람을 불러 둘의 사진을 찍었다. 숲이 있는 곳은 달려가면 십 분도 채 되지 않을 거리였다. 하지만 체첸에서 전투 경험이 있는 내가 보기에 숲에 분명히 초소가 있을 것이었다. 그 언덕 너머에는 군인 주둔지가 있을 것이었다. 만년설이 있는 곳을 관찰해보니 그곳에도 군인들 초소가 은폐되어 있었다. 군인이 있는지는 모르겠지만 분명 초소가 있었다. 더 위쪽엔 아예 감시탑도 보였다. 설산으로 더 올라가며 관측되지 않았다. 하지만 설산 위쪽에도 주둔군이 있을만한 곳은 있었다. 모든 게 만만하진 않았다. 그래도 위안인 것은 사람들이 이곳을 잘 지나다니지 않는다는 것이었다. 철조망도 낮았으며 어두운 밤이라면 초소의 근무병을 충분히 따돌린 만 한 거리에 초소 간격이 넓어 보였다.

'저 정도면 충분하다.'

예브게니야는 안중에도 없고 국경을 살피는 데에만 집중하고 있었다. 오랜 시간을 왔으니 최대한 많은 정보를 손에 넣어야 했다. 내가 이곳 국경을 넘는다면 봄일 것이었다. 지금은 눈밭에 발자국이 나서 섭게 노출될 것이지만 봄이라면 풀밭이라 지나가도 흔적은 남지 않을 것이었다. 추격용 개만 없다면 문제 될 것이 없었다. 하룻밤이면 국경에서 충분히 멀어질 수 있을 것이었다. 국경에는 중국뿐 아니라 카자흐스탄 군인도 경비를 서고 있었다. 상대적으로 중국 군인의 수가 많아 보였다. 국경을 중심으로 카자흐스탄과 중국 양쪽에 비포장이었지만 도로가 발달해 있었다. 순찰을 자주 하여 난 길임이 틀림없었다. 지도를 보면서 국경을 넘은 다음, 그다음 통로가 확신이 서질 않았다. 톈산 산맥을 따라 이동하면 발각되지 않고 중국 내륙 깊이 갈 수 있을 것이었다. 산에서는 충분히 은폐할 장소가 있을 것이었다. 하지만 대략 지도를 보더라도 한 달은 걸릴 것이었다. 산속에 살지 않을 바에야 그럴 필요는 없었다. 한 달이라면 적어도 40일 분량의 식량을 가지고 가야 할 것이다. 너무 시간이 길다. 준비물도 너무 많다. 우리는 북쪽으로 2㎞ 정도 올라가 숲이 우거진 국경을 관찰하였다. 작은 마을이 있고 조금 더 지나자 울창한 숲이 있었다. 간간이 안내원을 대동한 단체 관광객들이 눈에 띄었다.

'반가운 일이다!'

사람이 많으면 경비의 집중도가 떨어질 것이었다. 조금 더 많은 관광객이 있으면 좋겠다고 생각했다.

'봄이 되면 더 많아지지 않을까?'

막연한 기대를 해 보았다. 숲 사이에 작은 강이 있는데 강 가운데가 국경이었다. 지금은 얼어 있지만 봄에는 물이 흐를 것이었다. 강물이 조금 거세게 흐를 것으로 보였다. 나는 산 아래로 내려가 강을 관찰하였다. 중국 국경수비대는 강에서 보이지 않았다. 없지는 않을 것이었다. 그러면 강에서 중국 방향으로 물러나 경비를 선다는 것인데 내겐 보이지 않은 위험이 될 수도 있을 것이었다. 초소가 보이면 그곳만 통과하면 안심이 되지만 보이지 않은 초소를 찾아가며 전진하는 것은 매우 위험한 일이었다. 그래서 어디나 그 지방의 지리를 잘 아는 사람들이 길잡이를 하지 않은가. 충분히 살펴보고 산 위로 올라왔다.

'아! 이런!'

예브게니야가 없다. 이렇게 정신이 나가서 언제부터인지 그녀는 내 머릿속에서 없어져 있었다. 내 머리는 오로지 국경만 생각하고 있었다.

'어디 갔을까?'

'별일은 없겠지?'

여기저기를 찾아도 없었다. 시간이 흐를수록 걱정이 되기 시작하였다. 나 혼자 돌아다닌 것이 후회되며 그러지 않을 것이란 생각도 들지만, 혹시 무슨 안 좋은 일이라도 생길 것 같은 생각과 아닐 것이라는 생각이 섞여서 머릿속에서 떠나질 않았다. 어느새 뛰어다니기 시작하였다. 저쪽까지 갔다가 혹시 뒤에 있을 것 같아 다시 뒤로 뛰어다니기 시작하였다. 왔다 갔다 하며 온통 제발 무사히 나타나기만을 바라며 온몸에 힘이 없어지는 것 같았다. 입안에 침이 전부 없어져 버렸다. 조금 떨어진 곳에 숲과 평지의 경계 부근에서 서너 명의 남자가 서 있었다. 가운데 예브게니야인 것 같았다. 달려갔다.

"예브게니야! 예브게니야!"

누가 있든지 없든지 내겐 아무것도 보이지 않았다. 오직 예브게니야만 보였다. 내가 달려가면서 보니 확실하였다. 예브게니야도 나를 보고 뛰어왔다. 예브게니야는 나에게 달려들어 안겼다. 잠시 그대로 서 있었다. 그리고 얼굴을 보니 울고 있었다. 나도 눈물이 나고 있었다.

"어디 갔었어?"

우리는 서로의 눈물을 닦아 주었다. 그리곤 다시 안았다.

날이 어두워지고 있었다. 그녀의 손을 잡고 걸으려 하는데 예브게니야 옆에 있던 자들이 나에게 가까이 왔다. 나는 예브게니야를 내 뒤로 보냈다.

"무슨 일이죠?"

세 명이었다.

"우리 같이 놀다 가지?"

처음 보는 사람이 같이 놀자니 이건 시비를 거는 것이다.

"우리는 바빠서 빨리 가야 합니다. 죄송합니다."

최대한의 예의를 갖추어 머리 숙이며 인사를 했다. 그리고 습관처럼 오른쪽 바지 젓가락으로 손이 갔다. 바지 안쪽에 항상 있는 젓가락을 만져 보다가 손을 떼었다. 나 혼자 있는 것이 아니라 예브게니야도 있었다. 그녀 앞에서 젓가락을 던지는 것을 보이고 싶지 않았다. 예브게니야는 내 손을 잡고 있었다. 우리는 그자들을 무시하고 옆으로 돌아가려는데 한 명이 예브게니야의 어깨를 잡았다.

"너는 어때?"

나는 예브게니야의 어깨에 걸쳐있는 그자의 손목을 내 오른 손날로 빠르게 내리침과 동시에 몸을 그자에게 바짝 붙여 오른 팔꿈치로 그의 얼굴을 쳤다. 그리고 오른발로 그자의 무릎을 차서 자세를 흐트러뜨린 뒤에 낮아진 그자의 턱을 무릎으로 쳤다. 블라디미르에게 배운 무술로는 여기까지 한 동작이었다. 순식간에 얼굴을 감싸고 주저앉았다. 나머지 두 명이 주춤하였다. 돌아서 갈 줄 알았다. 그런데 그들 둘이 한꺼번에 덤볐다. 예브게니야가 없었으면 그들도 이쯤 해서 도망갔을 것이었다. 남자들이란 여자 앞에서 만용이 샘솟는 종족이다. 운동을 조금 했는지 한 명이 내 얼굴을 향해 발을 올렸다. 왼팔로 그자의 올라온 발을 잡고 잡아당기며 오른발로 그의 왼 무릎을 밀듯이 차서 넘어뜨렸다. 나머지 한 명은 나를 잡으려고 다가오다가 내 뒤차기로 명치를 맞고 그 자리에 주저앉았다. 내 발뒤꿈치로 제대로 맞으면 한참은 있어야 풀릴 것이었다. 예브게니야는 내 손을 으스러질 정도로 잡고 있었다. 땅에 뒹구는 세 명의 시선을 피해 시내로 돌아왔다. 이미 날이 어두워지고 있었다. 여기서 알마티까지는 택시를 타도 네 시간 이상은 달려야 할 거리였다. 예브게니야는 그의 아버지에게 전화하였다. 나와도 통화를 하였다. 그녀의 아버지는 예브게니야를 안전하게 보호해 주라고 부탁을 하였다. 그럴 것이었다. 시내를 걷다 보면 예브게니야는 내 팔을 잡았다가 어느 순간 팔짱을 꼈다가 어느 순간 내 손을 잡았다가 하며 내 곁을 잠시도 떨어지지 않았다. 그녀와 난 게스트 하우스를 현지인에게 물어 겨우 찾았다. 저녁을 게스트 하우스 가족과 함께 먹었다. 관광객은 우리뿐이었다. 내가 먼저 씻고 침대에 지도를 펼친 뒤에 경로를 고민하는 동안 예브게니야가 씻고 들어왔다. 내가 사용하고 둔 헤어드라이어를 찾아 주면서 보니 천사가 서 있었다. 멍하니 그녀를 보았다. 예브게니야는 고개를 좌우로 갸우뚱거리며 눈을 똥그랗게 뜨고 미소와 함께 나를 보았다.

"아주 예뻐서 예브게니야가 아닌 줄 알았어."

"전에는 안 예뻤어?"

"응."

많이 가까워진 느낌이었다. 난 지도로 고개를 돌렸다.

아무래도 처음 본 장소보다는 숲 쪽이 나은 것 같았다. 숲을 지나 이 닝으로 가서 버스를 타고 빠져나가는 것이 더 효과적일 것 같았다. 물론 경비대의 초소를 피하는 것이 최대의 위험이었다. 처음 본 곳은 초소의 위치가 드러나 있어 그곳만 피하면 될 터인데 그다음에 이닝으로 가려면 두 시간은 돌아가야 할 것이었고 톈산산맥으로 가면 은밀하게는 가겠지만, 너무 멀었다. 예브게니야는 어느새 내 옆에 엎드려 같이 지도를 보고 있었다. 내가 무엇을 하는지 자꾸 물었다. 중국 여행 계획 중이다고 말하였다. 자기도 같이 가고 싶다고 하였다. 그녀에게 가서 있으라 하고 나는 지도를 계속 연구하였다.

경로별로 장단점을 하나하나 분석하였다. 돌아가더라도 처음 본 곳이 안전하기는 하였다.

'산맥으로 가지 말고 돌아서 이닝으로 들어가면 어떨까?'

무슨 일이든지 모든 가능성을 열어놓고 점검하고 있었다. 다양한 돌발 상황을 예상하며 준비를 해야 성공 가능성이 높아진다. 더구나 총을 가진 군인들을 상대해야 하는 지금은 생명을 담보로 움직여야 했다. 예브게니야는 엎드려 있는 내 왼쪽 어깨에 턱을 얹어 놓고 웃고 재잘거리고 있었다. 그녀에게서 샴푸인지 화장품인지 알 수 없지만, 향기가 흘러나왔다. 게스트 하우스엔 두 개의 침대가 있었다. 창 쪽에 있는 것은 냉기가 있는 것 같아 내가 쓰겠다고 했다. 나는 조금 더 연구한 뒤에 자겠다고 하고 침대를 정해 주었는데 예브게니야는 이미 창가 침대에 누워 있었다. 머릿속에서는 국경을 넘는 내 모습을 계속 상상하고 있었다.

'어디가 안전할까?'

자다가 말다가 반복하며 날을 샌 것 같았다. 새벽에 나도 모르게 깜빡 잠이 들었는데 꿈결에 그녀가 내 팔에 안겨 가슴으로 파고들었다. 나도 꼭 안아 주었다. 그런데 느낌이 이상해서 보니 정말 그녀가 내 팔에 있었다. 내가 눈을 뜨자 그녀가 웃으며 나를 보고 있었다.

"왜 이리 왔어?"

"추워서."

다시 내 가슴으로 밀착되어 들어왔다. 더는 아무것도 바라지 않았다. 이렇게 있어만 주어도 되었다. 이게 행복일 것으로 생각했다. 그대로 잠을 자다가 말다가 그러면서 조금 늦게 일어났다. 주인아주머니가 차려준 아침을 먹고 버스를 타러 갔더니 평소엔 제시간보다 늘 늦게 다니던 버스가 이미 출발을 하였다. 삼십 분이 지났다고 했다. 버스가 없는데도 예브게니야는 내 팔을 잡고 웃기만 했다.

"버스가 없어서 못 가도 괜찮아?"

"괜찮아."

'이건 뭐야?'

사실 나도 괜찮았다. 옆에 그녀가 붙어 있어 세상의 모든 걱정이 다 사라진 것 같았다. 그래도 현실은 현실이었다.

'어떻게 하지?'

늘 그렇게 생각하면 해결책이 떠오른다. 나는 택시를 잡았다. 그리고 기사와 협상을 했다. 삼십 분 전에 출발한 버스를 잡아주면 요금을 더 주기로 했다. 기사도 흔쾌히 받아들였다. 우리는 택시로 버스를 앞질러 휴게소에서 기다리고 있었다. 버스가 만원이라 탈 수 없으면 택시로 알마티까지 갈 계획이었다. 버스에 탈 수 있으면 거기서부터 버스를 타고 가기로 했다. 나는 항상 자리가 있을 것으로 생각했다. 기사도 우리를 태우는 것이 보너스인데 어떻게든 자리를 줄 것이라 믿었다. 내 생각대로 버스 자리는 있었다. 한자리가 있고 다른 자리는 없어서 예브게니야 옆에 서서 가야 했다.

예브게니야와 국경에 같이 다녀온 후로 그녀는 매일 경비실로 나를 찾아왔다. 회계학과에 다니는 그녀는 한국기업에 취직하고 싶다고 했다. 한국어를 배우겠다고 하고 한 시간씩 나에게 과외를 받으러 왔다. 영리하기까지 하여 빨리 배웠으며 한국 발음도 정확하였다. 그녀 동생 올가도 한국어를 배우겠다고 하여 가끔 따라오기도 했다. 한류 덕에 한국어를 할 줄 알면 어깨가 으쓱해지는 모양이었다. 일요일엔 셋이 같이 다니는 일도 많았다. 예브게니야 학교도 가보고 관광지가 아닌 곳, 별로 유명하지 않은 곳을 주로 다녔다. 사람들이 많이 없는 곳에 도시락을 싸와서 같이 먹고 오기도 했다. 바실리 아저씨는 밤은 위험하다고 늦게 다니지 말라고 당부하였다. 그러면 예브게니야는 나를 가리키며 태권도 고수와 같이 다녀 걱정 없다고 했다. 그럴 때면 나는 알겠다고 대답하였다. 고향 집 할아버지에게도 늘 그렇게 대답하였다.

중국이나 체첸, 행복했던 조지아에서 살 때에도 오래 생활했지만 늘 언젠가는 떠나야 할 곳이란 생각이 있었다. 그런데 언제부터인지 카자흐스탄은 내가 떠나야 할 곳이란 생각을 하지 않게 되었다. 분명히 곧 떠나야 함에도 오래전부터 살아왔던 곳 같았다. 점점 카자흐스탄에 익숙해지고 있었다.

예브게니야의 한국말은 점점 늘어 웬만한 의사소통이 가능할 정도였다. 특히 '안녕하세요.' 인사는 발음이 외국인 같지 않고 한국 사람처럼 들렸다. 어휘력이 부족하여 의사 표현에 한계가 있었다. 그녀는 나에게 영어를 가르쳐 주었다. 내가 한 시간 한국어를 가르쳐 주면 한 시간은 그녀가 내게 영어를 가르쳐 주었다. 나에게 영어를 잘한다고 하였지만, 중학교와 고등학교까지 육 년을 배운 영어 아니었던가. 러시아부터 카자흐스탄까지 여행객 아니고 영어를 잘하는 사람은 거의 보지 못하였다. 예브게니야가 지금까지 영어를 제일 잘하는 사람이었다.

그녀는 가끔 먹을 것을 가져와 같이 먹으며 공부하기도 했다. 그녀 어머니가 싸 주신 것도 있고 본인이 만든 것도 있었다.

사장은 은행 업무를 볼 때에도 나를 마치 경비원처럼 같이 가자고 하였다. 나에게 혼자 큰 돈을 찾아오라고도 하였지만 그건 못하겠다고 하였다. 아무리 사장이 바쁘더라도 직접 찾으라고 하였다. 일하기 싫은 것이 아니고 적은 오해의 소지도 없애려 한다고 설득하였다. 사장의 나에 대한 신뢰가 더욱 커졌다. 나도 믿어주는 것이 고마웠다. 나 또한 사장을 크게 신뢰하고 있었다. 직원들은 가끔 내가 어디서 왔는지 물었다. 러시아 말이 어설펐기에 외국에서 왔다는 것은 누구나 알 일이었다. 그러면 사장이 사연이 아주 길어서 많은 시간이 걸린다고 했다. 간단하지가 않다고 했다. 그리고 그런 걸 묻는 것은 실례라면서 말을 끊었다. 사장의 단호한 태도에 직원들은 다시 나의 과거에 관해 묻지 않았다. 사장은 언제든지 필요한 게 있으면 말하라고 도와주겠다는 말을 이틀에 한 번은 하는 것 같았다. 말만이라도 고마웠지만, 그는 말만이 아님을 나는 알고 있었다. 먼 이곳에서 이렇게 만나 인연을 맺으며 사는 것이 사람 사는 것일 터였다.

들에 쌓여있던 눈들이 사라지고 춥던 날도 사라져 갔다. 이제 떠나야 할 시간이었다. 3월에 떠나려 했다가 4월로 미루고 다시 5월이 되었다. 이러다가는 절대로 떠나지 못할 것이었다. 배낭 속에는 언제라도 떠날 수 있도록 완벽한 준비가 되어있었다. 예브게니야는 꼭 떠나야만 하냐고 했다. 한국에 갔다가 다시 오겠다고 했다.

5월이지만 아직 여기는 한국의 봄과는 다른 날씨였다. 사장님에게 인사를 하고 예브게니야집에 마지막으로 초대를 받아 저녁을 같이 했다. 기어이 예브게니야가 눈물을 보이기 시작하였다. 본인도 같이 가겠다고 하였다. 나는 위험하지 않다면 같이 갈 수도 있었다. 조그마한 위험도 예브게니야에게 생기는 것을 원하지 않았다. 더구나 지금은 내 생명도 담보하지 못하는 상황이었다. 못 데려가겠다고 했더니 눈물을 보이며 자기 방으로 들어가 버렸다. 그냥 가려다가 마음이 걸려 그녀 방으로 들어갔다. 꼭, 꼭 다시 오겠다고 했다. 그녀는 울면서도 그녀의 집 전화번호와 자기 휴대폰 번호를 적어주었다. 이미 알고 있는데 또 적어 주었다. 중국에 가면 거기서 전화하고 한국에 가면 거기서 또 전화하라고 했다. 아무리 힘들어도 일주일에 한 번 이상은 하겠다고 약속하였다. 그제 서야 조금 마음이 풀리는 모양이었다. 안겨서 떨어지지 않으려 하는 것을 다독거려 떼어놓고 집을 나섰다.

2012년 5월에 카자흐스탄 알마티를 떠났다. 사장님과 파트너이자 친구인 이고르와 바실리 아저씨 가족에게만 알렸다. 정이 많은 사람이 저녁을 같이 하자고 하였지만 사양하였다. 꼭 다시 오겠다고 약속하고 다른 사람에게 알리지도 말라고 부탁하였다.

13부

다시 중국으로 (톈산산맥)

2012년 5월 카자흐스탄의 국경도시 나린콜에 오후 한 시가 넘어 도착하였다. 도시라기보다 우리나라 농촌의 작은 읍 정도 되는 큰 마을 정도였다. 마을 북쪽으로 강이 감싸고 남쪽엔 톈산 산맥이 있었다. 여러 번 와 봤으며 단골 게스트 하우스도 만들어 두었다. 주인아주머니는 늘 웃으며 반겨주었다. 평소 주말에 산에 가서 야영도 하고 강에 가서 물고기를 잡으며 아주머니와 안면을 익혀 놨다. 텐트를 치고 하루 정도 잠을 자며 지형을 익혔다. 날씨는 겨울보다는 견딜만하였다. 원래 산에서 노숙하는 것이 기준에 따라 다른 것이었다. 힘들다고 생각하면 정말 힘들게 느껴지고 재미있다고 느끼면 추위를 이겨가며 잠을 자는 그 자체도 재미있었다. 강가에 텐트를 치고 이곳에 서식하는 물고기와 식용 가능한 물고기를 알아보았다. 이곳 사람들은 물고기를 날것으로 먹지 않았다. 물고기를 잡아 익혀도 먹고 날것으로도 먹어보았다. 소금이 필요하다는 것을 이때 알았다. 톈산산맥이 중국에서 카자흐스탄까지 연결되어 있으므로 지질 특성이 비슷할 것이었다. 이곳에서 야영하면서 땅을 파보고 지질의 특성을 파악하였다. 밤을 산에서 지새며 야생동물을 관찰하였는데 특별한 산짐승을 발견하진 못하였다. 토끼 배설물과 다른 배설물이 있는 것으로 보아 토끼 외에 다른 짐승이 있을 것으로 판단했다. 밤에 늑대의 울음소리를 한 번 들었다. 늑대가 서식한다면 늑대의 먹이도 있을 것이었다. 주민 말로는 산양이나 사슴도 산다고 하였다. 운이 좋으면 모를까 야생 동물을 잡아서 식량으로 쓸 수 있다는 보장은 없었다. 산을 넘다가 강을 꼭 만난다는 보장도 없고 매번 물고기를 잡을 수 있다는 것도 확실한 것은 아니었다.

가볍고 상하지 않는 음식으로 비상식량을 준비하였다. 만년설이 있는 곳과 높은 지역은 척박하여 최악에는 몸을 숨길 수는 있었다. 생물은 서식하기 힘들어 보였다. 만년설이 녹아 흐르는 강변에는 숲이 비교적 잘 발달하여 있었다. 계곡을 중심으로 이동하면 숲 속에 은거하고 혹시 식량이 떨어지면 자연에서 음식 조달도 가능할 것으로 판단하였다. 강이 있으면 물고기가 있을 것이었다.

게스트 하우스에 도착하자마자 낮부터 잠을 잤다. 주인에게 밤을 새워서 잠이 쏟아진다고 하였다. 방해하지 말라 부탁도 하였고 내일부터 관광할 계획임을 알렸다. 이곳에 특별히 관광할 만한 곳은 없었다. 밭으로 이루어진 들과 산이 마을을 싸고 있었다. 특별히 볼만한 것도 없었다. 나는 이곳에서 야영을 즐기고 물고기 잡는 것을 즐기러 오는 사람이었다.

밤 열한 시. 든든하게 먹고 몸을 풀었다. 배낭 속에는 비상식량과 지구 어디서라도 현지 생활에 적응하여 살아갈 수 있는 장비들이 있었다. 적당히 나를 보호해 줄 무기, 젓가락도 스무 개가 있었고 투검용 칼도 충분히 있었다. 외투 밑에는 방탄조끼도 입고 있었다.

열한 시 삼십 분경에 국경까지 걸어서 도착하였다. 아직도 밤 날씨는 싸늘하였다. 미리 답사한 장소로 이동하였다. 예브게니야에게 부탁하여 인터넷으로 일반에게 공개된 것보다 정밀한 위성사진을 유료로 구하였다. 사진을 분석하여 군 초소를 가늠하고 있었다. 며칠 정도 관찰하며 순찰시간이나 근무자 교대시간과 인원에 대해 알아야 하는지만 충분한 시간이 없었다. 여기에는 아마도 범죄자 아니면 국경을 넘을 사람들이 없을 것이었고 경비도 그에 비례하여 느슨한 것으로 보였다.
　나무 그림자를 따라 국경 철조망에 다가갔다. 먼저 배낭을 철조망 너머로 던졌다. 그리고 잽싸게 철조망을 타고 넘었다. 장갑을 낀 손으로도 철망을 잡기가 쉬운 일은 아니었다. 볼펜보다 가는 철을 잡고 오르다 보면 손이 철에 끼이고 발이 철망에 박혔다. 빨리 넘어야 했다. 예상외로 시간이 오래 걸렸다. 철조망 위에서는 몸을 날려 바닥에 떨어졌다. 그 자리에서 잠시 엎드려 상황을 파악했다. 이상 징후는 없었다. 배낭을 메고 허리를 굽힌 채로 뛰었다. 여러 명이 주둔할 수 있는 작은 건물이 국경에 700m 정도로 떨어져 있었고 그 사이를 두 명 정도 지키는 초소들이 메우고 있었다. 초소 사이를 지나는데 초소에서 병사의 커다란 소리가 들렸다. 분명히 나를 향해 하는 소리였다. 그 자리에 엎드려 숨도 쉬지 않고 있었다. 잠시 뒤에 또다시 고함이 들렸다. 가까이 다가오기 전까지 움직이지 않을 계획이었다. 잠잠해졌다. 나는 삼십 분 정도를 그렇게 있었다. 천천히 아주 천천히 소리 나지 않게 기어갔다. 정글의 나무늘보처럼 기어갔다. 벗어났다. 200m는 충분히 지나갔다고 생각했다. 그 순간 또다시 뒤에서 병사가 소리쳤다.

'아! 이런.'

자신의 임무에 충실한 병사에게 발각된 것이었다. 이때는 뛰어서 달아나든지 잡히든지 택하여야 한다. 뛰었다. 계속 뛰었다. 뒤에서 쏜 총알이 내 주위에 떨어졌다. 밤에 뛰어가는 사람을 맞추기는 힘들다. 맞는다면 운이 없어서 일 것이었다. 여기서 멈추면 총살당하는 것과 같다. 이제는 뛸 수 있는 한 뛰어야 한다. 숨이 차올랐다. 목에서 비릿한 냄새가 올라왔다. 순간 옆구리 뒤로 해서 등까지 엄청난 고통이 느껴졌다. 그리고 정신을 잃었다.

정신이 드는 순간에도 고통은 남아 있었다.

'아직 살아 있구나!'

살며시 손을 옆구리에 대어 보았다. 아프지만 피는 나오지 않고 있었다. 방탄조끼는 제 역할을 충분히 하였다. 대신 고통을 없애주진 못했다. 온몸을 움직일 수 없었다. 그대로 엎드려 있었다. 이십 분가량을 꼼짝도 할 수 없었다. 멀리서 자동차가 빠르게 순찰하며 풀숲을 비추고 수색하고 있었다. 낮이라면 바로 발각되었을 것이지만 밤이었다.

천천히 몸을 움직여 보았다. 고통은 있지만 움직일 수 있었다. 경비대원이 총을 난사한 것은 아니었다. 몇 발 위협사격 정도 한 것으로 생각되었다. 밤이라 그야말로 운이 없어 맞은 것으로 생각했다.

처음 내가 계획한 탈출로를 중국 군인들은 잘 아는 듯했다. 내가 가려고 한 곳에 지프 차량이 세 대가 서 있고 군인들의 수색이 이루어지고 있었다. 국경을 넘으면 국경에서 3㎞ 정도 거리에 중국의 큰 마을이 있었다. 그곳에서 30㎞ 정도 떨어진 곳은 더 큰 읍 정도 되는 도시가 있었다. 그곳에서 10㎞ 이내에는 현도 있었다. 국경을 넘으며 발각되지만 않으면 이런 도시로 스며들 수 있었다. 이곳에서 충분히 버스를 타고 어디든 이동할 수 있었다. 버스를 이용하여 이리(이닝)로 가려하였었다. 이리는 이닝으로도 불리는데 국경에서 거의 직선으로 80㎞ 정도 떨어져 있었다. 내가 넘어온 곳에서는 넉넉히 100㎞ 떨어진 다른 곳보다 가까운 도시였다. 나는 이곳에서 다시 기차를 타고 베이징이나 상하이로 갈 예정이었다. 계획대로라면 편히 앉아 관광하면서 이동할 수 있었다. 그런데 중국 군인들은 내 계획을 알기라도 한 듯이 내가 가는 길목을 집중적으로 수색하고 있었다. 인원을 배치하고 그 수가 점점 불어났다. 톈산산맥을 따라 이동하려는 계획에서 너무 시간이 걸려 수정한 탈출로였다. 그렇다면 다시 수정해야 했다. 지키고 있는 길을 갈 수는 없었다. 처음 계획한 대로 톈산산맥을 따라 이동하다가 도시로 잠입하는 수밖에 없었다. 산맥을 계속 따라가려면 한 달이 걸려도 벗어나지 못할 거리였다.

몸을 일으켜 이리와는 반대 방향으로 달리기 시작하였다. 풀숲을 지나 나무가 있는 숲 속으로만 가면 일단 반은 성공한 것이었다. 일단 산으로 뛰었다. 등에 배낭을 메고 자세를 낮추어 뛰다 보면 허리가 아플 지경이었다. 중국 군인이 집중해서 수색하는 곳과 반대방향으로 뛰었다. 한 시간이 안 되어 나무 사이에 몸을 숨길 수 있었다. 그다음부터는 동쪽으로 향했다. 내 경험으로 산맥을 따라 이동할 때에는 70%나

80% 정도의 능선을 따라 이동해야 노출 위험이 적었다. 지금 산에는 눈이 있고 잔풀로 이루어진 초원과 나무로 이루어진 숲이 확연하였다. 이런 경우에는 나무와 초원의 경계를 따라 이동하는 것이 적의 움직임에 따라 수시로 대응하기 편리하였다. 나무숲에 들어서자마자 쌍안경을 꺼내어 경비상황을 살펴보았다. 여전히 초원과 농지로 이루어진 들을 집중 수색 중이었다. 전에 사전 답사에는 보이지 않던 군인이 어디서 왔는지 상당히 많은 수가 경계를 서고 있었다. 산 쪽은 미처 생각지 못한 것 같았다. 산 정상으로 조금만 가면 눈이 덮여있고 바람도 거세며 추위가 매우 심했다. 보통사람이라면 하루 밤을 버티기 힘들 것이었다. 설산에서 생존하는 것이 힘들다는 것을 군인들도 아는 모양이었다. 하지만 나는 이런 눈 속에서 생존하는 법을 블라디미르에게 배웠고 체첸 생활에서 늘 해왔던 일이었다. 산을 넘는다든가 내려간다든가 혹은 산에 며칠씩 은거하는 일은 내게 전혀 힘든 일이 아니었다. 오히려 평지보다 운신의 폭이 넓고 편안했다. 오늘은 빨리 이 자리를 벗어나야 했다. 은거하는 것보다 이동에 온 힘을 썼다. 배낭을 멘 상태로 한 시간 뛰고 십분 쉬며 이동했다. 쌍안경으로 앉아서 살펴보고 다시 뛰어서 새벽까지 반복하였다. 걸었다면 시간에 4~5㎞를 갔을 것인데 뛰었으니 그보다 한 배 반은 더 갔을 것이었다. 오늘 새벽에 적어도 30㎞ 이상 벗어났을 것이었다. 낮에도 이동하고 싶었지만 이미 노출이 된 상태이기 때문에 당분간 낮에는 은거해야 했다. 눈이 없는 곳을 밟아가며 산 위로 향했다. 눈이 충분히 쌓인 곳을 골라 눈을 파내고 굴을 만들어 은신처를 만들었다. 주변 발자국을 나뭇가지로 살살 쓸어 없애버리고 입구도 막아버렸다. 위로 숨구멍을 커다란 바위 뒤로 내어 혹시 연기

가 밖으로 나간다고 해도 바로 보이지 않도록 했다. 고체 연료를 사용하여 눈을 끓여 미숫가루를 타 먹었다. 다리를 머리보다 조금 높게 하여 누웠다. 경험상 이동 중에는 빨리 피로가 풀리는 방법이었다. 아마도 피가 간에 몰리도록 하여 피로가 쉽게 풀리지 않나 싶을 뿐이었다.

　알마티에서 새로 장만한 배낭은 방수도 될 뿐 아니라 거의 이불 속처럼 포근하였다. 머리맡에는 칼을 세 자루 꽂아놓아 언제라도 누워 던질 수 있게 하고 잠을 잤다. 오후가 되어 잠에서 깨었다. 살며시 입구를 열고 밖을 관찰하였다. 현재 위치는 산 중턱 정도 되었다. 산 아래에서 무슨 일이 있는지 최대한 몸을 숨기고 쌍안경으로 밖을 살폈다. 산 아래 들판으로 나 있는 길을 군인 트럭이 오가고 있었다. 밤에는 잘 몰랐으나 산 밑은 내가 가고자 하는 방향으로 나란하게 길이 나 있었다. 지금은 저 멀리서 산을 수색하고 있었다. 개도 두 마리 보였다. 상황이 안 좋았다. 나는 뛰어서 왔지만, 저들은 트럭을 타고 온 모양이었다. 개의 코는 얼마 안 있어 나의 냄새를 추적할 것이었다. 트럭이 모이는 것이 아마도 나의 흔적을 찾은 모양이었다. 아직 2㎞ 정도는 떨어져 보이지만 따라잡히는 것은 금방일 것이었다. 짐을 챙겼다. 젓가락을 스무 개 전부를 허리에 꽂았다. 종아리에 칼은 착용하지 않고 허리에만 착용하였다. 총이 아쉬웠다. 소총이라도 있으면 든든할 것이었다. 후회는 소용없고 지금 해야 할 일에 집중했다. 밤에 은밀히 이동하는 것이 최선이었지만 지금은 시간이 없었다. 언제 눈앞에 군인들이 총구를 내게 들이밀는지 알 수 없었다. 은신처를 나와 산 위로 조금 더 올라갔다. 눈이 얼어붙어 얼음처럼 된 지역이 있었다. 이곳은 발자국이 나지 않게 갈 수 있는 곳이었다. 발에 아이젠을 차고 다시 뛰었다. 산 중턱을 달리는 것은 생각처럼 쉬운 일은 아니었다. 옆으로만 계속 달리다 보면 다리 균형이 맞지 않아 다칠 수도 있고 무릎이 손상될 수도 있었다. 약간 위쪽과 아래쪽으로 지그재그로 달렸다. 속력이 생각만큼 나지 않았지만 매시간 마다 달리고 쉬는 것을 반복하며 계속 달렸다. 저들이 지치든지 내가 지치든지 할 때까지 달리는 것뿐이었다. 저들은 임무이고 나는 삶이었다. 아마도 저들의 상관이 나를 잡지 못하면 사형시키겠다고 지시했다면 저들도 살기 위해 나를 쫓을 것이었고 나도 살기 위해 뛰는 것이었다. 저녁에 불을 피워 밥을 해 먹을 시간이 없었다. 저녁은 쇠고기 육포를 씹으며 계속 이동하였다. 다행인 것은 어젯밤의 피로는 누적되지 않았다는 것이었다. 밤을 새워 달릴 수는 없었다. 새벽이 되어 눈 속 은신처를 마련하고 잠자리에 들었다. 눈 속에 불을 피우면 눈밖에서도 눈 색의 변화로 불을 볼 수 있었다. 천으로 천장을 가리고 고체연료를 태워 수프를 끓여 먹었다. 끓인 물을 천에 찍어 발을 닦았다. 세수는 못 해도 발을 닦아야 다음날 달리는 데 무리가 없었다. 따뜻한 물로 수건에 묻혀 닦기만 해도 피로가 가셨다.

  힘든 하루여서 바로 잠에 떨어졌다. 눈으로 만든 은신처는 너무 편하고 조용하여 깊은 잠을 자기에 아주 좋았다. 깊은 수면을 취하고 나면 피로도 싹 가시었다. 가끔 너무 길게 자는 것이 문제였다. 특히 혼자 이동할 때에는 누가 깨워주는 사람도 없고 알람도 소리가 새어나와 사용할 수 없기 때문이었다. 평소에는 거의 일정한 시간에 일어날 수 있었지만, 어제같이 고된 날은 다음날 제시간에 못 일어나는 경우가 종종 있다. 오늘이 그랬다.

개 짖는 소리에 잠에서 깨었다. 급히 입구를 열고 밖을 보니 보이지는 않았다. 쌍안경으로 자세히 살펴보니 산 아래에 군인들이 개를 앞세워 트럭에서 내리고 있고 일부는 산으로 이미 진입해 있었다. 개가 군인을 끌고 산 위로 오려고 하고 군인은 개 줄을 잡고 힘들게 뛰어오고 있었다. 언제 개를 풀어 놓을지 알 수 없었다.

내가 온종일 달린 거리를 저들은 몇 시간 만에 갈 수 있었다. 나의 어리석은 판단과 행동이었다. 은신처를 신속히 정리하였다. 배낭을 메고 허리의 젓가락과 칼을 확인하였다. 눈 속의 은신처 굴을 기어서 입구를 열고 나오자 10여m에서 셰퍼드 한 마리가 이미 서 있었다. 군견이었다. 어느새 개를 풀어놓아 여기까지 나를 보겠다고 먼저 온 놈이었다. 나는 젓가락을 빼 들었다. 젓가락을 어깨 위로 들어 올리는 순간 개도 나의 공격 의지를 알았는지 달려들었다. 이럴 때일수록 끝까지 개를 보아야 한다. 젓가락이 맞을 지점을 눈을 깜짝이지도 않고 바라보아야 맞힐 수 있었다. 개는 입을 조금 벌린 상태로 이빨을 보이며 나에게 달려들었다. 내 목을 노릴 생각인 것 같았다. 순간 나는 벌어진 개 입속으로 젓가락을 던졌다. 그리고 뒤로 물러나서 다시 젓가락을 쥐었다. 셰퍼드는 더는 내게 오지 못하고 땅에 굴렀다. 젓가락은 개의 혀를 뚫고 턱밑으로 나와 있었다. 셰퍼드는 입을 다물면 고통이 커서 더욱 벌리며 슬프게 울부짖었다. 조금 전의 으르렁거리는 모습은 전혀 없었다. 나는 젓가락을 집어넣고 칼을 잡았다. 눈을 희번덕거리는 군견에 다가가 젓가락을 잡고 빠르게 빼 주었다. 그와 동시에 뒤로 물러나 이번엔 칼을 들고 있었다. 셰퍼드는 영리한 개였다. 내가 저를 공격할 의사가 없음을 인지했는지 쉽사리 내게 달려들지 않았다. 그리고는 제자리에서 나를 쳐다보고 있었다. 나는 천천히 뒷걸음질을 치며 개에게서 멀어져 갔다. 내가 멀어지는 데에도 셰퍼드는 그 자리에서 나를 보고만 있었다. 군인들의 목소리가 들려오고 또 다른 개 짖는 소리가 들렸다. 빨리 여기를 벗어나야 했다. 어느 정도 멀어지자 다시 뛰어가기 시작했다. 산 정상을 향해 달렸다. 차가 올 수 없는 곳으로 가야 했다. 이따금 뒤를 보며 달렸다. 배낭을 메고 산을 오르는 것은 힘든 일이다. 뛰어서 가는 것은 더욱 힘든 일일 것이었다. 하지만 나는 조지아에서 매일 하던 일이었다. 블라디미르가 나를 내가 원하는 곳으로 보내 주겠다던 말이 생각났다. 산 정상을 향해 뛰어가면서도 내가 이렇게 훈련되어 있었다는 사실에 스스로 놀라웠다. 블라디미르에게 고마운 생각이 들었다. 점점 군인들과는 멀어졌다. 그들보다 몇 배는 빨리 이동할 수 있었다. 하지만 개는 아니었다. 한 시간가량 달려갔을 때 뒤에서 개 짖는 소리가 들렸다. 잠시 쉴 틈도 없이 가고 있는데 어느새 내 뒤에 바짝 따라 붙었다. 이번에도 셰퍼드였지만 조금 전에 만났던 그 개는 아니었다. 말을 알아듣는다면 제발 너를 해치지 않게 해 달라고 하고 싶었다.

카자흐스탄 길거리에는 고양이가 아무 데나 돌아다녔다. 사람이 해치지 않을 것을 알고 누구나 쓰다듬어도 가만히 있었다. 러시아에서는 개가 떼로 다녔는데 얘네들은 조금 무서웠다. 대부분 개는 사람을 무서워하지 않았다. 특히 시내를 혼자 어슬렁거리는 개들은 머리를 쓰다듬으며 먹을 것을 주면 잘 받아먹었다. 지금 이놈은 나를 공격하도록 훈련받았고 나는 공격에서 벗어나야 살 수 있다. 내가 더는 가지 않고 서 있자 개도 멈칫하였다. 배낭을 풀어 놓아 내 몸이 더 자유스러웠다. 젓가락을 이미 어깨 위로 올리고 있었다. 5m까지 근접하더니 멈춰 서서

짖기만 하였다. 군인들이 올 것이었다. 더는 가까이만 오지 않는다면 굳이 개를 해칠 이유는 없었다. 하지만 개는 동물이다. 언제 어떤 생각을 할지 사람이 알 수는 없지 않은가. 천천히 배낭을 왼손에 들었다. 그리고 뒷걸음질을 치는데 이놈은 내가 한 발짝 뒤로 가면 지도 한 발짝 앞으로 나갔다. 나와 일정한 거리를 유지하고 따라왔다. 조금 더 뒷걸음질의 속력을 높이자 기어이 나에게 달려들었다. 왼손의 배낭을 내려놓음과 동시에 젓가락을 또 벌려진 입을 향해 던졌다. 개가 너무 가까이 왔을 때 던져 물리는 줄 알았다. 바로 내 앞에 쓰러졌다. 난 뒤로 펄쩍 물러나 있었다. 이번에도 젓가락을 빼 줄 수 있으면 빼주려고 살펴보았다. 개가 꿈적도 하지 않았다. 가까이 다가가서 보니 젓가락이 입천장에서 머리로 박혀 있었다. 아마도 뇌가 손상된 모양이었다. 그래도 젓가락을 빼 눈밭에 닦아 넣었다. 그리고는 정상을 향해 달리기 시작하였다.

중국 국경 수비대는 어제부터 큰 혼란에 빠져 있었다. 지금까지 이런 월경자는 없었다. 중국과 카자흐스탄의 국경을 넘는 자들은 밀수꾼뿐이었다. 그것도 가끔 있는 일이었다. 처음에 초병도 밀수꾼으로 알고 계속 멈추라고 하였다. 대부분 밀수꾼은 중국말과 카자흐스탄 말을 다 할 줄 알았다. 초병도 계속 소리를 쳤지만 이자는 들은 체도 하지 않았다. 경고하고 경고 사격을 해도 계속 움직였다. 총소리에 주둔하고 있던 인근 병력에 비상이 걸렸다. 하지만 아무리 찾아도 흔적을 찾을 수 없었을뿐더러 시신도 보이지 않았다. 밀수꾼들이 이동하는 예상 통로는 다 알고 있었다. 그래서 그 통로를 수색하고 지켰지만 찾을 수 없었다. 자칫 총을 쏜 경계병이 헛것을 본 것으로 징계를 받을 뻔하였다.

다음날 상급 부대 조사관들이 정밀 분석을 한 끝에 예상통로와는 반대로 진행한 것이 밝혀졌다. 추적이 계속될수록 예상치 못한 일들의 연속이었다. 흔적은 띄엄띄엄 나타났는데 그 이동 속도가 보통 사람들의 세 배 이상 되었다. 이것은 불가능한 일이었다. 천천히 이동하는 자동차의 속력과 비슷한 속력으로 그것도 길이 없는 산속을 간다는 것은 특수부대 요원이라 할지라도 불가능에 가까웠다. 그래서 처음에는 한 명이 아닌 것으로 추측하기도 했다. 미리 와있던 다른 자와 접선을 하려 한 것으로 판단하기도 했다. 그러나 정확하게 증명할 만한 흔적은 보이지 않았다. 보통의 밀수꾼이 아니었기에 상급부대에서는 더 확인하고자 생포하라고 지시를 하였으며 병력을 대거 증원하여 작전하였다. 수색견을 대동한 작전에서 은신처를 발견하였다. 고도의 훈련을 받은 자의 솜씨였다. 군견이 은신처를 발견한 것까진 좋았는데 더는 진전이 없었다. 찾으라고 지시를 해도 그 자리에서 맴돌 뿐이었다. 그 군견의 몸에 이상이 있다는 것은 그날 저녁에 개밥을 주는 군견 병이 발견하였다. 개가 잘 먹지 못하는 것을 보고 혀에 상처가 있는 것을 알았다. 두 번째 군견이 죽은 것도 처음에는 아무 이상이 없이 죽어있어 사인을 밝힐 수 없었다. 최대한 가까운 가축병원을 수소문하여 해부하였다. 개의 입천장으로 예리한 물질이 뇌를 손상해 죽었다는 것을 그때 알게 되었다. 경비대에서는 일반 밀수꾼이 아니라는데 인식을 같이하였다. 결국, 중국군 정보당국도 인지하게 되었다. 중국 정보당국은 세 가지 경우를 예상하였다.

첫째는 카자흐스탄이나 아니면 제3국의 범죄자가 밀입국했을 것이다.

둘째는 카자흐스탄이나 제3국의 간첩이 밀입국했을 것이다.

셋째는 밀수꾼이다.

이 중에 간첩은 희박하여 최종 배제되었다. 굳이 어렵게 국경을 넘지 않아도 얼마든지 원하는 정보를 서로 얻을 수 있었다. 합법적으로 입국해도 필요한 정보를 충분히 얻을 수 있다는 것은 어느 나라나 아는 일이었다. 밀수꾼은 희박하지만, 전혀 아니라고 말할 수는 없었다. 문제는 범죄자일 수 있는데 큰 범죄단체라면 여권을 위조하여 출입국 사무소로 입국할 것이었다. 그것이 입국 후에 활동에도 편리할 것이었다. 중국 정보 당국은 최종적으로 밀수꾼이거나 조직이 없는 단독 범죄자일 것으로 판단하였다. 약하지만 테러리스트의 이야기도 나왔지만, 간첩이나 마찬가지 이유로 제외되었다. 범죄단체의 조직원이 아니더라도 범죄자가 입국했다면 좋은 일은 아닐 것이었다. 그래서 말단 부대에 잡도록 독려하는 명령은 하달되었지만 크게 심각한 수준은 아니라고 판단하였다. 그래도 차량의 진입이 불가능함으로 헬기를 이용한 수색을 며칠 더 하기로 하였다.

톈산산맥의 정상에 올랐을 때는 산소가 부족하여 숨이 차올랐다. 내겐 생사가 달린 문제였다. 뛰다가 너무 힘이 들면 뒤를 보며 군인이 쫓아오는지 살피며 잠시 쉬었다. 더는 아무것도 보이지 않아도 달렸다. 오후가 넘어 정상에 다다랐다. 정상이래 봐야 거대한 산맥으로 보면 작은 봉우리 중의 하나였다. 정상에 오르는 이유는 군인을 따돌리려는 목적도 있지만, 앞으로 가야 할 방향을 가늠하고 빨리 이동하고자 함이었다. 배낭엔 개조된 숏 스키가 있었다. 그걸 타고 내려가면 걷는 것과는 비교도 할 수 없을 만큼 빠르게 이동 가능하였다. 하지만 막상 정상에서 보니 스키를 타고 내려갈 만한 곳은 얼마 없었다. 산맥을 넘어가서 수프를 끓이고 빵을 찢어 넣어 먹을 수 있었다. 움직인 만큼 먹어야 했다. 걱정 하나는 먹을 것이 충분하지 않다는 것이었다. 일주일 정도의 식량만 있었다. 원래 산으로 올 계획이었다면 더 가져왔을 터지만 수정되어 식량이 부족하게 되었다. 어떻게든 식량을 구하며 이동하든지 민가로 나가야 살 수 있을 것이었다. 이 모든 것이 여길 빨리 벗어나야 하는 것들이었다. 봉우리와 계곡을 지나면 또 산이 있고 산을 넘어 계곡을 지나면 또 산이 있었다. 혹시나 누가 쫓아올까 봐 소리에 집중하며 이동하였다.

어디에서 염소 소리가 들렸다. 새끼 산양이 울고 있었다. 그 옆 숲에 어미가 누워 있었다. 다친 것 같았다. 천천히 다가가자 발버둥을 치는데 목이 줄기에 감겨 있었다. 놔두면 그렇게 죽을 것이었다. 칡 줄기를 이용해 목걸이를 만들고 길게 꼬아서 줄을 만들었다. 새끼를 잡아먹을 수는 없었다. 그렇다고 어미를 잡아먹으면 새끼도 죽을 것이었다. 어미의 목을 죄고 있는 줄기를 없애고 조금 넉넉한 목줄을 달아 일으켜 세웠다. 서자 마자 도망가려 하였다. 나무에 묶어놓지 않았다면 도망갔을 것이었다. 줄을 넉넉히 하여 풀을 먹도록 하였다. 처음에는 잘 먹지도 않더니 조금 시간이 지나면서 풀과 나뭇잎을 먹기 시작하였다. 나는 어미에게 가까이 가서 뒷다리를 묶었다. 젖을 짜서 코펠에 받았다. 새끼에게 미안했지만 조금 나눠주라고 하고 한 끼는 내가 먹기로 했다. 그냥 먹으려다 혹시 감염 우려가 있어 끓여 먹었다. 이렇게 고소한 젖은 생전 처음 먹어보았다. 아무리 군인이라 해도 개 두 마리도 무용지물이 되고 높은 산을 넘어서 여기까지 쫓아오기는 힘들 것으로 생각하니 힘이 났다. 그리고 산양이 있으니 부자가 된 기분이었다. 산양을 끌다가 앞으로 보냈다가 하면서 이동하였다. 오후가 되었는데 헬리콥터 소리가 들렸다. 얼른 바위 뒤로 몸을 숨겼다. 쌍안경으로 보니 군용 헬기였다.

'나를 찾으려고 헬기를 띄웠단 말인가? 기름값이 비쌀 텐데……'

여기는 한국이 아니었다.

'차가 오지 못하니까 헬기를 띄워?'

오기가 생겼다. 내가 도망을 포기하든지 저들이 쫓는 것을 포기하든지 해야 했다. 절대로 나는 포기할 생각이 없었다. 헬기 열 대를 띄워 찾는다 해도 결코 찾을 수 없도록 할 것이었다. 산양도 있어서 어차피 나무가 있는 숲으로 이동해야 했다. 그렇게 생각했다. 조금이라도 이동 중에 헬기 소리가 나면 나무 뒤나 바위 뒤에 숨어 쌍안경으로 내가 그들을 관찰했다. 헬기에 쓰인 숫자 9가 보였다. 계속 같은 숫자의 헬기가 보이는 것으로 보아 한 대만 보낸 모양이었다. 헬기가 사라지면 곧 이동을 시작하였다. 아마도 군인을 걸어서 내게 보내는 것은 포기한 모양이었다. 그러길 바랐다.

땅은 파기가 힘들어 조금만 파고 낮은 텐트를 쳐서 반지하 은신처를 만들었다. 위장을 더 철저히 하고 산양을 나무에 묶었다. 그런데 밤에 헬기 소리가 들렸다.

'어두워지는데도 헬기가 온다는 것은 무슨 의미일까? 적외선 망원경으로 산을 보는 것이다.'

정신이 번쩍 났다. 체첸에서의 기억이 떠올랐다. 우리 부대를 전멸 시켰던 공격. 적외선 망원경으로 살피면 오히려 낮보다 밤에 찾는 것이 더 쉬울 것이었다. 이 깊은 산에서 열을 내는 것은 살아있는 동물들일 것이었다. 전체 산에서 붉게 나타나는 것만 확인하면 낮보다 쉽게 나를 찾을 수 있을 것이었다. 지금 헬기 소리가 가까워지고 있었다. 땅속으로 숨어 버리거나 동굴에 숨지 않는 이상 곧 발각될 것이었다.

'아! 어쩌지?'

얼른 산양 옆으로 갔다. 서 있는 산양이 움직이지 못하게 다리를 묶었다. 산양 옆에 딱 붙었다. 그리고 은박지 깔개로 망토처럼 뒤집어썼다. 내 열기가 헬기에서 덜 감지되어 산양만 있는 것으로 인식되기를 간절히 바랐다. 야간에 헬기에서는 총을 쏘지 않았다. 포탄을 떨어뜨렸었다. 체첸에서의 공포가 다시 몸을 감쌌다. 도망갈 길도 없었다. 동굴 안이 아니면 오로지 행운만 기다릴 뿐이었다. 헬기에서 산양 한 마리로 보이면 좋고 아니면 적어도 산양 두 마리로 보여도 좋았다. 은박지 깔개가 어느 정도는 내 열기를 일시적으로 차단해 줄 것이었다. 얼마 동안 그 역할을 해 줄지는 알 수 없었다.

헬리콥터는 내가 있는 산을 세 번이나 돌다가 사라졌다. 다행히도 효과는 있었던 모양이었다. 텐트를 걷었다. 짐을 챙기고 밤새 산양의 발목을 걸을 수는 있지만 뛰거나 하지 못하도록 부자연스럽게 움직이도록 묶고 이동하였다. 새벽이 될 때까지 산비탈을 오르고 내려갔다. 새벽에 비를 피할 정도의 파인 바위를 발견하였다. 산양 발을 묶어 옆에 앉히고 바로 옆에서 잠을 잤다. 아침에 산양 젖을 짜서 빵과 함께 끓여 먹었다. 열 시가 넘어 또다시 이동하였다. 산양도 적응하는지 그런대로 잘 움직여 주었다.

산양과 함께 이틀을 이동했다. 헬기 소리는 들리지 않았다. 포기했든지 아니면 다른 지역을 수색할 것으로 생각했다. 새끼가 있는 데다 잘 먹지 못해서 인지 마르는 것 같아 종종 풀어 뜯어 먹게 해 주었다. 그것만으로 충분하진 않았다. 결정해야 했다. 산양을 잡아먹을 것인지 풀어 줄 것인지. 망설이다가 헬기가 다시 오지 않기를 바라며 목줄을 풀어 주었다. 그래도 여기까지 같이 온 것이 고마운 일이었다. 산양이 간 뒤에 다시 식량을 구해야겠다는 생각이 들었다. 계속 끌고 다닐 걸 그랬다는 생각도 들었다.

'산양을 잡으면 열흘은 견딜 수 있는데……'

새끼만 없었다면 산양을 잡았을 것이었다. 너무 어린 새끼까지 죽이긴 싫었다. 아직 여유가 있었다. 대신 산양이 없어서 빨리 이동할 수는 있었다. 두 배는 빨리 이동하였다. 이동 중에 만년설에서 내려오는 계곡 물을 자주 만났다. 이 물은, 차서 발을 담그면 일 분도 안 있어 빼야 했다. 계곡 물을 보면 식수로 쓰고 발을 씻고는 얼른 건너기 바빴다. 식량을 구해야겠다는 생각을 하면서부터 계곡 물을 자세히 살펴보기 시작했다.

'혹시 이곳에도 물고기가 살지 않을까?'

계곡 물을 살펴보니 물고기가 있었다. 얼핏 보니 작은 꽁치만 한 것도 보이는 것 같았다. 식량이 여기에 있었다.

'어떻게 할까?'

바지로 통발을 만들었다. 가늘고 긴 나뭇가지로 허리 부분을 둥글게 입구를 만들었다. 바짓가랑이 끝 발 쪽은 물만 빠져나가게 묶었다. 들어간 물고기가 다시 나오지 못하게 둥근 입구 안쪽으로 잔가지를 붙였다. 바지 허리 부분은 둥그렇게 입을 벌리고 있고 두 개의 바짓가랑이로 물이 빠져나가게 했다. 물고기가 다닐만한 곳에 돌로 지탱하여 고정하였다. 물이 흐르는 통로가 통발 쪽으로 있도록 옆에는 돌로 물길을 막았다. 긴 나뭇가지로 통발 앞에서 휘저으며 물을 때려 물고기가 놀라게 하였다. 십분 정도 하고 통발을 보니 손바닥보다 큰 물고기 두 마리가 통발에 있었다. 바지에 들어가 나오지 않았다. 정말 잡힌다는 것이 신기하기도 하고 재미있었다. 물고기가 생각외로 많았다. 이곳에서 물고기를 잡은 사람은 내가 처음일 것이란 생각을 하며 잡을 수 있는 데까지 잡았다. 처음 잡힌 물고기는 내장과 가시를 발라내고 껍질과 살을 분리했다. 껍질에 기생충이 있을 수도 있었다. 횟집에서 생선 살을 발라내듯이 살만 발라서 회를 먹는 것처럼 생으로 먹었다. 배고픔을 잊게 하는 것보다 맛이 있었다. 두 마리는 저녁에 구워 먹었고 나머지는 가시를 빼고 손질하여 배를 갈라 폈다. 그 상태로 소금을 뿌려 불가에 놓아 꼬들꼬들하게 익혔다. 익었다기보다는 말랐다는 것이 좋을 물고기를 밤새 눈밭에 던져 놓았다. 다음 날 아침에 꽁꽁 얼어 있었다. 추운 산이라 상할 염려가 없어 배낭 밖으로 드러나도록 묶었다. 이동 중에 육포 대용으로 먹어도 되고 익혀 먹어도 될 만한 식량이 되어 주었다. 하루 치 식량은 되었다. 밤새 통발을 물에 넣어 두었다. 아침에 물고기들이 들어가 있으면 그것으로 아침에 먹을 계획이었다. 낮에 물고기를 몰아 잡는 것보다 효율적이었다. 바지 위로 얼음이 얼어 있었다. 얼음을 깨고 바지를 건져 올렸다. 바지가 물고기 안식처가 될 만했는지 다섯 마리나 들어 있었다. 두 마리를 손질해서 빵을 섞어 죽처럼 만들어 먹었다.

항상 물고기가 쉽게 잘 잡힌 것만은 아니었다. 어떤 날은 거의 잡히지 않았다. 얼음 위로 올라가 낚시를 하다가 물에 몸이 빠지기도 하였다. 흐르는 계곡 물에 빠지면 몸이 얼음 밑으로 빨려 들어가려 했다. 얼음판 위로 손을 벌리고 물장구를 치며 수영하듯이 벗어났다. 만년설에서 내려오는 물은 한겨울 물보다 더 추웠다. 온몸이 얼어붙었다. 얼른 나왔지만 춥다는 느낌보다 아프다는 느낌이었다. 불을 피우고 옷을 벗었다. 옷을 불에 태우듯이 말렸다. 연기가 옷에 스며들었다. 마른 천으로 몸의 물기를 닦았다. 손발이 얼어 아파졌다. 불이 피워지자마자 손을 불에 데듯이 쬐었다. 천으로 온몸을 감싸고 얼어붙어 가는 손을 사타구니에 넣고 체온으로 녹였다. 체온을 높이려 팔굽혀 펴기도 하고 제자리 달리기도 하며 심장의 박동을 높이려 노력하였다. 마른 천이 부족하여 마른 낙엽을 속옷과 겉옷 사이에 채웠다. 침낭을 피고 그 속에 들어갔다. 그래도 그런 노력 덕분인지 조금 있으니 몸에 온기가 조금씩 돌아왔다. 차가운 물에 빠진다는 것은 준비되지 않으면 죽음을 의미했다. 겸손하게 적은 양이지만 생명을 부지할 양식만으로도 만족할 줄 알아야 했다.

한 번 사용한 통발은 풀어 옷으로 입을 수 있었지만, 그 상태로 접어 배낭에 묶어 두었다. 다음 계곡에서 또다시 물고기를 잡을 계획이었다. 그 후로 다시는 헬기를 볼 수는 없었다. 그래도 방심하지 않고 소리에 집중하며 이동하였다.

산속을 이동한 지 오 일째가 되는 날이었다. 발톱을 너무 짧게 잘라 이틀 동안 불편했던 것 외에 이동하는 데 문제 되는 것은 거의 없었다. 얼굴이 붓는 것이 동상이 얼굴에 오는 것 같았다. 밤에 얼굴이 가려웠는데 그것이 동상 초기 같았다. 그 뒤로 얼굴도 칭칭 싸매고 다녔다. 손가락이 아팠다가 열이 났다가 하였다. 장갑을 다시 말리고 알루미늄 호일을 뜯어 손을 감쌌다. 한결 따뜻했다. 너무 바람이 많이 불어 추울 때는 옷 위로 알루미늄 깔개를 망토처럼 둘렀다. 얼굴 부위와 허리 부위를 넝쿨로 묶으면 엄청난 차이가 있었다. 일부는 머리를 뚫고 몸통 앞과 뒤를 감싼 뒤에 옷을 입었다. 아무리 거센 바람도 견딜 장비가 되었다.

산을 터벅터벅 내려가고 있었다. 멀리 계곡 옆으로 길이 보였다. 길이 있다는 것은 사람이 지나다닌다는 것이었다. 여기 어딘가에 사람이 산다는 의미였다. 사람이 무서운 것이 아니라 중국 군인이라도 만날까 봐 조심스럽게 내려갔다. 아무도 없었다. 길은 비포장이었지만 잘 닦여 있었다. 이 깊은 산보다 더 깊은 산에 사람이 산다는 것을 의미했다. 길은 북쪽에서 남쪽으로 나 있었다. 나는 길을 가로질러 계속 산등성이를 오르고 내렸다. 나무 숲 속에 반지하 형태의 텐트를 치고 자며 떠날 때는 흔적마저 지우고 이동하였다. 헬기를 밤에 본 뒤로 바위 밑이나 비를 피할 정도의 파인 바위를 찾아다녔다. 혹시라도 내 몸의 열이 노출되지 않도록 신경을 썼다. 고체 연료는 다 떨어졌다. 나무껍질이나 이끼를 사용해 불쏘시개로 사용하였다. 썩은 나무를 조금씩 태워가며 추위를 견디고 음식을 조리해 먹었다.

아직은 사람을 만나지 않았다. 산비탈을 타고 오르락내리락하며 이동하다 보면 내가 쫓기는 사람인지 트레킹을 하러 온 사람인지 헷갈렸다. 누구도 쫓아오지 않았다. 아름다운 풍경을 감상하다 보면 마치 내가 여행 중인 것 같았다. 이곳이 어딘지는 알 수 없었다. 산등성이를 올라가면 내 몸을 최대한 숨기고 쌍안경으로 항상 주위를 살펴보았다. 만약 나를 찾으려는 자가 있다면 멀리서라도 거기서 쌍안경으로 나를 포착할 수도 있었다. 그럴 확률은 희박하지만 그렇다면 내겐 지금까지 고생이 헛 되는 것이었다. 더욱 조심하여 나를 숨기고 이동하였다. 멀리 초원을 관찰하면서 처음으로 양을 치는 것을 발견하였다. 인근에 사람이 살고 있었다. 오십여 마리가 넘을 것으로 보였다. 산속으로 조금 더 들어가 이동하였다. 은밀한 이동은 밤에 하지만 처음엔 밤낮으로 이동하였고 지금은 낮에 이동 중이었다. 그것도 거의 뛰어다녔다.

산속 이동이 일주일 지날 무렵이었다. '후다닥'하는 소리에 놀라 자리에 앉았다. 잠시 주저앉아 상황을 살폈다. 멧돼지 여러 마리가 뛰어가고 있었다.

'천천히 이동한다면 잡을 수도 있었을 텐데……'

내 이동 속도는 거의 뛰다시피 하였다. 쌍안경으로 돼지가 어디로 가는지 살펴보았다. 내가 가려던 앞산 산등성이를 타고 넘었다. 어차피 내가 가야 할 곳이었으므로 뛰어 따라갔다. 산등성이에서는 천천히 몸을 낮추고 쌍안경으로 주위를 살폈다. 산 아래에 어미 돼지도 있고 새끼와 어미 돼지 중간크기의 돼지도 있었다. 새끼가 자란 듯이 보였다. 제법 큰 일곱 마리였다. 곧 어미를 떠나 자립할 수 있겠다 싶었다. 활이 있으면 좋겠지만, 지금은 칼과 젓가락밖에 없었다. 배낭을 풀어 나무 뒤에 숨겼다. 더욱 몸을 낮추고 기어서 접근하였다. 발걸음 소리도 내지 않으며 아주 천천히 다가갔다. 다행히도 바람이 내게 불고 있었다. 몸을 바위에 숨기고 최대한 근접하였다. 적어도 20m 이내는 되어야 맞힐 수 있었다. 아무리 연습을 해도 그보다 거리가 늘어나면 정확도와 힘이 부족하였다. 내가 칼을 던져 맞힐 수 있는 유효거리인 셈이었다. 사실 20m도 상당히 먼 거리였다. 숨을 죽이고 거의 15m까지 접근하였다. 이제 되었다. 몸을 세워 어미보다 조금 작은 돼지의 어깨를 향해 첫 번째 칼을 뿌렸다. 펄쩍 튀어 오르는 돼지의 두 번째 칼을 몸통에 던졌다.

"꽥!"

멧돼지는 상상외로 빨랐다. 순식간에 달아났고 칼을 맞은 돼지도 없어졌다.

'아까운 칼만 버린 것인가?'

분명히 맞았다. 돼지들이 이동하고 있는 곳을 살펴보았다. 쌍안경으로 보니 여섯 마리다. 한 마리가 없다. 뒤를 쫓아갔다. 어디엔가 있을 것이었다. 칼이 등에 하나, 어깨에 하나 꽂힌 돼지가 헐떡이며 앉아 있었다. 가까이 다가가며 칼을 목에 던지면서 다른 칼로 목을 베어 빨리 죽게 하였다. 제법 큰 새끼 돼지였다. 계곡까지 돼지를 끌고 갔다. 배를 갈라 내장을 다 들어내었다. 물에 버리려다가 혹시 하류에서 발견될 것이 우려되었다. 산에 구덩이를 약간 파고 거기에 쏟았다. 머리와 내장을 묻고 나머지 부위를 네 부분으로 나누어 칡넝쿨로 꿰어 메었다. 여름이었다면 상할 수도 있었는데 아직 톈산의 산자락은 추웠다. 앞다리 부분을 꼬챙이에 꿰어 숯불 열기로 오래도록 익혔다. 원래 기름기가 없는데 오래 익혀서인지 기름이 다 빠져버린 것 같았다. 고기만으로 소금을 찍어가며 포식하였다. 너무 익고 기름기가 다 빠진 부분은 과자같이 딱딱하였다. 오히려 먹기 불편하였다. 저며 비상식량으로 만들었다. 남은 고기는 다 먹지 못하고 코펠에 담아 두었다. 세 덩어리는 나무에 매달아 놓아 배낭에 메고 다니며 먹을 것이었다. 부족할 것 같은 식량이 해결되고 풍부해지니 몸이 더 좋아지는 느낌이었다. 힘이 덜 드는 느낌이었다. 다음날도 돼지고기를 온종일 먹으며 이동하지 않고 쉬었다. 다리에 살이 너무 붙어 움직이기 불편할 정도로 쉬었다.

마음이 편하면 방심하게 되고 방심하면 탈이 나게 마련이었다. 더구나 지금은 그렇게 편한 것을 즐길 시간은 아니었다. 돼지고기를 구워 먹고 나머지는 내일 아침에 먹으려고 코펠에 담아 놓았고 두 덩어리는 나무에 매달아 놓았다. 텐트 안에서 잠이 들려는 순간에 버스럭거리는 소리가 들렸다. 칼을 잡고 몸을 웅크렸다. 가만히 텐트를 열었다. 여전히 소리가 들렸다. 밖으로 나갔다. 소리 나는 반대 방향으로 나무 뒤에 숨었다. 무엇인지 거침없다. 빼꼼히 쳐다보니 멧돼지보다 크고 늑대보다도 커 보였다.

'곰이다!'

곰인데 평소 책이나 동물원에서 보던 회색곰보다는 작았다. 나뭇가지에 걸어놓은 멧돼지 고기를 하나 뜯어내어 먹고 있었다. 내가 가만히 있으면 이놈이 내가 잡은 돼지고기를 다 먹어 치울 것이었다. 게다가 고기를 먹고 나서 나를 찾아 쫓아올 게 뻔하였다. 고기만 먹도 사라질 것이란 보장이 전혀 없었다. 도망갈 곳도 없었다. 언제 텐트 안으로 들이닥칠지도 몰랐다.

'저것은 내 식량이다.'

'어떻게 하지?'

동물들은 놀라면 본능적으로 도망간다는 이야기를 들은 것이 생각
났다. 몸이 갑자기 커지거나 큰소리를 쳐서 곰을 놀라게 하면 도망갈
것도 같았다. 선제공격이다. 젓가락을 오른손에 쥔 채로 벌떡 일어나
뛰어 나갔다.

"으아!!!"

나무 뒤에서 갑자기 튀어 나가 양팔과 다리를 벌리고 소리를 질렀다.
목소리가 나올 수 있는 최대한의 소리를 질렀다. 최대한 내 몸이 크게
보이게 하였다. 이놈은 잠시 뒤로 주춤하더니 오히려 지가 더 소리를
질러댔다. 앞발을 들고 뒷발로 일어서자 나보다 훨씬 더 커 보였다. 생
각한 것보다 훨씬 컸다. 도망갈 수도 없었다. 어두운 곳에서도 곰의 눈
이 빛나고 있었다. 나는 오른손의 젓가락을 어깨 위로 올리고 있었다.
나보다 더 포효하더니 앞발을 내려놓았다. 앞발을 내려놓은 것은 나를
공격하겠다는 뜻이었다. 앞발이 땅에 닿자마자 내게 뛰어 왔다. 나는
그 순간을 기다렸다. 곰이 상체를 일으켜 세웠을 때에는 곰의 눈보다
얼굴 앞쪽의 커다란 입만 보였다. 눈을 공격하기가 쉽지 않았다. 상체
를 땅에 내려놓는 순간 그놈의 눈이 똑바로 보였다. 젓가락을 아무 데
나 던질 수는 없었다. 곰의 피부가 두꺼운 것은 상식 아닌가. 곰의 몸
에 젓가락이 박힐 것 같지도 않았다. 그래서 난 그놈의 눈을 노렸다.
상체가 내려오는 순간 곰의 눈이 표적으로 정확하게 빛나고 있었다. 나
는 생각한 대로 곰의 눈을 향해 젓가락을 힘껏 던졌다. 밤이어서 빗나
갈 수도 있을 것이었다. 힘껏 던지면 눈 주위에라도 꽂힐 것이었다. 어

설프게 자극하면 오히려 포악한 곰에게 내가 다칠 것이었다. 한 번 던지더라도 치명적인 타격을 주어야 했다. 곰의 피부 두께가 두꺼워 젓가락이나 칼이 박힌다고 해도 곰에게는 아무런 피해를 주지 못할 것이었다. 그래서 그놈의 눈을 공격하기로 생각한 것이었다. 첫 번째는 빗나갈 수 있을 것으로 생각하고 두 번째 젓가락을 연이어 던졌다. 두 개 중 하나가 곰의 눈 위에 박혔다. 정확하게 맞힐 수는 없었다. 뛰어오던 곰이 그 자리에 멈춰 섰다. 앞발로 눈 위에 꽂힌 젓가락을 떼어 내려 하였지만, 곰에게 고통만 줄 것이었다. 머리를 흔들고 젓가락을 떼어내려 하였지만, 좀체 빠지지 않았다. 치명적이진 못했지만 깊이는 박힌 모양이었다. 곰은 극도로 화가 나서 나에게 다시 덤벼들었다. 나는 조금씩 뒤로 물러섰다. 더는 물러설 곳이 없음을 알았다. 나에게는 지팡이가 있었다. 산을 오르내리면서 지팡이는 다리 하나의 역할은 충분히 하였다. 뱀이나 예상치 못한 위험에 대처할 수도 있었다. 미끄러운 돌산을 내려올 때에는 지팡이 역할이 컸다. 텐트 앞 나무에 기대어 세워놓은 지팡이를 들었다.

곧이어 곰은 자신의 온몸을 던져 나를 덮쳐왔다. 지팡이 한쪽 끝을 바위 밑에 고정하여 지지하였다. 뾰족한 부분은 곰을 향하도록 하고 지팡이 가운데 부분을 두 손으로 움켜쥐었다. 온몸으로 지팡이가 움직이지 않도록 끌어안듯이 잡았다. 지팡이가 견뎌 주기만을 바랐다. 곰은 다른 것은 보지 않고 오직 나만 바라보고 달려들었다. 화가 난 곰은 오로지 나를 물기 위해 전력을 다해 뛰어오고 있었다. 겁이 났다. 곰이 죽든지 내가 죽든지 해야 하는 상황이었다. 곰이 나를 문다고 해도 투검용이지만 칼로 싸울 것이었다. 이를 악물었다.

곰이 나를 덮쳐왔다. 곰의 뜨거운 숨결이 내 얼굴로 뿜어져 왔다. 곰이 두 앞다리를 벌리고 나를 잡으려 하였다. 나를 잡았다. 등으로 곰의 발톱이 느껴졌다. 곰의 얼굴과 이빨이 내 얼굴에 거의 닿았다. 나는 온몸이 얼어붙었고 손과 발엔 잔뜩 힘이 들어갔다. 그 힘으로 지팡이를 꼭 잡고 있었다. 무서워서 지팡이를 온 힘을 다해 잡고 있었다. 곰은 나를 끌어 않았다. 곰의 뜨거운 숨과 날카로운 이빨이 내 얼굴에 닿았다. 얼른 얼굴을 숙였다. 곰의 턱이 내 머리 위로 지나갔다. 나는 곰의 품에 안겨 곰과 같이 쓰러졌다.

곰이 나를 덮치는 순간 지팡이가 곰의 가슴을 파고들었다. 내가 내 힘으로 찔렀다면 곰의 두꺼운 가죽을 조금이라도 파고들지 못했을 것이다. 곰의 힘과 곰의 무게로 스스로 내 지팡이에 자신의 가슴을 찔렀다. 곰이 나에게 다가오고자 노력하는 만큼 지팡이는 곰의 가슴속을 파고들었다. 나를 잡아당기는 만큼 지팡이는 곰의 몸속에 박혔다. 지팡이가 없었다면 내 몸은 온전히 곰에게 받혀졌을 것이었다. 나뭇가지에 달아 놓은 멧돼지는 나의 식량이지 곰의 식량이 아니었다. 곰이 먹으면 내가 굶어야 했다. 곰은 내 것이 아니라도 산에서 풀이나 과일을 먹을 수도 있었고 물고기를 잡아먹을 수도 있었다. 내가 더 힘들게 살고 있었다.

다행히도 나머지 돼지고기는 건졌다. 거기다 곰 고기도 건졌다. 지팡이는 곰의 몸을 거의 뚫고 있었다. 빠지지도 않았다. 곰의 무게로 내 갈비뼈가 조금 아프고 발톱에 의한 상처가 조금 났다. 이날 후로 지팡이를 창처럼 만들어 다녔다.

곰의 간과 쓴 쓸개를 따로 떼어내고 나머지 내장은 전부 묻었다. 곰

가죽은 벗기기도 힘들었다. 곰 가죽을 사용하려 했지만, 너무 무거웠다. 빠르게 이동해야 하는 내게 별 도움이 되지는 못했다. 한 장소에서 머무른다면 추위를 이기는 데 도움이 될 수도 있을 것 같았다. 곰은 살보다 지방이 더 많은 것 같았다. 처음엔 곰 기름기도 끓여 먹으면 먹을만하였지만, 너무 많아 나중엔 전부 버렸다. 곰의 살만 구워서 먹고 나머지 고기는 칡넝쿨 줄기에 꿰어 매달아 말렸다. 아무리 먹어도 나 혼자 먹는 양은 1인분이었다. 너무 많은 양은 내 욕심이었다. 식량에 넘치는 것은 전부 묻었다. 먹던 고기가 아니어서인지 특별한 맛은 느끼지 못하였다. 살고자 먹는 것이었다. 쓸개는 너무 써서 물에 타서 억지로 마셨다. 기분 탓인지 다음날 피로가 싹 가셨다. 간은 구워 먹었다. 퍽퍽하였지만 먹을만하였다. 부족한 것보다 남는 것이 나았다. 출발 전에 준비한 비상식량은 최대한 나중에 먹으려 했다. 먹을 수 있는 것은 현장에서 먹었다.

그날은 땅에서 자지 못하고 나무 위의 편평한 곳을 찾아 나무 위에서 잠을 잤다. 몸을 나뭇가지에 묶었다. 자면서 몸을 뒤척이다가 나뭇가지를 벗어나도 떨어지지 않게 하고 잠을 잤다. 아침에 잠에서 깨어 기지개를 켰다. 곰이 나무를 무척 잘 탄다는 것이 그때 생각났다.

가면 갈수록 산의 모양이나 색도 달라졌다. 산을 가로지르는 길도 종종 볼 수 있었다. 여전히 사람이 이동하는지 살피며 길을 가로질러 갔다. 길에 차바퀴 자국이 있어 차량도 이동하는 길임을 알 수 있었다. 산속에는 커다란 맑은 호수도 있어 정취를 더했다. 더는 군인의 추격은 없는 것으로 보였다. 헬기는 전혀 볼 수 없었고 쌍안경으로 살펴본 결과 적어도 내 근처에 군인은 없었다. 아직 사람도 없는 깊은 산 속이었다. 언제 어디로 해서 도시에 들어가느냐가 문제였다. 큰 도시나 포장된 도로를 만나진 못했다. 적어도 포장된 도로이어야 관광객으로 위장하여 숨어들 여지가 있을 것이었다.

산속 이동 열흘이 되어가고 있었다. 처음 마을을 볼 수 있었다. 도시라기보다는 농촌 마을이었다. 꽤 큰 마을도 볼 수 있었고 집이 질서 정연하게 배열되어 있었다. 계획된 농촌이라는 느낌을 받았다. 똑같은 모양의 집들이 산속까지 계획적으로 있다는 것이 놀라웠다. 이곳을 들를 수는 없었다. 내가 이곳에 나타나면 곧바로 당국에 신고될 것이었다. 다음 일은 충분히 예상할 수 있었다. 좀 더 큰 도시나 도로가 필요했다. 내가 있어도 돋보이지 않을 만한 도시여야 했다. 농촌 마을이지만 사람이 사는 곳이 자주 나타나는 것으로 보아 곧 큰 도시도 있을 것으로 생각되었다. 더는 뛰지도 않았다. 발각되지 않도록 신경 쓰며 걸었다. 운동 삼아 한 시간 정도 뛰기도 했지만 조급하지는 않았다. 그래도 텐트를 칠 때에는 산속으로 최대한 들어갔다. 연기가 나서 발각될 우려도 있어 밤에 조심해서 불을 피웠고 연기가 많이 나면 천으로 부채질을 하여 연기를 희석했다. 불을 피울 때에는 주먹만 한 돌을 여러 개 가운데에 놓고 그 위에 불을 피웠다. 그렇게 하면 공기가 원활히 공급되어 불도 잘 탔다. 뜨거운 돌은 땅바닥을 파고 넣어 묻고 그 위에서 잠을 잤다. 아침까지 따뜻한 열기를 느낄 수 있었다. 따뜻한 잠도 피로를 푸는 데 큰 역할을 하는 것 같았다. 춥게 자면 온몸이 여기저기가 아프지만, 돌을 묻고 그 위에 자면 아프던 곳도 싹 나았다.

우루무치에서

시안으로

텐산산맥에서 산비탈을 따라 동쪽으로 이동한 지 십오 일이 지났다. 점차 중국 마을이 많이 보이고 큰길도 보이기 시작하였다. 아름다운 초원이 펼쳐지고 초원에 분홍 구름이 뭉게뭉게 있는 것처럼 살구꽃이 피어나고 있었다. 우리나라 가로수의 벚꽃이 피는 것처럼 초원과 어우러져 전체가 꽃밭을 만들고 있었다. 누가 가꾸어 놓아도 이만큼 되지 못할 아름다운 풍경이었다. 잘 포장된 도로가 있어 가끔 자동차의 움직임을 보면서 때가 온 것을 감지하였다. 아직 준비가 덜 되었다. 빨리 도로로 나가서 차를 얻어 타고 시내로 가고 싶었다. 사람들의 얼굴을 보고 싶었다. 어서 시내로 달려가 예브게니야에게 전화하고 싶었다. 목소리도 듣고 싶었다. 안전하게 잘 있다고 말하고 싶었다. 그동안 참고 참았던 그리움이 꽃을 보니 터져버릴 것 같았다. 아직 한국까지는 멀었지만 우선 시내를 가면 바로 전화부터 할 계획이었다.

자동차를 피해 다시 오던 산을 잠시 되돌아갔다. 아직 사람 눈에 띄면 안 될 일이었다. 큰 길이 있는 곳에서부터 산 너머에 텐트를 쳤다.

땅을 파지는 않고 땅 위에 텐트를 쳤다. 혹시 누가 보더라도 당당한 여행객으로 보여야 했다. 계곡으로 가서 찬물이지만 목욕부터 하였다. 너무 차서 물을 끓여 조금씩 섞어가며 찬기를 없앴다. 그동안 씻지 않은 때를 밀었다. 머리부터 발끝까지 씻고 또 씻었다. 혹시 몸에서 냄새라도 날까 봐 머리도 네 번을 감았다. 모닥불도 텐트 밖에서 누가 불을 보든 말든 환하게 피웠다. 침낭은 뒤집어 햇빛에 말리고 입었던 빨래도 하였다. 이제 사람이 된 것 같았다. 온몸에서 상쾌함이 밀려오는 것 같았다. 그래도 미숫가루와 말린 육포같이 오래 보관이 되는 비상식량은 남겼다. 나머지는 내일 아침까지 다 먹고 그래도 남은 것이 있으면 땅에 묻어버릴 것이었다. 시내에서 칼을 차고 다닐 수는 없었다. 칼을 전부 모아 하나로 묶었다. 공안이 물어보면 선물용으로 구매한 것으로 하면 될 것이었다. 젓가락도 열 개 만 허리 바지 안 젓가락 집에 차고 나머지는 배낭에 넣었다. 신분증을 보았다.

'나는 중국인이었지? 조철승.'

중국 신분증을 꺼내었다. 유효기간이 2020년 3월까지였다. 여기는 중국이다. 잊었던 신분증 번호를 다시 암기하였다. 처음부터 신분증에 있는 모든 내용을 암기하였다.

'내가 내 나라에서 돌아다니는데 무엇을 무서워해야 하나?'

자신감이 생겼다. 나는 합법적으로 중국인이다. 중국 여권도 있었다.

'중국인으로 한국에 들어갈 수 있을까? 다시 한국 영사관을 찾아가야 할까?'

중국 내에서 이동은 자유로울 것이었다. 누가 나를 쫓아다니는 것도 아니었다. 한국에 어떻게 가야 하는지가 문제였다. 가지고 있는 돈을 세어 보았다. 5,000달러가 조금 넘었다. 돈은 충분하였다. 누구에게 빼앗기거나 도둑맞지만 않으면 적은 돈은 아니었다. 시내에 가면 배낭을 새로 사야만 했다. 허리 쪽으로 총알구멍이 나 있었다. 방탄조끼는 벗어서 땅에 묻었다. 이제 입을 일이 없기만을 바랐다. 아직도 옆구리 뒤 등 쪽이 아팠다. 파스라도 바르면 금방 나을 것 같았다. 겨울용 등산화는 버렸다. 배낭에 있던 트레킹용 가벼운 새 등산화를 신었다. 양말도 깨끗이 빨아 초원에 널어 말렸다. 편안한 산행을 나온 것처럼 즐겼다.

아스팔트 포장도로에서 북쪽으로 가는 차를 타야만 했다. 톈산산맥의 북쪽의 비탈길을 따라 이동하였으니 남쪽은 더 깊은 산 속으로 가든지 산맥을 넘는 길일 것이었다. 북쪽으로 걷다가 지나는 차를 잡을 마음으로 가볍게 걸었다. 누가 봐도 여행객으로 보일 것이었고 나 또한 그런 마음이었다. 다만 여기가 어딘지 모를 뿐이었다. 삼십 분쯤 걷다가 승용차 한 대를 얻어 탈 수 있었다. 사십 대 초반으로 보이는 아저씨였는데 본인은 삼십 대라고 하였다. 어디까지 갈 것이냐고 물었다.
'무엇이라 해야지? 여기가 어딘지 알아야…….'
"아저씨는 어디까지 가시는데요?"
떠듬떠듬 이야기하였다. 중국말은 서툴렀다. 손짓 발짓에 조금씩 아는 중국어 러시아어 카자크어 체첸어까지 얄팍하게 아는 몇 마디를 가지고 대화를 하였다. 그래도 서로 대화가 된다는 것이 신기한 일이었다. 신위안 현까지 간다고 하였다. 그러면서 거기에서 내려주면 되겠느냐고 되물었다. 그러면 정말 좋겠다고 했다.
'신위안현. 여기가 신위안이구나!'

포장은 되어있지만, 산길이라 구불구불 돌아야 해서 속력은 많이 내지 못하였다. 경치가 매우 아름답다고 하자 아저씨도 기분이 좋은 것 같았다. 사철이 아름답다고 자랑이었다. 물을 한 병 건넸다. 어디서 왔느냐고 물어서 또 나를 당황하게 하였다.

'어디서 왔다고 해야 하지?'

한국에서 왔다고 했다. 나는 북한인지 남한인지 물어볼 것으로 생각했는데 당연히 남한 사람으로 알고 연예인에 대해 급 호감을 표했다. 이것저것 물어보는데 한국을 떠난 지 햇수로 5년이 되었다. 그래서 한국을 떠난 지 사 년이 되어 잘 모른다고 했다. 그러자 한국을 떠나서 4년이나 여행을 다니고 있느냐고 대단하다고 치켜세웠다. 그런데 카메라가 왜 없느냐고 물었다.

'여행객이 카메라가 있어야지. 시내 가서 사야겠다.'

잃어버렸다고 했더니 누가 가져갔느냐고 물었다. 아니라고 했는데도 조심해야지 낮에도 강제로 빼앗아 가는 사람도 있다고 했다. 주의해서 다니겠다고 하고 더는 이야기가 이상해 질 것 같아 마무리하였다. 나는 신위안에 게스트 하우스를 소개해줄 수 있느냐고 했더니 도착해서 알아봐 주겠다고 했다. 그와 대화를 하면서 신위안에서 버스로 우루무치로 가야겠다고 생각했다. 거기엔 기차가 많아 기차로 다음 행선지를 정해 이동하면 될 것이었다.

이런 산속에 도시가 있다는 것이 신기했다. 신위안에 도착하여 나를 태워준 아저씨는 여기저기 전화를 하더니 자기 차로 게스트 하우스까지 데려다 주었다. 매우 고마워 무엇을 드리고 싶다고 했더니 기어이 사양했다. 이유가 있었다. 소개해 준 집이 그의 형 집이었다. 전문적으로 하는 게스트 하우스가 아니고 빈방이 있어서 오늘 묵어가게 해 주겠다는 것이었다. 물론 돈을 냈다. 오십 달러를 드렸더니 너무 많다고 하며 오히려 돌려주려 하였다. 승용차를 태워 준 것도 고마운 일인데 잠자리까지 주셔서 마음의 표시라 하며 드렸다. 어느 나라든지 풍습과 예절은 다르지만, 마음은 다 똑같고 통하였다. 진심으로 대하면 지금까지 모든 사람이 언어를 떠나 전부 서로 이해하였다. 그 믿음이 생겼다. 우리나라보다도 처음 본 이방인에게 친절을 베풀고 마음을 여는 곳이 중앙아시아 지역인 것 같았다. 이분들에게도 고마움을 표한 것이었다. 내가 먼저 내려놓으면 상대는 더 내려놓으려 하는 것이 인지상정이었다. 저녁 식사가 무슨 잔칫상처럼 나왔다. 젊은 부부인데 아이가 셋이 있었다. 초등학교 한 명과 꼬마 녀석 한 명, 아기가 한 명 있었다. 그러고 보니 차를 태워준 동생이 더 늙어 보였다. 사십 대로 본 동생은 삼십 대 초반이었다. 꼬마 녀석이 내 주위를 맴돌았다. 무엇이라도 있으면 다 주고 싶은데 가진 것이 없었다. 같이 놀아 주는 것이 전부였다. 주인에게 부탁하여 우루무치를 가고 싶다고 하니 내일 아침에 버스 정류장까지 데려다 주겠다고 했다. 조금 미안했지만 사양하지 않았다. 모르는 곳에서 차를 타고 버스 정류장까지 찾아가는 것도 일인데 염치없게 그냥 고맙다고 하였다.

　저녁을 먹고 공중전화를 물어 찾았다. 옆에 사람들에게 묻고 사용 방법을 찾아가며 겨우 카자흐스탄의 예브게니야 집으로 전화하였다. 올가가 받았다. 올가도 전화를 받자마자 울음을 터트렸다. 그리고 아무 말도 없었다. 예브게니야가 받고 있는 것이 느껴졌다.

"예브게니야!"

그녀는 울고 있었다. 무사히 중국에 있다고 했다. 걱정하지 말라고 하고 다독여 주었다. 그녀가 보고 싶다는 말에 내가 눈물이 났다. 그녀도 내가 다시 올 것을 알고 있을 것이었다. 오래 통화하지는 못했지만 그래도 속은 후련하였다. 한국의 집에는 하지 않았다. 어머니가 보고 싶지 않아서가 아니었다. 무슨 이야기를 어디서 어떻게 해야 하는지 설명하기 힘들었고 어머니 목소리만 들어도 울 것 같았다. 만나서 직접 천천히 해야 했다.

주인아저씨와 시내에 들려 배낭을 새로 샀다. 버리려 하니 자기가 쓰겠다고 했다. 구멍 하나만 났지 새것이나 마찬가지였다. 내가 이주 전에 산 것인데 구멍만 났다고 하자 좋아하였다. 속옷과 양말을 더 샀다. 환전상에게 달러를 위안화로 환전하는 것까지 도와주었다. 오백 달러를 환전하니 삼천 위안을 주었다. 주인이 나서서 뭐라고 하는 것이 더 주라는 것으로 보였다. 나는 괜찮다고 하였지만, 기어이 얼마를 더 받아내었다. 그 돈은 기름값으로 아저씨에게 드렸다. 하우스 주인아저씨가 버스 터미널까지 태워다 주었다.

버스표를 끊는 것도 힘들었다. 어떻게 해야 하는지 눈치를 봐 가며 끊어야 했다. 신분증에는 중국인이고 중국인이 중국말을 못한다는 것도 이상한 일일 것이었다. 되도록 중국 공안을 만날 일을 만들지 않아야 했다. 매표소의 대기 줄은 매우 길었다. 한 참을 기다려 표를 달라고 했다.

"우루무치."

뭐라고 하는데 전혀 못 알아듣는 중국어였다. 영어는 전혀 되지 않았다. 그렇다고 내가 영어를 썩 잘하는 것도 아니었다. 답답한 것은 나였다. 뒤에서 위구르족 중국인이 차가 떠나고 없다고 설명을 해 주었다. 공안이 내가 있는 쪽으로 다가왔다. 공안이 무슨 일이 생긴 줄 알고 끼어들면 더욱 복잡해질 것이었다. 얼른 그러면 다른 곳을 끊을 수 있는지 위구르인에게 부탁했다. 당황하니 더욱 영어도 들리지 않았다. 뭐라고 하는데 무조건 알았다고 끊으라고 하였다. 하여튼 여기를 자연스럽게 벗어나는 것이 우선이었다. 위구르인이 버스표를 끊어 주었다. 그 표를 받고 보는 척했지만, 전혀 보이지 않았다. 오로지 공안을 옆 눈으로 살피며 공안과는 반대 방향으로 걸었다. 화장실이 보여 얼른 들어갔다. 화장실도 밀렸다. 줄을 서서 기다렸다. 화장실 변기에 앉아 표를 살펴보았다. 백 위안을 조금 더 준 것 같았다. 도착지가 표를 보아도 알 수 없었다. 화살표를 보아 도착지로 쓰인 지역의 글씨를 외웠다. 그리고 대기실에서 글씨를 써서 젊은 사람에게 물어보았다. 읽어 보라고 하자 '쿠얼러'라고 하였다.

'내가 쿠얼러로 가는구나!'

표를 보니 곧 출발 시각이었다. 열한 시 출발이다. 빠르게 걸어 버스를 찾았다. 기사에게 표를 보여 주었더니 보지도 않고 고개를 끄덕였다. 조바심이 나서 다시 그에게 표를 보고 손가락으로 표를 두드리며 맞느냐고 다시 물었다. 그제 서야 쳐다보고 맞는다고 하였다. 안심이었다. 자리를 찾아 앉았다.

버스 안에서 누구와도 이야기할 수는 없었다. 옆자리도 할머니여서 웃음으로 눈인사 정도만 할 뿐이었다. 버스는 키가 큰 가로수 나무들 사이를 지나 도시를 벗어나려 하고 있었다. 이곳도 양을 치는 사람들이 많은 모양이었다. 차가 멈춰 서길래 보았더니 양 떼가 길을 가로질러 걸어가고 있었다. 양치기도 서두르지 않았고 버스 기사도 느긋하게 기다리고 있었다. 버스 안의 누구도 뭐라고 하는 사람 없었다. 그제야 이 도시가 높은 산으로 둘러싸여 있다는 것이 보였다. 내게는 아늑하게만 보였다. 차는 그렇게 도시를 벗어나고 있었다.

차창 밖은 아름답게 펼쳐져 있었다. 신위안 현에서 오전 열한 시가 조금 넘어 출발하였다. 한동안 얼마를 가다가 슈퍼마켓 앞에서 쉬었다. 컵라면으로 점심을 때웠다. 또 쉬면 만두를 사 먹으며 쿠얼러 시를 향해 가고 있었다. 쉬는 곳이 특별히 정해진 것은 아니었다. 운전기사 분이 마음 내키는 대로 쉬었다. 가다가 운전기사가 쉬고 싶은 곳이 있으면 거기가 휴게소였다. 어떤 곳은 천막을 쳐놓고 달걀이나 수박을 파는 곳에 서기도 하고 어떤 곳은 폐가 같은 곳에 서기도 하였다. 삶은 달걀을 사 먹기도 하고 사 가지고 버스 안에서도 옆 사람과 나눠 먹었다. 슈퍼마켓이 있는 곳에 서기도 하였다. 화장실을 거의 보지 못했다. 들판이 화장실이었다. 여자 분들은 화장실을 가기 위해 다소 먼 거리의 들판을 나가서 해결했다. 남자나 어린 애들은 길 바로 옆에서 볼일을 보았다. 특별히 신경 쓰는 사람도 없었다. 나는 내가 화장실 간 사이에 차가 출발 할 것 같아 항상 차 앞쪽으로 멀지 않은 곳에 가서 볼일을 보았다. 어떤 사십 대로 보이는 아주머니는 내 바로 옆에서 앉아 소변을 보기도 했다.

차가 멈출 때마다 나가서 몸을 움직이고 운동을 했는데도 온몸이 찌뿌둥했다. 온종일 버스를 타는 것보다 온종일 걷는 것이 편할 것이었다.

지도를 보니 쿠얼러에서 우루무치로 가면 될 것 같았다. 잠자리가 편하면 좋겠다는 생각이 들었다. 그저께만 해도 산속에서 침낭을 깔고 잤으면서 하룻밤 침대에서 잤다고 간사한 생각이었다. 버스는 밤 열한 시가 되어서 쿠얼러 시에 도착하였다. 가다 쉬고 가다 쉬고를 반복하였고 운전기사도 승객도 특별히 바쁜 것 같지 않았다. 기사가 서둘렀다거나 한국이었다면 훨씬 일찍 도착했을 것이었다.

'지금을 즐기자.'

아무리 힘이 들어도 아무리 즐거운 일이 있어도 시간이 지나면 아무 것도 아니었다. 기억만 남는 것이었다. 지금 즐기며 지나간 시간이나 짜증으로 지나간 시간이나 같은 내 시간일 것이었다. 해서 지금을 즐기려 했다. 버스로 이동이 몸은 힘들어도 볼거리는 많이 제공했다. 생명이 없을 것 같은 황량한 사막도 자체가 볼거리였고 아름다운 녹색 풀로 뒤덮인 초원과 간간이 피어난 살구꽃 덩어리 그 뒤에 만년설을 보이는 산도 다 즐거운 볼거리였다. 지겨우면 잠도 잤다. 흔들리는 버스가 요람이라 생각하고 편하게 명상을 하다 보면 달콤한 잠도 잘 수 있었다. 밤에 이동하려면 낮에 잠을 자고 낮에 이동하려면 밤에 자 두어야 했다. 지금은 그런 계획이 있는 것은 아니었다. 혹시 밤에 무슨 일이 있을지 모르고 지금 잘 수 있는 여건이 되어 잠을 저축하는 기분으로 자체를 즐겼다. 꼬박 열두 시간을 달려왔지만, 그런대로 좋았다.

쿠얼러. 여긴 신위안 보다 더 발달한 도시였다. 이 낯선 곳 도시 길바닥에 나 혼자 서 있었다. 들이라면 텐트라도 치며 잤을 텐데 도시라 고민되는 잠자리였다. 도시는 깨끗하게 정리되고 청소도 잘 되어있었다. 버스 정류장에서 조금 걷다가 보이는 호텔을 찾아 들어갔다. 영어로 방 있느냐고 물어보니 나가라고 한다. 외국인은 안 받는다고 했다.

'뭐 이런 난감한 일이. 외국인과 내국인의 잠자리가 다른가? 나는 누구인가?'

어떻게 말해야 하는지 잠시 망설였다. 외국인이라면 다른 호텔을 가야 했다. 내국인용 호텔과 외국인용 호텔이 따로 있었다. 외국인용 호텔에서는 여권을 보자고 할 것이었다. 내국인이라면 이들이 믿어줄 것인지 알 수 없었다. 그래서 중국 신분증을 내밀었다. 나를 아래위로 쳐다보더니 인터폰을 하였다. 잠시 후에 관리자가 왔다.

"나는 중국 국적인 조선족인데 어려서부터 한국 생활을 해서 중국말을 잘못합니다."

"정말 중국인이 맞습니까?"

더듬거리며 대화를 하였다. 나를 아래위로 훑어보더니 내 신분증 번호를 물어보았다. 그 열여덟 자리 번호였다. 거리낌 없이 외우고 잠자리를 안내받았다. 외우길 잘했다는 생각을 했다. 방을 안내받으면서도 찝찝한 것은 관리자의 눈초리였다. 겉으로는 웃으면서 무언가 숨기고 있는 눈빛이었다.

'혹시 공안에 신고라도 한다면……'

내국인만 받는 호텔이라고 해도 외국인 한 명 받았다고 큰일 날 일은 아니었다. 호텔 입장에서는 외국인이건 내국인 이건 간에 한 명이라도 더 받아야 수익이 날 것이었다. 그런데 이 호텔은 철저하게 당국의 지시를 지키고 있었다. 그렇다면 이유는 두 가지였다.

첫째는 당국의 검문이 심해서 그 검문을 벗어나기 힘든 상황.

둘째는 호텔 경영자의 투철한 애국심에 의한 철저한 국가 방침 협조자.

두 가지 다 나에게 문제일 수밖에 없었다. 당국의 검문이 심하다면 언제든지 공안이 들이 닥쳐 나를 검문할지 모르는 일이었다. 두 번째의 경우에도 문제였다. 그렇게 투철한 애국심을 가진 경영자라면 의심스러운 손님은 반드시 신고 대상일 것이었다.

'어떻게 하지?'

방 안은 깨끗하였다. 침대 이불도 뽀송뽀송하고 베개도 푹신하여 눕기만 하면 잠이 들 것 같았다. 화장실도 비좁지만 비교적 청소가 잘 되어 있었다. 창밖은 도시의 불빛이 화려하게 비추고 있었다. 6층이었다. 창밖으로 나갈 수는 없었다. 항상 준비하는 것이 어떤 때는 생명과도 직결되기도 했다. 모르면 할 수 없지만 아는 한은 미리 준비하는 것이 최고의 안전을 보장해 주었다.

문을 잠그고 호텔 로비로 나왔다. 밖에 나가서 밥을 먹고 오겠다고 직원에게 호텔 키를 맡겼다. 호텔을 나와서 근처를 돌았다. 길거리 음식을 맛보며 주위를 살폈다. 이곳도 다양한 인종이 섞여 있었다. 위구르인과 한족 등이 자기들끼리 자기 언어로 이야기하고 한쪽에서는 영어도 들렸다. 주로 위구르 인들은 나처럼 중국어에 서투른 것처럼 보였다. 내가 보기에도 중국 발음이 달랐다. 같은 한족의 중국인이라도 다른 말을 하는 것 같았다. 그래도 위구르 인들이 영어가 좀 나았다.

작은 가방을 든 위구르인이 음식을 먹고 있었다. 사십 대로 보이는 남자였다. 말을 건네자 친절하게 받아주었다. 일이 늦어 귀가 중이라고 했다. 일이 힘드냐고 하자 웃기만 하였다.

'세상에 힘들지 않은 일도 있을까?'

나는 그에게 부탁이 있다고 하였다. 내가 만난 위구르 인들은 겉으론 험악하게 생기고 표정도 일그러져 있었지만, 말을 해보면 누구보다 따뜻한 마음이었다. 친절이 몸에 밴 사람들 같았다. 내 부탁에 말을 해 보라 했다.

'내가 외국인 여행자인데 돈이 별로 없어 내국인 호텔을 잡으려고 한다. 요 앞에 호텔을 가르쳐 줄 테니 당신이 호텔 방을 잡아 주면 사례를 하겠다. 6층으로 방을 달라 하고 방에 들어갔다가 십분 정도 쉰 후에 문을 잠그고 키를 들고 호텔 밖으로 나와라. 혹시 어디 가느냐고 물으면 간식을 먹겠다고 해라. 밖에서 나와 만나 키를 나에게 주면 끝이다.'

아주 구체적으로 일러주었다. 방값도 주고 별도로 사례비를 그 자리에서 넉넉히 주었다. 그도 외국인과 내국인 전용 호텔이 있다는 것에 반감이 많은 듯했다. 이런 제도는 잘 못된 것이라고 투덜거리며 내 제의에 선뜻 동의해 주었다.

뿌듯해 하는 그의 표정에서 성공한 것을 알았다. 그에게 받은 열쇠를 들고 호텔로 들어갔다. 카운터에서 내 열쇠도 받았다. 엘리베이터로 6층에 내리자마자 CCTV가 설치되어 있는지 확인하였다. 복도와 계단을 볼 수 있는 중간에 하나 설치되어 있었다. 내 방에 도착하자마자 수건으로 머리를 감싸고 작은 의자를 들었다. 복도로 나가 CCTV 밑에 의자를 놓고 수건으로 CCTV 카메라를 감쌌다. 내 방으로 와서 배낭을 들고 내방은 잠그고 나왔다. 바로 위구르인이 구해준 방으로 들어갔다. 배낭을 풀어 속옷부터 겉옷까지 깨끗한 옷을 준비했다. 돈은 위안화만 지갑에 넣고 달러는 천으로 싸서 배에 묶었다. 바지에 젓가락을 전부 꽂았다. 투검용 칼도 허리에 즉시 던질 수 있도록 준비를 해서 옆에 놓았다. 침대의 이불을 끌어다 호텔 방문 앞에 깔고 거기서 잠을 청했다. 혹시 밖에 이상한 소리라도 나면 즉시 감지 할 수 있도록 화장실 플라스틱 컵을 머리맡에 놓았다. 모자가 없었다. 모자로 얼굴을 가리고 가면 좋을 것으로 생각했다. 다음엔 모자를 준비해야겠다고 생각했다.

잠깐 눈을 붙인 것 같은데 작은 소리에 눈이 떠졌다. 낮에 버스에서 많은 잠을 잤고 침대도 아닌 이불이지만 푹신하고 깨끗한 느낌이어서 금방 잠들 수 있었다. 밖에 누가 온 것 같았다. 아마도 누군가 일찍 일어났을 것으로 생각하면서도 플라스틱 컵을 문에 대고 귀를 대었다. 누군가를 부르며 문을 두드리는 소리였다. 순식간에 잠이 달아났다. 밖을 도어 뷰어로 보았다. 호텔 관리자가 지나가는 것이 보였다. 또 한 명의 직원도 지나가고 있었다. 내가 묵으려 했던 방은 여기에서 보이지 않았다. 저쪽 안쪽 끝 부분에 있는 방이고 지금 내가 있는 방은 반대쪽 계단 쪽에 있는 방이었다. 저쪽은 밖으로 비상계단이 있었는데 비상구 문은 잠가져 있었다. 소리로 가늠해 보면 직원이 두 명에다가 또 다른 사람도 더 있었다. 틀림없이 나를 검문하려는 것이었다. 나는 즉시 옷을 챙겨 입었다. 이곳은 더운 곳이라 외투를 입고 있지 않았다. 칼을 허리에 차려는데 외투가 없어 가릴 수가 없었다. 젓가락은 바지 안쪽으로 비밀스럽게 내가 만든 집이 있어 숨길 수 있었지만, 칼은 그렇게 할 수 없었다. 종아리에 세 개씩 차고 나머지는 놔두었다.

'언제 나가지?'

나가긴 해야겠는데 시기가 문제였다. 지금 나가면 전부 나를 쳐다보아 발각될 것이었다. 빠르게 문을 여닫는다 해도 불가능했다. 문을 열고 그들이 있는 반대편으로 가려면 문을 연 상태에서 방문을 돌아서 나가게 되어 즉시 노출이 될 것이었다. 저들의 정신이 다른 곳에 팔려 있어야 했다. 아직 일어나지 않은 사람들이 많았다. 아마도 옆 방 손님인 듯했다. 잠옷 차림의 아저씨 한 분이 아침부터 시끄럽다고 항의를 하곤 들어갔다. 여전히 플라스틱 컵에 귀를 붙이고 소리를 듣고 있다. 방문을 두드려도 반응이 없자 직원이 다른 키를 가지고 오는 듯했다. 잠시 후에 문을 열고 들어가는 소리가 났다. 천천히 문을 열고는 옆 눈으로 살펴보며 내 방문을 잠그고 계단 쪽으로 이동했다. 공안 두 명과 관리자는 방 안으로 들어가고 직원 한 명은 복도에서 방문 쪽으로 얼굴만 넣고 있었다. 계단으로 발걸음 소리를 죽여 가며 내려왔다. 로비에는 아무도 없었다. 카운터 직원도 6층에 간 모양이었다. 호텔 데스크에 방 열쇠 두 개를 놓고 나왔다. 호텔을 나오자마자 시내를 향해 빠르게 걸었다. 지나가는 택시를 서둘러 잡았다. 보통 때 같으면 흥정을 하고 타야 하는데 시간이 없어서 무조건 타고 보았다. 버스 정류장에서 이 호텔에 올 때 걸어서 왔다. 버스 정류장까지 그렇게 먼 거리는 아닐 것이란 생각도 들었다. 버스 정류장으로 가자고 하려다가 가방을 사는 곳으로 가자고 하였다. 호텔에서 몸만 빠져나왔다. 산속에 야영할 비상식량과 땅을 파는 도구, 텐트, 침낭과 옷가지들이 잔뜩 들어있는 배낭을 메고 나올 수는 없었다. 신속히 나와야 하기도 했고 혹시 뛰어가야 할 상황도 있을 것이었다. 아침 일찍 배낭을 메고, 나오는 사람은 눈에도 잘 뜨일 것이었다.

상점문을 열지 않아 겨우 한 군데 막 청소를 하는 곳에서 여행용 배낭을 샀다. 옆으로 메는 배낭이 멋있어 보였지만 등에 메고 있어야 달리기에 편할 것 같아 그것을 샀다. 전용 가방에 들어가 있는 침낭도 망설이다가 샀다. 부피가 작아서 휴대하기 간편했다. 비상용이었다. 여름용 옷가지와 여행용 신발도 새로 샀다. 운동화인데 날아갈 것 같이 편하고 달리기에도 좋을 신이었다. 버스 정류장으로 갔다. 근처 식당에서 만두로 아침을 먹었다.

쿠얼러 시의 중국 공안은 아침 일찍 호텔에서 온 신고를 받고 분주했다. 위구르족의 테러가 빈번하게 일어나고 있었기 때문이었다. 호텔에 외국인 같은데 중국인이라 하고 신분증도 소지하고 있어 이상하다는 신고가 접수된 것은 새벽 한 시 경이었다. 이상한 투숙객이 밤 열두 시가 넘어 간식을 먹겠다고 시내를 나갔다가 조금 전에 들어왔다고 신고가 들어온 것이었다. 공안 상황실에서는 신고를 받고 바로 출동하려 했지만, 비상대기 인원이 없었다. 상황실에서 처음 신고를 받은 공안은 직속상관에게 보고하였다. 직속상관은 아직 새벽이고 직접적인 위험요소는 안보이니 아침 일찍 검문을 나가자고 하였다. 그는 위구르인이었고 그도 중국말이 익숙하지 않았던 때가 있었다. 대부분의 위구르 인들은 중국말에 서툴렀다. 그러기에 중국말이 서툴다는 신고가 긴

급한 상황으로 인식되지는 않았다. 그래도 새벽 여섯 시에 둘이 가 본 것이었다. 방문을 열고 호텔 직원과 같이 들어가 보았지만 아무도 없었다. 짐도 없었다. 호텔 카운터 직원이 분명 키를 주었다고 했다. 공안은 호텔 CCTV가 있는지 확인해 보았다. 6층 복도 CCTV 카메라가 수건으로 싸여 있었다. 직원도 무슨 영문인지 몰라 했다. CCTV 화면이 녹화된 1층 카운터를 확인해 보았다. 그 신고 된 자가 수건으로 카메라를 가리고 있었다. 뭔가 미심쩍은 일이 일어나고는 있었지만, 그것이 정확히 무엇인지 잡히지 않았다. 더구나 주었다던 호텔 키는 카운터에서 발견되었다. 현관 CCTV를 확인하자 그자가 아침 일찍 나서는 모습이 보였다. 빈손이었다. 호텔직원은 배낭을 메고 왔다고 했는데 이자는 빈손으로 나가서 오지 않았다. 공안 감식반에 전화하고 상부에도 보고 하였다. 상부에서도 빈손이라면 큰 문제 될 것이 없을 것으로 판단하면서도 그가 메고 온 배낭이 없어졌다는 사실에 긴장하였다. 그래서 전 호텔 객실을 수색하기로 하였다. 1층부터 폭발물 탐지반이 방 하나하나씩 조사하여 나갔다. 오후 늦게 6층 호텔 방에서 흩어진 배낭이 발견되었다. 배낭 속에서 값비싼 물건은 하나도 발견되지 않았다. 옷이나 작은 삽, 칼, 밀가루 같은 음식가루와 육포가 있었다. 배낭도 퀴퀴한 냄새가 약하게 나고 있었다. 위험한 것은 과일 깎는 작은 칼들이 발견된 것이었다. 그런데 그 방을 얻은 사람은 위구르인이라고 했다. 화약의 흔적은 전혀 없었다. 호텔 조사는 밤늦게까지 진행되었다.

중국 공안 안전대책회의에서는 한 공안이 이렇게 정리하였다.

'위구르인이 신고된 자의 배낭을 훔쳐 자기 방에서 중요한 물건을 취하고 호텔을 나갔다. 도둑맞은 투숙객은 자기 물건이 없어진 것을 알고

찾으려 일찍 호텔을 나갔다.'

이것만으로 명쾌한 설명이 되진 않았다. 아침에 이상하다고 신고된 자가 호텔을 나가며 누군가를 찾듯이 두리번거리며 나가는 것이 CCTV에 확인되었다. 그렇게 단순한 해프닝으로 결론 내리고 사건은 마무리되었다. 그래도 공안에 간접 경비 강화 지시는 하달되었다.

밤 열두 시가 거의 다 되어서였다. 하지만 이상한 자가 CCTV 카메라를 수건으로 왜 가렸는지는 명쾌한 결론이 없었다. 아마 장난으로 그랬으리라는 것이 한 공안의 설명이었다.

호텔 사장은 공안에서 조사를 마무리할 때까지 손님을 받지 못하였다. 그 날은 한 명도 받지 못하였다. 아침부터 잠자는 손님을 깨워 나가라고 하여 항의하는 투숙객의 숙박비 일부를 환급해야 했다. 빨리 조사를 해 달라고 공안에 사정하였지만, 그 배낭에 폭발물이 있을 수도 있을 것이라며 일일이 방을 점검하는데 뭐라고 할 수는 없었다.

쿠얼러 시의 버스 정류장 근처 한 호텔은 중국인 전용 호텔이지만 싼 가격에 외국인도 받는다는 소문이 외국인 여행객 사이에 돌았었다. 그러나 최근 그 호텔의 불친절과 투숙객도 불시에 나가게 한다는 소문이 다시 돌았다. 더구나 그 호텔은 폭발물을 쉽게 설치할 수도 있는 위험한 곳이란 소문도 돌았다.

얼마 후에 호텔 사장은 철저한 신고정신과 애국심으로 무장된 관리자를 해고하였다. 호텔 근무를 태만이 하였다고……

신위안에서 쿠얼러로 올 때 버스를 한번 타보아서 이젠 익숙한 느낌이었다. 처음엔 누구나 모든 행동이 어색하지만 한 번만 반복하면 자연스러워진다. 똑같아지는 것이다. 버스표를 내가 끊었다. 여기에선 내 말을 바로 알아들었다. 우루무치 가는 버스도 쿠얼러 가는 버스와 별 차이가 없는 듯했다. 옆자리 아저씨에게 물어보니 일곱 시간 이상 걸린다고 했다. 저녁때나 되어야 도착할 것이었다. 이제는 버스가 쉬면 수박도 사 먹고 물속에 있는 짠 달걀도 사 먹었다. 슈퍼에서 쉬면 화장실만 가는 것이 아니고 먹을 것도 사왔다. 생수는 항상 사 먹었고 빵이나 과자도 사 먹었다. 자신감이 생겼다.

회색빛 들과 산자락도 보였다. 깊은 계곡과 황량한 사막이 차창으로 사라져 갔다. 우루무치에서 무엇을 할 것인지 어디로 갈 것인지 고민하였다. 호텔을 잡는 것이 우선이었다. 게스트 하우스를 잡으려 했지만 낯선 사람들과 처음 만나서 이야기하는 것이 싫었다. 이야기하다 보면 나에 관해 이야기해야 할 터인데 전부 거짓말만 할 것이었다. 게스트 하우스에 1인실을 준다면 생각해 볼 일이었다. 특히 한국 여행객을 만나면 울음부터 나올 것 같았다. 지금까지 한국 여행객을 보지 않은 것은 아니었다. 지나는 길에 한국말이 들리면 나도 모르게 귀를 가까이하고 듣고 있었다. 한국말을 하고 싶고 큰 소리로 떠들고도 싶었다. 한국 상표를 볼 때마다 자랑스럽고 한국 회사의 로고를 보면 가슴이 뜨거워졌다. 태극기만 보아도 가슴이 떨렸다.

'한국 여행객에게 무엇이라 말을 한단 말인가. 내 말을 믿어 주겠는가.'

호텔에 혼자 있는 편이 순간순간 고민하지 않아도 되고 아침을 나 혼자 먹어도 어색하지 않을 것이었다.

'우루무치에서 다음 어디로 가야 하지?'

지도에는 우선 큰 도시 시안(서안)이 일차로 보였다. 서안 전에는 완전 사막으로 보였다. 어디나 사람이 살 것이지만 나는 여행을 하러 온 것이 아니다. 시안에서는 베이징과 상하이, 톈진, 홍콩의 중심에 위치하는 것으로 보였다. 칭다오로 가서 배를 탈 수만 있으면 인천에 쉽게 닿을 수 있을 것이었다. 베이징이나 상하이에서 비행기를 타고 갈 수도 있을 것이었다. 한국 사람도 아니고 중국 사람도 아니었다. 비자가 문제였다. 누가 조금만 도움을 주면 쉽게 해결될 것도 같았다.

'다시 한국 정부를 믿고 영사관이나 대사관을 찾아봐야 할까?'

'블라디보스토크의 최 부영사 일당은 왜 나를 북한 정보원에 넘기려 했을까?'

'한국 정보기관원 전부가 나를 북한에 넘기려 할까?'

'최 부영사는 북한의 간첩 아닐까?'

사막에 풍력 발전기들이 끝없이 서 있었다. 우루무치가 가까워진다고 했다. 황량한 벌판이 있으니 가능할 것이었다. 사막이라 바람이 많이 불었다. 지금도 세우고 있었다. 저녁이 되어서 우루무치에 도착하였다. 우루무치 시는 쿠얼러보다 더 큰 거대한 도시였다. 사막에 거대한 도시가 있는 것 자체가 신기할 정도였다. 정돈된 현대식 건물들이 높이 솟아있고 아직도 짓고 있는 건물들이 보였다. 그럼에도 서울에 비하면 자동차가 적어 쾌적함을 더해 주는 것 같았다. 서둘러 호텔을 알아보았다. 처음 호텔에서 외국인이냐고 해서 그렇다고 했더니 다른 곳을 적어 주며 알아보라고 했다. 그곳 직원이 내국인 전용 호텔, 외국인 전용 호텔, 내국인과 외국인 겸용도 있었다. 두 번째 호텔은 내국인 전용인데 가자마자 호텔 카운터에 내 신분증을 보였다. 아무 말도 하지 않고 보고 있으니 알아서 키를 주면서 뭐라고 하였다. 돈을 달라는 모양이었다.

'삼백 위안'

나는 분명히 그렇게 들었다. 그렇게 들렸다. 지갑에서 삼백 위안을 주니 아무 말도 않는 것이 내가 알아들은 모양이었다. 나중에 알아보니 '산 바위 위엔'이었다. 비슷하지 않나? 나는 다 안다는 표정과 몸짓으로 당당하게 엘리베이터를 타고 직원이 준 방으로 들어갔다. 이제는 누가 쫓아오는 사람도 없을 것이었다. 그래서 2층을 달라고 했다. 카운터 직원 뒤의 열쇠꽂이에서 2층이 비었길래 그것을 달라고 하니 바로 주었다. 다른 층은 거의 없는데 2층이 많이 남아 있었다. 아마도 다른 사람들은 고층에서 경치를 관람하려고 하는 것 같았다. 내국인 전용 호텔인데도 깔끔하여 이용하는 데 전혀 불편함이 없었다.

다음 날 일찍 일어나 조식 뷔페를 먹었다. 호텔을 나서려는데 직원이 뭐라고 부른다. 냉장고에 있는 것은 하나도 손대지 않았는데 돈을 더 내라고 할 줄 알았다. 그랬더니 백 오십 위안을 돌려준다. 방값이 백 오십 위안이고 보증금으로 두 배를 더 받아 두는 것을 알았다. 인사를 하고 바로 기차역으로 갔다. 시안 가는 차편을 알아보려 하였다. 대기실에 기차표를 사려고 줄을 지어 서 있는데 내가서면 온종일 걸릴 것 같았다. 어디서 한국말이 들렸다. 이렇게 많은 사람 사이에서 유독 한 명이 말하는 한국말을 내 귀가 알아챈 것이었다. 반가우면서도 가까이 가 보았다. 손에 전화기 같은 것을 들고 중국인과 대화를 하는 것이었다.

"뭐라 하는 거야?"

경상도 아저씨였다. 못 알아들으면서도 중국인과 대화를 하고 있었다. 손에 핸드폰만한 기계로 즉석 번역을 하며 대화를 하고 있었다. 한국을 떠나온 사이에 이렇게 발전했나 하는 생각이 들었다.

"아저씨 그거 어디서 사셨어요?"

내가 한국말로 끼어들자 놀라시며 대뜸 내 손을 잡으셨다.

"한국분이요?"

"예!"

번역기를 한국에서 사 오셨다고 했다. 지금은 우루무치를 떠나려 하고 있었다. 우루무치에서도 팔 것이라고 했다. 나는 이왕에 내 기차표까지 부탁해 보았더니 자신도 중국인 안내원에게 그 이야기를 하고 있었다고 했다. 거기서 본의 아니게 새치기를 하게 되었다. 그래서 나는 뒷분에게 미안하다고 인사를 하자 흔쾌히 서라는 손짓을 하였다. 한국 아저씨와 중국 안내원을 통해 내 기차표를 끊기 직전 나는 중국 신분증만 있는 것이 생각났다. 그래서 아저씨에게 숙소에 두고 온 물건이 있다고 어물거리고 나는 내일 와서 끊겠다고 했다. 그러자 아저씨 하시는 말씀이 열흘 전치도 끊어 주니까 끊지 그러냐고 했다. 출발할 정확한 날짜를 숙소에 가본 다음에 정해야 한다고 하고 대기실을 나왔다.

역에서 표를 끊지 않고 나와 바로 전자기구 파는 곳을 돌아다녔다. 큰 쇼핑몰에 가니 번역기가 있었다. 나는 현지 중국인 직원과 대화를 해 보며 번역기를 샀다. 번역기 속에는 지도도 들어있고 각종 정보와 상황에 필요한 생활 회화용 문장이 들어있어 편리했다. 음성을 인식도 하여 일부는 바로 회화가 될 수도 있었다. 비쌌지만 내게 지금 필요하여 눈감고 구매하였다. 오백 달러를 다시 환전하여 약 삼천 위안을 만들었다. 숙박비가 은근히 비쌌다. 번역기를 들고 다시 역으로 갔다. 한참 기다려 표를 끊으려 하니 표가 없다고 했다.

'이게 무슨 상황인가?'

시안까지는 거의 마흔 시간이 걸리는 거리였다. 러시아와 비슷하면서도 다른 좌석을 운영하였다. 경와는 단단하고 누워 갈 수 있는 자리이고 연화는 부드럽고 누워 갈 수 있는 자리라고 했다. 앉는 자리도 단단한 좌석과 부드러운 좌석으로 나뉬다. 나는 루완워(연와)라는 소프트 침대칸을 원했다. 제일 좋은 특실인 것으로 생각되었다. 이것이 4인 1실로 편하게 갈 수 있는 방이었다. 버스를 앉아서 하루만 가도 온몸이 아프고 지겨운데 침대도 아니고 거의 삼일을 앉아서 간다는 것은 생각만 해도 끔찍했다. 차라리 걸어가면 갔지 그렇게는 못 갈 것이었다.

일주일 뒤에 표가 있다고 했다. 그거라도 달라고 해서 표를 구했다. 밤 열한 시경에 출발하여 그 다음다음 날 아침에 도착하는 열차였다. 러시아에서처럼 중국에서도 열차표를 사는데 여권 번호나 신분증 번호가 찍혀 나온다. 신원이 확실한 사람만 열차를 이용할 수 있었다. 우루무치에서 엿새 밤을 더 보내야 했다. 번역기가 생기니 번역한 대사를 미리 외우고 쉽게 호텔을 잡을 수 있었다. 어제 묵은 방은 겉보기에도 비싼 듯이 보였다. 오늘은 내국인 호텔을 저렴한 곳으로 도전하였다. 먼저 호텔에 들어가자 얼마냐고 물어보았다. 하루에 보증금 빼고 백 위안이라고 했다. 비쌌다. 육 일을 묵을 것인데 더 싸게 주라고 흥정을 했다. 여기에선 대부분이 흥정으로 이루어지는 것을 자주 봐왔다. 그랬더니 얼마를 원하느냐고 하였다. 그래서 6일에 삼백 위안이라고 했다. 관리자가 손을 내 저었다. 그래서 다시 내가 얼마를 원하느냐고 물어보았다. 오백 위안을 달라고 하였다. 그래서 나는 그러면 되었다고 사백 위안으로 하자고 하였다. 수건이나 화장실 소모품은 안 주어도 된다고 하였다. 관리자는 어이없어하면서도 웃으면서 좋다고 하였다. 악수하고 열쇠를 받았다.

일단 시안 가는 기차표가 내 손에 있었다. 거기서 어디로 갈 것인지 정하면 되는 일이었다. 하지만 제일 어려운 일이 남았다. 한국을 어떻게 가느냐가 계속 머릿속을 맴돌고 있었다.

15
부

시
안
에
서

시안 가는 기차를 타는 것은 우리나라에서 비행기 타는 절차와 매우 흡사하였다. 지니고 있는 물건은 공항 검색대와 같은 검색대를 통과해야 했다. 사람도 금속 탐지기로 일일이 검사를 하였다. 현지인들은 익숙한 듯 문제가 있어 통과하지 못하는 사람은 없었다. 나는 배낭에서 젓가락과 칼이 문제가 됐다. 선물용이라고 하여도 칼은 안 된다고 하였다. 아쉬운 표정을 지으며 어떻게 하면 좋으냐고 하였지만 압수되었다. 젓가락은 왜 이렇게 많으냐고 하였다.

"조선족 젓가락입니다. 이웃에게 선물하려고 산 것입니다."

압수당한 칼과 마찬가지로 여행 중에 선물용으로 산 것이라고 하였다. 중국에서 사용하는 젓가락 대부분은 길고 나무로 만들어져 있었다. 이미 칼을 압수해서인지 아니면 내 표정을 보고 조금은 미안한 마음이 들었는지 젓가락에 대해선 더는 문제 삼지 않았다. 검색대를 지나면 공항 탑승 대기실 가는 것처럼 고불고불 위로 올라갔다가 내려갔다가 하면서 대기실에 도착했다. 거기서 다시 열차를 기다렸다. 열차는 버스보다 비교적 제시간에 도착하였다. 공항과 다른 것은 사람이 너무 많다는 것이었다.

내가 끊은 표는 특실이었다. 네 가지 탑승권 중에 제일 비싸고 물과 슬리퍼까지 준비되어 있었다. 시베리아 횡단 열차를 이용하면서 슬리퍼가 있으면 좋겠다고 생각했었다. 아는 사람들은 준비해 와서 이용하였다. 여기에서는 특실이라 그런지 슬리퍼가 제공되었다. 따뜻한 물도 칸마다 준비되어 있었다. 내가 탄 칸에는 이층침대 두 개가 있는데 나는 이 층을 사용하였다. 낮에는 일 층에 앉아 있던지 밖을 보며 앞으로 일을 생각하였다. 러시아와 비슷한 구조였다. 반대편 이 층에 아주머니가 타시고 아저씨 두 분과 내가 만 하루 반을 같이 가게 되었다. 만 하루 반 이웃인 셈이었다. 번역기가 있어 웬만한 회화는 가능하였다. 서로 존중하고 배려해면 내가 편하다. 인상은 험해도 대화를 하다 보면 전혀 그렇지 않았다. 그런 경험을 중국에서는 여러 번 하였다. 우리 방 아저씨도 처음엔 항상 인상을 쓰고 있고 웃는 것을 보지는 못하였다. 하지만 먹을 것이 있으면 나눠주는 따뜻한 분이었다. 서로 말을 하면서 더욱 따뜻한 분임을 알게 되었다. 나도 기차에 타기 전 준비한 컵라면이나 삶은 달걀 등을 여기 분들과 다 나눠 먹었다. 먹을 것을 충분히 챙겨 왔었는데 일찍 없어졌다. 부족한 식사는 식당 칸에 가서 음식을 시켜 먹었다. 지금은 경제적으로 여유가 있었다.

우루무치에서 밤 열한 시가 넘어 출발해서 다음날 한낮을 달렸다. 그 다음 날 아침 여섯 시경에 시안에 도착하였다. 기차가 움직이고 얼마 있어 아저씨와 아주머니는 잠드셨다. 코를 심하게 골아 불편했지만 다른 사람들은 익숙한 듯이 개의치 않았다. 나는 번역기 속에 내장되어있는 지도 프로그램으로 시안에 한국 영사관이 있다는 것을 확인했다. 시안의 영사관에 들러 상황을 살펴보고 여의치 않으면 바로 남한 밀입국을 시도해 보기로 했다. 그것도 안 되면 제3국으로 가야만 할 것이다.

풀이 듬성듬성 나 있는 사막이 끝없이 펼쳐졌다. 그 끝자락에 모나지 않은 거대한 산이 사막의 끝임을 나타내고 있었다. 산 위가 흰 것으로 보아 만년설이 있다고 생각했다. 이런 풍경을 계속 뒤로 밀며 열차는 앞으로 나갔다. 빗줄기가 조금 있더니 그쳤지만, 회색빛 하늘을 벗어나지는 못하고 있었다.

상하이에는 각국의 스파이들이 자국의 이익을 위해 선악이 무의미한 물밑 전쟁을 하고 있었다. 끝이 없는 보이지 않는 전쟁을 매일 하고 있었다.

상하이에 나와 있던 북한 정보요원들은 중국 주요기관 컴퓨터에 스파이웨어를 심어 놓고 있었다. 대부분 주요기관을 감시 대상으로 하고 있었다.

중국의 철도청에도 이미 북한 기술정찰국 소속 해커들이 스파이웨어를 심어 놓았었다. 평소엔 작동하지 않다가 특별한 조건의 명령을 충족하면 스스로 작동하는 프로그램이었다. 이상이 감지되면 북한 요원에게 경보를 발하도록 프로그램이 깔렸다. 상하이에는 합법을 가장한 북한 컴퓨터 전문 요원들이 삼천 명 정도가 나와 있었다. 그들의 소속기관도 다양하여 서로 어느 소속인지 모르게 위장하였다. 또 서로를 감시하였다. 수시로 평양을 오가며 활동하였고 필요한 주요 정보가 있으면 현장 요원에게 즉시 전달되었다. 현장 요원은 제공된 정보와 상부의 지시에 따라 행동하도록 제도화되어 있었다.

한국이름 '이승기'가 우루무치에서 열차 표를 끊는 순간 그들 컴퓨터가 긴급을 알리며 깜빡였다. 이들에게 비상이 걸렸다.

평양의 정보 관련 기관에서는 이승기가 중국에서 '조철승'으로 위장하여 여권과 신분증을 사용한다는 것을 삼 년 전에 파악하고 있었다. 그를 제거하라는 평양에서의 명령에 따라 두 명의 암살조가 행동에 들어갔지만 두 명 다 사망하였었다. 삼 년 전에 '이승기' 와 '조철승'에 대한 감시 명단이 해외 각 지부에 전달되었다. 중국에도 긴급 제거 인물로 입력되어 있었다. 햇수로 사 년 전이었다.

시간은 빨리 지나갔고 상황은 항상 변하였다. 일 년 전에 북한 최고 지도자가 사망하고 새로운 지도자가 통치하였다. 새로운 지도자의 등장과 함께 이 사건은 자연스럽게 묻혀졌다. 전임 통치자는 평양의 국가안전보위부장에게 억류되었던 이승기를 데려오라고 하였었다. 이승기는 북한을 탈출하였고 질책을 받을 것을 우려한 국가안전보위부장은 사망했다고 거짓 보고 하였다. 그때부터 사건이 복잡해진 것이었다. 새로운 통치자는 이승기의 존재를 알지 못하였다. 굳이 보고 할 필요도 없었다. 그렇게 잊힌 사건이 된 것이었다.

그런데 상하이에서 '이승기' 이자가 중국 열차를 이용하려 하여 노출되었다고 보고된 것이었다. '조철승'이라는 이름은 흔한 이름일 수 있었다. 3년 전 입력된 이름이 아닐 것이 거의 확실하였다. 하지만 혹시 확인은 해야 할 이름이었다.

국가보위부장은 보고를 받고 떨떠름하였다. 3년 전만큼 다급하지도 않았다. 최고 지도자의 재촉이 없어진 것이었다. 그래도 제거되는 것이 남한에 가서 헛소리를 못 하게 하는 길이기도 했다. 만약 남한에 가서 모든 사실이 밝혀지게 된다면 남한 정보 책임자들 몇 명은 자리를 떠나야 할 것임도 알고 있었다. 더구나 현재 남한 집권 정부는 북한에 대해 이전 정부보다 적대적이었다. 남북한 대치국면이 지속하고 있었다. 살려서 남한으로 보내면 남한의 대북 요원들을 앉아서 제거하는 효과를 보는 것도 매력은 있었다. 그렇긴 하지만 때에 따라서 자신에게도 불똥이 튈 수도 있었다. 상이 아니면 벌이 앞에 놓인 것이었다. 그래서 미적거리고 있었다. 이러지도 저러지도 못하고 고민하고 있었다. 그가 결심하게 된 것은 새 지도자의 통치 스타일 때문이었다. 새 지도자는 전임 지도자보다 성격이 급하였다. 젊었고 부하의 잘못에 대해 과도한 책임을 물어 숙청되는 것이 많았다. 이 시기에는 상을 받는 것보다 벌을 피하는 것이 최선이었다.
그자가 누구인지 확인하기 위해 상하이 현장 요원들은 시안으로 급파되었다.

상하이는 스파이 천국이었다. 서로서로 감시하고 정보를 캐내려 세계 스파이들이 모여드는 곳이었다. 한국의 안기부 요원들도 대북 정보와 중국 정보를 획득하기 위해 북한에 비할 정도는 못 되었지만, 정예

화된 요원들이 두 번째로 많이 상주하고 있었다. 북한 요원들이 갑자기 분주해 지면서 남한 요원들도 대응하여 바빠지고 있었다. 북한의 요원들이 평양과의 모종의 심각한 연락이 오가는 것은 파악하고 있었다. 북한의 현장 암살 요원이 시안으로 급파되는 순간 한국의 요원들도 곧이어 시안으로 비상 출동하였다.

상하이에 있던 한국 국정원의 이번 사안의 책임자는 '국진서 과장'이었다. 그는 성격이 급하면서 옳고 그른 것이 분명하였다. 애국심은 누구보다도 강하였다. 개인보다 국가가 우선인 사람이었다. 좋아하는 사람과 싫어하는 사람을 명확히 구분하는 사람이었다. 그래서 상관들과 때론 동료들과도 마찰이 잦곤 했다. 그는 옳다고 생각되는 것은 해야 했고 국가를 위하는 일이라면 물불을 가리지 않는 사람이었다. 옳지 않은 명령에 대해서는 대놓고 거부 의사를 표현하였다. 그것이 그의 진급을 느리게 하였다. 그를 따르는 사람이 적었으나 아주 친밀한 사람만이 그 곁에 있었고 매우 싫어하는 사람도 많았다. 그래도 일 처리는 완벽하게 끝내는 사람이었다.

이때 블라디보스토크의 최진국 부영사는 진급하여 국내 안전기획부 본부 대북 정보 분야 부장으로 들어와 있었다. 그는 러시아와 중국에서의 오랜 경험으로 대북 첩보를 취합하여 정보를 만들고 가공하는 대북한 전문 요원으로 입지를 굳히고 있었다. 진급도 빠른 편으로 국진서 과장보다 후배였지만 그의 직속상관으로 있었다.

상하이에 있던 한국의 현장요원들은 시안으로 북한에 맞대응하여 급파 되었다. 컴퓨터 전문 요원들과 사무 요원들이 정보 수색작업에 착수하였다. 한국의 해킹 실력도 북한 못지않았다. 북한과 비교하면 컴퓨터 요원의 숫자가 빈약하였으나 하나씩 보면 세계 최고의 실력을 갖추고 있었다. 이들은 북한의 컴퓨터와 중국 철도청 컴퓨터 사이에 정보가 오간 것을 포착하였고 이름을 찾았다.

"조철승. 조선족. 89년생. 남."

즉시 중국 옌볜 자치주에 있던 요원에게 명령이 하달되었다. 신원 검증절차에 들어갔고 속속 정보들이 국 과장에게 올라오고 있었다. 이해되지 않는 것들이 하나둘씩 나타나기 시작하였다.

조철승은 이년 전 조선족에 입양된 사람이었다. 그것도 자식이 있는 조선족 사람이 다 큰 성인을 입양했다는 것은 위조의 냄새가 났다. 더구나 그를 입양한 사실을 마을 사람들도 잘 모른다는 것이었다. 북한 국경에서 가까운 곳이었다. 조철승은 중국을 나간 기록은 없다. 그런 자가 중국 여권을 이용해 러시아 시베리아 횡단 열차를 탔다는 사실이 드러났다. 보통이라면 상상하기 힘든 상황이었다. 국 과장은 러시아 블라디보스토크의 부영사관에게 직접 전화하여 조철승을 조사하는 것에 협조를 구했다.

몇 시간이 지나지 않아 영사관에서 연락이 왔다. 중국인 조철승은 남한 이승기의 위장 여권이라는 흔적을 발견하였다고 연락을 주었다. 영사관에서는 이승기의 임시 통행증을 발부한 사실이 추가로 확인되었다. 국 과장은 그 당시 화이트 요원으로 있던 최진국 부장에게 전화하였다.

"최 부장 잘 있나?"

최진국 부장은 상관이었지만 국 과장의 후배였다. 사석에서는 반말하고 공석에서는 부장님이라 호칭하였다.

"상하이는 바쁘다면서요?"

"그렇지 뭐. 최 부장! 러시아 블라디보스토크에 있을 때 '조철승'이라고 들어봤어?"

최진국 부장의 인상이 찌푸려졌다.

"잘 기억이 나지 않는데요."

"잘 생각해봐. 그자 임시 통행증을 발급해 줬더구먼."

"임시 통행증이야 수시로 발급하는 일이라서…… 잘 기억이 안 나는데요."

"중국 조선족 조철승인데 한국 이승기로 임시 통행증을 발급해 주었더라고, 그게 흔한 일은 아닐 것 같은데"

그래도 안다고 할 수는 없었다. 더욱이 북한 정보원에게 넘겼다는 사실이 밝혀지면 바로 옷 벗는 것이 문제가 아니었다. 다른 사람까지 줄줄이 감옥으로 출근해야 할 상황이 올 것이었다.

"기억이 없어요."

너무나 완강히 거부하자 국 과장은 수화기를 놓았다. 그는 경험 많고 실력 있는 최정예 요원이었다. 최 부장과 대화하면서 숨어있는 진실 정도는 잡을 수 있는 사람이었다. 중국 사람을 남한 사람이라고 하고 임시 통행증을 발급해 준 것도 이상하였다. 임시 통행증을 수시로 발급하지는 않았다. 더구나 그것을 부인하는 것이 무엇인가, 숨기고 싶은 것이 있다는 것을 금방 알아챘다. 그것은 드러난 자체만 보더라도 범죄행위였다. 국 과장은 한국의 이승기에 대해서도 알아보도록 하였다.

"과장님! 이상한데요?"

이승기 정보를 캐던 요원이 흥분하여 과장을 불렀다.

"뭐가?"

"이승기 이자는 2008년 금강산 피격 사건 나던 시간에 북한 금강산 관광을 다녀왔다가 실종되었습니다."

"그래?"

"그런데 더 이상한 것은 그가 금강산 갔다 온 뒤로 아무도 본 사람이 없다는 겁니다."

국 과장의 머릿속에서는 모든 정보를 맞추고 있었다.

'이승기가 북한에 납치되었었나? 그래 북한에 납치되었다가 간첩으로 교육을 받고 남파 중 변절을 한 것이지. 조선족 '조철승'으로 신분 세탁을 해서 위장을 한 거다. 그런데 러시아는 왜 갔지? 최진국이 이승기 임시 통행증을 발급해 주었다는 것은 그가 남한의 이승기임을 알았다는 것인데 왜 그를 남한으로 보내지 않고 시베리아횡단 열차를 태웠지?'

국 과장은 평소 친분이 있는 상하이 러시아 비밀 요원과 접촉하여 '조철승'에 대한 정보를 러시아가 가졌는지 알아보게 하였다.

러시아 본국에서 온 놀라운 정보를 그대로 주었다.

'조철승, 러시아 지하철 폭탄 테러 당시에 그가 현장에 있었으며 러시아 경비원 둘을 돌로 던져 기절시키고 북한 암살 요원을 젓가락으로 살해함. 현장에서 체첸 반군과 합류. 체첸 반군 속에서 테러 현장에 사진에 찍히기도 했지만, 살인은 피하려고 애쓰는 흔적이 보임. 1년 후 사라졌다가 제3국으로 이동한 것으로 보임. 특기, 젓가락과 칼 던지기로 매우 빠른 치명적 기술을 보유함.'

그런 기술을 보유할 정도라면 간첩 교육을 받고 변절한 것이 틀림없었다. 블라디보스토크에는 자수하러 간 것으로 되어야 맞는 말인데 영사관에서 그를 내보냈다는 것부터는 연결되지 않았다.

'21세기에 총도 아니고 젓가락이라? 북한놈들 답구만.'

국 과장은 시안의 현장요원들에게 중국 이름 '조철승', 한국 이름 '이승기'와 조심스럽게 접촉하라고 지시하였다. 북한에 납치되었다가 남한에 귀순하려는 남파된 간첩일 수 있다는 비밀 지령을 내렸다. 북한의 동태를 밀착 감시하라고 하였다. 남한의 정보 요원들은 '조철승'이나 '이승기' 관련 북한의 통화 내용을 특별히 우선 도청하였다.

내가 탄 기차는 시안에 아침 일찍 도착하였다. 우리 칸 사람들과 서로 아쉬움의 인사를 나누고 기차에서 내렸다. 찬 기운이 얼굴에 상쾌한 기분을 만들어 정신이 들게 하였다. 탑승 때와는 다르게 내리는 것에 대한 검색은 없었다. 사람들 틈 속에서 사람들 흐름에 따라 이동하고 있었다.

북한 요원들은 실전경험이 부족한 초보들과 베테랑을 묶어 두 개 조로 내보냈다. 평양에서도 매우 소극적이었고 미적거리다가 내린 명령이었다. 위급한 사항이라면 보고된 즉시 대처 명령이 내려왔어야 했다.

서류상으로 즉시 제거될 대상임에도 즉시 제거하라는 명령은 아니었다. 그러나 현장 담당자는 일단 제거 명령을 받았고 실패하면 그 책임을 면하기 어려웠다. 고민하던 상하이 현장 책임자는 확인되면 제거하라는 지시를 내렸다.

기차에서 내린 사람들의 물결이 한쪽으로 흐르고 있었다. 네 명의 사람들이 사람들의 흐름과는 방향과 반대로 서 있었다. 승객의 흐름과는 반대로 서서 승객 하나하나를 관찰하고 있었다. 그중에 할아버지나 할머니는 거들떠보지 않고 젊은 남자를 집중해서 살펴보고 있었다. 마치 내가 기관에서 나왔다고 자랑하는 듯이 보였다. 나는 얼른 모자를 더 눌러 쓰고 얼굴을 숙였다. 사람들 속으로, 키 큰 위구르인 뒤로 숨어가며 그들을 피해 나갔다. 그들이 어디 있는지 보이기 때문에 안 보이는 내가 보이는 그들을 피하는 것은 아무것도 아니었다. 하지만 나를 쫓는 사람들이 붙었다는 것 자체가 스트레스를 쌓이게 하였다. 개찰구를 막 빠져나오려는 데 또 다른 네 명의 요원과 맞닥뜨렸다. 나도 그들을 알아보았고 그들도 나를 알아보았다. 서로 눈을 마주치며 짧지만 잠시 멈춰 섰다. 앞에서는 일차로 수색하고 이차로 다시 수색하는 조가 또 있었다. 세상에 만만한 것은 없었다.

'아! 어떻게 하지?'

개찰구를 나오자마자 기차표를 끊는 곳으로 갔다. 그들이 내게로 다가오는 것이 보였다. 시안의 기차표는 한국처럼 역사 내에서 파는 것이 아니고 건물 밖에 표 파는 곳이 별도로 있었다. 표를 사기 위해 많은 줄이 서 있었다. 나는 줄의 맨 앞으로 갔다. 앞에 서 있던 아저씨는 내가 새치기를 하려는 줄 알고 소리를 지르며 인상을 썼다. 표를 끊는 것은 포기해야 했다. 그들의 발걸음이 빨라지고 있었다.

역 대기실로 다시 들어왔다. 그들 네 명도 따라 들어왔다. 틀림없이 나를 잡으려 하는 자들이었다. 역무원의 귀에다가 이렇게 속삭였다.

"저기 네 명이 주머니에 총을 가지고 있어요."

내가 대기실을 빠져나가자 그들도 따라 나가려 하였다. 그 순간 자동소총을 든 특수 무장 공안들 여섯 명이 나타나 그들을 에워싸고 압송하였다. 나는 한 참을 돌아서 다시 객실을 빠져나갔다. 마음을 놓은 것은 잠시였다. 밖으로 나가려는 순간 공안에게 체포되었던 자들이 다시 나타났다. 그 새 풀려난 모양이었다. 고개를 돌리고 그들과 먼 거리를 돌아나갔다.

길가에 화분이 있는 조형물이 보였다. 뒤로 돌아가 납작 엎드렸다. 풀인지 꽃인지는 모르지만 겨우 나를 숨기고 있었다. 오랫동안 꼼짝도 않고 있었다. 나를 찾아 돌아다니는 그들의 모습이 보였다. 여덟 명이었다. 그들이 떠나는 순간 천천히 일어나 앞을 털고 나왔다. 모자를 눌러쓰고 자연스러운 여행객 차림으로 보이도록 하였다.

길가에 철물을 파는 몰(상점)이 보였다.

'하늘이 무너져도 솟아날 구멍은 있다.'

반가운 상점 안으로 들어갔다. 던지기에 적합하고 칼집이 있는 칼을 집었다. 다리에 차기 좋은 것으로 여섯 자루를 사서 장딴지에 차보았다. 칼을 들어보고 손 위에서 살며시 던졌다가 잡아보면서 적당한 칼을 고르고 있었다. 주인인 듯한 아저씨가 다가왔다.

"혹시 무술을 하는 사람입니까?"

내가 못 알아들으니

"쿵후?"

웃으며 아니라고 하는데도 주인은 나를 구석으로 데려갔다. 그러더니 표창과 수리검을 보여주었다. 세 개의 칼날이 붙어있는 표창과 네 개나 다섯 개의 날이 붙어 있는 표창을 보여 주었다. 검도 일반 등산용이 아닌 수리검이라고 던지기용 검이 있었다. 전에 체첸 부대장이 선물로 준 것과 비슷한 검이었다. 상점의 구석에 있는 커튼을 걷고 나를 안내하였다. 나무판이 설치되어있는 공간이 있었다. 주인은 내게 표창을 던져 보라고 하였다. 한 번도 던져 보지 않았다고 해도 막무가내로 던져 보게 하였다. 내 앞에서 주인은 먼저 표창을 던져 보였다. 나무판에 경쾌한 소리를 내며 박혔다. 그가 하라는 대로 처음 던져보는 것이었지만 표창이 생각외로 잘 맞고 편했다. 내가 여러 개의 검을 고르는 것을 보고 무술 수련자로 알았던 것 같다. 더구나 칼이나 표창이 꽂히는 것을 보고 엄지를 치켜세웠다. 그도 쿵후를 수련하고 있다고 하였다. 같은 무술을 수련한다는 것으로도 동질감을 느끼는 듯했다.

다섯 개 날이 있는 표창 스무 개를 샀다. 수리검도 다리에 세 개씩 차고 허리에 다섯 개를 찼다. 젓가락도 여기 와서 보니 표창용으로 만들어진 젓가락도 있었다. 그것도 열 개를 사서 허리에 찼다. 꽤 무겁고 드러날 수 있어서 다리에 여섯 자루 수리검과 허리에 젓가락 열 개만 찼다. 나머지 검과 젓가락은 배낭에 넣어 두었다. 손만 넣으면 잡을 수 있도록 깊이 넣지는 않았다. 안심되었다. 시골의 들이나 산이라면 던질만한 돌이라도 있을 텐데 도시에서는 지니고 있지 않으면 던질

만한 무기가 없었다. 충분한 무기가 확보되었다. 부자가 된 듯한 뿌듯한 마음이었다.

시내에서 만두로 아침 겸 점심을 해결하고 방을 잡았다. 내국인용 호텔을 잡았다. 방에 틀어박혀 숫돌에 칼을 갈았다. 날카로운 칼을 칼집에 차곡차곡 넣었다. 표창이 마음에 들었다. 세게 던지면 2~3㎝ 정도 박힐 수 있었다. 급소만 피해 가면 치명적이지 않으면서도 적을 무력화시킬 수 있는 무기였다. 표창의 칼날도 날카롭게 전부 갈았다. 표창이 손에 익지 않아 집을 때 내 손을 베일 수 있었다. 그것만 조심하면 나머지는 대만족이었다. 표창용 젓가락은 너무 길었다. 뭉툭한 곳을 잘라내어 길이를 줄이고 손에 맞도록 해서 숫돌로 다듬었다.

'누가 나를 쫓고 있지? 누굴까?'

내일은 영사관에 가서 상황을 살펴보아야 하겠다고 생각하며 일찍 잠들었다.

호텔에서는 당국의 긴급 지시를 받고 있었다. '조철승'과 '이승기'에 대한 수배령이 컴퓨터를 통해 각 호텔에 전달되어있었다. 나는 중국의 인터넷 기반시설을 너무 무시하였다. 수배가 그렇게 빨리 전파될 것은 생각지도 못했다.

새벽 다섯 시쯤 되었을 때였다. 어수선한 잠자리 때문에 잠이 깼었다. 밖에 소란한 소리가 들렸다. 중국 공안들의 조심스러운 발걸음 소리 여러 개가 들려왔다. 일찍 잠들었기에 깰 수 있었다. 만약 늦게 잤더라면 아직도 자고 있을 터였다. 도어 뷰어를 통해 복도를 살펴보니 내 방 앞과 복도에 중국 공안들이 꽉 들어찼다. 자동소총과 헬멧을 쓴 것을 보니 특수부대 요원들 정도로 보였다. 짐을 챙기고 무기와 복장을 차렸다.

'내가 테러리스트인가?'

조금 있으면 방으로 밀고 들어오려는 듯했다. 하지만 들어오지 않고 자리만 지키고 대기하고 있었다. 누군가를 기다리거나 명령을 기다리고 있었다.

창문을 열어 보았다. 내국인용 호텔은 외국인 전용 호텔보다는 소규모로 우리나라 모텔 정도였다. 내가 묵고 있는 곳은 4층이었다. 창문 밖엔 사람 몸 하나 지지할 만한 곳이 없었다. 가스 배관 하나 없었다. 얼른 배낭 안의 등산용 줄을 꺼내 침대 다리에 묶었다. 그리고는 바로 창문 밖으로 던졌다. 건물 뒤편으로 줄을 타고 밖으로 빠져나왔다. 이 정도의 줄타기는 체첸과 조지아에서 수도 없이 해 보았던 거였다. 거의 다 빠져나왔을 때였다. 호텔 쪽에서 크게 외치는 소리가 들렸다. 나를 보고 소리치는 것이었다.

"서라! 서라!"

분명히 한국말이었다. 하지만 이것은 북한사람일 것이란 생각이 들었다. 억양에서 미묘한 차이가 났다. 이제 나를 쫓는 자들이 확인되었다. 한 명을 잡아 도대체 누가 왜 나를 잡으려 하는지 물어보고 싶었다. 답답한 일이었다.

두 명이 총을 내게 겨누고 있었다. 배낭을 뒤에 메고 있었다. 뒤고 넘어지며 표창을 날렸다. 배낭이 뒤로 자빠지는 나를 안전하게 보호하였다. 중국 공안은 검은 제복을 입고 자동 소총을 들고 있었다. 방탄조끼까지 입고 있었다. 그런데 이들은 양복을 입고 있었다. 두 가슴을 향해 밑에서 한 개 위에서 아래로 각각 한 개씩 던졌다. 순간 그들도 내게 권총을 쏘았다. 총알이 내 얼굴을 지나가며 소리와 바람을 일으켰다. 옆으로 한 바퀴 구르며 다시 한 발씩 던졌다. 호텔 입구로 떼를 지어 우르르 나오는 것이 보였다. 입구를 향해 표창 두 개를 던졌다. 앞에서 나오던 사람 둘이 맞았다. 아마도 중국 공안 같았다. 그들은 더는 나오지 않고 총을 쏘기 시작했다. 무조건 뛰어 골목으로 들어갔다. 바로 직접 보이지 않는 곳으로 꺾어서 들어갔다. 뒤에서 구두 발자국들의 뛰는 소리가 가까이 다가왔다. 큰길을 건넜다. 그곳도 몸 숨길 데가 없었다. 검은 그림자들이 나를 향해 길 건너로 총을 쏘았다. 화단 뒤로 엎드려 몸을 감췄다. 총알이 화단 흙을 튀겼다. 눈동자를 굴리며 살펴보았다. 땅바닥에서 무슨 소리가 들리는듯했다. 소리가 나는 곳을 살펴보니 맨홀에서 나는 것 같았다. 기어서 다가갔다. 맨홀이 틀림없었다. 순간 구급차가 사이렌을 울리며 다가오고 있었다. 나와 공안들 사이를 구급차가 지나가는 그 틈을 타서 맨홀 뚜껑을 열었다. 몸을 던지듯이 머리부터 거꾸로 들어갔다. 몸이 맨홀 안으로 떨어지며 들어갔다. 들어가는 순간 고정 사다리를 손으로 잡고 백 팔십도 회전하며 몸을 바로 세웠다. 뚜껑을 천천히 닫았다. 박혀있는 철제 고정 사다리에 붙어있는 철사로 맨홀 뚜껑을 안에서 묶어 잠갔다. 맨홀 밑으로 내려가자 조용하고 컴컴한 분위기였다. 바닥에 닿았는데 캄캄하여 아무 것도 보이지 않았다. 조금 있으니 무슨 형체가 약간 보이는 듯했다. 안쪽에서 누구냐는 소리가 들렸다. 사람들이었다. 사람들이 살고 있었다. 나를 적대시하며 나가라고 하였다. 그들은 밖에서 총소리를 듣고 있었다. 이제 그게 나로 인한 것임을 알고 있었다. 잠시만 지나가게 해 달라고 사정하였다. 그들이 전깃불을 켰다. 눈이 부셨다. 열 명 정도의 사람들이 보였다.

하수도는 커서 사람이 걸어 다닐 정도였고 냄새도 거의 없었다. 어디서 전기도 끌어와 사용하고 있었다. 토굴보다는 발전된 주거지로 보였다. 아저씨 두 명 중 한 명이 당장 나가라고 하였다. 나는 그럴 수 없다고 했다. 아직도 밖에서는 총소리가 들려왔다. 부탁이니 잠시만 지나가게 해 달라고 했다. 이 아저씨는 기어이 오른 주먹을 내 얼굴을 향해 던졌다. 그 정도는 아무것도 아니었다. 왼쪽 옆으로 피하면서 나온 팔을 잡아당겼다. 발로 오른 정강이를 차면서 동시에 오른 주먹으로 턱을 강타하였다. 잡았던 팔을 놓으면서 멱살을 잡아 뒤로 밀었다. 뒤로 나가떨어졌다. 더는 누구도 말하지 않았다. 내 눈치만 살피고 있었다. 그저 지나가겠다고 강조하였다. 마지못해 그러라고 하면서 공안이 곧 닥칠 것이라고 하였다.

그들은 하수도관을 합판으로 막고 방으로 쓰고 있었다. 촛불이 있는 것으로 보아 전기를 원활하게 쓰지 못하는 것 같았다. 합판을 조금 밀자 컴컴한 하수관이 계속되었다. 이곳을 따라가면 다른 사람들이 살고 있다고 했다. 내가 걱정하는 것은 맨홀 뚜껑을 여는 것이었다. 곧 날이 밝을 것이었다. 호텔에서 가까운 맨홀을 열고 수색하는 것은 시간 문제였다. 은근히 걱정하고 있었다.

한 아저씨가 나보고 자기를 따라오라고 하였다. 날이 밝아오기 직전에 이들은 일하러 나간다고 하였다. 이곳에서 멀리 떨어진 곳으로 가르쳐 주겠다고 하였다. 어서 이곳을 벗어나는 최선이었다. 그를 따라 나섰다. 그는 아무것도 묻지 않았다. 이십 여분을 어딘지도 모르게 따라갔다. 혼자 왔더라면 길을 잃을 뻔하였다. 그는 일터로 나간다며 내게 벗어나는 길을 알려 주었다. 그가 떠난 뒤로 달렸다. 그가 일러준 대로 계속 가다가 보니 물이 흐르는 곳이 나왔다. 가까운 맨홀을 열고 나가면 이곳보다 많이 벗어나 있을 것이라고 했다. 플래시 하나를 들고 그가 일러준 방향으로 계속 달렸다. 이곳은 악취가 심해 있을 수가 없을 정도였다. 사람 구경을 하기 힘든 이유가 있었다. 맨홀 찾기도 어려웠다. 맨홀 뚜껑이 녹이 슬어 열리지도 않았다. 세 개 만에 겨우 찾아 열고 올라갔다. 낯선 곳에서 조금 지나자 강이 보이는 것으로 현재 위치를 알 수 있었다. 다시 맨홀 아래로 내려와 은신처를 마련했다. 냄새 나는 곳이지만 그래서 더욱 사람들과 마주치기 힘들 것이었다. 물기가 닿지 않는, 사람 하나 겨우 들어갈 틈에 침낭을 폈다. 호텔은 갈 수가 없었고 나를 공격한 이들이 누군지 알 필요가 있었다. 그들은 북한 사람임이 틀림없었다. 그러나 한국 정부 요원이라면 한국 영사관 가보는 것을 다시 생각해 보아야 했다. 지금은 그들이 누구이고 왜 나를 쫓는 것인지 알아야 했다. 맨홀 은신처에서 간편한 복장으로 차려입었다. 위험 부담이 컸지만 무슨 일이 일어나고 있는지 알아야 대처를 할 수 있었다. 젓가락과 표창을 허리에 찼다. 표창은 허리띠 부근에 차면 허리띠로 인해 드러나 보이지 않았다. 장딴지에도 수리검을 찼다. 그리고는 묵었던 호텔로 다시 갔다. 누군가는 남아서 뒷조사를 할 것으로 생각했다. 가는 길에 길거리에서 파는 꼬치와 만두를 들고 가며 먹고 콩 국물 같이 생긴 것으로 걸으며 요기를 했다. 숨어서 호텔을 관찰하였다. 아직 중국 공안의 조사는 계속되고 있었다. 사복 입은 요원도 활동하고 있었다. 호텔 입구에서는 아직도 중국 공안 서너 명이 호텔 입구에서 이야기하고 있었다. 양복 입은 자만 찾아보았다. 혹시 남한 요원이면 한국 영사관은 가볼 필요가 없을 것이었다. 호텔 주위를 배회하며 골목길을 막 돌아서는 순간 사복 차림의 두 명과 마주쳤다. 그들은 나를 보자마자 오른손이 그의 양복 왼쪽 안주머니 부분으로 들어갔다. 이들은 한결같이 총을 거기에 꽂고 있었다. 동시에 나도 젓가락으로 손이 갔다. 첫 번째 사람은 젓가락을 그의 손목 바로 윗부분 팔에 꽂았다. 두 번째 사람은 이미 권총을 들고 내게 겨누려는 순간 오른팔 윗부분 알통에 젓가락이 박혔다. 손목과 팔꿈치 사이의 뼈는 두 개로 되어 있었다. 첫째 사람은 젓가락이 그 뼈를 관통하여 가슴까지 박혔다. 두 번째 사람이 총을 떨어뜨리는 순간 왼쪽 팔에도 젓가락을 꽂았다. 가까이 다가가자 두 명 다 팔이 무력화되었음에도 발로 나를 공격하였다. 그들의 발차기만으로도 상당한 수준임을 알 수 있었다. 적에게 피해를 덜 주며 제압하고 싶었지만 나는 시간이 없었다. 할 수 없이 근거리에서 그들의 정강이와 허벅지에 표창 하나씩 꽂았다. 잘 못 던져 나도 왼손을 베었다. 아픈 것도 느껴지지 않았다. 절뚝거리는 자의 얼굴을 발로 차서 제압하고 총을 빼 던졌다. 다른 한 명은 한 발로 지지하고 있었는데 내 발에 의해 쓰러져야 했다. 가까이 가자 반항을 하려 하여 주먹으로 턱을 쳤다. 떨어진 권총으로 머리를 내리쳐 기절시켰다. 다른 한 명에게 총을 목에 대고 누군지, 왜 나를 쫓는지 물었지만 묵묵부답이었다. 가슴 안주머니를 뒤져 북한 여권을 찾았다.

"북한에서 왔어요?"

여전히 대답이 없었다. 나는 바로 젓가락을 그의 허벅지에 꽂았다.

"소속이 어디입니까?"

또 대답이 없었다. 다시 다른 젓가락을 다른 편 허벅지에 꽂았다. 끙 소리 하나로 참는 것이 훈련된 자임은 나타내고 있었다.

"소속이 어디입니까?"

"국가안전보위부 5국 소속이다."

나는 북한 조직도 전혀 모르지만 아마도 우리나라 안기부 정도의 역할을 하리라 생각했다.

"왜 나를 쫓아오지?"

"우리는 아무것도 모른다. 명령에 따라 움직이는 것뿐이다."

"무슨 명령을 받았나?"

"확인하고 제거하라."

"왜? 왜?"

그들이 모른다는 말은 사실일 것이었다.

"누가 책임자인가?"

역시 대답이 없었다.

"정보부 요원끼리는 다 아는 비밀도 아닌 일을 숨기면 모르나? 책임자는? 나를 쫓는 책임자는?"

그의 목을 젓가락으로 살짝 찔러 피를 내었다.

"박종주 과장……"

"어딨나?"

"모른다. 아마 상하이에 있을 것이다."

내가 중국 여권을 사용한 것이 감지되어 확인하고 제거하라는 명령만 받았다고 했다. 왜 그러는지는 자신들도 모른다고 했다. 그 말이 맞을 것으로 생각했다. 더 물어보고 싶었지만 지금 사람들이 많이 오고 가는 골목 안이었다. 너무 한 곳에만 정신이 팔려있어 상황을 판단하지 못하였다. 중국 공안들이 뛰어오는 것이 보였다. 벌떡 일어나서 달아났다. 꺾인 골목이 있으면 무조건 그곳으로 뛰어 총을 조금이라도 피했다. 총알이 내 주위에 쏟아졌고 어떤 총알은 담을 파서 시멘트 부스러기를 날렸다. 막다른 골목에서는 집의 담장을 넘어들어갔다가 나와 길이 나오면 다시 뛰어갔다. 배낭도 없이 뛰는 나를 잡을 만한 사람은 드물 것이었다. 자신도 있었고 훈련도 되어 있었다. 공안을 따돌리는 것은 쉬운 일이었다.

다시 맨홀 속으로 들어왔다.

'상하이를 가야 할 것인가? 박종주 이 자식을……'

이를 갈았다. 뭘 잘못했다고 그러는지, 보이기만 하면 절대로 용서하지 않겠다고 생각했다. 일단 그들이 북한 요원임이 밝혀진 이상 한국 영사관을 찾아가 봐야겠다고 생각했다. 남한에서는 어떻게 생각하는지 알아야 했다. 만약 한국 정부도 나를 제거하려 한다면 그때는 철저히 복수해 주겠다고 생각했다. 국민을 보호하지 않는 정부라면 없느니만도 못한 기관이고 그 구성원이야말로 제거 대상이 되어야 할 것이었다. 하지만 그렇지는 않을 것이란 희망이 있었다. 민주주의 국가에서 그런 일은 상상할 수 없는 일이었다. 아마도 착오가 있었을 것으로 생각했다. 그 착오를 내가 벗겨야 할 것으로 힘이 드는 것으로 생각했다. 나는 배낭에서 침낭을 꺼내어 펴었다. 침낭 위에 누웠다. 이럴 때일수록 침착한 마음이 필요했다. 명상하면서 잠시 긴장을 늦추고 태연한 척하였지만, 밖의 작은 소리에 집중하고 있었다. 시간이 지나면서 나의 심장 소리에 집중하고 있었다.

맨홀 안은 아늑할 것 같지만, 사실은 그렇지 않았다. 지상의 도시에 집이 없는 사람들이 찾아든 곳이었다. 집이 있으면 굳이 땅속으로 기어들어 올 이유가 없을 사람들이었다. 땅속이 겨울엔 따뜻하다고 하는데 상대적으로 바깥보다 따뜻하다는 것이지 정말 사람이 살 정도로 따뜻한 것은 아니었다. 겨울에는 무척 추운 곳이란 걸 경험으로 알고 있었다. 시 외 지역이었다면 땅굴을 파고 살았을 사람들이 도심에서는 지하도를 찾아든 것이었다. 여기의 사람들은 대부분 직업이 있는 것으로 보아 노숙자와는 다른 신분이었다. 가난하지만 열심히 살려는 사람들이 대부분 이었다. 악취가 나지 않고 기거할 만한 곳에는 이미 누군가가 터를 잡고 있었다. 연결되는 지하도에는 띄엄띄엄 자기 집을 구축하고 살아가고 있었다. 아직 비가 오지 않았지만, 비가 오면 아마도 지상으로 떠나야 할 것이었다. 누군가 살다가 남긴 자리를 청소하여 당분간 기거할 은신처를 마련하였다. 외진 곳이라 더욱 좋았다.

서울의 안전기획부 최진국 부장은 은근히 다급해졌다. 사 년이 지난 지금 이승기가 어디서 다시 나타났단 말인가. 러시아에서 북한 요원에게 제거되지 못한 것까지는 알고 있었지만, 국 과장의 전화를 받고 불길한 느낌이 들었다. 시한폭탄이 재가동 된 것이었다.
'못 믿을 북한 놈들.'

최 부장은 상하이의 국 과장 수하에 있으면서 자신을 잘 따르는 두 범철 요원에게 직접 전화를 하였다.

 '중국 명 조철승, 한국명 이승기를 보이는 즉시 제거하고 귀국하지 못하도록 막을 것. 이것은 명령이 아니고 난 지시한 적도 없음.'

 최진국 부장은 국 과장 수하 중에 평소 자신을 잘 따르는 두 명을 자기 사람으로 만들어 놓고 있었다.

 상하이 국 과장은 북한 요원과 중국 공안들이 이승기 숙소를 급습하였으나 실패하였다는 보고를 받았다. 이승기가 호텔 뒤로 창문에 밧줄을 걸고 탈출한 사실과 낮에 북한 정예요원 두 명이 상해를 입어 병원에서 치료를 받았다는 사실까지 들었다. 그는 더욱 확신이 섰다. 남한의 재수생이라면 아무리 뛰어난 체력을 가지고 있더라도 밧줄을 타고 탈출이나 북한의 최정예 요원을 제압할 능력을 지닐 수는 없을 것이었다. 최고의 훈련을 받은 자라는 확신이 들었다. 하지만 아직 맞추어지지 않는 이야기들이 있었다. 부하들에게 밀착 감시뿐만 아니라 접촉을 시도하라고 지시하였다.

 상하이의 박종주 과장은 냉혈이고 매우 비열하고 자기 고집이 강한 자였다. 남의 말은 전혀 듣지 않고 오로지 자기 생각만 옳고, 자신 생각대로 모든 것이 전개된다는 망상을 지닌 자였다. 자신이 알고 있는 지식이 전부인 사람이었다. 그러나 조국에 대한 충성심은 겉으로는 완벽하여 다른 요원들이 수시로 평양으로 압송되어 들어갈 때에도 그는 신임을 받아 계속 중국에 머물러 있었다.

그는 부하 두 명이 당하였다는 보고를 받고 적지 않게 놀랐다. 중국에 나와 있는 현장요원들은 북한에서도 최고 중의 최고 요원들이었다. 그런데 그것도 한 명이 두 명을 제압했다는 사실이 이해되지 않았다. 급히 시안으로 출발하여 병원에 입원하고 있는 부하들의 이야기를 직접 들었다. 젓가락과 표창에 맞아 제거 수술을 받았다는 것을 듣고 한편 어이없으면서도 앞으로도 간단히 처리될 일이 아님을 알았다. 무기는 다 중국 시안에서 구매 가능한 것이었다. 이해되지 않는 것은

'어떻게 권총을 가진 특등 사수 요원들이 제압당할 수 있느냐?'

하는 거였다. 하나 더

'왜 그자가 요원들을 죽일 수 있었는데도 죽이지 않았는가?'

하는 거였다. 그는 시안 보안경찰서를 직접 방문하였다. 이승기가 국제적 테러리스트로 즉시 제거해야 할 잠재적 위험인물이라고 하여 도움을 요청하였다. 중국과는 전통적인 우호 관계인 데다가 최근 중국 내에서도 테러에 위험이 증가하고 있었다. 북한과 중국의 합동 작전이 전개되었다. 중국과 북한과는 미묘한 견해 차이가 있었다. 중국에서는 내국인인지 남한 사람인지 확인되지 않아 현장에서 사살하자는 북한의 주장은 보류되었다. 즉시 체포 하되 위협 요소가 증가하면 사살해도 좋다는 명령을 내렸다. 더구나 그자는 총기나 화약을 사용한 적이 없고 젓가락과 표창만을 사용한 것으로 보아 중국 쿵후 수련자로 보였다. 북한 측에서 요구하는 정도의 반감은 없었다. 신병처리도 중국은 자국에서 처리해야 한다는 의견이었고 북한은 북한을 탈출한 탈북자로서 즉시 북한에 신병이 인도되어야 한다고 하였다. 중국에서는 그자가 남한 이름도 있어 남한 사람이면 나중에 외교 문제로 비화할 것

이 우려되어 선뜻 합의는 되지 않았다. 일단 합동으로 체포하자는데 합의를 보고 있었다.

다음 날 간편한 차림으로 맨홀을 나왔다. 한국 영사관을 답사하려고 택시를 흥정하여 탔다. 영사관 근처를 천천히 돌도록 하였다. 겉보기에 위험요소는 없는 것 같았다. 택시에서 내려 영사관을 들어가려 했다. 어디서 보이지 않던 중국 공안과 군인이 나를 세웠다. 신분증을 요구해서 보여 주었다. 신분증과 얼굴을 번갈아 보더니 같이 가자고 했다. 공안 둘에 군인 한 명이 소총을 든 상태로 검문하고 있었다. 조용히 따라갔다. 공안 차에 태우려 하였다. 공안 한 명을 들이받고 옆의 군인 무릎 뒤를 차면서 총을 빼앗았다. 총으로 옆에 있는 군인의 목을 겨누고 그의 총도 빼앗았다. 세 명을 뒤로 돌아 엎드리게 했다. 오 분 동안 뒤를 돌아보지 말라고 하였다. 보는 즉시 총을 쏘겠다고 하고 총은 쓰레기통에 버렸다. 그리고 서 있던 택시의 뒷문을 열고 탔다. 목소리를 낮추며 출발하자고 하였다. 기사는 돈을 먼저 요구했다. 출발하면 넉넉히 주겠다고 했는데도 조금 가다가 멈춰 섰다. 얼마를 줄 것이냐고 다시 물었다. 일단 출발 먼저 하자고 하여도 그는 돈부터 요구하였다. 머리를 살짝 들어 뒤를 보니 공안과 군인이 쫓아오고 있었다. 주머니에 있는 돈 다 주겠다고 출발하자고 하여도 꿈쩍도 안 했다. 곧 공안과 군인이 들이닥치게 생겼다. 주머니 속 지갑에 손을 넣자 돈다발이 잡혔다. 그것을 보여 주었다. 이미 옆에 공안이 가까이 다가오고 있었다. 그대로 있다가는 잡힐 것이었다. 칼을 그의 목에 대었다. 피가 조금 흘렀다. 그리고 바로 출발하였다. 우선 출발부터 하자고 하여 튀어

나가듯이 출발하였다. 역 정류장으로 가자고 하였다. 뒤에서 멀어지는 공안이 무전을 하는 것이 보였다.

택시가 내려 준 곳은 역이 아니었다. 내가 아는 시안역이 아니었다. 아마도 내가 모르는 역이 아닌가 생각도 되었다. 버스가 막 출발하는 것이 보였다. 일단 버스를 세웠다. 그리고 무조건 탔다. 기사도 어디를 갈 것인지 물어보지도 않았다. 나는 당연하다는 듯이 빈자리에 앉았다. 여기에서는 자주 있는 일이었다. 고속버스도 길에서 태워 주는 것을 보아온 터였다. 이동 중에 버스비를 안내양에게 주면 되었다. 어디로 가는지도 모르는 버스를 타고 갔다. 이때 무조건 두리번거리면 이상한 사람이 된다. 그저 태연하게 마땅히 가는 곳을 가는 것처럼 앉아서 눈을 감았다. 잠시 뒤에 천천히 들려오는 목소리가 한국말도 있고 차림을 보니 관광객들이 많았다. 관광지를 가는 모양이었다.

두 시간이 넘게 달려 내린 곳이 후아산(화산)이었다. 관광객 틈에 섞여 화산을 올랐다. 후아산 입장을 하려는 순간 중국 공안 순찰차가 사이렌을 울리며 도착하였다. 빠른 걸음으로 관광객들과 같이 후아산으로 올랐다. 공안들도 나를 찾아 후아산을 오르고 있었다. 기사가 내가 탄 것부터 내린 것까지 이야기했을 것이었다. 빠른 걸음으로 올랐다. 저 멀리 공안이 오는 것이 보였다. 네 명이었다. 저 정도로 나를 데려 갈 수는 없을 것이었다.

관광객이 찾는 산지고 매우 가팔랐다. 대부분 힘이 들어 천천히 이동하고 있었다. 이들과 같은 속도로 이동하여야 발각되지 않을 것이었다. 이들보다 빠르게 이동하면 눈에 금방 띄게 될 것이었다. 하지만 이렇게 가다가는 곧 잡힐 상황이었다.

'어떻게 하지?'

지게를 지고 물건을 운반하는 아저씨 두 명이 보였다. 한 명은 무거운 짐으로 보였고 한 명은 옆으로 나온 통나무를 지게에 지고 있었다. 나는 통나무 아저씨에게 가서 내가 질 수 있느냐고 물어보았다. 관광객이 지게를 지겠다니 웃으며 할 수 없을 것이라고 하면서 쉴 겸 벗어 주었다. 나는 얼른 지게를 지고 빠르게 올랐다. 이 정도면 이미 조지아에서 몇 달을 수련하던 것이었다. 생각 같아서는 지게 없이 통나무만 메고 가고 싶었지만, 지게에 붙어 있으니 그대로 올라갔다. 아저씨 입장에서는 손해 볼 일이 없을 것이었다. 나머지 한 명과 같이 천천히 올라오라고 하고 내가 힘이 들면 세워놓고 올라가겠다고 했다. 그리고는 점점 이들과 멀어졌다. 속도를 갈수록 빨리 내며 산을 올랐다. 짐을 메고도 일반사람들은 상상할 수 없을 속력으로 올라갔다. 추월하면 관광객들은 항상 짐을 지고 올라다녀 잘 간다고 하는 소리가 들렸다. 산은 계단도 가파르게 만들어 놓았다. 돌을 깎아서 만든 계단으로 보였다. 지게를 짊어지고 올라갈 수 있는데 까지 도달하여 세워 놓았다. 그리고는 계속 앞서 나갔다. 지금 내려가면 공안과 맞닥뜨릴 거였다. 산을 넘어가기로 했다. 산은 바위로만 이루어진 것 같았다. 보통사람들은 두 시간 이상을 올라야 할 것이었다. 나도 거의 한 시간 만에 도착하였다. 멀리서 공안들이 헐떡이며 오는 모습이 보였다. 모자를 벗었다가 썼다 하는 것으로 보아 지쳤다는 것을 알 수 있었다. 다행이었다. 그런데 완전 절벽에 판자를 붙여놓고 길이라고 하는 곳에 다다랐다. 다른 길도 있었던 모양인데 어딘지도 모르고 오다 보니 오게 된 것이었다. 상체에 안전띠를 매고 바위 절벽에 30cm 정도의 판자 길을 쇠줄을 잡아가며 걸었다. 나도 다소 떨려왔다. 처음에는 아주 낮은 절벽에도 덜덜 떨었었다. 절벽에 익숙하면 자신감도 생기고 자신감이 생기면 아무것도 아닌 평지 길처럼 느껴져 묘한 매력이 있었다. 매우 위험해 보이는 낭떠러지이지만 잠시 후 아무렇지도 않게 느껴졌다. 추월하기 힘든 것이 답답했다. 추월할 때에는 안전 고리를 빼고 사람을 추월한 다음에 다시 안전 고리를 걸고 추월을 했다. 힘들게 정상에 다 왔을 때였다. 안개가 껴 보이지 않던 정상에 십여 명의 공안이 총을 내게 겨누고 있었다.

'어디서 나타났지?'

헬리콥터 소리도 들리지 않았다. 분명히 뒤에 처져 있었다. 그리고 숫자도 지금보다 적었다. 더는 피할 곳이 없었다. 절벽 길은 뛰어갈 곳이 아니었다. 몸 하나 가기도 힘든 곳에 숨길 곳은 더욱 없었다.

'이렇게 끝나는가 보다!'

천천히 오르자 오히려 한 명의 공안이 내 손을 잡아 안전하게 오르도록 이끌어 주었다. 나머지 공안은 전부 내게 총을 겨누고 있었다. 다른 한 명이 내 손을 뒤로하여 수갑 채웠다. 조금 가다 보니 케이블카가 있었다. 나 혼자 세상을 향해 싸우기는 버거웠다. 옆에 케이블카를 두고 거의 산악등반 코스를 뛰어서 왔다니 허탈하였다.

내려올 때에는 나와 공안들만 케이블카를 타고 내려왔다. 다행인 것은 내 몸을 수색하지 않는다는 사실이었다. 그들 틈에 앉아 수갑을 찬 채로 산에서 내려왔다. 산 밑의 순찰차에 나를 태우고 이동하였다. 세 대의 순찰차가 우리 차를 호위하였다. 가까운 경찰서 유치장으로 데려갔다. 유치장 안에 나 혼자 있는 것으로 보아 작은 시골 유치장같이 보

였다. 유치장 안으로 들여보내면서 옷을 벗게 하였다. 허리에서 표창을
발견하고는 빼앗았다. 바지를 뒤지다가 젓가락도 압수당하였다. 이번
엔 속옷도 전부 벗게 하였다. 상의를 벗자 바지도 전부 벗으라고 하였
다. 나는 허리띠를 풀고 바지와 속옷을 한꺼번에 내렸다. 바지를 내리
면서 장딴지에 매여 있던 칼도 같이 쓸어내렸다. 나를 앞뒤로 돌아보
게 한 다음 다시 옷을 입으라고 하였다. 바지와 속옷을 한꺼번에 입으
며 양쪽 장딴지에 있던 세 자루씩의 칼을 살짝 걸쳤다. 그런 뒤에 수갑
을 풀어 주었다. 철망 속에 가두었다. 밖에서는 어딘지 전화하는 소리
가 요란하였다. 작은 경찰서 안이 시끄러웠다. 그 자리에 주저앉자 한
명 만 철망 문 앞에 보초를 서고 다들 사무실로 들어갔다. 앉아서 보
초 눈에 드러나지 않게 살살 칼을 장딴지에 다시 고쳐 맸다. 잠시 후에
그들은 국수와 만두를 들여보냈다. 점심을 하려고 온 모양이었다. 지
금까지 시안에 와서 제대로 된 식사를 처음 하는 것 같았다. 심한 운
동을 하고 난 뒤의 식사하는 것처럼 충분히 먹었다. 오히려 마음 편하
게 먹었다. 예전 같으면 앞으로의 일에 대해 걱정하고 있었겠지만, 지
금은 마음속에서부터 평정심을 유지하고 있었다.

'기회는 올 것이다!'

밥을 먹고 잠시 후에 시안으로 이동한다고 하였다. 마지막 기회가 왔
다. 화장실을 가겠다고 하였다. 경비서는 공안 한 명이 화장실 안까지
따라왔다. 그 앞에서 옷까지 벗었으니 부끄러울 것은 없었다. 정말 화
장실이 가고도 싶었다. 공안은 냄새가 싫었는지 화장실 밖에서 문을
잠그고 나를 기다렸다. 화장실 세면대 물을 크게 틀어 놓고 창문으로

다가갔다. 닫힌 유리창에 철망이 처져 있었다. 잠가진 유리창 두 짝을 통째로 들어 올려도 보았지만, 꿈적도 하지 않았다. 다리에서 칼을 꺼내어 칼끝으로 유리를 럭비공 모양으로 그었다. 유리에 칼자국을 내었다. 그리고 칼자국을 따라 손으로 툭툭 건드리자 유리가 럭비공 모양 그대로 떨어져 나왔다. 손을 내밀어 창문을 열었다. 한쪽으로 창문을 밀어붙였다. 다시 겉에는 방충망처럼 철망이 있고 그 밖에 철근이 세로로 여섯 개가 붙어 있었다. 방충망 같은 철망도 칼로 도려내어 쉽게 찢을 수 있었다. 철근은 용접되어있었다. 철근 하나만 제거하면 나갈 수 있을 것 같았다. 화장실 안에서 빗자루를 찾았다. 빗자루를 사이에 끼우고 힘껏 제쳤다. 대걸레 자루에서 대걸레를 분리하고 다시 제쳤더니 철근 밑 부분의 용접부가 떨어졌다. 소리를 죽여 가며 다시 밖으로 밀어내어 철근을 떼어내었다. 두 개의 철근을 떼어 냈다. 어깨가 꼈지만 버둥거리며 겨우 빠져나올 수 있었다. 경찰서 뒤편 화단에 거꾸로 떨어졌다. 경찰서 뒤편으로 해서 큰길로 나갔다. 정문 쪽에는 경광등이 켜진 경찰 차량 여러 대가 서 있었다. 뛰지도 않았다. 차량 이동이 비교적 많은 큰길로 나섰다. 택시든 버스든 지나는 것은 무조건 탈 계획이었다. 그것이 가능하였다. 타고 온 것과 비슷한 버스가 다가왔다. 멀리서부터 손을 들어 탈 의사를 표했다. 고맙게도 올 때처럼 버스는 길에서 주었다. 기사 아저씨는 차비를 달라고 하였다. 당연히 주머니에 있을 줄 알았던 지갑이 없었다. 압수당한 기억이 떠올랐다. 가서 주겠다고 둘러대었지만, 버스에서 내리게 하였다. 한숨을 쉬었다.

지나가는 트럭을 보면 손을 흔들었다. 다행스러운 것은 경찰서에서 상당히 멀리 떨어진 곳에 있었다. 걸어가다가 겨우 트럭 짐칸에 탈 수 있었다. 조경용 나무를 운반하는 트럭이었다. 뿌리 부위를 커다랗게 가마니로 감싸고 나뭇잎 부위는 트럭 밖으로 조금 나와 있었다. 나무 옆에 앉아 있으니 오히려 위장되었다.

지금 무기는 칼 여섯 자루뿐이었다. 무엇인가가 나를 조여 오는 듯한 느낌이었다. 실려진 나무는 소나무인지 향나무인지 구분할 수 없었지만 침엽수였다. 반듯한 나뭇가지를 잘라 젓가락을 만들었다. 적당한 크기로 자르고 끝이 뾰족하게 만들었다. 아쉬운 대로 쓸 만하였다. 네 개를 만들었다. 트럭에서 맞는 바람은 무척 추웠다. 얼굴이 아플 정도였다. 북한에서 트럭 짐칸에 타고 가던 사람들이 떠올랐다. 전부 목도리로 얼굴을 칭칭 감고 다니던 이유가 있었다. 트럭 앞쪽으로 해서 몸을 눕혔다. 바람만 막아도 춥지는 않았다. 트럭을 지나쳐 경찰 차량이 요란한 사이렌 소리를 내며 앞지르고 있었다. 보이지 않을 것을 알면서도 트럭 바닥에 납작 엎드렸다. 어디서 내릴 것인지 어디로 가야 할 것인지 알 수 없었다. 중국 전역에서 공안과 북한 요원들이 찾을 것이었다.
'카자흐스탄에서 살 것을……'
중국으로 넘어온 것이 잠시 후회되었다. 트럭 옆의 가마니를 덮었다. 피곤했던지 잠시 잠에 빠졌다. 버스에서 잠자다가 집에 다 오면 신기하게 눈이 떠 지는 것처럼 시안에 도착할 즈음 눈이 떠졌다. 깊게 잤던 모양이었다. 후아산에서 힘을 많이 쓴 탓일 거로 생각했다. 시안에 다와 가지만 트럭 속력이 갑자기 늦춰졌다. 앞에 사고라도 난 것처럼 보였다. 임시 검문으로 전 차량이 서행하고 있었다. 우리 앞에도 수많은 차가 검문을 받기 위해 기다리고 있었다. 트럭이 거의 서다시피 하였다. 앞을 살폈다. 트럭 뒤로 뛰어내렸다. 주위를 살피며 마을 외곽을 따라 들길로 들어섰다. 조금이라도 깊은 산을 향해 들어갔다. 조금만 더 가면 산속이고 산에만 들어가면 누구도 찾지 못하게 숨을 수 있었다.

뒤에서 호루라기 소리가 들려왔다. 모르는 척하고 걸어갔다. 뒤를 보니 나를 부르는 소리였다. 발각된 것이었다. 순찰차 다섯 대가 나를 향해 오고 있었다. 뛰었다. 순찰차들 뒤에는 승용차 네 대가 따라오고 있었다. 차가 오지 못하는 밭을 가로질러 산을 향해 달렸다. 시골 길이지만 차는 빨랐다. 점점 나와의 거리가 좁혀지고 있었다. 길을 따라 내가 갈 길을 미리 선점하고 앞서려 하고 있었다. 다행스러운 것은 배낭이 없는 몸이었다. 겨우 산자락에 도달하였다. 순찰차에서도 공안들이 쏟아져 나오고 있었다. 뒤에도 수많은 경찰차가 몰려오고 있었다. 한숨 돌릴 여유도 없이 산으로 들어갔다. 정복을 입은 공안보다 사복을 입은 자들이 훨씬 빨리 따라왔다. 북한 요원들일 것으로 생각되었다. 그들은 대단한 체력을 가진 자들이었다. 숲 속으로 들어와 있는데도 순식간에 나를 거의 따라 잡을 기세였다. 기어이 총소리가 들렸다. 아직은 공포탄일 것이었다. 산 위로 올라 바위 덩어리가 흩어져 있는 지형으로 들어왔다. 비가 오면 물이 흐를 것 같은 계곡인데 바닥도 바위로 이루어져 있고 큰 바위들이 흩어져 있었다. 일단 바위 뒤에 숨어 거친 숨을 가라앉히고 있었다. 내가 힘들면 저들도 힘이 들 것이었다. 손에는 칼을 쥐고 언제라도 던질 준비를 하고 있었다. 바위 뒤에 몸을 웅크리고 숨어있었다.

"이승기! 이승기! 빨리 나오라우. 나와 같이 가면 목숨은 보장 하갔어!"

"너는 누구냐?"

소리를 지르고 빠르게 다른 곳으로 이동하였다.

"거기 있었구만 기래. 얼른 나오라우."

"너는 누구냐?"

"나는 북조선 정찰총국 5국 소속 박종주 과장이다. 내가 생명을 보장 하갔어. 중국 공안에 잡히면 끝이야! 얼른 나오라우."

나는 그가 살리고 싶은 마음이 없음을 알고 있었다. 지난번 북한 요원을 고문하여 얻은 정보는 즉시 제거하라는 것이라고 하였다. 그 명령도 이자가 내렸다고 했다.

'나쁜 자식!'

승용차가 총 네 대가 왔으니 대략 한 대당 네 명씩 총 열여섯 명이 있었을 것이었다. 그런데 지금은 일곱 명 정도밖에 없는 것 같았다. 중국 공안이 안 보였다. 저 멀리 중국 공안 차량이 이동하는 것이 보였다. 중국 공안들은 자신이 타고 온 차량을 타고 되돌아가고 있었다.

'북한 요원만 남았다!'

더욱 확실해졌다. 북한 요원들은 여기에서 나를 없애겠다는 의도였다. 중국 공안의 소극적 협조아래.

칼이 여섯 자루 젓가락이 네 개, 이 정도론 부족하다. 젓가락은 쇠가 아니라 나무여서 가벼웠다. 주위를 보니 바위 밑에 날카로운 돌들이 보였다. 이 중에 손에 잡히는 것을 집었다. 날카롭지 않아도 손에 쥘 수만 있으면 모아 보았다.

"피융! 피융!"

총알이 머리를 스치듯이 지나가더니 총알이 비 오듯 쏟아졌다. 역시 박종주 이자는 교활하였다. 내 머리가 보이자마자 총을 쏜 것이었다. 살려 줄 의도가 전혀 없었다. 알고는 있었지만, 그의 빤 한 교활함이 보였다. 작은 돌을 주머니에 넣고 자리를 급히 이동하였다. 잠시 소강 상태가 지속하였다. 내가 있던 곳으로 두 명이 권총을 들고 다가가는 것이 보였다. 10여m 떨어진 곳에서 그들이 오는 것을 보고 있었다. 내가 있던 자리를 수색하려고 바위로 몸을 돌려 총을 빠르게 겨누었다. 그 순간 그들 머리를 향해 돌을 던졌다. 두 번째 요원이 내 위치를 알아채기 전에 또 다른 돌을 그의 머리를 향해 던졌다. 지금은 전처럼 살살 던지지 않았다. 특히 두 번째 요원은 머리를 뒤로 제치며 정신을 잃고 쓰러지면서 바위에 또 머리를 찧고 실신하였다. 첫 번째 요원은 뒤통수에 피를 흘리고 있었지만, 손으로 머리를 감싸고 총은 여전히 들고 일어섰다. 다시 한 번 머리를 향해 돌이 날아갔다. '퍽' 소리가 꽤 크게 들리며 그 자리에서 쓰러졌다. 아마도 상당한 기간 정신을 잃을 것으로 생각했다. 조금도 봐 주려는 마음이 없었다. 화도 났다. 내가 무엇을 얼마나 잘못했는지 물어보고 싶었다. 이럴 때일수록 침착하고 냉정한 사람이 이기는 것이었다. 다시 돌을 찾았다. 주머니에 잡히는 대로 넣었지만 큰 돌은 많아도 잔돌은 적었다. 적어도 다섯 명 이상이 남아 있었다. 쓰러진 북한 요원 옆으로 칼을 들고 다가갔다. 그들이 들고 있던 총 하나를 집었다. 돌이 없으니 최대한 사용할 수 있는 것은 사용해야만 했다. 그 순간 총알이 다시 바위에 튀겼다. 계속 내게 총을 쏘았다. 허리를 숙이고 바위로 엄폐하고 최대한 멀리 떨어져 갔다. 잠시 소강상태가 되었다. 다시 두 명이 수색하려고 발걸음 소리를 죽이고 다가오는 것이 보였다. 이번에는 총으로 그들을 쏘았다. 하지만 한 발도 맞

추지 못했다. 더구나 한 발의 총성이 나자마자 곧 숨어버려 돌이나 칼
만도 못하게 되었다. 하지만 머리 하나라도 보이면 총을 계속 쏘았다.
그들도 내가 총을 소지한 것으로 알고 함부로 가까이 오지는 못했다.
그리고 점점 더 산 위로 올라갔다. 이동하면서도 서로 총격은 계속되
었다. 권총의 총알이 다 떨어졌다. 잠시 소강상태가 되자 총을 던졌다.
총의 금속이 바위에 부딪혀 날카로운 소리가 났다. 내가 총알이 다 떨
어졌다고 생각했는지 다시 두 명이 나에게 다가왔다. 총을 들고 몸을
숨기지도 않으면서 다가왔다. 내 권총 사격 솜씨가 형편없는 것과 이제
는 총도 없을 것이란 믿음으로 다가왔다. 젓가락을 들었다. 나는 조금
경사진 위쪽이었고 그들은 아래쪽이었다. 쇠젓가락 같으면 20m 정도
도 사정거리가 될 것이었지만 지금은 쇠보다 가벼운 나무여서 사정거
리를 짧게 잡았다. 조금 더 기다려 가까이 10m 정도까지 오길 기다렸
다. 충분한 사정거리가 되었다고 생각되는 순간 일어서며 첫 번째 젓
가락을 던졌다. 목 부위를 잡고 쓰러졌다. 두 번째 던지려는 순간 다른
자가 권총으로 응사하여 피하느라 던지지 못하였다.

　이동할 수만 있으면 이동하면서 작은 돌은 주머니에 넣었다. 내가 산
을 이동하는 데에는 매우 빠른데 이들도 나와 거의 비슷한 속도인 것
으로 보였다. 그러면서 나를 포위하려 하는 것이 보였다. 수비만 하여
서는 승산이 없을 것이었다. 공격도 필요했다. 이번에는 내가 먼저 그
들로 다가갔다. 머리가 바위에서 조금 보이자마자 돌을 던졌다. 어깨
위에서 아래로 내리꽂아서 던질 수밖에 없었다. 그것이 파괴력이 제일
컸다. 맞는 소리만 들어도 어느 정도 피해가 있는지 알 수 있었다. 총
네 명이 쓰러졌다. 세 명만 제압하면 되었다. 큰 바위 뒤에 숨어있는 것

을 알겠는데 몸을 사리고 머리를 보이지 않고 있었다. 돌 두 개를 들고 돌 하나를 앞쪽 바위에 맞고 튀겨 그를 대략 맞추었다. 맞추려도 던진 것이 아니라 그것으로 그 자리를 일어나게 하려는 것이었다. 돌이 바위에 부딪혀 자신의 몸으로 돌이 날라 오자 그 자신도 모르게 벌떡 일어났다. 나는 그 순간을 기다리고 있었다. 바위 위로 머리가 보이는 순간 또 하나를 던졌다. 그리고 빠르게 그에게 뛰어갔다. 역시 맞았지만 기절할 정도는 아니었다. 머릴 잡고 주저앉아 있다가 나와 눈이 마주친 그의 얼굴을 향해 던졌다. 고개를 반사적으로 숙이며 피하였다. 주머니의 돌이 그의 머리를 다시 강타하였다. 머리를 세게 맞고 고개를 젖히며 다시 바위에 뒷머리를 찧었다. 다시 머리가 앞으로 퉁겨지며 쓰러졌다. 적어도 한동안은 그렇게 있을 것이었다.

'두 명만 제압하면 된다.'

두 명은 더는 총을 쏘지 않고 살며시 다가오고만 있었다. 오로지 청각에만 의지하여 발걸음 소리를 들으려 애쓰고 있었다. 바위에 귀를 대고 그들의 움직임을 살폈다. 한 명이 왼쪽에서 다가왔다. 다른 한 명은 더 빠르게 뛰어서 오른쪽으로 다가오고 있었다.

'누굴 먼저 공격하지?'

큰 바위에 등을 대고 서 있었다. 거의 동시에 양쪽에서 총을 든 북한 요원이 나를 향해 총을 쏘았다. 앞으로 펄쩍 튀면서 왼쪽의 요원에게 젓가락을 던졌다. 그리고는 내가 앞으로 쓰러졌다. 왼팔에 총을 맞은 것 같았다. 땅에 엎드린 상태에서 몸을 옆으로 돌리며 젓가락을 두 번째 요원에게 던졌다. 둘 다 목을 잡고 주저앉았다. 일어서서 돌을 들어 앉아있는 두 명을 기절시켰다. 왼팔에 피가 흘렀다. 다 쓰러졌다고

생각했는데,

'박종주. 이 자식이 어딨지?'

내가 요원 수를 잘 못 세고 있었다.

"멈추라우. 꽤 실력있구만."

박종주 그자의 얼굴을 볼 수 있었다. 그는 아무 생각이 없었다. 명령에 따라 움직이는 기계였다. 내 손엔 아무것도 들려있지 않았다. 젓가락이나 돌이라도 들려 있다면 상대할 수 있었다. 이제 그자의 판단에 맡겨야 하는 상황이었다.

"여기까지 오느라고 수고했어!"

그자가 나를 쏘려는 순간 이제 다 끝인가 하는 생각이 들었다. 눈을 감았다. 눈물이 났다.

"탕!"

온몸이 움찔하였다. 아무 고통도 느껴지지 않았다.

살며시 눈을 떴다. 박종주 이자가 오른팔을 감싸고 총을 떨어뜨린 채로 서 있었다. 그 뒤에 또 다른 요원 두 명이 서 있었다.

"이승기는 우리 대한민국 국민입니다. 우리가 모시겠습니다."

박종주를 중심으로 나와 반대편에 있던 두 명 중의 한 명의 말이 들려왔다. 박종주는 그들을 보고 있었다.

"탈북자야! 상관 말라우!"

그러면서 나를 염두에 두지도 않고 허리춤에서 왼손으로 총을 뽑으려 하였다. 나는 칼을 그의 왼쪽 어깨에 깊이 박았다. 몸을 움찔하며 나를 쳐다보았다. 박종주의 오른팔은 총을 맞고 왼팔마저 내 칼을 맞았다. 바위에 몸을 기대어 선 채로 나를 노려보았다.

"이승기 씨는 우리 남한 사람입니다. 우리가 모시고 가겠습니다."

그때 총소리가 요란하게 다시 났다.

그 순간 박종주를 쏘고 서 있던 남한 요원 두 명도 함께 쓰러졌다. 나를 데리고 가겠다는 남한 요원이 쓰러졌다.

'이게 뭐지?'

나는 다시 바위 뒤로 몸을 숨겼다.

'북한의 지원군이 도착했단 말인가?'

돌을 들었다. 그리고 살며시 바위에 얼굴을 내밀려는 순간,

"이승기 씨 우리가 남한으로 안내하겠습니다. 어서 나오시죠. 대한민국 정부에서 나왔습니다."

머리를 살며시 내밀었다.

'그런데 총은 왜 들고 있지? 박종주를 쏜 사람들을 왜 쏜 것이지?'

뭐가 어떻게 되는지 모를 일이었다.

얼굴을 내밀자 총을 내려놓았다. 내가 총을 계속 주시하자 둘 다 양복 주머니 안쪽에 총을 넣었다. 천천히 몸을 드러냈다. 나는 손에 수리검 한 자루 들고 있었다. 그들의 몸이 완전히 드러났다.

"왜 저 두 분을 쏘았습니까? 우리나라 사람 아닙니까?"

"배신자들입니다. 반역자들. 이 자들과 같이 갔더라면 큰일 날 뻔했습니다."

"예! 감사합니다."

그들이 점점 다가왔다. 앞에 있던 자가 갑자기 자신의 왼쪽 가슴에 손을 넣었다. 이런 모습은 익숙하였다. 양복 입은 자들이 총을 뺄 때 하는 동작이었다. 이들이 배신자들이었다. 나를 속이고 있었다. 총을

잡는 것을 보는 순간 수리검을 그의 목을 향해 던졌다. 그는 총을 허공에 쏘면서 뒤로 쓰러졌다. 그 뒤에 있던 자는 이미 손에 총을 들려 있었다. 하지만 근거리에서는 내 칼이 훨씬 더 빨랐다. 다시 그의 가슴에 칼이 꽂혔다. 쓰러지면서도 총구를 나를 향해 쏘려고 하였다. 이번엔 젓가락을 그의 목에 꽂았다. 천천히 총을 손에서 떨어뜨리며 쓰러졌다. 수리검 세 자루를 다시 주머니에 넣었다.

'남북한 요원들이 같이 나를 죽이려 하는구나!'

박종주가 절뚝거리며 달아나는 것이 보였다. 쫓아갔다. 달리는 데에는 두 팔이 필요하다는 것이 실감 되었다. 곧 따라 잡을 수 있었다. 더는 피할 곳이 없다는 것을 안 박종주는 나를 향해 돌아섰다. 시간을 끌면 더 힘들어 질 것이었다. 나는 칼을 그의 가슴에 던졌다. 그는 끝까지 눈을 부릅뜨고 나를 노려보았다.

그때 양복 입은 두 명이 나타났다. 순간 긴장하며 손을 젓가락에 대었다. 그들은 총을 든 손을 머리 위로 들어 보였다. 내게 공격할 의사가 없음을 내비쳤다.

'이건 또 뭐야?'

그들은 바로 총을 가슴의 총집에 넣었다. 나는 총을 땅에 내려놓으라고 하였다. 그들은 순순히 내 말대로 하였다. 내 앞으로 발로 차라 하니 그것도 그대로 하였다. 쏠 의사가 없음을 확실히 했다.

"이승기 씨 안전기획부 국진서 과장입니다. 고생 많으셨습니다. 지금부터 제가 모시겠습니다. 저를 따라오시죠. 믿으셔도 됩니다."

마치 모든 것을 다 아는 듯이 말을 하였다. 아직 누구도 믿지 못할 상황이었다. 하지만 이자와 싸운다 해도 이길 자신은 없었다. 너무 지쳤다. 아무것도 내겐 없었다. 의욕이 전부 사라졌다. 그를 따라 산에서 내려왔다. 중국 공안은 이미 사라지고 없었다.

 북한의 박 과장은 평소 친한 중국 공안 간부에게 강력한 협조 요청을 하였다. 그의 요청에 따라 중국 공안은 북한 요원들 마음대로 하라고 자리를 피해 주었다.

 국 과장은 평소에 최진국 부장의 사람이 누군지 알고 있었다. 그의 됨됨이를 누구보다 정확히 파악하고 있었다. 국정원 요원들과 같이 도착하기 전부터 최 부장 사람으로 분류되던 자들의 이상 행동을 감지하고 있었다. 그의 명령을 따르지 않고 현장에서 이승기를 제거하리라는 것도 짐작하고 있었다. 하지만 동료를 쏠 정도까지는 생각지도 못했었다. 그래서 네 명이 함께 움직이면 쉽사리 행동하지 못할 것으로 판단하고 네 명을 한 조로 움직이게 하였다. 나머지 두 명의 요원들의 가슴엔 소형 카메라를 부착하고 지켜보고 있었다. 카메라로 동료 두 명을 사살하는 것을 승용차 안에서 실시간으로 보고 있었다. 최 부장 라인의 요원들이 동료를 쏘는 순간 즉시 뛰어 올라왔다.

한국을 떠나며

아직 움직이지 않는 비행기 안은 소란스러웠다. 자그마하고 타원형 창을 두드려 보았다. 플라스틱 느낌이 났다. 밖은 조금씩 빗줄기가 세어지고 있었다.

국정원 직원의 안내에 따라 한국에 입국한 지 녁 달이 지났다. 친절한 직원의 안내를 받아 국정원에서 거의 한 달 동안 정밀 조사를 받았다. 첫 번째 주의사항은 언론과 일체의 접촉을 하지 않는 것이었다. 언론에서 알 수도 없을뿐더러 혹시 알고 접촉을 시도한다고 하여도 일체 접촉하지 말라고 하였다. 첫 일 주일 정도 조사를 받을 것이라고 하였다. 비교적 숙소와 음식은 양호하였다. 일과가 촬영 녹음 시설이 된 취조실에서 조사관들과의 대화로 시작되었다. 주로 대화를 하는 조사관이 있었고 때론 처음 보는 조사관이 와서 물어보기도 하였다. 일주일 조사한다는 것이 점점 늘어나 거의 한 달 가까이 조사를 받았다. 처음 한국에

서 출발한 것부터 시작하여 겪은 모든 일에 대한 나의 기억을 샅
샅이 훑었다.

'기계로 내 머릿속을 한 번에 읽어버렸으면.'

하고 바라기도 했다. 내가 만난 인민군의 복장부터 복장에 붙
어있는 견장의 색까지 질문받았다. 숙소의 구조와 문고리의 모양
까지 내가 여러 날 지냈으면서 미쳐보지 못한 것까지 세세하게 물
었다. 내가 기억하는 것은 전부 말하였고 기억이 나지 않는 것은
기억나지 않는다고 솔직하게 답하였다. 그냥 넘어갈 때도 있었고
어떤 질문은 기억을 꼭 해보라고 하기도 하였다. 조지아에서 블
라디미르에게 수련 받은 일은 말하지 않았다. 거기에서는 가축을
돌보며 겨울을 보냈고, 음식을 받았다는 정도만 이야기하였다.
젓가락과 칼, 돌을 준비하여 실제로 던져보게 하였다. 요원들 앞
에서 거리를 달리며 던져보게 하였다. 10m 정도의 거리는 거
의 정확하게 맞추었다. 그 이상은 과녁을 벗어나게 하였다. 20m
정도는 정확하게 맞출 수 있었다. 일부러 과녁을 벗어난 곳을 겨
냥하여 던졌고 내가 목표로 하는 곳에 정확히 맞았다. 그 정도만
보여 주어도 감탄하였다. 던지는 방법도 한 가지만 보여주었다.
어깨 위로 들어 올려 던지는 동작만 보여주었고 그에 대해 더 이
상의 질문은 없었다. 아마도 그들은 10m 정도의 정확도만을 체
크 하였을 것이었다. 유리 한 장, 두 장 겹쳐가며 몇 장을 깨뜨릴
수 있는 지도 측정하였다. 자료를 축적하여 요원들 양성 참고자

료로 사용하려 한다고 하였다. 그것도 전력을 다하지는 않았다. 내가 연이은 조사에 지루해하자 서울 일대를 직원 한 명과 같이 산책하게도 하였다. 부모님에게 전화하게 하였으나 직접 뵙겠다고 하여 국정원에서는 부모님에게 전화하지 않았다. 아침부터 저녁까지 조사는 계속되었으며 촬영 여부는 첫날 나에게 양해를 구하였다. 특히 체첸에서 반군과 같이 활동한 것과 거기서 교육받은 내용에 대해 철저히 물어보았다. 그들 이름 하나하나를 기억나는 대로 질문받았다. 대부분을 기억하고 있었다. 그들 한 명 한 명의 신체적 특징도 전부 이야기 하였다. 대부분 고인이 되었음에도 전부 이야기하기를 요구받았고 응하였다. 내가 다룰 수 있는 무기를 직접 가져다가 분해 결합 하도록 하였다. 그들의 무기 체계에 대해서도 담담하게 이야기하였다. 어떤 조사관은 내 생각에 대한 질문으로 하루를 보내기도 하였다. 총을 쏠 때의 느낌이나 젓가락으로 사람을 맞추었을 때의 내 정신적 상태에 관해 물어보았다. 내가 생각하지 못하는 질문들을 쏟아 놓았다. 그 질문에 세세히 답변하였다. 국가에 대한 생각이나 테러에 대해 내 생각을 직접 묻기도 하였다. 테러에 대한 생각은 단호히 반대한다고 답하였다. 국가에 대한 질문에는 만감이 교차하였다. 국가가 내게 무엇을 해 주었는지 물어보고 싶었다. 정부는 국민인 나를 위해 얼마나 수고하셨는지 반문하고 싶었다. 거꾸로 국가나 정부의 나에 대한 생각이 어떠한지 묻고 싶었다. 국가에 대한 질문을 받는 순간 눈물이 났다. 블라디보스토크에서의 입에 올리기 싫은 그자의 행위만 떠올랐다. 내게 국가는 보이지 않는 실체였다. 나라를 사랑하지만 나를 버린 정부에는 서운한 마음이 있다고 순화된 답을 하였다. 조사관은 전부 애를 썼지만 미치지 못하는 곳에 내가 있었던 것이라고 위로하였다. 국정원 조사가 마무리되면서 입대는 면제되었다는 소리를 들었다. 입대시키지 않겠다는 뜻으로 들렸다. 군에 있든 어디에 있든 내게 별문제는 아니었다. 대수롭지 않게 알았다고 대답하였다. 사소한 일로 여겨졌다.

국정원을 나가면서 최진국 그자를 볼 수 있었다. 가볍게 마주쳤다. 나를 보고 어떤 의미인지, 희죽이며 엷은 미소를 띠었다. 그자가 어떻게 되었는지 알 수 없었다. 징계를 받았는지 승진을 했는지 물어보지도 않았고 아무도 이야기해 주지 않았다. 국정원 내부에서 어떤 일이 있었는지 하나도 알지 못하였다. 상하이에서 내게 도움을 준 국진서 과장은 찾아와서 만났다. 한국 생활에 잘 적응하라고 격려하고 사라졌다.

부모님을 뵈었다. 할아버지는 돌아가시고 할머니도 매우 편찮으셨다. 어머니의 얼굴은 할머니의 얼굴을 닮아가고 있었다. 아버지도 많이 달라지셨다. 국정원에서 가르쳐 준 대로 입대 후에 해외여행을 다녀왔다고 하였다. 더는 학업을 계속한다는 것은 무의미하다고 부모님을 설득하였다. 해외에서 사업하든지 학교를 다시 다니든지 내가 알아서 하겠다고 하였다. 할머니는 내가 원래 역마살이 있어서 그렇다고, 재 하고 싶은 대로 놔두라고 하였다. 어머니는 항상 내 말에 전적으로 신뢰하셔서 나 하고 싶은 것을 하며 살라고 하셨다. 아버지도 예전 같으면 호통을 치셨겠지만, 많이 변하셨다. 아버지는 내 눈빛이 번뜩인다고 누그려 뜨리라고 하였다. 집에 도착한 다음 날 맨 처음 한 것은 천변을 달리는 것이었다. 상쾌한 바람을 느끼며 한국의 바람 냄새, 고향 냄새를 맘껏 심호흡하였다. 가볍게 몸을 풀고 사람이 없는 곳에서 한 번씩 돌을 물수제비 하는 것처럼 하여 던져 보았다. 근처 시장을 어머니와 같이 가고 사람들 얼굴들을 보았다. 기차역에 가서 오가는 한국 사람들의 얼굴을 보고 말소리를 들었다. 처음엔 행복했지만 낯설었다.

내 담당 형사도 생겼다. 나를 보호하겠다고 하였는데 나는 누구의 보호를 요청한 적이 없었다. 먼 곳을 이동할 때에는 연락을 바란다고 하였다. 나는 나를 보호할 수 있었다. 낯선 자들이 내 주위에 한 번씩 나타나 멀리서 나를 보고 있음을 알고 있었다. 누군지는 모르지만, 그들은 나를 감시하고 있었다. 그 자체가 심리적인 압박이었다. 해외를 나가겠다고 하여도 형사는 기다리라고만 하였고 대답이 없었다. 국정원 직원도 종종 찾아왔는데 해외에 나가는 문제는 시간을 두고 보자고 하였다. 카자흐스탄 관

광을 가겠다고 한지가 한 달 반이 지났는데 여권부터 막히기 시
작하였다. 두 달 만에 허가가 나왔다. 누가 허락을 했는지 누구
에게 허락을 받아야만 하는 것인지는 모르겠지만, 허락이 떨어
졌다고만 알려왔다.

곧 비행기가 이륙하려나 보다. 엔진 소리가 급격히 커지고 있
다. 창밖의 비가 내 얼굴을 직접 때리는 것처럼 느껴졌다. 내 눈
에 알 수 없는 눈물이 빗물을 따라 흘렀다.

'이 가을비가 내리고 나면 겨울이 오겠지.'
그 겨울이 지나면 다시 봄이 올 것이다.

초판 1쇄 인쇄 2016년 04월 15일
초판 1쇄 발행 2016년 04월 21일

지은이 한영수
펴낸이 김양수
책임편집 이정은
표지 본문 디자인 송다희

펴낸곳 휴앤스토리   **출판등록** 제2016-000014
주소 (우 10387) 경기도 고양시 일산서구 중앙로 1456(주엽동) 서현프라자 604호
대표전화 031.906.5006   **팩스** 031.906.5079
이메일 okbook1234@naver.com   **홈페이지** www.booksam.co.kr

ⓒ 한영수, 2016

ISBN 979-11-957879-1-3 (03810)